Ashley Carrington

Der Sohn des Muschelhändlers

ASHLEY CARRINGTON

Der Sohn des Muschelhändlers

Roman

Droemer Verlag

Der Abdruck der Zeilen des Gedichts »Wenn ...« aus Rudyard Kipling, Gesammelte Werke, Bd. 3, erfolgt mit freundlicher Genehmigung des Paul List Verlages KG, München.

CIP-Titelaufnahme der Deutschen Bibliothek

Carrington, Ashley
Der Sohn des Muschelhändlers : Roman / Ashley Carrington
München : Droemer, 1995
ISBN 3-426-19341-8

Dieses Buch wurde auf chlor- und säurefreiem Papier gedruckt.

Umschlaggestaltung: Agentur ZERO, München
Umschlagfoto: Central Order, Köln
Satzarbeiten: MPM, Wasserburg
Druck und Bindearbeiten: Mohndruck, Gütersloh
Printed in Germany
ISBN 3-426-19341-8

2 4 5 3 1

Für Monika Thaler,
der ich mehr als nur
meinen ersten Buchvertrag vor
achtzehn Jahren verdanke,
in Dankbarkeit
und herzlicher Zuneigung

»... Wenn du vermagst, was du nur hast, zu raffen,
Und legst auf eine Karte alles hin,
Verlierst – und fängst von vorne an zu schaffen
Und wirst dabei die Miene nicht verziehn...
Wenn jede Stund erfüllst mit ihrem Werte,
Daß keine je vergeblich dir verrann:
Dein ist mit allem, was sie trägt, die Erde
Und – mehr als das – mein Sohn, du bist ein Mann.«

aus »*Wenn ...*« von RUDYARD KIPLING

ERSTES BUCH

Spindletop

Erstes Kapitel

Henry kämpfte gegen die einschläfernde Monotonie der ratternden Räder an. Er mußte wach bleiben. Die nächste Bahnstation in einer Stadt namens Beaumont konnte nicht mehr weit sein. Bremser und Streckenwärter der *Southern Pacific* würden, bewaffnet mit Eisenketten und Schlagstöcken, den Güterzug nach Hobos wie ihn absuchen.

Vor der offenen Schiebetür des Güterwaggons zogen hinter einem dichten Regenschleier die weiten, sanft gewellten Ebenen von Südosttexas vorbei. Die schwarzen Wolken hatten die Märzsonne verschluckt, und der Mittag schien unmittelbar in das Dämmerlicht des frühen Abends überzugehen.

Henry saß an die Holzwand des nach Viehfutter stinkenden Boxcar gelehnt. Immer wieder sackte ihm der Kopf auf die Brust. Ein dumpfer Schlag holte ihn plötzlich aus seinem Halbschlaf. Er riß die Augen auf und sah einen schmutzigen Jutesack über den Boden schlittern, worauf sich zwei abgerissene Gestalten mit dem oft geübten Schwung erfahrener Hobos aus dem Laufen heraus zu ihm in den Güterwaggon schwangen. Der eine der beiden Männer hatte ein spitzes Gesicht, das Henry unwillkürlich an eine Ratte denken ließ. Der andere erinnerte ihn mit seiner bulligen Statur und dem massigen Schädel an einen bösartigen Stier.

Henry sah den beiden sofort an, daß er mit ihnen Ärger bekommen würde. Gewöhnlich hielten Hobos zusammen. Aber es gab auch genügend Gesindel unter ihnen. Vorsichtshalber erhob er sich, um nach seinem Bündel zu greifen, das seine wenigen Habseligkeiten enthielt: eine alte Pferdedecke, vier rohe Kartoffeln, einen Kanten Brot und ein Stück Hartwurst. Rattengesicht kam ihm jedoch zuvor und stieß mit einem Fußtritt das Bündel ans andere Ende des Waggons.

»He, was soll das?« protestierte Henry.

»Je weniger Ballast, desto leichter reist es sich«, sagte Rattengesicht hämisch.

Stiernacken griff zu einem Knüppel aus hartem Hickoryholz, der ihm an einer ledernen Schlaufe über der rechten Schulter hing. »Verdrück dich, Pisser! Mach 'n Absprung! Das is' jetzt unser Boxcar!« Dann schwang er den Knüppel mit einer Schnelligkeit, die man von einem so gedrungenen Kerl auf den ersten Blick nicht erwartet hätte. Der Hickoryprügel traf Henry am rechten Oberschenkel. Mit einem Aufschrei ging er in die Knie, weil er plötzlich keine Kraft mehr in dem Bein hatte.

»Wenn du bei drei nicht draußen bist, prügel' ich dich raus!« drohte Stiernacken. »Eins ...«

Henry biß die Zähne zusammen, rappelte sich hoch und wankte zur offenen Tür. Der Zug ratterte mit mäßiger Geschwindigkeit durch eine langezogene Linkskurve. Verzweifelt hielt Henry Ausschau nach einer günstigen Stelle zum Absprung. Ackerland lag entlang des Schienenstranges. Wenigstens würde die gepflügte Erde nach dem stundenlangen Regen nicht mehr so hart sein.

»Kauf dir das nächste Mal 'n Zugticket, wenn dir diese Art des Aussteigens nicht gefällt!«

Ein wuchtiger Stiefeltritt schleuderte Henry aus dem Güterwaggon. Himmel und Erde drehten sich um ihn. Er hörte Gelächter und sah den Güterzug für einen flüchtigen Moment auf dem Kopf fahren, als würden die Schienen am Himmel kleben. Dann brach er durch eine Hecke, die ihm Gesicht und Hände zerkratzte, während er sich selbst schreien hörte. Hinter der Hecke prallte er auf die Erde, wirbelte mehrmals um seine eigene Achse und blieb benommen am Rand eines Ackers liegen.

Stöhnend richtete er sich auf und spuckte Erde aus. Seine Glieder schmerzten, doch er hatte sich offensichtlich nichts gebrochen. Seine Hand tastete in einem Reflex nach der dünnen Lederschnur, die er um den Hals trug, und suchte den Anhänger, eine kunstvoll geschnitzte fächerförmige Muschel aus Elfenbein, flach wie ein Streichholz und nicht viel größer als eine Halbdollarmünze. Gott sei Dank, sein Talisman war noch da!

Henry sah dem Zug nach und erinnerte sich plötzlich, daß dies der Tag seines Geburtstags war. Kein schlechtes Geschenk, noch einmal heil davongekommen zu sein.

Es regnete noch immer, als er eine gute Stunde später in einem Waldstück auf eine merkwürdige Landstraße stieß. Sie sah zunächst wie ein breiter Bretterweg aus, dann stellte er jedoch fest, daß sie aus der Länge nach halbierten, etwa zwanzig Fuß langen Baumstämmen bestand, deren halbrunde Seiten nach oben zeigten. Eine Straße wie ein gigantisches Waschbrett!

Henry blieb stehen und gönnte sich eine Pause. Sein Blick folgte dieser seltsamen Landstraße. Sie verschwand in einer Biegung, etwa hundert Yard von den Bahnschienen entfernt, rechter Hand im Wald. Welchem besonderen Zweck sie wohl dienen mochte, und wohin sie bloß führte?

Einer momentanen Eingebung folgend, gab er sein Vorhaben auf, den Schienen bis nach Beaumont zu folgen und dort beim nächsten abfahrenden Güterzug sein Glück zu versuchen. Er beschloß herauszufinden, was es mit dieser hölzernen Waschbrettstraße auf sich hatte.

Henry kam zur Biegung. Die Straße aus Baumstämmen erklomm hinter der Kurve eine kleine Anhöhe. Auf halbem Weg zur Kuppe stand ein Fuhrwerk, von einem Sechsergespann gezogen und schwer mit Balken beladen. In gefährlicher Schieflage hing es am rechten Straßenrand. Bei genauerem Hinsehen sah Henry, daß das Fuhrwerk mit seinen rechten Rädern von der sicheren Straße abgekommen war und mehr im Schlamm saß, als daß es noch auf festem Untergrund stand. Der Kutscher hatte alle Mühe, die Pferde unter Kontrolle zu halten. Ein einziger heftiger Ruck der sechs Tiere hätte gereicht, um das schiefhängende Gefährt ganz auf die Seite zu werfen und die Ladung Balken in den Dreck zu kippen.

Auf der Längsseite des Wagens las Henry den ohne große Sorgfalt hingepinselten weißen Schriftzug ARTHUR BRODERICK – RIG BUILDER – SPINDLETOP.

Der Kutscher war etwa Mitte bis Ende vierzig und von untersetzter, stämmiger Gestalt. Rotblondes, lichtes Haar klebte regennaß an seinem Kopf. Rotblond waren auch seine buschigen Augenbrauen und die breiten, lang heruntergezogenen Koteletten, die sein kantiges Gesicht einfaßten. Sein dichter Walroßbart, unter dem nicht nur seine Oberlippe völlig verschwand, sondern auch noch ein gut Teil seiner Unterlippe, war von dunklerer Tönung und kräuselte sich wie feiner Kupferdraht.

»Gott sei Dank!« rief der Fremde, als er Henry bemerkte. »Endlich jemand, der mir aus dieser vermaledeiten Klemme helfen kann!«
»Wüßte nicht, wie ich Ihnen helfen könnte, Mister«, erwiderte Henry zurückhaltend. Mit Fremden hatte er an diesem Tag keine guten Erfahrungen gemacht.
»Mein Name ist Broderick, Arthur Broderick!« Der Mann deutete auf den Schriftzug. »Falls du lesen kannst, da steht es.«
Henry zuckte mit den Achseln. »Ja, aus Spindletop.« Dieser Broderick sollte bloß nicht glauben, es mit einem Analphabeten zu tun zu haben.
»Du siehst kräftig genug aus, um mir zu helfen, mein Junge.«
»Ich bin nicht Ihr Junge, Mister Broderick.« Seit er sich vor zwei Jahren aus Onkel Jeffreys Tyrannei und Geiz befreit hatte, war er niemandes Junge mehr.
Die Augen unter den buschigen Brauen funkelten amüsiert. »Nein? So, wie alt bist du denn?«
»Bald zwanzig.«
»Wirklich? Na, du siehst aber nicht viel älter als achtzehneinhalb aus.«
Henry verkniff sich ein Grinsen der Genugtuung, war er doch an diesem Tag gerade erst siebzehn geworden.
»Wie heißt du denn?«
Henry zögerte kurz und hob dann die Schultern. »Henry, Henry Maynard.«
Arthur Broderick nickte. »Also hör zu, Henry Maynard. Du hilfst mir, den Karren buchstäblich aus dem Dreck zu ziehen, was dich kaum länger als eine halbe Stunde aufhalten wird, und ich gebe dir einen halben Dollar. Ist das ein faires Angebot?«
Henry glaubte, sich verhört zu haben. Einen halben Dollar? Unmöglich! Entweder wollte ihn dieser Arthur Broderick auf den Arm nehmen, oder er hatte sie nicht mehr alle beisammen. Er wußte nur zu gut, was für Handlangerdienste gezahlt wurde. Zwei Cent hatte er für jeden Eimer Pferdemist bekommen, den er jahrelang nach der Schule in den Straßen der East Side von New York aufgesammelt hatte, ehe er als Dünger verkauft wurde. Täglich fünf Stunden Flaschen auswaschen hatte später bei einem großzügigen Drugstore-Besitzer gerade mal sechzig Cent pro Woche gebracht, was freilich noch besser gewesen war als die fünfzig Cent Wochenlohn in der

Zigarettenfabrik, in die ihn sein Onkel auf Dauer hatte stecken, besser gesagt, hatte prügeln wollen.
»Einen halben Dollar?« Henry lachte spöttisch auf und schüttelte aus Unglauben den Kopf.
Arthur Broderick deutete diese Reaktion als Ablehnung. »Bist wohl ein ganz cleverer Boomer, was?« grollte er.
Henry wußte nicht, was ein Boomer war, und das Verhalten des Mannes kam ihm immer befremdlicher vor. »Ich habe nichts dagegen, Ihnen zu helfen, Mister«, sagte er forsch, denn er wollte die Sache so schnell wie möglich hinter sich bringen. Und wenn er einen Nickel von diesem merkwürdigen Kauz bekam, konnte er mehr als zufrieden sein. Doch den wollte er sich vorher geben lassen, und deshalb sagte er: »Aber wenn ich Ihnen zur Hand gehen soll, dann will ich mindestens ...«
Arthur Broderick winkte sichtlich genervt ab und ließ ihn erst gar nicht ausreden. Denn er meinte zu wissen, welche Forderung Henry an ihn zu stellen gedachte. »Ich habe keine Zeit für Gefeilsche, und das weißt du so gut wie ich. Ein Dollar, das ist mein letztes Angebot. Erpressen lasse ich mich nicht. Wenn dir auch das zu wenig ist, kannst du dich zum Teufel scheren!«
Henry sah ihn verdattert an. Der Mann meinte es ernst. Es war zwar unverständlich, aber er bot ihm tatsächlich mehr als einen vollen Wochenlohn für weniger als eine Stunde Arbeit!
»Was ist nun?« fragte Arthur Broderick ungeduldig. »Bist du einverstanden oder nicht?«
Henry nickte. »Aber wer garantiert mir, daß Sie hinterher auch zu Ihrem Wort stehen?«
Arthur Broderick seufzte. »Henry Maynard, du mußt neu in Spindletop sein. Denn sonst wüßtest du, daß Arthur Broderick seinen guten Ruf nicht wegen eines lumpigen Dollars aufs Spiel setzt«, erklärte er mit Stolz und einigem Pathos, griff in die Tasche seines Overalls und schnippte Henry eine Münze zu. »Ob hundert oder ein Dollar, ich stehe zu meinem Wort.«
Henry fing die Münze auf. Es war ein Silberdollar. Fassungslos starrte er auf das Geldstück und konnte sein Glück kaum fassen. Wenn er sehr sparsam war, konnte er davon fast zwei Wochen leben!
»Und jetzt laß sehen, ob auch du Wort hältst, und vor allem, ob du deinen Lohn wert bist!«

Hastig steckte Henry die Münze ein. »Keine Sorge! Sagen Sie nur, was ich tun soll.«
»Mindestens die Hälfte der Ladung muß runter, bevor ich versuchen kann, den Wagen aus dem Schlamm zu ziehen. Binde die Seile los und lade die obersten sechs Reihen Balken ab!«
Henry machte sich an die Arbeit, während Arthur Broderick die Pferde unter Kontrolle hielt. Er arbeitete schnell und konzentriert, und zum erstenmal an diesem Tag wurde ihm richtig warm.
Eine gute halbe Stunde später stand das Fuhrwerk wieder auf dem festen Untergrund der Waschbrettstraße.
»Es hat geklappt. Gute Arbeit, Henry Maynard! Jetzt tut es mir um den Dollar auch nicht mehr leid«, rief Arthur Broderick gut gelaunt und half Henry beim Aufladen der Balken und Festzurren der Seile. »Soll ich dich nach Spindletop mitnehmen?« fragte er und gab sich sofort selbst die Antwort. »Natürlich. Alle Welt will seit dem 10. Januar nach Spindletop. Also, steig auf!«
»Gibt es da in der Nähe eine Eisenbahn?«
»Sicher, die *Sabine & East Texas Railroad*. Sie verbindet Beaumont und Spindletop mit dem Tiefwasserhafen von Port Arthur und mit Sabine Pass unten am Golf von Mexico.«
»Gut.«
Henry kletterte zu Broderick auf den Kutschbock, ohne groß zu überlegen. Er war ein Hobo und ohne Ziel. Solange es eine Eisenbahnlinie in der Nähe gab, war seine Welt in Ordnung. Spindletop war dann so gut wie jeder andere Ort. Und mit einem Dollar und siebzehn Cent in der Tasche konnte er es sich sogar erlauben, vielleicht mal einen Abstecher hinunter an den Golf zu machen.
Dreihundert Yard hinter der sanften Anhöhe hörte die Straße aus halben Baumstämmen auf. Sie mündete in eine Landstraße, deren aufgeweichter Untergrund wie auch die Pfützen schwarzgrün-ölig schimmerten. Der Verkehr war hier ausgesprochen lebhaft. Reiter, Kutschen, Buggies, Buckboards, Landauer und Fuhrwerke aller Art bildeten in beide Richtungen einen wahren Lindwurm, und jeder schien es noch um einiges eiliger zu haben als der andere.
Henry bemerkte, daß viele Fuhrwerke wie das von Arthur Broderick mit schweren Balken beladen waren, während andere Pferdewagen große Dampfkessel und Pumpen transportierten. Bei manchen rag-

te langes Metallgestänge mehrere Yard über die Ladefläche hinaus. Henrys Neugier, wozu das alles dienen mochte, war geweckt.
»Was ist ein Boomer, Mister Broderick?«
Dieser sah ihn verwundert an und fragte spöttisch: »Du bist einer und weißt es nicht?«
»Ist das so etwas ähnliches wie ein Hobo?«
Arthur Broderick lachte. »O nein, zwischen einem Hobo und einem Boomer liegen Welten. Ein Hobo läßt sich treiben, ohne Ziel und Ehrgeiz und meist wohl auch ohne Hoffnung, es eines Tages zu etwas zu bringen, während ...«
»Das gilt nicht für alle!« unterbrach ihn Henry protestierend.
Arthur Broderick warf ihm einen amüsierten Seitenblick zu, und fuhr, ohne auf seinen Einwand einzugehen, fort: »... während ein Boomer von einem Ölboom zum anderen hetzt und dabei jedesmal von der Hoffnung getrieben wird, diesmal sein großes Glück zu machen.«
»Und in diesem Spindletop gibt es so einen Ölboom?«
Das kantige Gesicht von Arthur Broderick zeigte Verblüffung. »Auch davon weißt du nichts?«
»Nein«, gestand Henry.
»Jesus, Maria und Josef! Und ich habe dich für einen ausgebufften Boomer gehalten und dir einen vollen Dollar gezahlt. Dabei wärst du wahrscheinlich schon mit einem Vierteldollar überglücklich gewesen, richtig?«
Henry grinste. »Richtig.«
Arthur Broderick warf den Kopf in den Nacken und lachte. »Das geschieht mir recht! Eile hat eben ihren Preis.« Er fuhr sich mit der gespreizten Hand über seinen buschigen, regennassen Walroßbart. »Mein Junge, wenn du noch niemals einen Ölboom erlebt hast, dann mach dich auf das Erlebnis deines Lebens gefaßt!«
Henry sah ihn fragend an.
»Vor noch nicht einmal drei Monaten war das Land um die Hügel von Spindletop Heights, vier Meilen südlich von Beaumont, so verlassen und wertlos wie karges Weideland an tausend anderen Orten von Texas«, erklärte der Fuhrmann. »Ungewöhnlich waren bloß dieser eine Bohrturm, der da einsam in der Landschaft aufragte, und die Handvoll Männer um Patillo Higgins und Captain Anthony Lucas, die von der Idee besessen waren, ausgerechnet an

diesem Ort auf Öl zu stoßen – und die schnell zum Gespött der Farmer und Einwohner von Beaumont wurden. Man hielt die Leute schlichtweg für verrückt.«

»Und wann war das?«

»Die ersten Bohrungen begannen schon 1899, also vor fast zwei Jahren, scheiterten jedoch bald. Erst im Herbst des vergangenen Jahres setzten sie die Bohrungen dort fort, wo jetzt der Gusher von Lucas 1 steht.«

»Gusher?« fragte Henry verständnislos.

»So nennt man eine äußerst ergiebige Springquelle, und mit dem ersten Lucas-Gusher ist ein neues Zeitalter im Ölgeschäft angebrochen, das kannst du mir glauben!« versicherte Arthur Broderick begeistert, als hätte er persönlich Grund, auf diesen Lucas-Gusher stolz zu sein. »Ich war vor sechs Jahren beim Ölboom von Corsicana dabei und später bei denen von Jacino, und auf den dortigen Ölfeldern, wo die Quellen bestenfalls fünfzig Barrel pro Tag produzierten, habe ich schon die verrücktesten Sachen erlebt. Doch im Vergleich zu Spindletop waren diese Booms ein müder Furz.«

Ein Reiter preschte im Galopp an ihnen vorbei, und die fliegenden Hufe des Pferdes schleuderten den Schlamm bis zu ihnen auf den Kutschbock hoch.

Ungerührt fuhr Arthur Broderick fort: »Als hier der Lucas-Gusher am 10. Januar sechs Tonnen Bohrgestänge aus dem Loch riß und in den Bohrturm schleuderte, da schoß das Öl aus über elfhundert Fuß Tiefe in einem armdicken Strahl zweihundert Fuß in den Himmel. Das Donnern war so gewaltig, daß in Beaumont viele meinten, das Ende der Welt sei gekommen. Zehn Tage lang sprudelte das Öl als Fontäne unkontrolliert in den Himmel und überschwemmte das Land mit riesigen Ölseen, bis es den beiden Hamill-Brüdern endlich gelang, ein Ventil aufzusetzen, das Bohrloch zu schließen – und sich damit die ausgesetzte Prämie von zehntausend Dollar zu verdienen.«

»Zehntausend Dollar?« Henry versuchte vergeblich, sich so viel Geld vorzustellen.

»Ja. Aber bei so einem Gusher fallen zehntausend Dollar nicht weiter ins Gewicht. Denn die Durchsatzrate von Lucas 1 beträgt nicht lausige fünfzig Barrel pro Tag wie die Quellen beim Ölboom in Corsicana, sondern aus Lucas 1 strömen mehr als *hunderttausend* Barrel!«

»Sie meinen, das Öl von einem Tag füllt hunderttausend Fässer?«
»Ja, hunderttausend Barrel von jeweils einhundertachtundfünfzig Liter Fassungsvermögen«, bestätigte Broderick. »Tag für Tag.«
Henry machte ein ungläubiges Gesicht.
Arthur Broderick lenkte das Gespann um eine tiefe Mulde herum, die mit Regenwasser und Rohöl gefüllt war. »Seit dem 10. Januar ist hier die Hölle los. Spindletop hat einen Ölboom ausgelöst, wie es ihn noch nie zuvor in der Geschichte gegeben hat. Junge, der Wirbel ist unbeschreiblich. Aus allen Teilen des Landes, sogar aus Übersee strömen alle möglichen Geschäftsleute, Prospektoren, Bohrarbeiter, Glücksritter und natürlich auch viel Gesindel nach Spindletop. An einem einzigen Sonntag brachten Ausflugszüge allein fünfzehntausend Schaulustige aus den umliegenden Städten nach Beaumont, das aus den Nähten platzt. Seit zweieinhalb Monaten speit jeder Zug ganze Horden von Männern und Frauen aus, die vom Ölboom angelockt werden wie früher vom Goldrausch in Kalifornien oder später am Klondike. Vor dem Boom hatte Beaumont gerade mal neuneinhalbtausend Einwohner. Mittler weile sind es über fünfzigtausend, und niemand macht sich die Mühe, zu zählen, wie viele inzwischen in den Zelten, Holzbaracken und Wellblechbuden von Spindletops Boomtown leben.«
»Nicht zu glauben«, sagte Henry gebührend beeindruckt und sogar ein wenig angesteckt von der Begeisterung des Mannes. »Und alle sind wegen dieses Lucas-Gushers hier?«
Arthur Broderick lachte kehlig auf. »Wer spricht denn hier von *einem* Gusher? Fast jede Bohrung von Spindletop hat bisher einen Gusher zur Folge gehabt. Es ist eine gigantische Springflut von Öl, die aus der Erde sprudelt. Mittlerweile stehen da draußen Hunderte von Derricks, und mit jedem Tag werden es mehr.«
»Derricks?«
»Wir Ölleute sagen Rig oder Derrick zu einem Bohrturm. Auf den Ölfeldern und in den dazugehörigen Boomtowns spricht man eine eigene Sprache.«
Jetzt verstand Henry, was die Aufschrift auf den Längsseiten des Fuhrwerks bedeutete. »Ah, Sie bauen also Bohrtürme«, sagte er.
»Eigentlich bin ich Zimmermann, doch seit meinem ersten Ölboom, dem von Corsicana, eingefleischter Boomer, und ich habe mich auf das Errichten von Derricks spezialisiert. Wir schuften Tag

und Nacht in Zwölfstundenschichten, um mit den Aufträgen der Ölgesellschaften und Wildcatters halbwegs Schritt zu halten ...«

»Was sind Wildcatters?«

»Unabhängige Prospektoren, die nach erfolgreicher Bohrung ihre Quelle meist an eine Gesellschaft verkaufen und sich in das nächste Ölabenteuer stürzen«, erklärte Arthur Broderick geduldig, während sie im Strom der anderen Gefährte über die schlammige Straße rumpelten. Der Regen hatte inzwischen nachgelassen. »Sag mal, du hast nicht vielleicht Interesse, bei mir anzuheuern?«

»Ich weiß nicht. Außerdem verstehe ich nichts von der Arbeit eines Derrick-Zimmermanns.«

»Das lernst du bei der Arbeit, wie es alle anderen vor dir auch getan haben«, versicherte Arthur Broderick. »Ich zahle einen guten Lohn. Wer eigenständig arbeiten kann, bekommt bei mir fünf Dollar. Wer wie du erst noch angelernt werden muß, fängt immerhin mit drei Dollar an.«

»Drei Dollar die Woche?«

»Nein, pro Tag.«

Henry war sprachlos. *Drei Dollar pro Tag?* Das war ein Vermögen und überstieg im Augenblick seine Vorstellungskraft. Ganze siebzehn Cent hatte er in der Tasche gehabt, als ihn die beiden Dreckskerle aus dem Güterwaggon prügelten.

»Ja, du kannst einundzwanzig Dollar die Woche verdienen«, hakte Arthur Broderick nach. »Denn auf dem Ölfeld gibt es keinen Sonntag, an dem die Arbeit stillsteht. Ob Sonn- oder Feiertag, ob Tag oder Nacht – ein Ölboom kennt keine Atempause. Tja, und wenn du nach ein paar Wochen so gut bist wie die anderen, zahl' ich dir den vollen Tageslohn von fünf Dollar.«

Fünf Dollar! Henry wußte noch immer nicht, was er sagen sollte. Brodericks Angebot klang wie aus einem Märchen. Aber Märchen waren eine Sache und die rauhe Wirklichkeit eine völlig andere. Er war überzeugt, daß die Sache nicht hasenrein war, doch er wollte den Zimmermann nicht kränken und sein Mißtrauen offen zeigen.

»Na, Interesse, Henry Maynard?« Die Straße machte einen Bogen um ein schmales Waldstück, das wie eine Sichel in die Landschaft schnitt.

»Das kommt alles ein bißchen plötzlich für mich, Mister Broderick. Ich muß erst einmal darüber nachdenken«, antwortete Henry diplo-

matisch. »Und ich weiß auch gar nicht, ob das überhaupt was für mich ist. Denn ich habe noch nie ein Ölfeld oder eine Boomtown zu Gesicht bekommen.«
Sie ließen das Waldstück hinter sich, und nichts behinderte mehr die Sicht auf das flache Gelände, in dem sich hier und da einige sanfte Hügel mit spärlicher, niedriger Vegetation erhoben.
»Jetzt bekommst du es«, sagte Arthur Broderick. »Das da ist Spindletop!«
Henrys Augen wurden weit vor Staunen. Ein Meer von hölzernen Bohrtürmen, auf deren stumpfen Spitzen die regengraue Wolkendecke zu ruhen schien, wuchs vor ihnen in den Himmel.
»Das Ölfeld der Gusher!«

»Was ist das?« wollte Henry wissen und wies auf eine Feuersäule, die im Südwesten des Ölfeldes wie eine gigantische Fackel mehrere hundert Yard in den Himmel loderte.
»Das ist ›Watlins Folly‹. Statt auf Öl zu stoßen, hat Hank Watlin, der Pechvogel, nur Gas gefunden«, erklärte Arthur Broderick. »Sein ganzes Geld und noch einiges von anderen Leuten hat er in diese Bohrung gesteckt – jetzt ist er im wahrsten Sinne des Wortes abgebrannt.«
»Und diese Gasfackel läßt man einfach so brennen?«
Der Zimmermann zuckte mit den Achseln. »Was soll er auch sonst machen? Wer sollte so ein Feuer ausblasen, und wer sollte die Kosten für so ein riskantes Unterfangen übernehmen? Das Gas ist so zu nichts nutze, also läßt man es brennen, bis das Feuer von selbst in sich zusammenfällt.«
Als sie die ersten, bis zu sechsundneunzig Fuß hohen Bohrgerüste erreichten, teilte sich die Landstraße zu einem weit auseinandergezogenen Fächer aus mehreren großen und vielen kleinen Wegen, die in den unglaublichen Wald aus Bohrtürmen führten und auf die sich nun der Verkehr verteilte. Wohin der Blick auch fiel, überall wurde gearbeitet, überall herrschte eine Hektik, als gelte es, ein Wettrennen um Millionen zu gewinnen – und genauso verhielt es sich ja auch.
Henry wußte nicht, worauf er sein Augenmerk zuerst richten sollte, als Arthur Broderick das Fuhrwerk durch das Labyrinth aus Bohrtürmen, Schuppen, kleinen Ölseen und langen Gräben lenkte. Die

Gräben waren mit schlammigem Wasser gefüllt, das offenbar für die Bohrungen benötigt wurde.
Eine Flut fremdartiger Eindrücke stürzte auf ihn ein, begleitet von einer Vielfalt lärmender Geräusche. Überall um sie herum zischten Dampfkessel, ratterten Pumpen, sirrten Flaschenzüge, hämmerten Bohrmeißel und schepperte Bohrgestänge. Die Derricks bildeten ganze Alleen und standen teilweise so nahe beisammen, daß man sich von einem zum anderen schwingen und auf diese Weise mehrere Meilen bewältigen konnte, ohne dabei ein einziges Mal den Boden zu berühren. Und wohin Henry auch sah, waren Zimmerleute wie Arthur Broderick damit beschäftigt, neue Derricks zu errichten.
Henry hatte den Eindruck, als herrsche um ihn herum eine Konfusion, die trotz aller Geschäftigkeit keinen Sinn ergab, und doch wußte er, wie sehr dieser Eindruck trog.
Arthur Broderick wies hier und da auf einen Mann hin, der sich in seiner dreckigen Kleidung kaum von einem gewöhnlichen Bohrarbeiter unterschied, und sagte etwa: »Das ist Mr. Duffey. Vor drei Monaten hat er noch landwirtschaftliche Geräte verkauft. Jetzt schwimmt er in Öl, er soll mit *Standard Oil*, der mächtigen Gesellschaft von John D. Rockefeller, abgeschlossen haben. Und dieser schlaksige Mann mit dem Bowler da drüben, das ist Sam ›Slick‹ Clark, ein Bursche, der noch in den ersten Tagen des neuen Jahres mit seinen Kurzwaren über Land hausieren ging und heute mit Pachten und Beteiligungen aller Art handelt wie früher mit Nähgarn und Fingerhüten.«
Henry bemerkte eine Gruppe von Männern, die irgendwie nicht so aussahen, als gehörten sie auf das Ölfeld. Sie trugen für die schlammige, ölverdreckte Erde nicht das richtige Schuhwerk, und die Art, wie sie sich bewegten, ließ darauf schließen, daß sie hier so fremd waren wie er. Sie wurden von einem glatzköpfigen Mann geführt, der im Gegensatz zu ihnen hohe Stiefel trug und munter durch Schlamm und Öllachen marschierte. Auf einmal blieb er stehen, rief einem Mann auf der Arbeitsbühne eines nahen Bohrturmes etwas zu – und im nächsten Augenblick schoß aus einem Ventil ein armdicker Strahl Öl. Er schoß zwischen zwei dicken Querstreben schräg in den Himmel und erreichte mindestens hundert Yard Höhe, bevor die Fontäne sich wieder erdwärts senkte und sich zu

einer breiten Öldusche auffächerte, die mit dem Geräusch eines schweren Platzregens auf den Boden prasselte.
»Was machen die da?« rief Henry fasziniert.
Arthur Broderick winkte verächtlich ab. »Da ist Ted Wright, einer von diesen smarten Ölmaklern, die Beteiligungen an Bohrunternehmen verkaufen. Er ist auf Kundenfang. Von diesen Burschen, die sich Promoter nennen, gibt es vielleicht ein Dutzend, die ihr Geschäft seriös betreiben, aber ein ganzes Heer von Schaumschlägern und Schwindlern. Die Ölgesellschaften, die oft nur auf dem Papier gegründet werden und Anteilsscheine zum Kauf ausgeben, schießen so schnell und zahlreich aus dem Boden, daß die Burschen in der Druckerei mit der Arbeit gar nicht mehr nachkommen. Und vor potentiellen Kunden das Ventil einer produzierenden Quelle aufzudrehen und ihnen ein bißchen was vom Gusher-Gefühl zu vermitteln, gehört zur Verkaufsmasche, wenn nicht gerade irgendwo eine Quelle frisch eingebracht worden ist und mit einer stolzen Ölfontäne von dem unermeßlichen Reichtum kündet, der hier tief in der Erde verborgen liegt.«
»Haben Sie sich auch an Bohrungen beteiligt, Mister Broderick?« wollte Henry wissen, als sie in eine lange, doch recht schmale Straße einbogen, die ähnlich der Waschbrettstraße im Wald mit Brettern und Balken belegt war. Auf der linken Seite standen die Bohrtürme so dicht, daß der Abstand zwischen den einzelnen Gerüstfundamenten unten manchmal kaum mehr einen Fuß betrug. In ähnlich drangvoller Enge erstreckte sich auf der rechten Seite der befestigten Straße eine scheinbar endlose Kette von Dampfkesseln aller Art und Größe.
Der rotblonde Zimmermann verneinte. »Dazu fehlen mir die Nerven und das Spielerblut. Ich bleibe lieber bei meinen Leisten. Auf diese Weise kommt man natürlich nicht zu einem großen Vermögen, schon gar nicht über Nacht, aber ich habe dennoch keinen Grund, mich zu beklagen.«
Das glaubte ihm Henry unbesehen. Wenn er Tageslöhne von drei bis fünf Dollar bezahlen konnte, dann mußte es ihm mehr als gut gehen.
»Das hier ist übrigens die Boiler Avenue. Nirgendwo stehen die Derricks dichter als hier, und nirgendwo sprudelt mehr Öl pro Quadratfuß aus der Erde als auf diesen Parzellen. Die meisten dieser

Parzellen sind gerade groß genug für das Bohrgerüst. Deshalb hat man die schweren Dampfkessel alle auf die andere Straßenseite verlegt.« Arthur Broderick schüttelte den Kopf. »Werde es nie verstehen, wie jemand sich freiwillig als Boiler Man verdingen kann.«

»Und warum nicht?«

»Weil die Dinger in der Hektik der Arbeit oft genug explodieren, und dann von den Heizern nichts mehr übrig bleibt. Nur ein Shooter lebt gefährlicher als ein Boiler Man.«

Auf halbem Weg die Boiler Avenue entlang bog Arthur Broderick in eine schmale Gasse ab. Sie führte durch die Reihe der Kessel zu den dahinterliegenden Parzellen, auf denen neue Derricks gebaut wurden.

»So, da wären wir, MacKelly 4«, sagte der Zimmermann und brachte den Sechsspänner vor einem Bohrgerüst zum Halten, das schon gute fünfzig Fuß aufragte. Drei Männer turnten in luftiger Höhe über die Querverstrebungen. »Nun, hast du dir mein Angebot durch den Kopf gehen lassen, Henry Maynard?«

»Dazu habe ich bisher noch keine Minute Zeit gehabt«, erwiderte Henry ehrlich und sprang vom Kutschbock. »Das hier ist alles ein bißchen viel auf einmal.«

Arthur Broderick nickte verständnisvoll, während er die Zügel einem kräftigen Schwarzen, der eine runde Nickelbrille trug, überließ. »Du mußt dich ja auch nicht auf der Stelle entscheiden. Gute Leute, die anzupacken wissen, kann ich jederzeit gebrauchen, solange der Boom währt. Wenn du Interesse hast, findest du mich entweder hier oder in meiner Hütte hinter Dave Cormicks Mietstall.«

»Oder im *Blue Moon Saloon*«, warf der Schwarze trocken ein.

Arthur Broderick grinste. »Du sagst es, Noah. Ein Geschäftsmann muß sich seinen Kunden zeigen und irgendwo sein Büro haben, richtig? Bei mir ist das der *Blue Moon Saloon* an der Main Street.«

Henry nickte. »Besten Dank für Ihr Angebot, und daß Sie mich mitgenommen haben, Mister Broderick.«

Der Zimmermann beschrieb ihm, wie er am besten ins Zentrum der Ölstadt Spindletop gelangte. Henry bedankte sich noch einmal, prägte sich die Lage von MacKelly 4 ein und machte sich auf den Weg in die Boomtown.

Der Regen hatte endlich aufgehört, und Henry ging leichten Schrittes, auch wenn der schwarze ölige Dreck in dicken, schweren Klum-

pen an seinen Schuhen klebte und sein Magen vor Hunger knurrte. Daß ihn die beiden miesen Hobos aus dem Güterwaggon vertrieben hatten und er dabei sein Bündel lassen mußte, erfüllte ihn schon längst nicht mehr mit Groll. Er hatte vielmehr das Gefühl, dem Schicksal für diese Wende dankbar sein zu müssen. Denn sonst wäre er nie in diesen Ort gekommen, wo den Leuten das Geld so locker saß. Drei Dollar Anfangslohn als Zimmermannsgehilfe – und das pro Tag! Hier konnte man ja das Geld nur so schaufeln. Er würde ein Vermögen verdienen, egal, für wen er arbeitete.
All die Monate, die er als Hobo kreuz und und quer durch die Staaten geirrt war und die er in Güterwaggons und Eisenbahndepots und in unzähligen miesen Städten und Dörfern entlang des Schienenstranges verbracht hatte, all diese Monate hatte er nicht gewußt, wohin es ihn eigentlich so ruhelos trieb und wonach er suchte. Er hatte nur gewußt, wovor er davongelaufen war, aber nicht, was er mit seiner Freiheit anfangen sollte. Nun hatte er unvermittelt sein Ziel gefunden. Und nun wußte er auch, was er zu tun hatte. Lachend trat Henry in eine ölschimmernde Regenpfütze, daß das Wasser zu beiden Seiten nur so davonspritzte, und rief ausgelassen in den Lärm hinein: »Spindletop, aufgepaßt, hier kommt Henry Maynard!«

Zweites Kapitel

Sogar im schmeichelhaften Licht der beginnenden Dämmerung sah die Boomtown von Spindletop primitiv und schäbig aus. Die überwiegende Zahl der Gebäude bestand aus frischen Balken und Brettern, die ebenso plan- wie lieblos und in großer Hast zusammengezimmert worden waren. Schnelligkeit hatte hier ganz offensichtlich Vorrang vor allem anderen. Schuppen, Wohnbaracken, Büros, Kneipen, Geschäfte, Hotels, Werkstätten, Spielhallen und Bordelle waren quasi über Nacht aus dem Boden geschossen. Zwischen den Bretterhäusern und den wenigen Wellblechhütten drängten sich auch Zelte jeder Art und Größe.
Etwas so Häßliches wie die Boomtown von Spindletop hatte Henry

noch nie gesehen, und er hatte nicht wenig gesehen. Doch auf den schlammigen Straßen und Gassen, in den Kneipen, Büros und Geschäften herrschte ein unglaubliches Leben und Treiben: Das Gewoge besaß etwas mitreißend Lebendiges, etwas Fiebriges und Atemloses.

Henry ließ sich vom Strom der Menschen mitziehen und versuchte, möglichst viel von dem, was um ihn herum geschah, aufzunehmen. Da standen Frauen in auffälligen und sehr freizügigen Pyjamas in den Gassen und boten ihre Liebesdienste an. Wertpapiermakler und Promoter neuer Ölgesellschaften machten mit großen Reklametafeln, aber auch mit der Flüstertüte vor der Tür ihrer Bretterbüros auf sich aufmerksam. Betrunkene torkelten aus den Saloons auf die Straße oder hinein in die nächste Kneipe. Aus den Tavernen drang Gegröle und hier und da der Lärm einer Prügelei, aus Tanzhallen und Freudenhäusern kamen Gelächter und Musik, aus den Werkstätten schallte der harte Klang der Schmiedehämmer, und vor den Eßlokalen, die ihren Namen häufig mit der Bezeichnung *Café* verbanden, mühten sich die Türsteher, die Gerichte ihres Etablissements marktschreierisch anzupreisen und den allgemeinen Lärm mit ihrem Geschrei zu übertönen. Dazu gesellten sich die Rufe und Flüche von eiligen Reitern und Fuhrleuten, die sich einen Weg durch das Gewimmel zu bahnen versuchten.

Als Henry eine Seitenstraße hinunterging, blieb sein Blick an deren Ende an einem großen Schild hängen, auf dem mit großen, roten Buchstaben geschrieben stand: WILBERT WHITMANS LATRINEN – Nur 10 Cent!

Zehn Cent für einen Gang zur Toilette? Er konnte es kaum glauben. Aber in einer Boomtown lief wohl alles anders, als er es gewohnt war. Das Schild machte ihm bewußt, daß sein Körper schon seit geraumer Zeit einem menschlichen Bedürfnis nachgehen wollte, das sich nicht irgendwo hinter einem Haus in einer dunklen Ecke auf die Schnelle erledigen ließ – schon gar nicht in einer so belebten Boomtown. Zähneknirschend beschloß er daher, die zehn Cent zu opfern. Denn er wollte so schnell wie möglich eines der Eßlokale aufsuchen und sich zur Feier des Tages nach langer Zeit ein ordentliches warmes Gericht gönnen.

Er ging bis zu dem Schild und gelangte auf einen kleinen freien Platz, auf dem dieser clevere Mister Whitman eine große Grube ausgehoben und darüber sechs Latrinenhäuschen errichtet hatte. Vor jedem hatte sich eine Schlange von über einem Dutzend Jungen, Männern und Frauen gebildet, die darauf warteten, an die Reihe zu kommen, um ihre zehn Cent bezahlen und dem stinkenden Örtchen ihre Aufwartung machen zu dürfen.

Während Henry in der Schlange wartete, sah er einer Wahrsagerin in der bunten, extravaganten Kleidung einer Zigeunerin bei der Arbeit zu. Sie hatte am Rande des Latrinenplatzes ihr Zelt aufgeschlagen und las unter dem Vordach erst für einen älteren Bohrarbeiter und danach für einen gutgekleideten Herrn sowie eine herausgeputzte Frau die Karten.

Ein Mann, der zu ihm trat und ihm die Hand auf die Schulter legte, riß Henry aus der Beobachtung der gestenreichen Wahrsagerin. »Überläßt du mir deinen Platz?«

Henry wandte überrascht den Kopf. Vor ihm stand ein Mann in Anzug und Krawatte und sah ihn erwartungsvoll an. »Wie bitte?« fragte Henry verwirrt.

Der Mann machte eine ungeduldige Bewegung. »Du bist gleich an der Reihe, Junge. Ich möchte deinen Platz.«

Henry wollte protestieren, da hielt ihm der Fremde ein Geldstück hin. »Ein Dollar, das ist doch der übliche Preis bei euch Latrinenjungen, nicht wahr?«

Henry wußte nicht, wie ihm geschah. Das Übliche? Latrinenjunge? Wovon sprach der Kerl überhaupt?

Die Tür vor ihnen ging auf. Der Mann drückte Henry den Dollar in die Hand, warf zehn Cent in die Blechbüchse der alten Frau, die für Whitman die Gebühr kassierte und sich unablässig ein parfümiertes Taschentuch unter die Nase hielt, und verschwand im Abort.

Henry bekam von hinten einen groben Stoß zwischen die Schulterblätter, drehte sich um und blickte in das grimmige Gesicht eines Jungen, das mit seinen vielen Pockennarben einer Kraterlandschaft glich.

»Mach Platz, und stell dich wieder hinten an, Kumpel!« sagte der hagere Junge, der höchstens sechzehn Jahre alt sein konnte. »Es reicht, daß du mir 'nen Kunden vor der Nase weggeschnappt hast. Jetzt bin ich an der Reihe.«

Henry trat zur Seite und fragte ungläubig: »Die zahlen einem einen Dollar dafür, daß man sie vorläßt?«

»Klar, die Burschen machen doch Geld wie Heu, und in der halben Stunde, die sie warten müßten, wenn sie sich hinten anstellen, machen sie mehr als 'nen müden Dollar.«
Henry schüttelte den Kopf. Erst hatte er einen Dollar von Arthur Broderick für eine lausige halbe Stunde Arbeit erhalten – und nun noch einmal dieselbe unglaubliche Summe dafür, daß er jemandem den vordersten Platz vor dem Latrinenhaus überlassen hatte.
»Ich glaube es nicht«, murmelte er. Ein Schauer der Erregung durchlief ihn, und schnell fragte er den pockennarbigen Jungen: »Sag mal, wie oft passiert denn so etwas, ich meine, daß einer kommt und dir einen Dollar für deinen Platz gibt?«
»Heute bin ich erst auf vierzehn gekommen. Ist 'n langsamer Tag mit viel Konkurrenz«, antwortete der Pockennarbige mit einem bissigen Unterton und zog dabei vielsagend die Augenbrauen hoch.
Henry sah ihn ungläubig an. »Du hast mit Schlangestehen heute schon vierzehn Dollar verdient?«
»Mann, sag ich doch die ganze Zeit. Ist 'n schwacher Tag. Will dir ja nicht auf die Zehen treten, Kumpel, aber wenn immer mehr Neue wie du hier auftauchen, versaut das uns Alten das Geschäft.«
»Oh, das war nicht meine Absicht«, sagte Henry, ganz benommen von dem eben Gehörten. Vierzehn Dollar an einem Tag. Und das nannte das Bürschchen auch noch einen schwachen Tag! Träumte er, oder war die Welt hier völlig verrückt geworden?
»Soll ich dir 'n guten Rat geben, Kumpel?«
»Sicher, ich heiße übrigens Henry.«
»Und ich Bonefish«, sagte der Junge mit kühler Geschäftsmäßigkeit.
»Bonefish?« Henry machte ein verwundertes Gesicht.
»Paßt dir mein Name vielleicht nicht?« Die Stimme des Jungen war nun scharf und angriffslustig.
»He, wenn Bonefish dein Name ist, geht das für mich in Ordnung«, versicherte Henry.
»Gut.« Der Junge nickte knapp mit dem Kopf, als hätte er gnädig eine Entschuldigung akzeptiert. »Also, Henry: Statt uns hier die Butter vom Brot zu nehmen, wie wär's, wenn du dir 'n Stammplatz drüben bei Holbrooks Latrinen erarbeiten würdest? Die stehen zwar noch keinen Tag und haben deshalb auch noch keine Stammkundschaft, aber es wird bestimmt nicht lange dauern, bis Holbrooks

Unternehmen genauso floriert wie das von Whitman und damit auch dein Geschäft.«
»Holbrooks Latrinen, ja?«
Bonefish nickte. »Sind auf der anderen Seite der Main Street, gleich hinter Tom Thompsons Freudenhaus.«
»Danke«, murmelte Henry verdattert.
»Jederzeit.«
»Oh, noch etwas, Bonefish.«
»Ja?« fragte der Junge genervt.
»Wo kann man gut und preiswert essen?«
Bonefish lachte spöttisch. »Wenn du gut und preiswert essen willst, mußt du zu Muttern nach Hause gehen«, antwortete er bissig. »Wo du aber hier was Ordentliches aufgetischt kriegst und nicht gleich bis auf den letzten Cent ausgenommen wirst, ist das *Café Topaz* an der Ecke Main und Brandon Street. Haben immer nur ein Gericht. Heute gibt's da Chili mit Reis und schwarzen Bohnen.«
»Klingt nicht schlecht.«
»Dann laß dich nicht länger aufhalten, Kumpel!«
»Henry ist mein Name.«
»Laß dich nicht aufhalten, Henry!« Bonefish verdrehte genervt die Augen.
»Keine Sorge, ich vermies' euch hier nicht noch einmal das Geschäft«, versprach Henry, als er nun die wenig freundlichen Blicke mehrerer anderer Jungen bemerkte. Offensichtlich betrachteten sie Whitmans Latrinen als ihr Revier, in dem Fremde wie er nichts zu suchen hatten, es sei denn, sie wollten Ärger bekommen.
»Ist 'n verdammt gesunder Vorsatz«, meinte Bonefish trocken.
Henry stellte sich, nachdem er Bonefish den Grund seines Kommens erklärt hatte, an einer Schlange hinten an, zahlte eine gute halbe Stunde später seine zehn Cent und war noch immer völlig durcheinander, als er schließlich das *Café Topaz* fand und das Glück hatte, in dem besseren Schuppen auf Anhieb einen freien Platz zu ergattern.
Er bestellte das Chiligericht sowie ein Glas Wasser und dachte über das nach, was er soeben erlebt hatte. Brodericks Angebot von drei Dollar pro Tag, das ihm noch vor einer Stunde traumhaft vorgekommen war, hatte neben den sagenhaften Tageseinnahmen von Bonefish allen Glanz verloren. Warum sollte er sich für drei Dollar den

Tag auf einem Bohrgerüst abschuften, wenn er für bequemes Schlangestehen vierzehn Dollar und mehr verdienen konnte?
Der Kellner knallte ihm das Essen und einen Emaillebecher mit Wasser auf den Tisch. »Macht fünfunddreißig Cent«, verlangte er unfreundlich und fügte mit grobem Nachdruck hinzu: »Ohne mein Trinkgeld.«
Henry warf einen Blick auf den Teller. »Was? Für so eine dünne Suppe und ein Glas Wasser ...«
Er kam nicht dazu, seinen Satz zu beenden. Der Kellner nahm ihm den Teller weg und setzte diesen einem Gast am Nebentisch vor. Gleichzeitig packte er Henry mit der linken Hand am Kragen und zerrte ihn vom Stuhl hoch.
»He, was soll das?« protestierte Henry.
»Wer meckert, fliegt raus!« beschied ihn der Kellner barsch und rief den bulligen Türsteher herbei.
Henry flog aus dem Café und landete im Morast der Straße. Als er sich aufrappelte und eher fassungslos als wütend den gröbsten Dreck von seiner Kleidung klopfte, sah er, daß sein Stuhl im Lokal in der Zwischenzeit schon wieder besetzt war und daß keiner der Gäste auf seinen Rausschmiß auch nur mit einem flüchtigen Blick vom Essen hoch reagiert hatte.
Im nächsten Lokal vermied er jeden Kommentar über die äußerst bescheidene Qualität und den horrenden Preis des angeblichen Wursteintopfes, in dem er vergeblich nach der Wursteinlage suchte. Kaum hatte er seinen Teller geleert, da drängte man ihn auch schon äußerst rüde, gefälligst seinen Platz zu räumen. Bereitwillig kam er der Aufforderung nach, denn in dieser primitiven Suppenspelunke hielt es ihn wahrlich keine Minute länger als unbedingt nötig.
Inzwischen hatte sich die Dunkelheit über Spindletop gelegt. In den Straßen, die nun von zahllosen Petroleumlampen erhellt wurden, ging es noch genauso geschäftig zu wie am Tag, und auch der vielfältige Lärm auf dem Ölfeld hatte um keine Spur nachgelassen. Ziellos streunte Henry durch die Boomtown. Immer wieder wurde er von Frauen angesprochen, die ihm für fünfzig Cent Wollust versprachen und den Himmel auf Erden.
Als sein Blick auf die langgestreckte Reklametafel des *Blue Moon Saloon* fiel, einem der etwas solider gebauten Häuser von Spindletop, das sogar mit einem Obergeschoß versehen war, erinnerte er sich an

Arthur Broderick. Der Zimmermann war der erste, den er hier kennengelernt hatte, und in der Hoffnung, ihn hier wiederzutreffen und mit ihm vielleicht ein wenig reden zu können, betrat er das Lokal.
Im großen Schankraum, hinter dem sich eine Spielhalle auftat, drängten sich an der langen Theke und an den Tischen die Männer, die ihrer Kleidung und Redeweise nach zu urteilen allen sozialen Klassen entstammten. Der Bretterboden war dick mit Sägemehl bestreut, das längst die dreckig-ölige Farbe der aufgeweichten Erde in den Straßen angenommen hatte und zusammenklumpte. Die Luft war rauchgeschwängert, und überall standen Blecheimer. In ihnen landete der braune Saft, den die Männer mit Kautabak in den Backen regelmäßig in einem kurzen, scharfen Strahl ausspuckten. Oft genug verfehlte die ekelhafte Ladung jedoch den Eimer und klatschte auf die Dielen, was aber keinen bekümmerte.
Henry kam sich wie in einem Hexenkessel vor. Den Gesprächsfetzen, die an sein Ohr drangen, während er nach Arthur Broderick Ausschau hielt, entnahm er, daß die Männer nur ein einziges Thema kannten: Öl.
Er konnte den Derrickbauer weder im Schankraum noch in der Spielhalle an den Tischen entdecken. Aber vielleicht kam Arthur Broderick ja später noch.
Henry zwängte sich zur Theke durch, bestellte ein Bier und zuckte nicht mit der Wimper, als der Mann hinter dem Tresen den unglaublichen Betrag von fünfzehn Cent verlangte. Mittlerweile war ihm klargeworden, daß in Spindletop andere Maßstäbe galten. Die Preise waren gesalzen, geradezu astronomisch hoch. Aber dafür konnte man ja auch die Verdienstmöglichkeiten als atemberaubend bezeichnen.
Er blieb fast zwei Stunden im *Blue Moon Saloon,* ohne daß Arthur Broderick sich blicken ließ. Die Zeit wurde ihm jedoch nicht lang, denn an der Theke wurde er aufmerksamer Zuhörer unglaublicher Gespräche und staunender Zeuge von noch unglaublicheren Geschäften.
Da verhandelte der Vertreter einer Ölgesellschaft mit einem unabhängigen Prospektor, einem Wildcatter, wie Henry sich erinnerte, der seine Ölquelle verkaufen wollte und eine Million verlangte, eine Summe, die Henry schwindelig machte. Am Tisch hinter ihm brachte ein Makler innerhalb einer halben Stunde sechs Parzellen

von jeweils hundert Quadratfuß an den Mann. Der Preis betrug fünfzehntausend Dollar pro Parzelle. Einer der Kunden, offenbar ein noch cleverer Spekulant als der Verkäufer, stellte einen Scheck aus, nahm die Kaufurkunde an sich und verkaufte das Stückchen Land eine Stunde später an der Theke an einen frisch eingetroffenen Boomer für zwanzigtausend Dollar.
Henry war fassungslos. Der Mann hatte innerhalb einer Stunde fünftausend Dollar verdient – und keiner fand irgend etwas Außergewöhnliches dabei! Die Gespräche im Umkreis verstummten nicht für eine Sekunde.
Henry schnappte auch Unterhaltungen auf, bei denen es um den Bankrott kometenhaft aufgestiegener Gesellschaften ging oder um Schwindelfirmen, Wechselbetrüger, unklare Besitzverhältnisse aufgrund fehlerhafter Landkarten und skrupelloser Promoter, die Phantasieparzellen gleich ein dutzendmal an ahnungslose Neulinge verhökerten und am nächsten Tag nicht mehr aufzufinden waren. Der Ölboom war wie ein Fieber, das jeden packte, der ihm ausgesetzt war, das spürte Henry mit jeder Minute mehr.
Er schaute auf die Uhr über der Theke. Es wurde Zeit, sich nach einem einigermaßen preiswerten Quartier umzusehen. Der mangelnde Schlaf der vergangenen Nacht und die beiden Biere machten sich langsam bemerkbar.
Er verließ den *Blue Moon Saloon* und klapperte in den nächsten Stunden alle Hotels und Boarding Houses ab, ohne ein freies Zimmer aufzutreiben. Auch in den Zeltunterkünften, wo einfache Feldbetten auf nackter, feuchter Erde in langen Reihen aufgestellt standen, hatte er kein Glück.
»Alle drei Schichten sind belegt«, bekam er immer wieder zu hören, und er fand heraus, daß sich drei Männer eine Pritsche teilen mußten. Alle acht Stunden sank demnach ein anderer erschöpfter und verdreckter Boomer auf jedes der Feldbetten und zahlte dafür anderthalb Dollar, ohne daß dafür die Bettwäsche gewechselt wurde. Sogar die Dielen der Pensionen und die Lobbies der Hotels waren ausgebucht. Nach Mitternacht wurden dort Decken ausgerollt, worauf man pro Schlafplatz mindestens einen Dollar kassierte.
Henry konnte es nicht fassen, daß in Spindletop kein einziger Schlafplatz mehr zu finden war, obwohl er an jede Tür klopfte und in jeder noch so schäbigen Unterkunft nachfragte. Um elf Uhr, als

sich die Nacht unter einem wolkenlosen Himmel schon empfindlich abgekühlt hatte, mußte er sich der Einsicht beugen, daß es im ganzen Ort kein freies Bett mehr gab. Die Aussicht, die Nacht im Freien zu verbringen, schreckte ihn zwar nicht, entbehrte aber jeder abenteuerlichen und verlockenden Komponente.

Er streifte durch die halbdunklen Gassen, die an der Rückfront der Häuser entlangführten, und suchte nach einem einigermaßen geschützten und vor allem trockenen Winkel, wo er sich hinlegen konnte. Da bemerkte er die mit Wellblech überdachte Veranda eines Hauses, auf der sich schon mehrere Gestalten schlafen gelegt hatten. Beim Näherkommen sah er, daß hier einige Männer auf Strohsäcken lagen. Zwei Säcke waren noch unbelegt. Da die Männer, wie ihr lautes Schnarchen verriet, fest schliefen und niemand zu sehen war, den er nach dem Preis für einen freien Schlafplatz hätte fragen können, zögerte Henry nicht lange und machte es sich kurzerhand auf einem der platt gedrückten Strohsäcke so bequem wie möglich. Am nächsten Morgen, wenn ein Kassierer auftauchte, konnte er ja immer noch bezahlen. Und wenn er etwas Glück hatte, kam er vielleicht sogar ohne Bezahlung davon.

Henry war hundemüde, so daß ihn der Geruch von Schimmel, kaltem Schweiß und Öl, der dem Jutesack entströmte, so wenig störte wie das Schnarchen der Männer oder der Lärm aus den Saloons und vom Ölfeld her.

Augenblicklich war er eingeschlafen. Und scheinbar auch nur einen weiteren Augenblick später rissen ihn derbe Stiefeltritte jäh aus dem Schlaf.

»Mach, daß du hochkommst!« forderte ihn eine rauhe Männerstimme auf. »Los, wach auf, du Schmarotzer!« Und wieder traf ihn ein Fußtritt in die Seite.

Benommen und mit schmerzenden Rippen kam Henry auf die Beine. Er sah sich von fünf wütenden Männern umringt, von denen drei so abrupt aus ihrem Schlaf gerissen worden waren wie er, was sie alles andere als versöhnlich stimmte.

»Ich wußte nicht, daß die Plätze schon belegt waren, Mister!« versicherte Henry hastig und entschuldigte sich. »Es war niemand da, den ich hätte fragen können. Ich bin ja bereit zu zahlen ...«

»Gib ihm eins auf die Nase, Greg!«

Die Männer stießen ihn im Kreis herum und hätten ihm vermutlich

eine gehörige Tracht Prügel verpaßt, wenn dieser Greg, ein Kleiderschrank von einem Mann, nicht so rasch sein Interesse an ihm verloren hätte.
»Verdammt, und ich bin müde«, sagte er, packte Henry an der Jacke und schmiß ihn von der Veranda, als wäre er ein Federgewicht. Der alte Hut des Hobo flog in hohem Bogen hinter ihm her. Zum drittenmal innerhalb weniger Stunden fand Henry sich mit schmerzenden Gliedern im Dreck wieder, und ihn beschlich die Gewißheit, daß auch eine Boomtown wie Spindletop kein Paradies ohne Schönheitsfehler war.

»Schaffst du es aus eigener Kraft, oder soll ich dir hochhelfen?« Die Stimme, die zwischen Spott und Mitgefühl schwankte, kam aus der Dunkelheit hinter ihm.
Henry drehte sich um und blickte auf. Eine schmale Hand streckte sich ihm entgegen. Sie gehörte einem jungen Burschen in Knickerbockerhosen, die ihm mindestens eine Nummer zu groß und voller Flicken waren. Über einem ebenfalls zu weiten Pullover trug er eine alte Schaffelljacke ohne Ärmel. Das Gesicht des Jungen konnte er nicht erkennen. Es lag im Schatten einer ledernen Ballonmütze mit breitem Schirm.
»Es geht schon«, sagte Henry, ergriff aber dennoch die hilfreiche Hand. Nach den Erlebnissen der letzten Stunden war diese Geste zu einladend, als daß er sie hätte abweisen wollen.
»Hier, dein Hut!«
»Danke.« Henry klopfte sich mit der alten Kopfbedeckung den gröbsten Schmutz von der Kleidung und ging los, ohne zu wissen, wohin er sich begeben sollte.
Der Junge mit den Knickerbockerhosen und der Ballonmütze blieb an seiner Seite. »Sag mal, willst du dir das zur Gewohnheit machen?«
»Was?«
»Na, bei jeder Gelegenheit im Dreck zu landen.«
Henry sah ihn überrascht an. Irgend etwas irritierte ihn an dem Jungen. »Wie meinst du das?«
»Vorhin bist du doch auch schon im hohen Bogen aus dem *Café Topaz* geflogen. Keine schlechte Leistung für einen Neuankömmling«, sagte er spöttisch. »Aber wenn du so weitermachst ...«
»Woher weißt du das mit dem Café?« fragte Henry verblüfft.

»Ich hatte einen Logenplatz auf der anderen Straßenseite, wo ich abends immer den *Spindletop Advertiser* verkaufe.«
»Freut mich, daß wenigstens du deinen Spaß gehabt hast«, antwortete Henry verdrossen.
»Und zu allem Übel hast du auch noch keine Unterkunft gefunden.«
»Sehr zutreffend beobachtet«, sagte Henry bissig.
»Wann bist du denn angekommen?«
»Heute nachmittag.«
»Du hast Glück, daß ich dir über den Weg gelaufen bin.«
»Was du nicht sagst! Und wieso?«
»Weil ich dir für heute nacht eine Schlafstelle besorgen kann.«
»Wirklich?« Henry war bereit, seinen Groll ganz schnell zu vergessen.
»Beim Prediger im Barbierladen wird heute einer der Sessel frei bleiben.«
»Bei welchem Prediger?«
»Nathan Hodger ist Barbier, Drogist und Zahnreißer in einem und hat sein Geschäft auf der Brandon Street«, erklärte Ballonmütze. »Er teilt sich die Bretterbude mit Les Thayer, dem Doc aus Beaumont, der im hinteren Teil seine Halbtagspraxis hat. Und da Nathan beim Rasieren angeblich die besten Predigen hält, die man zwischen New Orleans und Houston hören kann, nennt man ihn mit Spitznamen ›Prediger‹ oder ›Holy‹ Hodger.«
Henry griente. »Und du bist sicher, daß der Sessel im Barbierladen wirklich frei ist?«
»Todsicher. Der Mann, der dort seinen angestammten Schlafplatz hatte, hat nämlich vor anderthalb Stunden auf dem Bohrturm Big Salute seine kurze Karriere als Shooter beendet.«
»Shooter?« Henry erinnerte sich, diese Bezeichnung schon von Arthur Broderick gehört zu haben.
»Sprengmeister, Nitro-Engel. Der Kerl war eigentlich ein Roughneck, das ist jemand, der ohne jede Erfahrung bei einer Bohrcrew als Handlanger anfängt. Aber der Bursche hatte keine Zeit und wollte es ganz schnell zu was bringen. Die fetten Prämien, die ein Shooter einstreicht, der Bohrlöcher freisprengt, hatten es ihm angetan. Wie gesagt, seine Karriere war kurz, keine drei Wochen. Heute hat er sich auf Big Salute selbst den letzten Salut gegeben und sich mit hundert Pfund Nitroglyzerin dem Allmächtigen empfohlen.

Von ihm ist nicht mal mehr genug übriggeblieben, um damit eine Zigarrenkiste zu füllen.«

Henry schluckte. »Wie gräßlich.«

»Ja, und wie alltäglich. Also, was ist, bist du nun an dem Barbiersessel interessiert oder nicht?«

»Und ob!«

»Gut, dann komm zehn Minuten nach Mitternacht in die Brandon Street, wenn die zweite Schlafschicht die erste abgelöst hat. Ich werde vor dem Laden auf dich warten.«

»Das ist unheimlich nett von dir«, bedankte sich Henry, und seine Irritation wuchs, als sie ins helle Licht der Petroleumlaternen kamen.

»Diese Nettigkeit bringt mir fünfundsiebzig Cent, denn die kassiere *ich* ein, damit wir uns gleich richtig verstehen. Immerhin habe ich ja auch meine Mühe mit dir gehabt. Also dann: zehn Minuten nach Mitternacht! Ich muß noch was erledigen.«

Sie hatten fast die Ecke erreicht, wo die Gasse in die hell erleuchtete und noch immer unglaublich belebte Main Street mündete. Spindletop kannte offensichtlich keine Nachtruhe.

»Wie heißt du überhaupt?«

»Henry Maynard. Und du?«

»Sally Floyd.«

Er machte ein dummes Gesicht. »Sally?«

»Ja, Sally.« Und als sie einen Schritt weitergegangen waren, vertrieb das Licht einer Laterne den nachtdunklen Schatten, den der Schirm der Ballonmütze bisher auf das Gesicht geworfen hatte – auf das Gesicht eines Mädchens!

Henry blieb vor sprachloser Überraschung der Mund offen. Die Gestalt mit den Knickerbockerhosen aus derber Wolle und der Ballonmütze, die er für einen schmächtigen Jungen gehalten hatte, entpuppte sich nun als ein vielleicht sechzehnjähriges Mädchen mit kurzem, kastanienbraunem Haar.

Sallys Haut war jedoch nicht die einer Weißen, sondern hatte eine leichte Tönung wie Mandelschalen oder Milchkaffee. Keine Frage, in ihren Adern floß auch schwarzes Blut.

Sie lachte über seinen verblüfften Gesichtsausdruck. »Sieh zu, daß du pünktlich bist, Henry! Sonst geht der Sessel an den nächstbesten Boomer, der ohne Unterkunft durch die Straßen irrt, und solche

gibt's hier im Dutzend billiger«, ermahnte sie ihn spöttisch, tippte mit einem Finger lässig gegen den Schirm ihrer Lederkappe und eilte die Straße hinunter, ohne sich noch einmal umzuwenden.
Verstört blickte Henry ihr nach. Ballonmütze hieß Sally Floyd und war ein hellhäutiges Mulattenmädchen.

Das Haus, in dem der Barbier Nathan »Holy« Hodger und der Arzt Les Thayer ihrem Beruf nachgingen, wäre an jedem anderen Ort als zugige Bretterbude armer Leute bezeichnet worden. In Spindletop dagegen zählte es zu den solideren Gebäuden. Als Henry zehn Minuten nach Mitternacht um die Ecke kam, saß Sally Floyd vor dem Laden auf der Stufe zur Veranda. Im Schein einer Petroleumlampe war sie in ein Buch vertieft. Er nahm an, daß es sich um die Bibel handelte. Worin sollte eine Farbige auch sonst lesen? Es war erstaunlich genug, daß sie überhaupt lesen konnte. »Fromme Lektüre vor dem Schlaf?« fragte er mit leichtem Spott.
Sie blickte auf. »Nein, Grammatik.«
Er machte ein verständnisloses Gesicht. »Was?«
»Grammatik, die Lehre vom Aufbau der Sprache und wie sie funktioniert, also die Gesetze, Satzbau und all das.«
»Und warum liest du so ein Zeug?«
»Um zu lernen«, antwortete sie schlicht.
Er lachte. »Was gibt es denn da noch zu lernen? Sprache spricht man, Sally, und ich verstehe dich ganz gut. Wozu also der Firlefanz mit dieser Grammatik und all dem vornehmen Zeugs?«
Sally zuckte die Achseln. »Ist nun mal ein Spleen von mir – so wie ich auch lieber saubere als schmutzige Sachen trage.« Sie schlug das Buch zu und blies die Flamme im Glaszylinder der Lampe aus. »Komm, ich zeige dir, wo du dich schlafen legen kannst. Du wirst müde sein.«
»Gute Idee.«
»Du bezahlst mich besser jetzt.«
»Mißtrauisch?«
»Nein, überhaupt nicht. Ich leide bloß unter einem Mangel an Gutgläubigkeit.«
Henry konnte sich ein Lachen nicht verkneifen. Diese Sally Floyd war nicht auf den Mund gefallen und hatte Humor, wenn er bisher auch allein auf seine Kosten gegangen war. »Na, dann will ich dir

mal das Geld geben, damit du keine schlaflose Nacht hast«, sagte er und griff in die Hosentasche.
»Irrtum. Du hättest sie, Henry«, erwiderte sie selbstbewußt und steckte die fünfundsiebzig Cent ein. Sie klemmte sich das Buch unter den Arm, nahm die Lampe auf und ging zur Ladentür, deren Glaseinsatz von innen mit einem gerafften Vorhang dekoriert war. Rolläden aus Bambus verwehrten den Blick ins Innere des Barbierladens.
»Sei so leise wie möglich! Wäre nicht so gut, wenn wir die anderen beiden aufwecken würden.«
Er nickte, und sie öffnete die Ladentür einen Spalt. Er folgte ihr auf Zehenspitzen. Im Dunkel machte er eine lange Kommode mit einer hellen Steinplatte aus, über der drei große Spiegel mit geschwungenen Rahmen hingen. Vor jedem Spiegel stand einer jener breiten Barbiersessel mit Armlehnen und Nackenstütze, die sich nach hinten kippen ließen. Die hinteren beiden waren belegt, und das tiefe, gleichmäßige Atmen und Schnarchen der Männer verriet, daß sie fest schliefen. Es roch im Laden nach Pomade, Bay-Rum-Rasierwasser, kaltem Rauch, feuchter Kleidung, Dreck und Öl.
»Mach es dir bequem, und sieh zu, daß du ein paar Stunden Schlaf kriegst«, flüsterte Sally.
»Und wo schläfst du?«
Sie deutete auf eine Tür links von der Kommode, genau gegenüber der Ladentür, die halb offenstand und durch die man in den hinteren Teil des kleinen Bretterhauses gelangte. »Auf dem Operationstisch von Doc Thayer.«
Henry verzog das Gesicht. »Das ist mir ein Barbiersessel aber zehnmal lieber.«
»Dafür kann ich mich aber ausstrecken«, raunte sie, als wollte sie ihm nicht das letzte Wort überlassen, und huschte lautlos wie ein Schatten ins Nebenzimmer.
Henry setzte sich in den Barbiersessel, legte den Hebel um, der die Sperre des Kippmechanismus löste, und sank in eine halbwegs bequeme Rückenlage. Er sah noch den schwachen Lichtschimmer unter der Tür, der aus dem Behandlungszimmer des Arztes in den Barbierladen drang. Sally mußte die Petroleumlampe wieder angezündet haben. War sie denn nicht müde? Ob sie wieder in diesem Grammatikbuch las? Aber was machte er sich darüber bloß für

Gedanken? Ihm sollte es doch egal sein, was diese Sally Floyd las. Ihre Sache, wenn es ihr Spaß machte. Und daß sie ihm den Schlafplatz besorgt hatte, machte ihren Spleen allemal wett. Henry drehte sich auf die Seite und war im nächsten Moment eingeschlafen.

Er träumte von einem wogenden Meer aus Öl, auf dem ein Güterwaggon trieb. Er stand in der offenen Tür und schöpfte das Öl mit einer überdimensionalen Kelle in die leeren Fässer, die hinter ihm standen. Jede Kelle war ein Vermögen wert, doch mit jedem Faß, das er füllte, sank der Güterwaggon auch ein wenig tiefer in die zähflüssigen Ölwogen. Wenn ihm doch nur jemand helfen würde ...

Eine Hand rüttelte ihn unsanft und eine Stimme zischte scharf an seinem Ohr. »Henry! ... Henry, los! Wach endlich auf!«

Die Bilder des Traumes versanken in den dunklen Tiefen des Unterbewußtseins, während Henry hochschreckte und die Augen aufschlug. Es war Sally, die ihn wachgerüttelt hatte. »Was ist? Haben wir schon Morgen?« murmelte er schläfrig.

»Es ist kurz vor sieben. Steh auf! Hodger ist gerade vorgefahren. Ausgerechnet heute kommt er eine halbe Stunde früher als sonst!« stieß sie hastig und mit gedämpfter Stimme hervor. »Er wird jeden Augenblick in den Laden kommen, und er darf dich auf keinen Fall hier vorfinden, wenn wir nicht Ärger bekommen wollen. Also, beweg dich!«

Henry rutschte aus dem Barbiersessel und folgte Sally in das Behandlungszimmer von Doc Thayer. Und kaum hatte sie die Tür hinter ihnen geschlossen, als sie Nathan »Holy« Hodger, Psalmen deklamierend, in den Laden kommen hörten.

Henry grinste. »Noch mal davongekommen!«

»Ja, um Haaresbreite.«

»Was meinst du, soll ich ums Haus rumgehen und Hodger fragen, ob er mir den freigewordenen Sessel überläßt, bis ich eine anständige Unterkunft gefunden habe?« fragte er leise, während sein Blick die karge Einrichtung des Zimmers erfaßte: ein verkratzter Schreibtisch mit einem Drehstuhl, ein schmales Regal voller Bücher, ein verbeulter Metallschrank mit allerlei Instrumenten, die er keiner näheren Betrachtung unterziehen wollte, zwei einfache Holzstühle, zwei Wasserbecken auf Klappständern sowie ein Operationstisch, der an einem Ende eine eingearbeitete und mit Leder überzogene Kopfrolle

aufwies. Am Operationstisch hingen seitlich Ledergurte herunter, mit denen Patienten festgeschnallt werden konnten.
Sally schüttelte den Kopf. »Der Prediger hat seine ganz eigene Warteliste, und auf die kommen Burschen wie du bestimmt nicht.«
»He, was soll das heißen?« entrüstete sich Henry.
Sally überging seinen Protest völlig. »Aber mir ist vorhin, als ich die Morgenausgabe des *Beaumont Enterprise* ausgetragen habe, etwas zu Ohren gekommen.«
»Was, du hast schon Zeitungen ausgetragen?« staunte er.
»Klar, seit fünf, wie jeden Tag«, sagte Sally und nahm einen Zettel vom Schreibtisch. »Hier, das habe ich für dich aufgeschrieben.«
»Was ist das?«
»Die Adresse von *Henderson's Boarding Barn* und eine Skizze, wie du da hinkommst«, erklärte sie ihm. »Marvin Henderson und seine Frau Martha haben eine große Scheune, die mal zu einer Farm gehört hat, zu einem Logierhaus gemacht. Die Unterkunft befindet sich eine gute Meile südlich von Spindletop, aber immer noch besser, als gar keinen Schlafplatz zu haben. Außerdem soll das Essen dort ganz ordentlich sein.«
»Und da ist noch was frei?« fragte er skeptisch.
»Ja, die Polizei hat eine Bande von Betrügern verhaftet und ins Gefängnis gesteckt, von denen einige in der Scheune logiert haben. Also sieh zu, daß du so schnell wie möglich zu *Henderson's Boarding Barn* kommst, wenn du noch eine Chance haben willst.«
Sally drückte ihm den Zettel in die Hand und öffnete die Hintertür.
»Danke«, sagte er freudig überrascht. »Du bist wirklich ganz in Ordnung, Sally Floyd.«
»Ja, wirklich? Na, dann kann ich dem neuen Tag ja beruhigt ins Auge blicken«, sagte sie spöttisch, lächelte jedoch, bevor sie die Tür schloß.
Henry nahm dieses Lächeln mit in den neuen Tag, ohne sich dessen bewußt zu sein. Er kam gerade noch rechtzeitig zu *Henderson's Boarding Barn,* um einen der letzten freien Plätze zu ergattern. Jetzt war er bereit, das Glück, das zweifellos hier in Spindletop auf ihn wartete, mit beiden Händen beim Schopf zu packen – als Latrinenboy.

Drittes Kapitel

Am ersten Tag verdiente Henry fünfeinhalb Dollar. Er fühlte sich wie ein König. Es tat seiner Begeisterung keinen Abbruch, daß Jake Holbrooks Latrinen über doppelt so viele Aborthäuschen verfügten wie die Anlage von Wilbert Whitman. Auch daß die Warteschlangen nicht halb so lang waren und den eiligen Kunden daher der Dollar nicht so locker saß, vermochte seine Freude nicht zu trüben. Daß hier für einen Platz an der Spitze nur ein halber Dollar gezahlt wurde, enttäuschte ihn nicht, und es erfüllte ihn auch nicht mit Neid auf Bonefish und die anderen Latrinenboys, die an zentraleren Orten das Doppelte kassierten. Denn selbst ein halber Dollar erschien ihm immer noch als ein wahnwitziger Lohn für eine lächerliche Dienstleistung, die doch allein darin bestand, daß er jeweils nach einiger Zeit zur Seite trat und einem Fremden seinen Platz in der Warteschlange überließ.

Bei Anbruch der Dämmerung machte er Feierabend. Er hatte sich keine Mittagspause gegönnt und nur ein trockenes Stück Brot gegessen, das er am Morgen an der langen Frühstückstafel in *Henderson's Boarding Barn* heimlich eingesteckt hatte. Jetzt freute er sich auf ein deftiges Essen und ein großes Bier. Doch zuerst wollte er sich bei Sally Floyd für ihren Tip mit der Scheunenpension bedanken.

In geradezu ausgelassener Stimmung und fröhlich mit den Münzen in seiner Hosentasche klimpernd, ging er die lärmende, überfüllte Main Street hoch.

Er fand Sally Floyd vor dem *Pickwick Hotel*, einen Stapel Abendzeitungen auf dem Arm. Mit ihren gestreiften Kniestrümpfen, den Knickerbockers und der Ballonmütze sah sie wirklich wie ein gewöhnlicher Zeitungsjunge aus. Und mit dem frechen, selbstbewußten Auftreten eines solchen rief sie auch die Schlagzeilen der neuesten Ausgabe aus: »Blue Bird Oil Company meldet neuen Rekord! ... Lucky Boy, der Gusher aller Gusher? ... Junge mit Röntgenaugen findet Quelle!« Pausenlos und ohne daß ihre Stimme jenen aufgeregten, Neugier weckenden Tonfall verlor, wiederholte sie die Schlagzeilen des *Spindletop Advertiser*, auch während sie Kunden bediente oder Wechselgeld herausgab.

»Toll, wie du das machst«, sagte Henry anerkennend, als er bei ihr war. »Ich könnte das bestimmt nicht besser.«
»Hast du denn schon mal Zeitungen verkauft?«
»Nein.«
»Dann kannst du es bestimmt nicht mal halb so gut wie ich«, erklärte Sally trocken und schmetterte wieder ihre Schlagzeilen.
Im ersten Moment fühlte er sich von ihrer Antwort vor den Kopf gestoßen, dann jedoch lachte er. »Du hast recht, ich wäre wahrscheinlich nicht halb so gut«, räumte er ein. »Danke noch mal für den Tip mit *Henderson's Boarding Barn.*«
»Hat es geklappt?«
Er nickte. »Kam gerade noch rechtzeitig, um den letzten Schlafplatz auf dem Heuboden zu ergattern. Diese Hendersons scheinen ganz in Ordnung zu sein, auch wenn sie einem anderthalb Dollar für Übernachtung und Frühstück abknöpfen. Aber dafür ist das, was sie einem auftischen, um Klassen besser als im *Café Topaz* oder im *Aunt Emma.*«
»Gut«, sagte Sally und verkaufte eine Zeitung.
»Und, wie läuft bei dir das Geschäft?« fragte er.
»Bestens, wie du siehst.«
Er sah nur, daß sie Zeitungen für fünf Cent das Stück verkaufte, reichlich Konkurrenz vor vielen anderen Hotels und Saloons hatte und von den meisten Kunden im Vorbeigehen eine passende Münze in die Hand gedrückt bekam, denn Trinkgeld gaben die wenigsten.
»Ist denn mit Zeitungsverkauf groß Geld zu machen?« wunderte er sich.
Sie lachte. »Na klar, ich mache gut einen Dollar, manchmal komme ich mit Trinkgeld sogar auf einen Dollar und zwanzig Cent.«
Noch vor vierundzwanzig Stunden wäre Henry so ein Job wie eine Goldgrube erschienen. »Und wie lange mußt du dir dafür die Kehle aus dem Leib brüllen?«
»Etwa zwei Stunden morgens und zwei abends.«
»Aber das ist ja ein ganz mieses Geschäft, Sally!« Er klang beinahe entrüstet. »Weißt du, was ich heute verdient habe? Satte fünfeinhalb Dollar!« Seine Augen strahlten, und er erwartete, daß sie sich gebührend beeindruckt zeigte.
Doch sie musterte ihn nur von oben bis unten. »Du schaust aber nicht gerade so aus, als hättest du einen Job bei einer Bohrcrew

gefunden. Die sehen nach der Arbeit nämlich immer wie durch den Dreck gezogen aus.«
Er griente. »Nein, habe ich auch nicht. Ich habe das Geld fast im Schlaf verdient.«
Ihre Augen wurden schmal. »Als Schlepper für einen dieser skrupellosen Makler und Promoter?« fragte sie geringschätzig.
»Nein, ich verdiene mein Geld mit ehrlicher Arbeit«, erklärte er stolz. »Ich stehe bei Jake Holbrooks Latrinen Schlange.«
»Ach so, ein Latrinenboy bist du«, sagte sie, als hätte sie damit alles Interesse an einem weiteren Gespräch verloren.
Ihre Reaktion enttäuschte ihn. »Na und? Das ist ein anständiger Job, der vor allem eine Menge Geld einbringt. Wenn sich erst einmal herumgesprochen hat, daß man bei Holbrook nicht ewig lange warten muß, kann ich vielleicht sogar zehn Dollar und mehr pro Tag machen. Zehn Dollar am Tag! Stell dir das mal vor!«
»Ein Haufen Geld«, räumte Sally ein, ohne jedoch im mindesten beeindruckt zu sein.
»Wäre das nicht auch was für dich?«
Sie schüttelte den Kopf. »Kein Interesse.«
»Jemand, der Zeitungen an der Straßenecke verkauft, ist auch nichts Besseres als ein Latrinenboy!« entgegnete Henry ärgerlich.
»Natürlich nicht«, gab sie sofort zu. »Das habe ich damit auch nicht sagen wollen. Was du tust, ist ehrliche Arbeit, Henry, besonders wenn man hört und sieht, auf welch krumme Tour andere zu Geld kommen.«
Das versöhnte ihn. »Aber warum gibst du dich dann mit diesem mies bezahlten Zeitungsjob ab, statt richtig Geld zu machen?«
Sie zögerte und schob sich die Ledermütze in den Nacken. Eine Strähne ihres kastanienbraunen, nur leicht gewellten Haars fiel ihr in die Stirn. »Weil mich ein paar Dollar mehr am Tag nicht weiterbringen.«
»Weiterbringen? Wie meinst du das?«
Sally zuckte mit den Achseln, bediente zwei Kunden und antwortete dann auf seine verständnislose Frage recht vage: »Einfach so. Es geht mir eben nicht darum, viel Geld zu verdienen.«
Er lachte, weil er das für einen Witz hielt. Doch dann erinnerte er sich an das Grammatikbuch, das sie auf der Treppe vor dem Barbierladen studiert hatte. »Das kann doch nicht dein Ernst sein! Warum

kommt man denn in eine solche Boomtown, wenn es einem nicht darum geht, in möglichst kurzer Zeit möglichst viel Geld zu scheffeln?«

»Ich habe nicht gesagt, daß ich kein Geld verdienen will. Aber mir muß die Arbeit auch Spaß machen, und der Zeitungsjob macht mir nun mal Spaß. Ich könnte nicht den ganzen Tag damit verbringen, in einer Schlange zu stehen und darauf zu warten, daß mir jemand ein Geldstück in die Hand drückt und ich mich wieder hinten anstellen kann.«

»Das klingt langweiliger, als es in Wirklichkeit ist«, versicherte er. »Man bekommt da eine Menge zu hören. Jedenfalls kann ich jeden Tag ein paar Dollar sparen. Während du mit deinem Geld bei diesen astronomischen Preisen bestimmt mehr schlecht als recht über die Runden kommst, oder?«

»Ich komme schon zurecht.«

Er sah sie skeptisch an. »Mit einem Dollar am Tag?«

»Ich verkauf ja nicht nur Zeitungen, ich habe ja noch einen anderen Job.«

»So, was denn für einen?«

Sally biß sich kurz auf die Unterlippe, als bereue sie, diesen anderen Job überhaupt ins Gespräch gebracht zu haben. »Ich arbeite vormittags noch als Zimmermädchen in einem Hotel«, sagte sie und fuhr schnell fort: »Außerdem mache ich viele Botengänge für Mister Kenworth, dem der *Spindletop Advertiser* gehört. Und dafür, daß ich Doc Thayers Praxis mit all den teuren Instrumenten im Auge behalte und ihm ab und zu auch mal zur Hand gehe, kann ich kostenlos in seinem Behandlungszimmer schlafen. Ich komme also gut über die Runden.« Das letzte Exemplar des *Advertiser* wurde ihr aus der Hand genommen. »So, und jetzt muß ich mir Nachschub holen. Also dann, bis später mal!« Sie hob die Hand zum Gruß und lief wie ein Wiesel über die Straße.

»Komische Nudel«, murmelte Henry, schüttelte den Kopf und ging dann lachend seines Weges.

An diesem Abend traf er Arthur Broderick im *Blue Moon Saloon.* Der Derrickbauer machte einen erschöpften, aber zufriedenen Eindruck und winkte ihn sofort an seinen Tisch.

»Das ist ja unser Hobo!« begrüßte er ihn fröhlich. »Setz dich, Junge! Pardon, das darf ich ja nicht sagen. Also, junger Mann, wie ist es dir

bisher ergangen? Ich nehme an, du hast ein besseres Angebot bekommen, denn sonst hättest du dich ja bei mir gemeldet, richtig? Wer von der Konkurrenz hat mich denn überboten? Ach, brauchst es nicht zu sagen. Bist dennoch zu einem Bier eingeladen.«
»Ein besseres Angebot habe ich eigentlich nicht bekommen«, antwortete Henry und erzählte ihm, wie er zu seinem ebenso ungewöhnlichen wie gutbezahlten Job gekommen war.
Broderick machte erst ein enttäuschtes Gesicht. »Latrinenboy? Nimm es mir nicht übel, wenn ich so offen bin, aber ich habe dich für einen aufgeweckteren Burschen gehalten.«
»Man muß schon verdammt aufgeweckt sein, um so viel Geld zu machen«, verteidigte sich Henry.
»Den Tag vor Latrinenbuden zu verbringen, ist nicht gerade das, was ich eine sinnvolle Beschäftigung nennen würde.«
»Nichts gegen Ihre Löhne und die Ihrer Kollegen, Mister Broderick, aber ich habe heute über fünf Dollar verdient!«
Das Gesicht des rothaarigen Zimmermanns nahm einen verständnisvollen Ausdruck an. »Geld ist natürlich immer ein schlagendes Argument. Entschuldige, wenn ich gerade so kritisch war. Nimm dir nur Zeit zum Überlegen, was du wirklich machen willst, und leg in der Zwischenzeit als Latrinenboy ein hübsches Sümmchen beiseite. Aber tu mir und dir den Gefallen, und bleib nicht allzu lange an dem Job kleben.«
»Warum denn nicht?«
»Weil es dir immer schwerer fallen wird, einen ordentlichen Beruf zu erlernen, wenn du dich erst einmal an das schnell verdiente Geld gewöhnt hast. Denn je mehr Geld man macht, desto größer wird die Gefahr, daß man davon korrumpiert wird.«
»Korrum-was?«
»Korrumpiert, das heißt charakterlich verdorben.«
Henry lachte sorglos. »Ach was, Geld macht frei! Und je mehr Geld man hat, desto mehr Freiheit hat man auch. Das hat mein Onkel Jeffrey immer gesagt, der hat mir zwar viel erzählt, aber das ist das einzige, was ich ihm je geglaubt habe.«
Arthur Broderick schüttelte mit einem nachsichtigen, doch ernsten Lächeln den Kopf. »Das ist ein Irrtum, der, auch wenn man ihn immer wiederholt, nicht zur Wahrheit wird. Der Mensch braucht sein Auskommen und daher einen anständigen Lohn für anständige

Arbeit, das ist richtig. Und wenn man mehr Geld hat, als für den Lebensunterhalt nötig ist, kann man damit eine Menge bewirken – im Guten wie im Schlechten. Einen schwachen Charakter kann Geld zweifellos zu seinem Sklaven machen, eines jedoch kann es auf gar keinen Fall: einem Menschen zur Freiheit verhelfen. Freiheit, von der ich spreche, kann man nicht kaufen. Sie lebt oder stirbt allein hier, Henry Maynard.« Der Zimmermann tippte ihm dabei mit der Hand auf die Brust und berührte danach kurz seine Stirn.
Henry war einen Moment lang merkwürdig berührt und wußte nicht, ob er sich über die Belehrung ärgern oder ob er für Brodericks Besorgnis dankbar sein solle. »Mag ja alles stimmen, Mister Broderick, aber reich und frei ist mir nun mal ein bißchen lieber als arm und frei«, sagte er mit scherzhaftem Spott. »Außerdem: warum soll ich einen sogenannten ›ordentlichen‹ Beruf erlernen, wenn ich mit einem *un*ordentlichen Job viel mehr verdienen kann?«
Broderick warf ihm unter seinen wilden, buschigen Brauen, die wie rötlich verfärbte Putzwolle über seinen Augen klebten, einen belustigten Blick zu, nahm einen kräftigen Schluck von seinem Bier und wischte sich den Schaum vom Schnurrbart. »Junge«, sagte er dann und sprach dieses Wort ganz bewußt und mit Nachdruck aus, »Junge, dreimal darfst du raten, warum ein Boom ausgerechnet Boom heißt und nicht ›die unerschöpfliche Geldquelle‹ oder ›das irdische Eden des endlosen Abkassierens für alle‹? Nicht von ungefähr klingt Boom ähnlich wie Ballon, und ein Ballon, der zu stark aufgeblasen wird, platzt, so daß von seiner einstigen Pracht bloß noch schäbige Fetzen übrigbleiben. Irgendwann kommt auch hier der Tag, an dem der große Knall kommt und der Boom von Spindletop ein irrwitziges, aber abgeschlossenes Kapitel der Vergangenheit ist wie Titusville, Pithole, Corsicana und all die anderen Orte.«
Henry dachte an den Hexenkessel in der Boomtown und auf dem Ölfeld und konnte sich das kaum vorstellen, denn nirgendwo war die Welt lebendiger, verrückter und verheißungsvoller als an diesem Ort. Er wollte es sich auch nicht vorstellen. Nicht mal Arthur Broderick sollte ihm an diesem Tag die gute Laune und die Zuversicht in eine rosige Zukunft verderben. Und unbeschwert stellte er dem älteren Mann die rhetorische Frage: »Schon möglich, daß hier in Spindletop irgendwann mal die Luft rausgeht, aber folgt denn

nicht auf jeden geplatzten Boom an irgendeinem anderen Ort ein neuer Boom?«
Broderick lachte entwaffnet. »Die Unbekümmertheit und Sorglosigkeit der Jugend!« rief er und verdrehte scheinbar gequält die Augen. »Was soll man darauf nur antworten? Gegen den Glauben der Jugend an ihre Unbesiegbarkeit ist ein alter Mann wie ich natürlich machtlos. Ich gebe mich geschlagen, Henry. Wechseln wir das Thema!«

Henry war nicht der einzige, der als Latrinenboy vor den stinkenden Bretterbuden Jake Holbrooks Schlange stand. Er teilte sich das Revier mit elf anderen, darunter zwei Mädchen. Sie waren alle zwischen zwölf und siebzehn Jahre alt. Die beiden Mädchen, die sich Maxi und Al nannten und den abgebrühtesten männlichen Latrinenjungen in nichts nachstanden, boten nicht allein ihren Platz am Kopf der Schlange an, sondern immer wieder auch ihren Körper. Wenn das Geschäft vor den Buden nur schleppend war oder die beiden ganz hinten in der Schlange standen, konnte jeder von den Latrinenboys seinen Spaß mit ihnen haben. Für einen Vierteldollar, der Hälfte des üblichen Dirnenlohns in Spindletop, gingen sie mit ihrem Freier hinter einen der großen Öltanks aus rohem Zypressenholz, die ganz in der Nähe haushoch aus der Erde ragten und bis zu zehntausend Barrel faßten, hoben ihre Röcke und ließen sich im Stehen nehmen.
An Henry verdienten Al und Maxi nicht einen Cent. Dabei war es nicht die Moral, sondern die Stimme der Vernunft, die immer wieder im letzten Moment die Oberhand über wollüstige Anwandlungen gewann. Er hatte mehr als einmal gehört, wie Al und Maxi sich über die anderen Latrinenboys hinter deren Rücken lustig gemacht hatten, und das hatte ihn abgestoßen und gewarnt.
Die anderen respektierten ihn, doch Freundschaften knüpfte er keine. Er unternahm nicht die geringsten Anstrengungen in dieser Richtung und ließ jeden Versuch der anderen, sich mit ihm anzufreunden, scheitern, ohne jedoch sie dabei vor den Kopf zu stoßen. Nachdem er mit fadenscheinigen Ausreden mehrfach abgelehnt hatte, nach der Arbeit gemeinsam eine Billardkneipe oder eine Tanzhalle aufzusuchen, wo man für jeden Tanz mit einer der jungen und halbwegs anständigen Dance Girls bezahlen mußte, fragte ihn

auch keiner mehr. Man ließ ihn in Ruhe, und ihm war es recht. Erst viel später, als er über diese Zeit nachdachte, kam ihm zu Bewußtsein, warum er so gehandelt hatte: Er wollte nicht auch noch nach der Arbeit durch die Gegenwart eines anderen Latrinenboys daran erinnert werden, wo er seine Tage von Sonnenaufgang bis Sonnenuntergang verbrachte.
Er machte es sich zur Gewohnheit, Sally jeden Morgen die neueste Ausgabe des *Beaumont Enterprise* und jeden Abend den *Spindletop Advertiser* abzukaufen, was freilich mehr ein Vorwand war, um mit ihr reden zu können. Denn die Zeitungen interessierten ihn eigentlich gar nicht. Was kümmerte ihn die anhaltende Trauer des britischen Empire um Königin Viktoria, die nach dreiundsechzig Jahren an der Spitze des Weltreiches im Januar gestorben war und deren Tod angeblich das Ende einer Epoche besiegelte? Die Grausamkeiten des Burenkrieges in Südafrika und die Horrormeldungen aus den Lagern, in denen die Briten ein halbes Volk interniert hatten, um die Kapitulation der Buren zu erzwingen, war auch keine unterhaltsame Lektüre. Es berührte ihn auch nicht, daß William McKinley seine zweite Amtszeit als Amerikas Präsident angetreten hatte, mit einem gewissen Theodore Roosevelt als Vizepräsident an seiner Seite, und daß in Deutschland ein Attentat auf den Kaiser mißglückt war. Genausowenig Bedeutung hatte für sein Leben die Gründung der *US Steel Corporation* durch einen steinreichen Wirtschaftsbaron namens John P. Morgan. Auch mit dem Namen Giuseppe Verdi, der wohl ein berühmter Komponist gewesen sein mußte und in Mailand gestorben war, wußte Henry wenig anzufangen.
Und doch warf er die Zeitungen nicht gleich weg, sondern nahm sie mit zur »Arbeit«. Er fing an, hier und dort mal einen Artikel zu lesen, wenn er in der Schlange stand und sich allzu sehr langweilte. Immerhin hatte er für die Zeitungen ja gutes Geld bezahlt, also war es nur vernünftig, sich dafür auch den Gegenwert nicht entgehen zu lassen – auch wenn er nicht alles verstand, was dort gedruckt stand. Nach einigen Wochen hatte er sich derart an die Zeitunglektüre gewöhnt, daß er die Blätter erst aus der Hand legte, wenn er jede Zeile von vorne bis hinten gelesen hatte.
Er unterhielt sich gern mit Sally. Ihre burschikose und schlagfertige Art gefiel ihm, und irgendwie hatten sie sich immer etwas zu

erzählen. Manchmal traf er sie auch nachts auf der Treppe des Barbierladens, wo sie garantiert irgendein schlaues Buch studierte, wenn er sich auf dem Heimweg zu seinem Schlafplatz befand. Es gab zwar einen viel kürzeren Weg zu Hendersons Scheune als den über die Brandon Street, aber jeder andere war nicht halb so unterhaltsam.

Gelegentlich ging er auch zu Arthur Broderick in den *Blue Moon Saloon.* Dann tranken sie einige Gläser Bier zusammen und redeten über alles mögliche. Henry erfuhr dabei, daß Arthur Broderick seit sieben Jahren Witwer und Vater einer vierzehnjährigen Tochter namens Agnes war, deren gute Ausbildung ihm mehr als alles andere am Herzen lag, seit seine Frau gestorben war. Er hatte Agnes vor einem Jahr in das feinste Mädchenpensionat geschickt, das er westlich des Mississippi finden und auch bezahlen konnte, und er war stolz darauf, daß seiner Tochter dank der Ausbildung zu einer jungen Dame und einer ansehnlichen Mitgift eines Tages ein gesellschaftlicher Aufstieg möglich sein würde, an den ihre Mutter nicht einmal im Traum zu denken gewagt hätte.

»Man kann im Leben alles erreichen, Henry. Wenn man spürt, daß man es in sich hat, muß man es nur fest genug wollen und bereit sein, alles dafür zu geben«, versicherte er. »Nur darf man nicht dem Selbstbetrug verfallen und sich einreden, der leichteste Weg sei auch der kürzeste Weg zum Erfolg.«

»Ah, jetzt kommst's!« rief Henry ahnungsvoll, denn nie vergaß der Zimmermann ihn daran zu erinnern, daß er einen großen Fehler beging, das schnelle Geld als Latrinenboy dem etwas geringeren Lohn eines ordentlichen Berufes vorzuziehen. Und diese Mahnung ließ auch diesmal nicht lange auf sich warten. Henry nahm sie ihm jedoch nie übel. Er freute sich, wann immer er Arthur Broderick traf und dieser Zeit für ihn hatte, was leider viel zu selten der Fall war. Denn der Zimmermann hatte alle Hände voll zu tun, Bohrtürme zu bauen und gleichzeitig neue Aufträge heranzuschaffen.

Arthur Broderick war es auch, der ihn drängte, bei der *First National Bank of Beaumont* ein Konto zu eröffnen, was für Henry ein großes Ereignis war. Bisher hatte Henry seine gesamte Barschaft, die mit jedem Tag um einige Dollar wuchs, ständig in einem Lederbeutel unter seiner Kleidung am Leib getragen. Doch seit er Zeitung las und wußte, wie häufig Geschäftsleute und Arbeiter nachts in dunk-

len Seitengassen überfallen, ausgeraubt und manchmal sogar mit durchgeschnittener Kehle liegengelassen wurden, bereitete ihm das viele Geld, das er überallhin mit sich herumschleppte, zunehmend Sorgen. Immerhin gelang es ihm bei seiner sparsamen Lebensweise, pro Woche zwischen zwanzig und fünfundzwanzig Dollar, was für ihn ein Vermögen war, zu sparen und einzuzahlen. Sally war die erste, der er voller Stolz von seinem Konto und den Schecks berichtete, die er nun ausstellen konnte, wann immer er wollte. Und er brannte förmlich darauf, zum erstenmal einen solchen auszufüllen und ihn weltmännisch mit seiner Unterschrift zu versehen. Doch als er Marvin Henderson damit kam, erteilte dieser ihm eine grobe Abfuhr und blaffte: »Hältst du mich vielleicht für 'nen Trottel oder für 'ne Wechselstube? Wenn du nicht bar bezahlen kannst, packst du besser gleich deine Sachen und verschwindest!«
Henry bezahlte für Frühstück und Logis auch weiterhin mit Bargeld und vergaß vorerst einmal die Schecks, die ihm der Bankangestellte ausgehändigt hatte.

Mitte Mai schloß er Freundschaft mit Ted Wargo und Merrill Climo, die von Aussehen und Wesen so gegensätzlich waren wie Tag und Nacht, und von Stund an bekam sein Leben entschieden mehr Abwechslung, manchmal sogar mehr, als ihm lieb war.
Ted Wargo war in seinem Alter, doch kantig wie ein grober Block aus dem Steinbruch und muskulös wie ein Preisboxer, und er war es auch, der jene wüste Prügelei vom Zaun brach, die zu ihrer Freundschaft führte. Merrill Climo, ein Jahr älter, aber von schmächtiger Statur, sah neben dem grobschlächtigen Ted Wargo, der auf einer Farm bei Seminole in Oklahoma aufgewachsen war, wie dessen kleiner Bruder aus.
Henry kannte Ted und Merrill vom Sehen her, gehörten doch auch sie zu Hendersons Logiergästen. Miteinander gesprochen hatten sie aber noch nicht, was auch nicht verwunderlich war in Anbetracht der Tatsache, daß die Hendersons das Kunststück fertigbrachten, mehr als siebzig Männer in der Scheune unterzubringen. Nicht von ungefähr hieß die Unterkunft bei ihren Gästen und all denen, die mit den Verhältnissen vertraut waren, Hendersons »Sardinendose«, was die drangvolle Enge der Schlafplätze recht treffend umschrieb.
Es war an einem warmen Abend, als Henry auf Ted Wargo und

Merrill Climo stieß. Sie standen vor der Rückfront einer Lagerhalle, mit dem Rücken zur Wand – im doppelten Sinne des Wortes.
Sie wurden nämlich von sechs kräftigen Burschen in die Mangel genommen.
Wie Henry später erfuhr, gehörten die Angreifer zum Camp der irischen Arbeiter, die eine Ölpipeline von Spindletop nach Port Arthur verlegten.
Ted Wargo drosch mit den Fäusten wild um sich, und Merrill Climo versuchte, sich die Iren mit einem armlangen Stück Latte vom Leib zu halten. Doch beide standen auf verlorenem Posten, denn der Übermacht waren sie nicht gewachsen.
Henry überlegte nicht lange, als er erkannte, wer sich da in größter Bedrängnis befand. Spontan ergriff er für die beiden aus seiner Unterkunft Partei. Einem der Iren, der einen Baseballschläger schwang und gerade ausholte, entriß er von hinten den Prügel. Und bevor dieser wußte, wie ihm geschah, schickte Henry ihn mit einem Schlag in die Kniekehlen in den Staub der Gasse.
»Sechs gegen zwei, wo bleibt da der Sportmannsgeist, Freunde?« rief er und schlug erneut zu, als die überraschten Iren herumfuhren. Auch dieser Schlag war ein Volltreffer. Ein zweiter Ire, dem er den Baseballschläger in den Bauch gerammt hatte, ging neben seinem Landsmann mit einem häßlichen Röcheln in die Knie. Henrys unerwartetes Eingreifen brachte die Iren völlig aus dem Konzept und riß ihre Gruppe auseinander. Sie wußten nicht, wie ihnen geschah.
Henry, Ted und Merrill gaben ihnen keine Gelegenheit, sich von ihrem Schock zu erholen. Augenblicke später jagten sie sie vor sich her, die Gasse entlang.
»Ha, wie die Spreu im Wind!« rief Merrill triumphierend, als die Iren am Ende der Gasse auf dem vor ihnen liegenden Platz in alle Richtungen auseinanderstoben.
Die Gefahr war gebannt, der Sieg unbestritten, und so wandten sich Ted Wargo und Merrill nun ihrem Retter aus höchster Not zu.
»Danke, Kumpel«, sagte Ted Wargo und schüttelte Henry die Hand. »Das war mächtig hilfreich. Ohne dein Eingreifen wären wir wohl gezwungen gewesen, wirklich alles zu geben, um diese irischen Maulwürfe in den Dreck zu zwingen.«
Merrill lachte spöttisch auf. »Womit Ted in der ihm eigenen

bescheidenen Art sagen will, daß wir in Wirklichkeit bis zu den Ohren in der Scheiße saßen und ganz sicher die Prügel unseres Lebens bezogen hätten, wenn du uns nicht zu Hilfe gekommen wärst«, stellte er klar und bedankte sich ebenfalls mit einem kräftigen Händedruck.

»Habe nichts gegen einen Kampf, solange er fair geführt wird«, sagte Henry, den der Dank verlegen machte. »Aber sechs gegen zwei, das ist mir irgendwie gegen den Strich gegangen.«

»War wirklich saubere Arbeit, wie du die beiden mit dem Schläger ausgeschaltet hast«, sagte Ted anerkennend und runzelte die Stirn. »Sag mal, wohnst du nicht auch in Hendersons ›Sardinendose‹?«

Henry nickte. »Ja, wir sind Leidensgefährten.«

»Deshalb kam mir dein Gesicht auch gleich so bekannt vor«, sagte Merrill erfreut. »Ich heiße übrigens Merrill Climo, und das ist Ted Wargo.«

»Henry Maynard.«

Sie schüttelten noch einmal die Hand. Dann sagte Ted: »Ich habe einen höllischen Brand, Freunde. Und dieses glorreiche Gefecht mit den irischen Rohrkrepierern schreit doch geradezu danach, gebührend begossen zu werden, oder? Du bist natürlich eingeladen, Henry!«

Im *White Horse Saloon,* der zu ihrem Stammlokal werden sollte, feierten sie ihren Sieg über die irische Clique mit reichlich Bier, dem einzigen alkoholischen Getränk, das an junge Männer ihres Alters ausgeschenkt wurde.

So unterschiedlich sie in ihrem Wesen auch waren, so verstanden sie sich doch auf Anhieb ausgezeichnet miteinander. Ted führte gern das große Wort, liebte Raufereien und hatte einen Hang, alles zu übertreiben und nichts ernst zu nehmen. Das einzige, was ihn wirklich wurmte, war, daß er nach sechs Wochen, die er nun schon in Spindletop war, noch immer keinen Driller gefunden hatte, der ihm trotz seines jugendlichen Alters eine Chance geben und ihn als Roughneck in seine Bohrcrew nehmen wollte. Es gab einfach genug ältere Männer, die nach Spindletop strömten und Bohrarbeiter werden wollten.

»Sei doch froh, daß du die Stelle bei Webster in der Schmiede gefunden hast«, sagte Merrill, der einen ebenso scharfen Verstand wie trockenen Humor besaß, gut zuhören konnte und sich nie in den Vordergrund spielte. Er hatte nach Abschluß der Highschool in Beaumont bei einem Notar als Gehilfe gearbeitet und war bei Ausbruch des Ölbooms von einem halbwegs seriösen Makler abgeworben worden, der je ein Büro in der Boomtown und in Beaumont gleich gegenüber der Bahnstation unterhielt. Neben der Vorbereitung von Standardverträgen und der Anfertigung von Abschriften gehörte es zu Merrills Aufgaben, zwischen den beiden Büros als Bote zu fungieren. »Webster zahlt dir einen anständigen Lohn, und du hast täglich Kontakt mit den Bohrleuten.«

Ted verdrehte die Augen. »Mann, ich habe in der Schmiede jeden Tag mit kaputtem Bohrgestänge und stumpfen Bohrköpfen zu tun. Aber ich will hier nicht in einem elenden Bretterschuppen an dem Zeug herumhämmern, sondern damit auf der Arbeitsbühne eines Bohrturms arbeiten. Ich will raus aufs Ölfeld, Driller möchte ich werden und eines Tages meine eigene Crew haben, und das schaffe ich auch!«

Merrill grinste.

»Ich wette, ich habe meine eigene Crew *und* meine erste erfolgreiche Bohrung niedergebracht, bevor du ein College auch nur aus der Nähe zu sehen bekommen hast«, sagte Ted.

»Du willst aufs College?« fragte Henry erstaunt.

Merrill winkte verlegen ab. »Ach was, das war nur mal so ein verrückter Gedanke, nicht mehr als ein Wunschtraum. Vier Jahre College, wer kann das schon bezahlen! Nein, da wird für unsereins nichts draus.«

»Kopf hoch! Eines Tages bekehre ich dich noch zum wahren Leben auf dem Bohrturm und sorge damit dafür, daß doch noch was Anständiges aus dir wird!« meinte Ted mit freundschaftlichem Spott, ehe er Henry fragte: »Und was machst du?«

Aus einem unerfindlichen Grund und zum erstenmal, seit er als Latrinenboy arbeitete, schämte Henry sich seiner Tätigkeit ein wenig. »Ich verdiene mein Geld im Stehen – als Latrinenboy.«

»Oh!« Ted und Merrill machten erstaunte Gesichter, als hätten sie das nie vermutet und als wüßten sie nicht, was sie davon halten sollten.

»Heute war kein guter Tag, und ich habe bloß fünfeinhalb Dollar gemacht. Dafür habe ich aber gestern, als die Ausflugszüge wieder Horden von Sonntagsboomern angebracht haben, zwölfeinhalb

Dollar einkassiert«, fügte Henry hastig hinzu, in der Hoffnung, daß sein hoher Verdienst nicht ohne Eindruck auf die beiden bleiben würde.
»Zwölfeinhalb Dollar?« stieß Ted ungläubig hervor.
»Mensch, dann haben wir ja einen Krösus in unserer Mitte!« sagte Merrill nicht weniger beeindruckt.
»Nicht jeden Sonntag springt so viel heraus«, schränkte Henry sogleich ein. »Aber im Schnitt sind an die sieben Dollar pro Tag drin.«
»Das ist immer noch gut doppelt soviel, wie Webster mir zahlt!« stöhnte Ted gequält. »Mensch, bist du zu beneiden, Henry! Wenn ich die Nerven dazu hätte, würde ich dir schon morgen Konkurrenz machen. Aber wenn meine Hände nichts zu tun haben, werde ich verrückt.«
»Und streitlustig«, bemerkte Merrill.
»Latrinenboy ist natürlich nichts für ewig«, räumte Henry ein, dem die Geistlosigkeit seines Jobs von Tag zu Tag mehr auf die Nerven ging.
»Und, was willst du dann machen?« wollte Merrill wissen. »Was hast du dir für die Zukunft vorgenommen?«
Henry blickte in die Runde, zuckte mit den Achseln und antwortete ohne groß zu überlegen: »Natürlich steinreich werden, was denn sonst?«
Er sagte das mit einer solchen Selbstverständlichkeit und Überzeugung, und sein Gesicht spiegelte die Verblüffung darüber, wie sie ihn so etwas überhaupt fragen konnten, daß Ted und Merrill in schallendes Gelächter ausbrachen.
»He, das ist kein Witz! Ich meine es ernst! Wenn es Zeitungsjungen und Tellerwäscher zu Millionären bringen können, warum dann nicht auch ein Latrinenboy?«
Ted und Merrill, schon halb betrunken, johlten vergnügt. Auch Henry grinste und merkte, daß seine Zunge schwer wurde und die Aussprache allmählich schwerfiel. Doch die Ankündigung, es vom Latrinenboy zum Millionär zu schaffen, war kein Einfall seines alkoholumnebelten Hirns. Es war ein Vorsatz, der sich schon längst in der Tiefe seines Unterbewußtseins geformt, es aber nicht gewagt hatte, in seine bewußten Gedanken vorzustoßen und Konsequenzen zu fordern. Doch nun war der Vorsatz zutage getreten, und von Stund an wurde Henry ihn nicht mehr los.

Die Idee mit der Pokerrunde kam von Merrill. Doch so zügellos, unkultiviert und von Raffgier geprägt das Dasein in der Boomtown auch war, so gab es doch einige Regeln des bürgerlichen Zusammenlebens, die sogar hier einmütig anerkannt wurden. Zu diesen gehörte, daß niemand harte Drinks ausgeschenkt bekam und an keinem Glücksspiel teilnehmen durfte, der nicht volljährig war. Da die Wirte dem Andrang erwachsener Trinker und Spieler kaum Herr wurden, dachte auch keiner daran, seine Lizenz aufs Spiel zu setzen. Dasselbe galt für die Besitzer der Hotels, Zeltunterkünfte und Pensionen. Niemand duldete unter seinem Dach den Genuß von harten Getränken und Glücksspiele, wenn junge Burschen wie Henry, Ted und Merrill daran teilnehmen wollten.

»Ich kann einen Steinkrug mit Moonshine auftreiben, den besten schwarzgebrannten Brandy von ganz Jefferson County, aber ich habe keine Lust, irgendwo da draußen im Freien zu hocken und mich von Moskitos zerstechen zu lassen«, erklärte Ted. »Irgendwie fehlt mir das Zeug zum Märtyrer.«

Merrill pflichtete ihm bei. Nach Einbruch der Dunkelheit waren die Moskitos eine echte Plage. »Ja, wir brauchen ein Zimmer, in dem wir ungestört pokern und einen zur Brust nehmen können. Fragt sich nur, wo?«

»Vielleicht weiß ich was«, sagte Henry und sprach am nächsten Tag mit Sally, weil er wußte, daß Doc Thayer in Beaumont wohnte, am Nachmittag dorthin zurückkehrte und es sich zum eisernen Prinzip gemacht hatte, nachts niemals nach Spindletop zu kommen. Die Versorgung von Kranken und Verunglückten überließ er in den Abend- und Nachtstunden einem jüngeren Kollegen ein paar Straßen weiter. Henry hatte sich zwar eine reelle Chance ausgerechnet, Sally überreden zu können, aber auch eine Abfuhr nicht ausgeschlossen. Um so größer war seine Freude, als er merkte, daß er sie gar nicht zu beknien brauchte. Sally stellte nur eine einzige Bedingung: »Ihr laßt mich mitspielen!«

»Kannst du denn pokern?«

»Nein, aber so schwer kann es ja wohl nicht sein, wenn sogar die dämlichsten Burschen Stunden mit Pokern zubringen«, antwortete sie mit spitzer Zunge, während das fröhliche Blitzen ihrer Augen den Worten die Schärfe nahm. »Ihr werdet es mir eben beibringen müssen, wenn ihr euch hier treffen wollt.«

»Okay, ich habe nichts dagegen, Sally. Mal sehen, was Ted und Merrill dazu sagen.«

Keiner von beiden hatte etwas daran auszusetzen, als er ihnen am nächsten Morgen beim Frühstück von seinem Gespräch mit Sally und ihrer Bedingung berichtete.

»Wenn du deine Süße mit am Tisch haben willst, soll mir das recht sein«, meinte Ted anzüglich. »Aber beklag dich hinterher nicht, wenn sie mich gesehen und keinen Blick mehr für dich übrig hat! Mein Spitzname ist nämlich Apollo.«

»Kannte mal einen Ochsen, der so geheißen hat«, warf Merrill trocken ein.

»Sally ist nicht meine Süße. Wir sind nur befreundet«, stellte Henry sofort klar. »Mit ihr kann man reden, und sie ist in Ordnung. Das ist alles.«

Ted hob die Schultern. »Was immer du sagst, Partner.«

Merrill nickte. »Klar, warum soll sie auch nicht mit uns pokern? Ist mir doch egal, wem ich das Geld abnehme. Sag lieber, wann wir uns bei ihr treffen können.«

»Wenn ihr wollt, schon heute abend.«

Sie verabredeten sich für neun Uhr vor dem *White Horse Saloon,* und jeder war pünktlich zur Stelle. Ted brachte nicht nur den versprochenen Krug Moonshine mit, sondern auch noch einen etwa gleichaltrigen Arbeitskollegen aus der Werkstatt, der Charles Lewis hieß und auf keinen Fall Charley genannt werden wollte.

Sally erwartete sie an der Hintertür von Hodgers Barbierladen.

»Sally, das sind meine Freunde Ted und Merrill ... Ted hat noch einen Kollegen mitgebracht, er heißt Charles«, sagte Henry zur Begrüßung. »Und das ist Sally Floyd.«

»Hallo, Sally«, sagte Merrill etwas linkisch.

Ted dagegen kannte keine Verlegenheit. »Nett, daß du uns Obdach gewährst, Sally. Ich hoffe bloß, du setzt uns nicht gleich wieder vor die Tür, wenn wir dich nicht oft genug gewinnen lassen«, sagte er scherzhaft zur Begrüßung, während sich Charles mit einem Nicken begnügte.

»Warten wir es ab«, erwiderte Sally lachend und öffnete nun die Tür. »Ich habe auch ein paar Hocker besorgt.«

Henry merkte, wie Ted, Merrill und Charles plötzlich zögerten, als nun das helle Licht aus dem Behandlungszimmer auf Sallys Gesicht fiel.

»Das ist ja ein Niggermädchen!« rief Charles ebenso überrascht wie empört. »Warum hast du das nicht gesagt, Ted?«
Henry sah, wie Sally kaum merklich zusammenzuckte und die Fäuste ballte. Ted zuckte hilflos und verwirrt mit den Achseln, und auch Merrill schien nicht zu wissen, wie er auf diese Überraschung reagieren sollte.
»Der Teufel soll mich holen, wenn ich mich mit 'nem dreckigen Niggerrock an einen Tisch setze!« fluchte Charles und warf Sally einen abfälligen Blick zu. »Mit schwarzem Pack ...«
»Das reicht jetzt, Mann!« fuhr Henry ihm scharf ins Wort. »Niemand beleidigt meine Freunde, ohne es mit mir zu tun zu kriegen. Und Sally gehört genauso zu meinen Freunden wie Ted und Merrill, ist das klar?«
Ted räusperte sich und bezog nun Stellung. »Mach keinen Ärger, Charles. Wenn Henry sagt, daß Sally in Ordnung ist, ist das alles, was ich dazu wissen muß.«
Merrill nickte zustimmend. »Henrys Freunde sind auch unsere Freunde, kapiert? Laß also den schwachsinnigen Niggerscheiß! Ich denke, wir sind zum Pokern hier?«
Charles blickte verächtlich in die Runde und spuckte demonstrativ aus. »Ihr könnt mir erzählen, was ihr wollt, aber mit Niggern mache ich mich nicht gemein. Und das gilt ganz besonders für solche Bastarde, deren Mütter mit Weißen herumgehurt haben, wahrscheinlich in einem Freu...«
Henry war mit einem Satz bei ihm und schlug wortlos zu. Charlies Nasenbein brach mit einem häßlichen Geräusch unter dem Faustschlag. Mit einem gellenden Aufschrei wankte der Getroffene zurück, während Blut aus seiner Nase schoß und über seinen Mund rann. Er schüttelte den Kopf und schmierte sich das Blut mit dem Handrücken über Wangen und Kinn. Dann hob er die Fäuste zum Gegenangriff. »Das wirst du mir büßen, du dreckiger Niggerfreund!«
Henry wich ihm aus, durchbrach mit der Rechten Charles' nachlässige Deckung und brachte ihn mit einem Uppercut zum Stehen. Und bevor Charles Lewis sich von diesem Treffer erholen konnte, setzte Henry auch schon mit einer wuchtigen Links-Rechts-Kombination nach, in die er all seine Wut und Scham legte. Angeschlagen torkelte Charles gegen die Bretterwand neben der Tür.

»Na, was ist, geht dir die Luft aus?« höhnte Henry.
»Scheißkerl«, röchelte Charles. »Niggerfi...«
Weiter kam er nicht. Henry gab ihm den Rest, indem er ihm zwei kurze Haken in die Rippen hämmerte und ihm dann die Faust in den Magen rammte. Mit einem erstickten Aufschrei kippte ihm Charles entgegen. Henry stieß ihn von sich, und Charles Lewis ging zu Boden.
Einen Augenblick lang sagte niemand etwas. Nur das Stöhnen und unterdrückte Fluchen des am Boden Liegenden war zu hören. Henry rieb sich die schmerzenden Knöchel seiner rechten Hand, und sein Herz jagte, hämmerte wie wild gegen seine Brust. Von Kindheit an hatte er gelernt, sich seiner Haut zu erwehren, und als Hobo war er es gewohnt, Prügel zu beziehen und auszuteilen. Aber er konnte sich nicht erinnern, wann er das letzte Mal mit einer solch lodernden Wut und Heftigkeit auf jemanden losgegangen war wie soeben auf diesen Charles Lewis.
Das Schweigen dauerte nur ein, zwei Sekunden, doch sie alle empfanden es als erheblich länger.
Es war Merrill, der es schließlich brach. »Verdammt!« murmelte er und schüttelte den Kopf, als könne er nicht glauben, was sich so blitzschnell vor seinen Augen abgespielt hatte. »Du bist ja wie ein Tornado aus Fäusten über ihn hergefallen! Himmel, bin ich froh, daß wir Freunde sind!«
Ted lachte kurz auf. »Ja, Henry hat's ihm ordentlich gezeigt«, pflichtete er dem Freund bei. Seine Stimme klang, als müßte er gegen ein Unbehagen in sich ankämpfen, das jedoch nichts mit Henrys Fähigkeiten als Faustkämpfer zu tun hatte, denn es war ganz unstrittig, daß der muskulöse Hüne Henry körperlich haushoch überlegen war.
Sally stand blaß und stumm in der Tür.
Lewis richtete sich mühsam auf. »Okay. Diesmal ... hast du ... gewonnen«, stieß er abgehackt hervor. »Aber das ... nächstemal ... werde ich dir ... keine Chance ... lassen.«
Henry bemerkte, wie Ted sich plötzlich straffte. Dessen Hand fuhr in die Hosentasche und kam mit einem Klappmesser wieder zum Vorschein. Eine lange, scharfe Klinge blitzte im Licht aus der Tür auf.
»Nicht, Ted!« rief Henry erschrocken.

Ted beachtete ihn nicht, sondern packte Charles Lewis mit der linken Hand bei den Haaren, riß ihm den Kopf in den Nacken und setzte ihm das Messer an die Kehle, daß sich die Haut unter der Klingenspitze spannte. Charles erstarrte und verdrehte die Augen.

»Jetzt höre mir mal gut zu, *Charley!*« sagte Ted scheinbar im Plauderton und mit einem trügerischen Lächeln. »Du hast deine faire Chance gehabt, aber den kürzeren gezogen. So ist es nun mal, wenn man das Maul zu weit aufreißt und sich selbst zum Idioten stempelt. Aber mit dieser Vorstellung heute abend ist die Sache erledigt. Haben wir uns verstanden? Und wenn ich erledigt sage, dann meine ich es auch so, *Charley*-Freundchen.«

»Mann, nimm das Messer weg!« krächzte Lewis, und in seinen Augen leuchtete das Weiße auf.

Ted schien ihn nicht gehört zu haben. »Wehe, du versuchst dich durch irgendeine Schweinerei an meinem Freund zu rächen! Und ich rate dir auch, das Maul über unsere Pokerrunde und den Moonshine zu halten. Ich denke, du kapierst, wie ich das meine, ja, *Charley*-Boy?« Die Messerspitze ritzte die Haut über dem Kehlkopf.

»Ja, ja!« beteuerte Charles mit angstgeweiteten Augen und schriller Stimme.

»Dann verpiß dich, und laß dich hier bloß nicht wieder sehen!«

Ted zog das Messer zurück und gab Charles einen Stoß vor die Brust. Der sprang auf, und Augenblicke später hatte ihn die Dunkelheit verschluckt.

Ted wandte sich zu den anderen um. »Tut mir leid, daß ich diesen Idioten angeschleppt habe«, sagte er mit einem schiefen, um Nachsicht bittenden Lächeln.

»Der hätte sich fast in die Hose geschissen«, sagte Merrill mit einem nervösen Auflachen.

»Der soll mir bloß noch mal über den Weg laufen!« grollte Henry und vermied es wie seine beiden Freunde, Sally anzublicken. Jeder von ihnen spürte die merkwürdige Anspannung und Unentschlossenheit, was denn nun geschehen solle.

»Was ist?« fragte Sally schroff. »Wollt ihr es euch noch mal überlegen, oder wollt ihr reinkommen und mir das Pokern beibringen?«

Merrill sah nun zu Sally hinüber. »Also, ich bin fürs Pokern, Freunde«, sagte er mit einem Anflug von Verlegenheit. »Außerdem will ich

sehen, was das für ein Rattengift ist, das Ted da den ganzen Weg hierher als erstklassigen Moonshine angepriesen hat.«
»Na klar, wir pokern!« erklärte Ted, als hätte daran nie der geringste Zweifel bestanden. »Und du wirst vor Verzückung in die Windeln machen, wenn du den ersten Tropfen von diesem edlen Brandy auf der Zunge zergehen läßt, du Tintenheini!«
Sally erwähnte die Beleidigungen durch Charles Lewis mit keinem Wort. Und als Henry ihrem Blick begegnete, las er in ihren Augen weder Erleichterung noch Dankbarkeit, sondern nur Verwunderung und Nachdenklichkeit.

»Noch eine Runde, Freunde?« fragte Henry, während Ted den kleinen Berg Münzen einstrich, der sich in der Mitte des Schreibtisches angesammelt hatte.
»Nicht mit mir«, winkte Merrill ab. »Es ist schon kurz vor zwei, und mir fallen gleich die Augen zu.«
»Mir reicht es auch«, sagte Ted.
»Kein Wunder, du hast uns ja ganz ordentlich gemolken, nachdem du uns erst mit deinem Moonshine benebelt hast, der übrigens allenfalls als Kompaßspiritus taugt«, hielt Merrill ihm vor.
»Nun mal langsam!« protestierte Ted. »Ein gut Teil von dem, was du verloren hast, ist ja wohl in Sallys Tasche gewandert.«
Sally lachte. »Das Glück des Anfängers.«
»Das werden wir ja beim nächstenmal sehen«, meinte Ted und sammelte die Karten ein.
»Geht ruhig schon«, sagte Henry, als seine Freunde bereit zum Aufbruch waren. »Ich bleibe noch einen Moment.« Er deutete auf sein Glas, in dem der schwarzgebrannte Brandy noch zwei Finger hoch stand. »Das Zeug ist zu feurig, um es mit einem Schluck hinunterzukippen.« Das war nur ein Vorwand, und jeder von ihnen wußte es.
Merrill lachte. »Ein Glas davon zu Lebzeiten, und du kannst dir später das Einbalsamieren sparen. Also, dann bis morgen – das heißt, bis gleich zum Frühstück.«
»Übermorgen am selben Ort und zur selben Zeit, Sally?« fragte Ted.
»Von mir aus gern«, antwortete sie.
»Okay, abgemacht.«
Ted klemmte sich den Steinkrug unter den Arm und ging mit

Merrill zur Tür. Ein letzter, beiläufiger Gutenachtgruß, bevor sie in die Dunkelheit hinaustraten, dann waren Sally und Henry allein.
Einen Moment schwiegen sie. Henry nippte an seinem Brandy, der nicht so schlecht war, wie Merrill tat, aber auch nicht so gut, wie Ted behauptete. Aus dem Nebenraum kam das laute Schnarchen von »Holy« Hodgers nächtlicher Kundschaft.
»Deine Freunde sind ganz in Ordnung«, sagte Sally schließlich und spielte mit ihrem leeren Glas.
»Mhm«, machte Henry und nahm die Lederschnur mit der filigranen Elfenbeinmuschel zwischen die Lippen, während er sich fragte, wie er über etwas sprechen sollte, worüber er sich bisher noch nie Gedanken gemacht hatte.
»Eine schöne, unglaublich feine Arbeit, diese Muschel.«
Er schaute auf das elfenbeinerne Schmuckstück hinunter, und wie immer, wenn er die dünne, fächerartige Muschel bewußt anschaute, stiegen Bitterkeit und kostbare Erinnerungen zugleich in ihm auf.
»Es ist die Miniaturnachbildung einer ganz seltenen Muschel, die man nur in tropischen Gewässern findet. Der Bootsmann eines Walfängers hat sie geschnitzt.«
»Dein Talisman?«
Er nickte und ließ die Schnur mit der Muschel unter seinem Hemd verschwinden. Für einen Augenblick kehrte wieder Schweigen ein.
»Du hast es ihnen nicht gesagt, nicht wahr?«
»Was?« fragte er, obwohl er genau wußte, was sie meinte.
»Daß ich eine Schwarze bin.«
Er lachte auf, aber seine Belustigung klang gezwungen. »Du bist doch keine Schwarze!« widersprach er.
Ihre Augenbrauen hoben sich. »Nein, bin ich nicht? Dann erzähl mir doch mal, was ich statt dessen bin!«
Er fühlte sich so verlegen und unwohl wie schon lange nicht mehr. »Du könntest glatt für eine Weiße durchgehen.«
»Ja, im Dunkeln oder wenn man nicht genau hinschaut. Und wie gesagt ›durchgehen‹, nicht aber sein. Du hast mir also noch immer nicht gesagt, was ich nun tatsächlich bin.«
»Na, eben ein Mischling, eine Mulattin«, antwortete er und fügte hastig hinzu: »Aber mit einer sehr hellen Haut.«
»Ob nun Mulattin oder Schwarze, was macht das für einen Unterschied? Ausschlaggebend ist, daß ich nicht weiß bin, was ja wohl so

sicher ist wie das Amen in der Kirche, und damit gehöre ich für die Weißen nun mal zu den Niggern, basta!« sagte sie entschieden. »Und für viele Schwarze ist meine helle Haut genauso eine Beleidigung wie für diesen Charles.«

»Vergiß diesen Schwachkopf! Kerle wie er sind hier doch die Ausnahme, oder?«

»Hier in der Boomtown schon, aber nicht da draußen, wo das normale Leben stattfindet«, erwiderte Sally.

»Das vermisse ich nicht.«

»Ich auch nicht. Ich finde es hier aufregend«, gestand Sally. »Aber ich habe nicht vor, mein ganzes Leben in solchen Bretterbudensiedlungen zu verbringen, wo jeder verrückt spielt und sich alles lediglich um Öl und Geld dreht, wo es immer nur darum geht, wer wen beim Betrügen und Übervorteilen aussticht.«

Henry lachte. »Ich weiß gar nicht, was du hast? Ist doch ein tolles Spiel, gerade weil es so verrückt ist. Ehrlich gesagt ist es das beste, was ich mir überhaupt vorstellen kann – auch ohne Betrug und solch krumme Touren. Ich mache eine Menge Geld, und ich werde noch viel mehr verdienen.«

Sally bedachte ihn mit einem spöttischen Blick. »Als ich das erste Mal zum Erdbeerpflücken aufs Feld geschickt wurde und bei der Arbeit so viele Erdbeeren essen durfte, wie ich wollte, da habe ich sie förmlich in mich hineingeschlungen. Wir hatten uns nie Erdbeeren leisten können, und ich hätte Stein und Bein geschworen, daß ich nie genug davon bekommen würde. Doch schon nach einer Woche konnte ich keine Erdbeeren mehr sehen.«

»Der Vergleich hinkt aber gewaltig. An Erdbeeren kannst du dich überfressen ...«

»Tiere fressen. Menschen sollten sich aufs Essen beschränken«, warf sie verbessernd ein.

»... und dir den Magen verderben, Miss Grammatik«, fuhr er unbeirrt fort, an ihre gelegentlichen Korrekturen gewöhnt, »aber niemand wird es leid, gutes Geld zu verdienen oder gar darin zu schwimmen.«

Sally verzog das Gesicht. »Ich glaube nicht, daß einer von uns beiden jemals so weit kommt, herauszufinden, ob mein Vergleich wirklich so sehr hinkt.«

»Und ob ich das herausfinden werde!« versicherte er. »Rockefeller

und all die anderen steinreichen Burschen sollen sich schon mal warm anziehen. Henry Maynard, der Latrinenboy, sitzt ihnen nämlich bald im Nacken.«
»Vergiß aber nicht, mir Bescheid zu geben, wenn es soweit ist!« neckte sie ihn.
»Ich werde dir einen Korb mit goldenen Erdbeeren schicken.«
Sie lachte kurz auf. Dann nahm ihr Gesicht wieder einen ernsten Ausdruck an. »Du hast mir aber noch immer nicht verraten, warum du Ted und Merrill verschwiegen hast, daß ich keine Weiße bin.«
Er verdrehte die Augen. »Mein Gott, mußt du wieder davon anfangen?« beklagte er sich.
»Es interessiert mich nun mal.«
»Aber mich nicht!« platzte es ungehalten aus ihm heraus, und er kippte den Rest Brandy hinunter. Bei aller Freundschaft, aber er hatte einfach keine Lust, noch länger auf diesem Thema herumzukauen. »Okay, ich habe nicht darüber nachgedacht. Na und? Ich habe nun mal keine Lust, mir über jeden Schwachsinn, den andere verzapfen, Gedanken zu machen und mir den Kopf anderer Leute zu zerbrechen. Und ich kapiere einfach nicht, was daran so schlimm sein soll, daß ich meine Freunde nicht darauf vorbereitet habe. Wir hatten schließlich doch noch einen verdammt lustigen Pokerabend, oder?«
»Ja, den hatten wir«, pflichtete Sally ihm bei.
»Also, was soll das alles? Vergiß doch diesen Arsch, der dir so dumm gekommen ist«, sagte er ärgerlich und stand auf. »Er hat sich dafür ordentlich was eingefangen, und damit ist die Sache erledigt. Wenn du mehr erwartet hast, tut es mir leid.«
»Ich habe überhaupt nichts erwartet, Henry.«
»Um so besser«, brummte er. »Dann hast du ja auch keinen Grund, dich zu beklagen.«
»Ich habe mich nicht beklagt, sondern dich nur etwas gefragt«, entgegnete sie ruhig und begleitete ihn zur Tür.
»Meine Antwort hast du gehört, und das ist alles, was ich dazu zu sagen habe.«
Sally legte ihm die Hand auf den Arm und meinte sanft: »Ich glaube, du hast das alles in den falschen Hals bekommen, Henry.«
»So?« Verdrossen sah er sie an.
»Ich möchte mich bei dir bedanken.«

Sein Ärger verwandelte sich in Verlegenheit. »Nun, mach daraus mal bloß keine Schlagzeile für deinen *Advertiser!* Der Stinker hat bekommen, was er verdient hat.«
»Nein, das meine ich nicht, obwohl auch das recht eindrucksvoll war.«
Auf seiner Stirn bildete sich eine steile Falte. »Wofür willst du dich dann bedanken?« fragte er verständnislos.
Sie lächelte ihn an. »Dafür, daß du überhaupt keinen Gedanken daran verschwendet hast, ob du deine Freunde nicht besser hättest vorwarnen sollen, daß Sally Floyd keine Weiße ist.«
»Wie?« fragte er verblüfft und verstand noch immer nicht, worauf sie hinauswollte.
»Charles hat mich abgelehnt, weil ich in seinen Augen ein Niggermädchen bin und deshalb nichts tauge. Ted und Merrill wußten erst nicht, wie sie reagieren sollten, und haben sich dann dazu durchgerungen, mich zu akzeptieren, und zwar deinetwegen, was ich ihnen hoch anrechne«, fuhr sie schnell fort, bevor er sie unterbrechen konnte. »Du jedoch bist nicht einmal auf die Idee gekommen, daß deinen Freunden meine Hautfarbe nicht passen könnte.«
»Nein, bin ich wirklich nicht«, gab er zu.
»Ja, und dafür danke ich dir, Henry«, sagte sie mit einem Strahlen in den Augen.
»Und deshalb hast du so ein Theater gemacht?« Er verstand immer noch nicht so recht, weshalb sie ihm nun dankbar war.
»Ja.«
Lachend schüttelte er den Kopf, öffnete die Tür und sagte im Hinausgehen: »Ich habe ja gleich gewußt, daß du eine komische Nudel bist, Sally. Aber jetzt weiß ich es mit absoluter Sicherheit. Gute Nacht!«
Sie lächelte. »Gute Nacht, Henry!«

Viertes Kapitel

Der letzte Regen war in der ersten Aprilwoche gefallen. Danach hatte die Trockenheit begonnen, zu der sich schon im Mai die texanische Sommerhitze gesellt hatte. Das Quecksilber der Thermometer kletterte im Juni und Juli immer höher, während der Ölpreis fiel. An der Börse von Spindletop wurde Öl für drei Cent pro Barrel gehandelt, während man für einen Becher Wasser fünf Cent bezahlen mußte.

Weder die brütende Hitze noch der Staub konnten dem Boom etwas anhaben. Nicht einmal die zeitweilige Ölschwemme, die den Barrelpreis in den Keller stürzen ließ, vermochte dem Wahnsinn, der auf dem Ölfeld und in der Bretterbudenstadt zu regieren schien, Einhalt zu gebieten. Spindletops Boom war ungebrochen und lockte auch weiterhin ganze Ströme von Glücksjägern, Geschäftemachern und Bohrarbeitern an. Noch immer schossen neugegründete Gesellschaften wie Pilze aus dem Boden. Viele gingen binnen weniger Wochen pleite und mit ihnen zahllose gutgläubige Anleger, die von skrupellosen Wertpapierhändlern um ihren letzten Cent betrogen worden waren. Schon begann man von »Swindletop« zu sprechen, der Boomtown, in der Geschäfte mit faulen Ölaktien ebenso alltäglich waren wie die oft zwei, drei Mordfälle in einer gewöhnlichen Nacht. Einmal wurden sogar sechzehn Leichen aus den Fluten des nahegelegenen Neches gezogen, vermutlich die Opfer rivalisierender Banden. Dabei war der normale Arbeitstag schon gefährlich genug. Öltanks gingen in Flammen auf und verdunkelten den Himmel tagelang mit gigantischen schwarzen Rauchwolken, gewaltige Ölfontänen schleuderten tonnenschweres Bohrgestänge aus dem Bohrloch und rissen Derricks in Stücke und Bohrarbeiter in den Tod, Dampfkessel explodierten, Gas entwich und schlug eine Bresche des Todes, das hochempfindliche Nitroglyzerin der Shooter ging schon auf dem Transport oder vorzeitig an der Bohrstelle in die Luft, und noch viele andere Unfälle forderten auf dem Ölfeld ihren grausamen Tribut an Menschenleben. Doch niemand zählte die Opfer, und nichts konnte die Begeisterung der Menschen für dieses El Dorado des Öls dämpfen.

Auch Henry kam nicht einmal im Traum der Gedanke, Spindletop zu verlassen. Täglich hörte er von großartigen Geschäften, die irgendeinen armen Schlucker zu einem reichen Mann gemacht hatten, und das quälende Gefühl, seine große Chance zu verpassen, wuchs wie ein schmerzendes Geschwür.

Von der Begeisterung, mit der er seine Tätigkeit als Latrinenboy begonnen hatte, war längst nichts mehr übrig. Nicht einmal der ausgezeichnete Verdienst, den er noch immer Tag für Tag einstrich, vermochte ihn mit den Umständen seiner Tätigkeit auszusöhnen. Mit der Hitze war auch der Gestank der Latrinen gewachsen. Dazu kamen der Staub, der über den schattenlosen und sonnendurchglühten Platz fegte, und die lästigen Fliegen. Aber am schlimmsten war die stupide, geisttötende Eintönigkeit seiner Arbeit, die, wie er sich eingestehen mußte, eigentlich gar keine war. Er stand ja nur herum, von Sonnenaufgang bis Sonnenuntergang. Die Leistung, die er dabei vollbrachte, war lediglich, daß er unter der gnadenlosen Sonne nicht zusammenklappte, den stechenden Gestank jeden Tag aufs neue Stunde um Stunde ertrug, vor Fliegen und Moskitos nicht Reißaus nahm, an der quälenden Langweile nie ganz verzweifelte – und trotz allem nicht schwach wurde und der Trostlosigkeit seines Arbeitstages nicht Abwechslung verschaffte, indem er sich mit Maxi oder Al in den Schatten eines Öltanks verzog.

Die Lektüre der Zeitungen, die er so lange wie möglich hinauszuziehen versuchte, half ihm durchzuhalten, obwohl es dafür eigentlich gar keine Notwendigkeit gab. Er hätte jederzeit aufhören und bei Broderick anfangen können. Dieser ermunterte ihn mehr denn je, doch den Absprung zu finden und endlich einer ordentlicheren Arbeit nachzugehen. Auch Ted, Merrill und Sally verstanden nicht, weshalb er starrköpfig darauf beharrte, seinen einträglichen Job als Latrinenboy nur gegen etwas einzutauschen, was ihn auch wirklich weiterbrachte.

»Weiterbringen? Wohin denn?« fragte Merrill einmal.

»Zu meiner ersten Million natürlich«, sagte Henry ärgerlich, weil er fand, daß mal wieder alle auf ihm herumhackten, und löste damit bei Ted und Merrill Gelächter aus.

Ted gab Ende Juni seinen Job in Websters Schmiede auf und begann als Roughneck bei einer Bohrcrew, deren Auftraggeber nur ein dünnes Finanzpolster besaß und daher weniger als andere bezahlte. Ted machte das nichts aus. Er war selig, es endlich geschafft zu haben, als Roughneck auf der Arbeitsbühne eines Bohrturms zu stehen. Alles, was Ted nun auf Good Omen, so hatte der finanzschwache Wildcatter seine Bohrstelle beschwörend getauft, tat, hörte und sah, bekamen seine Freunde nach der Arbeit detailliert berichtet. Ted konnte über nichts anderes mehr reden – bis der Wildcatter dann zwei Wochen später kein Geld mehr hatte und Good Omen an eine Ölgesellschaft verkaufte, die der Bohrcrew den restlichen Lohn auszahlte und sie durch eine eigene ersetzte.

»Immerhin kannst du jetzt schon ein paar Wochen Erfahrung vorweisen«, tröstete Henry den ausbezahlten Roughneck. »Das wird es dir leichter machen, einen neuen Job zu finden.«

Und so war es auch. Ted übernahm wenig später in einer anderen Crew die Stelle eines verunglückten Roughneck, dem ein zurückschnellendes Stahlkabel beide Beine gebrochen hatte.

Henry suchte weiter *seine* Gelegenheit, ohne daß er genau hätte sagen können, wie diese beschaffen sein mußte. Er wußte nur, daß er die fünfundzwanzig Dollar, die er jede Woche sparen konnte, nicht für einen x-beliebigen Job eintauschen wollte, bei dem er »nur« ein Handwerk erlernte. Er hatte eine echte Zuneigung zu Arthur Broderick entwickelt, gab viel auf dessen Wort und fand es lehrreich, sich mit ihm zu unterhalten. Besonders interessierte ihn dabei die Zukunft jener pferdelosen Wagen, die offenbar in Mode kamen. Sie wurden von einem Motor angetrieben, der einen Stoff namens Gasolin verbrannte, ein bei der Raffinerie von Öl anfallendes Produkt. Doch fand er Brodericks Argumente, warum diese sogenannten Automobile bestenfalls eine bescheidene Zukunft als nutzloses Spielzeug der Reichen haben könnten, ebensowenig überzeugend wie die wiederholte Ermahnung, er müsse einen Beruf von der Pike auf erlernen, wenn er es im Leben auf Dauer zu etwas bringen wolle. Lieferte das Leben in Spindletop denn nicht täglich Beispiele in Hülle und Fülle, die der altmodischen Einstellung des sicherlich wohlmeinenden Derrickbauers widersprachen und das genaue Gegenteil als Erfolgsrezept der neuen Zeit proklamierten?

Henry scheute sich nicht vor schwerer Arbeit und Jahren der Entbehrung. Zu jeder anderen Zeit hätte er Brodericks Angebot freudig angenommen oder wäre Teds Beispiel gefolgt. Doch irgend etwas sagte ihm, daß in dieser seltenen Ausnahmesituation des Lebens, die ein solcher Ölboom zweifellos darstellte, nicht Sicherheitsdenken und Bescheidenheit belohnt würden, sondern Wagnis, der maßlose Griff nach den Sternen, der Glaube, daß einfach alles möglich war, wenn man es nur nicht an der nötigen Entschlossenheit und Wachsamkeit fehlen ließ. Ja, er glaubte fest daran, daß Spindletop auch für einen Latrinenboy die Möglichkeit bereithielt, etwas Außergewöhnliches zu erreichen. Er mußte nur warten und Augen und Ohren offenhalten, um seine große Chance nicht zu verpassen. Die trockene Bemerkung Merrills, daß manche ihr Leben lang vergeblich auf diese große Chance warteten, verbannte er aus seinem Bewußtsein.

In einer entsetzlich heißen Julinacht traf er Bonefish in der Gasse hinter Hazel Hokes Freudenhaus wieder. Vermutlich rettete er ihm bei dieser Gelegenheit sogar das Leben, denn der Mann, der den Jungen mit dem pockennarbigen Gesicht überfiel und ausraubte, hatte schon zweimal zugestochen, als Henry ihn in die Flucht schlug.

Henry brachte Bonefish zu Doc Dalton, der auch nachts zu erreichen war und die Wunden desinfizierte, nähte, mit einem Verband versah und natürlich auf sofortiger Bezahlung bestand. »Aus leidvoller Erfahrung sehe ich mich leider dazu gezwungen, Gentlemen.«

Bonefish hatte nicht mehr einen Cent in der Tasche. Der Mann, der den Pockennarbigen hinterrücks niedergestochen hatte, als dieser aus dem Freudenhaus gekommen war, hatte ihm alles Geld abgenommen.

Henry bezahlte die Rechnung, die gesalzen war, und schrieb die drei Dollar insgeheim ab.

»Du kriegst das Geld wieder«, versicherte Bonefish, als sie auf der Straße standen. »Schiebst noch immer Latrinendienst bei Jake Holbrook?«

Henry nickte und war erstaunt, daß Bonefish sich noch an ihn erinnerte. »Richtig. Und du bei Whitman, nicht wahr?«

Bonefish schüttelte den Kopf. »Ich mach' schon seit Mai in Moonshine und solchen Sachen«, sagte er und humpelte neben Henry her. »Sag mal, hast du das Schwein, das mir fünfzig Scheine abgenommen und mich beinahe abgestochen hat, nicht zufällig erkannt?«

Henry schüttelte den Kopf. »Dafür war es zu dunkel, und es ging auch alles viel zu schnell. Ich erinnere mich nur, daß er einen pomadisierten Mittelscheitel gehabt hat ... ja, und eine dicke Warze am Hals unter dem linken Ohr. Aber sein Gesicht habe ich nicht gesehen.«

Bonefish blieb abrupt stehen. »Bist du dir mit der Warze unter dem linken Ohr ganz sicher?« stieß er aufgeregt hervor.

»Ja, ganz sicher. Ich habe sie deutlich gesehen.«

»Dann war es Eddy ›Wart‹ Watson!« zischte Bonefish. »Ja, das macht Sinn. Er hat gewußt, daß heute Zahltag war und ich dann immer auf 'ne Runde zu Hazel Hoke gehe. Dieser schleimige Furzer hat mich vom ersten Tag an nicht ausstehen können, kein Wunder, wo ich ihm doch den Job vor der Nase weggeschnappt habe, auf den er scharf gewesen ist!«

Henry wußte nicht, wovon Bonefish redete, und sein Gefühl sagte ihm, daß es auch besser war, es nicht zu wissen. »Wenn ich mit dir zur Polizei gehen soll ...«

»Vergiß das gleich wieder, Kumpel!« schnitt Bonefish ihm scharf das Wort ab. »Das geht keinen außer mir und ›Wart‹ auch nur das Schwarze unterm Fingernagel an, kapiert?«

»Wie du meinst, Bonefish«, sagte Henry, und obwohl er alles andere als leicht zu beeindrucken war, jagte ihm die eisige Stimme des Jungen, der längst kein Junge mehr war, einen Schauer über den Rücken.

»Morgen bringe ich dir das Geld«, sagte Bonefish und humpelte davon.

Bonefish hielt Wort und brachte ihm in aller Frühe die drei Dollar, die Henry beim Arzt für ihn ausgelegt hatte. Er wollte Henry noch drei Dollar zusätzlich geben, weil er ihm das Leben gerettet und zu Doc Dalton geschleppt hatte.

Doch Henry lehnte ab: »Das kommt gar nicht in Frage.«

»Alles hat seinen Preis, und ich kann es mir leisten, Kumpel«, versicherte Bonefish. »Ich habe mir zurückgeholt, was ›Wart‹ mir abgenommen hat, und noch einiges an Schmerzensgeld.«

»Du hast ihn zur Rede gestellt?« entfuhr es Henry, und er bereute seine Frage augenblicklich. Nicht nur, weil sie so dämlich war, sondern weil er überhaupt gefragt hatte.

Ein kaltes Glitzern stand in den Augen von Bonefish. »Wir haben die Angelegenheit unter vier Augen aus der Welt geschafft. Also, was ist nun?« Er wedelte mit den drei Dollarnoten.

Henry schüttelte den Kopf. »Du hast mir zurückgezahlt, was ich beim Doc für dich ausgelegt habe. Damit ist die Sache erledigt, Bonefish.«
»Nicht für mich, Kumpel. Du hast mir das Leben gerettet, und dafür steh' ich in deiner Schuld. Wenn du also irgendwann mal Schwierigkeiten hast und Hilfe brauchst, laß es mich wissen, okay?«
Henry nickte und hatte trotz der brütenden Hitze eine Gänsehaut auf den Armen, als er Bonefish nachschaute, wie er vom Latrinenplatz humpelte.
Zwei Tage später stieß er in der Morgenzeitung auf eine kleine Meldung, in der von einer Leiche die Rede war, die man auf dem Gelände der *Santa Fe Railroad* in Beaumont in einem Kohlentender gefunden hatte. Bei dem Toten, dem man die Kehle durchgeschnitten hatte, waren Papiere gefunden worden, die ihn als Edward Watson auswiesen. Da seine Verbindung zu »zwielichtigen Kreisen«, wie sich der Artikelschreiber vorsichtig ausdrückte, bekannt war, vermutete die Polizei, daß es sich bei dem Mord um eine Abrechnung »innerhalb des besagten Milieus von Spindletop« handelte.
Henry überlief es kalt, als er den Artikel las. Er wußte, daß er den Mörder von Eddy »Wart« Watson kannte, und er überlegte, ob er mit seinem Wissen zur Polizei gehen solle. Aber welche Beweise hatte er denn dafür, daß Bonefish die Tat begangen hatte? Warum sollte er sich also in etwas einmischen, was ihn überhaupt nichts anging? Und hatte dieser Kerl denn nicht bekommen, was er verdiente? Henry sagte sich, daß er kaum etwas tun konnte und daß es das beste war, die häßliche Begebenheit so schnell wie möglich zu vergessen. Den Zeitungsartikel jedoch riß er heraus und bewahrte ihn sorgfältig auf.

So wie Henry es leid war, sein Geld als Latrinenboy zu verdienen, so überdrüssig war er auch des Quartiers bei Henderson. In der sengenden Sommerhitze, die auch nachts wenig von ihrer drückenden Kraft verlor, dicht an dicht im Stroh zu liegen, wurde immer mehr zu einer Qual. Es gab keine Moskitonetze in der »Sardinendose«, und der einzige Schutz gegen die Blutsauger bestand darin, sich alle paar Stunden mit Petroleum einzureiben, was die Zahl der Stiche zumindest ein wenig verringerte.
Daß Henry in der ersten Augustwoche *Henderson's Boarding Barn*

endlich den Rücken kehren und ins *Hotel Imperial* umziehen konnte, war ein Glückstreffer, auch wenn ihn derselbe zehn Dollar Schmiergeld kostete. Denn daß Hotelbedienstete an der Rezeption, die ein sogenanntes *payola* für einen guten Platz auf der Warteliste einkassierten, auch zu ihrem Wort standen, gehörte zu den ehrenhaften Ausnahmen unter diesen Beutelschneidern.
Sein Zimmer im *Hotel Imperial* hatte die Größe einer geräumigen Besenkammer. Die Einrichtung bestand aus einem Bett, für das er sich sofort ein Moskitonetz besorgte, einem schmalen Waschständer mit Blechschüssel und Blechkanne, einem Hocker und einem Dutzend Nägeln, die den fehlenden Kleiderschrank ersetzten. Die Tür seines Zimmers mußte er mit einem eigenen Schloß sichern, und was die Sauberkeit des Hotels betraf, so zeichnete sich das *Hotel Imperial* dadurch aus, daß zwei Hilfskräfte wenigstens aus Lobby und Eßraum den gröbsten Dreck, den die Gäste vom Ölfeld und von der Straße hereintrugen, morgens und abends entfernten – und zwar mit Schaufel und Harke.
Henry jedoch war überglücklich. Denn gegen das Massennachtlager von Hendersons »Sardinendose« war das *Imperial* eine Verbesserung um einige Klassen. Endlich eine Kammer ganz für sich allein zu haben, unter einem Moskitonetz schlafen und unter das Bett eine alte Pfanne mit einem schwelenden Fetzen Stoff stellen zu können, was Flöhe und anderes Ungeziefer abhalten sollte, erschien ihm als der höchste Komfort. Ted und Merrill beneideten ihn dementsprechend, und auch Sally konnte seine Freude gut nachempfinden.
Mit Robert E. Lee, dem jungen Mann von der Rezeption, der das *payola* angenommen und auch Wort gehalten hatte, freundete er sich gleich am Abend seines Einzugs an, als er ihn zum Dank für seine Ehrlichkeit in den *White Horse Saloon* einlud und mit Ted und Merrill bekannt machte. Robert Lee war von stattlicher Statur, blondgelockt und mit einem außergewöhnlichen Charme gesegnet, dem viele Frauen erlagen. Er kam aus dem Süden Virginias und ließ die Leute gern im Glauben, ein Enkel des legendären Südstaatengenerals Robert E. Lee zu sein. In Wirklichkeit war er ein Findelkind, dem man diesen geschichtsträchtigen Namen gegeben hatte, nachdem man das schreiende Baby auf der Hintertreppe einer gleichnamigen Taverne in Richmond fand. Bereits vom ersten Zusammensein an hatten die drei das Gefühl, als gehörte Lee, wie er

von allen gerufen wurde, schon immer zu ihrer Clique. Und im Gegensatz zu den meisten Südstaatlern, die geringschätzig auf Schwarze herabsahen und sich mit ihnen nicht an einen Tisch setzten, fehlte Lee die Arroganz vieler weißer Landsleute, die sich allein wegen ihrer Hautfarbe für überlegen hielten, so gebildet und erfolgreich in seinem Beruf ein »Nigger« auch sein mochte. Deshalb wunderte es Henry auch nicht, daß Lee keine große Überraschung zeigte, als er ihn mit Sally bekannt machte, und mit Begeisterung an ihrer Pokerrunde teilnahm. Daß Lee mit Sally zu flirten versuchte und all seinen Charme einsetzte, irritierte Henry dagegen schon. Er wußte gar nicht, was das sollte. Zu seiner Beruhigung verstand Sally es jedoch ganz hervorragend, Lee zur Vernunft zu bringen und seine Mätzchen zu unterbinden, ohne dabei jedoch eine Mißstimmung aufkommen zu lassen.

»Was für eine Schande!« seufzte Lee nach einer Pokernacht auf dem Weg zum Hotel.

»Was, daß du gewonnen hast?« fragte Henry spöttisch und winkte noch einmal Ted und Merrill zu, die den Weg zur »Sardinendose« einschlugen, in der sie noch immer logierten.

»Nein, daß Sally in diesen reizlosen und viel zu weiten Klamotten herumläuft.«

»Was soll denn daran eine Schande sein?« fragte Henry verständnislos. »Wir laufen ja auch nicht viel besser angezogen herum.«

»Ja, aber keiner von uns ist ein Mädchen und schon gar nicht so ein gutaussehendes wie Sally«, hielt Lee ihm entgegen. »Oder hast du vielleicht noch nicht bemerkt, wie bildhübsch sie ist? Sie hat die richtigen Rundungen an den richtigen Stellen, auch wenn sie ihre tolle Figur in Klamotten versteckt, die sie wie einen ungelenken, schlaksigen Burschen aussehen lassen. Mann, ich sage dir, richtig zurechtgemacht wäre die so verführerisch wie Eva im Paradies, auch ohne Apfel, und könnte bestimmt jeden Mann um den Finger wickeln … nun ja, fast jeden zumindest.«

»Red doch keinen solchen Unsinn!« Henry wußte nicht, warum er auf einmal so ärgerlich war. »Sally ist Sally und ein Kumpel wie du, Ted und Merrill!«

Lee lachte spöttisch. »Sally ein Kumpel wie du und ich, ja?«

»Ja!« bekräftigte Henry mit grimmiger Miene. »Und ich mag es nicht, daß du so über sie redest.«

Lee stutzte, warf ihm einen merkwürdigen Blick zu und legte ihm dann einen Arm um die Schulter. »Okay, wenn dir soviel daran liegt, kein Wort mehr über Sallys verborgene Reize«, sagte er einlenkend. »Vergiß, was ich gesagt habe! Sag mal, habe ich dir schon von Daisy Bloomfield erzählt?«
»Nein, hast du nicht«, sagte Henry, erleichtert über den Themenwechsel. »Aber bei deinem flatterhaften Wesen ist das auch kein Wunder. Wer kann denn bei deinen vielen Frauengeschichten noch den Überblick behalten?«
Lee verdrehte verzückt die Augen. »Daisy ist ganz anders als alle anderen.«
»Das sagst du jedesmal.«
Lee schüttelte den Kopf. »Nein, diesmal ist es anders.«
»Auch das sagst du jedesmal.«
Lee lachte verschmitzt. »Na und? Vielleicht stimmt es ja. Weiß man das denn vorher? Immerhin habe ich jedesmal die besten Vorsätze. Daß ich bisher immer so schnell enttäuscht worden bin, liegt das vielleicht an mir?«
Der gekonnt unschuldige Blick seines Freundes brachte Henry zum Lachen. Wie konnte man jemandem wie Lee, der mit solch einem Charme und einer beneidenswerten Unbekümmertheit durchs Leben ging, überhaupt böse sein? »Nein, natürlich liegt es nicht an dir. Wie könnte es auch, wo du doch die jungfräuliche Unschuld in Person bist, nicht wahr?«
»Henry, deine Menschenkenntnis ist von bestürzender Treffsicherheit!« rief Lee mit gespieltem Erschrecken.
Scherzend und Arm in Arm gingen sie die Straße hinunter. Lee erwähnte Sally nie wieder in der Weise, wie er von seinen zahlreichen Eroberungen sprach, und das kurze Gespräch über Sallys versteckte weibliche Reize schien nie stattgefunden zu haben. Auch wenn Henry so tat, als habe er vergessen, was Lee über Sally gesagt hatte, hatte er nicht ein Wort davon aus seinem Gedächtnis getilgt. Nicht, daß er es nicht oft genug versucht hätte. Es gelang einfach nicht. Und wenn er Sally jetzt manchmal unbemerkt ansah, kamen ihm Gedanken in den Sinn, die eines aufrechten Freundes nicht würdig waren und für die er sich hinterher schämte.

Fünftes Kapitel

Der letzte Tag im August brachte Henry die Chance, auf die er so lange und mit wachsender Unzufriedenheit gewartet hatte. Dabei hatte nichts darauf hingedeutet, daß gerade dieser Tag anders als die Tage und Wochen zuvor sein würde. Dieser letzte Augusttag verabschiedete sich mit derselben glühenden Hitze, unter der alle schon seit Monaten litten.

Erschöpft von der stinkenden Monotonie des Schlangestehens in gleißender Sonne, kam Henry bei Einbruch der Dunkelheit in das *Hotel Imperial*. Er riß sich den sombreroähnlichen Strohhut vom Kopf und hob müde die Hand zum Gruß, als er dem Blick seines Freundes begegnete. Lee stand hinter der Rezeption und versuchte, einen Streit zwischen zwei Gästen zu schlichten.

Niedergeschlagen stieg Henry die Treppe ins Obergeschoß hinauf. Sein Job hing ihm zum Halse heraus, aber welche Alternative bot sich ihm? Keine! Sollte er sein angespartes Geld nehmen und es riskieren, Beteiligungen an zweifelhaften Ölgesellschaften zu kaufen? Er hatte jetzt knapp sechshundert Dollar auf seinem Konto bei der *First National*. Anderswo hätte sein Kapital gereicht, um ein kleines Geschäft aufzumachen, doch in Spindletop bekam man für sechshundert Dollar noch nicht einmal eine Limonadenbude verpachtet, geschweige denn eine nennenswerte Beteiligung an einer erfolgreich operierenden Gesellschaft zu kaufen.

Mit so wenig Geld konnte man nur auf neugegründete Ölgesellschaften setzen, von denen man nicht wußte, ob sie sich als eine der unzähligen Eintagsfliegen und Schwindelfirmen erweisen würden oder als seriöse, vor allem aber erfolgreiche Bohrunternehmen.

Mittlerweile begannen auch die Ertragsgrenzen des Ölfeldes Konturen anzunehmen: Auf eine erfolgreich niedergebrachte Bohrung mit einem sprudelnden Gusher kam nun schon eine Bohrung, die nichts als ein trockenes Loch einbrachte, in dem alles investierte Geld versank. Und dieses Risiko, zu dem Merrill ihn mehr als einmal zu überreden versuchte, wollte Henry nicht eingehen. Merrill war ein leidenschaftlicher Spieler, wie sich gezeigt hatte. Doch er, Henry Maynard, war nicht gewillt, alles blind auf eine Karte zu setzen, was er in fast sechs Monaten hart erarbeitet hatte. Er war bereit, ein

Wagnis einzugehen, verabscheute jedoch ein Glücksspiel mit so hohem Einsatz.

Henry steckte gerade den Schlüssel in das Vorhängeschloß an seiner Zimmertür, als er die beiden Männerstimmen hörte. Sie kamen aus dem gegenüberliegenden Zimmer, dessen Tür einen Spalt aufstand.

»... alles der Reihe nach, Jack!«

»Ich wünschte, ich hätte deine Ruhe, Matthew. Ich habe ein Vermögen in die Pacht dieser Parzellen gesteckt, genau gesagt den größten Teil meines Erbes.«

»Daß du dir dieses Stück Land gesichert hast, war das Klügste, was du in deinem Leben getan hast, und es besteht absolut kein Grund, nun in Panik zu geraten.«

Der Mann namens Jack war jedoch nicht zu beruhigen. »Du hast gut reden, Matthew, auf dich wartet in Boston ja keine hochnäsige Familiensippe. Die meine ist voller Häme, wenn ich mit meinem belächelten Ölabenteuer auf die Schnauze falle und hier mein Erbe in den Sand setze.«

»Du wirst hier so viel Geld machen, daß deine älteren Brüder neben dir wie schäbige, kleine Krämer aussehen werden.«

»Wenn doch nur schon die ersten Bohrtürme stehen würden!«

»Darum kümmern wir uns morgen, Jack.«

»Ich will zehn Derricks, und zwar so schnell wie möglich.«

»Wir nehmen das gleich morgen in Angriff.«

»Aber wir müssen aufpassen, daß wir nicht einem dieser Betrüger auf den Leim gehen, von denen es hier nur so wimmeln soll. Die Zeitungen schreiben bestimmt nicht von ungefähr, daß aus Spindletop mittlerweile ›Swindletop‹ geworden ist.«

»Nun mach dich doch nicht verrückt, Jack!« fiel ihm der andere Mann energisch ins Wort. »Wir sind erst ein paar Stunden in Spindletop und haben wirklich keinen Grund, in Hektik oder gar Panik zu geraten. Der Ölboom wird nicht gerade morgen in sich zusammenfallen wie Hefeteig beim ersten kalten Luftzug. Wir werden in aller Ruhe Erkundigungen einziehen, verläßliche Leute anheuern und dann mit Hochdruck loslegen. Und vergiß bitte nicht, daß auch ich mein ganzes Geld in dieses Unternehmen gesteckt habe. So, und jetzt gehen wir runter in den Eßsaal!«

»Ich kriege bestimmt keinen Bissen hinunter!«

Henry hatte dem Gespräch mit wachsendem Interesse gelauscht. Er

huschte nun schnell in seine Kammer, schloß die Tür bis auf einen Spalt und erhaschte einen Blick auf die beiden Männer, als sie aus ihrem Zimmer kamen.
Er schätzte ihr Alter auf Ende zwanzig. Sie trugen die gepflegte Kleidung von Städtern, die sich mit unauffälliger Eleganz zu kleiden verstanden. Der eine war dürr wie eine Bohnenstange, hatte ein hageres blasses Gesicht mit einer sehr prägnanten Nase und trug eine goldgefaßte Brille. Seine gequälte Miene verriet Henry, daß dies Jack sein mußte. Sein Begleiter brachte, obwohl einen Kopf kleiner, mindestens das doppelte Gewicht auf die Waage. Das runde, rosige Gesicht drückte Zuversicht und Freude am Leben aus. Nur er konnte Matthew sein.
Henry stand einen Augenblick reglos an der Tür, während seine Gedanken wie rasend arbeiteten. Zwei Geschäftsleute aus Boston, die eine Pacht über ein großes Stück Land erworben hatten, zehn Derricks errichten wollten, erst ein paar Stunden in Spindletop waren und von dem Ölgeschäft keine blasse Ahnung hatten. Wenn das nicht die Chance war, die er so ungeduldig herbeigesehnt hatte!
Fieberhaft dachte er nach, wie er vorgehen solle. Er beschloß, Arthur Broderick erst einmal aus dem Spiel zu lassen und es auf eigene Faust zu versuchen. Doch in seinen alten, eingestaubten Sachen konnte er den beiden Männern auf keinen Fall unter die Augen treten.
Henry rannte in die Lobby hinunter, warf einen Blick in den Eßsaal, um sich zu vergewissern, daß Jack und Matthew dort auch wirklich an einem der Tische saßen, und eilte dann zu Lee an die Rezeption.
»Wie heißen die Männer im Zimmer mir gegenüber?«
Lee sah im Gästebuch nach. »Matthew Sayer und Jack McIver. Sind heute erst angekommen. Müssen meinem Chef ein hübsches *payola* zugeschoben haben, daß gerade sie unser letztes freies Zimmer bekommen haben. Aber was interessiert *dich* an den beiden, Henry?«
»Später, Lee. Sag mir lieber, ob du mir einen steifen Kragen, eine Krawatte und dein hellbraunes Jackett leihen kannst?«
Lee zog verwundert die Augenbrauen hoch. »Warum nicht gleich auch noch meine besten Schuhe, meine Uhrkette und meine Krawattennadel?« spottete er.
»Gute Idee, Lee! Ich hol' mir die Sachen gleich ab.«
Verdutzt schaute Lee ihm nach.

Henry hastete aus dem Hotel und kaufte sich im nächsten Bekleidungsgeschäft für fünfzig Cent ein cremeweißes Hemd, für achtzig Cent eine dunkelbraune Cordhose und nach kurzem Zögern für die stolze Summe von anderthalb Dollar einen feinen beigen Borsalino-Hut. Der erste Eindruck mußte stimmen. Minuten später war er im Hotel zurück, und zusammen mit den Leihgaben seines verwunderten Freundes eilte er auf sein Zimmer. Dort rasierte er sich sorgfältig, wusch sich das verschwitzte Haar und versuchte, seine Fingernägel einigermaßen sauber zu bekommen. Dann zog er seine neuen Sachen und die von Lee entliehenen an.

Als er in die Lobby hinunterkam und sich im Spiegel an der Wand neben dem Treppenaufgang verstohlen musterte, schien ein Fremder seinen prüfenden Blick zu erwidern. Doch so fremd er sich selbst in diesem Aufzug auch war, so sehr gefiel ihm doch, was er sah. So sahen Männer von Erfolg aus – und Schwindler.

Henry holte tief Luft, straffte die Schultern und betrat den Eßsaal, in dem es alles andere als fein zuging. Die Kellner schepperten unbekümmert mit Tellern, Schüsseln und Bestecken und riefen sich quer durch den Saal Anweisungen und auch schon mal Schimpfworte zu. Und die Gäste, deren Kleidung vom eleganten Sommeranzug bis hin zum völlig verdreckten Arbeitsoverall reichte, standen ihnen in nichts nach. Der Lärm erinnerte eher an eine überfüllte Bahnhofshalle als an den Speisesaal eines Hotels, in dem die Übernachtung genausoviel kostete wie in einem der besten Häuser von New York.

Henry entdeckte die beiden Männer aus Boston an einem der hintersten Tische. Er kam zum richtigen Zeitpunkt, denn sie waren mit ihrem Essen mittlerweile schon beim Nachtisch angelangt. Während Matthew Sayer den schlammbraunen Pudding mit sichtlichem Appetit löffelte, stocherte sein dürrer Partner Jack McIver nur lustlos darin herum.

»Mister Sayer? … Mister McIver?«

Verwundert schauten die beiden Männer zu ihm auf. »Ja, was wollen Sie?« fragte Matthew Sayer mit vollem Mund.

»Mein Name ist Henry Maynard«, stellte er sich vor, zog höflich den Hut und deutete so etwas wie eine Verbeugung an. Aus der Nähe korrigierte Henry seine Schätzung, was das Alter des kleinen Dicken betraf. Die Falten in den Augenwinkeln und die Geheimratsecken

sprachen dafür, daß Sayer wohl doch einige Jahre älter war als McIver und die dreißig schon überschritten hatte.
»Ich habe Ihnen ein Geschäft anzubieten, das Sie bestimmt interessieren wird. Wenn Sie mir einige Minuten Ihrer Zeit ...«
»Wir sind an Geschäften mit Fremden, die uns beim Essen ansprechen, nicht interessiert«, fiel Matthew Sayer ihm ins Wort.
»Wer nach Spindletop kommt, interessiert sich nicht fürs Essen, sondern für Öl. Und mit wem Sie die nächsten Tage auch Geschäfte abschließen mögen, es werden für Sie, die Sie neu in Spindletop sind, ohne Ausnahme Fremde sein. Oder wollen Sie Ihre Bohrtürme vielleicht von Freunden aus Boston errichten lassen, Gentlemen?« fragte Henry mit leichtem Spott, lächelte jedoch dabei.
»Sind Sie vielleicht Derrickbauer?« fragte Jack McIver mit freudiger Überraschung.
»Sozusagen.«
Nun zeigte auch Matthew Sayer Interesse. »Woher kennen Sie unsere Namen und unsere Herkunft, und woher wissen Sie, daß wir vorhaben, hier nach Öl zu bohren?«
»Darf ich Ihnen die Fragen im Sitzen beantworten?«
»Bitte, nur zu!« forderte ihn McIver auf.
Sayer zuckte mit den Achseln. »Also gut, nehmen Sie Platz! Aber glauben Sie nicht, wir hätten darüber vergessen, was ich Sie gerade gefragt habe!«
Henry setzte sich und beschloß, in diesem einen Punkt bei der Wahrheit zu bleiben. »Mein Zimmer liegt gegenüber dem Ihren, und ich habe vorhin zufällig einige Brocken Ihres Gespräches mitbekommen.«
»Sie haben gelauscht!« Matthew Sayer sah ihn unfreundlich an.
Henry lächelte nachsichtig. »Die Wände sind hier so dünn, daß man einen Floh husten hören kann.«
»Was spielt das denn für eine Rolle?« mischte sich McIver nun ein. »Spätestens in ein paar Tagen weiß ja doch jeder, der sich dafür interessiert, was wir vorhaben. Es soll ja auch gar kein Geheimnis sein.«
Henry nickte ihm beipflichtend zu. »Und zehn Derricks sind eine ganze Menge, besonders wenn Sie es so eilig haben.«
»Wer hat es hier denn *nicht* eilig? Sie etwa?« fragte Sayer bissig.
»Sie haben recht, Mister Sayer. Ich gehöre wahrlich nicht zu denje-

nigen, die ein gutes Geschäft auf morgen verschieben. In Spindletop weiß niemand, was morgen ist«, entgegnete Henry in der Absicht, Jack McIvers Unruhe noch zu schüren.
Dieser biß auch sofort an. »Sie sagten, Sie bauen Derricks, Mister Maynard?«
»Unsere Firma gehört zu den ältesten und seriösesten Unternehmen in dieser Branche«, versicherte Henry.
»Und wie heißt diese Firma?« wollte Matthew Sayer wissen.
»*Broderick & Maynard*.« Wenn aus dem Geschäft nichts wurde, kam es auf eine Lüge mehr oder weniger kaum noch an. »In Spindletop tummeln sich mehr Betrüger, Schwindelfirmen und Aufschneider als Flöhe auf einem streunenden Hund, wie Sie vermutlich schon gehört haben werden.«
»In der Tat!« bestätigte Matthew Sayer mit Nachdruck.
Henry lächelte. »Und woher wollen Sie wissen, ob unsere Firma nicht auch zu den Halsabschneidern gehört, nicht wahr?«
Der kleine Dicke erwiderte das Lächeln und sagte süffisant: »Ihre Antwort darauf dürfte für uns nicht ohne Interesse sein.«
»Mister Broderick ist seit fast einem Jahrzehnt im Geschäft und hat sich in dieser Zeit als Derrickbauer einen Namen gemacht – und zwar lange bevor ich mich mit einem bescheidenen Anteil an seiner Firma beteiligt habe. Hier in Spindletop hat er Hunderte von Derricks hochgezogen, für Wildcatter, aber auch für fast alle namhaften Ölgesellschaften«, erklärte Henry und hatte glücklicherweise keine Mühe, einige von Brodericks Auftraggebern aufzuzählen. »Diese und viele andere bekannte Gesellschaften arbeiten mit *Broderick & Maynard*.«
McIver war sichtlich beeindruckt. »Das sind alles wirklich erstklassige Namen. Ich denke, bessere Referenzen kann man sich gar nicht wünschen, Matthew.«
Dieser hob die Hand, als wollte er seinen Freund zur selben Zurückhaltung ermahnen, die er an den Tag legte, und fragte Henry: »Und was können Sie ...«
Henry hielt es für klüger, den kleinen Dicken erst gar nicht ausreden zu lassen. Wer weiß, was der für eine Frage stellen wollte. »Ich bin mehr der Akquisiteur in unserer Firma, der sich um neue Aufträge kümmert«, fiel er ihm deshalb ins Wort und war froh, sich an dieses schwierige Fremdwort erinnert zu haben. Er hatte es bei Arthur

Broderick aufgeschnappt, als dieser sich einmal darüber beklagt hatte, daß er nicht nur seine Crews beaufsichtigen und als Fuhrmann herhalten, sondern auch noch nach der Arbeit auf den Baustellen als sein eigener Akquisiteur tätig sein mußte. »Gründer sowie Kopf und Herz unserer traditionsreichen Firma ist Mister Arthur Broderick. Und es ist seine überragende Qualifikation, auf die sich der Ruf der Firma gründet.«

»Nun gut, das wird leicht nachzuprüfen sein«, sagte Sayer und wirkte mittlerweile schon bedeutend zugänglicher und interessierter. »Kommen wir nun zum Kern der Sache: Was haben Sie uns konkret anzubieten, Mister Maynard?«

Eine Hitzewelle schoß durch Henrys Körper, als er sich für einen kurzen Moment darauf besann, daß er eigentlich gar nichts anzubieten hatte und sich irgendwo zwischen Scharade und Hochstapelei bewegte. Diesen Gedanken verdrängte er jedoch schnell wieder.

»*Broderick & Maynard* erhalten von Ihnen den Auftrag zur Errichtung von zehn Derricks, und dafür garantieren wir Ihnen nicht nur die kürzeste Bauzeit, sondern auch die stabilste Konstruktion zum besten Preis«, bot Henry an und war selbst überrascht, wie leicht ihm das alles über die Lippen kam.

»Das klingt nicht schlecht«, meinte McIver mit hoffnungsvollem Aufleuchten in den Augen.

Sayer dagegen war aus anderem Holz geschnitzt. Henry sah ihm an, daß er sein Geld nicht einer Erbschaft verdankte, sondern eigener Anstrengung. »Was ist für Sie der beste Preis, Mister Maynard?« hakte er sofort nach.

»Was halten Sie von dreihundert Dollar für einen 82er Derrick?« testete Henry ihn. Er kannte Brodericks Preise und die der Konkurrenten nur zu gut.

Der kleine Dicke lachte geringschätzig auf. »Wollen Sie uns für dumm verkaufen? Sogar für einen sechsundneunzig Fuß hohen Derrick wären dreihundert Dollar noch erheblich zuviel!«

»Sicher, sie finden in Spindletop bestimmt Dutzende von Derrickbauern, die Ihnen ein Rig für zweihundertfünfzig oder gar noch weniger hochziehen«, räumte Henry gelassen ein. »Aber was nutzt Ihnen ein Bohrturm, der schlampig errichtet wird und Ihrer Crew beim Bohren ständig Ärger macht und dadurch kostbare Zeit kostet? Ich weiß nicht, wieviel Sie für Ihr Bohrrecht bezahlt haben ...«

»Ein Vermögen mit fünf fetten Nullen und garantiert keiner Eins davor«, warf Jack McIver prahlerisch ein.
»Und da wollen Sie wegen einer Ersparnis von gerade mal fünfhundert Dollar riskieren, daß man Ihnen mit unsachgemäß arbeitenden Hilfskräften Derricks aus schlechtem Holz errichtet?« hielt Henry ihm vor. »Bei einer so enormen Investition, bei der Sie schon nach einer einzigen erfolgreichen Bohrung im Geld schwimmen werden wie all die anderen?«
»Was aber noch längst kein Grund ist, Geld aus dem Fenster zu werfen und überzogene Preise zu akzeptieren«, erwiderte Sayer hart. »Dreihundert Dollar sind indiskutabel!«
»Ich war auch mit der Erläuterung unseres besonderen Angebots noch nicht fertig, Gentlemen«, sagte Henry und genoß diese Art zu verhandeln geradezu. Je mehr er herausgefordert wurde und je stärker er unter Druck stand, desto schärfer und schneller schien sein Verstand zu arbeiten. »Unter normalen Umständen würden auch wir uns mit einem Preis von zweihundertsiebzig Dollar zufrieden geben – unter normalen Umständen, wie gesagt.« Er ergötzte sich an seiner Formulierung. Als ob es in Spindletop irgendwelche Umstände gab, die auch nur halbwegs normal waren! »Aber wenn mich nicht alles täuscht, sind Sie ja nicht nur an Qualitätsarbeit interessiert, sondern auch noch an besonderer Schnelligkeit, nicht wahr?«
»Ja, daran ganz besonders!« bestätigte Jack McIver und leckte sich in nervöser Anspannung die Lippen. Daß auch Matthew Sayer es nicht erwarten konnte, den ersten Derrick stehen zu sehen, verriet dieser sehr deutlich dadurch, daß er diesmal keine großen Worte machte, sondern nur nickte.
»Nun, die Aufbauzeit beträgt gewöhnlich um die dreißig Tage ...«, begann Henry.
Jack McIver machte ein erschrockenes Gesicht.
»Aber nicht, wenn Tag und Nacht gearbeitet wird«, widersprach Matthew Sayer mit einer Heftigkeit, in der auch ein gut Teil Erschrecken versteckt lag. »Ich weiß von Derricks, die in zehn Tagen errichtet worden sind.«
Wissen tust du gar nichts, Dicker! ging es Henry belustigt durch den Kopf. Alles, was du weißt, hast du aus der Zeitung. Denn wenn du über die Aufbauzeiten wirklich unterrichtet wärst, würdest du wis-

sen, daß zehn Tage keine Ausnahme, sondern längst die Norm sind. Henry mußte sich ein triumphierendes Grinsen verkneifen. Denn jetzt wußte er, daß sie der Verlockung seines Köders nicht widerstehen würden.
»Zehn Tage sind machbar«, stimmte er laut zu, »haben aber ihren Preis.«
»Aber immer noch keine dreihundert Dollar«, beharrte Matthew Sayer.
»Nein, aber ein Derrick, der in sieben Tagen steht, kostet soviel, sofern Sie eine Firma außer *Broderick & Maynard* finden, die das überhaupt schafft«, erwiderte Henry fast im Plauderton.
McIvers riß die Augen auf. »Was? Sie können einen Bohrturm in einer Woche hinstellen?« stieß er aufgeregt hervor.
»Für dreihundert Dollar – und nur, wenn wir den Gesamtauftrag erhalten, sonst lohnt sich der Aufwand nicht.«
»Sieben Tage?« Sogar der kleine Dicke war beeindruckt. »Ist das Ihr Ernst?«
Henry nickte. »Wir sind uns unserer Sache sogar so sicher, daß *Broderick & Maynard* eine Garantie geben, die kein anderes Unternehmen auch nur im Traum einzuräumen wagt.«
»Was für eine Garantie?«
»Wenn ein Derrick, den wir errichten, nicht in der versprochenen Zeit fertiggestellt wird oder nicht den Erwartungen unserer Auftraggeber entspricht ...« Henry legte eine kurze, dramatische Pause ein »... dann braucht der Kunde nicht einen Cent zu bezahlen, Gentlemen!«

Arthur Broderick fiel fast die Zigarre aus dem Mund. »*Was* hast du getan?«
Henry brach der Schweiß aus. »Nun ja, ein paar saftige Aufträge an Land gezogen ... sozusagen.«
»Zehn Derricks?« fragte der rothaarige Zimmermann mit fassungsloser Miene.
»Das Stück für dreihundert Dollar!«
Broderick schien ihn nicht gehört zu haben. »*Zehn* Derricks, von denen jeder innerhalb von *sieben* Tagen fertig zu sein hat, habe ich das richtig verstanden?«
Henry schluckte kräftig, um den Kloß hinunterzuwürgen, der ihm

wie eine fette Kröte im Hals saß, doch ohne Erfolg. »Aber dafür bringt jeder Derrick dreihundert Dollar!« sagte er beschwörend. »Das sind pro Stück fünfzig Dollar mehr, als Sie sonst bekommen – ohne meine Provision.« Der letzte Zusatz kam nur noch gemurmelt über seine Lippen.

Broderick schüttelte den Kopf. »Zehn Derricks in jeweils einer Woche zu errichten!« Er starrte Henry an, als hätte er ihn nie zuvor gesehen.

Die kleine Bretterhütte hinter Dave Cormicks Mietstall war Henry schon bei seinem ersten Besuch im März beklemmend eng wie eine Gefängniszelle vorgekommen. Ein aus einer Platte zusammengenagelter Bretter auf zwei Böcken bestehender Tisch, ein harter Stuhl, eine Feldpritsche und ein gutes Dutzend Kisten mit Nägeln, Schrauben und Werkzeug machten die Einrichtung aus und ließen kaum noch Bewegungsspielraum. Noah, der mit Broderick in dieser Hütte schlief und nachts seine Decken auf dem harten Boden vor dem Tisch ausrollte, hatte seine Bibellektüre unterbrochen und die Hütte verlassen, als Henry die Unterkunft vor wenigen Minuten betreten hatte: fast über dem Boden schwebend, jedenfalls war es ihm in seinem Hochgefühl so vorgekommen. Davon war nun nicht mehr viel übrig. Er hatte auf einmal das häßliche Gefühl, eine große Dummheit begangen und sich ausgerechnet vor dem Mann lächerlich gemacht zu haben, dessen Urteil ihm mehr als jedes andere bedeutete.

Sein Blick fiel auf die Motte, die in hektischer Unruhe in immer engeren Kreise um den heißen Glaszylinder der Petroleumlampe flatterte. Gleich würde sie in den glutheißen Luftstrom geraten und verbrennen. Wer mit dem Feuer spielte ...

Henry straffte sich. Er mußte retten, was noch zu retten war. »Mister Broderick, ich habe noch keine bindende Zusage gegeben, sondern darauf bestanden, daß Sie morgen ...«

Broderick machte eine ungeduldige Handbewegung, und die Zigarre zwischen seinen Fingern malte Rauchkringel in die Luft. »Langsam! Erzähl mir noch einmal das mit der Garantie!«

Henry kam sich wie ein dummer Junge vor, als er vor Arthur Broderick stand und wiederholte, womit er solch enormen Eindruck auf Jack McIver und Matthew Sayer gemacht hatte.

Broderick vergaß völlig, an seiner Zigarre zu ziehen. »Bei Termin-

überschreitung oder Nichtgefallen keine Zahlungspflicht! Wie bist du bloß auf solch eine unglaubliche Idee gekommen?« Broderick sah ihn an, als hielte er ihn für verrückt.
Henry hob die Schultern. »Das klingt schlimmer, als es in Wirklichkeit ist, Mister Broderick. Den Termin würden Sie schon einhalten. Sie könnten höhere Löhne zahlen und die besten Leute von der Konkurrenz abwerben. Und das mit dem Nichtgefallen ist ja bloß Augenwischerei, was die Kunden aber erst erkennen werden, wenn alles perfekt unter Dach und Fach ist.«
»Wieso Augenwischerei? Jeder wird sich eine solch phantastische Garantie, die geradezu zum Mißbrauch einlädt, schriftlich geben lassen.«
»Ob schriftlich oder per Handschlag, das Ergebnis bleibt letztlich dasselbe.«
»Wieso? Und was für ein Ergebnis?«
»Diese Leute sind doch ganz wild darauf, mit dem Bohren anfangen zu können. Wenn der Derrick endlich steht, sie aber Ihre gute Arbeit heruntermachen und auf ihrem Recht bestehen, nicht bezahlen zu müssen, weil sie irgend etwas am Gerüst auszusetzen haben, brauchen Sie bloß zur Axt zu greifen und ihnen klarzumachen, daß sie das Recht zur Reklamation zwar haben, jedoch keinen Anspruch auf den Derrick, den Sie, da er ihnen ja offensichtlich nicht gut genug ist, wieder abreißen werden. Das Ganze dauert natürlich, und es kostet unsere Auftraggeber noch einmal mindestens eine bis anderthalb Wochen, bis ein neuer Derrick steht. Das sind zwei Wochen Verlust, was bei einem mittelprächtigen Gusher einer Förderleistung von gut einer halben Million Barrel Öl entspricht. Tja, und ich glaube nicht, daß sie wegen lumpiger dreihundert Dollar einen Verlust von Öleinnahmen in mindestens dreißigfacher Höhe in Kauf nehmen – zumal sie ja auch noch die ganze Zeit ihrer Bohrcrew vollen Lohn zahlen müssen, um sie bei der Stange zu halten. Ob gern oder mit knirschenden Zähnen, am Schluß werden alle bezahlen.«
Ein verdatterter Ausdruck trat auf Brodericks Gesicht. Dann schlug er mit seiner flachen Hand auf den Tisch, daß es knallte. Die Petroleumlampe klirrte und wankte gefährlich, was der Motte das Leben rettete. Denn so erschrocken, wie Henry zusammenfuhr, flatterte sie davon.

Auf das schallende Gelächter, das dem Prankenschlag des Zimmermanns augenblicklich folgte, war Henry noch weniger vorbereitet.
»Mir fehlen die Worte, Henry Maynard! Deine Abgebrühtheit spottet jeder Beschreibung. Aber ich will nicht mehr Arthur Broderick heißen, wenn deine Idee nicht das Cleverste ist, was ich in den letzten Jahren zu hören und zu sehen bekommen habe – und das ist nicht wenig, du Schlitzohr!«
Henry bekam vor Erleichterung ganz weiche Knie und sackte auf der nächsten Werkzeugkiste zusammen. »Heißt das, Sie ... Sie nehmen den Auftrag an?«
Broderick warf ihm einen scheinbar argwöhnischen Blick zu. »Sagen wir mal so: Ich bin nicht uninteressiert. Aber natürlich hängt das auch davon ab, wie dick die Scheibe ist, die du dir von dem Kuchen abschneiden willst. Ich habe dich vorhin etwas von Provision murmeln hören. Also, was schwebt dir vor?«
»Zehn Prozent, wenn es nur bei diesem einmaligen Geschäft bleiben soll. Fünf Prozent von diesen und allen zukünftigen Einnahmen, wenn Sie mich zu Ihrem Partner machen und mir das Heranschaffen von neuen Aufträgen überlassen!«
Broderick zog die buschigen Augenbrauen hoch. »Partner? Himmel, wie kommst du auf die Idee, ich könnte einen Partner brauchen und dann ausgerechnet einen so jungen Mann wie dich?« fragte er herausfordernd.
Henry hatte sein Selbstbewußtsein wiedererlangt, und seiner Stimme fehlte jegliche Unsicherheit, als er antwortete: »Weil ich für die Akquisitierung von Aufträgen ...«
»Akquisition«, korrigierte Broderick ihn.
»... die Ihnen schwerfällt, wie Sie mehr als einmal geklagt haben, der richtige Mann bin und weil ich das Zeug mitbringe, das man dafür braucht«, fuhr Henry unbeirrt fort. »Das ist mir vorhin bewußt geworden.« Bewußt wie die Tatsache, daß man mit einer cleveren Idee innerhalb einer halben Stunde mehr Geld verdienen konnte als in einem Monat als Latrinenboy.
»Daß du das Talent dazu hast, steht wohl außer Frage«, räumte Broderick mit einem spöttischen Lächeln ein. »Aber warum soll ich nach all den Jahren, die ich allein nicht gerade schlecht gefahren bin, auf einmal einen Partner und Akquisiteur brauchen? Nenn mir dafür mindestens einen vernünftigen Grund.«

»Mehr als einen, wenn Sie wollen. Zuerst einmal kann man aus ›nicht-gerade-schlecht‹ sicherlich ›besser-als-je-zuvor‹ machen. Zweitens sind Sie noch nicht alt und vermögend genug, um sich schon jetzt auszuruhen. Drittens spricht nichts dagegen, weshalb Sie statt drei nicht sechs, acht oder gar zehn Crews beschäftigen und entsprechend mehr verdienen sollen. Viertens müßte es doch Spaß machen, die Konkurrenz meilenweit abzuhängen und die Nummer eins unter den Derrickbauern zu werden. Fünftens wird Ihre Tochter bestimmt nicht unglücklich sein, wenn ihre Mitgift größer als bisher erhofft ausfällt. Sechstens . . .«

»Genug! Das reicht! Du brauchst dich mir nicht weiter anzupreisen«, fiel Broderick ihm lachend ins Wort. »Ich bin überzeugt, Henry, in jeder Hinsicht. Vielleicht brauche ich wirklich einen Partner, dem ich lästige Arbeiten aufbürden kann. Und *Broderick & Maynard* klingt doch gar nicht so übel. Wir werden heute nacht noch eine Menge zu bereden haben, bevor ich morgen die beiden Gentlemen im Hotel zum vereinbarten Gespräch aufsuchen kann. Aber all das können wir uns sparen, wenn du meine Bedingung, an die ich unsere Partnerschaft knüpfe, nicht akzeptierst.«

»Und was ist das für eine Bedingung?«

»Daß du deinen Job als Latrinenboy aufgibst und für mindestens ein halbes Jahr die Arbeit eines Derrickbauers verrichtest – bei voller Bezahlung von fünf Dollar Tageslohn mit Anspruch auf alle Prämien, die auch die anderen Arbeiter erhalten.«

Henry zögerte nicht eine Sekunde. »Akzeptiert!«

Am nächsten Morgen suchten sie gemeinsam Matthew Sayer und Jack McIver im Hotel auf. Henry hatte von Lee erfahren, daß die beiden Männer schon in aller Herrgottsfrühe aufgestanden und aus dem Haus gegangen waren. Vermutlich, um Erkundigungen einzuziehen. Eine Vermutung, die sich dann bei der Verhandlung bestätigte.

Besonders Sayer versuchte, unter Hinweis auf die Preise anderer Derrickbauer bessere Konditionen zu erreichen. Broderick war versucht, den Forderungen nachzugeben, doch Henry verhinderte dies, indem er auf einem Stückpreis von dreihundert Dollar beharrte.

»Wir sind teurer, weil wir schneller und besser sind«, erklärte er, freundlich im Ton, jedoch hart in der Sache. »Oder können Sie uns

auch nur einen Konkurrenten nennen, der Ihnen eine Garantie bietet wie wir?«
Sayer konnte nicht, und McIver brannte ohnehin darauf, seinen ersten Derrick errichtet zu sehen und die Bohrcrew an die Arbeit zu schicken.
Kurz nach zehn verließen Henry und Arthur Broderick das Hotel mit dem Auftrag in der Tasche, innerhalb von siebzig Tagen für jeweils dreihundert Dollar zehn Derricks für die *Straight Ten Oil Company* von Jack McIvers und Matthew Sayer zu errichten.
Im *Blue Moon Saloon* stießen sie mit einem Bier auf den fetten Abschluß und auf den Beginn ihrer Partnerschaft an, und Arthur Broderick spendierte Henry eine seiner guten Zigarren, die zwanzig Cent das Stück kosteten.
»Laß uns diese Stunde auskosten, Henry«, sagte der walroßbärtige Derrickbauer und gab ihm Feuer. »Denn in den kommenden siebzig Tagen wird uns vermutlich keine ruhige Minute mehr vergönnt sein.«
»Danke, Mister Broderick«, sagte Henry paffend und mit einem breiten Grinsen. Er fürchtete die Arbeit nicht, die ihn erwartete.
»Ich denke, wir können jetzt, wo du mein Partner bist, auf das ›Mister Broderick‹ verzichten und zu einem schlichten Arthur übergehen, Partner!« Er streckte ihm die Hand hin.
Henry fühlte sich geehrt. »Gern, danke ... Arthur!« Sie tauschten einen kräftigen und herzlichen Händedruck.
Sie tranken noch ein zweites Bier, doch dann wurde Arthur unruhig. »Ich glaube«, sagte er, »ich mache mich mal besser an die Arbeit, der Konkurrenz ein halbes Dutzend Zimmerleute abzuwerben.«
»Kann ich helfen, Arthur?«
»Nein, das muß ich schon selber tun. Genieß du nur den Tag! Ab morgen beginnt für dich die Knochenarbeit. Dann wirst du sehen, daß es eine Sache ist, einen Vertrag über zehn Derricks abzuschließen, und eine ganz andere, diese auch in siebzig Tagen zu errichten.«
Henry lachte. »Keine Sorge, ich habe eine ausgeprägte Phantasie und auch einige Erfahrung, was harte Arbeit betrifft.«
Arthur erhob sich und warf ihm einen spöttischen Blick zu. »In einer Woche wirst du das anders sehen«, prophezeite er fast vergnügt und stiefelte aus dem Saloon.
Henry trank sein Bier, paffte an der dicken Zigarre und fühlte sich

wie berauscht. Das Bier hatte damit nicht das geringste zu tun. Mit einer einzigen Idee hatte er hundertfünfzig Dollar verdient, und war er, der Hobo und Latrinenboy, Partner von Arthur Broderick geworden!

Broderick & Maynard! Jetzt war er Geschäftsmann, Teilhaber einer Firma, die Bohrtürme errichtete. Es kam ihm alles wie ein Traum vor. Als er den *Blue Moon Saloon* verließ, hatte er das Gefühl zu schweben und alle Welt umarmen zu wollen. Was für ein Tag! Wie wunderschön das Leben doch war! Alles schien möglich, und die Zukunft strahlte wie ein Himmel aus poliertem Gold.

Plötzlich wurde ihm bewußt, daß noch keiner seiner Freunde von seinem Glück wußte. Allein Lee konnte sich vielleicht einiges zusammenreimen, doch auch er war nicht eingeweiht. Bevor der Vertrag mit Sayer und McIver nicht unter Dach und Fach gewesen war, hatte er mit niemandem darüber reden wollen. Doch jetzt mußte er die sensationelle Neuigkeit unter seine Freunde bringen.

Aber es war nicht Lee, den er zuerst aufsuchte, um ihm von seinem großen Erfolg zu erzählen, und es waren auch nicht Ted und Merrill, die er damit überraschen wollte. Es war Sally, an die er zuerst dachte, und daß dies so war, stellte für ihn eine Selbstverständlichkeit dar, über die er sich keine Gedanken machte.

Zu dieser späten Vormittagsstunde verkaufte sie jedoch schon längst keine Morgenzeitungen mehr, und um sie auf der Veranda des Hauses an der Brandon Street anzutreffen, war es noch Stunden zu früh. Sally arbeitete, wie er sich erinnerte, tagsüber in irgendeinem der Hotels als Zimmermädchen. Aber sie hatte von diesem Thema stets abgelenkt und ihm auch nie gesagt, in welches der vielen Hotels der Boomtown sie putzen ging.

Henry überlegte kurz, wie er den Namen des Hotels herausfinden konnte. Dabei kam ihm Gregory Kenworth, der Herausgeber des *Spindletop Advertiser,* in den Sinn. Sally erledigte in den Nachmittagsstunden allerlei Botengänge für ihn. Vielleicht wußte man in seinem Büro, wo Sally zu finden war.

Anzeigenannahme, Redaktion und Druckerei des *Advertiser* befanden sich unter einem Dach, und zwar unter dem Wellblechdach eines Schuppens an der Ecke Main und Beaumont Street.

Der einzige, der sich um diese Uhrzeit in der Wellblechbaracke

aufhielt, war ein junger Mann mit Ärmelschonern, Augenschirm und einer Hasenscharte, der gerade Bleistifte anspitzte.
»Wenn Sie eine Anzeige aufgeben wollen, Mister«, begann er mit leierhaftem Tonfall.
»Nein, danke«, unterbrach Henry ihn freundlich. »Ich suche Sally.«
Hasenscharte hob die Augenbrauen. »Sie meinen das Niggermädchen?«
Henry unterdrückte seinen aufsteigenden Ärger. »Ich meine Sally Floyd. Sie erledigt doch manchmal Botengänge für Mister Kenworth, nicht wahr?«
Hasenscharte trat zu ihm an die hüfthohe Balustrade. »Klar«, sagte er mit einem hämischen Grinsen, »jeder nach seinen Talenten.«
Henry hatte Mühe, ihm diese verächtliche Miene nicht aus dem Gesicht zu schlagen. »Wissen Sie, wo ich Sally um diese Uhrzeit finden kann?«
Hasenschartes Grinsen wurde noch um eine Spur breiter und gehässiger. »Wo soll sie denn schon sein? Natürlich im *Seraphim,* dem Haus von Moira Shaw.«
Henry erstarrte und sah ihn ungläubig an. Das *Seraphim* gehörte wie die Bordelle von Hazel Hoke, Myrtle Bellvue und Jessie George zu den bekanntesten Freudenhäusern der Boomtown.
»Sie arbeitet da jeden Tag von zehn bis zwei«, fuhr Hasenscharte in einem schmierigen Tonfall fort. »Wie gesagt, jeder nach seinen Talenten. Muß ich Ihnen den Weg zum *Seraphim* ...«
Henry packte ihn mit beiden Händen am Hemd und zerrte ihn halb über die Balustrade zu sich heran. »Du lügst, du Dreckskerl!«
Hasenscharte war weder kräftig noch mutig. Angst sprach aus seinen weit aufgerissenen Augen. »Um Gottes willen, was haben Sie denn? Ich habe Ihnen doch nichts getan!« beschwor er ihn mit schriller, zitternder Stimme.
»Du hast Sally in den Dreck gezogen und mich angelogen! Sie arbeitet nie und nimmer in einem Freudenhaus!«
»Doch, es ist wahr, Sir! Sally arbeitet den halben Tag im *Seraphim.*« beteuerte Hasenscharte. »Und ich will tot umfallen, wenn ich die Unwahrheit gesagt habe.«
Eine Frau in einem grauen, hochgeschlossenen Kleid mit einer Ansteckplakette, die sie als eine Anhängerin der Anti-Alkohol-Liga

von Beaumont auswies, betrat das Büro und sog mit einem Laut der Mißbilligung scharf die Luft ein.
»Ja, und sollte der Herrgott versäumen, dafür zu sorgen, werde ich mich darum kümmern!« zischte Henry, stieß Hasenscharte wütend zurück und schoß aus dem Schuppen. Verstört, fast wie in Trance, ging er die Straße hinunter. Sally arbeitete den halben Tag im *Seraphim!* Ausgeschlossen! Niemals! Sally war keine von diesen Frauen, die ihren Körper für einen halben Dollar verkauften und alles mit sich machen ließen, wenn nur der Preis stimmte. Und doch ...
Zweifel beschlichen ihn und begannen, seinen Glauben an Sallys Anständigkeit zu durchlöchern. Warum sprach sie nie über ihre angebliche Arbeit als Zimmermädchen? Warum hatte sie nie den Namen des Etablissements genannt, in dem sie arbeitete?
Das *Seraphim* lag in einer ruhigen Straße, die parallel zur Main Street verlief. Es war ein für Spindletop recht ansehnliches Gebäude mit einem ausgebauten Obergeschoß, und dort befanden sich die acht Zimmer von Moira Shaws käuflichen Mädchen.
Alles in ihm krampfte sich zu einem schmerzenden Knoten zusammen, als er seinen Blick auf die Fenster mit den vorgezogenen Gardinen richtete und sich vorstellte, daß Sally jetzt dort in einem dieser Zimmer ...
Nein, er wollte es sich nicht vorstellen. Er verbot sich dieses Bild. Zumindest versuchte er es. Doch er konnte sich auch nicht einfach umdrehen, weggehen und so tun, als wäre nichts geschehen. Die Freude an seinem Erfolg war ihm gründlich vergangen. Erst mußte er Gewißheit haben.
Henry beschloß zu warten und den Seitenausgang im Auge zu behalten. Er hockte sich auf den Baumstumpf an der Rückfront eines Schuppens und wartete dort drei entsetzlich lange und heiße Stunden im Schatten. Mit jeder Minute wuchsen in ihm Zweifel und Groll. Mehr als einmal fragte er sich, warum er an diesem Tag, an dem er doch allen Grund zum Feiern und zur Ausgelassenheit im Kreis seiner Freunde gehabt hätte, hier stumpfsinnig und mit einer dumpfen Wut im Bauch hockte und diese idiotische Hintertür von Moira Shaws Freudenhaus nicht aus den Augen ließ, als hänge sein Leben davon ab. Es war schwachsinnig. Er war wütend auf sich selbst und konnte doch nicht anders, als dort sitzen zu bleiben und weiter zu warten.

Plötzlich schreckte er hoch. Die Hintertür des Bordells öffnete sich. Er sah Knickerbockerhosen und eine Ballonmütze. Sally! Es war wirklich Sally!
Henry fühlte sich, als habe ihm jemand einen Tiefschlag versetzt. Er sprang auf und rannte über die Straße, voll maßloser Wut und Enttäuschung.
»Sally!« rief er scharf.
Sie fuhr überrascht herum, und ihr Gesicht nahm einen Ausdruck der Betroffenheit, ja fast des Erschrockenseins an. »Henry? Was machst du denn hier?«
»Wie wäre es, wenn *du* diese Frage zuerst beantworten würdest, Sally?« fragte er zurück, bitteren Vorwurf in der Stimme. »Deine Antwort dürfte bestimmt interessanter ausfallen als meine, vorausgesetzt du lügst mich nicht wieder an.«
Sie zuckte wie unter einem Schlag zusammen. Er las in ihren Augen erst Schmerz, dann Zorn – und sah zu spät die Ohrfeige kommen. Wie vom Donner gerührt und mit brennendem Gesicht wich er einen Schritt zurück.
»Ich habe dich nicht angelogen!« stieß sie in zorniger Erregung hervor. »Nie!« Damit wandte sie sich um und ging mit hastigen Schritten die Straße hinunter.
Erschrocken und mit der Ahnung, einen unverzeihlichen Fehler begangen zu haben, lief Henry ihr nach. »Du hast mich sehr wohl angelogen«, versuchte er sich zu rechtfertigen. »Du hast mir erzählt, du würdest als Zimmermädchen in einem Hotel arbeiten. Oder willst du vielleicht behaupten, das *Seraphim* ist ein Hotel?«
»Nein, will ich nicht.«
»Also hast du mich doch belogen!«
Abrupt blieb Sally stehen. Ihre Augen funkelten ihn an. »Nein, habe ich nicht, Henry Maynard!« fauchte sie ihn an. »Ich habe mich nur geschämt, dir zu sagen, daß ich in einem Freudenhaus putze.«
»Dazu hast du keinen Grund gehabt.«
»Von wegen! Ich weiß leider nur zu gut, wie du und alle anderen Leute denken. Warum, glaubst du, trage ich denn diese blöden Klamotten und die Ballonmütze? Ich will es dir sagen: Nicht weil es mir Spaß macht, sondern weil mich damit viele für einen Jungen halten und mich deshalb kaum beachten. Denn ein Mischlingsmädchen, ein Bastard wie ich, gilt doch bei Weißen wie Schwarzen als

Freiwild.« Sie ließ ihn nicht zu Wort kommen. »Und was das *Seraphim* angeht, so ist es völlig in Ordnung, daß ihr Männer in solchen Häusern verkehrt und dort euer Vergnügen habt. Aber wehe, man ist kein Mann und arbeitet in so einem Haus, ob als Hure oder als Putzmädchen. Dann steht das Urteil der Leute gleich fest. Man ist verdorben und außerhalb des Hauses keines Blickes mehr wert – ganz besonders, wenn man dazu noch ein Mischling, ein Niggermädchen ist.«

»So hätte ich nie über dich geurteilt.«

Sie lachte freudlos auf. »Was redest du denn da? Du hast mich aus dem *Seraphim* kommen sehen und in dem Moment doch schon über mich geurteilt, ohne mir vorher eine Chance gegeben zu haben. Du hast sofort angenommen, ich hätte dich belogen und sei eine Halbtagshure.«

Vor Beschämung schoß ihm das Blut ins Gesicht. »Das habe ich nicht gesagt!«

»Aber gedacht, Henry, und das ist mindestens genauso schlimm.«

Sally hatte recht, und jedes Wort war wie eine weitere Ohrfeige. Ihm wurde abwechselnd heiß und kalt, und er verstand auf einmal überhaupt nicht mehr, wie sich dieser schändliche Verdacht bloß in ihm hatte festkrallen können. Ihm war elend zumute, und mit gesenktem Kopf sagte er: »Es tut mir leid, Sally. Ich weiß nicht, was da vorhin in mich gefahren ist. Eigentlich wollte ich doch nur ... Ich meine, ich war so ...« Er wußte nicht weiter und sah sie schuldbewußt an. »Kannst du mir noch mal verzeihen und vergessen, was ich da für einen Unsinn verzapft habe?«

»Wenn es nur Unsinn gewesen wäre«, erwiderte sie, »hätte ich mich bestimmt nicht so verletzt gefühlt und aufgeregt, Henry. Sicherlich *kann* ich dir verzeihen, aber ob ich das auch will, weiß ich noch nicht. Und jetzt geh mir endlich aus den Augen!«

Beschämt und mit hängenden Schultern sah er ihr nach, bis sie in der nächsten Seitenstraße verschwand. Dann sank er auf die gebrochene Deichsel eines Buggys, der vor der Werkstatt eines Wagenbauers stand, stützte den Kopf in beide Hände und stierte in den Dreck zu seinen Füßen. Wie konnte er bloß wiedergutmachen, was er Sally angetan hatte? Er mußte irgend etwas finden, um sie zu versöhnen.

Nach einer langen Zeit des Brütens kam ihm endlich eine Idee. Sie war zwar nicht gerade eine Offenbarung und alles andere als eine Garantie dafür, daß er Sally damit versöhnen konnte, aber doch das Beste, was ihm einfiel. Und so machte er sich, statt seinen geschäftlichen Erfolg und seinen neuen Status als Partner von Arthur Broderick zu feiern, wie ein Büßer auf den staubigen Weg nach Beaumont.

Das Licht einer Petroleumlampe drang aus dem Behandlungszimmer von Doc Thayer, der seine Praxis schon lange vor Einbruch der Dunkelheit verlassen hatte. Henry spähte durch das Fenster. Sally saß am Schreibtisch über einen großen Briefblock gebeugt. Wem sie wohl schrieb?

Henry überlegte, ob es ratsam war, Sally ausgerechnet jetzt zu stören und sie dadurch vielleicht nur noch mehr zu verärgern. Aber er konnte nicht länger warten.

Er ging zur Hintertür, holte tief Atem und schob einen zusammengefalteten Zettel durch die Ritze unter der Tür. Dann klopfte er vernehmbar und wartete am Fuß der drei kurzen Stufen, die zum Hintereingang hochführten. Er schickte ein Stoßgebet gen Himmel und horchte angespannt auf die Geräusche hinter der Tür. Deutlich vernahm er das Rücken des Stuhls, als Sally vom Schreibtisch aufstand, und dann ihre Schritte über die knarrenden Dielenbretter. Der Zipfel seines Zettels, der noch aus dem Ritz ragte, verschwand. Hatte er die richtigen Worte gefunden? Was er da niedergeschrieben hatte, war von Herzen gekommen. Wenn sie das nicht begriff, sollte sie es eben sein lassen! Henry hielt, zwischen Hoffen und Trotz hin und her gerissen, den Atem an.

Eine Ewigkeit schien zu vergehen. Doch dann ging die Tür auf, und Sally blickte ihn an, seinen Zettel in der Hand. Ihrem Gesichtsausdruck war nicht abzulesen, was sie dachte und in welcher Gemütsverfassung sie war. »So, zwei Bier am Morgen und ein paar abfällige Bemerkungen von Peyton Hasenscharte, diesem miesen Giftzwerg, reichen völlig aus, damit du hier oben«, sie tippte sich gegen die Stirn, »aus dem Tritt kommst, ja? Also wirklich, Henry!«

Er machte eine zerknirschte Miene. »Ich weiß, es gibt dafür eigentlich keine Entschuldigung. Aber vielleicht war ich heute morgen einfach zu aufgedreht, so daß mich die gehässigen Bemerkungen dieses Kerls völlig überrumpelt und alles andere ausgeschaltet ha-

ben. Ich hatte einfach ein Brett vor dem Kopf … oder so was ähnliches.«
»Offensichtlich«, sagte Sally und fügte trocken hinzu: »Blamage sollte man übrigens nicht mit sch, sondern mit einem g vor dem e schreiben – wenn man sich nicht noch mehr blamieren möchte.«
Obwohl Sally das ganz nüchtern gesagt und dabei ihre unpersönliche Miene bewahrt hatte, wußte Henry in diesem Augenblick, daß sie weniger nachtragend war, als sie sich gab.
»Vielleicht habe ich hiermit einen besseren Griff gemacht als mit dem sch in Blamage.« Seine rechte Hand kam hinter dem Rücken hervor und hielt ihr ein Päckchen hin, das in buntgeblümtes Geschenkpapier eingepackt und mit einer kleinen Papierrosette verziert war.
»Was ist das?« Ihre Gesichtszüge wurden ein wenig weicher.
»Ein Geschenk. Mach es auf, und dann weißt du es. Vielleicht taugt es als Ersatz für Friedenspfeife und Tabak«, sagte er und erlaubte sich ein zaghaftes Lächeln.
Sally zögerte, dann seufzte sie und gab den Weg frei. »Ein so hübsch verpacktes Geschenk öffnet man nicht unter der Tür. Also komm schon rein!« forderte sie ihn auf. »Glaub aber bloß nicht, daß ich dir damit schon verziehen habe!«
»Wie könnte ich, Sally«, versicherte er mit todernster Miene. »Ich weiß doch, daß du niemandem auch nur einen einzigen Fehler nachsiehst.«
Sally furchte die Stirn, erwiderte jedoch nichts darauf, sondern schloß die Tür hinter ihm und nahm ihm das Päckchen aus der Hand. Vorsichtig, um das schöne Papier nicht zu beschädigen, packte sie das Geschenk aus – und stieß dann einen erstickten Freudenschrei aus. »Ein Wörterbuch! Ein richtiges Wörterbuch zum Nachschlagen!« rief sie, und ein glückliches Strahlen vertrieb den erzwungen ernsten Ausdruck von ihrem Gesicht.
»Das dickste und teuerste, das ich in Beaumont auftreiben konnte«, erklärte Henry stolz, und fast wäre ihm auch noch der Preis für den umfangreichen Wälzer herausgerutscht.
»O Henry! Ich weiß gar nicht, was ich sagen soll!« Mit beiden Händen hielt sie das große Wörterbuch wie einen Schatz an die Brust gepreßt und sah ihn gerührt an. »Das ist zuviel. Das hättest du nicht tun müssen.«

Ihre Freude und Rührung machten ihn verlegen. »Ich dachte mir, du könntest so etwas gut brauchen, weil du doch ganz verrückt auf Bücher bist und es ›weiterbringen‹ möchtest. Obwohl mir nicht ganz klar ist, wie du das ausgerechnet mit Büchern bewerkstelligen willst.«

»Ich möchte eines Tages Reporterin sein und für eine große Zeitung schreiben!« platzte es aus ihr heraus.

»*Was* willst du sein? Zeitungsreporterin?«

Das Blut schoß ihr ins Gesicht, als hätte sie sich einer maßlosen Prahlerei schuldig gemacht. »Schau mich nicht so an! Ich habe es nicht ernst gemeint«, murmelte sie und wandte sich schnell ab. Sie legte das Wörterbuch auf den Schreibtisch und setzte sich auf den Drehstuhl.

»Und ob du es ernst gemeint hast!«

»Ach was, es ist nur ein verrückter Traum, das weiß ich ja selbst. Aber Träume wird man ja wohl noch haben dürfen, auch wenn sie noch so lächerlich klingen, oder?« Mit einer wütenden Bewegung klappte sie den Briefblock zu und blickte ihn herausfordernd an.

»Ich finde den Traum überhaupt nicht lächerlich.«

»Und das soll ich dir glauben, ja?«

»Ja, wirklich«, beteuerte er. »Ich war einfach nur überrascht. Niemals wäre ich auf die Idee gekommen, daß du es so mit dem Schreiben hast und mal zur Zeitung willst.«

»Du meinst: ausgerechnet ich, ein Mischlingsbastard!« warf sie zynisch ein.

Jetzt wurde er ärgerlich. »Nein, so habe ich nicht eine Sekunde gedacht, und das weißt du ganz genau. Verdammt noch mal, Sally, ich traue dir alles zu!«

Sie lächelte zaghaft. »Du meinst wirklich, ich hätte das Zeug dazu?«

Ernst erwiderte er ihren Blick, mit dem sie prüfen wollte, ob er auch die Wahrheit sagte oder ihr nur schmeichelte. »Ich weiß nicht, ob du das Zeug in dir hast. Das kann nur jemand sagen, der was vom Schreiben versteht«, erklärte er und erinnerte sich an die Worte, die Arthur zu ihm gesagt hatte. »Aber *wenn* du das Talent und zudem auch den Willen hast, dich nicht entmutigen zu lassen und alles zu geben, um dein Ziel zu erreichen, dann würde ich jetzt jede Wette eingehen, daß du es auch schaffst.«

Sie lächelte ihn dankbar an.

»Bestimmt übst du dich jeden Tag im Schreiben, nicht wahr?«
Sally nickte. »Ich schreibe Geschichten über das, was hier so passiert und was ich jeden Tag beobachte. Manchmal erfinde ich auch etwas und verbinde es mit wahren Begebenheiten.«
»Kann ich mal eine deiner Geschichten lesen?«
»Nein, besser nicht. Ich glaube nicht, daß ich schon gut genug bin«, wehrte sie verlegen ab. »Vielleicht später, wenn ich das Gefühl habe, daß mir eine Geschichte ordentlich gelungen ist.«
Er sah davon ab, sie zu bedrängen und noch weiter in Verlegenheit zu bringen. Früher oder später würde er schon zu lesen bekommen, was sie zu Papier brachte. »Sag mal, wie bist du bloß darauf gekommen, ausgerechnet Reporterin werden zu wollen?«
»Weil ich in New Orleans im Haus eines Zeitungsmannes aufgewachsen bin.«
»Dein Vater war bei einer Zeitung?«
Sie schüttelte den Kopf, und ihre Miene nahm einen bitteren Ausdruck an. »Mein Vater war ein weißer Flußschiffer, der meine Mutter in einem Hinterhof unten am Hafen vergewaltigt, halb totgeschlagen und zwischen dem Abfall liegengelassen hat.«
Henry sah sie bestürzt an und wußte nicht, was er darauf sagen sollte.
Sally erwartete keine Antwort. »Vor Gericht hat dieser Mann alles abgestritten und behauptet, zur Tatzeit ganz woanders gewesen zu sein. Er wurde im Handumdrehen freigesprochen. Natürlich befand sich kein Weißer unter den Zeugen.«
»Wie gemein und ungerecht!«
»Das ist der Alltag«, stellte Sally grimmig fest, »wenn man ein Nigger ist und nicht gerade in einer Boomtown lebt. Hier sind die Weißen zu sehr damit beschäftigt, reich zu werden, um den Massa zu spielen und uns immer wieder daran zu erinnern, daß unsere Freiheit und Gleichberechtigung das Papier nicht wert ist, auf dem das geschrieben steht. Aber an jedem anderen Ort läßt man uns Schwarze nicht vergessen, daß wir nur Menschen zweiter Klasse sind.«
Henry schwieg betreten. Er hatte sich über die Stellung der Schwarzen nie besondere Gedanken gemacht. Doch es bedurfte keiner großen geistigen Anstrengung, um zu sehen, daß Sally die Wirklichkeit so beschrieben hatte, wie sie sich Tag für Tag überall im Land darstellte.

»Aber was rede ich da!« tadelte sie sich selbst. »Eigentlich wollte ich dir ja von Joshua Coolidge erzählen, der war so etwas wie mein Ziehvater. Meine Mutter und er haben zwar nie geheiratet, aber doch immerhin acht Jahre miteinander gelebt, von ein paar kurzen Unterbrechungen abgesehen, wenn sie Krach miteinander hatten und ich mit Mom für ein paar Wochen bei irgendwelchen Bekannten unterkam.« Ein schiefes Lächeln huschte über ihr Gesicht. »Aber alles in allem hatten wir beide es gut bei Joshua. Er arbeitete als Reporter für den *New Orleans Independent,* eine rein schwarze Zeitung. Du weißt schon: schwarzer Herausgeber, schwarzer Chefredakteur, schwarze Reporter und ausschließlich schwarze Leserschaft.«
Henry nickte.
»Joshua konnte die spannendsten Geschichten erzählen und ebenso mitreißend schreiben«, sagte sie mit einem versonnen traurigen Lächeln. »Er schrieb über alles mögliche, aber am liebsten verfaßte er leidenschaftliche Brandartikel, wie meine Mutter das nannte, in denen er die Unterdrückung der Schwarzen anprangerte und seine Leser aufforderte, sich auch gegen die kleinen Ungerechtigkeiten des Lebens zur Wehr zu setzen.«
»Dann war er ein sehr mutiger Mann.«
»Sein Mut hat ihn letztlich auch das Leben gekostet, und ich glaube, er hat gewußt, daß es eines Tages so kommen würde. Auf einer Reise nach Mobile, wo es zu einem Lynchmord an einem schwarzen Farmer gekommen war, hat ihm der Ku-Klux-Klan aufgelauert. Sie haben ihn nachts am Straßenrand aufgeknüpft, und zwei Tage später stand in den Zeitungen, er habe Selbstmord begangen. Nirgendwo stand zu lesen, daß man ihn wie in alten Sklavenzeiten geteert und gefedert hatte. Ich werde den Tag nie vergessen, denn es war mein elfter Geburtstag, als Mom die Nachricht von seinem angeblichen Selbstmord erhielt.«
»Diese Schweine!« murmelte Henry.
Sie schwieg einen Moment und strich dann mit den Fingerspitzen fast liebevoll über den Rand des Wörterbuches. »Joshua hatte nie Geld, dafür aber ein Zimmer voll mit Büchern und Zeitschriften aller Art. Wann immer ich konnte, habe ich mich in diesem Zimmer aufgehalten, am liebsten, während er seine Artikel schrieb. Ja, die Liebe zu Büchern und den Wunsch, Reporterin zu werden, habe ich wohl von ihm. Joshua hat mich damit angesteckt.«

»Und wie ist es euch nach seinem Tod ergangen?«
»Dreckig. Die Miete war überfällig, und der Vermieter hat uns kurzerhand vor die Tür gesetzt. Mom hat uns mit allen möglichen Hilfsarbeiten durchgebracht, und ich habe dabei geholfen, so gut ich nur konnte. Schließlich sind wir bei einer Truppe von Wanderarbeitern gelandet. Als wir im vergangenen Herbst in die Gegend von Beaumont kamen, ging es Mom schon seit Wochen schlecht. Eines Tages ist sie dann auf dem Feld zusammengebrochen. Stunden später war sie tot. Nach der Beerdigung bin ich irgendwie in Beaumont hängengeblieben. Tja, und dann brach hier im Januar der Ölboom aus.«
Henry atmete tief durch. »Und dabei dachte ich noch bis vor ein paar Monaten, *mir* hätte das Schicksal ganz besonders übel mitgespielt!«
»Erzähl! Jetzt bist du an der Reihe!« forderte sie ihn auf.
»Mein Gott, im Vergleich zu dem, was du mitgemacht hast, ist es mir geradezu blendend ergangen«, begann er beklommen. »Ich bin auf der East Side von New York aufgewachsen. An meine Mutter kann ich mich nicht erinnern. Ich weiß nur, daß sie meinen Vater verlassen hat, als ich zwei Jahre alt war. Mein Vater hat nie ein Wort darüber verloren, aber hintenherum habe ich von Onkel Jeffrey und Tante Lizbeth erfahren, daß sie mit einem blutjungen Schauspieler von einer Tingeltruppe durchgebrannt ist. Aber vielleicht war das auch bloß eine jener Gehässigkeiten, für die meine Verwandten ein ganz besonderes Talent besaßen. Jedenfalls bin ich ohne Mutter aufgewachsen, und das war ganz okay, denn mein Vater hat sich sehr um mich gekümmert.«
»Und er hat nicht wieder geheiratet?«
Henry schüttelte den Kopf. »Er hatte es sehr mit dem Glauben und hat keine Messe verpaßt. Einmal verheiratet, immer verheiratet. Das heilige Sakrament – du verstehst schon. Natürlich hat er all die Jahre nicht enthaltsam gelebt, aber er hat nie eine Frau mit nach Hause gebracht.«
Sally seufzte. »Da war meine Mom anders«, sagte sie und fragte dann schnell: »Sag, was hat dein Vater gemacht?«
»Er war Muschelhändler. Sein Arbeitsplatz waren die Überseekais. Er hat den Matrosen Muscheln und andere exotische Sachen, die sie von ihren Reisen mitbrachten, abgekauft und dann mit einem

bescheidenen Aufschlag an Geschäfte in der Stadt verkauft. Er hatte einen festen Kundenstamm, und er liebte seinen Beruf.«

»Dein Vater lebt nicht mehr?«

»Nein, er starb vor vier Jahren auf der India-Pier, als er einen Streit zwischen zwei betrunkenen Matrosen zu schlichten versuchte, die mit Messern aufeinander losgegangen waren. Es kam zu einem Handgemenge, und dabei bekam er einen tödlichen Stich in den Bauch ab. Er verblutete noch auf der Pier.« Er machte eine kurze, gedankenschwere Pause. »Nach der Beerdigung zog ich zu Tante Lizbeth und Onkel Jeffrey, der als Kesselflicker mit seinem Karren durch das Viertel zog und mir das Leben vom ersten Tag an zur Hölle machte. Er ließ mich arbeiten, bis ich blutige Hände hatte und nicht mehr konnte. Er wollte mich auspressen wie eine Zitrone. Zwei Jahre habe ich es bei ihm ausgehalten, dann konnte ich nicht mehr. Ich habe eines Nachts mein Bündel gepackt, bin aus dem Haus und zum Güterbahnhof geschlichen und auf den nächsten Zug geklettert, der mich aus New York rausbrachte. Nach zwanzig Monaten als Hobo hat es mich schließlich in diese Gegend verschlagen – im wahrsten Sinne des Wortes.« Und er erzählte ihr von Rattengesicht und Stiernacken, die ihn einige Meilen vor Beaumont aus dem Waggon geprügelt hatten.

»Auch nicht gerade ein eintöniges Leben, das du hinter dir hast.«

»Ich wünschte, mein Vater würde noch leben«, sagte Henry mit abwesender Stimme. »*Broderick & Maynard!* Das würde ihm gefallen. Bestimmt wäre er stolz auf mich, auch wenn ich nur mit fünf Prozent beteiligt bin, so bin ich doch Partner von Arthur Broderick.«

»Was?« rief Sally überrascht. »Broderick hat dich zum Partner gemacht?«

»Ja, die Firma heißt jetzt *Broderick & Maynard.* Den Latrinenboy Henry Maynard gibt es nicht mehr. Von heute an bin ich Teilhaber einer Firma, die Derricks baut.« Und nun erzählte er ihr, wie es zu dieser Partnerschaft gekommen war.

»Das ist ja unglaublich!« rief sie begeistert, als er geendet hatte. »Aber warum erfahre ich das erst jetzt?«

»Mir ist da so eine Riesendummheit dazwischengekommen, die ich erst wieder in Ordnung bringen mußte«, sagte er mit einem verlegenen Lächeln und deutete auf das Wörterbuch.

Sie schüttelte lachend den Kopf. »Wissen es Merrill, Lee und Ted schon?«
»Nein, du solltest es zuerst erfahren.«
Sally errötete und sprang auf. »Himmelherrgott, was sitzen wir dann noch hier herum, Henry? Das muß doch gefeiert werden!«
»Das hatte ich eigentlich schon seit heute mittag vor, bin aber irgendwie nicht dazu gekommen«, sagte er selbstironisch.
»Die Nacht ist noch jung. Komm, sehen wir, wo der schäbige Rest der Clique steckt!«
»Bist du mir auch wirklich nicht mehr böse?« vergewisserte sich Henry, als Sally die Lampe ausgeblasen hatte und die Hintertür abschließen wollte.
Sie lachte ihn an. »Dir könnte ich doch nie böse sein – jedenfalls nicht lange«, sagte sie augenzwinkernd. »Und danke nochmal für das wunderbare Wörterbuch!« Und bevor Henry wußte, wie ihm geschah, hatte sie ihm einen Kuß auf die Wange gedrückt.

Sechstes Kapitel

Arthur hatte nicht übertrieben. Henry sollte seine ersten sieben Tage als Derrickbauer niemals vergessen, solange er lebte.
Im Morgengrauen, nach einer feucht-fröhlichen Nacht mit seinen Freunden, begann auf der Parzelle der *Straight Ten Oil Company* die knochenbrechende Arbeit am ersten Bohrturm.
»Du hättest dein Hotelzimmer für ein paar Wochen untervermieten können«, sagte Arthur zur Begrüßung.
»Warum?«
»Du wirst es vorerst nicht zu sehen bekommen, weil hier jeder für zwei arbeiten muß, bis ich mehr Leute angeheuert habe. Du wirst an der Stelle einschlafen, wo du den Hammer aus der Hand legst, Partner.«
Auch damit behielt Arthur recht. Henry schuftete bis zum Umfallen. Es gab keine Zwölfstundenschicht, die bei den Arbeiten auf dem Ölfeld sonst üblich war und Tour hieß. Er schleppte Balken, unter deren Gewicht er fast zusammenbrach, stand stundenlang am

Sägebock und schwang den Hammer, bis die erste Tour vorüber war. Dann schlang er das Essen herunter, das Arthur zur Baustelle bringen ließ, streckte sich auf dem Boden aus und war im nächsten Moment eingeschlafen.

»Auf die Beine! Der Termin, den du ausgehandelt hast, läßt sich nicht im Schlaf einhalten, Partner«, sagte Arthur, wenn er ihn schon wenige Stunden später wachrüttelte und wieder an die Arbeit schickte.

Nach den ersten beiden Tagen und Nächten, während der er fast ununterbrochen arbeitete, schmerzten Henry alle Knochen im Leib. Doch er beklagte sich nicht und unterdrückte jedes Verlangen zu jammern. Er biß die Zähne zusammen und bekämpfte mit äußerster Willenskraft die Anfälle von Schwäche, bei denen er versucht war, alles hinzuschmeißen. Wenn Arthur und die anderen Männer diese Strapazen aushielten, konnte er es auch. Er setzte sogar seinen Ehrgeiz darein, niemals der erste zu sein, der die Arbeit unterbrach, wenn Arthur zum Essen oder zu einem Becher pechschwarzen Kaffees rief.

Der Schwarze Noah und Zilkey, ein polnischer Zimmermann mit den Kletterkünsten eines Affen, nahmen ihn in ihre Obhut und unterwiesen ihn im fachgerechten Aufbau eines Derricks. Die Konstruktion und Errichtung eines Bohrturm war erheblich komplizierter und kunstvoller, als Henry gedacht hatte. Präzisionsarbeit wurde verlangt, und dies war eine Herausforderung, die sein Interesse weckte und seinen Ehrgeiz anstachelte, alles möglichst schnell zu lernen, um auch die verantwortungsvollen Arbeiten ausführen zu können. Und je höher der Bohrturm in den Himmel wuchs, desto größer wurden auch Henrys Freude an der Arbeit und sein Stolz, Mitglied dieser Crew zu sein, die den Wettlauf gegen die Zeit aufgenommen hatte.

Kein einziges Mal verließ er während der ersten sieben Tage die Baustelle. Die Boomtown bekam er nur vom Gerüst aus zu sehen. Seine Notdurft verrichtete er wie die anderen in einer Grube, die sie hinter einem Stapel Bauholz ausgehoben hatten. Niemand dachte daran, sich zu waschen oder gar zu rasieren. Dafür war die Zeit zu kostbar. Jede freie Minute gehörte dem Schlaf.

Matthew Sayer und Jack McIver erschienen mindestens zweimal täglich, um sich von den Fortschritten ihres ersten Bohrturms zu

überzeugen. Am Morgen des fünften Tages brachten sie schon ihren Driller mit, den Boss ihrer ersten Bohrcrew.
»Ich glaube, dieser Matthew Sayer ergötzt sich jeden Tag an unserer verdammten Garantie und reibt sich dabei die Hände«, meinte Arthur argwöhnisch und von der dunklen Ahnung geplagt, mit seiner Unterschrift unter den Vertrag mit Sayer und McIver das größte Verlustgeschäft seines Lebens unterzeichnet zu haben.
»Warten wir ab, wer sich zuletzt die Hände reibt«, erwiderte Henry, obwohl auch er immer mehr Bedenken bekam, je mehr sich die Woche ihrem Ende zuneigte.
Dann kam der siebente Tag. Laut Vertrag hatte der Derrick spätestes um Mitternacht fertig zu sein. Und das war er. Eine Viertelstunde vor zwölf zog Arthur hoch oben in der stumpfen Spitze die letzte Schraube nach und ließ sich dann zusammen mit Zilkey am Seil zur Arbeitsbühne herab, wo Sayer und McIver schon warteten.
Henry konnte kaum glauben, daß sie es wirklich geschafft hatten. Sieben Tage und Nächte Sklavenarbeit in brütender Sommerhitze! Er war verdreckt, schweißstinkend und ausgelaugt – und fühlte sich doch so gut wie nie zuvor. Er hatte – was als Latrinenboy nicht möglich gewesen wäre – gemeinsam mit anderen etwas geleistet, worauf er stolz sein konnte.
»Fertig, Gentlemen. Ihr erster Derrick steht, er ist bereit für Ihre Drillcrew«, sagte Arthur zu den beiden Auftraggebern. »Wie vereinbart in sieben Tagen errichtet. Wenn ich Sie nun um die vereinbarte Zahlung bitten darf.«
»Immer mit der Ruhe, Mister Broderick«, erwiderte Matthew Sayer gedehnt. »Wir wollen uns den Derrick doch erst einmal ansehen, ob er auch unseren Erwartungen entspricht.«
Jack McIver warf seinem Partner einen nervösen Blick zu, und einen ähnlichen Blick fing Henry von Arthur auf.
Es kam, wie Arthur befürchtet hatte: Matthew Sayer hatte an allem möglichen etwas auszusetzen. Zwar handelte es sich um völlig unsachliche Beanstandungen, die mit der Qualität der Konstruktion nichts zu tun hatten, wie er auch freimütig zugab, aber das machte keinen Unterschied.
»Kann ja sein, daß alles seine Ordnung hat und Sie einen guten Derrick gebaut haben«, sagte er Arthur und Henry frech ins Gesicht. »Aber er gefällt mir eben nicht. Und in unserem Vertrag steht nun

mal, daß wir nicht zur Zahlung verpflichtet sind, wenn der Derrick unseren Erwartungen nicht entspricht.«

»Das ist richtig«, bestätigte Henry ruhig.

»Also brauchen wir Ihnen auch nicht einen Cent zu zahlen, nicht wahr?« vergewisserte sich Matthew Sayer, der dem Braten noch nicht recht traute.

»Auch das ist richtig«, bestätigte Henry. »Vertrag ist Vertrag, Mister Sayer, und wir von *Broderick & Maynard* stehen zu unserem Wort.«

Der kleine Dicke, der sich für besonders gerissen hielt, warf seinem Partner, dem die ganze Angelegenheit sichtlich unangenehm war, einen triumphierenden Blick zu und klatschte in die Hände. »Gut, dann sind wir uns ja einig.«

Arthur nickte knapp und winkte dann Zilkey herbei. »Du hast gehört, was die beiden Gentlemen gesagt haben. Der Derrick entspricht nicht ihren Erwartungen, also reißen wir ihn wieder nieder. Hol dir ein paar Leute und nimm die Axt ...«

»He, warten Sie!« rief da der Dicke empört. »Wer hat hier was von Niederreißen gesagt?«

Arthur tat so, als habe er ihn falsch verstanden. »Machen Sie sich keine Sorge, Mister Sayer. Auch das kostet Sie keinen Cent. In vier, fünf Tagen ist die Parzelle geräumt, und Sie können sich einen anderen Derrick bauen lassen, der dann hoffentlich Ihren Erwartungen entspricht.«

Jack McIver machte ein erschrockenes Gesicht. »Unmöglich! Uns rennt die Zeit davon!«

»Der Derrick bleibt, Mister Broderick!« verlangte Matthew Sayer verstört. »Er gehört uns!«

Henry zauberte ein überraschtes Lächeln auf sein Gesicht. »Aber wie kommen Sie denn darauf, Gentlemen? Davon steht nichts in unserem Vertrag, aber auch absolut nichts. Bei Nichtgefallen brauchen Sie nicht zu bezahlen, das ist richtig, aber das heißt doch nicht, daß Sie den Bohrturm dann geschenkt bekommen. Sie können ja auch nicht zu einem Schneider gehen, einen Anzug anfertigen lassen, die Bezahlung verweigern, weil Sie etwas daran auszusetzen haben – und ihn dennoch mitnehmen.«

Dem Dicken dämmerte, daß er nicht halb so gerissen war, wie er geglaubt hatte. Er wurde hochrot im Gesicht. »Das ist Täuschung und Erpressung!«

»Das sehen wir nicht so«, sagte Arthur. »Aber wenn Sie möchten, können wir uns darüber in ein paar Wochen vor Gericht streiten. Bis dahin kommt natürlich keine Drillcrew auf unseren Derrick. Aber ich fürchte, daß Sie auch vor Gericht wenig Verständnis finden werden, wenn Sie darauf bestehen, einen Derrick behalten zu wollen, der Ihren Erwartungen doch gar nicht entspricht. Denn andernfalls würden Sie doch Ihre Verpflichtung aus unserem Vertrag einhalten, so wie wir es getan haben.«

Bevor Matthew Sayer seiner ohnmächtigen Wut Luft machen konnte, brach Jack McIver in schallendes Gelächter aus und stieß seinen Partner vergnügt in die Seite. »Das geschieht dir recht, Matthew. Gib dich geschlagen, und begleich die Rechnung! Der Derrick ist völlig in Ordnung, und ich bin sicher, daß die anderen neun genauso gut und pünktlich stehen werden.«

Unter grimmigem Schweigen und mit vor Blamage gerötetem Gesicht zog Matthew Sayer seine Brieftasche hervor und zählte Arthur dreihundert Dollar in die Hand.

Henry fiel ein Stein vom Herzen. Seine Einschätzung hatte sich als richtig erwiesen. Ihre Garantie war kein kostspieliger Rohrkrepierer, der wohl auch das Ende ihrer Partnerschaft bedeutet hätte, sondern ein verlockender Köder, der ihnen viel Geld einbringen konnte. Denn niemand würde mit der Geschichte hausieren gehen, daß er die Absicht gehabt habe, *Broderick & Maynard* mit ihrer Garantie hereinzulegen und so zu einem kostenlosen Bohrturm zu kommen, dabei aber schwer auf die Nase gefallen sei und doch jeden Cent der dreihundert Dollar bezahlt habe.

Broderick & Maynard waren im Geschäft!

Sie fanden nicht einmal Zeit, ihren Erfolg zu feiern. Schon wenige Stunden später begannen sie mit dem Bau des zweiten Bohrturms für die *Straight Ten Oil Company.* Die nächsten Wochen waren für Henry kaum weniger anstrengend als die ersten sieben Tage. Doch sein Körper begann, sich an die harte Arbeit zu gewöhnen und mit den Muskeln auch Ausdauer zu entwickeln. Am Ende einer zwölfstündigen Tour klappte er nun nicht mehr vor Erschöpfung zusammen und dachte auch nicht mehr ausschließlich an Schlaf, sondern hatte noch genug Kraft und Antrieb, um sich mit seinen Freunden in der Boomtown zu treffen. Ihre gemeinsame Pokerrunde war ihm heilig, und sein Bett im *Hotel Imperial* behagte ihm mehr als der steinige Erdboden neben einem Stapel Bauholz.

Matthew Sayer und Jack McIver verloren im Gespräch mit anderen kein Wort über ihren kläglich gescheiterten Versuch, *Broderick & Maynard* übers Ohr zu hauen. Und wenn Matthew Sayer bei seinen Begegnungen mit Arthur und Henry auch ein sehr kühles und geschäftsmäßiges Verhalten an den Tag legte, so hatte er doch nie wieder etwas an einem fertiggestellten Bohrturm auszusetzen. Er bezahlte pünktlich und ohne Zögern. Jack McIver dagegen war die Freundlichkeit in Person, und sogar wenn er in Eile war, fand er doch immer noch Zeit für ein scherzendes Wort.

Gegen Mitte Oktober, als schon fünf der im Akkord errichteten Derricks standen, ließ der enorme Arbeitsdruck für alle endlich nach, und die Männer arbeiteten wieder in ihrer normalen Zwölfstundenschicht. Arthur war es endlich gelungen, genügend Zimmerleute bei der Konkurrenz davon zu überzeugen, daß *Broderick & Maynard* keine Eintagsfliege waren, sondern auf solidem Fundament standen, und daß sich der Wechsel auch auf Dauer für sie auszahlen würde. Nun standen genügend Zimmerleute auf der Lohnliste der Baufirma, um drei Derricks gleichzeitig errichten zu können, und zwar mit jeweils zwei Touren rund um die Uhr, an sieben Tagen der Woche.

Henry blieb der Crew von Noah und Zilkey treu, die sich für die sogenannte Friedhofstour, die Nachtschicht von Mitternacht an, entschieden hatten, was ihm ausgesprochen recht war. So blieb ihm ausreichend Zeit, um sich um neue Aufträge zu bemühen und um mit seiner Freundesclique zusammenzusein. Fünf Stunden Schlaf reichten ihm, auch wenn Broderick gelegentlich Bedenken anmeldete und ihn davor warnte, mit seiner Gesundheit Raubbau zu treiben. Doch Henry lachte ihn aus. Er war jung, hatte Blut geleckt und wollte, daß es mit *Broderick & Maynard* in Riesenschritten voranging.

Doch Aufträge wie der von Sayer und McIver lagen nicht auf der Straße, und Henry stellte schnell fest, wie hart das Alltagsgeschäft eines Akquisiteurs war. Denn die Konkurrenz, die gar nicht gut auf sie zu sprechen war, schlief nicht und setzte ihnen heftig zu, auch wenn noch niemand ihre Garantie nachzuahmen wagte. Zudem erwies sich Henrys jugendliches Alter trotz seiner Bemühungen, sich durch entsprechend seriöse Kleidung den Anschein eines Mannes in den Zwanzigern zu geben, des öfteren als Nachteil. Die zwölf Stunden auf der Baustelle waren harte Arbeit, doch die Stunden, die er sich abplagte, um neue Aufträge für *Broderick & Maynard* zu beschaffen, erschöpften ihn oft noch mehr.

»Das ist nun schon der achte Tag, an dem ich mich vom Mittag bis in den Abend vergeblich abgestrampelt habe, um einen Auftrag an Land zu ziehen«, klagte Henry eines Nachts Sally sein Leid. Eine halbe Stunde später begann seine Tour, doch er hatte das Bedürfnis gehabt, vorher noch bei ihr vorbeizuschauen und sich seine Sorgen von der Seele zu reden. »Aber ihr habt doch Arbeit genug.«

»Nicht für alle drei Doppelcrews. Arthur überlegt schon, ob er nicht eine davon entlassen soll. Doch das lasse ich nicht zu.«

»Warum nicht?«

»Weil es eine Blamage wäre. Ich will etwas aufbauen, Sally, und nicht nach ein paar Wochen schon wieder das Handtuch werfen und kleine Brötchen backen«, erklärte er grimmig und ballte die Fäuste. »Dann hätte ich auch gleich bei meinen Latrinen bleiben können.«

Sally bedachte ihn mit einem spöttischen Blick. »Du scheinst es ja noch eiliger zu haben als alle anderen, ein reicher Mann zu werden.«

»Natürlich! Ich will nicht erst als alter Mann ausgesorgt haben. Ich mag Arthur sehr, das weißt du, aber ich will nicht warten müssen, bis ich so alt bin wie er. Was hat er denn jetzt noch groß von seinem Geld, ausgenommen die Freude, daß er seine Tochter mit einem kleinen Vermögen in die Ehe schicken kann?«

»Na, ich weiß nicht, ob er das auch so sieht.«

»Außerdem will ich nicht, daß von den Neuen jemand nach so kurzer Zeit auf einmal ohne Job dasteht, wo wir sie doch mit dem Versprechen abgeworben haben, daß ihnen bei uns eine sichere Anstellung gewiß ist. Ich *muß* Aufträge kriegen, und zwar mehr als in den letzten beiden Wochen. Ich frage mich bloß, wie?« Mit sorgenvoller, grüblerischer Miene starrte er auf die Kratzer und tiefen Kerben des alten Schreibtisches.

Auch Sally überlegte. Dann brach sie das Schweigen mit dem Vorschlag: »Warum versuchst es nicht mal mit Werbezetteln?«

Verdutzt sah er sie an. »Werbezettel?«

»Ja, wie sie die Promoter und Wertpapierhändler verteilen.«

»Werbezettel mit unserer konkurrenzlosen Garantie drauf! Sally, das

ist die Idee!« rief er begeistert und sprang auf. Er hätte sie vor Freude umarmen können. »Das ist die Lösung. Und ich werde sie nicht nur auf dem Ölfeld und hier in der Stadt verteilen, sondern auch in Beaumont am Bahnhof. Laß uns morgen nach der Arbeit darüber reden, okay? Kannst du morgen schon früher aufhören als um zwei?«
»Das läßt sich bestimmt machen.«
»Toll, dann treffen wir uns morgen nach meiner Tour am besten im Hotel, okay? Gut. Ich muß jetzt los, sonst komme ich noch zu spät.« Er ging zur Tür und reckte dann den rechten Arm mit geballter Faust in Siegerpose. »Werbezettel! Das ist es! Sally, du bist Gold wert!«
»Ich werde daran denken, wenn ich dir meine Rechnung schreibe!«
Er warf ihr eine Kußhand zu und beeilte sich, pünktlich zur Baustelle zu kommen. In dieser Nacht wurde ihm die Tour besonders lang, denn er konnte es nicht erwarten, sich mit Sally zusammenzusetzen und die Werbezettel zu entwerfen.
Endlich brach der Morgen an. Der neue Tag begann verheißungsvoll mit einem Sonnenaufgang wie aus der Farbpalette eines genialen Landschaftsmalers. Zuerst sprudelte eine Sinfonie von Pastelltönen aus dem Lichtquell jenseits des Horizontes und hob den nachtgrauen Vorhang des Himmels um eine Handbreit. Dann vereinigten sich die Farben zu einem glühenden Gold und gewannen an Leuchtkraft. Der Sonnenball stieg aus der leuchtenden Flut und warf sein Licht über die weiten Ebenen Texas'. Die Strahlen griffen nach den Spitzen der Derricks, als wollten sie das Meer der Bohrtürme vergolden. Für eine kurze Zeit boten Ölfeld und Boomtown im weichen Licht des Morgens ein fast romantisches Bild. Doch mit zunehmender Helligkeit wurden die Konturen schärfer, und jeglicher Anschein von Romantik verflüchtigte sich.
Henry bedauerte es nicht einen Augenblick. Er liebte diese rauhe und lärmende Wirklichkeit von Spindletop. Der niemals zur Ruhe kommende Lärm der Dampfkessel, Winden und Bohrmeißel, das Geschrei der Pipelinebauer und Fuhrleute sowie das Gesäge und Gehämmer der Zimmerleute war Musik in seinen Ohren. Und das, was sich seinen Augen darbot – der Wald der Bohrtürme, die langen Gruben mit Schlammwasser, die Tanks aus Redwood und grünem Zypressenholz, das Gewirr der Pipelines, die ölverschmierten Bretterwege und die allgegenwärtigen Pfützen, Lachen und Tümpel aus

Rohöl –, all das war für ihn kein Bild von abstoßender Häßlichkeit, sondern das kraftvolle Gemälde einer Welt, in der ein tatkräftiger Mann wie er alles erreichen konnte, was er sich zum Ziel setzte. Und sein Ziel aber war es, *Broderick & Maynard* zur Nummer eins unter den Derrickbauern zu machen.

Als er kurz nach zwölf ins Hotel kam, wartete Sally zu seiner freudigen Überraschung schon auf ihn. Und sie hatte sich von den Handzetteln, die in den Straßen von Beaumont und Spindletop verteilt wurden, einzelne Exemplar besorgt, damit sie eine Vorlage für ihr Werbeblatt hatten.

»Wir brauchen auch so etwas wie eine Schlagzeile«, sagte Henry, nachdem er die verschiedenen Texte der Promoter und Wertpapierhändler überflogen hatte. »Etwas, was ins Auge fällt und den Interessierten zum Weiterlesen reizt.«

Sally schlug ihren Schreibblock auf. »Wie wäre es mit der Überschrift in fettgedruckten Großbuchstaben: EINMALIG IN SPINDLETOP: DER DERRICK MIT DER TODSICHEREN GARANTIE!, und darunter in derselben auffälligen Schriftgröße die beiden Zeilen: EIN BOHRTURM VON ›BRODERICK & MAYNARD‹ – UNSCHLAGBAR IM PREIS UND UNÜBERTROFFEN IN DER QUALITÄT!«

Henry lachte und sah sie bewundernd an. »Sally, du wirst mir langsam unheimlich. Das ist genau das, was mir vorgeschwebt hat, ohne es aber so auf den Punkt bringen zu können. In diesen drei Schlagzeilen ist alles drin, um Interesse zu wecken. Aber wir müssen noch ein paar Erklärungen dazuschreiben. Hast du dafür vielleicht auch schon einen Vorschlag in deinen schlauen Block notiert?« fragte er hoffnungsvoll.

Sie schmunzelte. »Ja, zwei Entwürfe, einen seriösen und einen etwas aufgeblasenen, marktschreierischen«, sagte sie und las ihm beide Entwürfe vor.

Henry gefielen beide. Sie brauchten keine Stunde, um den endgültigen Text des Werbezettels zusammenzustellen. Henrys bescheidener Beitrag beschränkte sich dabei auf einen kleinen Verbesserungsvorschlag hier und da.

»Das hast du ganz toll gemacht, Sally! Ein Werbefachmann hätte das bestimmt nicht besser hingekriegt!« lobte er sie, als er den fertigen Text in der Hand hielt.

»Das meinst du auch nur, weil du so wenig Fachleute kennst.«

»Ich kenne überhaupt keine.«
»Eben!« sagte sie trocken, doch ihre Augen blitzten vor Stolz und Vergnügen.
Henry eilte zur Druckerei und konnte es nicht erwarten, die Werbezettel in der Hand zu halten. Es dauerte eine Woche. Dann konnte er die Kiste mit den bestellten zweitausend Handzetteln abholen. Er fand, daß sie mit den beiden Bohrtürmen, die den Text rechts und links einrahmten, einfach unwiderstehlich aussahen.
Arthur war überrascht und begeistert, als er die Werbezettel sah und hörte, wie Henry das Geschäft ankurbeln wollte. »Auf so einen Gedanken wäre ich nie gekommen. Jetzt bin ich aber mal gespannt, ob deine Aktion auch etwas bringt.« Und er rüstete sich mit Skepsis, um nicht zu sehr enttäuscht zu sein, falls die Werbezettel unbeachtet im Dreck der Straße oder auf den Papierhaken der Aborte landeten.
Henry machte sich daran, die Zettel in Spindletop und insbesondere am Bahnhof in Beaumont zu verteilen. Da er jedoch seine Tour einhalten mußte, stellte er schon nach wenigen Tagen zwei Kinder in Beaumont und zwei in Spindletop an, die noch zu jung für einen anderen einträglichen Job waren und die Zettel für ihn unter die Leute brachten.
Arthurs Zweifel waren so unbegründet wie Henrys Erwartungen zu bescheiden. Schon in der ersten Wochen erhielten sie zwei neue Aufträge, wobei die Kunden jedesmal mit dem Werbezettel in der Hand zu ihnen kamen. In der zweiten Woche, Mitte Dezember, sah Arthur sich genötigt, wieder auf Abwerbetour zu gehen. Denn sie brauchten noch mindestens zwei weitere Crews, wenn sie die Aufträge, die jetzt hereinkamen, termingerecht abwickeln wollten.
»Mein Gott, wenn das in diesem Tempo weitergeht, hast du uns mit deinen Werbezetteln eine wahre Goldgrube eröffnet, Henry!«
»Der Dank gebührt Sally. Sie hat die Idee gehabt und den Text ausgearbeitet.«
»Richtig, aber du bist die treibende Kraft, Partner. Ich werde aufpassen müssen, daß ich dir nicht in die Quere und dabei unter die Räder komme.«
Henry lachte. »Bleib nur in Bewegung und wirb noch ein weiteres halbes Dutzend Zimmerleute an, Arthur, dann hast du nichts zu befürchten!«

»Was soll das, Henry?«
»Frag nicht, Sally, sondern mach die Augen zu und komm!«
Henry hatte sich mit Les Thayer abgesprochen. Der Arzt hatte ihn in sein Behandlungszimmer gelassen, bevor er zu seiner Familie nach Beaumont gefahren und Sally vom täglichen Putzdienst im Haus von Moira Shaw zurück war.
Denn auch an hohen Feiertagen kam Spindletop nicht zur Ruhe und Besinnung. Die atemlose Jagd nach Öl ließ zu keiner Stunde und an keinem Tag des Jahres nach. Boomtown und Ölfeld kannten nur den rasenden Herzschlag unersättlicher Gier und der Angst, etwas zu versäumen.
»Gib mir deine Hand, ich führe dich«, sagte Henry, der Sally bei ihrer Rückkehr vom *Seraphim* an der Hintertür der Praxis überrascht hatte.
»Ich mag es aber gar nicht, mit geschlossenen Augen herumzutappen!«
»Nun stell dich nicht so an! Du weißt ja, wo du dich befindest. Außerdem sind es nur ein paar Schritte«, sagte er fröhlich und führte sie zum Schreibtisch.
»Ich möchte wirklich wissen, was du dir da wieder hast einfallen lassen!«
Henry schmunzelte. »Gleich weißt du es. So, hier bleib stehen! Und nun – Augen auf!«
Sally öffnete die Augen und schlug mit einem Laut ungläubiger Überraschung die Hand vor den Mund.
Er lachte. »Fröhliche Weihnachten, Sally!«
Vor ihr auf der Gummiunterlage des alten Schreibtisches stand eine nagelneue Schreibmaschine von *Underwood*. Ein Blatt Papier war eingespannt, ragte halb über das Farbband hinaus und trug einen handschriftlichen Weihnachtsgruß von Henry und Arthur.
Sally schüttelte ungläubig den Kopf. »Eine *Underwood!* ... Nein, das kann ja gar nicht ... Henry, bist du denn noch ... Ich kann unmöglich ...« Sie war so durcheinander, daß sie keinen Satz zu Ende bekam.
»Wenn du mal zur Zeitung willst, mußt du doch mit so einem Gerät umgehen können. Eine Schreibmaschine gehört nun mal zu einem richtigen Reporter. Stimmt's?« sagte er und zwinkerte ihr zu.
Sally hatte Tränen in den Augen und fiel ihm um den Hals. »Ach, Henry!«

Er spürte die glatte Haut ihres Gesichtes an seinem Hals und ihre festen Brüste durch den Stoff ihrer Kleidung hindurch, und die Reaktion seines Körpers beschämte ihn. Schnell befreite er sich aus ihrer Umarmung. »Kein Grund, so aus dem Häuschen zu sein«, sagte er leichthin, um seine Verlegenheit zu verbergen.

»Du hast dir die *Underwood* redlich verdient. So, und jetzt muß ich wieder los. Wir bauen Arthurs Schuppen aus, denn allmählich brauchen wir ein Büro, wo die Leute uns den ganzen Tag über erreichen können.«

»Die erste Geschichte, die ich auf der *Underwood* schreibe, bekommst du zu lesen«, versprach sie mit feuchten Augen und einem glücklichen Lächeln, während sie fast andächtig mit den Fingerspitzen über die schwarzweißen Tasten strich.

Das Jahr 1902 war schon mit Regen und empfindlich kalten Temperaturen in seine dritte Woche gegangen, als Henry eines Tages nach der Arbeit drei dichtbeschriebene Schreibmaschinenseiten unter der Tür seines Hotelzimmers fand. Es war die erste Geschichte, die Sally ihm zu lesen gab. Die Erzählung gefiel ihm sehr, und nachdem er sie zweimal gelesen hatte, beschloß er, sogleich zu Sally zu gehen und ihr zu sagen, was er davon hielt.

Sally wartete schon vor dem Hotel auf ihn. »Hast du meine Geschichte, die ich dir unter die Tür geschoben habe, gefunden?«

»Ja, habe ich.«

»Hast du sie auch gelesen?«

»Auch das habe ich.«

»Und? Nun sag schon was!« forderte sie ihn auf, ganz blaß vor Aufregung.

Er machte ein bedenkliches Gesicht. »Tja, Sally«, begann er gedehnt und mit einem Seufzen. »Von den vielen übertippten, fehlenden sowie hoch- und runterspringenden Buchstaben einmal ganz abgesehen . . .«

»Mein Gott, ich übe ja noch! Lern du erst mal Schreibmaschineschreiben!«

». . . davon mal abgesehen, bereiten mir diese Geschichte und dein Vorhaben, aus dem Schreiben einen Beruf zu machen, große Sorge«, sagte er mit düsterer Miene.

Ihre Schultern sackten herab. Sie schluckte schwer und bemühte sich ebenso tapfer wie vergeblich, sich ihre schwere Enttäuschung nicht anmerken zu lassen. »Ich weiß selber, daß es Mist ist, was ich da geschrieben habe. Also sprich es ruhig aus! Ich dachte nur, bevor ich die Seiten zerreiße und in den Ofen werfe, kannst du die Story lesen und mein Urteil bestätigen.«

»Tut mir leid, aber das kann ich eben nicht. Die Geschichte hat mir sehr gefallen«, erklärte er mit einem breiten Grinsen.

»Wirklich?« stieß sie hervor, und ihr Gesicht begann, vor Freude zu strahlen.

»Leider ja! Deshalb mache ich mir ja solche Sorgen. Denn wenn du so weitermachst, wirst du mit deinem Schreiben eines Tages mehr Geld verdienen als Arthur und ich zusammen, und ich weiß nicht, ob mir das, bei aller Freundschaft, so schmecken wird.«

»Du Mistkerl, mich erst so an der Nase herumzuführen!« schimpfte sie und boxte ihn lachend in die Seite. »Außerdem verstehst du gar nichts vom Schreiben. Auf dein Wort hätte ich sowieso nichts gegeben.«

»Ja, den Eindruck hatte ich auch«, flachste er und statt sie in die Arme zu nehmen, zog er ihr die Ballonmütze in die Stirn.

Auch Arthur und Henry hatten in diesen ersten Wochen des neuen Jahres allen Grund zur Freude. *Broderick & Maynard* boomten wie der Rest von Spindletop, Bankrotteure, Wertpapierschwindler und anderes Gesindel eingeschlossen. Die Konkurrenz zog zwar nach und imitierte die Derrickbauer, so gut sie konnte, aber die Kampfansage kam zu spät. Arthur und Henry hatten schon einen zu großen Vorsprung herausgearbeitet und standen bei den Ölleuten in einem zu guten Ruf, als daß die Bemühungen der anderen, sie mit ihren eigenen Waffen zu bekämpfen, allzu große Wirkung gezeigt hätte.

Neue Handzettel verkündeten die Einzigartigkeit des oft kopierten, aber nie erreichten »Originalderrick von *Broderick & Maynard*« und wiesen darauf hin, daß es nur bei dieser Firma die »in der Welt einmalige Originalgarantie« gab. Kein anderer Derrickbauer konnte *Broderick & Maynard* das Wasser reichen. Und damit es auch so blieb, grübelte Henry in seiner freien Zeit darüber nach, wie er das Geschäft noch weiter beleben und ausbauen könnte.

Im Mai kam ihm eine neue profitable Idee. »Ist es nicht eine Schande, daß ein Derrick, wenn die Bohrung erfolgreich niedergebracht ist oder sich als Mißerfolg erwiesen hat, nutzlos herumsteht und bestenfalls als Brennholz Verwendung findet?« sagte er eines Abends zu Arthur.

»So ist nun mal der Lauf der Dinge, und wir können Gott danken, daß es so ist. Denn wenn die Derricks versetzt und wiederverwendet würden, hätten wir weniger Aufträge.«

»Das glaube ich nicht. Wer es sich leisten kann, wird auch in Zukunft auf Nummer Sicher gehen und sich einen neuen Derrick bauen lassen. Aber du weißt doch, wie viele unabhängige und finanzarme Ölsucher sich mit einer *poor boy well* zufriedengeben müssen und sich über jeden Dollar freuen würden, den sie beim Ausbeuten dieser Quelle sparen können. Die würden ohne Zögern zu einem gebrauchten Derrick greifen«, sagte Henry. Wer eine *poor boy well* niederzubringen versuchte, lavierte ständig am Rande des Ruins, bezahlte seine Crew mit Anteilscheinen (die keinen Cent wert waren, wenn das Unternehmen aus Mangel an Finanzen wie ein Kartenhaus in sich zusammenfiel oder wenn die Bohrung nur ein trockenes Loch erbrachte) und schnorrte oder lieh sich Kessel, Winden, Pumpen und das notwendige Bohrgerät zusammen – wenn er es sich nicht zusammenstahl.

»Mag sein«, pflichtete Arthur Henry bei. »Nur ist das ja wohl eine theoretische Überlegung.«

»Nein, ist es nicht«, widersprach Henry. »Viele der Derricks, die nicht im dichtesten Gewimmel stehen, lassen sich sehr wohl in einem Stück an einen neuen Standort bringen. Und von den anderen könnte man künftig, bei etwas veränderter Konstruktion, einen Großteil ohne viel Aufwand abbauen und an anderer Stelle wieder verwenden.«

Arthur wollte es ihm nicht glauben. »Unmöglich!«

Henry bewies ihm, daß es möglich war. Vorher jedoch ließ er alle dafür in Frage kommenden, ausgedienten Derricks zum üblichen Brennholzpreis aufkaufen. Um erst gar keinen Verdacht aufkommen zu lassen, betraute er Merrill mit dieser Aufgabe, der auch bei niemandem Verdacht erregte. Dazu fügte er in alle neuen Verträge den unverdächtigen Passus ein, daß der Auftraggeber *Broderick & Maynard* das Recht einräumte, den Bohrturm zum marktüblichen Brennholzpreis erwerben zu können, wenn die Bohrarbeiten abgeschlossen waren.

Den ersten Derrick versetzten sie in der letzten Maiwoche. Die Strecke betrug über zweihundert Yard, und die Crew brauchte dafür weniger als drei Tage. Die Kosten, Löhne eingeschlossen, beliefen sich auf nicht ganz achtzig Dollar. Verkaufen konnten sie den Derrick für hundertfünfzig an den Driller einer *poor boy well.*

Tags darauf machte Arthur ihn zum gleichberechtigten Partner, scheinbar brummig und äußerst widerstrebend. »Der Teufel soll mich holen, wenn du mir mit deiner Cleverness nicht das Messer auf die Brust setzt! Mir bleibt ja gar nichts anderes übrig, als dir freiwillig die Hälfte von meinem sauer verdienten Gewinn zu überlassen. Abgesehen davon, daß alles andere unfair wäre – womit ich freilich gut leben könnte –, sehe ich nämlich keine andere Möglichkeit, dich bei der Stange zu halten. Denn sonst machst du dich noch selbständig, und dann ist der Boom für Arthur Broderick vorbei.«

Während der Zimmermann sich dermaßen beklagte, blitzte in seinen Augen jedoch ein Ausdruck von Stolz und Freude auf.

»Und jetzt unterschreib endlich, damit wir zu unserem Bier und unserer Zigarre kommen!«

Henry überlief eine Gänsehaut, als er den Vertrag unterzeichnete, der ihn zum gleichberechtigten Partner mit fünfzigprozentigem Anteil an der Firma machte. Statt den bisherigen fünf Prozent stand ihm nun die Hälfte des Gewinns zu. Damit verdiente er nun, grob überschlagen und mit der Aussicht auf noch viel mehr, über sechshundert Dollar im Monat. Das war mehr als der Jahreslohn eines Fabrikarbeiters. Er befand sich auf dem besten Weg, reich zu werden.

Siebtes Kapitel

Im September fegte ein Flammeninferno über Spindletop hinweg. Beim unerwarteten *blow out* eines Gushers, der mit der hervorschießenden Ölfontäne auch viel Gas an die Oberfläche brachte, zündete sich ein Mann, dessen Identität unbekannt blieb, ganz in der Nähe eine Zigarre an. Das ausströmende Gas erreichte die Flamme, noch bevor die Zigarre richtig brannte, und Augenblicke später explodierte der neue Gusher zu einer gigantischen Fackel. Das Feuer griff auf

andere Derricks über. Zahlreiche offene, ungeschützte Ölteiche und mehre Öltanks gingen in Flammen auf. Ein Feuerball loderte inmitten von Spindletop, und die gigantischen schwarzen Rauchwolken verdunkelten den Himmel und machten den Tag zur Nacht.
Von dem Mann, der auf dem Ölfeld in selbstmörderischer Gedankenlosigkeit ein Zündholz angerissen hatte, blieb nach der Explosion nichts mehr übrig, was für eine Identifikation gereicht hätte. Es wurde auch nicht bekannt, wie viele Menschen insgesamt den Gasdämpfen und dem Feuer zum Opfer fielen. Joseph S. Cullinan, der im Frühjahr die *Texas Company* gegründet hatte und dessen Telegrammadresse *Texaco* bald zum Namen einer der ganz großen Ölgesellschaften werden sollte, leitete die Einsätze zur Bekämpfung des Septemberdesasters. Erst nach einer Woche, in der sich die Männer unter Cullinans Führung Tag und Nacht bis zur völligen Erschöpfung verausgabten, gelang es, das Feuer zu löschen.
Zwei Tage später machte Henry die Bekanntschaft von Snowflake, der mit bürgerlichem Namen Bill Ryder hieß. Der schwergewichtige, untersetzte Driller verdankte den Spitznamen »Schneeflocke« seinem schneeweißen Haar, das ihm in einer wilden Löwenmähne bis auf die Schultern fiel. Snowflake suchte Henry morgens in dem Büro hinter Dave Cormicks Mietstall auf und stellte sich auch mit seinem Spitznamen vor. »Ich habe gehört, bei Ihnen kriegt man einen Derrick für den halben Preis.«
»Theoretisch ja. Praktisch hängt das davon ab, wo Sie bohren wollen.«
Der massige Driller trat vor die Detailkarte von Spindletop, die Henry hinter seinem Schreibtisch an die Bretterwand geheftet hatte und auf der jede Parzelle und jeder Derrick eingetragen waren. Er tippte auf eine Ecke am südwestlichen Bereich des Ölfeldes. »Hier, zwischen der *Petkana Petroleum* und den Parzellen der *Wiggelton Oil & Fuel Company.*«
Henry sah ihn überrascht an. Zwar befand sich dieser Teil schon ziemlich am Rande des Ölfeldes, doch die Mehrzahl der dort niedergebrachten Bohrungen hatte sich als erfolgreich und sehr ergiebig erwiesen. »Ich wußte gar nicht, daß es da noch freie Parzellen gibt.«
»Eine gibt es da noch, und seit ein paar Tagen gehört sie mir. Mein

bisheriger Boss, der Wildcatter Clancy Hyde, für den ich in Kalifornien und Oklahoma gearbeitet habe, hat sie mir vermacht.«
»Clancy Hyde?« Der Name kam Henry bekannt vor.
Snowflake nickte. »Er wollte hier groß einsteigen, doch dann hat es ihn letzte Woche erwischt. Hyde war da draußen«, er machte eine Kopfbewegung, mit der er das Ölfeld meinte, »als das Feuer ausbrach. Man hat ihn aus einem brennenden Ölteich gezogen, und er hat noch zwei Tage gelebt. Verdammt anständige Geste von ihm, mir eine seiner Parzellen zu vermachen, wo er doch all die Jahre so ein verdammter Geizhals gewesen ist.«
Henry wußte nicht, ob er Bill Ryder sein Beileid aussprechen oder ihn beglückwünschen sollte. Diese Parzelle konnte ihn über Nacht zu einem steinreichen Mann machen.
»Ich würde Ihnen ja gern einen gebrauchten Derrick verkaufen«, kam er nun aufs Geschäft zurück. »Aber so eng, wie die Rigs dort stehen, kommen wir mit den Rollen und Zugmaschinen nicht durch. Außerdem ist es sinnvoller, auf einer so wertvollen Parzelle mit einem neuen Derrick zu arbeiten.«
Snowflake verzog das Gesicht. »Was Sie nicht sagen! Aber eine *poor boy well* bleibt auch dann eine *poor boy well*, wenn man sie auf einer teuren Parzelle angeht. Wenn der alte Hyde mir gleich noch mindestens sechstausend Dollar vermacht hätte, sähe die Sache einfacher aus. Aber so habe ich nicht mal genug Geld, um eine gebrauchte Bohrausrüstung zusammenzukaufen, geschweige denn um eine Crew bezahlen zu können.«
»Mit dieser Parzelle kriegen Sie doch überall Kredit.«
»Von wegen! Die Aasgeier von den Banken und großen Gesellschaften warten doch bloß darauf, daß ich die Finanzierung nicht auf die Beine bekomme und gezwungen bin, an sie zu verkaufen oder mich mit einer geringen Beteiligung zufriedenzugeben!« schimpfte er. »Doch der Teufel soll mich holen, wenn ich mich von diesen Gangstern um meine große Chance betrügen lasse! Ich bringe die Bohrung nieder, und wenn ich das verdammte Loch mit meinen eigenen Händen graben muß!«
Den Banken und privaten Finanziers saß das Geld längst nicht mehr so locker wie noch ein halbes Jahr zuvor. Seit viele der neueren Bohrungen trocken blieben und die Durchschnittsrate von immer mehr Quellen beständig sank, breitete sich bei den erfahrenen

Ölleuten und Geldgebern so etwas wie Ernüchterung aus. Zwar vermied jeder, vom Ende des Booms zu sprechen, aber bei vielen begann sich die stille Überzeugung durchzusetzen, daß dessen Höhepunkt schon hinter ihnen lag. Henry hegte ähnliche Befürchtungen. Aber eine Parzelle zwischen den sprudelnden Ölquellen von Charles Wiggelton und denen der *Petkana Petroleum* war trotz allem ein Risiko wert.

Snowflake drehte seinen schlammbespritzten Hut in den Händen. »Wie wär's mit einem neuen Derrick gegen einen Ölschuldschein in Höhe von tausend Dollar?« bot er Henry an. »Das ist mehr als das Dreifache, was Sie sonst für einen Derrick bekommen.«

Henry lächelte. »Richtig, aber bevor ich Ihren Ölschuldschein einlösen kann, müssen Sie erst einmal eine gut tausendzweihundert Fuß tiefe Bohrung niederbringen, ohne vorher pleite zu gehen, und dann auch noch auf Öl stoßen.«

»Pokern ist riskanter als auf meine *poor boy well* zu setzen«, hielt Snowflake ihm vor.

Henry schüttelte den Kopf. »Tut mir leid, aber für Ölschuldscheine bin ich nicht zu haben.«

Snowflake machte ein enttäuschtes Gesicht und hob dann die kräftigen Schultern. »Das ist Ihr gutes Recht, Mister Maynard, bedauerlicherweise aber eine große geschäftliche Dummheit.« Sagte es, setzte seinen Hut auf und wandte sich zum Gehen.

»Aber ich mache Ihnen einen anderen Vorschlag, der vielleicht weniger von geschäftlicher Dummheit zeugt«, sagte Henry da mit spöttischem Unterton.

Snowflake fuhr überrascht herum. »Und der wäre?«

»Ich baue Ihnen nicht nur den Derrick, sondern ich beteilige mich auch an der Finanzierung der Bohrung, und dafür beteiligen Sie mich an dem ganzen Unternehmen.«

»Als Partner?«

»Als Partner«, bestätigte Henry und fühlte plötzlich wieder jene Gänsehaut, die er schon bei anderen gewagten geschäftlichen Transaktionen bekommen hatte.

In Snowflakes Augen blitzte es lebhaft auf. »Wieviel Geld können Sie einbringen?« fragte er ohne Umschweife.

Henry brauchte nicht lange zu überlegen. Sein Guthaben auf der Bank betrug dreitausendzweihundertundzwölf Dollar, und für diese

Chance war er gewillt, jeden Cent davon zu riskieren. »Dreitausendfünfhundert Dollar, davon dreihundert als Sachleistung in Form des Derricks.«
Snowflake hob die Augenbrauen, und so etwas wie ein Lächeln nistete sich in seinen Mundwinkeln ein. »Damit ließe sich schon etwas anfangen, auch wenn diese Summe nicht einmal die reinen Bohrkosten deckt«, sagte er gedehnt. »Kommt nur darauf an, wie hoch Sie dafür beteiligt werden wollen?«
Henry hätte das am liebsten auf der Stelle mit ihm ausgehandelt und schriftlich festgehalten. Doch er legte seiner Ungeduld und Spontaneität Zügel an.
»Warum bereden wir das nicht in einer Stunde?« schlug er vor, um etwas Zeit zu gewinnen. »Ich habe noch einige wichtige Dinge zu erledigen, doch dann bin ich wieder zurück.«
Snowflake lächelte, als wisse er ganz genau, was das für Dinge waren, mit seiner Antwort zögerte er jedoch nicht eine Sekunde. »In einer Stunde? Einverstanden, Mister Maynard.«
Es war noch früh am Tag, und Henry traf Sally wie erwartet vor dem *Pickwick Hotel* an, wo sie Zeitungen verkaufte. Aufgeregt berichtete er ihr von der günstigen Gelegenheit, sich an einer Ölbohrung beteiligen zu können, ohne gleich Zehntausende einschießen zu müssen. »Was meinst du, soll ich es wagen?« fragte er schließlich.
»Es schmeichelt mir, daß du mich nach meiner Meinung fragst, aber was kann ich schon groß dazu sagen?« erwiderte sie. »Ich verstehe nichts vom Bohrgeschäft und weiß auch nicht, ob die Parzelle dieses Mannes das Risiko rechtfertigt.«
»Da wird mir Ted weiterhelfen. Aber du kannst mir sagen, was für ein *Gefühl* du dabei hast!«
Sally sah ihn an und lachte. »Ich habe das Gefühl, daß du dich schon längst entschlossen hast und es gar nicht erwarten kannst, dich auf dieses Abenteuer einzulassen. Und eigentlich habe ich ein recht gutes Gefühl dabei.«
Henry erwiderte ihr Lachen. »Danke, Sally. Bis später!« rief er und rannte schon weiter, um zu der Bohrstelle zu kommen, an der Ted arbeitete.
Die Crew, zu der Ted gehörte, hatte große Probleme mit ihrem Bohrloch und wartete auf den bestellten Shooter, als Henry eintraf.

Ted hatte also Zeit, mit ihm zu reden, und er war sofort Feuer und Flamme. Er hatte von Clancy Hyde gehört und kannte das Gelände mit der Parzelle, die dieser seinem Driller vermacht hatte.

»Eine Parzelle zwischen *Wiggelton* und *Petkana?* Mein Gott, dieser Snowflake kann dich zum Millionär machen!«

Henry verzog das Gesicht zu einer Grimasse. »Meinst du, daran habe ich noch nicht gedacht?« Er konnte kaum noch an etwas anderes denken und hatte Angst, daß Snowflake in der Zwischenzeit einen anderen Geldgeber gefunden haben könnte, der ihn aus dem Rennen warf.

»Wenn du bei ihm einsteigst und ihr eine Crew aus Leuten zusammenstellt, die für halben Lohn und einen satten Erfolgsbonus in Ölschuldscheinen arbeiten«, sagte Ted, »kannst du mich gleich schon mal vormerken – und Merrill auch. Du weißt ja, wie sehr ihn sein Gehilfenjob bei diesem Promoter wurmt.«

Bevor Henry zum verabredeten Treffen mit Snowflake nach Spindletop zurückkehrte, suchte er noch Arthur auf der Baustelle auf und erzählte auch ihm von dem Vorhaben.

»Ich an deiner Stelle würde die Finger davon lassen«, sagte Arthur mit der ihm eigenen Freimütigkeit. »Was natürlich nichts zu sagen hat.«

»Das klingt so hilfreich wie ein Orakel«, spottete Henry.

»Ich weiß, aber ich wäre ja auch nie auf den cleveren Gedanken gekommen, Sayer und McIver so zu ködern, wie du es getan hast«, gestand der Zimmermann. »Ich bin nun mal vom alten, konservativen Schlag. Und dreieinhalbtausend Dollar sind eine Menge Geld.«

»Nicht für ein Bohrunternehmen.«

»Aber für jemanden wie mich, der sich als Junge im Sägewerk für zehn Cent Tageslohn die Hände blutig geschuftet hat«, erwiderte Arthur, »und der jetzt jeden Tag zwanzig Dollar und mehr auf die hohe Kante legen kann.«

»Aber du wirst doch wohl noch so mutig sein, mir den Derrick auf Kredit errichten zu lassen, oder?« fragte Henry mit gutmütigem Spott.

Arthur nickte. »Ja, so weit reicht meine Risikobereitschaft gerade noch. Ich ziehe dir dafür jede Woche zehn Prozent der Selbstkosten von deinem Gewinnanteil ab.«

»Deine Großzügigkeit beschämt mich, Partner.«
»Ich weiß, aber du wirst schon darüber hinwegkommen«, antwortete Arthur trocken und stieg wieder aufs Gerüst.

Zwanzig Minuten später saß Henry dem Driller mit der weißen Löwenmähne gegenüber und nannte ihm seine Bedingung, unter der er bereit war, die *poor boy well* mitzufinanzieren.
»Die Hälfte aller Einnahmen für Ihren Einsatz von lumpigen dreieinhalb Riesen? Wollen Sie mich beleidigen oder sich nur lächerlich machen, Mister Maynard?« wies Snowflake die Forderung nach einer fünfzigprozentigen Beteiligung empört zurück.
»Was bringen *Sie* denn ein?«
»Anderthalbtausend Dollar, zehn Jahre Erfahrung und die Parzelle natürlich, die für sich schon ein Vermögen wert ist.«
»Ohne Kapital, mit dem Sie eine Bohrung finanzieren können, ist sie vielleicht fünfzig-, sechzigtausend Dollar wert. Aber mit meinen dreieinhalbtausend können Sie daraus leicht eine Million und mehr machen.«
»Ich biete Ihnen zwanzig Prozent!«
»Fünfundvierzig Prozent, und ich erhöhe meinen Kapitaleinsatz innerhalb von acht Wochen auf viereinhalbtausend Dollar! Damit wären die Bohrkosten, die meines Wissens bei rund drei Dollar pro Fuß liegen, für eine Bohrtiefe von dreizehnhundert Fuß abgedeckt.«
Snowflake lachte spöttisch auf. »Ihres Wissens? Was verstehen denn Sie davon? An wie vielen Ölbohrungen haben Sie denn schon teilgenommen?«
»An gar keiner, aber ...«
»Dann haben Sie auch nicht mal einen Furz Ahnung, was da an Ausgaben anfallen. Auf drei Dollar pro Fuß summieren sich die *laufenden* Kosten, wenn der Derrick steht und die ganze verdammte Bohrausrüstung angeschafft und einsatzbereit ist«, erklärte der Driller aufgebracht. »Wissen Sie, was allein ein viertausend Pfund schwerer *rotary drill* kostet? Das Gerät bekommen Sie nicht mal gebraucht für weniger als tausend Dollar. Und was meinen Sie, was für Dampfkessel, Winden, Pumpen sowie Bohrköpfe und mehrere tausend Fuß Bohrgestänge draufgeht? Da kommen noch einmal Tausende zusammen. Und dieses Zeug werde ich irgendwie heranschaffen müssen.«

Sie feilschten über eine Stunde, wie die Anteile in ihrer Partnerschaft aufgeteilt sein sollten. Snowflake zog alle Register und drohte mehrmals, die Verhandlung abzubrechen und sich einen anderen Partner zu suchen. Doch Henry ließ sich von dem ausgefuchsten Driller nicht einschüchtern und schon gar nicht übervorteilen.
»Okay, ich gebe mich mit einem Drittel zufrieden. Das ist mein letztes Angebot«, steuerte Henry schließlich einen Kompromiß an. Aber zäh, wie Snowflake war, setzte er zu einer erneuten wortreichen Erwiderung an.
Henry unterbrach ihn. »Keine Debatten mehr! Ja oder Nein! Schlagen Sie ein, oder nehmen Sie Ihren Hut!« verlangte er.
Snowflake warf ihm einen scharfen prüfenden Blick zu, ob er es tatsächlich ernst meinte, und ergriff dann Henrys ausgestreckte Hand. »Stur wie ein Esel!« fügte er sich grollend. »Ich weiß, daß ich ein Vermögen verschenke, aber ein gutmütiger Mensch wie ich kann nun mal nicht über seinen Schatten springen.«
Henry bedachte ihn mit einem spöttischen Blick, während er den kräftigen Händedruck des Drillers erwiderte. »Gleich kommen mir die Tränen.«
»Die können Sie sich sparen. Worauf ich jedoch unbedingt bestehe, ist, daß ich allein bestimme, wann welches Geld wofür ausgegeben wird. Und damit Sie mir später nicht in die Arbeit pfuschen können, will ich zudem von Ihnen schriftlich, daß ich auch auf der Arbeitsbühne allein das Sagen habe.«
Henry überlegte kurz. »Kein Problem, das können Sie haben.«
»Verstehen Sie was vom Ölgeschäft, und haben Sie Beziehungen zu Raffinerien?«
»Nein«, gab Henry zu.
»Dann werden Sie mir auch die Vermarktung des Öls und das Aushandeln entsprechender Verträge überlassen«, verlangte Snowflake. »Da mir von jedem Dollar sechsundsechzig Cent gehören, können Sie sicher sein, daß ich das Beste für uns herausholen werde. Irgendwelche Einwände?«
Henry ließ sich das alles rasch durch den Kopf gehen und fand das Ergebnis ihrer Verhandlung in jeder Beziehung annehmbar. Daß Snowflake in allem das letzte Wort hatte, mußte er in Anbetracht seiner Unerfahrenheit im Ölgeschäft akzeptieren. Aber immerhin war er an den Gewinnen mit einem Drittel beteiligt, und schon bei

einem mittelprächtigen Gusher, dessen Durchschnittsrate nur dreißigtausend Barrel pro Tag betrug, bedeutete das bei einem Ölpreis von dreißig Cent eine Tageseinnahme von neuntausend Dollar. Neuntausend Dollar Tag für Tag! Daraus sein Anteil am Gewinn. Eine schwindelerregende Vorstellung.
»Was ist, Mister Maynard? Sind wir im Geschäft oder nicht?«
Henry fuhr aus seinen Gedanken auf und lachte mit belegter Stimme. »Und ob wir im Geschäft sind!« versicherte er. »Setzen wir den Vertrag auf!«

Achtes Kapitel

Henry und Snowflake fuhren noch am selben Tag nach Beaumont, um ein gemeinsames Konto bei der *First National* zu eröffnen. Bevor Henry jedoch auch nur einen Dollar auf dieses Geschäftskonto einzahlte, vergewisserte er sich, daß die besagte Parzelle auch tatsächlich seinem Partner gehörte und frei von irgendwelchen Belastungen oder Rechten Dritter war. Am Abend feierte er mit seinen Freunden den ebenso riskanten wie aufregenden und verheißungsvollen Start einer neuen geschäftlichen Karriere als Partner eines Wildcatters. Der Derrick stand in einer Woche. Zu diesem Zeitpunkt hatte Snowflake schon mehr als die Hälfte ihres Kapitals für die Bohrausrüstung ausgegeben.
Henry bekam die ersten Magenschmerzen. Ted beruhigte ihn. »Der Mann hat ein gutes Auge für solide Qualität zu einem günstigen Preis. Er hat nicht einen Cent zuviel ausgegeben.« Ted mußte es wissen, denn er hatte Snowflake auf seiner Einkaufstour begleitet.
Die Crew, die der weißmähnige Driller zusammenstellte und die an einem strahlend blauen Spätseptembermorgen mit dem Anstechen der *poor boy well* die Bohrarbeiten aufnahm, bestand aus fünf höchst unterschiedlichen Männern: Wally Boyle, der kleinwüchsige Heizer, hatte schon eine Glatze, obwohl er noch keine vierzig war, und redete ununterbrochen mit sich selber. Vance Sheffer, zehn Jahre jünger und mit der muskulösen Statur eines Athleten, war dagegen die Wortkargheit in Person. Snowflake hatte ihn als Derrickman

angestellt, und als solcher balancierte er unterhalb der Bohrturmspitze etwa sechzig Fuß über der Arbeitsbühne auf den schmalen *thribble boards,* um dort in luftiger Höhe zwischen den singenden Stahlkabeln mit Seilzügen, Bohrgestänge und Rohrelementen zu hantieren.

Verantwortungsvoll und gefährlich, wie die Arbeit war, verlangte der Job des Derrickmans Kraft und Ausdauer, aber auch Geistesgegenwart und Augenmaß. Ted stieg zum Toolie auf, der dem Driller auf der Arbeitsbühne zur Hand ging, während Merrill als Roughneck begann. Der zweite Roughneck der Crew war ein schlaksiger, junger Bursche namens Jack Dougherty. Alle fünf arbeiteten für den halben sonst üblichen Lohn und erhielten als Ausgleich einen Erfolgsbonus in Ölschuldscheinen, der für den Heizer und den Derrickman jeweils fünftausend und für den Toolie und die Roughnecks dreitausend Dollar betrug.

Henry packte das Ölfieber. Dem unter Bohrleuten weitverbreiteten Aberglauben zufolge, daß ein zu protziger Name nur Unglück bringe, hatte Snowflake ihrer Bohrung den Namen Quien Sabe, Wer weiß, gegeben. Und je mehr von Henrys Geld in das Unternehmen floß, desto öfter stellte er sich die quälende Frage, welche Antwort sie wohl erhalten würden. Mindestens dreimal täglich, manchmal auch öfter, eilte er zur Bohrstelle, um sich zu überzeugen, daß es mit der Arbeit voranging.

Snowflake, von Natur aus kein geduldiger Mensch und sehr zu cholerischen Ausbrüchen neigend, gefielen diese häufigen Besuche gar nicht. »Mein Gott, Sie treiben es ja noch schlimmer als die verdammten *pencil pushers* unserer Konkurrenz!« schimpfte er einmal.

Pencil pusher, was soviel wie Bleistiftheini bedeutete, war unter Bohrleuten die verächtliche Bezeichnung für jene Angestellten meist größerer Ölgesellschaften, die auf anderen Bohrstellen herumschnüffelten und die Arbeiter auszuhorchen versuchten, welche Tiefe sie schon erreichten hatten, wie schnell sie vorankamen, welche Tricks sie benutzten und durch welche Formationen sich ihr Bohrkopf gerade fraß.

»Du hörst mir ja gar nicht zu! Du bist mit deinen Gedanken bloß noch bei Quien Sabe«, beklagte sich Sally eines Abends, als sie wissen wollte, was er von ihrer neuen Geschichte hielt, er jedoch mitten beim Vorlesen einen abwesenden Blick bekam.

»Ich habe jeden Cent, den ich habe und in den nächsten beiden Monaten verdienen werde, in diese Bohrung investiert«, entschuldigte er seine Unkonzentriertheit. »Es macht mich ganz verrückt, daß ich nichts tun kann – außer warten und Snowflake auf die Nerven gehen.«

Zwei Wochen später kam es auf Quien Sabe in Gegenwart von Henry zu einem Zwischenfall, nach dem Snowflake zwei Probleme auf einen Schlag lösen konnte, im wahrsten Sinne des Wortes. Jack Dougherty stolperte über ein Kabel, und beim Sturz fiel ihm eine Schachtel Streichhölzer aus der Tasche.

Snowflake war im ersten Moment fassungslos. Dann bückte er sich nach den Streichhölzern, warf sie in den Wassereimer, der neben der Winde stand, und stürzte sich auf den Roughneck. Mit wutverzerrtem Gesicht riß er ihn hoch und schrie ihn an. »Du hirnverbrannter Idiot! Willst du uns alle umbringen, du Schwachkopf? Hast du vergessen, daß es nach Paragraph acht der Sicherheitsvorschriften unseres Komitees verboten ist, auf dem Ölfeld Streichhölzer mit sich herumzutragen, es sei denn, man ist ein Boiler Man.«

Erschrocken kam Jack Dougherty auf die Beine. »Aber ich habe doch bloß ...«

»Es gibt kein Aber und kein Bloß, du Schwachkopf! Nicht, wenn unser Leben auf dem Spiel steht!« fiel Snowflake ihm ins Wort, und schlug völlig außer sich mit der geballten Faust zu, mitten in Doughertys Gesicht. Mit einem gellenden Aufschrei ging Jack Dougherty zu Boden. Blut schoß ihm aus der Nase und aus einer Platzwunde am rechten Mundwinkel.

»Lassen Sie es gut sein, Snowflake!« rief Henry und wollte zwischen die beiden Männer treten.

Doch Snowflake stieß ihn mit der linken Hand aus dem Weg. »Halten Sie das Maul, Maynard!« beschied er ihn grob und trieb den angeschlagenen Roughneck mit Stiefeltritten wieder auf die Beine. »Sie haben hier nichts zu sagen. Lesen Sie es nach, wenn Sie das vergessen haben sollten!«

Jack Dougherty taumelte von der Arbeitsbühne. Snowflake verpaßte ihm noch einen wuchtigen Schwinger und warf ein paar Dollar neben ihn in den Schmutz. »Hier ist dein restlicher Lohn, du bist gefeuert! Laß dich bloß nie wieder hier blicken! Dreckskerle wie du

bringen auf einem Ölfeld anständigen Menschen zu Dutzenden den Tod!«
Auch Vance Sheffer rief dem Roughneck oben vom Bohrturm Verwünschungen nach, und Wally Boyle ließ es sich nicht nehmen, von seinem Berg Brennholz einen langen Knüppel zu nehmen und Jack Dougherty unter wüsten Beschimpfungen von der Parzelle zu treiben.
»Pfuschen Sie mir nicht noch einmal in meine Arbeit!« fauchte Snowflake indessen Henry an. »Rings um uns herum wird gebohrt, und wo gebohrt wird, strömt immer wieder Gas aus. Da genügt ein einziger Funke, um uns allesamt in die Luft zu jagen. Oder sind Sie darauf vielleicht scharf?«
»Nein, natürlich nicht«, erwiderte Henry gereizt.
»Dann mischen Sie sich nächstens auch nicht in meine Angelegenheiten ein!« grollte Snowflake. »Und hören Sie endlich auf, uns alle paar Stunden mit Ihren Fragen nach dem Fortgang der Arbeit auf die Nerven zu gehen! Ich will auf der Bühne keinen mehr sehen, der nicht hier arbeitet.«
»Okay, dann arbeite ich von jetzt an mit. Ich übernehme den Job von Dougherty«, erklärte Henry spontan.
Snowflake sah ihn überrascht an und verzog dann das Gesicht zu einem breiten Grinsen. »Nur zu, Partner! Ich weiß nicht, was Sie in einer Crew taugen, aber zumindest sparen wir den Lohn für einen zweiten Roughneck.«
Von Stund an gehörte Henry zur Bohrcrew, und er sorgte mit ganzem Einsatz dafür, daß Snowflake keinen Anlaß fand, an seiner Arbeit etwas auszusetzen.
Von Arthur waren ebenfalls keine Schwierigkeiten zu erwarten, wußte er doch, wie wichtig das Unternehmen Quien Sabe für Henry war. »Spiel du nur den Roughneck! Für ein paar Monate komme ich auch ganz gut ohne dich zurecht«, versicherte er. »Noah kann für dich einspringen. Außerdem warst du die letzten Wochen ja sowieso kaum für etwas zu gebrauchen.«

Das Fieber, das Henry ergriffen hatte, ließ ihn die Härte und Risiken der Bohrarbeit bereitwillig in Kauf nehmen. Zwar machte er in den ersten Tagen durchaus Fehler, die jedem unerfahrenen Roughneck unterliefen, doch er wiederholte sie nicht.

»Nicht übel, Partner«, sagte Snowflake eine Woche später anerkennend. »Wenn wir Sie bezahlen könnten, wären Sie Ihren Lohn sogar wert.«
Da sie kein Geld hatten, um eine zweite Crew für die Friedhofstour zu bezahlen, verlängerten sie die Tagesschicht von zwölf auf sechzehn Stunden. Aber auch in seiner spärlichen Freizeit beschäftigte sich Henry noch mit Bohrtechnik und Ölsuche. Sally beschaffte ihm die entsprechenden Bücher und Abhandlungen. Er studierte sie abends beim Essen und vor dem Schlafengehen und morgens beim Frühstücken. Anfangs verstand er kaum etwas, doch mit zunehmender Praxis und so mancher Erklärung von Snowflake und Ted begann sich das Dunkel zu lichten. Doch je mehr er von der Materie verstand, desto langsamer und problemreicher schien es ihm mit ihrer *poor boy well* voranzugehen.
An manchen Tagen, an denen alles schiefging, was nur schiefgehen konnte, schafften sie keine zehn Fuß, Pannen waren an der Tagesordnung, und ständig gab es Probleme mit den Maschinen. Wally Boyle hatte Mühe, den gleichmäßigen Druck im Kessel zu halten, der nötig war, um den Rotationsbohrer anzutreiben. Immer wieder fiel der Druck, und dann stand alles still.
»Verdammt, ich tue, was ich kann, um den verdammten Druck zu halten. Aber was kann ich dafür, wenn Sie mich mit dem billigsten grünen Holz versorgen, das mehr Rauch als Feuer und Hitze abgibt«, verteidigte sich Boyle, als der Driller ihm wieder einmal Vorhaltungen machte. »Verschaffen Sie mir trockenes, abgelagertes Holz, zum Teufel noch mal, und Sie kriegen jeden Druck, den Sie haben wollen.«
»Sie sind hier nicht bei *Standard Oil* oder *Royal Dutch,* die im Geld schwimmen«, bellte Snowflake zurück. »Andere kommen mit dem Holz auch zurecht.«
»Außerdem ist das Wasser zu salzhaltig. Es schäumt so stark im Kessel, daß ich oft nicht sehen kann, ob die Kronplatte noch ausreichend mit Wasser bedeckt ist. Wenn das nicht der Fall ist und ich Wasser auf eine rotglühende Kronplatte einströmen lasse, fliegt mir der Kessel um die Ohren.«
»Dann passen Sie eben gefälligst noch besser auf als sonst. Ich kann Ihnen jedenfalls kein Wasser beschaffen, das weniger salzhaltig ist«, beendete Snowflake die Diskussion.

»Ich will verdammt sein, wenn ich mich noch einmal als Heizer anheuern lasse!« maulte Boyle nach. »Das nächste Mal fange ich lieber als Roughneck an, auch wenn ich dann ein paar Dollar weniger in der Tasche habe!« Und er riß die Feuerklappe auf und legte grünes Holz nach.
Ein nächstes Mal gab es für ihn nicht mehr. Vier Tage später passierte, was der Alptraum eines jeden Heizers war: Als Wally Boyle gegen Mittag einen Blick durch das Sichtglas warf, nur Schaum sah und sich auf sein Gefühl verließ, das ihm einen genügend hohen Wasserstand vorgaukelte, beging er den tödlichen Fehler. Er öffnete das Ventil der Wasserzufuhr – und der Strahl traf auf die rotglühende Kronplatte. Der Kessel explodierte, noch bevor Wally Boyle auf das scharfe Zischen reagieren und sich in Sicherheit bringen konnte.
Die Explosion zerfetzte den sechzehn Fuß langen Lokomotivkessel und schleuderte Wally Boyle durch die Luft. Metallstücke flogen wie Geschosse umher.
Henry war als erster bei dem Heizer, der einen grausigen Anblick bot. Der kochendheiße Dampf hatte ihm fast alles Fleisch von den Beinen gerissen, und aus seiner linken Brust ragte wie ein primitiver Dolch ein Stück Metall.
Merrill wandte sich ab und mußte sich übergeben.
Wally Boyle schien keine Schmerzen zu haben. Sein Gesicht zeigte einen Ausdruck der Verwunderung. »Dahin der Bonus ... auf einmal ist alles dahin«, waren seine letzten Worte, als könne er nicht glauben, was ihm geschehen war. Augenblicke später war er tot.
Schon am nächsten Tag war Wally Boyle unter der Erde, ein neuer Heizer gefunden und ein neuer Lokomotivkessel hinter Quien Sabe aufgestellt. Der neue Mann, ein sorgloser Mexikaner namens Sanchez, stellte keine Fragen nach seinem Vorgänger. Weniger als vierundzwanzig Stunden nach der Explosion drehte sich das Bohrgestänge bereits wieder auf Quien Sabe, und Snowflake machte keinen Hehl daraus, daß er stolz darauf war.

Ende Oktober, als die ersten schweren Regengüsse auf Spindletop niedergingen und es häufig Morgennebel gab, wuchs die Gefahr, die von Gasdämpfen und Gasschwaden ausging. Nicht nur den umliegenden Bohrlöchern entströmte gelegentlich unkontrolliert stark schwefelhaltiges Gas, sondern auch auf Quien Sabe stieß man mit

zunehmender Bohrtiefe dann und wann auf eine sogenannte Gastasche. Manchmal sammelte sich das Gas auch über Nacht und wurde beim Tagesanbruch vom Morgennebel in Bodennähe gehalten.
Eines Morgens sah Henry am Beginn der Tour, wie Sanchez zum Kessel hinüberging, um mit dem Anheizen zu beginnen, auf halben Weg jedoch plötzlich wie ein Betrunkener zu wanken begann, zu Boden sackte und reglos liegenblieb.
»Gas! Sanchez ist in ein Gasfeld geraten! ... Merrill, Ted, helft mir, ihn da rauszuholen!« schrie Henry und reagierte geistesgegenwärtig. Er griff nach dem nächsten Seil, knotete es sich um die Hüften, tunkte seine *bandana* in Wasser und band sich das triefende Halstuch vor Mund und Nase. Nachdem er tief Luft geholt und ein zweites Seil an sich genommen hatte, rannte er los. Er schaffte es, bis zu Sanchez zu kommen und ihm die Schlinge des anderen Seils um den Körper zu legen. Doch dann gierten seine Lungen schmerzhaft nach Luft. Er mußte Atem holen.
Trotz des nassen Tuches spürte er sofort die betäubende Wirkung der Gasdämpfe. Mit aller Willenskraft ging er dagegen an, doch ohne Erfolg. Er wandte sich um und suchte den Bohrturm von Quien Sabe. Doch alle Derricks tanzten um ihn herum. Sein Gleichgewichtssinn spielte verrückt. Er versuchte noch ein, zwei torkelnde Schritte, dann verlor er das Bewußtsein.
Das erste, was er spürte, als er wieder zu sich kam, waren quälende Kopfschmerzen, Übelkeit und heftiges Rütteln. Dann nahm er galoppierenden Hufschlag auf feuchter Erde wahr. Er lag auf der Ladefläche eines Fuhrwerks. Doch er konnte nichts sehen. Er war blind.
Eine Hand hielt ihn zurück, als er einen erstickten Schrei ausstieß und sich aufrichten wollte. »Bleib ganz ruhig, Henry! Wir sind gleich bei Doc Thayer. Du kommst schon wieder auf die Beine.« Die Stimme gehörte Ted.
»Meine Augen!« keuchte Henry. »Ich kann nichts sehen!«
»Das gibt sich wieder. Du weißt doch, daß diese verteufelten Gase einen vorübergehend erblinden lassen«, versuchte Merrill ihn zu beruhigen. »Wir haben dich und Sanchez noch schnell genug aus dem Gasfeld herausgezogen. Ein paar Tage Ruhe in einem verdunkelten Raum, und du bist wieder ganz der Alte.«
Dasselbe hörte Henry von Doc Thayer, der ihm Augenspülungen

und mehrere Tage Ruhe in völliger Dunkelheit verschrieb. Und nach kurzer Beratung brachten sie ihn in Arthurs Bretterhütte, wo sie in dem Anbau, den Henry bislang als Büro genutzt hatte, eine Pritsche aufstellten.

Es war vorwiegend Sally, die ihm während der nächsten Tage Gesellschaft leistete und ihn versorgte. Denn für seine Freunde ging die Arbeit auf Quien Sabe weiter. Henry war ihr dankbar dafür, empfand jedoch anfangs auch starke Verlegenheit, wenn sie ihm die Augen spülte und ihn zu den Mahlzeiten wie ein kleines Kind fütterte. Und er schämte sich, wenn er sie bitten mußte, ihm das Nachtgeschirr hinzustellen und ihn eine Weile allein zu lassen, damit er seine Notdurft verrichten konnte. Daß sie den Nachttopf hinterher leeren mußte, machte ihm noch mehr zu schaffen.

»Ach, Sally«, murmelte Henry einmal beschämt und berührt. »Ich weiß gar nicht, wie ich dir das je wieder vergelten kann.«

»Am besten dadurch, daß du nicht so ein Getue darum machst«, erwiderte sie trocken.

Hinter der burschikosen Art verbarg sich jedoch eine liebevolle Behutsamkeit und Warmherzigkeit, wenn Sally sich seiner annahm. Sie bestand darauf, ihn jeden Morgen zu rasieren, was sie mit großer Sorgfalt und Andacht machte und was ihm das wohlige Gefühl gab, von Herzen verwöhnt zu werden. Manchmal stützte sie seinen Nacken mit einer Hand, während sie ihm zu trinken gab, und er ließ es geschehen, weil es ihm gefiel, wenn sie ihn so berührte. Und als er einmal aus einem kurzen Schlaf erwachte, spürte er ihre Hand, wie sie sanft wie eine Feder über sein Gesicht strich. Er rührte sich nicht und gab auch nicht zu erkennen, daß er nicht mehr schlief.

Nach fünf Tagen und zahllosen Spülungen kehrte sein Augenlicht langsam zurück. Doch erst am neunten Tag befand Doc Thayer, daß die Sehkraft wieder vollständig hergestellt war und Henry sich nicht mehr zu schonen brauchte. Er konnte zur Arbeit auf Quien Sabe zurückkehren, während Sanchez drei Wochen brauchte, um seine Sehkraft wiederzuerlangen.

Sally freute sich mit Henry, blickte ihm jedoch mit einem etwas wehmütigen Lächeln nach, als er nicht schnell genug aufs Ölfeld eilen konnte.

Auf Quien Sabe ging alles seinen gewohnten Gang, was bedeutete, daß es täglich neue Probleme gab, mit denen sie zu kämpfen hatten. Henry schmeckten in dieser Zeit weder Bier noch Zigarre, und er fand nicht mal mehr Gefallen an der Pokerrunde, weil er sich weder auf die Unterhaltung seiner Freunde konzentrieren konnte noch auf sein Blatt, da seine Gedanken immer wieder zur Ölquelle abschweiften. Daß immer mehr Bohrungen erfolglos blieben und Gusher, die noch wenige Monate zuvor täglich achtzigtausend Barrel produziert hatten, nur noch mit zehntausend Barrel Durchschnittsrate sprudelten, trug ebenfalls nicht dazu bei, seine Sorgen und Ängste zu mindern.

Jede Nacht wurde Henry von Alpträumen gequält. Er fürchtete, daß ihnen das Geld ausgehen und sie gezwungen sein würden, kurz vor dem Ziel das Handtuch zu werfen und Quien Sabe für ein Butterbrot zu verkaufen. Denn Arthur weigerte sich allen Bitten und Drohungen zum Trotz, dem Partner Geld vorzustrecken.

In der ersten Dezemberwoche hätte der Shooter Skinney Barnes Henry und den Rest der Bohrcrew um Haaresbreite von allen irdischen Sorgen befreit – und zwar mit Hilfe von siebzig Pfund Nitroglyzerin.

Tags zuvor hatten sie zwei Bohrköpfe in einer Gesteinsformation ruiniert, die ihnen schon seit Tagen große Probleme machte, so daß Henry sich schon vorzeitig ergraut sah wie Snowflake.

»Wir können uns nicht erlauben, noch mehr Bohrköpfe zu ruinieren. Wir müssen uns den Weg da unten freiblasen«, entschied Snowflake und bestellte einen Shooter.

Alle Bohrleute hatte einen Heidenrespekt vor Nitroglyzerin, das zwar der wirksamste Sprengstoff war, aber auch bekannt für seine extreme Gefährlichkeit. Schon ein kräftiger Schlag konnte es zur Explosion bringen. Sogar leere Nitrobehälter konnten in die Luft gehen und noch einen beachtlichen Krater hinterlassen. Deshalb blieben gewöhnlich viele Bohrleute ihrem Arbeitsplatz fern und meldeten sich krank, wenn ein Nitroschuß angesetzt war.

Henry blieb keine andere Wahl als mit Snowflake auf der Arbeitsbühne zu stehen. Merrill und Ted, obwohl sehr blaß und wortkarg an diesem Morgen, bewiesen ebenfalls Mut und kamen wie immer pünktlich zur Arbeit. Auch Vance Sheffer erschien, erklomm jedoch nicht die Arbeitsbühne. Allein der neue Heizer ließ auf sich warten.

Skinny Barnes war nicht der teuerste Shooter, doch er hatte einen guten Ruf. Mit großer Umsicht füllte er das Nitroglyzerin in die Sprengsonde, die Torpedo hieß und der armlangen Metallhülse eines großkalibrigen Artilleriegeschosses glich. Henry hatte einen trockenen Mund, einen rasenden Herzschlag und ein nervöses Magenflattern, als er sah, wie Skinny Barnes nur zwei Schritte von ihm entfernt mit dem hochexplosiven Sprengstoff hantierte und den Zünder anschloß. Endlich verschwand das nitroglyzeringefüllte Torpedo im Bohrloch.
Ted stand an der Winde und hatte gerade hundert Fuß von dem Stahlkabel, an dessen Ende die Sprengsonde hing, abgespult, als er plötzlich keine Spannung mehr auf dem Seil hatte. Das Kabel begann über den Köpfen von Henry, Snowflake und Skinny Barnes Bogen zu werfen. Und dann schlängelte es sich wieder aus dem Bohrloch heraus. Das Torpedo mit dem Sprengstoff kam zurück!
Skinny Barnes wußte natürlich sofort, was sie erwartete, als das Seil über ihnen erschlaffte. Das Schlimmste, was in den kritischen Minuten beim Ablassen der Sonde passieren konnte, war eingetreten. Er hatte ausgerechnet einen Zeitpunkt erwischt, zu dem Gas im Bohrloch hochströmte. Und jetzt »ritt« die Sonde auf diesem Gaspolster zu ihnen an die Oberfläche zurück. In wenigen Augenblicken würde das Torpedo auftauchen, in die Luft steigen und beim Aufprall im Gebälk oder auf der Arbeitsbühne siebzig Pfund Nitroglyzerin zur Explosion bringen. Von Quien Sabe würde danach nichts mehr übrig sein als ein tiefer Krater.
»Das Torpedo kommt zurück!« brüllte Skinny Barnes mit sich überschlagender Stimme und rannte auch schon los. Dabei wußte er, daß er nicht weit genug kommen würde, um sich vor der Sprengkraft von siebzig Pfund Nitroglyzerin in Sicherheit zu bringen.
Doch er rannte und alle anderen taten es ihm gleich.
Ausgenommen Snowflake. Erst schien auch er davonstürzen zu wollen, doch dann blieb er stehen und stellte sich mit halb gespreizten Beinen direkt über die Öffnung des Bohrlochs.
Henry bemerkte es und blieb aus unerfindlichen Gründen wie erstarrt am Rand der Arbeitsbühne stehen. Den Blick hatte er auf Snowflake gerichtet, und ein einziger Gedanke beherrschte ihn: Gleich ist es vorbei! Absolute Stille, die von einer seltsam dumpfen Art war, schloß ihn ein.

Schlammverschmiert glitt das Torpedo aus dem Bohrloch.
Gleich ist es vorbei!
Snowflake streckte die Arme aus, als wollte er den Tod umarmen, der ihm da entgegenstieg.
Gleich ist es vorbei!
Snowflakes Arme schlossen sich um den Metallbehälter mit siebzig Pfund Nitroglyzerin. Er wankte unter dem Gewicht. Zwischen seinen Füßen schlängelte sich das Kabel. Gleich würde er fallen – und mit ihm die Nitroglyzerinsonde.
Gleich ist es vorbei!
Henry hatte schon Geschichten über Shooter gehört, die eine Katastrophe abgewendet hatten, indem sie in solch einer Situation das glitschige Torpedo im richtigen Moment über dem Bohrloch gepackt und gegen alle Wahrscheinlichkeit sicher abgesetzt hatten. Doch das waren Geschichten, während dies hier auf Quien Sabe der grausame Alltag war, und so schloß er die Augen.
Gleich ist es vorbei!
Doch die Explosion blieb aus. Ein leises Knirschen, als würden Sand und kleine Steine unter einem Stiefel zertreten, drang durch die unnatürliche Stille, gefolgt von einem stoßartigen Atemzug. Und Snowflakes Stimme.
»Ihr könnt aufhören zu rennen und zu beten. Das verdammte Torpedo steht sicher am Boden. Und spart euch etwaige Dankesarien. Ich weiß auch so, daß ich jedem von euch das Leben gerettet habe.«
Henry machte die Augen auf und grinste so blöde wie die anderen. »Glückwunsch zum zweiten Geburtstag, Partner!« rief ihm Snowflake zu und versuchte das Zittern seiner Hände zu verbergen.
Von Schweiß überströmt, glänzte sein Gesicht. Dann drehte er sich um und erbrach sich. Eine knappe Stunde später ließen sie die Sonde erneut hinab. Diesmal blieben sie von unliebsamen Zwischenfällen verschont. Alles lief glatt. Das Torpedo glitt bis ans Ende des Bohrlochs hinunter, und das Nitroglyzerin explodierte an der gewünschten Stelle. Damit war der Weg in größere Tiefen frei.

Es war, als hätte das Schicksal plötzlich die Lust daran verloren, der Bohrcrew von Quien Sabe weiterhin das Leben schwerzumachen. Auf einmal ging ihnen die Arbeit gut von der Hand, und es folgte ein Tag auf den anderen, an dem sie zwanzig Fuß und mehr schafften.

Mitte Dezember fand Henry Zeit, vormittags mit Arthur nach Beaumont zu fahren, um ihn beim Kauf der Weihnachtsgeschenke für seine Tochter Agnes zu beraten. Bei dieser Gelegenheit besorgte auch er einige Kleinigkeiten für seine Freunde, die er ihnen zum Christfest schenken wollte. Sogar für Snowflake fand er etwas Passendes.

Doch die meiste Zeit verwandte er darauf, etwas Geeignetes für Sally zu finden. Ein vornehm gekleideter Mann, der in einem Zigarrenladen mit einem Scheck bezahlte und diesen mit einem eleganten Füllfederhalter ausstellte, brachte ihn auf eine Idee. Er kaufte Sally einen solchen Federhalter mit Tintenspeicher, und zwar das neueste Modell von *Waterman,* das über einen Saugkolben zum Tintetanken in einem Zylinder verfügte.

Es regnete, als sie nach der Erledigung ihrer Einkäufe unter dem Dach der Bahnhofsvorhalle darauf warteten, daß Noah vorfuhr. Da hielt eine Kutsche keine zwei Schritte vor Henry, der noch nie ein eleganteres Gefährt als dieses gesehen hatte.

Trotz des verhangenen Wetters schimmerten die moosgrünen Zierleisten und die burgunderrote Lackierung der Karosserie, als wäre sie eben erst aus der Werkstatt eines Wagenbauers gerollt. Hinter dem Fenster, das von einer Spitzengardine verziert war, leuchteten weiche Samtpolster in einem golden-honigfarbenen Ton. Zwei rassige Rotfüchse standen gestriegelt im Geschirr, das allein schon ein Vermögen gekostet hatte.

»Platz da! Achtung!« rief eine sonore Stimme, deren Klang die Gleichgültigkeit verriet, ob jemand etwas auf die Warnung gab oder nicht.

Henry wandte den Kopf, und im selben Augenblick klatschte ein breites Trittbord neben ihm in den Dreck. Regenwasser spritzte zu beiden Seiten aus den Pfützen auf, und einige Spritzer Dreckwasser trafen Henry.

»Hören Sie mal! So können Sie aber nicht ...!« rief er, mehr überrascht als verärgert, und vergaß im nächsten Moment, was er noch sagen wollte.

Der baumlange Schwarze, der das Brett in den Schlamm geworfen hatte, riß den Kutschenschlag auf, und aus der Bahnhofshalle eilte

ein Mädchen im Schutz eines breiten Regenschirmes, den ein zweiter schwarzer Diener über sie hielt.
Der Anblick dieses fremden Mädchens, das um die sechzehn sein mochte und damit schon eine junge Frau war, faszinierte Henry noch mehr als die atemberaubend exquisite Kutsche. Alles an ihr war makellos, schön und bewundernswert. Er sah ein ebenmäßiges Gesicht mit vollen, leicht rosa glänzenden Lippen, veilchenblaue Augen unter zarten Brauen und dichten Wimpern, eine reizend geformte Nase und eine Haut wie feinstes Porzellan. Unter einem federbesetzten Hut, der in kecker Schräglage auf ihrer blonden Haarfülle saß, quollen Locken hervor und bildeten den passenden Rahmen für dieses zauberhafte Gesicht, das einem romantischen Gemälde entsprungen zu sein schien.
Von außergewöhnlicher Schönheit und Eleganz war auch die Kleidung der Fremden. Als der Wind in das rehbraune Samtcape griff, dessen Kragen mit Fuchspelz besetzt war, und den Umhang etwas aufschlug, erhaschte Henry einen kurzen Blick auf seidenes Innenfutter und ein smaragdgrünes Taftkleid mit feiner schwarzer Paspelierung.
Das Bild dieser zauberhaften Erscheinung prägte sich Henry mit allen Einzelheiten ein, obwohl das Mädchen innerhalb von zwei, drei Sekunden an ihm vorbeihuschte und in der Kutsche verschwand.
Der Schlag fiel zu, und als das Gefährt anfuhr, blickte das Mädchen Henry durch die Fensterscheibe an. Es lächelte und zeigte dabei zwei Reihen perlweißer Zähne. Doch das blonde Mädchen war mit seinen Gedanken und seinem Lächeln ganz woanders und nahm ihn, den jungen Mann in den dunklen Cordhosen und der derben Jacke, gar nicht wirklich wahr. Der Blick ging gänzlich durch ihn hindurch.
Henry sah der Kutsche nach und hörte sich zu seiner eigenen Verwunderung sagen: »Eines Tages, wenn ich es geschafft habe und oben bin, werde ich so eine Tochter aus den besten Kreisen heiraten.«
Arthur lachte belustigt auf, als wisse er, daß Henry es nicht ernst gemeint und nur einen Scherz gemacht hatte. »Natürlich! Oh, da kommt ja Noah endlich mit dem Wagen!«

Drei Tage nach dem Weihnachtsfest, das für alle aktiven Bohrcrews bestenfalls aus einem Gottesdienst in einer der Zelt- oder Wellblechkirchen von Spindletop sowie einer durchfeierten Nacht bis zum Beginn der Morgentour bestand, erbrachte die Bodenprobe aus eintausendeinhundertfünfzig Fuß Tiefe, daß sie eine ölhaltige Erdschicht erreicht hatten.

Am frühen Nachmittag des nächsten Tages geschah das Wunder, das Henry und alle anderen schon unzählige Male auf dem Ölfeld gesehen hatten. Doch für Henry war es diesmal ein völlig anderes, ein überwältigendes Erlebnis, das einem Traum, einem Rausch gleichkam.

Es begann damit, daß die Erde wie bei einem Erdbeben erzitterte und Schlamm unter enormem Druck tonnenschweres Bohrgestänge aus dem Loch schleuderte. Vance Sheffer kam keine Sekunde zu früh am Sicherheitsseil auf dem Derrick nach unten gesaust, ehe das Gestänge aus dem Bohrloch schoß. Die Rohre brachen an den Verbindungsstücken wie Streichhölzer und wurden durch die Luft geschleudert, wo sie die Spitze des Derricks zertrümmerten und wie Mikadostäbchen zu Boden prasselten.

Der Schlamm bedeckte die gesamte Arbeitsbühne mit einer knöchelhohen Schicht. Dann drang ein Brüllen aus der Tiefe der Erde, und im nächsten Moment kam das Öl. Es stieg in einem armdicken Strahl im Bohrturm hoch und fächerte sich vierzig, fünfzig Fuß über dessen fehlender Spitze zu einer Ölfahne auf.

Quien Sabe hatte einen Gusher produziert.

Jubelnd fielen sich die Männer in die Arme. Henry und Snowflake führten unter der Öldusche einen Freudentanz auf. Was machte es, daß sie Stunden benötigen und sich die Haut wund schrubben würden, bis sie das Öl wieder loswurden! Sie hatten es geschafft. Sie waren reich.

»Was schätzen Sie, was er bringt?« schrie Henry gegen das Donnern des Gushers an.

Snowflake klebte die wilde Mähne ölnaß am Kopf. Er badete förmlich im herabprasselnden Öl. »Mindestens dreißigtausend, wahrscheinlich jedoch gute vierzigtausend Barrel pro Tag«, schätzte er, und als Stunden später der *christmas tree,* eine christbaumähnliche Konstruktion aus verschiedenen Ventilen und Zapfhähnen, sicher auf dem Bohrloch saß und sie die Durchschnittsrate genau messen konnten, stellte sich heraus, daß diese sogar noch viel höher lag, nämlich bei fast sechzigtausend Barrel.

Das waren beim aktuellen Ölpreis von fünfunddreißig Cent pro Barrel mehr als zwanzigtausend Dollar Einnahme pro Tag. Und davon gehörten ihm, Henry Maynard, fast siebentausend Dollar. Pro Tag.

Henry konnte sein Glück kaum fassen.

Er war reich!

Sein Glück währte nicht eine Woche.

Zu Beginn des Jahres 1903 war Henry ärmer als an jenem Märztag vor fast zwei Jahren, an dem er Spindletop zum erstenmal zu Gesicht bekommen und geglaubt hatte, das Paradies gefunden zu haben.

ZWEITES BUCH

Das Gesetz der Beute

Erstes Kapitel

Mäßigen Sie sich gefälligst im Ton, Mister Maynard!« wies Charles Wiggelton Henry selbstgefällig zurecht. »Sie befinden sich hier in meinem Büro und nicht in einem Brettersaloon von Spindletop!«

Der schwere Schreibtisch aus blankpoliertem Mahagoni, der zwischen Henry und Charles Wiggelton stand, verhinderte, daß Henry sich auf letzteren stürzte. »Ich will wissen, was Sie mit meinem Partner hinter meinem Rücken ausgehandelt haben!« stieß er mühsam beherrscht hervor. »Quien Sabe gehört zu einem Drittel mir.«

»Sie irren. Seit drei Tagen gehört Quien Sabe mir. Ich habe mit Ihrem Partner verhandelt und einen rechtsgültigen Vertrag abgeschlossen.«

Henry brach der Schweiß aus. »Ich weiß nichts von Verhandlungen. Und von einem Vertrag, der ja wohl auch meine Unterschrift tragen müßte, um rechtsgültig zu sein, weiß ich noch viel weniger.«

Charles Wiggelton, ein hochgewachsener Mann von zweiunddreißig Jahren mit einem bleistiftschmalen Schnurrbart und streng nach hinten gekämmtem pechschwarzem Haar, hakte einen Daumen in die grauseidene Weste seines feinen Tuchanzuges und lächelte mitleidig. »Sie irren erneut, Mister Maynard. Ihre Unterschrift war entbehrlich. Oder haben Sie vielleicht die Vollmachten vergessen, die Sie Ihrem Partner eingeräumt haben?«

Ein Schwächegefühl überkam Henry. »Wie lautet der Vertrag, den Sie mit meinem Partner geschlossen haben?«

»Ich werde meinen Anwalt beauftragen, Ihnen eine Abschrift zukommen zu lassen«, sagte Charles Wiggelton von oben herab und tat, als wolle er sich eine dementsprechende Notiz machen.

Henry schlug mit der Faust auf den Tisch. »Kommen Sie mir nicht mit solchen Mätzchen! Sie werden mir hier und jetzt Rede und Antwort stehen!«

Die Tür des feudalen Büros, das sich in einem gediegenen Backsteingebäude Beaumonts befand, ging auf, und ein Schrank von einem Mann trat ein. »Soll ich Ihren Besuch aus dem Büro begleiten, Sir?« fragte er und warf Henry einen unmißverständlich drohenden Blick zu.

»Ich glaube nicht, daß Mister Maynard deine Begleitung wünscht, Duffy«, sagte Charles Wiggelton mit einem spöttischen Unterton.

»Ich bin zur Stelle, wenn Sie mich brauchen, Sir«, betonte Duffy, der muskelbepackte Leibwächter, und zog sich wieder zurück.

Henry fühlte sich elend vor ohnmächtiger Wut. »Für welche Summe hat Ryder Ihnen unsere Ölquelle verkauft?«

»Wir haben uns auf sechshunderttausend Dollar geeinigt.«

Die Wut, die nach Gewalttätigkeit schrie, flammte wieder in Henry auf. »Das ist Betrug!« stieß er hervor. »Sechshunderttausend Dollar sind weniger, als die Quelle in zwei Monaten einbringt.«

Die manikürten Finger des erfolgreichen Ölproduzenten spielten wie gelangweilt mit einem elfenbeinernen Brieföffner. »Das mag in ein paar Tagen aber schon ganz anders aussehen, Mister Maynard. In letzter Zeit haben die wenigsten Quellen gehalten, was sie in der ersten Woche versprochen haben«, sagte er belehrend. »Was heute ein prächtiger neuer Gusher ist, fällt übermorgen zu einem kläglichen Rinnsal von unter zehntausend Barrel zusammen.«

»Auch dann wären sechshunderttausend Dollar eine Unverschämtheit.«

Ein gereizter Ausdruck zeigte sich nun auf dem Gesicht von Charles Wiggelton. »Warum stellen Sie denn nicht Ihren Partner zur Rede, wenn Sie mit dessen Entscheidungen nicht einverstanden sind?«

»Weil der Schweinehund seit gestern spurlos verschwunden ist und ich erst heute erfahren habe, daß er mit Ihnen verhandelt hat«, antwortete Henry grimmig.

»Und? Bin ich vielleicht Ihr Kindermädchen oder der Vormund von Mister Ryder?« fragte Charles Wiggelton sarkastisch. »Wenn Sie jemandem Vorwürfe machen wollen, dann richten Sie diese gefälligst an Ihre eigene Adresse! Sie haben sich doch Bill Ryder als Partner auserkoren. Und Sie waren es doch, der ihm diese weitreichenden Vollmachten erteilt hat. Wollen Sie die entsprechenden Passagen in Ihrer Vereinbarung mit ihm nachlesen? Ich habe seine Ausfertigung Ihres Partnerschaftsvertrages wohlweislich zu meinen Akten genommen.«

»Aha, Sie haben also gewußt, daß er ohne mein Wissen mit Ihnen verhandelt hat«, sagte Henry wütend.
Ärgerlich schlug Charles Wiggelton mit der flachen Hand auf die Tischplatte. »Jetzt reicht es mir! Ich bin Geschäftsmann, und es interessiert mich einen Dreck, ob Mister Ryder Sie übervorteilt hat oder nicht. Er hatte die Vollmacht, um rechtmäßig mit mir über den Verkauf von Quien Sabe zu verhandeln. Allein das hat mich interessiert. Alles andere ist Ihre Angelegenheit und kümmert mich nicht. Wissen Sie zufällig, was *rule of capture* bedeutet?«
»Nein«, sagte Henry gepreßt.
»Der Grundsatz vom ›Gesetz der Beute‹ beruht auf dem englischen Common Law«, belehrte ihn Charles Wiggelton mit der groben Direktheit eines Mannes, der nichts auf die Gefühle und Ansichten anderer gab, sofern er sie nicht für seine Ziele brauchte.
»Wenn ein Stück Wild von einem Grundstück auf das andere überwechselt, hat der Besitzer des zweiten Grundstückes das Recht, das Wild auf seinem Land zu erlegen. Dieses ›Gesetz der Beute‹ gilt in ähnlicher Weise auch in Spindletop und überall sonst im Geschäftsleben. Aus welchem Revier das jagdwürdige Wild kommt und wer es durch den Winter gefüttert hat, interessiert keinen, Mister Maynard, höchstens Schwächlinge und Dummköpfe. Allein entscheidend ist, daß man das Wild auf das eigene Territorium bekommt und es da erlegt, bevor es wieder entwischen kann. Und wenn Sie meinen, daß sechshunderttausend Dollar ein Spottpreis für die Quelle ist, dann hoffe ich für meinen Teil sehr, daß Sie damit recht behalten. Denn ich habe die *Wiggelton Oil & Fuel Company* nicht gegründet, um Dilettanten wie Sie vor den Folgen ihrer geschäftlichen Dummheiten zu bewahren, sondern um Geld zu machen«, fügte er mit ätzendem Hohn hinzu.
Henry fühlte sich gedemütigt.
»Und wenn mein Profit zu Ihren Kosten geht und Sie dabei unter die Räder geraten, dann ist das völlig in Ordnung, Mister Maynard. Denn daß man ordentlich nachhilft, um das Wild vor die Flinte zu bekommen, das ist nun mal die verschärfte amerikanische Variante dieses ehrwürdigen englischen Gesetzes«, fuhr Charles Wiggelton mit schneidender, geringschätziger Stimme fort. »Es muß immer einer dafür bezahlen, damit ein anderer den dicken Rahm abschöpfen kann, und ich ziehe es nun mal vor, zu denjenigen zu gehören,

die sich den fetten Anteil eines Geschäftes sichern. So läuft das Spiel nun mal, in dem Sie unbedingt mitmischen wollten.«
Der Hohn, mit dem Charles Wiggelton ihn übergoß, raubte Henry fast die Selbstbeherrschung. Ein flammender Haß auf diesen Mann loderte in ihm auf. »Ich verspreche Ihnen, kein Wort davon zu vergessen. Und jetzt zahlen Sie mir mein Drittel vom Kaufpreis aus!«
»Das ist schon geschehen.«
Henry erstarrte, das Blut schien ihm in den Adern zu gefrieren. »Was sagen Sie da?« krächzte er.
»Die sechshunderttausend Dollar sind, wie vertraglich vereinbart, auf das Geschäftskonto von Ihnen und Mister Ryder geflossen«, teilte Charles Wiggelton ihm mit leicht hochgezogenen Augenbrauen mit. »Ich habe mich vorher noch versichert, daß es sich bei dem angegebenen Konto bei der *First National* auch wirklich um ein gemeinsames Geschäftskonto handelt.«
Henry kämpfte gegen die aufsteigende Übelkeit an. »Wann ... wann haben Sie das Geld überwiesen?« stieß er hervor und klammerte sich an einen Strohhalm von Hoffnung.
»Das Geld müßte vorgestern, spätestens gestern auf Ihrem Konto eingetroffen sein«, antwortete der Ölproduzent und fragte mit scheinheiliger Besorgnis: »Ich nehme doch an, daß Sie nicht so naiv gewesen sind, Ihrem Partner unbeschränkte Verfügungsgewalt über das gemeinsame Konto einzuräumen, sondern ab einer bestimmten Höhe die Auszahlung von der Vorlage beider Unterschriften abhängig gemacht haben?«
Genau das hatte Henry nicht getan, weil er immer nur relativ kleine Beträge auf das Gemeinschaftskonto überwiesen und keinen Anlaß zum Mißtrauen gehabt hatte.
Entsetzt von der geschäftlichen Katastrophe, die sich für ihn abzeichnete, und ohne ein weiteres Wort stürzte er aus dem Büro von Charles Wiggelton, der ihm ein spöttisches Lachen nachschickte.
Er rannte zur Bank, als könne er das Unheil noch in letzter Sekunde abwenden. Doch er betrat die *First National* gut einen Tag zu spät. Bill Ryder hatte die gesamte Summe am Morgen des Vortages abgehoben. Seitdem fehlte von seinem Partner jede Spur. Jetzt wußte Henry auch warum.

Nicht nur der Traum vom schnellen Reichtum war ausgeträumt und zerplatzt wie eine Seifenblase, sondern Henry hatte auch noch den letzten Cent von dem Geld verloren, das er in fast zwei Jahren harter Arbeit und spartanischer Lebensweise auf die hohe Kante gelegt hatte. Den Verlust der mühsam angesparten viereinhalbtausend Dollar empfand er noch viel bitterer als das Ende seines Traumes vom schnellen Reichtum.
Eine Million Dollar hatte er sich nicht vorstellen können, viereinhalbtausend Dollar dagegen schon. Jeder Dollar trug die Erinnerung an sonnendurchglühte Tage vor Holbrooks stinkenden Latrinen, an endlose Wagenladungen mit schweren Balken, an schmerzende Knochen und Monate, in denen er bis zum Umfallen geschuftet hatte, um mit Arthur *Broderick & Maynard* zum führenden Derrickbauunternehmen von Spindletop zu machen.
Und jetzt war alles verloren, verspielt, den Betrügereien eines Mannes zum Opfer gefallen, der vermutlich schon vom ersten Tag ihrer Begegnung an die Absicht gehabt hatte, ihn um seinen Anteil zu prellen.
Bill Snowflake Ryder war und blieb wie vom Erdboden verschwunden und mit ihm die Verkaufssumme von sechshunderttausend Dollar. Seine Spur verlor sich in Houston, und Henry verfügte nicht über die nötigen Mittel, um eine Detektei mit der Suche nach ihm beauftragen zu können. All seine Freunde rieten ihm zudem davon ab, sich darin zu verbeißen, Snowflake unbedingt aufspüren zu wollen.
Arthur reagierte mit Bestürzung und Zorn auf den Betrug, machte jedoch keinen Hehl daraus, daß er kein großes Mitleid mit Henry empfand. »Wer sich unter eine Meute Wölfe begibt, kann nicht erwarten, nur beleckt zu werden, und diese Ölburschen sind allesamt Wölfe, auch wenn manche mit großem Geschick den Schafpelz zu tragen verstehen. Also beklag dich jetzt bloß nicht, daß dir diese habgierige Bande eine schmerzhafte Lehre erteilt hat und du dich nun übel zugerichtet mit der Schnauze im Dreck wiederfindest!«
»Du bist mir ein wahrer Freund und Partner!« erwiderte Henry voller Groll. »Ich wußte doch, daß ich mich auf deinen Zuspruch jederzeit verlassen kann.«
Arthur packte ihn an der Schulter. »Es gefällt dir nicht, was ich dir

da sage, ich weiß. Aber ein echter Freund und Partner ist auch nicht dazu da, um billige Schönfärberei zu betreiben, wo ein klares Wort angebracht ist.«

Henry senkte den Blick. »Schon gut, Arthur. Es war nicht so gemeint.«

»Du steckst das schon weg«, sagte Arthur nun versöhnlich und aufmunternd. »Immerhin steht *Broderick & Maynard* auf solidem Fundament. Du wirst eben ein paar Jahre länger arbeiten müssen, um dein Vermögen zu machen.«

Henry kehrte wieder zu seiner gewohnten Arbeit bei *Broderick & Maynard* zurück. Doch der Schock saß tief. Und er vergaß nicht ein Wort von der Belehrung, die Charles Wiggelton ihm so voller Häme über das Gesetz der Beute und seine amerikanische Variante erteilt hatte.

Zweites Kapitel

Für Spindletop war die Uhr im Januar 1904 abgelaufen, auch wenn das Ölfeld noch bis Ende des Jahrzehnts ausgebeutet wurde. Die wilde Zeit, die zur Errichtung von tausend Bohrtürmen und zur Gründung von mehr als sechshundert Ölgesellschaften geführt hatte, war unwiderruflich dahin. Auf den dreijährigen Rausch der Maßlosigkeit folgte die Katerstimmung. Doch noch bevor der Januar in seine letzte Woche ging, brach an anderer Stelle ein neuer Boom aus, und das unglaubliche Schauspiel von Spindletop wiederholte sich nur zwanzig Meilen weiter nordwestlich am Sour Lake.

Die kleine Gemeinde von Sour Lake hatte ihre schwefelhaltigen Quellen dazu genutzt, um sich in der Region den Ruf eines kleinen, aber gediegenen Heilbades zu erwerben. Das angesehene *Sour Lake Hotel* hatte keine Konkurrenz am Ort und beherbergte alle Gäste, die sich von den Schwefelbädern Linderung ihrer Gebrechen erhofften und nicht zu den wenigen Vermögenden gehörten, die hier ein eigenes Haus unterhielten.

Joseph S. Cullinan, der Gründer der *Texas Company* und Held des großen Feuers vom September 1902, bereitete der provinziellen

Ruhe und Beschaulichkeit des Heilbades ein jähes Ende, als er nahe der Schwefelquellen Land pachtete, allen Spott mißachtend nach Öl bohrte und mit einem gigantischen Gusher belohnt wurde, mit dem gleichsam der Stern von *Texaco* aufging. Noch am selben Tag verwandelte sich das Heilbad in einen Hexenkessel. Was Spindletop in den ersten Monaten des Jahres 1901 erlebt hatte, begann hier von neuem.

Der Boom von Sour Lake kam auch für *Broderick & Maynard* genau zum rechten Zeitpunkt. Nun packten Henry und Arthur in rasender Eile ihre Sachen zusammen, schwangen sich mit ihrer arg zusammengeschrumpften Arbeiterkolonne auf die Fuhrwerke und beeilten sich, nach Sour Lake zu kommen. Auch Ted, Merrill und Lee schlossen sich dem spektakulären Exodus von Zigtausenden von Boomern an, die bei der Nachricht von Cullinans Gusher alles stehen und liegen ließen, nach Sour Lake strömten und den verschlafenen Kurort im Handumdrehen in eine lärmende pulsierende Zelt- und Barackenstadt verwandelten. Sally kam einen Tag später im Gefolge von Gregory Kenworth nach, der seine Druckmaschinen und Redaktionsschreibtische vorübergehend in einem Zelt aufstellte und seine Zeitung kurzerhand von *Spindletop Advertiser* in *Sour Lake Advertiser* umbenannte. Lee fand einen Job im *Sour Lake Hotel,* und Ted schloß sich einer Bohrcrew an.

Henry fühlte sich wieder in seinem Element. Mit scheinbar grenzenloser Energie und Begeisterung stürzte er sich in die selbstgesetzte Aufgabe, *Broderick & Maynard* auch hier zur Nummer eins unter den Derrickbauern zu machen. Die ersten Aufträge erteilte ihnen Jack McIver, der sich mit seinem Partner in Spindletop eine goldene Ölnase verdient hatte.

Da weder Arthur noch Henry sich mit der Buchhaltung abgeben und den ganzen Tag in der hastig errichteten Bretterbude sitzen wollten, in der neben den Schlafplätzen von Arthur, Henry und Noah auch das Büro der Firma untergebracht war, bot Henry diesen Posten Merrill an, der das Angebot freudig annahm.

Henry hatte in diesen ersten stürmischen Wochen des Booms von Sour Lake alle Hände voll zu tun, und der Aufschwung, den die Derrickbaufirma nahm, trug mit dazu bei, daß er nicht mehr mit dem Schicksal und dem Verlust seines gerechten Anteils an Quien Sabe haderte. Doch manchmal kam ihm schon der schmerzliche

Gedanke, was er allein schon mit dem Geld aus dem Verkauf der Ölquelle bei diesem Boom alles hätte machen können. Und wann immer er die Bohrtürme der *Wiggelton Oil & Fuel Company* sah, die sich noch früh genug ein großes Stück Land in Sour Lake gesichert hatte, erfüllte ihn die Vorstellung, daß Charles Wiggelton sich mit seinem Geld eine fette Scheibe von diesem Boom sicherte und noch reicher wurde, mit maßloser Wut.

Solche Gedanken beschäftigten Henry auch an einem naßkalten Februarnachmittag, als er sich mit seinem Buggy vom Ölfeld bei Indian Pine auf dem Weg zurück in die Boomtown von Sour Lake befand. Die von den Rädern unzähliger Fuhrwerke zerfurchte Landstraße machte vor ihm einen weiten Bogen, und da er es eilig hatte, beschloß er, einfach die Abkürzung querfeldein zu nehmen.

Folgsam trottete sein Pferd dahin, während Henry seinen Gedanken nachhing. Plötzlich riß ihn eine wütende Stimme aus seiner Versunkenheit. »Machen Sie sofort, daß Sie von meinem Land kommen, Mister!« schrie ihn ein Mann aus einiger Entfernung an, der von der Veranda eines schmucken Farmhauses gestürmt kam, ein Gewehr in der Hand. »Auf meinem Grund und Boden hat niemand etwas zu suchen, schon gar nicht ihr verfluchten Ölleute!«

Erschrocken beeilte Henry sich, aus dem Schußbereich des Gewehrs und wieder zurück auf die Landstraße zu kommen.

Am Abend, als er mit seinen Freunden zusammentraf, war er nicht ganz bei der Sache. Irgend etwas beschäftigte ihn in seinem Unterbewußtsein, ohne daß er zu sagen vermochte, was es war.

»Ich möchte bloß wissen, was du wieder ausbrütest«, meinte Sally spöttisch. »Hast du überhaupt mitbekommen, daß ich möglicherweise den Job von Edgar Payton bekomme?«

»Du meinst Hasenscharte?«

Sally nickte. »Ja, seit er in einem Zelt auf einer Feldpritsche schlafen muß, hat er endgültig die Nase voll von Boomtowns. Er will zurück nach Houston, unter die Rockschöße seiner Familie, die da irgendein langweiliges Geschäft betreibt. Mir könnte gar nichts Besseres passieren, Henry. Denn seit Mister Kenworth herausgefunden hat, daß ich mit einer Schreibmaschine umgehen kann, überläßt er mir gelegentlich Schreibarbeiten«, berichtete sie stolz. »Wenn Payton wirklich geht, kriege ich seinen Job.«

»Das wäre wunderbar!« freute sich Henry mit ihr.
Mitten in der Nacht wachte Henry auf, und plötzlich sah er alles ganz klar. Was sein Unterbewußtsein die ganze Zeit als nebulöse Idee beschäftigt hatte, präsentierte sich ihm nun als ein klar umrissener Einfall.
An Schlaf war nicht länger zu denken. Sein Einfall war genial, sofern er ihn in die Tat umsetzen konnte. Zuerst einmal brauchte er Geld, mindestens zweitausend Dollar. Und da er Arthur nicht um einen Kredit angehen wollte, führte ihn sein erster Gang am frühen Morgen nach Beaumont in das Büro des Direktors der *First National Bank.* Ohne daß er viele Worte machen mußte, wurde ihm der Kredit gewährt, um den er nachfragte und der noch einen Tag vor dem Boom von Sour Lake genauso schnell abgelehnt worden wäre. Aber jetzt, nachdem das Geschäft von *Broderick & Maynard* wieder boomte, wäre er sogar für mehr als zweitausend Dollar gut gewesen, wie ihm der Direktor versicherte.
Anschließend verbrachte Henry mehrere Stunden im Gerichtsgebäude, wo er im Liegenschaftsamt die Grundbucheintragungen und Karten jener Grundstücke und Farmen studierte, in deren Nähe sich die Bohrarbeiten konzentrierten. Er machte sich ausgiebig Notizen und begab sich dann auf das Ölfeld, wo die Bohrstellen noch nicht zu einem fest umrissenes Gebiet zusammengewachsen waren. Die Bohrungen ballten sich an mindestens fünf Stellen, die bis zu einigen Meilen voneinander entfernt lagen, weil nicht jeder die Preise für angeblich todsichere Parzellen zahlen konnte oder wollte, die in unmittelbarer Nähe des gewaltigen Cullinan-Gushers lagen. Viele Prospektoren und nüchtern kalkulierende Gesellschaften gingen zudem davon aus, daß sich das Ölfeld von Sour Lake über eine Fläche von mehreren Quadratmeilen erstreckte, wie das bisher bei den meisten neuen Ölfeldern der Fall gewesen war.
Henrys besonderes Interesse richtete sich dabei auf einen flachen Hügel, auf dem sich ein Teil der Bohrtätigkeit konzentrierte. Der Penrose Hill District, der seinen Namen dem Farmer William Penrose verdankte, zu dessen Land der flache Hügel gehörte, lag zwei Meilen außerhalb von Sour Lake. Hier hatte sich Charles Wiggelton engagiert. Er besaß hier Dutzende von Parzellen, auf denen er nun Bohrtürme errichten ließ – selbstverständlich nicht

von *Broderick & Maynard.* Er hatte sogar dafür gesorgt, daß auch acht andere kapitalstarke Ölgesellschaften, die ebenfalls auf dem Penrose Hill investiert hatten, keine Aufträge an Henrys Firma vergaben.
Henry prüfte sorgfältig vor Ort, ob sein Vorhaben an dieser Stelle auch wirklich Aussicht auf Erfolg hatte. Zwar brannte er darauf, sich an Charles Wiggelton zu rächen, doch er wollte sich von diesen Gefühlen nicht zu einer Fehlentscheidung verleiten lassen, die seinen Plan zunichte machen konnte.
Um so größer war seine Freude, als er auch an Ort und Stelle zu demselben Ergebnis kam, zu dem er schon im Liegenschaftsamt gekommen war: Die Voraussetzungen, die der Penrose Hill District bot, konnten gar nicht besser sein – vorausgesetzt, eine andere Hoffnung erfüllte sich.
Am späten Nachmittag suchte er William Penrose auf. Der Farmer lebte mit seiner Familie noch in dem alten Farmhaus, in dem er schon zur Welt gekommen war. »Ich könnte heute ein steinreicher Mann sein, wenn ich nicht auf unseren verdammten Krämer hereingefallen wäre, der uns Farmer in einer hinterlistigen Nacht-und-Nebel-Aktion übertölpelt und sich alle Bohrrechte zu einem Spottpreis gesichert hat.«
»Sie meinen Mister Timothy Lansbury?«
»Vergessen Sie den ›Mister‹, wenn Sie von Lansbury sprechen! Dafür, daß dieser Schweinehund mit seinem Laden in Sour Lake jahrelang blendend an uns allen verdienen konnte, hat er sich erkenntlich gezeigt, indem er uns am Schluß noch mit diesen Pachtverträgen schäbig übers Ohr gehauen hat.«
»Wahrlich kein freundlicher Zug«, pflichtete Henry ihm bei.
Der Farmer spie einen braunen Strahl Kautabaksaft aus. »Der Teufel soll ihn holen! Statt der hundert Dollar pro Morgen, mit denen er uns abgespeist hat, könnten wir heute das Fünfzigfache und noch mehr bekommen. Aber damals wußten wir noch nicht, was Lansbury zu Ohren gekommen war, daß nämlich dieser Cullinan hier zu bohren beabsichtigte und die Gegend für ölhaltig hielt. Was uns allein tröstet, ist, daß auch Lansbury viel zu früh weiterverkauft hat und sich heute vermutlich genauso über sich selbst ärgert wie wir uns über ihn. Es sind eben immer diese elenden professionellen Spekulanten, die letztlich das große Geschäft machen. Die Pest über

sie!« schimpfte William Penrose voll Ingrimm in dem Gefühl, um ein Vermögen betrogen worden zu sein.
»Vielleicht läßt sich ja noch was retten, Mister Penrose.«
»Sind Sie taub auf den Ohren? Ich habe in der Nacht, bevor Cullinans Bohrvorhaben hier bekannt wurde, alle Bohrrechte vergeben.«
»Das macht nichts, denn an Bohrrechten bin ich gar nicht interessiert. Ich möchte nur die Oberflächenrechte erwerben, und die auch nur für einen kleinen Teil Ihres Landes.«
Der Farmer sah ihn verständnislos an. »Oberflächenrechte? Was wollen Sie denn mit denen anfangen?«
Henry lächelte unsicher. »Nun, ein kleines Geschäft wagen, das mich hoffentlich ein wenig an dem allgemeinen Geldsegen dieses Booms teilhaben läßt«, antwortete er vage.
Lebhaftes Interesse leuchtete in den wäßrigen Augen des Farmers auf. »Ich hätte nichts dagegen, mit Ihnen ins Geschäft zu kommen, Mister Maynard. Aber sind denn diese Oberflächenrechte nicht in dem Pachtvertrag enthalten, den ich mit Lansbury abgeschlossen habe?«
»Nicht unbedingt, es sei denn, dieser Ladenbesitzer hat etwas mehr von solch speziellen Pachtverträgen verstanden«, sagte Henry und hoffte sehr, daß dies nicht der Fall war.
William Penrose holte den Vertrag, und Henrys große Hoffnung, von der sein ganzer Plan abhing, erfüllte sich. In dem Schriftstück, das Timothy Lansbury wohl aus Zeitdruck oder Unkenntnis recht simpel aufgesetzt hatte – es wies gerade mal acht handschriftliche Zeilen auf –, war allein von den Bohrrechten die Rede. Die Spekulanten und Ölproduzenten, an die er dann aufgrund seines Vertrages mit dem Farmer Parzellen von dessen ehemaligem Land weiterverkaufte, hatten sich sicherlich umfassendere Verträge ausstellen lassen. Aber das brauchte Henry nicht zu kümmern.
Henry wurde mit William Penrose schnell handelseinig. Der Farmer hatte nichts dagegen, für den ersten Monat vierhundert Dollar einzustreichen und Henry das Risiko tragen zu lassen, ob der Vertrag, den sie über die Oberflächenrechte eines Streifen Landes miteinander abschlossen, überhaupt das Papier wert war, auf dem er geschrieben stand. Daß er das Geld widrigenfalls nicht zurückzuzahlen brauchte, gab Henry ihm gern schriftlich, denn er wußte, daß

dank Timothy Lansburys Nachlässigkeit dieser Fall nicht eintreten würde.
Er suchte noch vier weitere Grundbesitzer auf, die alle denselben Fehler wie William Penrose gemacht hatten und dessen Zorn auf Timothy Lansbury teilten. Und auch sie gingen bereitwillig auf das Geschäft ein, das Henry ihnen anbot und bei dem sie nichts riskierten, sondern im schlimmsten Fall nur einmal in den Genuß der monatlichen Zahlung von fünfzig Dollar pro Morgen kamen.
Als Henry kurz nach Einbruch der Dunkelheit nach Sour Lake zurückkehrte, um seine Freunde zusammenzurufen und sie in seinen Plan einzuweihen, knisterten fünf Verträge in seiner speckigen Jacke, mit denen er sich die Oberflächenrechte an achtundzwanzig Morgen Land gesichert hatte. Achtundzwanzig Morgen in Form von fünf durchschnittlich hundert Yard breiten Streifen Landes, die zusammen einen ziemlich unregelmäßigen, aber lückenlosen Kreis ergaben – in deren Mitte die Bohrtürme des Penrose Hill District eingeschlossen lagen.

Arthur verschluckte sich fast am Rauch seiner Zigarre. »Unmöglich! Damit kommst du niemals durch, Henry! Das ist verrückt, was du da vorhast.«
»Es *klingt* zumindest verrückt, was aber nicht bedeutet, daß es das auch ist«, schränkte Merrill ein. »So wie ich das sehe, ist das Recht jedenfalls auf seiner Seite.«
»So wie *du* das siehst, ja?« Arthur verzog das Gesicht.
»Bohrrechte beinhalten nicht zwangsläufig auch Wegerechte, sondern diese werden gewöhnlich in derartigen Pachtverträgen separat angesprochen und geregelt«, erklärte Merrill.
»Was aber hier nicht der Fall ist«, betonte Henry. »In seiner Gier und Hast hat Lansbury das bei seinen Achtzeilenverträgen mit den Farmern versäumt. Und damit steckt jeder, der da auf Penrose nach Öl bohrt, in einer prekären Situation. Denn es führt keine öffentliche Straße zu den Bohrstellen, die freien Zugang gewährt, sondern die Wege verlaufen kreuz und quer über den Hügel, über Land also, an dem die Oberflächenrechte nun mir zustehen.«
Sally lachte vor staunender Bewunderung. »Eine tolle Idee! Wenn dein Plan funktioniert, dann ...«
Sie kam nicht weiter, denn Arthur fiel ihr kopfschüttelnd ins Wort:

»Es kann nicht dein Ernst sein, Henry, daß du einen Dollar Wegzoll für jeden Reiter, jede Kutsche und jedes Fuhrwerk erheben willst!«
»O doch, genau das werde ich tun«, sagte Henry. »Zumindest am Anfang, bis ich mit Wiggelton und den anderen acht Ölgesellschaften handelseinig geworden bin. Ich rechne mit zweihundert bis dreihundert Dollar am Tag, denn auf dem Penrose Hill gibt es schon jetzt fast hundert Bohrstellen, die versorgt sein wollen.«
»Dreihundert Dollar! Heilige Makrele!« stieß Ted hervor.
»Das wäre ja eine wahre Goldgrube!« rief Lee begeistert.
»Von wegen Goldgrube! Damit schadest du allenfalls unserer Firma!« meinte Arthur.
Merrill lachte trocken auf. »Bei allem Respekt, Mister Broderick, aber auf dem Penrose Hill haben wir noch nicht einen Derrick errichtet, und ich glaube nicht, daß sich das in Zukunft ändern wird. Wir haben aber auch so genug zu tun, und niemand von unseren Kunden an den anderen Bohrstellen kümmert sich darum, was Henry mit seinen Wegerechten im Penrose Hill District anstellt. Die Leute werden viel eher schadenfroh zur Kenntnis nehmen, daß ihre Konkurrenten dort Probleme haben, weil die Pachtverträge mit einem häßlichen Schönheitsfehler behaftet sind.«
»Leute wie Charles Wiggelton, die im Penrose Hill District groß eingestiegen sind, werden nicht im Traum daran denken, Wegzoll zu bezahlen«, beharrte Arthur voller Besorgnis über Henrys riskantes Vorhaben.
Henry lächelte verhalten. »Mag sein, daß Wiggelton und die anderen Ölproduzenten Ärger machen und die Zahlung verweigern werden. Aber letztlich wird ihnen nichts anderes übrigbleiben, als auf meine Forderung einzugehen. Das Recht ist auf meiner Seite, und ich habe sie eingekesselt.«
Sie diskutierten noch bis tief in die Nacht, und wenn Arthur seine Bedenken auch nicht aufgab, so erklärte er sich schließlich doch bereit, Henry mit den anderen, die für den Plan Feuer und Flamme waren, nach besten Kräften zur Seite zu stehen.
Als der neue Tag anbrach, wußte jeder, was er zu tun hatte. Arthur zog ein Dutzend Männer, auf die auch in schwierigen Situationen hundertprozentig Verlaß war, von den Baustellen ab. Ted kümmerte sich mit Sally um die Zelte, Pfosten und Stacheldrahtrollen, die sie benötigen würden. Merrill suchte den Notar in Beaumont auf, für

den er einst gearbeitet hatte, und brachte ihn dazu, noch am selben Tag mehrere beglaubigte Abschriften von Henrys Verträgen mit William Penrose und den anderen Farmern auszustellen. Eine besonders wichtige Aufgabe fiel Lee zu: Henry schickte ihn mit dem nächsten Zug nach New York.

Auf dem letzten Drittel Wegstrecke von Sour Lake zum Penrose Hill erstreckte sich dichter Pinienwald zu beiden Seiten einer ehemaligen Weide. Der Durchlaß an der engsten Stelle zwischen den beiden Waldstücken betrug etwa zweihundertfünfzig Yard.
Die breite Sandspur, die der unablässige Strom schwerbeladener Fuhrwerke seit dem Ausbruch des Booms quer über die alte Weide gezogen hatte, führte mitten durch diese von Pinienwald flankierte Enge.
Dies war der günstigste Ort für Henrys Vorhaben, und an diese Stelle ließ er die Zelte, Pfosten und Stacheldrahtrollen bringen. Von den vielen Leuten, die zwischen Sour Lake und den Bohrstellen auf dem Penrose Hill unterwegs waren, schenkte ihnen kaum jemand Beachtung, als Henry und seine Leute bei Anbruch der Dämmerung damit begannen, von den Waldrändern aus Stacheldraht auszurollen, Pfosten in die Erde zu rammen und Zelte aufzustellen.
Im Morgengrauen des folgenden Tages, als der Verkehr für kurze Zeit nachließ, schloß Henry die Stacheldrahtsperre und verlangte vom nächsten Fuhrmann, der einen Dampfkessel auf der Ladefläche seines Gefährts transportierte, einen Dollar Wegzoll.
»Stellen Sie die Kosten Ihrem Auftraggeber gesondert in Rechnung!« erwiderte Henry dem empörten Mann und hielt ihm seine Verträge unter die Nase. »Ihr Mister Callahan mag die Bohrrechte an neunzehn Parzellen besitzen, doch die Wegerechte gehören mir. Wer hier passieren will, hat einen Dollar zu entrichten.«
Der Mann weigerte sich zu zahlen, und hinter ihm begannen sich die Fuhrwerke mit Bauholz, Bohrgestänge und Arbeitern zu stauen. Einen anderen passierbaren Weg zum Penrose Hill als über diese ehemalige Weide aber gab es zumindest vorerst nicht.
Als die Entrüstung der Leute wuchs und den ersten Drohungen Erdklumpen und Steine folgten, griffen Henry, Ted, Merrill, Zilkey und Noah zu den Schrotflinten, die Henry tags zuvor in Erwartung einer solch gespannten Situation angeschafft hatte.

Die aufgebrachte Menge wich zurück.
»Wer nicht zahlen will, kehrt besser gleich um. Es soll keiner glauben, daß er hier oder an einer anderen Stelle zum Penrose Hill durchkommt – weder mit Tricks noch mit Gewalt. Das Gesetz steht auf unserer Seite, und ohne meine Erlaubnis, die einen Dollar kostet, darf niemand mein Land passieren«, schrie Henry der aufgebrachten Menge zu und war entschlossen, nicht um einen Inch zu weichen. Wie war das noch mal mit dem Gesetz der Beute? Nur zu gut erinnerte er sich daran, wie Charles Wiggelton ihn vor Wochen höhnisch belehrt hatte. Diesmal mußte »das Wild« über sein Land!
Die Situation entspannte sich etwas, als einige Fuhrleute unter Flüchen und obszönen Verwünschungen schließlich doch den Dollar Wegzoll entrichteten.
Keine Stunde später kam der Sheriff mit zwei Deputies angeritten. Barsch verlangte er von Henry Aufklärung und drohte, ihn auf der Stelle verhaften zu lassen, wenn er die Straßensperre nicht augenblicklich wegräumen ließ.
»Bevor Sie mir drohen, Sheriff, sollten Sie erst einmal diese Verträge hier durchlesen!« entgegnete Henry unbeeindruckt und hielt ihm die notariell beglaubigten Abschriften der Verträge hin, die die Farmer mit Timothy Lansbury und mit ihm geschlossen hatten.
Mit sichtlich wachsender Verblüffung prüfte der Sheriff die Dokumente. »In der Tat, kein Wort über Wegerechte. Lansbury hat das wahrhaftig verschwitzt«, stieß er fassungslos hervor und lachte dann hämisch auf. »Und dabei hat er sich für einen solch gerissenen Fuchs gehalten! Die Leute, die die Bohrrechte von ihm gekauft haben, werden ihn mit Schadenersatzklagen eindecken.«
»Vermutlich«, sagte Henry. »Aber im Augenblick bin ich mehr daran interessiert, die Leute, die zu den Penrose-Bohrstellen wollen, wissen zu lassen, daß das Recht auf meiner Seite ist und ich jedem das Durchqueren meines Landes verweigern kann.«
Das feindselige Verhalten des Sheriffs war offensichtlicher Schadenfreude gewichen, denn er lachte, als er zu den Bohrtürmen hinüberblickte, die auf dem Penrose Hill in den Himmel wuchsen.
»Mein Gott, wenn Sie wollen, können Sie auch zehn Dollar von jedem nehmen, der hier durch will, oder aber die Bohrarbeiten auf den Hügeln zum völligen Stillstand bringen«, erklärte er. »Sie halten da einen echten Joker in der Hand, Mister Maynard.«

Henry atmete innerlich auf, und auch die Mienen seiner Freunde und Helfer entspannten sich. »Würden Sie das bitte den Leuten klar und deutlich mitteilen – und es mir dann schriftlich geben, damit ich diese Bescheinigung jedem zeigen kann, der mir Schwierigkeiten macht.«
Der Sheriff kratzte sich am Kinn. »Ich bin kein Richter, Mister Maynard, und ich schätze mal, daß gewisse Herren, die da drüben viel Geld investiert haben, diese Angelegenheit vor den Kadi bringen werden, um ihren Hals aus der Schlinge zu ziehen, die Sie ihnen umzulegen drohen«, sagte er gedämpft.
»Aber bis zu einer gegenteiligen richterlichen Entscheidung ist doch das Recht auf meiner Seite, richtig?«
»Soweit ich es beurteilen kann – ja.«
»Können Sie mir denn wenigstens das schriftlich geben?« fragte Henry und fügte geschickt hinzu: »Ein solches Schreiben wird mir nicht nur eine Menge Ärger ersparen, sondern auch verhindern, daß es hier zu Gewalttätigkeiten oder gar Blutvergießen kommt.«
Der Sheriff überlegte kurz, sah sich noch einmal die Dokumente an und sagte dann couragiert: »Sie kriegen die Bescheinigung, und ich lasse Ihnen für alle Fälle einen meiner Deputies hier.«
Henry hätte einen lauten Jubelschrei ausstoßen mögen. Die erste Runde war gewonnen.

Innerhalb von wenigen Stunden kam der Verkehr zwischen Sour Lake und dem Penrose Hill District fast völlig zum Erliegen. Die Fuhrleute weigerten sich, die Aufträge der Ölgesellschaften und Wildcatter auszuführen und jedesmal einen Dollar Wegzoll zu bezahlen.
Am Nachmittag erschien Frederick Bosley, der Anwalt und Vertraute von Charles Wiggelton, in einer Kutsche und verlangte Henry zu sprechen. Bevor dieser ihn im Zelt empfing, das auf der anderen Seite des Stacheldrahtzaunes stand, mußte Frederick Bosley jedoch seinen Dollar Wegzoll entrichten.
Der Anwalt, ein aalglatter Mann in Charles Wiggeltons Alter, reichte Henry seine Visitenkarte, stellte sich kurz vor und sagte dann mit schroffer Stimme: »Ich komme im Namen aller Wildcatter und Ölgesellschaften, Mister Maynard, die sich vor zwei Stunden zu einer Sitzung in Beaumont zusammengefunden und Mister Wiggel-

ton, Mister Callahan und Mister Olmsted beauftragt haben, alle notwendigen Schritte zu unternehmen, um diese Farce zu beenden, die Sie sich hier erlauben.«

»Das habe ich mir gedacht«, sagte Henry gelassen und ohne ihm einen Stuhl anzubieten. »Nur irren sie sich, was diese angebliche Farce betrifft. Aber das wissen Sie ja genausogut wie ich. Das wär's, Mister Bosley.«

»Wie bitte?«

»Sie können gehen. Ich wüßte nicht, was ich mit Ihnen zu bereden hätte.« Henry stand auf und schlug die Plane des Zelteingangs zurück. »Einen guten Tag, Mister Bosley!«

Der Anwalt sah ihn ungläubig an. »Ich habe den Auftrag, Ihnen mitzuteilen, daß wir Sie vor Gericht ...«

»Es interessiert mich einen Dreck, welche Aufgabe Sie haben, Mister Bosley«, schnitt Henry ihm scharf das Wort ab. »Verschwinden Sie! Und teilen Sie Wiggelton und seinen Freunden mit, daß ich mit Laufburschen, auch wenn sie so hochbezahlt und aus dem Ei gepellt sind wie Sie, nicht verhandle. Wenn die Herren etwas von mir wollen, müssen sie sich schon persönlich zu mir begeben.«

Frederick Bosley bekam rote Flecken auf dem Gesicht und war im ersten Moment sprachlos vor Empörung. »Wie können Sie es wagen! Das ist ja ...!« Er schnappte nach Luft.

Henry ließ ihn einfach stehen.

Noch am selben Abend überbrachte ein Bote ein höchst aggressiv abgefaßtes Schreiben, in dem die drei finanzstarken Ölproduzenten Henry mit allen möglichen juristischen Schritten drohten. Sie forderten ihn auf, unverzüglich zu ihnen ins *Sour Lake Hotel* zu kommen, um die Angelegenheit gütlich aus der Welt zu schaffen.

»Sir, ich soll auf Ihre Antwort warten«, sagte der berittene Bote.

»Es gibt keine Antwort«, sagte Henry und gab ihm einen Dollar Trinkgeld. »Sag den Herren, ich hätte ihr Schreiben gelesen und es ins Feuer geworfen.« Und genau das tat er vor den Augen des Boten.

»Ja, Sir!«

Henry verbrachte eine unruhige Nacht. Doch am Vormittag des folgenden Tages zeigte sich, daß er richtig gehandelt hatte. Denn Charles Wiggelton, James Callahan und Milton Olmsted bequemten sich zu ihm auf die Weide.

Charles Wiggelton stieg zuerst aus der Kutsche und warf Henry den

Dollar Wegzoll vor die Füße. »Beenden wir das lächerliche Theater, Maynard!« sagte er zornig und zog einen Umschlag aus der Seitentasche seines eleganten Dreiteilers. »Hier sind fünftausend Dollar, und damit sind Sie bestens bedient.«

Henry machte keine Anstalten, das Geld anzunehmen, das Wiggelton ihm hinhielt. »Mit Ihren läppischen fünftausend Dollar können Sie bei diesem Spiel nicht mal an der Eröffnungsrunde teilnehmen.«

»Wir werden Sie vor Gericht stellen und bis ans Ende Ihrer Tage mit Schadenersatzklagen ruinieren, Mann!« fuhr James Callahan ihn an.

Henry bedachte ihn mit einem geringschätzigen Blick. »Und Sie sind wirklich im Ölgeschäft, Callahan? Ich würde Sie eher für einen Märchenerzähler halten – oder des Lesens nicht kundig, denn sonst wüßten Sie, was in den Verträgen steht und was nicht.«

James Callahan war daran, zu explodieren, doch Milton Olmsted griff nun ein. »Lassen wir diesen unsinnigen verbalen Schlagabtausch, Gentlemen!« sagte er kühl, aber vermittelnd. »Ich denke, wir sind hier, um zu verhandeln. Also hören wir uns erst einmal an, welche Vorstellungen Mister Maynard hat.«

James Callahan preßte in stummer Wut die Lippen zusammen und schien Henry mit seinem Blick am liebsten töten zu wollen, während Charles Wiggelton eine gelangweilte Miene zur Schau stellte, als halte er das alles für reine Zeitverschwendung.

»Ich verlange tausend Dollar pro Parzelle ...«

Charles Wiggelton, dem im Penrose Hill District zweiunddreißig Parzellen gehörten, lachte scheinbar belustigt auf. »Wenn hier einer eine Vorliebe für Märchen hat, dann sind das Sie, Maynard. Oder Sie müssen den Verstand verloren haben.«

»... und zudem noch eine einprozentige Beteiligung an jeder Ölquelle«, fuhr Henry ungerührt fort.

Nun zeigte sich auch Milton Olmsted empört. »Für wen halten Sie sich? Wir lassen uns doch nicht von Ihnen ausnehmen!«

Henry Maynard zuckte mit den Achseln. »Ich habe etwas, was Sie mir abkaufen wollen, beziehungsweise abkaufen müssen – und das ist nun mal mein Preis«, erklärte er gelassen.

»Sie irren«, fauchte Wiggelton wutentbrannt. »Wir brauchen Ihnen die Wegerechte ganz und gar nicht abzukaufen. Wir werden viel-

mehr eine einstweilige Verfügung des Gerichtes erwirken und Sie dann in einen jahrelangen Prozeß verwickeln, dessen Kosten Sie schon im ersten Jahr ruinieren werden.«
»Lächerlich, zu glauben, daß ein dahergelaufener Bursche wie er uns die Stirn bieten könnte!« pflichtete James Callahan ihm bei. »Wir vom Penrose Hill werden ein Dutzend Prozesse, ach was, wir werden zwei Dutzend Prozesse gegen ihn anstrengen, ihn unter Klageschriften förmlich begraben und ihn in wenigen Monaten zum Offenbarungseid zwingen.«
»Seien Sie vernünftig, Mister Maynard!« sagte Milton Olmsted, der offensichtlich den Part mit dem Zuckerbrot übernommen hatte, während Wiggelton und Callahan es mit der Peitsche versuchten. »Sie haben in der Tat keine Chance, eine derart kostspielige Prozeßwelle auch nur durch die erste Instanz durchzustehen. Ich denke, daß ich meine Kollegen bei viel gutem Willen auf ihrer Seite dazu überreden kann, daß wir unser Angebot auf zehntausend Dollar erhöhen.«
Henry lehnte ab.
Nach weiteren Empörungsrufen und Drohungen von Wiggelton und Callahan sowie beschwörenden Appellen Olmsteds, der die Verhandlung nach offenbar vorher abgesprochener Taktik immer wieder vor dem Scheitern bewahrte, stand das Angebot der Ölproduzenten schließlich bei dreißigtausend Dollar.
Henry dachte jedoch nicht daran, sich darauf einzulassen. »Wirklich bedauerlich, daß Sie entweder den Ernst der Lage, in der Sie sich aufgrund Ihrer lückenhaften Verträge befinden, nicht begreifen oder meine Entschlossenheit unterschätzen, mich von Ihnen nicht einschüchtern und mit Kleingeld abspeisen zu lassen«, erklärte Henry spöttisch.
»Verdammt noch mal, mir reicht es!« explodierte Charles Wiggelton. »Soll er doch zeigen, wie lange er gegen uns vor Gericht durchhält!«
Henry lächelte kühl. »Ich weiß, daß ich nicht genug Geld habe, um jahrelang mit Ihnen prozessieren zu können. Deshalb halte ich mir noch andere Eisen im Feuer warm. Wir können uns einig werden. Aber wenn Sie lieber vor Gericht ziehen wollen, so werden Sie es dort nicht mit mir zu tun bekommen, sondern mit einem Gegner, der das Spiel, das Sie mit mir vorhaben, noch besser beherrscht als Sie«, sagte er rätselhaft.

Eine scharfe Furche bildete sich auf der Stirn von Milton Olmsted. »Was wollen Sie damit andeuten?«
»Daß es andernorts überaus kapitalkräftige Interessenten gibt, die sich die Gelegenheit, jemandem wie Charles Wiggelton eine Lektion zu erteilen, kaum entgehen lassen werden.«
Charles Wiggelton lachte abfällig auf. »Und wer, bitte schön, sollte das sein?«
»Mister Wiggelton hat sich genügend Feinde gemacht. Ich brauche nur an sein Interview zu erinnern, das er dem *Austin Statesman* gegeben und das der *Advertiser* in voller Länge nachgedruckt hat. Wenn ich mich recht erinnere, hat er da sehr aggressiv gegen John D. Rockefeller und *Standard Oil* vom Leder gezogen, die systematische Zerschlagung des *Standard Oil Trust* gefordert und der Regierung in Washington vorgeworfen, nicht hart genug gegen Rockefellers monopolistisches Imperium vorzugehen. Ich bin sicher, daß man so etwas in der New Yorker Zentrale von *Standard Oil* nicht gerade mit Wohlgefallen aufgenommen hat, zumal das alles in einer Zeitung wie dem *Austin Statesman* stand, die von allen wichtigen Ölleuten gelesen wird.«
Charles Wiggelton stutzte kurz und schnaubte dann verächtlich. »Ich habe nur zur Artikelserie Stellung genommen, die seit letzten November in *McClure's* erscheint und in der Ida Minerva Tarbell die schäbigen Machenschaften und Manipulationen der *Standard Oil* aufdeckt, die brutal gegen jede Konkurrenz vorgeht.«
Henry lächelte. »Das tut *Standard* in der Tat.«
»Wollen Sie sagen, daß Sie mit *Standard Oil* Kontakt aufgenommen haben?« fragte Milton Olmsted alarmiert.
»Ich habe so manchen Kontakt aufgenommen, und wenn die ersten telegrafischen Antworten eintreffen ...« Er ließ den Satz unvollendet.
Charles Wiggelton lachte ihn aus. »*Standard Oil!* Wenn Sie glauben, wir fallen auf so einen Bluff herein, dann sind Sie ein noch größerer Dummkopf, als ich geglaubt habe. Zum letztenmal: Nehmen Sie die dreißigtausend Dollar, oder nicht?«
Henry blieb hart. »Ohne Beteiligung an den Quellen kommen wir nicht ins Geschäft.«
»Dann scheren Sie sich zum Teufel, Maynard!« zischte Charles Wiggelton. »Milton, James, kommen Sie! Er wird von unseren Anwälten hören.«

»Schlägt dreißigtausend Dollar aus!« James Callahan lachte verständnislos auf. »Blutiger Anfänger.« Nur Milton Olmsted machte ein nachdenkliches Gesicht, als er ihnen folgte und in die Kutsche stieg.
Keiner von Henrys Freunden konnte verstehen, daß er ein so phantastisches Angebot so kaltschnäuzig ausgeschlagen hatte.
»Ohne eine Beteiligung, und wenn sie nur ein Zehntel Prozent beträgt, läuft nichts«, beharrte Henry. Mit einer Beteiligung wäre er wieder im Ölgeschäft und dazu Charles Wiggelton ein ewiger Dorn im Fleisch. Allein diese Aussicht war das Risiko, das er einging, wert.
»Deine Nerven möchte ich haben!« meinte Ted, der die Sache aufregend und unterhaltsam fand. Welche Summen auf dem Spiel standen, berührte ihn kaum. Geld interessierte ihn nicht wirklich. Merrill hatte dagegen regelrechte Magenschmerzen bei dem Gedanken, daß sein Freund zu viel riskieren und vielleicht alles verlieren könnte. Und dabei hegte gerade er die größte Leidenschaft für das Glücksspiel von ihnen allen. »Nicht mal ich hätte jetzt noch mal den Einsatz erhöht«, stöhnte er gequält.
Auch Sally machte ein bedenkliches Gesicht. »Du willst mal wieder alles oder nichts, und wie ich das so sehe, stehen die Chancen für nichts leider besser als für alles.«
Henry war nicht frei von Selbstzweifeln, wollte sie jedoch vor seinen Freunden nicht eingestehen. »Ich sehe das um einiges optimistischer, oder habt ihr vielleicht meinen Joker vergessen?« fragte er, zog seine Taschenuhr hervor und warf einen Blick auf das Zifferblatt. »Zehn Uhr zwanzig. Lee müßte bereits in New York sein.«
»Lee ist todsicher kein Joker, Henry«, widersprach Merrill. »Er ist nichts weiter als ein Bluff.«
Henry nickte und sagte mit einem feinen Lächeln: »Aber einer, der nicht so leicht zu durchschauen sein wird.«

Der Nachtzug aus Chicago lief auf die Minute pünktlich in die Pennsylvania Station im Herzen von New York ein. Lee gehörte zu denjenigen, die es besonders eilig hatten, aus dem Zug zu kommen. Er bewunderte flüchtig die riesigen Hallen aus einer verglasten, filigranen Stahlkonstruktion, die sich über das Labyrinth der Gleise und Bahnsteige spannte. Doch er hatte keine Zeit, um das bunte Leben und Treiben in Ruhe auf sich einwirken zu lassen. Lee suchte

die nächste öffentliche Toilette auf und nutzte die Waschgelegenheiten, um sich von dem Schweiß und Ruß der Zugfahrt, die mehrmaliges Umsteigen nötig gemacht hatte, zu befreien. Er entledigte sich der verschwitzten und zerknitterten Sachen, schlüpfte in ein sauberes weißes Hemd und zog seinen guten Anzug an. Nachdem er sich im Spiegel vom perfekten Sitz von Kragen und Krawatte vergewissert hatte, warf er dem schwarzen Toilettenmann einen Nickel in seine Blechdose und suchte als nächstes den Bahnhofsfriseur auf, um sich rasieren zu lassen. Danach nahm er auf dem weich gepolsterten, erhöhten Stuhl des grauhaarigen Schwarzen Platz, der direkt neben dem Barbierladen seinen Schuhputzstand hatte.
»Danke, Sir! Zu gütig, Sir!« bedankte sich der Shoe-shine, als Lee ihm einen Vierteldollar in die Hand drückte, wofür er sich die Schuhe fünfmal auf Hochglanz hätte polieren lassen können.
»Alles Spesen. Ein Freund aus Texas läßt grüßen«, meinte Lee lässig und spazierte in Richtung Bahnhofsausgang. Dort warf er einen kurzen Blick auf die Hochbahnen, die weit über dem hektischen Straßenverkehr auf stählernen Konstruktionen lärmend dahinratterten, und lenkte seine Schritte dann zur nächsten Mietdroschke. Der Himmel über den Wolkenkratzern war grau wie Blei. Es lag Regen in der naßkalten Märzluft.
Der Kutscher riß den Schlag auf. »Wohin darf ich Sie bringen?«
»Zum Broadway.«
»Und welche Nummer?«
»Sechsundzwanzig.«
Die berufsmäßige Höflichkeit des Kutschers verwandelte sich in Respekt. »Sehr wohl, Sir.«
Mit einem verstohlenen Lächeln stieg Lee in die Mietdroschke und machte es sich auf der Rückbank bequem. Henry hatte also doch nicht übertrieben. Offensichtlich war die Zentrale von Rockefellers verschachteltem Imperium, die am Broadway 26 in Lower Manhattan residierte, jedem halbwegs informierten New Yorker bekannt. Von der Pennsylvania Station bis zum »Alten Haus«, wie die unabhängigen Ölproduzenten *Standard Oil* unter sich nannten, war es nicht weit. Doch der unglaubliche Verkehr, der alles übertraf, was Lee jemals gesehen hatte, sorgte dafür, daß die Fahrt fast eine halbe Stunde dauerte.
Endlich hielt die Droschke vor dem neunstöckigen Bürogebäude,

das in der Finanzwelt zu einer Art Wahrzeichen für beinahe grenzenlose Macht und ebenso großen Reichtum geworden war.
Lee stieg aus und setzte seinen Hut auf. »Wo ist hier das nächste Telegrafenamt?« fragte er den Kutscher.
»Drüben an der Ecke ist ein Büro der *Western Union.*«
»Sehr gut.« Lee drückte ihm ein Geldstück in die Hand, das den Fahrpreis und ein sehr großzügiges Trinkgeld abdeckte. Er überquerte die Straße, betrat das Telegrafenamt und ging an den nächsten freien Schalter. »Ich möchte ein Expreßkabel aufgeben«, sagte er. »An Mister Henry Maynard, *Sour Lake Hotel* in Sour Lake, Texas.« Er reichte dem Schalterbeamten einen Zettel mit dem maschinengeschriebenen Text, den Henry aufgesetzt hatte.
»Und der Absender ...?«
»Bitte genau so, wie es da steht«, trug Lee ihm auf.
»Sehr wohl, Sir.«
Keine anderthalb Stunden später saß Lee schon wieder ihm Zug, der ihn in knapp zwei Tagen über Chicago, St. Louis, Memphis, Baton Rouge und Beaumont wieder zurück nach Sour Lake bringen würde. Genug Zeit, um sich zu fragen, ob sich die lange Reise auch gelohnt hatte.

Am späten Nachmittag hielt Henry das Telegramm aus New York in der Hand, auf das er all seine Hoffnung setzte. Die Nachricht, die er sich selbst hatte zuschicken lassen, war kurz und nüchtern formuliert. Wer nicht in die Hintergründe eingeweiht war und sich niemals mit der *Standard Oil* beschäftigt hatte, vermochte den wenigen Zeilen absolut nichts Aufregendes zu entnehmen. Das Telegramm lautete:
BESTÄTIGE EMPFANG DER DOKUMENTE + STOP + Angebot interessant + stop + BEVOLLMÄCHTIGTER IN CLEVELAND MIT VERHANDLUNG BEAUFTRAGT + STOP + ANKUNFT IN BEAUMONT ÜBERMORGEN MITTAG + STOP + TREFFEN UM 2 P.M. WIE VORGESCHLAGEN + STOP +
HHR/BROADWAY
Merrill warf einen skeptischen Blick auf das Expreßkabel. »Und du bist sicher, daß Wiggelton und seine Freunde das schon vor dir gelesen und auch kapiert haben, was das merkwürdige Absenderkürzel bedeuten soll? Mir sagt es nämlich nichts.«
»Mir auch nicht«, gestand Arthur, der zwischen zwei Terminen kurz

zu ihnen herausgekommen war, um zu erfahren, ob es Neuigkeiten gab.

Henry schmunzelte. »Und ob ich mir sicher bin, daß Wiggelton, Callahan und Olmsted den Text hier kennen! Sie wußten, daß ich ein Telegramm erwartet habe. Immerhin war ich es ja, der sie daraufgestoßen hat, nicht wahr? Ich gehe jede Wette ein, daß sie die Telegrafisten in Sour Lake und Beaumont bestochen haben, ihnen sofort den Text von jedem Telegramm zukommen zu lassen, das an mich gerichtet ist.«

Sally teilte Henrys Vermutung. »Daran hätte sogar ich gedacht.«

»Und was das Kürzel HHR/Broadway angeht«, fuhr Henry fort, »so weiß jeder, der im Ölgeschäft ist und eine Position wie Wiggelton, Callahan und Olmsted erreicht hat, daß H. H. Rogers nach John Archbold der dienstälteste und mächtigste Direktor bei *Standard Oil* ist, und bei ihm in der New Yorker Zentrale am Broadway 26 laufen die Fäden zusammen, seit Rockefeller sich aus dem Tagesgeschäft zurückgezogen hat.«

Ted grinste. »Ein hübscher Köder, Henry.«

Arthur rieb sich die Schulter. »Wenn ich nicht wüßte, daß es die verdammt Gicht ist, die mich wieder mal plagt, würde ich glatt sagen, daß mir die Knochen wegen Henrys riskantem Pokerspiel schmerzen. So, und jetzt fahre ich wieder in den Ort zurück. Die Nerven, hier stundenlang zu warten und ständig daran denken zu müssen, vermutlich dreißigtausend Dollar verspielt zu haben, diese Nerven habe ich nicht.« Sally fuhr mit ihm nach Sour Lake, denn es wurde Zeit für sie, sich bei Gregory Kenworth zu melden.

Henry zog sich ins Zelt zurück, zündete sich eine dünne *Muriel-Zigarre* an und versuchte, sich mit der Lektüre der Morgenzeitung abzulenken. Doch was interessierte ihn die Konstruktion des Panamakanals und der ratifizierte Vertrag mit Kolumbien, der den USA für hundert Jahre unbeschränkte Verfügungsrechte über einen zehn Meilen breiten Landstreifen quer durch den Isthmus von Panama garantierte? Und daß die von Theodore Roosevelt eingesetzte *Anthracite Coal Commission* den Bergleuten endlich eine kürzere Arbeitszeit und zehn Prozent mehr Lohn zubilligte, vermochte seine Aufmerksamkeit genausowenig zu fesseln wie der Artikel über einen gewissen Henry Ford, der seine Stelle als Chefingenieur der *Edison Illuminating Company* in Detroit aufgegeben hatte, um benzinbetriebene Automobile zu bauen, die nicht allein den Reichen vorbehalten sein sollten. Ihm wurde übel vor Ungewißheit. Hatte er zuviel gewagt? Hatten sie seinen Bluff durchschaut? Stunden verstrichen. Die Dunkelheit legte sich über das Land, und die Zweifel an der Richtigkeit seines Vorgehens wuchsen mit jeder Minute. Dann kam ein Reiter im Galopp aus Richtung Sour Lake. Henry sprang auf und stürzte aus dem Zelt.

»Ein Bote von Mister Olmsted!« Merrill wedelte aufgeregt mit einem Brief.

Henry riß den Umschlag auf und überflog die Zeilen im Licht der Lampe, die vor dem Zelt auf einem Pfosten stand, umschwirrt von Nachtfaltern und Moskitos.

»Was ist?« fragten Ted und Merrill betroffen und wie aus einem Mund, als Henry laut aufstöhnte und die Augen schloß.

Wortlos hielt Henry ihnen das Schreiben hin.

»Ich werd' verrückt!« stieß Merrill hervor.

Ted grinste und reckte die rechte geballte Faust hoch. »Du hast es geschafft, Henry! Du hast sie bei den Eiern!«

Henry lachte. »Ich glaube, das trifft es«, erwiderte er. Denn in dem Schreiben *bat* Milton Olmsted ihn »zu ernsthaften Verhandlungen«, die nun auch eine mögliche prozentuale Beteiligung am geförderten Öl nicht mehr ausschlossen, umgehend ins *Sour Lake Hotel.* Und das bedeutete, daß Charles Wiggelton sich geschlagen gab.

Drittes Kapitel

Die Verhandlungen zogen sich bis tief in die Nacht hinein hin. Kurz vor drei Uhr wurde sich Henry mit den Ölproduzenten einig. Für den Verkauf der Oberflächenrechte erhielt er fünfzigtausend Dollar und eine Beteiligung von null Komma drei Prozent. Die fünfzigtausend Dollar waren sofort bei Vertragsunterzeichnung fällig. Über das im Penrose Hill District geförderte Öl vereinbarten sie vierteljährliche Abrechnungen.

Milton Olmsted, dem Charles Wiggelton die Verhandlungsführung überlassen hatte, trug die Höhe der Abschlagszahlung und der

Beteiligung in die schon vorbereiteten Verträge ein. »Jetzt fehlt nur noch Ihre Unterschrift, Mister Maynard«, sagte er und schob ihm die Mappe mit den Verträgen über den Tisch zu.
Henry griff zum Füllfederhalter und zögerte. Er sah zu Charles Wiggelton hinüber, der seinen Blick mit versteinertem Gesicht und stechenden Augen erwiderte, legte den Füller aus der Hand und klappte die Unterschriftenmappe zu. »Sie erhalten die Verträge heute mittag«, sagte er und erhob sich.
»Warum unterschreiben Sie nicht jetzt?« fragte Milton Olmsted verwirrt und leicht gereizt. »Ich denke, wir sind uns einig?«
»Ich werde die Verträge erst von einem Anwalt prüfen lassen«, erklärte Henry kühl.
»Das ist eine Beleidigung!« empörte sich James Callahan. »Uns zu unterstellen ...«
Henry fiel ihm ins Wort. »Ich unterstelle Ihnen gar nichts«, sagte er und erinnerte sich an etwas, was Sally einst zu ihm gesagt habe. »Ich leide nur unter einem Mangel an Gutgläubigkeit. Wir sehen uns heute mittag. Sie hören von mir.«
Am liebsten hätte er Sally aus dem Schlaf geholt und ihr als erste die freudige Nachricht mitgeteilt, daß er bei den Verhandlungen mehr als erhofft erreicht hatte. Doch Sally hatte in Sour Lake kein privates Nachtlager mehr wie in Spindletop, sondern schlief in einer Baracke für Schwarze am Rand der Boomtown. Und sie brauchte ihren Schlaf, mußte sie doch schon um fünf auf den Beinen sein, um die Morgenzeitung zu verkaufen und anschließend ihren Dienst in der Anzeigenannahme des *Advertiser* anzutreten.
»Dann muß eben Arthur dran glauben!«
Arthur fand die rüde Störung seiner Nachtruhe zuerst gar nicht lustig. Doch als er hörte, daß Henry mit seinem riskanten Bluff Erfolg gehabt und erstklassige Konditionen ausgehandelt hatte, waren Groll und Müdigkeit vergessen.
»Teufelskerl, hast es also tatsächlich geschafft! Noah, bring Brandy und drei Gläser! Wer weiß, ob er sich jemals wieder mit uns an einen Tisch setzt, wo er doch nun ein gemachter Mann und an allen Ölquellen des Penrose Hill Districts beteiligt ist.«
»Nun übertreib mal nicht. Meine Beteiligung macht mich nicht gerade zu einem Rockefeller«, wehrte Henry lachend ab, konnte seinen Stolz jedoch nicht verbergen. So wie die Dinge lagen, würde

ihm seine Beteiligung, wenn erst einmal alle Bohrungen auf dem Penrose Hill niedergebracht waren und die Quellen flossen, etwa dreißigtausend Dollar im Vierteljahr bringen.
Noah füllte die Gläser, und die drei stießen an.
»Na, bist du jetzt glücklich?« fragte Arthur, als sie beim dritten Drink angelangt waren.
»Glücklich?« Henry runzelte Stirn und Brauen. »Mhm, laß mich mal überlegen.«
»Na, wenn man mehr erreicht, als man sich erträumen kann, ist man gewöhnlich glücklich«, meinte Arthur spöttisch. »Zumindest gilt das in meinen Kreisen.«
»Wer hat denn gesagt, daß das alles ist, was ich mir erträumen kann?« gab Henry fröhlich zurück, erhitzt vom Brandy, aber noch mehr berauscht von den Verheißungen der Zukunft. »Jetzt habe ich erst so richtig begriffen, was es mit dem ›amerikanischen Traum‹ auf sich hat und wohin er einen führen kann.«
»Und wohin soll er dich noch führen, Henry?«
»Mein Gott, Arthur, ich bin noch tausend Meilen davon entfernt, am Ziel meiner Träume zu sein. Ich fang' jetzt erst richtig an!«
Arthur blickte ihn nachdenklich an. Dann nickte er, lächelte und hob sein Glas. »Natürlich. Dann laß uns darauf trinken, daß dir diese tausend Meilen nicht zu lang werden, mein Freund!« sagte er fast feierlich. »Und daß das Ziel all die Mühen lohnt!«
Henry lachte. »Und ob es das tut!«
Während Arthur und Noah noch ein paar Stunden Schlaf zu finden versuchten, begab sich Henry zu Ted und Merrill auf die Weide hinaus, um mit ihnen auf seinen Sieg über die Wiggelton-Clique anzustoßen. Erst als die Morgendämmerung einsetzte, streckte er sich im Zelt auf einer Feldpritsche aus. »Nur für ein Stündchen«, sagte er – und wachte doch erst um neun Uhr auf. Aber was machte es? Er hatte keine Eile. Sollten Wiggelton und seine Geschäftsfreunde doch warten und in ihrem Saft schmoren! Er hatte die Verträge, und sie trugen alle Unterschriften bis auf die seine, so daß er die Papiere rechtswirksam machen konnte, wann immer er wollte.
Auf dem Weg nach Beaumont zum Anwalt hielt Henry vor dem langgestreckten Wellblechschuppen des *Sour Lake Advertiser,* den Gregory Kenworth mittlerweile hatte errichten lassen. Henry betrat den Vorraum mit der Anzeigenannahme, der genauso aussah wie in

Spindletop. Eine junge Frau saß, mit dem Rücken zum Eingang, an einem der beiden alten Schreibtische und ließ ihre Finger flink über die Tasten einer Schreibmaschine fliegen.

»Guten Morgen, ist Sally vielleicht ...«

Genauso abrupt, wie das Geklapper der Schreibmaschine aufhörte, als sich die Frau zu ihm umdrehte, so abrupt brach er mitten im Satz ab. Denn die Frau in dem taubengrauen, hochgeschlossenen Kleid mit dem adretten kleinen Spitzenkragen war Sally.

»Morgen, Henry!« Lächelnd stand sie vom Stuhl auf.

Sprachlos schaute er sie an. Ihr Anblick war ein Schock. Sally in einem Kleid! All die Jahre hatte er sie immer nur in grober, weiter Männerkleidung und mit der ledernen Ballonmütze auf dem Kopf gesehen. Und andere Vorstellungen von ihr, die ihn manchmal und nicht nur in Träumen bedrängt hatten, hatte er immer rasch verdrängt. Doch das Bild dieser Sally konnte er nicht verdrängen. Es brannte sich ihm förmlich ein. Sie kam ihm unglaublich verändert vor. Der Schnitt des Kleides war einfach und brachte ihre schlanke Figur zur Geltung, mit all ihren aufregenden Rundungen. Sie sah so erwachsen und so weiblich aus, verwirrend weiblich.

»Was hast du?« fragte sie verwundert, ehe sie begriff. »Oh, es ist das Kleid, nicht wahr? Du hast mich ja noch gar nicht darin gesehen, so beschäftigt wie du die letzten Tage warst. Mister Kenworth hat darauf bestanden, wegen der Kunden und so. Ich habe mich fast schon daran gewöhnt.« Verlegene Röte stieg ihr in die Wangen, und sie kreuzte die Arme vor der Brust, als wollte sie vor ihm verbergen, was den einfachen Baumwollstoff so reizvoll wölbte.

»Sally ...« Er schluckte und spürte, wie auch ihm die Röte ins Gesicht stieg. In seiner Verstörung flüchtete er ins Scherzhafte. »Himmel, du ... du siehst darin fast so umwerfend aus wie in deinen alten Knickerbockern. Sag mal, muß ich jetzt Miss Floyd zu dir sagen?«

»Es reicht, wenn du mich siezst und nächstens die Zigarrenasche vom Stuhl wischst, bevor ich mit euch pokere«, erwiderte sie. »Aber ich glaube nicht, daß du gekommen bist, um mir wegen meines Kleides oder meiner Stellung Komplimente zu machen. Also erzähl schon, was du da in der Mappe hast!«

Drei Stunden später, als Henry dem Anwalt Douglas Slote gegenübersaß, hatte er sein inneres Gleichgewicht noch immer nicht wiedergefunden. Es war unmöglich gewesen, bei irgendeinem der Anwälte in Beaumont sofort einen Termin zu bekommen, und er hatte sich für Slote entschieden und fast zwei Stunden damit verbracht, durch die Straßen zu laufen und dabei mehr über Sallys Verwandlung als über die Verträge mit den Ölproduzenten nachzudenken.

Douglas Slote nahm sich viel Zeit. »Ich habe die Verträge eingehend geprüft. Die fünfzigtausend Dollar sind bei Unterzeichnung in Bargeld fällig, womit wohl jegliche Möglichkeit ausfällt, Sie um diese Summe zu prellen ...«

Henry hatte an diesem Tag keine Nerven für die etwas behäbige, umständliche Art des Anwalts. »Mir geht es mehr um meine Beteiligung an den Quellen, Mister Slote.«

»Nun, damit steht doch alles zum Besten, Mister Maynard. In den Verträgen ist klar und eindeutig vereinbart, daß Sie an jedem Tropfen Öl, das die hier aufgeführten Gesellschaften aus den Quellen im Penrose Hill District fördern, zu drei Zehntel Prozent beteiligt sind. Damit sind Hintertüren ausgeschlossen.«

»Auch beim Verkauf?« vergewisserte sich Henry, der nicht noch einmal zum Opfer eines Handels werden wollte, bei dem eine Ölquelle verschleudert wurde, um ihn um seinen gerechten Anteil zu betrügen.

Der Anwalt nickte. »Alles wasserdicht, Mister Maynard. Wenn beispielsweise die *Wiggelton Oil & Fuel Company* ihre Quellen verkauft, steht Ihnen Ihr Anteil für acht Jahre zu – und zwar auf einen Schlag und berechnet auf der Grundlage der durchschnittlichen maximal möglichen Förderleistung der letzten zwölf Monate. Wenn Ihnen Ihr Anteil an den Wiggelton-Quellen, sagen wir mal, sechzigtausend Dollar im Jahr einbringt, muß Mister Wiggelton Sie also mit fast einer halben Million abfinden. Ein blendendes Geschäft. Eigentlich könnte Ihnen gar nichts Besseres passieren. Auch was eine mögliche Stillegung oder Drosselung der Förderung betrifft, haben Sie beste Konditionen ausgehandelt. Glückwunsch, Mister Maynard! Sie werden bald ein reicher Mann sein.«

Beruhigt verließ Henry die Kanzlei von Douglas Slote und unterzeichnete die Verträge. Als er den drei Ölproduzenten am frühen Nachmittag ihre Vertragsausfertigung im *Sour Lake Hotel* aushändigte und die fünfzigtausend Dollar in bar entgegennahm, konnte

er sich die Genugtuung nicht versagen, Charles Wiggelton noch einen Hieb zu versetzen. »Was ein kleines Telegramm von einem hilfreichen Freund aus New York doch nicht alles bewirken kann«, sagte er im Weggehen. »Einen guten Tag, Gentlemen!«
James Callahan rief ihm eine obszöne Verwünschung nach, in die Milton Olmsted einfiel. Charles Wiggelton dagegen preßte lediglich die Lippen zu einem schmalen, blutleeren Strich zusammen und schickte ihm einen kalten Blick hinterher.
Von Lee traf ein Telegramm aus St. Louis ein, in dem er ihnen seine Rückkehr für den Nachmittag des folgen Tages ankündigte. Als er zur angegebenen Zeit in Beaumont aus dem Zug stieg, erwarteten ihn Henry, Arthur, Ted, Merrill und Sally auf dem Bahnsteig. Er ließ sich gern als Held feiern – und konnte dabei kaum den Blick von Sally abwenden.
»Was sehe ich denn da! Mir zu Ehren ein Kleid, Sally?«
Sie zuckte scheinbar gleichgültig mit den Achseln. »War nicht meine Idee. Mister Kenworth hat darauf bestanden.«
»Dafür hat der Bursche eine Medaille verdient«, sagte Lee mit einem breiten Grinsen. »Ich wußte zwar all die Zeit, daß du der hübscheste junge Bursche bist, der mir je begegnet ist, aber jetzt wissen wir endlich, daß mit uns alles in Ordnung ist und wieviel du uns vorenthalten hast.«
Alle lachten, nur Henry nicht, und Sally errötete.
»Kommt, laßt uns nicht länger hier auf dem Bahnhof herumstehen! Ich denke, wir wollen heute groß feiern«, drängte Henry. »Außerdem wird der Fotograf schon warten.«
»Welcher Fotograf?« fragte Lee.
»Der uns vor dem Penrose Hill auf Platte bannen und verewigen soll«, erklärte Henry. »Unser Sieg über Wiggelton und seine Clique muß doch der Nachwelt erhalten werden!«
Sie fuhren zum Ölfeld hinaus, wo der bestellte Fotograf schon seine schwere Apparatur aufgebaut hatte und ungeduldig auf ihr Erscheinen wartete. Sie stellten sich vor Henrys Buggy in Positur. Henry hielt das Telegramm in der Hand, das Lee aus New York gesandt hatte. Arthur hatte sich einen Spaten geschnappt und lehnte darauf, einen Fuß auf dem Blatt. Ted, Merrill und Lee hielten Schrotflinten in der Armbeuge.
»Geh mal zur Seite!« rief der Fotograf Sally zu. »Du stehst im Bild.«

»Da gehört sie auch hin«, sagte Henry scharf, zog Sally neben sich und legte ihr demonstrativ einen Arm um die Schulter. Sie wurde ganz steif an seiner Seite.
Der Fotograf machte ein verblüfftes Gesicht. Dann hob er die Schultern und sagte, nicht ohne einen Anflug von Mißbilligung in der Stimme: »Ganz wie Sie wollen. Ist ja Ihr Foto, Mister Maynard.«
»Sie sagen es. Und jetzt machen Sie endlich!« forderte Henry ihn grimmig auf. Der Fotograf beeilte sich, daß er seine Bilder in den Kasten bekam.
Henry wollte mit seinen Freunden im *Sour Lake Hotel* feiern. Arthur nahm ihn jedoch zur Seite und redete es ihm aus. »Sie werden Sally nicht mal in die Bar lassen, geschweige denn ihr einen Drink servieren.«
»Das werden wir ja sehen!«
»Sei vernünftig, Henry. Oder bist du scharf darauf, ausgerechnet heute im *Sour Lake Hotel* für einen Skandal zu sorgen?«
»Wieso sorge ich für einen Skandal?« entgegnete Henry erbost. »Der wahre Skandal ist doch, daß ...«
Arthur ließ ihn erst gar nicht ausreden, sondern legte ihm eine Hand auf die Schulter und sagte beschwichtigend: »Du wirst die Hoteldirektion kaum von deiner Weltanschauung überzeugen können. Willst du Sally in eine unmögliche Situation bringen und dir den Tag dadurch selbst vermiesen, oder willst du, daß wir deinen großartigen Erfolg ungetrübt feiern können?«
»Und wo, schlägst du vor, sollen wir feiern?«
»Warum fahren wir nicht zu *Lafleur's Fishing Camp* raus?« schlug Arthur vor.
Henry hatte davon gehört. »Das am Pine Island Bayou?«
Arthur nickte. »Palestine Lafleur und seine Frau Calinda sind waschechte Cajuns aus den Bayous von Louisiana, du weißt, was ich meine«, sagte er und spielte darauf an, daß Cajuns das Blut mehrerer Rassen in ihren Adern haben, auch das von Schwarzen. »Ihre Küche ist besser als die vom *Crosby House* in Beaumont, die Drinks sind großzügig bemessen, sie haben auch gute Musiker, und was wohl am wichtigsten ist: bei ihnen verkehrt ... nun ja, eine gemischte Gesellschaft.«
Henry zögerte einen Augenblick. Dann sagte er: »Also gut, fahren wir zu *Lafleur's*.« Seine Stimme verriet den Groll, der noch in ihm steckte.
»Du wirst es bestimmt nicht bereuen.«

Henry bereute es wirklich nicht, Arthurs Vorschlag gefolgt zu sein. Sein Partner hatte nicht zuviel versprochen. Ihre ausgelassene Feier bei *Lafleur's* sollte ihnen allen unvergeßlich in Erinnerung bleiben.
Es war zwanzig nach zwei, als Sally immer wieder die Augen zufielen. Auch Henry fühlte sich erschöpft. Er hatte die letzten Tage wenig Schlaf bekommen. Ihre fröhliche Feier war zudem an dem Punkt angelangt, an dem allen die Trunkenheit in den Augen stand und der Alkohol nur noch floß, damit jeder möglichst schnell den Zustand der Volltrunkenheit erreichte. Und dafür hatte Henry noch nie etwas übrig gehabt. Er beschloß daher, die Feier zu beenden und sich auf den Weg nach Sour Lake zu machen, bevor sie alle völlig am Pine Island Bayou versackten und niemand mehr fähig war, einen Wagen zu lenken.
Ted, Lee, Merrill und Arthur dachten jedoch nicht daran, ihr Gelage jetzt schon abzubrechen. »Fahrt ihr nur schon los! Wir kommen mit meinem Fuhrwerk gleich nach!« rief Arthur.
Henry hatte seine Bedenken, was das Gleich-Nachkommen anging, behielt sie jedoch für sich. Jeder von ihnen war alt genug, um zu wissen, was er tat. Und so bezahlte er die Rechnung, legte noch einige Dollar für die Getränke drauf, die seine Freunde wohl noch in sich hineinkippen würden, und machte sich dann mit Sally auf den Rückweg.
»Das war wunderbar«, seufzte sie, als sie im Licht eines zunehmenden Halbmondes unter mächtigen Bäumen herfuhren, von deren Ästen das Spanische Moos in langen, silbergrauen Flechten hing. »Das war die fröhlichste und schönste Feier, an der ich bisher teilgenommen habe. Es tut mir nur leid, daß ich nicht länger durchgehalten habe.«
Er lachte. »Gott sei Dank, denn sonst hätte ich keinen Grund gewußt, um dem wüsten Gelage zu entkommen, das jetzt dort unaufhaltsam seinen Lauf nehmen wird.«
Noch bevor sie auf die Landstraße gestoßen waren, die Beaumont mit Sour Lake verband, war Sally eingeschlafen. Sie sank gegen ihn und drohte mehrmals nach vorn zu kippen. Henry zögerte eine Weile. Dann legte er seinen rechten Arm um sie und hielt sie fest.
Sally seufzte wohlig und schmiegte sich an ihn.
Die Müdigkeit, die auch Henrys Lider hatte schwer werden lassen, war auf einmal verflogen. Ein erregendes Glücksgefühl durchström-

te ihn und schien ihn mit neuer Kraft zu erfüllen. Wie wunderbar es war, Sally im Arm zu halten, den sanften Druck ihrer Brüste und ihre Hand auf seinem Bein zu spüren! O Gott, wie sehr hatte er sich danach gesehnt!
Gesehnt?
Ein Schauer durchlief ihn bei der Erkenntnis, daß er tatsächlich schon seit langem Gefühle für Sally hegte, die weit über die einer bloßen Freundschaft hinausgingen, und daß er sich nach intimer Nähe zu ihr gesehnt, diese Sehnsucht jedoch stets mit aller Macht verdrängt hatte. War das, was er für Sally empfand ... Liebe?
Es verlangte ihn danach, sie zu streicheln und zu küssen. Was sollte er bloß tun? Dunkle Ängste regten sich in ihm, und bange Fragen stiegen in ihm auf, von deren Existenz er nichts wissen wollte, geschweige denn, daß er eine Antwort auf diese quälenden Fragen wußte.
Henry wünschte nur, diese Fahrt würde kein Ende nehmen, und er ließ das Pferd so langsam wie nur möglich gehen. Und dennoch verstrich die Zeit wie im Flug. Viel zu schnell kamen sie nach Sour Lake.
Henry lenkte das Pferd hinter die Schlafbaracke, in der Sally ein Stockbett ergattert hatte. Eine ganze Weile blieb er ruhig sitzen, streichelte sanft über ihr Haar, während er zu den Wolken hochblickte, die über den Nachthimmel zogen.
»Henry ...« flüsterte Sally plötzlich.
Er fuhr zusammen. Irgend etwas in ihrer Stimme, dieser zärtliche Ton, sagte ihm, daß sie nicht soeben erst erwacht war. »Bist du ... bist du schon lange wach?«
»Mhm, ein paar Minuten.«
Er war froh, daß es dunkel war.
»Es war schön, Henry«, flüsterte sie und hob den Kopf.
»Sally, ich ...« Er sprach nicht weiter. Sein Herz raste vor Aufregung. Ihr Gesicht war so nahe, daß er das Lächeln in ihren Augen und auf ihren Lippen sah, und ehe er wußte, was er tat, zog er sie an sich und küßte sie.
Sie gab einen erstickten Laut von sich, der wie nach Erlösung von langer Qual klang und aus tiefster Seele zu kommen schien. Ihre Arme schlossen sich um ihn, und ihre Lippen öffneten sich bereitwillig unter dem Druck seines Mundes. Mit derselben Leidenschaft,

mit der Henry sie küßte, erwiderte sie seinen Kuß. Ihr Kuß schien kein Ende nehmen zu wollen. Den schmalen, harten Sitz des Einspänners, den Lärm von den Ölfeldern – nichts von der Welt um sie herum nahmen sie wahr. Sie waren in ihren Kuß versunken.
Das Pferd ruckte kurz im Geschirr. Es war, als hätte diese Bewegung Sally zur Besinnung gebracht, denn abrupt löste sie sich aus Henrys Umarmung. »Henry, um Gottes willen!« stieß sie erschrocken und kurzatmig hervor.
»Sally, ich ...«
Blitzschnell verschloß sie ihm den Mund mit ihrer Hand. »Bitte, sag jetzt nichts!« stieß sie hervor. »Mach es nicht noch schlimmer, als es schon ist. Ich weiß nicht, was in uns gefahren ist. Mein Gott, wir sind doch Freunde!« Sie sah ihn beschwörend an. »Das sind wir doch, nicht wahr?«
»Ja, natürlich«, murmelte er benommen und glaubte, noch immer ihre Lippen spüren zu können.
»Der Alkohol! Es war der Alkohol. Wir haben mehr getrunken, als wir vertragen. Sonst hätten wir uns auch kaum so kindisch benommen.« Sie redete hastig und mit einem nervösen Lachen. »Laß uns das ganz schnell vergessen, okay? Du nimmst es mir doch nicht übel, daß ich mich in dieser Situation zu solchen Dummheiten habe hinreißen lassen, oder?«
»Aber Sally, ich war es doch, der ...«
»Sag mir, daß du mir nichts nachträgst und wir Freunde bleiben, daß zwischen uns alles so bleibt, wie es vorher war!« Sie flehte ihn förmlich an. »Und versprich mir, daß wir nie wieder davon sprechen werden!«
Verstört sah er sie an und versuchte in ihrem Gesicht zu lesen. »Wenn das dein Wunsch ist, Sally ...«
»Ja, das ist es.«
Er schluckte schwer. »Mein Gott, natürlich werde ich dir nie etwas nachtragen! Was denn auch? Und selbstverständlich werden wir immer Freunde bleiben ... und meinetwegen auch nicht mehr über ... nun, über dies hier sprechen, wenn das alles ist, was du willst, aber ...«
»Dann ist es gut, Henry!« hinderte Sally ihn erneut daran, auszusprechen, was ihn bewegte. »Ich weiß, daß du zu deinem Wort stehen wirst, und ich danke dir für alles. Gute Nacht!« Schnell beugte sie

sich zu ihm, drückte ihm einen Kuß auf die Wange, sprang vom Sitz und war im nächsten Moment in der Schlafbaracke verschwunden. Henry war verstört und tief betroffen, doch nicht halb so erschüttert wie dann am späten Morgen, als er ihren Brief im Büro vor der Tür fand und las, daß sie Sour Lake verlassen hatte:

Lieber Henry,
wenn Du diese Zeilen liest, bin ich schon nicht mehr in Sour Lake, ja vielleicht sogar schon nicht mehr in Texas. Gern hätte ich von Dir sowie von Ted, Merrill, Lee und Mister Broderick persönlich Abschied genommen. Aber ich habe das Gefühl, daß es nicht klug wäre und den Abschied nur noch schmerzvoller machen würde – vor allem für uns beide, Du verstehst, was ich meine, nicht wahr? Die Zeit drängt in mehr als einer Hinsicht. Es ist besser, wenn ich diese Boomtown hinter mir lasse und wir getrennte Wege gehen, und Du wirst mir zustimmen, sobald etwas Zeit vergangen ist und Du in Ruhe über alles nachgedacht hast.
Ich muß langsam herausfinden, ob mein Traum, eines Tages mein Brot mit Schreiben zu verdienen, Chancen hat, Wirklichkeit zu werden. Und das kann ich nicht in Sour Lake und nicht in Beaumont, sondern nur in einer großen Stadt, wo es auch »schwarze« Zeitungen gibt. Deshalb gehe ich nach New Orleans, wo ich mich ganz gut auskenne. Drück mir die Daumen, daß ich wirklich das Zeug in mir habe und nicht nur einer Illusion hinterherjage!
Wenn ich irgendwo untergekommen bin, alles wieder einigermaßen im Griff habe und sich was getan hat, melde ich mich brieflich – in der Annahme, es ist Dir recht, daß ich Dir schreibe. Ich jedenfalls wünsche mir sehr, daß wir trotz allem Freunde bleiben, wie wir es uns versprochen haben. Ich werde in Gedanken oft bei Dir sein und mich fragen, was für ein profitables Geschäft Du wohl wieder ausbrütest. Aber wie reich Du auch wirst (bestimmt sehr *reich, da gehe ich jede Wette ein), vergiß bloß nicht, wer Dich damals in Spindletop im wahrsten Sinne des Wortes aus dem Dreck gezogen und Dir beim »Prediger« einen Platz für die Nacht verschafft hat. So etwas verpflichtet, oder? Nun, die Zeit wird es zeigen.*
Von Herzen alles Liebe und Dir für immer in unverbrüchlicher Freundschaft verbunden

Deine Sally

Henry las den Brief immer wieder durch. Ihm war, als hätte man ihm einen Arm amputiert. Warum hatte sie das nur getan? Wußte sie denn nicht, daß er sie mehr vermissen würde, als er in Worte zu fassen vermochte?
Stunden später hielt er die Aufnahme in der Hand, die der Fotograf am Tag zuvor von ihnen vor dem Penrose Hill gemacht hatte. Das Bild war gelungen. Bis auf Arthurs verhaltenes Lächeln und seine typisch erdverhaftete Pose zeigte es eine unbekümmert frech in die Kamera blickende und von Selbstbewußtsein nur so strotzende Gruppe von Freunden, eine verschworene Gemeinschaft, die den Eindruck machte, als könne keine Macht der Welt sie auseinanderbrechen. Und dabei war jetzt, erst einen Tag nach der Aufnahme, schon nicht mehr wahr, was die Fotografie mit den Bohrtürmen im Hintergrund dem Betrachter suggerierte.
Henry nahm die Aufnahme während der nächsten Tage immer wieder in die Hand, und seine Augen fixierten die junge Frau an seiner Seite, mit seinem linken Arm um die Schulter, als könnte er sie kraft seines Blickes aus dem Bild treten lassen, zurück zu ihm in die Wirklichkeit von Sour Lake. Jede Einzelheit prägte er sich immer und immer wieder ein. Die auf der Brust V-förmig verlaufende Knopfleiste ihres neuen, so braven Kleides. Die gezackte Spitze des weißen Kragens. Das linke, vorgestellte Bein, das sich unter dem Baumwollstoff abzeichnete. Die Hand, die sie keck in die Hüfte stemmte, eine Geste, die so typisch für Sally war. Ihr Lachen. Die leichte Neigung ihres Kopfes in seine Richtung. Die Sonne auf ihrem Haar. Die Linien ihrer Lippen, die er geküßt hatte ...

Arthur sah sich das einige Tage wortlos an. Eines Abends, als er Henry wieder einmal in die Fotografie versunken am Schreibtisch sitzen sah, platzte ihm der Kragen, und er vergaß seine Zurückhaltung. »Hör endlich auf, dieses Foto wie ein Heiligenbild anzustarren! Es ist eine nette Erinnerung, aber das ist auch alles. Sally hat Sour Lake ein für allemal verlassen, und das war das Klügste, was sie machen konnte.«
Verärgert blickte Henry auf. »Wovon redest du überhaupt?«
»Für wie dumm hältst du uns eigentlich, Henry? Meinst du, wir hätten nicht gemerkt, wie nahe ihr euch gestanden seid und wie sehr du dich von Sally angezogen gefühlt hast?«

»Sally war, nein, ist etwas ganz Besonderes!«
»Ja, und sie ist eine Farbige, eine Mulattin«, fügte Arthur schonungslos hinzu. »Damit ist alles gesagt.«
»Nichts ist damit gesagt!« fuhr Henry wütend auf. »Höchstens alles über die Dummheit und Lumperei von Leuten, die einen Menschen nach seiner Hautfarbe beurteilen.«
»Willst du mich über Schwarze und Weiße, über Recht und Unrecht in diesem Land und anderswo belehren?« erwiderte Arthur nun nicht minder heftig. »Für wen hältst du dich, Henry? Glaubst du vielleicht, nur du hättest etwas gegen die Diskriminierung der Schwarzen? Ich habe mir schon, als du noch in den Windeln gelegen hast, Ärger mit meinen weißen Arbeitern eingehandelt, nur weil ich Schwarzen denselben Lohn gezahlt und mich auch sonst um sie gekümmert habe.«
Henry senkte betreten den Kopf. »Tut mir leid, so habe ich es nicht gemeint«, entschuldigte er sich, doch der Zorn und das Aufbegehren waren nicht aus seiner Stimme verschwunden.
»Es ist ja sehr löblich, daß du auf einmal durch die Sache mit Sally dein Herz für die Schwarzen entdeckt hast«, fuhr Arthur fort. »Aber das gibt dir noch lange nicht das Recht, den Mund so voll zu nehmen, und es verändert vor allem nichts an der Situation und der Zeit, in der wir leben.«
»Und in was für einer Zeit leben wir?« fragte Henry herausfordernd. »Gott sei Dank nicht mehr in der Zeit der Sklaverei, aber leider immer noch in einer Zeit, in der ein Weißer und eine Schwarze oder umgekehrt keine Chance haben, in Frieden gelassen und miteinander glücklich zu werden.«
»Toll, und weil dem so ist, ziehen wir resigniert den Schwanz ein, rühren keinen Finger gegen die Ungerechtigkeit und überlassen es den Verfechtern der Rassentrennung, zu bestimmen, was richtig und was falsch ist und wer mit wem und wo und wie leben darf, ja? Das nenne ich wahre Überzeugung!« höhnte Henry.
Ein wütendes Glimmen flackerte kurz in Arthurs Augen auf, dann lockerte ein müdes Lächeln seine zerfurchten Züge. »Zugegeben, ich bin kein Freiheitskämpfer, der für die Rechte der Schwarzen auf die Barrikaden geht und bereit ist, für seine Überzeugung Leib und Leben aufs Spiel zu setzen. Mein Einsatz für sie findet da eine Grenze, wo er anfängt, mein Leben stark in Mitleidenschaft zu

ziehen und mich zum Außenseiter zu machen, beruflich wie privat«, räumte er unumwunden ein. »Aber versuch du doch nicht, mich und vor allem dich selbst zu täuschen und den Eindruck zu erwecken, als hättest du eine solche Überzeugung, für die du mit allem, was du hast und bist, zu kämpfen bereit bist. Du hast dich in Sally verliebt, und das ist alles. Wäre das nicht passiert, würdest du dir kaum ernsthaft Gedanken darüber machen, was es bedeutet, von anderer Hautfarbe zu sein. Nicht daß ich dir etwas vorzuwerfen hätte, Henry, ganz im Gegenteil. Du bist mir in den Jahren, die wir nun schon zusammen sind, wie ein Sohn geworden, und ich bin stolz auf dich. Aber mach dir nichts vor, sondern sieh den Tatsachen ins Auge: Dein Interesse und deine Anteilnahme gelten nicht den Schwarzen allgemein, sondern ganz speziell einer hübschen und klugen jungen Frau namens Sally Floyd, die tragischerweise keine Weiße ist.«

Henry schoß das Blut ins Gesicht, und er sträubte sich, die Wahrheit anzuerkennen, obwohl er tief in seinem Innern wußte, wie recht Arthur hatte. »Niemand wird allwissend geboren. Jedem gehen die Augen zu einem anderen Zeitpunkt und unter anderen Umständen auf«, verteidigte er sich. »Bei mir war es nun mal Sally, die mir die Augen geöffnet hat. Was spricht dagegen?«

»Nichts, Partner«, sagte Arthur und schlug einen versöhnlichen Ton an. »Und geh nicht gleich wieder an die Decke, wenn ich jetzt sage, daß dir zwar die Augen geöffnet wurden, aber leider immer noch nicht weit genug. Denn sonst würdest du einsehen, daß du einer Liebe nachtrauerst, die von vornherein keine Chance gehabt hat. Der elende Rassenhaß in unserem großartigen Land ist nun mal genauso knallharte Realität wie die wahnwitzige und skrupellose Jagd nach dem Öl, das dich eines Tages zu einem reichen Mann machen wird. Auf jeden Fall ist er so gnadenlos real, daß er sich so wenig mit deinem ›amerikanischen Traum‹ in Einklang bringen läßt wie die Ansichten des Ku-Klux-Klan mit denen des schwarzen Bürgerrechtlers Booker T. Washington!«

Henry gefiel nicht, was Arthur anklingen ließ, ohne es direkt auszusprechen, daß er nämlich nicht beides haben konnte, sondern sich für eines entscheiden mußte. Doch er wußte keine passende Erwiderung.

»Es spricht für Sallys Intelligenz und für ihren Charakter, daß sie die

Situation erkannt, weitere sinnlose Komplikationen vermieden und die einzig richtige Konsequenz gezogen hat«, erklärte Arthur mit Nachdruck. »Jetzt wird es Zeit, daß auch du trotz aller verständlichen Wehmut das Unabänderliche akzeptierst und mannhaft einen Schlußstrich unter diese … Episode ziehst!«

Henry lachte bitter auf. »Den zu ziehen, hat Sally mir schon abgenommen – ungefragt.«

Arthur zuckte die Achseln. »Und was hindert dich daran, nach New Orleans zu fahren, Sally zu suchen und sie davon zu überzeugen, daß ihr beide es schaffen werdet, woran schon so viele zerbrochen sind?« fragte er provokatorisch.

»Du hinderst mich doch schon daran!«

Arthur schüttelte den Kopf. »O nein, es ist dein gesunder Menschenverstand, der dich vor dieser Narrheit bewahrt«, stellte er schonungslos klar. »Und dein Ehrgeiz, Henry, dem du den hübschen Namen ›amerikanischer Traum‹ gegeben hast. Aber man kann nicht zwei verrückten Träumen auf einmal nachjagen. Außerdem ist deine Entscheidung längst gefallen. Also, laß uns Schluß machen mit dem Gerede und auf ein Bier und eine gute Zigarre ins *Quicksand* gehen!«

Henry legte das Foto zu seinen wichtigen Papieren. Als er es unter den Dokumenten begrub, kam er sich für einen Augenblick wie ein Verräter vor.

Unsinn! beruhigte er sein Gewissen. Ich habe mir nichts vorzuwerfen. Ich habe gar keine Gelegenheit gehabt, irgend etwas zu entscheiden!

Nicht er, sondern Sally war davongelaufen. Sie hatte für sie beide entschieden, und er konnte ihr deshalb noch nicht einmal einen Vorwurf machen. Sie hatte ihre eigenen Ziele, die sie mit kaum weniger Ehrgeiz verfolgen würde wie er die seinen. Vielleicht hatte Arthur ja recht, und Sally hatte vieles eher und viel klarer gesehen als er und getan, was für sie beide das Beste war, so schmerzlich die Trennung auch war. Ja, dies war wohl die Wahrheit, an die er glauben und die er akzeptieren mußte.

Viertes Kapitel

Mit zwiespältigen Gefühlen, die nichts mit Henry zu tun hatten, kehrte Sally nach New Orleans zurück. Sie liebte die Stadt, die wie eine dicke schwitzende Matrone im bunten Kalikokleid an der Biegung des breiten Mississippi mit seinen schlammig braunen, träge dahinfließenden Fluten saß und die mehr gesehen und erlitten hatte, als tausend Lieder und tausend Geschichten erzählen konnten.

New Orleans, das war für Sally die Stadt, wo die Bürgersteige *banquettes* und die elektrischen Trams *streetcars* hießen und wo das Straßenpflaster aus alten belgischen Steinblöcken bestand, die vor Jahrhunderten als Ballast in den Bilgen der Segelschiffe aus Europa über das Meer gekommen waren. Die tiefen Rinnsteine grenzten hier jedes Viertel wie eine Insel im Ozean des Häusermeers ab, und die Häuser schmückten sich mit Balkons aus kunstvoll geschmiedeten Eisengittern. Dunkle Torbögen und schmale Durchgänge zwischen den Häusern führten vom Lärm der Straße in stille sonnige Innenhöfe voll wild wuchernder Blumenpracht, und die Toten wurden in dieser Stadt nicht in stummer Trauer zu Grabe getragen, sondern nahmen in einem Straßenumzug unter den Klängen einer Blaskapelle Abschied von der Welt. Die »schwarze« Musik – Blues und Ragtime – gehörte so selbstverständlich zum Leben wie die Luft zum Atmen und der *mardi gras*, nicht zu vergessen die Überheblichkeit der aristokratischen Kreolen, die von freien Schwarzen und französisch-spanischen Vorfahren abstammten und mit noch größerer Verachtung auf die Weißen herunterschauten als diese auf die Schwarzen.

Zwiespältig waren Sallys Gefühle vor allem, weil New Orleans auch die Stadt war, in der die Sklavenmärkte am Hafen jahrhundertelang so gut floriert hatten wie sonst nur noch in Charleston und Savannah, weil Armut und Ausbeutung der Schwarzen in den schäbigen Vierteln noch krasser zutage traten als auf dem Land, weil die von den Weißen gepriesene Segregation, die angeblich Rassentrennung bei gleichen Rechten bedeutete, in Wirklichkeit nur ein schönfärberischer Name für festgeschriebenen Rassenhaß und für Unrecht war – und weil Joshua Coolidge, den sie als ihren Vater betrachtet hatte, vor der Stadt geteert, gefedert und gehängt worden war, von den feigen Männern des Ku-Klux-Klan, die ihre Gesichter unter weißen Kapuzen verbargen, wenn sie ihre Verbrechen begingen, und die weder von Richtern noch von Polizisten etwas zu fürchten brauchten, da diese mit ihnen sympathisierten, ja in vielen Fällen sogar selbst die Kapuze trugen.

Und doch kehrte sie nach New Orleans zurück. Denn in dieser Stadt war sie aufgewachsen, kannte sie sich aus, und hier gab es mehr als ein Dutzend Zeitungen – davon alleine sechs, die täglich erschienen –, bei denen sie ihr Glück versuchen konnte.

Da ihre bescheidenen Ersparnisse keine großen Sprünge zuließen und sie als alleinstehende junge Frau bei allen seriösen Vermietern auf ablehnendes Mißtrauen stieß, begnügte sie sich schließlich mit einer winzigen Dachkammer nebst Kochnische in der Iberville Street. Damit wohnte sie am Rande des berüchtigten Rotlichtdistrikts Storyville, der sich mit seinen zahllosen eleganten wie schmuddeligen Freudenhäusern sowie Spielhallen, Nachtclubs und anderen »sündigen« Etablissements an das hafennahe French Quarter anschloß. Die Huren, die sich zu jeder Tages- und Nachtstunde in Hauseingängen und Schaufenstern potentiellen Kunden splitternackt oder nur mit Federboa oder durchsichtiger Wäsche präsentierten, die vielen Zuhälter, Taschendiebe, Drogenhändler und Betrunkenen störten sie hier jedoch nicht halb so sehr wie die Blechstanzerei im Hinterhof ihres Wohnhauses, deren wie eingerostete Dampfhämmer klingende Maschinen von morgens bis abends in Betrieb waren. So berüchtigt das Viertel, so lärmend die Stanzerei und so schäbig die wenigen Möbel ihrer Kammer auch waren, sie hatte doch endlich eine eigene Unterkunft, wo sie ihre Schreibmaschine aufstellen und von wo aus sie ihr Ziel in Angriff nehmen konnte, bei irgendeiner Zeitung die Aufmerksamkeit eines verantwortlichen Redakteurs zu erregen, um schließlich eine Stelle als Reporterin angeboten zu bekommen.

Der rauhe Alltag dieses Viertels schien zudem geradezu dafür geschaffen, sie ihre närrisch-romantischen Gefühle für Henry so schnell wie möglich vergessen zu lassen. Die scheinbare Klassenlosigkeit der Boomtown hatte sie eine gefährlich lange Weile dazu verführt, ihrem Wunschdenken nachzugeben und für möglich zu halten, was nicht möglich war und nur in Verzweiflung und gegenseitiger Verbitterung enden konnte. Den Schmerz, der ihr jetzt so tief ins Herz schnitt, würde sie dagegen bald überwinden, das sagte ihr der Verstand, auch wenn sie manchmal Gefühle quälten, die dem widersprachen.

Ende Mai fand Sally nachts in ihrer stickigen Dachkammer kaum noch Schlaf. Es lag jedoch weniger an der zunehmenden Hitze, die sich unter dem Dach staute und sich ihr wie ein schweres Federbett auf die Brust legte, sondern mehr an der Erfolglosigkeit all ihrer Bemühungen. Sie hatte ihre besten Arbeiten bei den Zeitungen abgegeben, ohne daß sich auch nur ein Redakteur bei ihr gemeldet hätte. Immer wieder hatte sie es versucht, bis nun ihre Ersparnisse und die Zuversicht der ersten Wochen aufgezehrt waren. Wenn ihr doch wenigstens jemand gesagt hätte, ob sie überhaupt Talent hatte und ob es Sinn machte, daß sie sich weiter im Schreiben übte. Wie dankbar wäre sie für jede Kritik gewesen, doch all ihre Versuche, in die heiligen Räume der Redaktionen vorzudringen und angehört zu werden, scheiterten meist schon beim Pförtner oder spätestens im Vorzimmer eines vielbeschäftigten Chefredakteurs oder Ressortleiters, der es seiner Sekretärin überließ, Bewerber abzuwimmeln.
Sie war gezwungen, sich eine andere Arbeit zu suchen, um sich über Wasser halten zu können. Die Zeiten waren alles andere als rosig auf dem Arbeitsmarkt, und erst nach Tagen endloser Lauferei und unzähligem Nachfragen in Werkstätten, Fabriken und Geschäften fand sie schließlich in einer Wäscherei auf der Rampart Street eine Anstellung. Der karge Lohn für täglich zwölf Stunden Arbeit reichte jedoch nur sehr knapp für Miete und Lebensmittel. In der Wäscherei freundete Sally sich mit ihrer schwarzen Kollegin Mabel Baldwin an, die nur zwei Jahre älter war und deren unbekümmerte, lebenslustige Art auch nach der Arbeit willkommene Ablenkung und Abwechslung bedeutete. Denn Mabel konnte sich eines großen Freundeskreises rühmen, der so bunt war wie eine wilde, blühende Frühlingswiese – und so unverbindlich wie der Gruß eines Hotelportiers. Mabel verschaffte ihr auch den Nebenjob im Vaudevilletheater *Crescent Arcade* an der Ecke Baronne und Common Street, wo sie zusammen an vielen Wochenenden in kurzgeschürztem Kostüm und mit umgehängtem Bauchladen Zigarren, Zigaretten, Kaugummi, Bonbons und andere Kleinigkeiten verkauften. Dieser

Nebenverdienst kam Sally sehr gelegen, so daß sie die Tätscheleien mancher Gäste in Kauf nahm und schnell lernte, sich solcher Zudringlichkeiten geschickt zu entziehen.
Mabel sorgte dafür, daß Sally sich nach der Arbeit nicht in ihre Dachkammer zurückzog und dort ein einsiedlerisches Leben führte.
»Was heißt hier: Ich habe weder Lust noch Geld zum Ausgehen, Sally? Beides ergibt sich von selbst. Und jetzt komm schon!« Und meistens behielt Mabel recht. Wie keine andere beherrschte sie die Kunst, in ihrem weitverzweigten Freundeskreis immer jemand zu finden, der sie und Sally mit Eintrittskarten zu Sportveranstaltungen im Pelican Stadium, in der Coliseum Arena oder auf dem Fair Grounds Race Track versorgte oder der ihre Drinks in den Clubs bezahlte, ohne daß sich daraus Verpflichtungen für sie ergaben. Mabel verstand es, ihre unverbindliche Gunst auf zahlreiche Verehrer zu verteilen, die sich dann gegenseitig in Schach hielten und neutralisierten.
»Ein einziger Verehrer bringt dich schnell in Schwulitäten und Zugzwang. Aber ein ganzer Schwarm von ihnen um dich herum – und du bist sicherer als in den Händen einer verknöcherten Gouvernante«, erklärte Mabel ihrer neuen Freundin das Rezept ihres Erfolges.
Sally bewunderte sie und machte sich Mabels Unverbindlichkeit im Umgang mit den Männern auf ihre Art zu eigen. Sie spielte nicht mit ihnen, wie Mabel es tat, aber sie gab ihnen doch zu verstehen, daß sie an einer auch nur halbwegs festen Beziehung nicht interessiert war. Es gab in ihrer Clique eine Menge charmanter, lebenslustiger Männer, von denen einige immer gut bei Kasse waren, doch Winston Fitzgerald, der stillste und am wenigsten wohlhabende von ihnen, hatte es ihr besonders angetan. Er war fünf Jahre älter als sie, von großer, stattlicher Gestalt und so schwarz wie Ebenholz. Daß alle Welt ihn nur »Ebony« rief, fand Sally daher mehr als passend.
Ebony war Musiker. Er spielte in den Clubs Trompete, die er nur Horn nannte. Und wenn Ebony von seiner Musik, dem Blues und dem Ragtime, sprach und davon, was er mit seinem Horn ausdrücken wolle, dann brach in ihm eine Leidenschaft durch, über die Mabel und viele in ihrem Kreis ihre Witze machten. Sally jedoch fand dieses leidenschaftliche Feuer, das in Ebony für die Musik und die Ausdrucksmöglichkeiten seines Instrumentes brannte, beein-

druckend, und wenn sie ihn in den verräucherten Clubs spielen hörte, überkam sie manchmal eine Gänsehaut.
»Ich kann nur spielen, was ich lebe«, sagte er einmal. »Musik ist mehr als Noten, mehr auch als eine großartige Idee, die ein Komponist gehabt hat. Musik, wie ich sie verstehe, ist die eigene Erfahrung, sind Angst und Hoffnung, deine geheimsten Gedanken, die Qual in dir mit all ihren Tränen und das Glück mit seinem Lachen. Nur was ich ehrlich empfinde und was ich gelebt habe, kann aus dem Horn herauskommen. Alles andere ist nichts weiter als eine billige Kopie.«
Sally war gern mit ihm zusammen. Seine Ernsthaftigkeit und sein Glaube, daß in ihm ein besonderes Talent stecke, das ihn ebenso quälte und in Depressionen stürzte wie in himmelhochjauchzende Euphorie versetzen konnte, zogen sie an – vermutlich weil sie in ihm ein Spiegelbild ihres eigenen Wesens erkannte. Doch Ebony tauchte nur gelegentlich in ihrem Kreis auf und war zudem ein eingefleischter Nachtmensch, der sich mit mehreren schlecht bezahlten Engagements knapp über Wasser hielt. Aber sobald sie sich sahen, suchte er unaufdringlich ihre Nähe und das Gespräch mit ihr. Beide spürten die gegenseitige Anziehungskraft, doch keiner machte auch nur die geringsten Anstalten, aus diesen unregelmäßigen Begegnungen eine feste Beziehung zu knüpfen, die zu einem Liebesverhältnis führen konnte. Sally hatte ihre guten Gründe, und sie nahm an, daß Ebony die seinen hatte. Jedenfalls war sie froh, daß es so zwischen ihnen stand und sie ihn nicht zurückweisen und enttäuschen mußte.

Fünftes Kapitel

Was Arthur die Gleichgültigkeit des Zufalls nannte, wollte Henry später als Fügung des Schicksals verstanden wissen: ihre Begegnung mit Jonathan Blair an einem warmen Spätnachmittag Mitte Mai.
Sie kamen in Henrys Buggy aus Beaumont. Auf etwa halber Strecke nach Sour Lake, wo die Eisenbahnschienen und die Landstraße über den South Canal führten, stießen sie auf einen korpulenten Mann in den Mittvierzigern, der in Schwierigkeiten steckte. Das rechte Vorderrad seines schmucken Einspänners war geborsten. Mit dem

Einbruch der Dunkelheit war in einer knappen Stunde zu rechnen. Bis dahin würde er Sour Lake zu Fuß nicht erreichen, und mit seinem eleganten, hellen Sommeranzug, der seidenen Krawatte und den dünnen Lackschuhen machte er nicht den Eindruck eines Mannes, der ein Pferd ohne Sattel zu reiten verstand. Kein Wunder, daß er das Angebot der beiden, ihn mitzunehmen und seinen prächtigen Schimmel hinten an ihren Buggy anzubinden, mit großer Erleichterung und Dankbarkeit annahm.

»Wo müssen Sie denn hin?« fragte Henry und ließ seinen Rotfuchs wieder antraben.

»Zur Hamilton Plantation, wenn es Ihnen nicht zu viele Umstände macht.«

Henry war beeindruckt. Das Herrenhaus der ehemaligen Plantage war die stattlichste Residenz im ganzen County. »Oh, keine schlechte Adresse und kein allzu großer Umweg«, sagte er und dachte, daß der Fremde auch ganz so aussah, als gehöre er in solch ein Herrenhaus mit großer Dienerschaft.

»Ja, ein beachtliches Anwesen. Mister Andrew Hamilton ist ein guter Freund von mir und hat mir den Stammsitz seiner Familie großzügigerweise für die Dauer meines Aufenthaltes hier überlassen«, erklärte der Fremde und stellte sich dann als Jonathan Blair aus New York vor.

»Arthur Broderick.«

»Henry Maynard.«

»Freut mich, Ihre Bekanntschaft zu machen, Gentlemen«, sagte Jonathan Blair auf seine joviale, verbindliche Art und stutzte dann. »Sagten Sie Henry *Maynard?*«

Henry nickte. »Ja, so lautet mein Name.«

»Sagen Sie bloß, Sie sind der junge Mann, der die Burschen vom Penrose Hill District so in Verlegenheit gebracht und sie mit einem cleveren Telegramm aus New York an den Verhandlungstisch gezwungen hat?«

»Genau der sitzt neben Ihnen, Mister Blair«, bestätigte Arthur mit einem breiten Grinsen.

Jonathan Blair lachte vergnügt. »Ein rechtes Husarenstück, was Sie da vollbracht haben, Mister Maynard. Mein Kompliment! Wie ich gehört habe, sollen Sie mit Ihrem Coup ein recht einträgliches Geschäft gemacht, sich aber auch eine Handvoll Feinde geschaffen haben.«

Henry zuckte die Achseln und erwiderte spöttisch: »Ich vertraue darauf, daß mich das Geld, das sie mir zahlen müssen, darüber hinwegtröstet, daß sie mich nicht lieben.«
Jonathan Blair lachte schallend und verwickelte sie in ein unterhaltsames Gespräch über die Ölindustrie. Er ließ in seine kenntnisreichen Äußerungen einfließen, daß er Ölraffinerien an der Ostküste besitze und sich seit Spindletop auch direkt an der Ölförderung beteilige. Deshalb war er nach Sour Lake gekommen. »Ich mache mir immer gern persönlich ein Bild von den Gegebenheiten und Örtlichkeiten, wenn es um mein schwerverdientes Geld geht«, sagte er. »Oh, da ist ja schon die Abfahrt zur Hamilton Plantation!«
Henry bog von der Landstraße ab und lenkte den Buggy im Licht der untergehenden Sonne durch eine herrliche Allee alter, knorriger Lebenseichen, die in einen weiten Vorplatz mit gepflegten Rasenflächen und kunstvoll angelegten Blumenbeeten mündete. Hier erhob sich das Herrenhaus mit seinem von sieben hohen Säulen getragenen Portikus.
»Wissen Sie was, warum machen Sie mir nicht das Vergnügen, Sie am kommenden Samstag als meine Gäste hier auf der Hamilton Plantation begrüßen zu dürfen?« lud er die beiden ein, als sie aus dem Schatten der Allee ins warme Abendlicht kamen und eine junge blonde Frau in einem zartgelben Kleid auf der Freitreppe erschien. »Das ist meine Tochter Leona. Sie ist vorgestern aus New York eingetroffen, und ich habe ihr versprochen, ihr zu Ehren einen Ball zu geben.«
»Besten Dank für die Einladung, Mister Blair«, sagte Arthur und setzte schon zu einer höflichen Absage an, was noch einen Augenblick zuvor ganz in Henrys Sinne gewesen wäre.
Doch als die junge Frau jetzt aus den langen Schatten der Säulen trat und ihrem Vater zuwinkte, bevor sie die Röcke raffte und zurück ins Haus eilte – in diesem kurzen Moment erkannte Henry sie wieder, obwohl er sie nur einmal gesehen hatte: als sie an einem regnerischen Novembertag vor anderthalb Jahren aus dem Bahnhof von Beaumont an ihm vorbei in die wartende Kutsche gehuscht war und ihn angelächelt hatte, ohne ihn wirklich wahrzunehmen. Ihr Bild hatte sich seiner Erinnerung jedoch scharf und mit jedem Detail eingeprägt, ja, er konnte sich sogar noch des Duftes entsinnen, der ihr wie ein unsichtbarer blütenzarter Schleier nachgeweht war: Maiglöckchen.

Und zur Verblüffung seines Partners sagte Henry, noch bevor Arthur die Einladung ausschlagen konnte: »Wir kommen natürlich. Es wird uns eine Ehre und ein Vergnügen sein, Mister Blair.«

»Sieh dir mal diesen Strom von Mietdroschken und teuren Kutschen an!« raunte Henry beeindruckt, als sie am Samstag abend zur Hamilton Plantation kamen, die im Licht zahlloser Laternen erstrahlte. »Und wir fahren wie die armen Verwandten im Buggy vor!«
»Wir sind nicht die einzigen«, erwiderte Arthur gelassen.
»Nein, nicht ganz«, sagte Henry und wünschte insgeheim, auch sein Partner hätte sich für diesen besonderen Anlaß bei *Hawkes & Hammond*, dem ersten Herrenausstatter in Beaumont, neu eingekleidet. Doch Arthur hatte davon nichts wissen wollen und stur darauf bestanden, seinen schwarzen Wollanzug zu tragen; denn der sei doch noch so gut wie neu.
Henry dagegen hatte keine Ausgaben gescheut, um an diesem Abend so elegant wie möglich zu erscheinen. Leider hatte die Zeit nicht für die Maßanfertigung eines Fracks gereicht, bestellt hatte er ihn dennoch, um in der Zukunft gerüstet zu sein. Nach langem Überlegen hatte er sich für einen eleganten sandfarbenen Anzug aus feinstem englischen Tuch, eine mokkabraune Seidenkrawatte und ein cremefarbenes Hemd entschieden. Wenn schon nicht im Frack, dann immerhin extravagant und auffällig. Alles andere hätte doch bloß wie gewollt und nicht gekonnt ausgesehen.
Jonathan Blair, natürlich in einem Frack mit Seidenrevers, begrüßte seine Gäste in der pompösen Eingangshalle, deren weißer Marmorboden mit strengen Mäandern aus schwarzem Marmor die neoklassizistische Note des Baustils unterstrich. Seine Tochter Leona stand an seiner Seite.
Henry konnte den Blick kaum von ihr wenden, während er und Arthur in der Schlange der Gäste langsam vorrückten. Das Ballkleid aus rubinrotem Seidenatlas brachte ihre jugendlich schlanke Figur wunderbar zur Geltung und bildete einen zauberhaften Kontrast zu ihrem blondgelockten Haar und dem Veilchenblau ihrer Augen. Bis zu den gebauschten Ärmeln waren ihre Schultern nackt, und der diamantene Anhänger an ihrer doppelreihigen Perlenkette schwebte wie ein Cherubim über dem Einschnitt ihrer vollen Brüste, die ein raffiniert geschnittenes Dekolleté betonte, ohne sie jedoch allzu

freizügig zu entblößen. Mit einem entspannten, unbeschwerten Lächeln nahm sie die Grüße und Komplimente der vorbeidefilierenden Gäste entgegen.
Henry mußte an sich halten, sie nicht wie gebannt anzustarren. Er hatte noch nie eine junge Frau gesehen, die so schön, so makellos und so begehrenswert ausgesehen hatte wie Leona Blair. Sie erschien ihm wie eine Märchenprinzessin, wie ein zu Fleisch und Blut gewordener Traum, der in ihm ein Verlangen weckte, das stärker als sexuelles Begehren war.
»Ah, da sind ja Mister Broderick und Mister Maynard!« rief Jonathan Blair erfreut, als sie endlich an der Reihe waren. »Reizend, daß Sie gekommen sind, Gentlemen!«
Henry hörte gar nicht, was Arthur sagte. Er sah nur Leonas Lächeln, das sie ihm schenkte, und roch ihr zartes Parfüm, das nach Maiglöckchen duftete – wie damals vor dem Bahnhof in Beaumont.
»Mister Maynard ist der junge Mann, von dem ich dir erzählt habe, mein Liebes«, sagte Jonathan Blair zu seiner Tochter.
»Es freut mich, Ihre Bekanntschaft zu machen, Mister Maynard«, sagte sie mit derselben Freundlichkeit, mit der sie alle Gäste begrüßt hatte, und hielt ihm ihre Hand hin.
»Ich hoffe sehr, daß ich dazu Gelegenheit bekomme, Miss Blair«, erwiderte Henry, führte ihre Hand an seine Lippen, wie er es bei den anderen Gästen gesehen hatte, und drückte einen Kuß auf ihren Handrücken. »Und vielleicht verraten Sie mir dann, womit ein Vater, auch wenn er der beste der Welt ist, eine Tochter wie Sie verdient hat.«
Ihr Lächeln verlor für einen Augenblick die routinierte Unverbindlichkeit, und ihm war, als würde sie ihn in diesem Strom immer neuer Gesichter erst jetzt richtig zur Kenntnis nehmen. Sie war offensichtlich zu überrascht, um antworten zu können.
Jonathan Blair lachte. »Falls Leona es Ihnen verrät, würde ich ganz gern der nächste sein, der über dieses Mysterium meines Lebens Aufklärung erfährt.« Und schon wandte er sich den nächsten Gästen zu.
Henry nickte nur, gab Leonas Hand frei und trat mit Arthur zur Seite. Innerlich aufgewühlt, nahm er ein Glas mit perlendem Champagner vom Silbertablett eines livrierten schwarzen Dieners.
»Du kannst ja richtig charmant und geistreich sein«, sagte Arthur

amüsiert und nippte an seinem Glas. »Jetzt ist mir auch klar, warum du diesen Abend nicht erwarten konntest.«
Henry hob verlegen die Schultern. »Hast du mir denn nicht geraten, mir mehr Ablenkung zu gönnen?«
»Also, an solch ein hochkarätiges Kaliber habe ich dabei garantiert nicht gedacht«, erwiderte Arthur und warf einen Blick zu Leona hinüber.
»Mein Gott, ich habe mit ihr noch nicht einmal ein paar Sätze gewechselt!«
»Und du tust gut daran, davon auszugehen, daß es unter den gegeben Umständen auch nicht viel mehr werden dürften«, warnte ihn Arthur trocken. »Immerhin ist Miss Leona Blair das einzige Kind eines millionenschweren New Yorker Raffineriebesitzers, der Männern, wie Rockefeller, Flagler, Morgan und Carnegie privat wie geschäftlich zu seinem Umgang zählt wie wir den Krämer an der Ecke und den Besitzer des örtlichen Sägewerks.«
»Ich weiß«, brummte Henry ungnädig. Er hatte sich in den vergangenen Tagen diskret über ihren Gastgeber informiert, soweit er dazu in der Lage war, und immerhin so viel erfahren, daß Jonathan Blair siebenundvierzig Jahre alt war, einer Familie entstammte, in der die Männer mit Fellen gehandelt und es im Laufe der letzten beiden Generationen zu einem bescheidenen Vermögen gebracht hatten, und daß ihm vor etwa zwanzig Jahren mit skrupellosen Finanzmanövern der Aufkauf mehrere Raffinerien und damit der rasante Aufstieg in den elitären Kreis der New Yorker Geldaristokratie gelungen war.
»Aber die paar Millionen, die uns von Mister Blair und seinen Freunden trennen, sollen uns den Abend nicht verderben«, sagte Arthur munter. »Menschen mit unverschämt viel Geld sind letztlich auch bloß Menschen.«
»Nur eben mit sehr viel Geld.«
»Richtig, aber Blähungen fallen bei ihnen auch nicht anders aus als bei uns. Und jetzt komm, sonst stehst du noch in einer Stunde hier und stierst zu dem Blondschopf hinüber! Schauen wir uns ein wenig in diesem bescheidenen Landsitz um!« spottete Arthur angesichts der Weiträumigkeit und Pracht des Herrenhauses.
Die Zahl der Gäste, die sich in den Salons, im Ballsaal und auf der umlaufenden Veranda verteilten, belief sich auf über zweihundert.

Dazu kamen noch mindestens eine Hundertschaft livrierter Diener und die Musiker des zwanzigköpfigen Orchesters. Henry war von dem Aufwand, den Jonathan Blair mit diesem Ball zu Ehren seiner Tochter trieb, beeindruckt, ja regelrecht erschlagen. Wohin sein Blick auch fiel, überall edelster Marmor, funkelndes Kristall, schimmerndes Silber, seidige Teppiche, schwere Vorhänge mit Quasten, auserlesene Möbel, goldgerahmte Gemälde und andere kostbare Dinge, die er noch nie zuvor gesehen hatte.

Nach gut einer Stunde, als das Orchester schon zum Tanz aufspielte, trafen sie auf dem Rückweg in den Ballsaal in einem Salon, der ganz in Blau gehalten war, auf Jonathan Blair. Er blieb sofort bei ihnen stehen und erkundigte sich, ob sie sich auch gut amüsierten. Ein Wort ergab das andere, und ehe sie sich versahen, waren sie in eine Diskussion über die Zukunft der Ölindustrie verwickelt.

»Ich sage Ihnen, der Ölpreis wird noch viel höher steigen«, prophezeite Jonathan Blair, »und diese kurzfristigen Ölschwemmen, wie Spindletop eine ausgelöst hat, werden immer weniger Auswirkungen auf den Preis haben. Ganz nebenbei gesagt: Die Kuh ist in Spindletop zu heftig gemolken worden. Und sie ist vor allem nicht auf intelligente Weise gemolken worden. Wenn man mit tausend Nadeln in einen gasgefüllten Ball sticht, dann entweicht der Druck natürlich im Handumdrehen. Ich bin sicher, daß Spindletop noch über Jahre hinaus um ein Vielfaches produktiver gewesen wäre, als es heute der Fall ist, wenn man intelligenter vorgegangen wäre und es bei hundert oder weniger Bohrungen belassen hätte.«

»Sie sagten gerade, Öl wird in den nächsten zwei Jahrzehnten die Kohle als Hauptbrennstoff verdrängen«, kam Henry auf ihr Hauptthema zurück. »Mir scheint das eine sehr gewagte Vorhersage zu sein. Ein derart stark expandierendes Ölgeschäft kann ich mir nur dann vorstellen, wenn die Regierungen aller Industriestaaten ihre Kriegsmarine vom traditionellen Treibstoff Kohle auf Öl umstellen. Und nichts deutet darauf hin. Wie ich gelesen habe, hat die britische Admiralität erst vor kurzem einen derartigen Vorschlag als absurd bezeichnet, weil es reiner Wahnsinn wäre, wenn sich die Flotte nicht mehr auf die sichere walisische Kohle verlassen könne, sondern von unsicheren Ölimporten aus Übersee abhänge.«

»Sie machen sich erstaunliche Gedanken, junger Mann«, sagte Jonathan Blair überrascht und mit einem anerkennenden Lächeln. »Sie haben natürlich recht. Noch sträubt sich die britische Admiralität und befindet sich damit in bester Gesellschaft mit denen anderer Länder. Aber eines steht jetzt schon fest: Die Effizienz und die Geschwindigkeit eines mit Öl befeuerten Schiffes ist höher als die eines solchen, das Kohle als Brennstoff verwendet. Diese strategischen Vorteile werden die Admiralitäten zum Umrüsten zwingen, weil sie im Falle eines Krieges von entscheidender Bedeutung sein können. Und wenn es nicht die amerikanische oder die britische Admiralität ist, die den Vorreiter spielt, so wird uns eben die des deutschen Kaisers dazu zwingen, ihr zu folgen.«

»Wenn es stimmt, was die Zeitungen schreiben, nimmt Kaiser Wilhelms Aufrüstung zur See allmählich beängstigende Ausmaße an«, meinte Henry. »Das neue Säbelrasseln der Pickelhauben wird weder den Franzosen noch den Briten gefallen.«

»Aber eine Umstellung der Kriegsflotten auf Öl?« sagte Arthur mit skeptischer Miene. »Nicht, daß ich etwas dagegen hätte.«

»Sie kommt, da gehe ich jede Wette ein«, versicherte Jonathan Blair. »Aber auch wenn auf See alles beim alten bliebe, der Bedarf an Öl wird in Europa und Amerika während der nächsten Jahre sprunghaft ansteigen – allein schon wegen der Automobilindustrie.«

Arthur lachte belustigt auf. »Niemals! Oder können Sie sich vorstellen, daß diese lärmenden, stinkenden und so unzuverlässigen motorgetriebenen Wagen an einem Ort wie Spindletop oder Sour Lake auch nur einen Bruchteil der Arbeit geschafft hätten, die solide Pferdefuhrwerke bei jedem Wind und Wetter problemlos erledigen?«

»Das Automobil wird das Fuhrwerk sicherlich nicht von heute auf morgen ersetzen«, räumte Jonathan Blair ein, »aber aufzuhalten ist der Vormarsch dieser Technik nicht.«

»Keine Maschine kann das Pferd als Zugtier auf schienenlosen Verkehrswegen ersetzen!« beharrte Arthur.

»Ähnliches hat man vor der Entdeckung des Petroleums auch mal von Bienenwachs und Walöl als Leuchtstoff gesagt«, gab Henry zu bedenken.

Jonathan Blair nickte ihm beipflichtend zu und sagte, an Arthur gewandt: »Als Edison die elektrische Beleuchtung erfand und 1882 in Lower Manhattan die erste Demonstrationsanlage in Betrieb nahm, da leuchteten nur ein paar hundert Glühbirnen auf. Ein

Luxus für die Reichen, hieß es damals. Drei Jahre später brannten schon zweihundertfünfzigtausend Glühbirnen, und heute sind es längst über zwanzig Millionen, ohne daß ein Ende abzusehen wäre.«
»Ich sehe da keine Parallele zum Automobil«, sagte Arthur, während Henry verstohlen Ausschau nach Leona hielt.
Jonathan Blair winkte einen Diener heran, bediente sich mit einem Glas Champagner und antwortete dann: »Ich erinnere mich noch gut daran, daß sich mein Urteil über die Zukunft der Automobile einmal mit dem Ihrigen deckte, Mister Broderick. Als 1896 das erste amerikanische Automobilrennen in Narragansett auf Rhode Island stattfand, gehörte ich zu den Zuschauern und den Spöttern, die den Fahrern zuriefen: ›Holt euch Pferde!‹ So langsam und langweilig war dieses sogenannte Rennen.«
Arthur fühlte sich bestätigt. »Sage ich doch!«
»Aber jetzt, acht Jahre später, ist mir nicht mehr nach Spott zumute, wenn ich mir die Entwicklung des Automobils ansehe und mit einem Mann wie Henry Ford rede, und das habe ich vor einigen Monaten getan, als ich in Detroit war«, erklärte Jonathan Blair. »Bei diesem Besuch haben mich nicht nur seine Fabrik und seine Ideen beeindruckt, sondern mehr noch die nüchternen Zahlen, die er erwähnte. Im Jahre 1900 wurden in den Vereinigten Staaten gerade mal achttausend Automobile registriert. Keine vier Jahre später hat sich diese Zahl fast verzehnfacht. Heute gibt es in den USA schon einhundertachtundsiebzig Hersteller von Automobilen. Mister Ford, den man wahrlich nicht als Träumer bezeichnen kann, rechnet fest damit, daß es in weniger als einem Jahrzehnt schon mehr als eine Million Automobile in unserem Land geben wird. Und diese Automobile fahren mit Gasolin, Gentlemen, einem Produkt, das bei der Ölraffinerie abfällt und dann eine so unvorstellbare Nachfrage erleben wird wie heute Edisons Glühbirnen oder das Telefon.«
»Verheißungsvolle Zukunftsmusik für die Ölindustrie«, räumte Arthur fröhlich ein, »aber nicht jede Oper hält, was die Ouvertüre verspricht.«
»Sie sind zu skeptisch, Mister Broderick«, rügte ihn Jonathan Blair freundlich. »Das Wachstum in dieser neuen Industrie ist geradezu phänomenal. Das Automobil wird nicht nur zu einem immer begehrteren Statussymbol werden, sondern zum Symbol der moder-

nen Zeit schlechthin. Und das sage ich nicht etwa, weil ich gerade meinen ersten Wagen bestellt habe, einen herrlichen Rolls-Royce-Zweisitzer mit zehn Pferdestärken.«
»Was halten Sie von den Flugversuchen der Gebrüder Orville und Wilbur Wright in North Carolina?« fragte Henry. »Immerhin haben sie sich im Dezember letzten Jahres mit ihrem Doppeldecker *Flyer* in die Luft erhoben – und zwar mit Hilfe eines Benzinmotors von zwölf PS Leistung.«
»Und wie lange hat sich dieses wackelige Fluggerät in der Luft gehalten?« spottete Arthur. »Ganze zwölf Sekunden!«
»Beim zweiten Flug waren es aber schon neunundfünfzig Sekunden«, erinnerte Henry ihn.
»Ach, das ist ja kürzer als ich den Atem anhalten kann, Henry!« tat Arthur die Flugversuche der Brüder Wright als Spielerei ab.
Jonathan Blair sah die Sache differenzierter. »Was einmal aus dieser Fliegerei wird, wage ich nicht vorherzusagen. Davon verstehe ich zuwenig. Aber bezeichnend ist doch, daß bei all diesen neuen, umwälzenden technischen Entwicklungen benzingetriebene Motoren eine entscheidende Rolle spielen. Ich sage Ihnen, Vormarsch und Sieg dieser Technik sind nicht aufzuhalten, dem Benzinmotor und dem Automobil gehören die Zukunft!« Er hob sein Glas.
»Vielleicht haben Sie recht«, sagte Arthur, »vielleicht bin ich schon zu alt und zu festgefahren, um mich für diese neumodischen Dinge begeistern zu können.« Und augenzwinkernd fügte er hinzu: »Aber Gott sei Dank bin ich noch nicht zu alt, um einen edlen Tropfen würdigen zu können, der meinen Gaumen erfreut. Ich denke, ich erlaube mir noch ein Glas.«
Jonathan Blair lachte. »Nur zu, Mister Broderick!«
Arthur wollte sich vom Tablett des herbeieilenden Dieners bedienen, verzog jedoch schmerzhaft das Gesicht, als er den Arm ausstreckte, und faßte sich an die rechte Schulter.
»Mein Gott, was haben Sie?« fragte Jonathan Blair besorgt.
»Ach, nur meine Knochen. Sie machen mir mal wieder zu schaffen. Rheuma. Dagegen kann man nicht viel tun«, sagte Arthur und nahm das volle Glas mit der linken Hand.
Jonathan Blair schüttelte energisch den Kopf. »Von wegen! Dagegen gibt es ein wahres Wundermittel«, widersprach er. »Haben Sie es schon mal mit Florida versucht?«

Arthur und auch Henry machten ein verwundertes Gesicht. »Florida?«
Jonathan Blair lachte. »Ja, das Klima da unten ist die beste Medizin. Jedenfalls schwört meine Frau darauf, und sie hat früher ganz schrecklich unter rheumatischen Anfällen gelitten. Aber seit wir die Wintermonate in St. Augustine, Palm Beach und Miami verbringen, macht ihr das Rheuma auch den Rest des Jahres über viel weniger zu schaffen.«
Arthur hörte aufmerksam zu. »Interessant.«
»Seit Mister Flagler dort einige herrliche Hotels gebaut hat, ist die Küste Floridas ein Paradies, in dem man nichts mehr von den Annehmlichkeiten des zivilisierten Lebens zu entbehren braucht«, schwärmte Jonathan Blair. »Ihrer Gesundheit zuliebe sollten Sie den kommenden Winter mal dort unten verbringen!«
»Sie können sicher sein, daß ich mir das gut durch den Kopf gehen lassen werde«, versicherte Arthur, dem das Rheuma seit einiger Zeit derart zusetzte, daß er manchmal tagelang nicht zur Arbeit erschien.
»Tun Sie das!« ermunterte ihn Jonathan Blair und wandte sich wieder seinen anderen Gästen zu.
Henry atmete insgeheim auf. Auch wenn es ein Vergnügen war, sich mit Jonathan Blair zu unterhalten, so galt sein wirkliches Interesse bei diesem Fest doch nur einer einzigen Person: Leona.

Er verlor Leona und ihren graumelierten Tanzpartner aus den Augen, als die Musik ausklang und der Orchesterleiter eine kurze Pause ankündigte. Die Paare auf dem Parkett spendeten den Musikern verdienten Beifall und strömten in alle Richtungen auseinander.
Wohin war sie bloß entschwunden?
Henry konnte Leona in der Menge festlich gekleideter Männer und Frauen, deren fröhliches Stimmengewirr den Ballsaal erfüllte, nirgendwo entdecken. Vielleicht suchte sie, erhitzt vom Tanz, ein wenig Erfrischung auf der Veranda. Als er durch die weitgeöffnete Flügeltür aus dem Ballsaal trat, entdeckte er Arthur, der bei einer der Säulen stand und sich angeregt mit Jack McIver unterhielt.
»Gönnen Sie Ihren überanstrengten Augen hier draußen ein wenig Erholung, Mister Maynard?« fragte eine spöttische Frauenstimme in Henrys Rücken.
Er fuhr wie elektrisiert herum. »Oh, Miss Blair!«

»Nun?« fragte sie, die Augenbrauen leicht angehoben.
»Ich weiß nicht, was Sie meinen«, sagte er etwas hilflos, während das violette Blau ihrer Augen ihn in den Bann zog.
»Sie haben mich die letzten sechs, sieben Tänze nicht einen Moment aus den Augen gelassen, Mister Maynard. Das muß doch ganz schön anstrengend sein«, neckte sie ihn und nahm einen Schluck von ihrem Fruchtpunsch.
Eine leichte Röte stieg Henry ins Gesicht. »Es ist alles andere als anstrengend, Ihnen beim Tanzen zuzusehen. Es ist ein reiner Genuß, Miss Blair.«
»Aber sehr taktvoll ist es nicht, jemanden so intensiv zu beobachten«, rügte sie ihn.
»Das hängt immer von den Gedanken des Beobachters ab.«
Leona wollte ihn offenbar nicht so leicht davonkommen lassen. »Dürfte ich erfahren, welche Gedanken das bei Ihnen waren?«
»Das zu sagen verbietet mir der Takt, Miss Blair. Außerdem würde Ihr Vater es mir möglicherweise übelnehmen, wenn ich Sie nach all den Komplimenten, die Sie heute abend schon erhalten haben, noch mit weiteren verwöhne.«
Sie quittierte seine Schmeichelei und Schlagfertigkeit mit einem Lächeln. »Aber Sie haben bei Ihrer Ankunft keine Angst gehabt, mit ihren Lippen meinen Handrücken zu berühren, statt der Etikette zu folgen, die verlangt, daß der Gentleman beim Handkuß diesen Kuß nur über der Hand der Dame in die Luft haucht, wie Sie doch sehr wohl wissen, nicht wahr?« In ihrer Frage lag unausgesprochen die spöttische Gewißheit, daß ihm diese Etikette ganz und gar nicht bekannt war.
Und sie war es tatsächlich nicht. Doch dies einzugestehen und sich vor Leona zu blamieren, kam Henry nicht in den Sinn. »Bei verknöcherten alten Jungfern und verheirateten Matronen halte ich mich selbstverständlich und mit großem Dank für die gnädige Voraussicht jener Tugendwächter, die solche Etiketten ausbrüten, an diese Umgangsformen«, versicherte er und jubilierte innerlich über die galante Ausrede, die ihm da so schnell eingefallen war. »Aber als ich Sie heute abend nach so langer Zeit hier wiedersah, hielt ich es für angebracht, Ihre bezaubernde Erscheinung auch entsprechend zu würdigen, Miss Blair.«
Sie lachte amüsiert. »Kompliment, Mister Maynard, Sie wissen sich

herauszuwinden, und auf Schmeicheleien verstehen Sie sich auch nicht schlecht«, sagte sie und verriet mit einem koketten Augenaufschlag, daß ihr seine Art gefiel.

»Aber ich kann mich nicht erinnern, daß wir uns früher schon einmal begegnet wären.«

»Ihre Erinnerung trügt Sie nicht. Ich bin Ihnen erst vor vier Tagen zum erstenmal begegnet, aber Sie sind mir schon vor anderthalb Jahren in Beaumont vor dem Bahnhof aufgefallen.«

»Oh, jetzt verstehe ich. Wie feinsinnig Sie unterscheiden!«

»Sie benutzten damals dasselbe Parfüm wie heute, Miss Blair.«

Sie bedachte ihn mit einem halb spöttischen, halb angenehm überraschten Blick. »Äußern Sie sich immer so mutig, Mister Maynard, um nicht zu sagen gewagt?«

»Vielleicht liegt das daran, daß ich nie die Zeit für Spielereien und gehaltlose Plaudereien gehabt habe«, erwiderte er.

Ihr Augen nahmen einen interessierten Ausdruck an, der über die Unverbindlichkeit eines Ballgespräches hinausging. »Mein Vater sagte, Sie seien im Baugewerbe tätig und hätten sich jetzt auch im Ölgeschäft engagiert?«

»Das ist richtig«, bestätigte Henry und konnte nicht glauben, daß Leona ihm so viel Zeit und Aufmerksamkeit schenkte. Um einen möglichst guten Eindruck bemüht, fuhr er fort: »Seit zwei Monaten bin ich an einem Dutzend Ölquellen beteiligt, die sehr produktiv sind.«

»Alle Achtung! Da haben Sie es ja schon außergewöhnlich weit gebracht!« sagte sie sichtlich beeindruckt.

Er bemühte sich um etwas Bescheidenheit und Wahrheitsnähe. »Das klingt viel eindrucksvoller, als es in Wirklichkeit ist. Ich bin erst dabei, mit diesen Unternehmungen ein solides Fundament für meine zukünftigen Vorhaben zu legen.«

Verblüffung trat in ihre Augen. »Na, wenn ein florierendes Bauunternehmen und Beteiligungen an einem Dutzend Ölquellen nur das Fundament sind, wie soll dann erst das Gebäude aussehen, das Sie darauf errichten wollen?«

»Es gibt Vorbilder, an denen man sich orientieren kann.«

»Und die wären?«

»Vanderbilt, Morgan, Rockefeller, Flagler, Carnegie, Blair – um nur einige zu nennen.«

»Wie nett von Ihnen, meinen Vater nicht zu vergessen.«
Im Ballsaal setzte die Musik wieder ein.
Leona hob leicht die Brauen, als erwartete sie, daß er sie zum Tanz auffordere. Als dies nicht geschah, fragte sie: »Beschränken Sie sich nur aufs Beobachten, oder tanzen Sie auch selber?«
»Es wäre mir ein Vergnügen, doch ich kann nicht tanzen«, gestand er.
»Sie können nicht tanzen?« fragte sie ungläubig nach.
»Nein, zum Tanzen fehlte mir bisher die Zeit.«
»Aber das kann man doch leicht lernen, Mister Maynard!« sagte Leona und blickte zum Parkett hinüber. »Wenn Sie nur ein wenig Gefühl für Musik und Rhythmus haben, lernen Sie es im Handumdrehen, vielleicht gleich heute abend ...«
»Selbstverständlich werde ich das Tanzen lernen, Miss Blair, aber nicht hier«, erklärte er. Nicht vor aller Augen, so verlockend ihr Angebot auch klang. »Aber vielleicht möchten Sie ...«
Henry wurde mitten im Satz von einer sarkastischen Stimme unterbrochen, die ihm nur zu gut bekannt war. »Wen sehe ich denn da? Wenn das nicht der clevere Zimmermann Henry Maynard ist, Mister-null-Komma-drei-Prozent. Mister Blair versteht es wirklich, seinen Festen stets eine besondere Würze zu geben.«
Henry erstarrte, und sein Magen krampfte sich zusammen. Charles Wiggelton! Niemand hätte ihm jetzt ungelegener kommen können. Lässig kam der Ölproduzent zu ihnen herübergeschlendert. Er trug natürlich einen perfekt sitzenden Frack mit schneeweißer Hemdbrust und makelloser Fliege. Sein freundliches Lächeln empfand Henry wie blanken Hohn.
Leona blickte verwirrt. »Zimmermann? Mister-null-Komma-drei-Prozent?«
»Ein kleiner Insiderscherz, Miss Blair«, erklärte Charles Wiggelton im Plauderton. »Unser junger Freund hier ...«
»Schenken Sie sich Ihren herablassenden Ton, Mister Wiggelton!« fuhr Henry ihn scharf an und ging seinerseits in die Offensive. »Wir wissen beide, was wir voneinander zu halten haben. Sie mußten vor mir in die Knie gehen und mich an Ihren Ölquellen beteiligen. Und diese Niederlage haben Sie noch immer nicht verwunden.«
»Aha, Mister Maynard ist also an Ihren Quellen beteiligt, Mister Wiggelton?« Leona schaute aufmerksam von einem zum anderen.

Der Ölproduzent lächelte mitleidig. »Beteiligt? Machen wir doch aus einer lästigen Mücke keinen Elefanten. Meine Kollegen und ich haben ihm null Komma drei Prozent an unseren Quellen eingeräumt, weil wir nicht Zeit und Geld damit vergeuden wollten, uns mit seinen Wegerechten herumzuärgern. Das war uns die Sache nicht wert. Und die paar Dollar, die nun für ihn abfallen, sind ihm gegönnt. Er soll als Zimmermann ja ganz ordentliche Bohrtürme bauen, aber in diesem Gewerbe fällt ja nicht einmal ein Hunderter Gewinn pro Derrick ab. So gesehen ist es natürlich verständlich und bezeichnend, daß Mister Maynard seine unbedeutende Beteiligung von null Komma drei Prozent für erwähnenswert hält.«
Henry war klar, daß Charles Wiggelton damit sein Ansehen bei Leona schwer beeinträchtigt hatte. Allein ihr ungläubiger Blick, als er ihn als armseligen Zimmermann hingestellt hatte! Nun mußte er retten, was noch zu retten war.
»Das Entscheidende sind nicht die fünfzigtausend Dollar, die Sie mir zahlen mußten, und auch die Höhe der Beteiligung spielt keine Rolle, die mir immerhin mehrere hunderttausend Dollar jährlich einbringen wird, weil ich nicht so eine Schlafmütze war wie Sie. Das Entscheidende ist die Tatsache, daß Sie und Ihre Freunde sich meinen Forderungen beugen und einen Vertrag mit mir unterschreiben mußten«, rieb er Wiggelton unter die Nase. »Ich denke, das sagt genug. Daß Sie sich mit der ganzen Geschichte zum Gespött Ihrer Kollegen gemacht haben, will ich großzügig außer acht lassen.«
Charles Wiggelton verlor ein wenig von seiner selbstherrlichen blasierten Sicherheit. Seine Wangenmuskeln zuckten, und sein Mund wurde schmal. »Haben Sie schon mal von Goethe gehört? Vermutlich nicht. Auf jeden Fall schreibt er in seinem Werk *Dichtung und Wahrheit* so zutreffend: ›Wüchsen die Kinder in der Art fort, wie sie sich andeuten, so hätten wir lauter Genies.‹ Wie ich das sehe, hat er Leute wie Sie im Auge gehabt, als er das niederschrieb. Genießen Sie Ihren winzigen Erfolg, Mister-null-Komma-drei. Ich habe mich mit wichtigeren Dingen zu beschäftigen als mit diesen Brosamen, die bei mir vom Tisch fallen.«
Leona folgte dem bissigen Wortwechsel aufmerksam und mit sichtlichem Vergnügen. Sie ergriff jedoch nicht Partei, versuchte auch nicht, schlichtend einzugreifen.

»Dieser Goethe sagt mir nicht viel«, räumte Henry ein. »Und woher Sie Ihre Bildung haben ...«
»Meine Bildung verdanke ich meinem Elternhaus und meinen Studien in Yale, Mister Maynard«, fuhr Charles Wiggelton ihm sofort selbstgefällig ins Wort, um sich vor Leona noch besser ins Bild zu setzen. »Mein Vater, der Ehrenwerte Richter Warren James Wiggelton in Philadelphia, hat mich schon in Yale, seiner Alma mater, angemeldet, als ich noch keine Woche alt war.«
Damit lieferte er Henry ein passendes Stichwort. »Daß Sie sich auf Papas Kosten ein paar schöne Jahre gemacht haben, dachte ich mir schon«, konterte er schlagfertig. »Doch in dem Alter, als Sie neckische Studentenstreiche ausgeheckt haben und noch auf Jahre hinaus Ihrem Papa auf der Tasche lagen, war ich schon Partner einer Firma mit fünfzig Beschäftigten und habe eine erfolgreiche Ölbohrung mitfinanziert, nicht zu reden von dem Vertrag, den ich einigen selbstherrlichen Ölproduzenten aufgezwungen habe.«
Ein Lächeln kräuselte Leonas Lippen, und Charles Wiggelton stieg ein Anflug von Zornesröte ins Gesicht.
»Genießen Sie Ihr kleines unbedeutendes Scharmützel, das Sie gewonnen haben«, sagte er. »Ich konzentriere meine Kräfte lieber auf die großen entscheidenden Schlachten.«
»Ich lerne jeden Tag von Ihnen, Mister Wiggelton.«
»So?« bellte er.
»Ja, und zwar wie man es *nicht* machen soll. Wenn ich einmal in Ihrem Alter bin, Mister Wiggelton, was wohl noch gute fünfzehn Jahre dauert, dann möchte ich etwas erreicht haben und jemand sein.«
»Aber Mister Wiggelton ist doch ohne Zweifel jemand, der viel erreicht hat«, entfuhr es Leona überrascht.
Der Ölproduzent bedankte sich für ihren Beistand mit der Andeutung einer huldvollen Verbeugung und einem Lächeln, das jedoch schon im nächsten Moment gefror, als Henry mit ätzendem Hohn sagte: »Wer nicht allzuviel erwartet und sich mit Mittelmäßigkeit zufriedengibt, der mag das so sehen. Ich jedenfalls werde mich nicht mit halben Sachen begnügen und habe anspruchsvollere Ziele, als mit fünfunddreißig nur eine Ölgesellschaft von provinzieller Bedeutung vorweisen zu können.«
Leona runzelte mißbilligend die Stirn. »Finden Sie das nicht etwas sehr rüde, Mister Maynard?«

»Rüde? Ich habe nur die Wahrheit gesagt«, antwortete Henry fast trotzig. »Die Schönfärberei überlasse ich anderen.«
Charles Wiggelton nutzte Leonas Tadel, um den verbalen Schlagabtausch zu seinen Gunsten zu entscheiden. »Entgleisungen dieser Art bedürfen keiner Antwort. Und um ehrlich zu sein, der erste Reiz dieses Gespräches mit Mister Maynard ist einer faden Pöbelhaftigkeit gewichen, die möglicherweise in Zimmermannskreisen für geistreich gehalten wird.«
Henry schäumte innerlich und wußte sich doch nicht zu wehren, ohne Leona noch mehr gegen sich aufzubringen.
»Kommen wir wieder zum Wesentlichen, und lassen Sie uns tanzen, Miss Blair!« sagte Charles Wiggelton in einem unbeschwerten Tonfall, als habe ihn der Wortwechsel mit Henry Maynard nicht im geringsten berührt.
Leona zögerte kurz. »Gern, Mister Wiggelton.«
»Ein schönen Abend noch, Mister Maynard«, sagte Charles Wiggelton über die Schulter hinweg.
»Idiot!« zischte Henry zornig, als Leona am Arm seines Widersachers in den Ballsaal zurückkehrte, und er meinte sich selbst damit. Leona hatte sich für ihn interessiert, mit ihm gescherzt und Respekt sowie Sympathie gezeigt. Was sie jetzt von ihm dachte, wollte er lieber nicht wissen. Nachdem Charles Wiggelton die beschwingte Atmosphäre zwischen dieser jungen Frau und ihm zunichte gemacht hatte, war er es selbst gewesen, der den Rest besorgt hatte.
»Hier steckst du also!«
Henry schreckte auf. Arthur stand hinter ihm, das Gesicht vom Alkohol gerötet. »Du hast ja gar nichts mehr zu trinken. Soll ich dir noch ein Glas Champagner holen?« Auch seine Stimme verriet, daß er dem Champagner ordentlich zugesprochen hatte und nicht mehr weit davon entfernt war, betrunken zu sein.
»Nein, mir reicht es hier«, sagte Henry schroff. »Du kannst den Buggy nehmen, wenn du noch bleiben willst. Ich geh' zu Fuß.«
Sprachlos und mit halb offenem Mund sah Arthur ihm nach.

Merrill klopfte mit dem Bleistift auf die Kante seines Schreibtisches. »Du hörst mir ja gar nicht zu, Henry!« beklagte er sich. »Hast du schlecht geschlafen, oder hat es etwas mit dem gestrigen Ball und dieser Leona Dingsbums zu tun? Arthur vermutet ...«

»Vergiß Arthur und seine Vermutungen!« fiel Henry seinem Freund ungehalten ins Wort. »Für Arthur war der Ball doch nur ein einziges Champagnerbesäufnis!«
Merrill grinste. »Ja, er hat heute morgen einen mächtigen Kater gehabt, ist aber tapfer zur Arbeit rausgefahren, während du immer noch hier im Büro herumsitzt und nicht mal reagierst, wenn ich dir erzähle, daß ich gestern bei einem ganz heißen Pokerspiel beinahe zehn Riesen einkassiert hätte.«
Henry musterte ihn verdrossen. »Statt dessen hast du den Rest deiner Quien-Sabe-Prämie verloren, richtig?«
Merrill verzog das Gesicht. »Henry, wenn ich nicht so dumm gewesen wäre, den Buben abzulegen, hätte ich Kasse gemacht.«
»Du hast aber nicht!« erwiderte Henry ärgerlich und erhob sich abrupt vom Hocker. Es brachte nichts, verpaßten Gelegenheiten nachzuhängen. Das galt auch für ihn. Er mußte etwas unternehmen, wenn er das schiefe Bild, das Leona gestern von ihm bekommen hatte, geraderücken wollte.
»Fährst du zu Hazard 3 hinaus?« wollte Merrill wissen, als Henry zur Tür ging.
»Nein, ich mache eine Spazierfahrt.«
»Sehr witzig!« rief Merrill ihm nach.
Henry fuhr mit dem Buggy zur Hamilton Plantation. Sollte Leonas Vater noch im Haus sein, würde er als Grund seines Besuches Arthurs Interesse an mehr Informationen über Florida vorschieben. Bestimmt würde sich dann eine Gelegenheit ergeben, mit Leona zusammenzukommen.
Der Tag war viel zu schön, um den Kopf traurig hängen zu lassen, machte er sich Mut, als er die Allee hinunterfuhr. Doch als der schwarze Butler ihm mitteilte, daß Mister Blair und seine Tochter ausgefahren seien, hatte er Mühe, seine Enttäuschung zu verbergen. Ratlos stand er neben seinem Buggy. Was jetzt? Wie konnte er es bloß einrichten, Leona zu treffen – und am besten ohne ihren Vater? Er konnte ja schlecht dreimal am Tag vorfahren und sein Glück versuchen.
Ein graues Eichhörnchen schoß ein paar Schritte von ihm entfernt unter einer Hecke hervor und kletterte blitzschnell den Stamm einer Lebenseiche hoch. Das Bild des fliehenden Tieres löste in ihm eine Gedankenkette aus.

Das Gesetz der Beute! Die amerikanische Variante: Ein Dummkopf, wer auf *fair play* setzt und darauf wartet, daß sich das begehrte Wild endlich ins eigene Revier wagt. Was man erlegen will, holt man sich, notfalls auch aus fremdem Revier. Mit Blattschuß. Sei schneller, sei wacher, sei härter!

Henrys Gesicht hellte sich auf. Charles Wiggelton war ein Mistkerl, aber in diesem Punkt hatte er recht. Wer etwas erreichen wollte, durfte nicht warten, bis man es ihm gnädig darbot. Man mußte Mittel und Wege finden, um es sich nehmen zu können! Auf Leona bezogen hieß das, daß er dafür sorgen mußte, daß sie ihm über den Weg lief – und zwar so oft wie möglich. Damit drängte sich eine Idee geradezu auf: Er brauchte einen Informanten aus der Dienerschaft der Blairs. Jemanden, der ihn frühzeitig über Leonas Pläne unterrichtete, so daß er scheinbar zufällige Begegnungen mit ihr arrangieren konnte.

Sein Blick fiel auf den jungen Mann, der den Hof vor den Stallungen kehrte. Henry ging zu ihm hinüber, sprach ihn an und vertrieb das anfängliche Mißtrauen des Stallknechtes mit einer Fünfdollarnote.

»Kein Problem, Sir. Wenn Miss Blair irgendwohin will, erfährt meine Clara das im Handumdrehen«, versicherte der Schwarze, der Jacob hieß. »Und dann schicke ich meinen kleinen Bruder Eliaz mit einer Nachricht zu Ihnen, so wie Sie es mir aufgetragen haben, Sir.« Stolz fügte er hinzu: »Meine Clara versteht sich ganz prächtig aufs Schreiben.«

»Gut, aber daß deine Clara und dein kleiner Bruder bloß keine Zeit vertrödeln!«

Der Schwarze lachte. »Sie können sich auf uns verlassen, Sir!«

Und Jacob hielt Wort. Schon am nächsten Vormittag brachte Eliaz eine Nachricht von Clara. Leona wolle mit ihrem Vater nach Beaumont fahren, um in einigen Läden einzukaufen, während Mister Blair geschäftliche Termine wahrnahm.

Henry jagte förmlich nach Beaumont. Clara hatte drei Geschäfte aufgeführt, die Leona ganz sicher aufsuchen würde. Eines davon war *Lawrence Fable's Bookstore*. Die Buchhandlung schien ihm der geeignetste Ort für eine scheinbar zufällige Begegnung zu sein. Er kaufte in dem Geschäft ein kleines, ansprechend in Leder gebundenes Bändchen, das eine Sammlung romantischer Gedichte der Weltliteratur enthielt, schrieb einen kurzen Gruß auf das Vorsatzblatt und

ließ es in Geschenkpapier einpacken. Er verbrachte fast eine Stunde in der Buchhandlung und begann schon an Claras Zuverlässigkeit zu zweifeln, als Leona endlich kam. Sie verharrte kurz vor dem Schaufenster, um einen Blick auf die Neuerscheinungen zu werfen. Er benutzte die Gelegenheit, sich zum Ausgang zu begeben und dort an der Tür mit ihr zusammenzutreffen.
»Oh, Mister Maynard!« rief sie überrascht. »Daß ich Sie ausgerechnet hier wiedersehe!«
»Das nenne ich eine Fügung des Schicksals, Miss Blair«, erklärte er und sah sie bewundernd an. Wie bezaubernd sie in ihrem lachsfarbenen Kostüm aussah!
»So wie es eine Fügung war, daß Sie mich gestern nicht angetroffen haben?« fragte sie spöttisch.
»Gewiß, denn heute fühle ich mich bedeutend zuversichtlicher, daß Sie mir meine Offenheit nicht länger nachtragen, zu der mich Mister Wiggelton beim Ball herausgefordert hat und die in Ihrer Gegenwart wohl unpassend war.«
Sie lächelte leicht amüsiert, doch auf Distanz bedacht. »Und worauf gründen Sie Ihre Zuversicht, Mister Maynard?«
»Auf Ihr großherziges Verständnis, daß ein David im Kampf gegen einen scheinbar übermächtigen Goliath nicht in prächtig schimmernder Rüstung daherkommt, sondern nur mit der Steinschleuder in der Hand. Und, wie gesagt, auf die Fügung des Schicksals, das ganz offensichtlich diese Begegnung herbeigeführt hat, damit ich Ihnen mein Geschenk, mit dem ich mich bei Ihnen entschuldigen möchte, überreichen kann.« Und damit reichte er ihr das Buch.
»Ein Geschenk, das Sie hier wohl soeben für mich erstanden haben?« Ihr Lächeln verlor jede Reserviertheit. Es wurde fröhlich und warm und verriet freudige Erwartung. Ihre Augen leuchteten.
»Ich habe mir erlaubt, einen Gruß in das Buch zu schreiben, und hoffe, daß meine Wahl Ihren Geschmack trifft, Miss Blair.«
»Mein Gott, das ist aber eine reizende ...«, setzte Leona zu einer freundlichen Erwiderung an, doch in dem Moment öffnete sich hinter ihnen die Tür, und eine korpulente Frau um die vierzig in sehr gediegener und gepflegter Kleidung, der aber die Eleganz und teure Qualität von Leonas Garderobe fehlte, betrat das Geschäft. Augenblicklich ließ Leona das Buch in ihrer bestickten, beutelähn-

lichen Handtasche verschwinden und sagte zu der Frau: »Oh, da bist du ja schon, Eleanor!«
Henry hatte das Gefühl, als hätte Leona nichts dagegen gehabt, wenn diese Eleanor etwas später gekommen wäre. Sie war Leonas ehemaliges Kindermädchen. Seit Leona den Kinderschuhen entwachsen war, hatte Eleanor Welsh im Haushalt der Blairs die Aufgaben einer Anstandsdame für Leona und die einer Gesellschafterin für deren Mutter Margaret übernommen.
Man tauschte ein paar höfliche Floskeln und Allgemeinplätze aus, dann sagte Leona: »Es war eine reizende Überraschung, Sie ausgerechnet hier wiedergesehen zu haben, Mister Maynard. Ich werde meinem Vater gern Ihre Grüße ausrichten. Und nochmals herzlichen Dank für Ihre Anregungen bezüglich meiner Lektüre«, bedankte sie sich schließlich verschlüsselt für Henrys Buchgeschenk.
Henry mußte an sich halten, nicht fröhlich pfeifend aus dem Laden zu spazieren. Leona war ihm wieder wohlgesonnen. Die verschwörerische Art, wie sie sein Geschenk weggesteckt und sich hinterher dafür bedankt hatte, bedeutete für ihn mehr als nur eine Absolution für sein Benehmen auf dem Ball. Diese Klippe war umschifft und der Weg frei, um ihr Herz zu erobern.
Die Nachrichten, die Jacob ihm über Clara und Eliaz zukommen ließ, ermöglichten Henry, auch in den folgenden Tagen für »zufällige« Begegnungen zu sorgen. Als Leona am nächsten Vormittag einen Ausritt unternahm, der sie am Pine Island Bayou entlangführte, richtete Henry es so ein, daß er ihr mit dem Buggy entgegenkam, um sie dann selbstverständlich ein Stück Weges zu begleiten.
»Eine wunderbare Gedichtesammlung, die Sie da ausgesucht haben«, bedankte sie sich noch einmal für das Buch.
Er verbrachte fast eine Stunde mit ihr, und sie schien seine Gesellschaft und seine Geschichten sehr unterhaltsam zu finden, wenn er ihr Lachen und ihr übriges Verhalten nicht völlig falsch deutete.
Daß seine Freunde ihn mit seiner »jungfräulichen Venus aus dem New Yorker Geldadel« aufzogen, störte ihn nicht. Er machte sich auch nichts daraus, daß Arthur ihn mehrmals unter vier Augen davor warnte, sich in eine »fixe Idee« zu verrennen, wie er es nannte.
»Nimm nicht ernst, was für Miss Blair sicherlich nur ein amüsanter Zeitvertreib ist!« riet er seinem Freund eindringlich. »Hier gelten andere Regeln, aber sie haben keinen Bestand über die Grenzen

dieser Boomtown hinaus. Die Blairs gehören zu einem exklusiven Club, zu dem unsereins nun mal keinen Zutritt hat, wenn es ans Eingemachte geht, laß dir das gesagt sein, Partner!«

Henry ließ sich nicht beirren. Insgeheim bestärkte ihn das alles in seiner Entschlossenheit. Deshalb lachte er nur, als Lee ihm eines Abends beim Pokerspiel mit einem ähnlichen Vergleich kam.

»Freunde«, sagte Henry, »jeder bestimmt ganz allein für sich, in welcher Liga er spielen will. Jonathan Blair hat ebensowenig wie ein Carnegie, Flagler oder Rockefeller bescheiden darauf gewartet, daß man ihn gnädig in die Oberliga beruft und ihm erst einmal einen Platz auf der Ersatzbank zuweist. Diese Männer haben nicht gewartet, sondern sich das Spielrecht in der höchsten Klasse erkämpft und dabei kurzerhand die Regeln neu bestimmt.«

»Und dasselbe hast du dir vorgenommen, ja?« sagte Ted, zwischen Spott und Bewunderung hin und her gerissen.

»Warum soll ausgerechnet für mich nicht gelten, was für sie und viele andere galt?« fragte Henry trocken zurück.

Am nächsten Abend sah Henry Leona und ihren Vater in der Beaumont Music Hall bei der Vorstellung eines Tourneetheaters wieder. In der Pause richtete Henry es so ein, daß er Leona und Jonathan Blair über den Weg lief. Leona schien nicht halb so überrascht zu sein wie ihr Vater, der ihn gegen Ende der Pause einlud, doch mit ihnen und einigen anderen Bekannten nach der Vorstellung zum Supper ins *Crosby House* zu gehen.

Henry nahm die Einladung mit Vergnügen an, und als der Theatergong sie wieder zu ihren Plätzen rief, sagte Leona leise und mit spöttischer Belustigung zu ihm: »Erschrecken Sie mich nicht mit noch mehr Zufällen dieser Art, sonst bleibt mir nachher gar nichts anderes übrig, als an eine Fügung des Schicksals zu glauben!«

»Wäre das so tragisch?«

Ihre Antwort bestand aus einem rätselhaften Lächeln.

Beim Supper, an dem acht Personen teilnahmen, saß Henry zu seinem Bedauern nicht an ihrer Seite, und die allgemeine Unterhaltung bei Tisch gab ihm auch keine Gelegenheit, mit ihr mehr als Unverbindlichkeiten zu wechseln. Doch als sie hinterher vor dem Hotel in der milden Nacht darauf warteten, daß die Kutschen vorfuhren, stand er einen Augenblick ganz allein an ihrer Seite.

»Was halten Sie davon, dem Zufall abwechslungsweise mal zuvorzukommen und eine feste Verabredung für unser nächstes Wiedersehen zu treffen, Miss Blair?« schlug er ihr, sich seines Wagnisses wohl bewußt, vor.

Sie reagierte mit einem überraschten »Oh!« und einem erstaunten Blick, der Unschlüssigkeit verriet.

»Wenn ich Sie bei unserem letzten Treffen richtig verstanden habe, würden Sie sich das Ölfeld gern einmal aus der Nähe ansehen. Ich biete mich Ihnen mit Freuden als Ihr persönlicher Führer an, Miss Blair«, sagte er gedämpft.

»Mein Gott, das würde ich gern tun, aber mein Vater erlaubt es nicht. Ein Ölfeld sei kein Ort für eine junge Dame.«

»Muß Ihr Vater alles wissen? Sind Sie nicht längst erwachsen genug, um selbst zu entscheiden, was für Sie richtig und vertretbar ist?« fragte er und milderte seine Herausforderung mit einem Augenzwinkern ab. »Sie müssen dabei ja nicht die Gefühle Ihres verehrten Vaters verletzen.«

»So?« Ihr Blick forderte ihn auf, weiterzureden.

»Sie könnten ja einen langen Ausritt unternehmen, etwas vom geplanten Weg abkommen, dabei zufällig auf mich treffen und sich von mir auf dem Weg zurück zur Hamilton Plantation begleiten lassen. Und was können Sie dann dafür, daß ich Sie dabei auch über das Ölfeld führe?«

Ein Lächeln zuckte um ihre Mundwinkel. »Vielleicht ist morgen wirklich ein guter Tag für einen langen Ausritt. Ich denke, ich werde um zehn am Bayou sein.«

Am nächsten Vormittag fuhr Henry sie in seinem Buggy über das Ölfeld. Sie trug ein unauffälliges Kostüm und einen Hut mit Schleier, der ihr Gesicht verdeckte. Sie glühte vor Aufregung und Begeisterung für das Abenteuer, in das sie sich da eingelassen hatte. Henry fühlte sich wie ein König und war glücklich über jede Frage, die sie ihm stellte. Er erklärte ihr die Bohrarbeiten und Gefahren und unterhielt sie mit einer Menge Anekdoten.

»Und zum Abschluß der Tour eine kleine Überraschung«, sagte er, als es Zeit für sie wurde, zur Hamilton Plantation zurückzukehren. Er hielt vor einem fast fertiggestellten Bohrturm.

»Was gibt es hier so Besonderes?«

»Wie Sie vermutlich wissen, ist es Sitte, jeder Bohrstelle einen Namen zu geben.«

Sie nickte. »Ja, aber was ist daran so außergewöhnlich?«
»Lassen Sie sich überraschen.« Henry schickte einen scharfen Pfiff zu den Zimmerleuten hoch.
Leona schaute gespannt nach oben. Sie sah, wie einer der Derrickbauer ein halbes Dutzend Querstreben abwärts kletterte und eine Zeltplane von einem Balken zog und zu Boden segeln ließ. Unter der Plane kam ein langes, breites Brett zum Vorschein, auf dem Leonas Name stand.
Sie stieß einen freudigen Überraschungsschrei aus.
»Jetzt können Sie sagen, daß schon mal ein Bohrturm nach Ihnen benannt worden ist«, sagte Henry, stolz auf seinen Einfall.
»Ich bin sicher, daß hier bald ein Gusher sprudeln wird. Wenn Sie möchten, lasse ich Ihnen eine Fotografie davon machen.«
»Das ... das wäre nett«, sagte sie, lachte geschmeichelt und schüttelte dann den Kopf. »Sie geben sich wirklich viel Mühe mit mir, Henry. Ich weiß nur nicht, ob das so sinnvoll ist.«
»Sagten Sie gerade Henry? Darf ich das als Erlaubnis betrachten, Leona zu Ihnen zu sagen?«
»Ja, das dürfen Sie. Solange wir unter vier Augen sind«, schränkte sie ein. »Doch ich bitte Sie, daraus keine falschen Schlüsse zu ziehen. Ich mag Ihre Gesellschaft, aber das ist auch alles.«
»Erlauben Sie, daß ich Ihnen widerspreche, Leona: Das ist nicht alles, sondern das ist ein vielversprechender Anfang.«
Sie warf ihm einen amüsierten Blick zu und sagte nicht ohne Anflug von Dünkel: »Sie haben für Ihr Alter sicherlich eine Menge erreicht, auf das Sie stolz sein können ...«
»Auch das ist nur ein Anfang«, warf er ein.
»... und Ihre Beharrlichkeit ist nicht ohne Charme«, fuhr sie fort.
»Aber?« fragte Henry fröhlich.
»Aber die jungen Männer, mit denen ich in New York und in Newport verkehre, heißen Vanderbilt, Gould, Harriman, Astor, Whitney oder Burden. Charmante, attraktive Männer, die etwas mehr als eine Firma für Bohrtürme und eine geringfügige Beteiligung an ein paar Ölquellen ihr eigen nennen. Ich will Sie nicht damit kränken«, fügte sie schnell hinzu. »Ich möchte nur nicht, daß Sie später sagen, ich hätte Sie nicht gewarnt.«
Henry betrachtete dies jedoch ganz und gar nicht als Warnung, sondern als Ermutigung. So wie er die Sache sah, befand er sich auf

dem besten Weg, Leona dazu zu bringen, sich in ihn zu verlieben und zu vergessen, daß er noch nicht die Millionen im Rücken hatte, mit denen die Söhne der Stahl-, Öl- und Eisenbahnbarone Eindruck schinden konnten. Aber seine Zeit würde kommen, sogar bald, davon war er felsenfest überzeugt. Und diese Überzeugung würde er auch in Leona wecken.

Die Begegnungen der folgenden Woche schienen ihm recht zu geben. Er konnte sie nicht nur zu einem heimlichen Picknick am Bayou überreden, sondern sie wagte sich eines Nachmittags mit ihm sogar in *Koster's Kinetoscope.* Dort wurde Edwin Porters elfminütiger Stummfilm *Der Große Eisenbahnraub* gezeigt, der als große Sensation galt. Ein Pianospieler, der vor der Leinwand saß, untermalte den Überfall und die dramatische Jagd auf die Räuber mit aufpeitschender Musik.

»Wenn Eleanor und Dad wüßten, daß ich mit Ihnen in einem Nickelodeon war und mir so etwas ... Lasterhaftes angesehen habe, sie würden mich in ein Klosterinternat stecken und Sie ...« Leona brach ab. »Ach, das möchte ich mir nicht einmal vorstellen!«

Henry war überzeugt, ihr Herz mit jedem Tag mehr für sich zu gewinnen. Doch dann blieben die Nachrichten von Clara schlagartig aus. Er wartete drei Tage. Dann fuhr er zur Hamilton Plantation hinaus. Jonathan Blair hielt sich im Haus auf, ließ ihm jedoch ausrichten, daß er wegen dringender geschäftlicher Korrespondenz im Augenblick leider keine Zeit habe, ihn zu empfangen. Und als Henry sich beim Butler nach dem Befinden von Miss Blair erkundigte, teilte ihm dieser zu seiner Bestürzung mit: »Miss Blair ist gestern abgereist.«

Wie Henry wenige Tage später von Jonathan Blair erfuhr, als sie sich im *Sour Lake Hotel* begegneten, war dessen Tochter nach New York zurückgekehrt, um ihre Mutter auf einer Reise nach St. Louis zu begleiten, wo anläßlich der Weltausstellung in Kürze die 3. Olympischen Spiele stattfinden sollten.

Henry war tief getroffen. Leona hatte sich nicht von ihm verabschiedet, ja nicht einmal eine kurze Nachricht hinterlassen. Sie war einfach abgereist.

»Ich habe dich gewarnt!« sagte Arthur.

Henry wollte davon nichts wissen. Er war sicher, daß sie ihm die

Abreise aus Angst vor ihren eigenen Gefühlen für ihn verschwiegen hatte. »Ich sehe Leona wieder. Laß mich mal erst meinen ersten Vierteljahresscheck kassiert und mein eigenes Bohrprojekt organisiert haben, dann sehen wir uns wieder – in New York oder meinetwegen auch in St. Louis.«

Sechstes Kapitel

An einem Sonntagmorgen im Juni, als Sally eine alte Ausgabe des *Louisiana Independent* ausbreitete, um darauf Kartoffeln zu schälen, fiel ihr der Name Dexter Hubbard ins Auge. Er stand unter einem Artikel über die Austernfischer von New Orleans.

Dexter Hubbard!

Sally erinnerte sich plötzlich an einen schwergewichtigen, immer schwitzenden Mann mit dicken Brillengläsern unter krausen Augenbrauen und einem breiten Spalt zwischen den beiden vorderen Schneidezähnen, der ein Kollege ihres Ziehvaters und oft mit ihm zusammengewesen war.

Vielleicht konnte dieser Mann ihr helfen. Sally verbat es sich, ihre Hoffnungen zu hoch auflodern zu lassen, sie wollte für alles dankbar sein, was dieser Mann für sie zu tun bereit war. Doch erst einmal mußte sie seine Adresse ausfindig machen.

Das war leichter, als sie gedacht hatte. Ein Anruf bei der Zeitung genügte. Noch am selben Tag suchte Sally Dexter Hubbard auf. Er wohnte in einem heruntergekommenen Haus, nur einen Steinwurf vom Carondelet Canal entfernt, an dessen Ufern unzählige Kabinen- und Hausboote verankert lagen. Die meisten dieser schwimmenden Unterkünfte hatten ihre letzte Reise hinter sich und machten den Eindruck, als müßte man damit rechnen, sie schon am nächsten Tag auf dem Grund des Kanals wiederzufinden. Durch einen Innenhof, in dem es nach Urin und den überquellenden Mülltonnen stank, und über eine rostige Eisentreppe, die an der Außenfront des hinteren Traktes hochführte, gelangte Sally zur Wohnungstür von Dexter Hubbard.

Er öffnete ihr erst nach mehrmaligem Klopfen. Sie erkannte ihn sofort wieder, obwohl er mittlerweile noch fetter und noch kurzsichtiger geworden war. Wie ein wabbeliger Kloß mit fingerdicken Gläsern im aufgeschwemmten Gesicht stand er vor ihr, nur mit einem fleckigen Unterhemd und einer alten Hose bekleidet. Ein Zigarrenstumpen hing in seinem Mundwinkel, und in der Hand hielt er eine Flasche billigen Fusel.

Er erkannte sie nicht und fuhr sie barsch an, was sie von ihm wolle. Auch als sie ihm sagte, wer sie sei, und ihn an ihren Ziehvater Joshua Coolidge erinnerte, wurde er nicht zugänglicher. »Wie soll ich dir helfen? Entweder man kann schreiben, oder man kann es nicht!« beschied er sie grob.

»Würden Sie sich meine Arbeiten denn wenigstens mal ansehen?« bat Sally inständig und hielt ihm den Umschlag hin, in dem die Artikel und Geschichten steckten, die ihr, wie sie meinte, von all ihren Versuchen am besten gelungen waren.

»Mein Gott, ja!« sagte er schließlich, wohl um endlich Ruhe zu haben, riß ihr den Umschlag aus der Hand und warf ihn achtlos hinter sich ins Zimmer. »Aber mach dir bloß keine Hoffnung! Leute, die glauben, schreiben zu können, gibt es wie Sand am Meer.« Und damit knallte er ihr die Tür vor der Nase zu.

Niedergeschlagen und ohne jede Hoffnung, jemals von Dexter Hubbard zu hören, kehrte sie in ihre Dachkammer zurück. Am Tag zuvor war eine Nachricht von Henry eingetroffen. Die erste Antwort auf ihre mittlerweile vier Briefen, in denen sie ihm von ihrem Leben in New Orleans berichtet hatte – immer fröhlich und optimistisch im Ton, ohne ihm die bittere Wahrheit über ihre beruflichen Enttäuschungen und quälenden Selbstzweifel zu verraten. Sein Brief war recht kurz, doch das Gruppenfoto vor dem Penrose Hill, das er beigelegt hatte, entschädigte sie für seine wenigen und allzu trockenen Zeilen über das Leben in Sour Lake. Mit diesem Foto setzte sie sich unter das Dachfenster, um sich im schwindenden Abendlicht vor den Enttäuschungen der Gegenwart in die Erinnerung an jene herrliche, aufregende Zeit zu flüchten, die ihr mehr Trost bot als alles andere.

Zwei Tage später erhielt sie eine Nachricht von Dexter Hubbard. Er habe ihre Arbeiten gelesen und wolle mit ihr reden. Am besten sofort.

»Nichts von dem Zeug taugt, um auch nur in einer Schulzeitung zur Examensfeier zu erscheinen«, lautete Hubbards vernichtendes Urteil, als er die maschinenbeschriebenen Blätter vom Tisch fegte. »Naives Geschmiere und Geschwafel! Schade um Farbband und Papier.«

Sally saß in seinem dunklen Wohnzimmer auf der Kante eines muffigen Polstersessels und war den Tränen nahe. Sie beugte den Kopf wie unter Schlägen. Wie gelähmt war sie, erschlagen von seiner gnadenlosen Kritik, mit der er sie überschüttete wie mit Gülle. Hatte er sie kommen lassen, um sich an ihrer Demütigung zu ergötzen? Was hatte sie ihm getan, daß er meinte, sie so ...

»... nicht ohne Talent.«

Sally fuhr zusammen, hob verstört den Kopf und fragte in banger Erregung aus Angst, sich verhört zu haben: »Was haben Sie gesagt?«

Er verdrehte die Augen hinter den dicken Brillengläsern. »Mein Gott, daß du einen Funken Talent in dir hast, der es vielleicht lohnt, ihn mit viel Geschick und Atemluft zu einer Flamme auflodern zu lassen.«

»Wirklich?« stieß Sally, überwältigt von neuer Hoffnung, hervor.

»Ja, hier und da zeigen sich vielversprechende Ansätze, daß du eines fernen Tages vielleicht in der Lage bist, ordentliche Artikel zu schreiben«, knurrte er, als koste ihn dieses Eingeständnis große Überwindung. »Vorausgesetzt, du bist bereit, hart an dir zu arbeiten, sehr hart sogar, und genau das zu tun, was ich dir sage.«

»Sie ... Sie wollen mir helfen, Mister Hubbard?«

»Der Teufel weiß, warum ich mir das antue, jemandem wie dir das Schreiben beizubringen«, sagte er verdrossen, als zweifele er an seinem gesunden Menschenverstand, »aber ich werde zumindest einen Versuch machen.«

Sally strahlte über das ganze Gesicht, vergoß Tränen der Freude und wußte nicht, wie sie ihm danken sollte. Endlich, endlich bekam sie ihre Chance!

»Freu dich nicht zu früh!« warnte Dexter Hubbard sie. »Ich werde dich oft genug zum Heulen bringen, aber bestimmt nicht aus Freude. Du wirst mich bald genug verfluchen, Sally Floyd.«

»Bestimmt nicht!«

»Und ob du das wirst!« knurrte er. »Und jetzt setz dich drüben an meine Schreibmaschine und schreib, was ich dir diktiere! Ich werde dir zeigen, wie sich deine verkorksten Geschichten lesen, wenn sie ein Profi neu schreibt!«

Sally konnte nicht schnell genug vor der Schreibmaschine Platz nehmen. Anderthalb Stunden später erkannte sie ihre eigene Geschichte tatsächlich nicht wieder. Ihre und seine Version unterschieden sich wie Tag und Nacht.

»Das war nichts weiter als eine Kostprobe«, sagte Hubbard.

Zu ihrer Dankbarkeit gesellte sich nun Bewunderung für sein Können – und die bange Frage, ob sie genug lernen und jemals so gut sein würde wie er.

»Wo bist du gestern abend bloß gewesen?« wollte Mabel an einem schwülen Julimorgen wissen, als Sally die Wäscherei betreten hatte. »Wir haben auf dich gewartet – ganz besonders Ebony. Er war richtig enttäuscht, daß du nicht gekommen bist.«

»Tut mir leid«, bedauerte Sally und schlüpfte in ihren weißen Kittel. »Es hat nicht mehr geklappt.«

»Hat Dexter Hubbard dich mal wieder nicht gehen lassen?«

Sally lachte. »Ja, und ich bin ihm dankbar dafür. Wir haben bis in die Nacht an dem Artikel über das ausschließlich aus Schwarzen bestehende Regiment gearbeitet, das 1778 im Unabhängigkeitskrieg bei der Schlacht von Rhode Island anderthalbtausend reguläre britische Rotröcke zurückgeschlagen hat«, erzählte sie begeistert. »Stell dir das mal vor: Vierhundert von unseren Leute haben der Truppe des Königs, die in fast vierfacher Übermacht war, eine empfindliche Schlappe zugefügt! Wir haben den Artikel ›Der Sieg der schwarzen Patrioten‹ überschrieben.«

»Ebony wäre es lieber gewesen, wenn du zu seiner Abschiedsparty erschienen wärst.«

Sally machte ein verständnisloses Gesicht. »Abschiedsparty? Was für eine Abschiedsparty?«

»Das war eben die Überraschung, die Ebony versprochen hatte: Er ist weg von New Orleans. Er hat hier keine Chance mehr gesehen, es zu etwas zu bringen. Auf jeden Fall ist er unterwegs nach Norden.«

»Wenn ich das gewußt hätte!« Sally empfand großes Bedauern. »Wo will er denn hin?«

»Er sprach von St. Louis und Chicago. Als ob er es da leichter hätte! Aber das ist seine Sache. Jedenfalls hat er dich gestern abend richtig vermißt, weißt du das? Er hat mir aufgetragen, dir Grüße zu bestellen, und mir noch einen seiner seltsamen Sprüche für dich mit auf den Weg gegeben. Ich hab's wieder zusammen. Also, ich soll dir ausrichten, daß du um so stärker an dich selber glauben sollst, je weniger andere an dich glauben, und daß du um so stärker an dir zweifeln sollst, je mehr dich andere loben.« Mabel zuckte mit einem spöttischen Auflachen die Achseln. »Finde zwar nicht, daß das viel Sinn macht, aber gerade deshalb ist es Originalton Winton Ebony Fitzgerald, findest du nicht auch?«

Sally sah bedrückt drein. »Ebony war ein netter Kerl.«

»Er war ganz in Ordnung«, schränkte Mabel ein. »Seine Abschiedsparty war allerdings umwerfend. Zu dumm, daß du nicht dabei warst. Weißt du, allmählich übertreibst du das mit dem Schreiben und diesem feisten Lupengesicht!«

»Ich möchte nicht, daß du so von Dexter Hubbard redest!« bat Sally nachdrücklich. »Das hat er wirklich nicht verdient. Er opfert seine Zeit, um mir das Schreiben beizubringen, und ich lerne jeden Tag mehr bei ihm, als ich je für möglich gehalten habe!«

»Und wenn schon!« erwiderte Mabel ungehalten. »Du hast ja kaum noch Zeit für etwas anderes, Sally! Seit Wochen sitzt du bei diesem Kerl bis tief in die Nacht und rackerst dich für ihn ab.«

»Das ist nicht wahr, Mabel! Ich rackere mich nicht für ihn ab, er bringt mir das Handwerk des Schreibens bei. Ich habe jetzt schon an einem guten Dutzend Artikel mitarbeiten können, die er im *Independent* veröffentlicht hat.«

»Ja, die auf deinen Ideen basieren und die du für ihn geschrieben hast. Kein Wunder, daß er dir keine freie Stunde mehr läßt und dich wie eine Sklavin für seine Zwecke einspannt. Ich kann mir denken, daß du ganz schön einträglich für ihn bist, wo du nicht nur für ihn in den Bibliotheken herumsuchst, sondern ihm auch noch die Artikel schreibst, die dann unter seinem Namen erscheinen und für die er bestimmt gutes Geld kassiert.«

»Aber das stimmt doch gar nicht! Ohne seine Hilfe wüßte ich heute noch nicht einmal, was ein Aufmacher ist und wie man das Interesse des Lesers schon mit den ersten Zeilen weckt«, verteidigte sie ihren Lehrer.

Mabel hob die Schultern. »Du mußt wissen, von wem du dich ausbeuten läßt, Sally. Aber wirf bei Gelegenheit doch mal einen

Blick in den Spiegel! Du siehst völlig erschöpft und ausgelaugt aus.«
Mabel konnte reden, wie sie wollte, Sally ließ nichts auf Dexter Hubbard kommen. Der Mann war zwar ein Eigenbrötler, kein großer Freund von Sauberkeit und wahrlich nicht die Geduld in Person, aber er beherrschte das Handwerk des Schreibens und brachte es ihr bei. Für das, was sie bei ihm lernte, nahm sie seine Launen, seine hohen Ansprüche an ihren Arbeitswillen und seine harsche Kritik bereitwillig in Kauf.
Dexter Hubbard war kein Mann der aktuellen Berichterstattung. Für die schnellebigen Ereignisse des Tagesgeschehens interessierte er sich nicht. Früher war das anders gewesen, doch seit seine Fettleibigkeit aus dem Gang zum Laden an der Ecke schon eine Strapaze machte, war die aktuelle Reportage für ihn gestorben. Er konzentrierte sich nun auf Themen, die sich ohne Hast und Zeitdruck recherchieren ließen. Er schickte Sally in die Bibliotheken und Archive und zeigte ihr, wie man aus dem zusammengetragenen Wust von Informationen einen ebenso packenden wie informativen Artikel machte.
Die Ideen zu den ersten Artikeln kamen von ihm. Doch schon nach wenigen Wochen war Sally es, die bei der Arbeit auf Themen stieß, die sich für Artikel anboten, so daß er ihr immer mehr freie Hand bei der Auswahl der Geschichten ließ und sich schließlich nur noch auf die Korrekturen beschränkte.
Von Sally kam auch die Idee, die Geschichte der USA nach außergewöhnlichen Schwarzen und ihren Leistungen zu durchforsten, und sie war erstaunt, auf welch faszinierende Ergebnisse sie dabei stieß, wie unglaublich lang die Liste der Männer und Frauen schwarzer Hautfarbe war, die Großartiges vollbracht hatten, denen aber jener Ruhm und jene Anerkennung verwehrt geblieben waren, die Weißen mit vergleichbaren Leistungen gezollt wurden.
»Mach eine Vorschlagsliste und schreib zu jeder Person in nicht mehr als drei Zeilen, was sie wann geleistet hat!« forderte Hubbard sie auf. »Ich leg' sie dann Mister Townsend vor. Aber jetzt konzentrier dich erst einmal auf unsere Plantagenserie!«
Dexter Hubbard bestand darauf, daß sie alles bei ihm schrieb, damit er zu jeder Zeit über den Fortgang der Arbeit auf dem laufenden war und in jeder Phase eingreifen konnte. Alles wollte er sehen, sogar

ihre Notizen und die Kladde, in der sie ihre Ideen für weitere Artikel festhielt.
Den Wochenendjob im Vaudeville-Theater hatte sie schon längst aufgeben müssen, weil sie dafür keine Zeit mehr hatte – wie auch für vieles andere. Wenn sie die Wäscherei um sechs verließ, eilte sie in ihre Kammer in der Iberville Street und schlang auf die schnelle ein karges Abendessen hinunter Schon dabei machte sie sich Notizen für ihre Artikel. Bereits um halb acht war sie meist bei Dexter Hubbard, der sie selten vor elf, halb zwölf gehen ließ.
Als Sally einmal klagte, daß er ihr auch seine persönlichen Briefe diktierte und ihr für nichts mehr Zeit blieb, bekam er einen fürchterlichen Wutanfall. »Dir fehlt der Biß. Du hast keine Geduld. Willst gleich über Nacht Chefredakteur werden, ja? Aber mit dieser lausigen Arbeitseinstellung wirst du nicht mal Sekretärin bei einer Zeitung. Ich opfere meine kostbare Zeit, um dein Gestammel in eine lesbare Form zu bringen, und du hast nichts anderes zu tun, als zu jammern. Ich weiß gar nicht, warum ich Trottel mich überhaupt mit dir abgebe.« Er warf ihr Undankbarkeit und mangelnde Entschlossenheit vor, warf sie hinaus und nahm sie erst drei Tage später wieder in Gnaden bei sich auf, nachdem sie ihm nach vielen Entschuldigungen und inständigem Bitten versprochen hatte, sich seinen Anordnungen widerspruchslos zu fügen und sich nie wieder über zu lange Arbeitsstunden zu beklagen.
Viele Artikel, die er ihr zu schreiben auftrug, verschwanden in seiner Schublade, ohne daß er sie seinem Chef Abel Townsend vorlegte. »Taugt nichts. Das vergessen wir besser gleich wieder«, sagte er dann. »Hier, versuch dich mal an diesem Thema!«
Die ersten Monate dachte Sally sich nichts dabei; sie war viel zu glücklich, daß ein professioneller Zeitungsmann sie für talentiert hielt, sie ernst nahm und ihr Unterricht gab. Dafür war sie zu jedem Opfer bereit. Ihr kam auch nicht der Gedanke, eine Beteiligung zu erwarten, geschweige denn eine solche zu fordern, auch als immer häufiger Artikel unter Dexter Hubbards Namen im *Louisiana Independent* erschienen, die eigentlich sie verfaßt hatte. Ein spärliches Lob von ihm, daß sie allmählich Fortschritte mache, bedeutete ihr mehr als Geld. Und sie schwebte förmlich auf Wolken, als der erste ganzseitige Artikel, der auf einer Idee von ihr beruhte und kaum Korrekturen von Hubbard aufwies, in der Sonntagsausgabe ge-

druckt wurde und ihr Lehrer mit der für ihn typischen mürrischen Stimme einräumte: »Liest sich ganz anständig. Ich glaube, ich habe meine Zeit doch nicht mit dir vergeudet.« Er dämpfte ihre Freude jedoch sofort, indem er hinzufügte: »Aber verwechsle den Lichtpunkt, der zu dir ins Dunkel dringt, nicht mit der strahlenden Sonne! Habe einige Mühe gehabt, diesen Artikel bei Townsend durchzubringen.«

Sally glaubte ihm, wie sie auch darauf vertraute, daß er Wort halten und sie seinem Chef empfehlen werde, sobald sie gut genug war.

Die ersten Zweifel an seiner Ehrlichkeit kamen ihr erst bei der Plantagenserie. An diesen Artikeln über die Zeit vor dem blutigen Bürgerkrieg, immerhin Dreispalter von jeweils hundertfünfzig Zeilen, redigierte Dexter Hubbard kaum etwas. »Ich überarbeite sie später. Geh nur nach Hause! Es ist heute wieder sehr spät geworden«, hatte er gesagt, als sie mit der ersten Geschichte fertig war. Als die Story wenige Tage später in der Zeitung erschien, konnte Sally nicht die geringsten Veränderungen an ihrem Text entdecken.

Dexter Hubbard lachte nur. »Ach, das kommt dir nur so vor, Sally, weil man seine erste Fassung immer schnell vergißt, sobald jemand mit geübter Hand Ordnung in die Sätze und Gedanken gebracht hat«, versicherte er ihr und wechselte das Thema. »Ich habe übrigens eine gute Nachricht. Townsend hat meinen Vorschlag für die neue Serie angenommen. Er hat von der Liste herausragender Schwarzer vierundzwanzig ausgewählt. Wir werden die Reihe ›Die totgeschwiegene Elite‹ nennen. Wir fangen gleich morgen an. Die Plantagenserie muß natürlich weiterlaufen. Ein hübsches Stück Arbeit, das vor uns liegt, aber das kriegen wir schon hin.«

Sally freute sich und sagte nichts dazu, daß die Idee zu dieser Reihe wie auch der Titelvorschlag von ihr stammten. Sie stürzte sich mit Begeisterung in die Arbeit, denn es erfüllte sie mit Stolz, über die großartigen Leistungen farbiger Männer und Frauen zu schreiben und damit die Behauptung so vieler prominenter Weißer zu widerlegen, daß Schwarze nicht genug Intelligenz und Talent hätten, das Gemüt eines Kindes besäßen und nur zu niederen Arbeiten fähig wären. Je mehr Sally über die Großen, die dieselbe Hautfarbe hatten wie sie, las und schrieb, desto stolzer wurde sie. Ihr war, als würde ihre Selbstachtung mit jedem Satz wachsen, den sie über diese totgeschwiegene Elite schrieb.

Mit der Selbstachtung und Selbstsicherheit, die sie im Schreiben gewann, verlor sie jedoch auch das blinde Vertrauen in Dexter Hubbard, was dessen Ehrlichkeit und Versprechungen betraf.
Dexter Hubbard rührte kaum noch einen Finger, verlangte von ihr jedoch mehr Anstrengung als je zuvor. Er wollte die neue Serie auf Vorrat geschrieben haben, ohne daß die laufenden Aufträge darunter litten. Während sie nun jeden Abend und jedes Wochenende bei ihm an der Schreibmaschine saß und arbeitete, las er in Magazinen und Büchern – angeblich auf der Suche nach Anregungen für neue Geschichten –, legte Patiencen, genoß Zigarre und Alkohol oder schlief auch schon mal für ein Stündchen ein. Er veränderte nichts mehr an ihren Artikeln, hielt die Zeit aber noch immer nicht für reif, um sein Versprechen endlich einzulösen und mit ihr zu seinem Chef zu gehen.
»Der Fettsack hält dich hin, Sally!« redete Mabel ihr an einem unerträglich heißen Augusttag ins Gewissen. »Du mußt ihm die Pistole auf die Brust setzen, sonst bist du noch in zehn Jahren die billige, einfältige Schreibsklavin.«
»Ich habe es doch schon ein paarmal versucht.«
»Offenbar nicht energisch genug. Sally. Du mußt dich behaupten, sonst frißt dich der Dicke mit Haut und Haaren!«
Sally lächelte müde und zündete sich eine Zigarette an. Mit Zigaretten hielt sie sich wach, und mit Zigaretten bekämpfte sie den Hunger, wenn sie keine Zeit fand, sich etwas zu essen zuzubereiten. Doch Mabel hatte recht. So konnte es nicht weitergehen. Dexter Hubbard mußte endlich zu seinem Wort stehen. Und am Tag darauf nahm sie all ihren Mut zusammen, erinnerte ihn an sein Versprechen und ließ sich diesmal nicht auf später vertrösten. Sie beharrte darauf, daß er nun seinen Teil ihrer Abmachung einhielt. Sie fand sogar die Courage, ihm offen ins Gesicht zu sagen, daß er schon seit vielen Wochen kein Wort mehr an ihren Texten verändere. »Und da Mister Townsend die Artikel genauso abgedruckt hat, wie ich sie geschrieben habe, können sie so schlecht wohl nicht sein«, schloß sie ihren Appell.
Schweigend sah er sie durch seine dicken Brillengläser an.
»Ich möchte jetzt auf eigenen Beinen stehen und unter meinem eigenen Namen schreiben«, sagte sie mit um Verständnis bittender Stimme. »Und wenn Sie mir nun nicht, wie versprochen, helfen

wollen, werde ich es eben allein bei Mister Townsend versuchen müssen.«
Sally hatte fest damit gerechnet, daß Dexter Hubbard wieder einen seiner fürchterlichen Wutanfälle bekommen und sie mit Hohn und Vorwürfen überschütten würde. Doch nichts dergleichen geschah. Statt dessen lachte er. »Bei Gott, das war kein übler Aufmacher und schon gar kein langweiliger Schluß! Du hast eine Menge gelernt, und mir scheint, daß ich dir alles beigebracht habe, was ich dir beibringen konnte. Die Erfahrung wird dich den Rest lehren. Es wird wirklich Zeit, daß du mein Nest verläßt.«
»Dann gehen Sie mit mir zu Mister Townsend?« rief Sally erleichtert darüber, daß sie nicht im Streit auseinandergingen.
Er nickte und sagte mit einem Seufzer: »Ich werde es auf meine Kappe nehmen, dich ihm zu empfehlen und mir dadurch selbst Konkurrenz in den Pelz zu setzen. Aber laß deine Unterlagen und die Kladde mit deinen Idee hier! Ich will das mal in aller Ruhe durchgehen und sehen, was du davon am besten zu einem kurzen Exposé ausarbeiten und Mister Townsend als erste eigenständige Arbeiten unter deinem Namen anbieten sollst. Denn wenn du ohne ein handfestes Konzept zu ihm kommst, bist du gleich unten durch. Ich sorge schon dafür, daß nichts schiefläuft.«
Und Dexter Hubbard hielt Wort. Er sorgte sehr nachdrücklich dafür, daß nichts schieflief – doch zu seinen Gunsten und auf Sallys Kosten.
Sally wurde am nächsten Tag kurz nach der Mittagspause in der Wäscherei verhaftet, auf das Polizeirevier von Storyville gebracht und dort zu betrunkenen Huren, Taschendiebinnen und Landstreicherinnen in eine Zelle gesteckt.
»Aber das muß sich um einen Irrtum handeln!« beteuerte Sally unter Tränen. »Mein Gott, was wirft man mir denn vor?«
»Erpressung und Hochstapelei!«
Vier schreckliche Stunden später führte der weiße Polizeisergeant, der sie auch schon verhaftet hatte, Sally in den Vernehmungsraum. Der Mann, der dort auf sie wartete, war Dexter Hubbard.
»Du hast zehn Minuten, Dexter«, sagte der Polizist zu ihm und stieß Sally in den Raum. »Aber wenn ich du wäre, würde ich das Miststück vor Gericht bringen und ihr sieben Jahre Knast verschaffen.« Damit knallte er die Tür hinter sich zu.

Sally sank bleich auf einen Stuhl. Ihre Angst war fast so groß wie ihre Wut. »Du verkommenes Schwein! Du hast mich ausgenutzt und von Anfang an nicht vorgehabt, mir zu helfen und mich Mister Townsend zu empfehlen.«
Er lächelte überlegen. »Natürlich nicht. Aber warum beklagst du dich? Bei mir hast du das Schreiben gelernt. Das hat nun mal seinen Preis. Außerdem habe ich dich doch gleich gewarnt, daß du mich eines Tages verfluchen würdest. Also, wozu die ganze Aufregung, wenn du jetzt dein Lehrgeld zahlen mußt?« fragte er höhnisch. »Außerdem hast du in deiner jetzigen Situation wichtigere Dinge zu entscheiden, nämlich ob du mit einem heilsamen Schrecken davonkommen oder ein paar Jahre hinter Gefängnismauern verschwinden willst.«
»Was verlangen Sie von mir?«
»Daß du das hier unterschreibst und aus New Orleans verschwindest«, sagte Dexter Hubbard und schob ihr ein Schriftstück in doppelter Ausfertigung hin. »Ich ziehe dann meine Anzeige zurück. Du kriegst es sogar schriftlich, wie du siehst.«
Sally las ihr »Geständnis« durch. Dem Text zufolge war sie die ganze Zeit über bei Hubbard als Schreibkraft beschäftigt gewesen. Sie hatte seine Manuskripte ins reine getippt, jedoch niemals eine eigene Zeile verfaßt. Für ihre Schreibarbeit war sie angeblich jede Woche bezahlt worden. Sie gestand ferner, nach ihrer Kündigung Dexter Hubbard gedroht zu haben, seinen guten Namen in Verruf zu bringen und sich als Autorin vieler seiner Artikel auszugeben, falls er sie nicht wieder einstelle. Ferner verpflichtete sie sich, New Orleans zu verlassen und jeglichen Kontakt mit den Redaktionen der örtlichen Zeitungen zu meiden. Dafür garantierte ihr Dexter Hubbard die Rücknahme seiner Anzeige und sein Stillschweigen.
»Habe ich eine Wahl?« fragte sie in ohnmächtigem Zorn.
Er lächelte. »Nein, es sei denn, du möchtest praktische Erfahrungen im Gefängnis sammeln. Ob das aber für deine spätere Karriere so günstig ist ...«
Sally riß ihm den Stift aus der Hand, unterschrieb das »Geständnis«, nachdem sie sich vergewissert hatte, daß die Ausfertigung, die sie erhielt, Hubbards Unterschrift trug.
Zufrieden steckte ihr Lehrer das Schriftstück ein. »Du solltest mir jetzt noch dankbarer sein. Ich habe dir nicht nur einen anständigen

Stil beigebracht, sondern dich auch von deiner Naivität befreit«, sagte er. »Das Leben ist ein Schlachtfeld, Sally Floyd. Du kannst von Glück reden, daß du nochmal mit heiler Haut davongekommen bist.«
Sally mußte an sich halten, ihm nicht ins Gesicht zu spucken. Am Abend wurde sie aus der Polizeihaft entlassen. Der weiße Sergeant trieb sie höchstpersönlich aus der Wache – mit seinem Schlagstock. Sie verließ New Orleans schon am nächsten Tag. Viel zu packen gab es nicht. Alles, was sie besaß, paßte bequem in den alten Koffer, den sie noch in Spindletop erstanden hatte. Ihr kostbarstes Gut war die Schreibmaschine, die Henry ihr geschenkt hatte.
»Wo willst du jetzt hin?« fragte Mabel.
»Nach Pittsburgh. Dort gibt es noch mehr Zeitungen als hier.«
Mit derselben herzlichen Oberflächlichkeit, mit der sie Sally in ihre Clique aufgenommen hatte, ließ Mabel sie auch wieder aus ihrem Leben fortziehen. Sie fand nicht einmal Zeit, die Freundin zum Bahnhof zu begleiten.
Bevor Sally in den Zug nach Pittsburgh stieg, fiel ihr der Ordner ein, in dem sie all ihre Artikel gesammelt hatte, die im *Independent* erschienen waren. Sie holte ihn aus dem Koffer und blätterte die Zeitungsausschnitte noch einmal durch.
Ja, geschrieben hatte sie sie, aber sie gehörten nicht ihr. Der Name Dexter Hubbard stand über jedem Artikel. Aber nicht erst damit hatte sie alle Rechte an ihnen verloren. Als sie zu Hubbard gekommen war, schien ihr jeder Preis recht gewesen zu sein, um von ihm zu lernen. Nun hatte sie von ihm gelernt, und jetzt kannte sie auch den Preis.
Sally warf den Ordner in den Abfalleimer auf dem Bahnsteig und empfand dabei nicht das geringste Bedauern. Sie verließ New Orleans mit keiner offenen Rechnung, aber auch mit keiner Verbitterung. Auch wenn Dexter Hubbard sich als Charakterlump erwiesen hatte, so war doch das, worum er sie letztlich betrogen hatte, nichts im Vergleich zu dem, was er ihr in den ersten Wochen beigebracht hatte.
Sie war bereit für die Herausforderung Pittsburgh.

Siebtes Kapitel

Ein Bote überbrachte Henry am 15. Juni einen Umschlag, der den Stempel der *Wiggelton Oil & Fuel Company* als Absender trug.
In euphorischer Stimmung riß Henry den Umschlag auf, zog Papiere heraus, die er für die Abrechnung der einzelnen Gesellschaften hielt, und suchte nach dem Scheck. Es war keiner da. Und als er Wiggeltons Brief gelesen hatte, wußte er, daß er von ihm und den anderen Gesellschaften auch nie einen Scheck zu sehen bekommen würde. Doch er wollte es nicht wahrhaben.
Keine Stunde später stürmte er in Beaumont in Charles Wiggeltons Büro. Die Sekretärin im Vorzimmer versuchte nicht einmal, ihn aufzuhalten. »Mister Maynard? Gehen Sie nur durch, Mister Wiggelton und seine Besucher erwarten Sie schon«, sagte sie, während Henry an ihr vorbeistürmte und die Tür zu Wiggeltons Zimmer aufriß.
»Sie müssen sich aber wirklich mächtig beeilt haben, Maynard«, begrüßte ihn Charles Wiggelton, der, makellos gekleidet, hinter seinem protzigen Schreibtisch thronte, gehässig und lässig. Er hielt eine Zigarre in der Hand und hatte vor sich einen Brandy stehen. »Wir haben schon Wetten darüber abgeschlossen, wie schnell Sie wohl sein werden.« Milton Olmsted und James Callahan saßen rechts von ihm in schweren Sesseln aus dunkelgrünem Leder. Ihre Mienen drückten Schadenfreude und späte Genugtuung aus.
Henry knallte Charles Wiggelton die Papiere auf den Schreibtisch. »Ich habe mit Ihnen und Ihren Kollegen einen Vertrag abgeschlossen, und der angebliche Konkurs Ihrer *Penrose Hill Oil Company* interessiert mich einen Scheißdreck!« stieß er hervor.
Charles Wiggelton drehte das Ende seiner Zigarre genüßlich zwischen den Lippen. »Es ist Ihnen freigestellt, sich einen Scheißdreck um den bedauerlichen Konkurs der *Penrose Hill Oil Company* zu kümmern. Aber dieser von mir und meinen Freunden gegründeten Gesellschaft gehörten nun mal die Quellen auf dem Penrose Hill. Unglücklicherweise erwiesen sich unsere Spekulationen als Desaster, das nun zum Konkurs geführt hat.«
Henry brach der Schweiß aus, und die Erinnerung, in diesem Zimmer schon einmal von Wiggelton gedemütigt worden zu sein,

war fast mehr, als er ertragen konnte. »Wenn Sie und die anderen Ihre Quellen an die *Penrose Hill Oil Company* verkauft haben, steht mir laut Vertrag ...«

»Aber mein lieber Maynard!« fiel Charles Wiggelton ihm mit höhnischer Herablassung ins Wort. »Wir haben die Quellen nicht verkauft, sondern nur als Sicherheit für die Kredite der *East Texas Loan Company* verpfändet, und jetzt gehören sie nun mal ihr. Sie haben mit Ihren lächerlich geringen Ansprüchen gegenüber den Millionenforderungen dieses Hauptgläubigers natürlich keine Aussicht, jemals auch nur einen Cent zu sehen.«

»Verkauf oder Verpfändung, im Ergebnis kommt es letztlich auf dasselbe hinaus«, fuhr Henry ihn erregt an. »Und ich weiß von Mister Slote ...«

»Richtig, Sie haben den Vertrag ja von ihm prüfen lassen«, unterbrach ihn Charles Wiggelton erneut, und sein Lächeln war blanker Hohn. »Es war sehr rücksichtsvoll von ihm, erst einmal mit mir zu telefonieren, bevor er Ihnen einen Termin einräumte – was der liebe Douglas vor Gericht natürlich ebenso empört bestreiten und als Verleumdung zurückweisen würde wie ich.«

Callahan und Olmsted lachten, während Henry blaß wurde und die Hände zu Fäusten ballte.

»Aber auch wenn Douglas vorher nicht mit mir gesprochen hätte, wären ihm die raffinierten juristischen Hintertüren gewisser Formulierungen des Vertrages niemals aufgefallen«, fuhr Charles Wiggelton mit boshaftem Vergnügen an seiner Hinterlist und Henrys Niederlage fort. »Er ist ein passabler Anwalt für das Grobe und Alltägliche, nicht jedoch für die Hohe Schule der Vertragskunst. Ihnen die Details erklären zu wollen, erspare ich uns, denn was verstehen Sie schon von Verträgen und juristischen Finessen.«

Ein schmerzhaftes Pochen hämmerte hinter Henrys Stirn. Er rang mit seiner Wut und dem Verlangen, laut zu schreien, alles vom Schreibtisch zu fegen und gewalttätig zu werden. Ihm stand der Schweiß auf dem Gesicht.

»Sie haben keine Chance, Maynard«, sagte Charles Wiggelton höhnisch, »weder hier noch vor Gericht.«

»Sie werden bezahlen, Wiggelton!« keuchte Henry. »Wenn nicht heute, dann morgen oder an irgendeinem anderen Tag.«

Charles Wiggelton lachte ihn aus. »Sie sind ein Verlierer, Maynard,

und werden es immer sein. Und ich werde Ihnen auch sagen, warum: Sie sind nicht wachsam genug, nicht schnell genug und nicht hart genug!«
Henry starrte ihn haßerfüllt an, versagte ihm und seinen Freunden jedoch die Genugtuung, die Fassung zu verlieren. Er raffte seine Papiere zusammen und ging zur Tür. Ehe er das Zimmer verließ, wandte er sich noch einmal zu den drei Ölproduzenten um. »Herzlichen Glückwunsch, Gentlemen!« sagte er mit rauher Stimme. »Sie haben heute Ihren eigenen Ruin besiegelt.«
Er erntete schallendes Gelächter.

Henry ließ fast vier Wochen lang von erstklassigen Anwälten gegen hohe Gebühren prüfen, ob er Chancen habe, einen Prozeß gegen Charles Wiggelton und die anderen Ölproduzenten zu gewinnen. Um auch die entfernteste Möglichkeit einer Parteilichkeit auszuschließen, suchte er auf Ölgeschäfte spezialisierte Anwälte in Houston, Los Angeles, Chicago und sogar in New York auf. Dabei legte er ihnen nicht den Originalvertrag vor, sondern Abschriften, in denen die Namen der Beteiligten durch Buchstaben ersetzt und örtliche Hinweise gestrichen waren. Dasselbe tat er mit den Konkursunterlagen und anderen Papieren, die er im Zusammenhang mit der *Penrose Hill Oil Company* zusammengetragen hatte. Alle Befragten bestätigten das niederschmetternde Gutachten, das er von Winthrop Bart, dem ersten von ihm konsultierten Anwalt in Houston, erhalten hatte.
»Die Transaktionen der Gesellschaft W, in die mehrere andere Gesellschaften wie die Kreditgesellschaft K und die Investmentfirma I verwickelt sind, bewegen sich innerhalb der Grenzen der Legalität. Sie verletzen auch nicht die Vereinbarungen, die Ihrem Vertrag zugrunde liegen und ein hohes Maß an juristischer Feinarbeit verraten«, stellte Winthrop Bart fest. »Jedenfalls nicht im juristischen Sinne, und über Moral wird vor Gericht nun mal nicht entschieden.«
»Aber es ist doch offensichtlich, daß die Millionenkredite von K an W nur ein Scheingeschäft sind und über eine Kette von anderen Firmen, die an den Machenschaften beteiligt sind, wieder an W zurückfließen«, wandte Henry ein. »Dieser Bankrott ist doch nichts weiter als ein geschickt eingefädelter Schwindel!«

Winthrop Bart pflichtete ihm bei. »Sicher, das sagt einem das Gefühl oder auch der gesunde Menschenverstand. Aber solange Sie nicht beweisen können, daß der Bankrott abgesprochen ist und W über Strohmänner wieder an die Einnahmen aus den Ölquellen kommt, ist es ein völlig legaler Schwindel. Gewinne zu verschieben oder zu Verlusten zu machen, indem man sich eines Systems aus scheinbar unabhängigen, in Wirklichkeit jedoch ineinander verschachtelten Firmen bedient, wird doch von fast allen großen Gesellschaften praktiziert, und zwar mit wachsendem Einfallsreichtum.«

Das Fazit der Reise war niederschmetternd. Henry hatte keine Beweise für betrügerische Transaktionen, also war ein Prozeß ein ebenso teures wie aussichtsloses Unterfangen. Charles Wiggelton und seine Freunde brauchten ihm nicht einen Cent zu zahlen. Sie hatten ihn skrupellos und doch völlig legal um seine Beteiligung an den Quellen vom Penrose Hill gebracht.

Henry wußte, daß Wiggelton sich bei seinem Betrug weniger von Geldgier als vom verletzten Stolz und von der bösartigen Freude hatte leiten lassen, ihm seine Überlegenheit zu beweisen und ihn zu demütigen. Es war bitter, zum zweitenmal von Charles Wiggelton hereingelegt worden zu sein. Doch als noch viel bitterer empfand Henry die Konsequenzen. Seinen ehrgeizigen Plan von einer eigenen Ölgesellschaft konnte er zunächst einmal vergessen. Und ein absoluter Tiefschlag war die Einsicht, daß damit auch Leona für ihn in weite Ferne gerückt war – in unerreichbare Ferne.

Seine Freunde versuchten, ihn bei seiner Rückkehr zu trösten und aufzumuntern, so gut sie konnten. Arthur verwies darauf, daß *Broderick & Maynard* glänzende Gewinne erwirtschaftete wie zu ihrer besten Zeit in Spindletop. Lee wollte ihn mit der ebenso hübschen wie lebenslustigen Cousine seiner Freundin Janice verkuppeln, und Ted bemühte sich auf seine Art, ihm zu einer Abrechnung mit Charles Wiggelton zu verhelfen.

»Wir schnappen uns den Mistkerl und brechen ihm alle Knochen!« schlug er vor, weil er dergleichen als Genugtuung verstand.

»Nein, das kommt nicht in Frage! So rechne ich nicht mit ihm ab. Wenn ich ihn schlage, dann mit seinen eigenen Waffen«, erklärte Henry und versank wieder ins Brüten.

Als Merrill wenige Tage später wie gewohnt früh am Morgen im

Büro eintraf, überraschte Henry ihn mit der Frage: »Ist Harvard wirklich die beste Universität im Land?«
Merrill machte ein erstauntes Gesicht. »Die Leute von Yale und Princeton werden das vermutlich bestreiten, aber ich glaube schon, daß Harvard den besten Ruf hat.«
Henry machte eine unwillige Handbewegung. »Yale kommt nicht in Frage. Was kostet es, in Harvard zu studieren?«
Merrill zuckte die Achseln. »Ein Vermögen.«
»Ich hätte es gern genauer.«
»Mein Gott, mit Studiengebühren, Büchern, Unterkunft und Verpflegung bestimmt um die fünfhundert bis sechshundert Dollar«, schätzte Merrill. »Natürlich pro Studienjahr. Aber weshalb interessierst du dich auf einmal für diese Elite-Universitäten?«
»Weil ich mich entschlossen habe, dich auf auf die beste Universität zu schicken, die es gibt. Und da du Harvard für die beste hältst, wirst du dort studieren.«
Merrill sah ihn fassungslos an. »Ich und in Harvard studieren? Das kann nicht dein Ernst sein, Henry!« stieß er dann mit einem nervösen Lachen hervor.
»Und ob es mein Ernst ist! Mir ist klar geworden, daß ich nicht nur einen erstklassigen Anwalt brauche, sondern auch einen erstklassigen Anwalt, dem ich blind vertrauen kann«, erklärte Henry mit einer Stimme, die keinen Widerspruch gelten ließ. »Und dieser Anwalt wirst du sein.«

Merrill blickte aus dem Zug, der sich unter einem strahlendblauen Augusthimmel dem Bahnhof von Cambridge näherte. Durch die Bäume glitzerten die Fluten des breiten Charles River, der jedes Jahr Schauplatz traditioneller Ruderwettkämpfe zwischen der Mannschaft von Harvard und der seines Erzrivalen Yale war. Und hier, an dieser elitären Universität, die nur den Söhnen der Reichen, Berühmten und Mächtigen sowie einigen Hochbegabten offenstand, sollte er, Merrill Climo aus Beaumont, Texas, studieren und eines Tages Absolvent der Harvard Law School sein?
»Was du da vorhast, ist absolut verrückt, Henry«, sagte Merrill. »Es wird nicht funktionieren, weil es nicht funktionieren kann. Mein Gott, ich bin ein Niemand!«
Der Zug fuhr in den Bahnhof ein, und Henry faltete gelassen seine

Zeitung zusammen. »So einen Unsinn will ich von dir nicht hören. Ich komme für die Kosten auf, und du kannst ein hervorragendes Abschlußzeugnis von der High School vorweisen. Das sollte doch wohl genügen.«

»Aber nicht, um in Harvard aufgenommen zu werden! Das habe ich dir nun schon tausendmal zu erklären versucht. Harvard ist so etwas wie ein feudaler, extrem snobistischer Club, in den man nicht einfach hineinspazieren kann, nur weil einem danach ist und man die Preise zu bezahlen vermag. Außerdem ist der Bewerbungstermin schon längst abgelaufen.«

»Warten wir es ab!« erwiderte Henry ungerührt.

Merrill faßte sich an den Kopf. »Mein Gott, wie habe ich mich bloß von dir dazu überreden lassen, diese idiotische Reise anzutreten?« fragte er sich.

Henry sah ihn ärgerlich an und sagte mit ungewohnter Schärfe: »Ist ein Universitätsdiplom das, was du dir mehr als alles andere in der Welt wünschst, oder ist es das nicht?«

»Ja, schon«, räumte Merrill verlegen ein. »Aber ...«

»Ja oder nein?« schnitt Henry ihm das Wort ab. »Ich möchte eine klare Antwort, und zwar ohne dieses Wischiwaschigeschwafel mit ›schon‹ und ›aber‹!«

Merrill sah ihn perplex an. So hatte Henry noch nie mit ihm gesprochen. Er schluckte und sagte dann: »Ja!«

Henry nickte. »Gut, dann haben wir die lange Reise also doch nicht vergeblich gemacht«, sagte er grimmig, um dann versöhnlich hinzuzufügen: »Du bist hier, um zu studieren. Den Rest überlaß mir! Und jetzt steigen wir endlich aus!«

Henry gab dem Kutscher der Mietdroschke Anweisung, sie direkt zum Campus zu fahren. »Zur Registration für Studienanfänger!« Er genoß die Fahrt durch das idyllische, aber betriebsame Universitätsstädtchen mit seinen vielen gepflegten Parkanlagen, imposanten Universitätsgebäuden aus dunklem Backstein und ansprechend gruppierten Studentenunterkünften zwischen Bibliotheken, Laboratorien und Kirchen. Merrill dagegen saß in stummer Resignation neben ihm. Für ihn stand fest, daß Henry nicht alleine nach Beaumont zurückfahren würde.

Eine halbe Stunde später fand Merrill sich bestätigt, denn ein Verwaltungsangestellter teilte ihnen mit höflichem Bedauern mit:

»Tut mir leid, aber das Prüfungsverfahren ist längst abgeschlossen, Sir.«
»Ich habe es dir doch gesagt!« raunte Merrill Henry zu.
Der ging nicht darauf ein, sondern fragte den Verwaltungsangestellten: »Und wer entscheidet über die Ausnahmen?«
Der Mann sah ihn verdutzt an. »Welche Ausnahmen?«
»Es gibt immer Ausnahmen, Sonderfälle. Ich möchte wissen, wer in solchen Fällen die Entscheidungsgewalt hat.«
»Nun, natürlich der Dekan der Fakultät, Professor Phillip Hightower …«
»Dann bitte ich Sie um die Freundlichkeit, für uns einen Termin bei Professor Hightower zu vereinbaren.«
Am Nachmittag des nächsten Tages sprachen sie beim Dekan vor. Professor Phillip Hightower, eine stattliche Gestalt mit graumeliertem Haar und markanten Zügen, warf nur einen kurzen Blick auf die Zeugnisse von Merrill und unterbrach Henry schon nach wenigen Sätzen.
»Was soll das? Ich dachte, Ihr Fall hätte Substanz, die meine Beachtung verdient. Diese Bewerbung ist aussichtslos – zu jeder Zeit.« Und er schob die Papiere mit einer schroffen Bewegung zu Henry zurück. »Einen guten Tag!«
Merrills Gesicht war vor Scham gerötet. »Ich habe dir doch gesagt, daß es sinnlos ist! Laß uns gehen!«
Henry schüttelte trotzig den Kopf und sagte zum Dekan: »Mein Freund hat hervorragende Zeugnisse. Er wird Harvard alle Ehre machen, Professor Hightower. Und was die finanzielle Seite betrifft, bürge ich für alle Ausgaben und Gebühren. Zudem bin ich bereit, mich mit einer Spende von mehreren tausend Dollar erkenntlich zu zeigen.«
Phillip Hightower warf ihm einen mitleidigen Blick zu. »Falls Sie es noch nicht gemerkt haben sollten, die Unterredung ist beendet.«
»Komm endlich!« drängte Merrill, der sich genug gedemütigt fühlte, und packte Henry am Arm. Doch dieser schüttelte ihn ab, und Merrill stürmte allein aus dem Zimmer.
»Worauf warten Sie noch?« fuhr der Dekan Henry an, der noch immer vor dem Schreibtisch stand. »Haben Sie nicht begriffen, daß Ihr Freund hier nichts verloren hat? Oder glauben Sie vielleicht, unsere ehrwürdige Institution läßt sich ihre hohen Prinzipien für ein paar tausend Dollar abkaufen?«

»Von welchen Prinzipien reden Sie, Professor?« fuhr Henry ihn erbost an. »Meinen Sie damit vielleicht Ihren Standesdünkel und Ihr ...«
Der Dekan schlug mit der flachen Hand auf die Schreibtischplatte, daß es knallte. »Jawohl! Harvard nimmt nicht jeden Dahergelaufenen, nur weil er ein gutes Zeugnis und etwas Geld in der Tasche hat. Wir bilden die zukünftige Elite dieses Landes aus, und damit es auch so bleibt, haben Leute wie Sie und Ihr Freund in unseren Reihen nichts zu suchen«, herrschte er Henry an. »Und jetzt verschwinden Sie, bevor ich Sie vom Pedell hinauswerfen lasse!«
Henry starrte ihn wutentbrannt an. Dann drehte er sich wortlos um und ging.
Merrill wartete vor dem Gebäude auf ihn. Hektisch zog er an einer Zigarette. Er brannte sichtlich darauf, seinem angestauten Ärger Luft zu machen. »Das war eine tolle Vorstellung, Henry! Absolut beeindruckend, wie du das Unmögliche möglich gemacht hast! Und ich ungläubiger Thomas habe dir die ganze Zeit klarzumachen versucht, daß dein Vorhaben reiner Schwachsinn ist. Aber du hast es ja besser gewußt«, sprudelte es in einem Strom bitterer, vorwurfsvoller Worte aus ihm heraus. »Wir können uns gleich in den nächsten Zug zurück nach Texas setzen!«
»Kommt gar nicht in Frage!« widersprach Henry, von einem unbändigen Zorn gepackt. Charles Wiggelton hatte ihn einen Verlierer genannt und verhöhnt, weil er angeblich nicht wachsam genug, nicht schnell genug und nicht hart genug war. Und Phillip Hightower hatte ihn mit ähnlicher Geringschätzung abgefertigt. Aber damit war jetzt Schluß. Er würde es ihnen zeigen, allen würde er es zeigen, wie wachsam, wie schnell und wie hart er sein konnte, wenn es das war, was zählte. »Wir fahren nicht zurück, sondern wir nehmen uns ein Hotelzimmer. Und morgen begibst du dich auf die Suche nach einem anständigen Quartier für die nächsten Jahre. Ich verspreche dir, du gehörst zu den neuen Harvard-Studenten, wenn das neue Semester beginnt!«
Merrill schüttelte nur den Kopf.

Fassungslos stand die Sekretärin in der offenen Tür zum Arbeitszimmer des Dekans. Sie schnappte empört nach Luft. Noch nie hatte es jemand gewagt, einfach mit einem Lächeln an ihr vorbei in das Allerheiligste von Professor Hightower zu spazieren.

Der Dekan, der gerade telefonierte, war nicht weniger entrüstet über diese Unverschämtheit. Er legte eine Hand auf die Sprechmuschel. »Was fällt Ihnen ein! Machen Sie, daß Sie verschwinden!« Er erinnerte sich noch gut an den unerfreulichen Besuch dieses Mannes und seines Freundes vor gut zwei Wochen.
Henry blieb vor dem Schreibtisch stehen und zog fünf Fotografien aus einem braunen Papierumschlag. »Werfen Sie erst einmal einen Blick auf diese pikanten Szenen und überlegen Sie gut, bevor Sie etwas Unbedachtes tun!« sagte er mit gedämpfter Stimme, um dann gut verständlich für die Sekretärin am anderen Ende des großen Zimmers fortzufahren: »Ich denke, Sie werden mit den Empfehlungschreiben, um die Sie gebeten haben, überaus zufrieden sein.«
Phillip Hightower warf einen abfälligen Blick auf die Vergrößerungen – und riß im nächsten Moment die Augen in ungläubigem Entsetzen auf.
»Professor, soll ich ... ?«
Phillip Hightower fuhr zusammen, schaute auf und rief seiner Sekretärin hastig zu: »Schon gut, Missis Hanford. Es hat alles seine Richtigkeit. Ich hatte nur ganz vergessen ... ich meine ... Sie können wieder an die Arbeit gehen.«
Verwundert zog sich die Sekretärin zurück und schloß die Tür hinter sich. Henry atmete insgeheim auf. Der kritischste Punkt war überwunden.
Der Dekan nahm die Hand von der Muschel. »Vernon, ich rufe dich später zurück«, sagte er, hängte den Hörer in die Gabel und fauchte Henry an: »Das sind Fälschungen! Ich kenne dieses ... Flittchen nicht!«
»Natürlich sind es Fälschungen, Professor«, gab Henry zu. »Darum sind diese Fotos von Ihnen und dieser Nutte im Hotelbett ja auch etwas unscharf. Der Fachmann in New York hatte seine Schwierigkeiten, Ihren Kopf in die Bilder hineinzuretouschieren. Aber diese beiden Fotos hier, auf denen Sie die hübsche, junge Blondine auf der Straße umarmen und ihr einen Kuß geben, diese Aufnahmen sind echt.«
»Nicht ich habe sie umarmt, sondern sie mich«, widersprach der Dekan entrüstet. »Und den Kuß hat sie mir gegeben, weil ich diesen verdorbenen Straßenjungen in die Flucht geschlagen habe, der ihr die Handtasche entreißen wollte.«

Henry lächelte. »Ja, und das an einem so schönen Sonntagnachmittag, Professor. Nicht vorzustellen, wenn diese Bilder in Ihren ehrbaren Kreisen die Runde machten.«

Phillip Hightower erblaßte, als ihm dämmerte, daß er das Opfer einer gut inszenierten Täuschung geworden war. »Damit kommen Sie nicht durch, Sie Lump!« stieß er wutentbrannt hervor. »Ich werde Sie und diese Dame verhaften lassen.«

»So dumm werden Sie nicht sein. Denn der Skandal wird Ihren guten Ruf ruinieren, Professor. Wenn Sie mich verhaften lassen und einen Prozeß gegen mich anstrengen, werden diese Fotografien bei allen Redaktionen die Runde machen und auch in die Hände Ihrer Frau kommen. Diese Prostituierte wird zu Ihrer Ehrenrettung aussagen, daß sie niemals mit Ihnen im Bett gewesen ist. Sie wird das unaufgefordert tun und niemals vergessen, Ihren vollen Namen und Ihre Position zu nennen. Das wird für die Skandalreporter ein gefundenes Fressen sein, wenn so eine Person ständig Ihren Namen im Mund führt und derart treuherzig beteuert, nie mit Ihnen etwas gehabt zu haben, daß ihr niemand glauben wird. Aber sogar wenn man *Ihnen* glaubt, Professor, wären Sie für die Universität und diese Stellung nicht mehr tragbar. Und was würden wohl Ihre Kinder und Ihre Frau denken? Meinen Sie nicht, daß genügend Zweifel zurückbleiben?«

Phillip Hightower schluckte krampfhaft. Sein Gesicht war ganz wächsern geworden. »Sie dreckiges Schwein!« stieß er mit zitternder Stimme hervor.

»Sie elitäres Schwein!« erwiderte Henry mit kaltem Zorn. »Setzen Sie sich nicht auf das hohe, moralische Roß! Wenn ein Harriman oder ein Rockefeller an meiner Stelle hier stehen würde, würden Sie ihm in den Hintern kriechen und es als Privileg ansehen, seinen Sohn in Harvard zu haben. Daß diese Leute Bespitzelung, Erpressung und andere Skrupellosigkeiten im großen Stil betrieben haben, wie die Enthüllungsserie in *McClure's* bewiesen hat, darüber würden Sie großzügig hinwegsehen. Sie und Ihresgleichen sind doch nichts als eine Bande gelehrter Heuchler, Pharisäer im Universitätstalar!«

»Was verlangen Sie?«

»Daß mein Freund aufgenommen wird. Wie Sie das machen, ist Ihre Sache. Mein Freund weiß nichts von all dem, und ich erwarte von Ihnen, daß Sie ihn weder schikanieren noch bevorzugen«,

nannte Henry seine Forderungen. »Merrill ist intelligent und wird seinen Weg allein machen. Ich öffne ihm nur die Tür, damit er das beweisen kann. Sobald er Harvard verläßt, zerstöre ich die Negative.«
Phillip Hightower starrte Henry finster an. »Und wer garantiert mir das?«
Henry steckte die Fotos in den Umschlag zurück und erhob sich. »Sie werden es bezweifeln, aber ich bin ein Ehrenmann, und ich stehe zu meinem Wort. Hier ist die Adresse meines Freundes. Einen guten Tag, Professor Hightower!«
Zwei Tage später erhielt Merrill ein Schreiben vom Dekan, in dem dieser ihm mitteilte, daß er im Rahmen der Sonderfälle zur Prüfung zugelassen sei.
Merrill konnte es nicht glauben. »Wie hast du das bloß gemacht, Henry?«
Dieser lächelte. »Ganz einfach, ich habe ihn erpreßt.«
Merrill lachte, weil er das für einen Scherz hielt. Am nächsten Tag unterzog er sich der Aufnahmeprüfung, die der Dekan persönlich abnahm. Merrill bestand sie problemlos, und nach Entrichtung der Studiengebühren bekam er die Bestätigung ausgehändigt, daß er nun Harvard-Student war.
»Es werden sechs Jahre vergehen, bis ich die Universität absolviert und die Law School hinter mich gebracht habe. Ich darf nicht daran denken, was das alles kosten wird – und wie ich das je wieder gutmachen soll«, sagte Merrill am Abend vor Henrys Rückreise, als sie im Hotel Abschied feierten.
»Indem du sechs Jahre lang eisern lernst und der beste Anwalt wirst, den Harvard je hervorgebracht hat.«
»Aber was ist, wenn du gar keinen Anwalt brauchst, Henry?«
»Dein mangelndes Vertrauen ist nicht gerade schmeichelhaft, Merrill«, scherzte Henry. »Aber ich gebe dir mein Wort, daß ich einen mit allen Wassern gewaschenen Anwalt brauchen und mir von dir alles zurückholen werde, was ich die nächsten Jahre in dich investiere. Betrachte dich als eine meiner ersten Spekulationen.«
Nach einer halb durchzechten Nacht und einem bewegten Abschied am Morgen trat Henry die Rückreise nach Beaumont an. Daß er seinen besten Freund hier zurückließ und ihn die nächsten Jahre wohl immer nur kurz in den Ferien wiedersehen würde, berührte

ihn mehr, als er sich eingestehen wollte. Als der Zug anfuhr und Merrill auf dem Bahnsteig zurückblieb, überfiel Henry ein Gefühl der Traurigkeit und Einsamkeit. Nach Sally nun auch Merrill.

Sally.

Sie ging ihm nicht aus dem Sinn, während der Zug nach Boston dampfte. Er wünschte, sie wäre bei ihm oder würde ihn doch wenigstens in Sour Lake erwarten. Mit ihr hatte er immer alles bereden können, und ihr hatte er sein Herz geöffnet wie keinem anderen Menschen. Sie war der einzige Mensch, dem er anvertrauen würde, was er getan hatte, um Merrills Zulassung zu erreichen. Er hatte ihr schon lange nicht mehr geschrieben. Ob sie inzwischen wohl etwas mit diesem schwarzen Musiker hatte, den sie in ihrem vorletzten Brief erwähnt und mit so witzigen Formulierungen skizziert hatte?

Als Henry in Boston auf den Anschluß nach Chicago wartete, holte er seine Schreibmappe aus der Reisetasche und begann einen längst überfälligen Brief an Sally. Schon nach den ersten Zeilen vergaß er den Lärm und die Betriebsamkeit des Bahnhofs und hatte das Gefühl, ihr ganz nah zu sein und förmlich mit ihr zu sprechen. Um ein Haar hätte er den Zug nach Chicago verpaßt. Es hätte ihm nichts ausgemacht.

Achtes Kapitel

Pittsburgh stand in dem Ruf, die schwärzeste, dreckigste und unbarmherzigste Stadt der USA zu sein. Am Zusammenfluß des Allegheny und des Monongahela gelegen, die hier den Ohio bildeten, beherrschten der Flußhandel sowie die Herstellung von Glas, Stahl und Petroleum den Pulsschlag der Wirtschaftsmetropole. Das enorme ökonomische Wachstum spiegelte sich in der Zeitungsbranche der Stadt wider: Seit dem Ende des Bürgerkriegs gab es allein sieben große, miteinander konkurrierende Tageszeitungen in Pittsburgh, dazu einige Wochenzeitungen, Magazine und andere Spezialpublikationen.

Auf diese Zeitungsvielfalt setzte Sally ihre Hoffnung. Denn ihre

Ersparnisse reichten gerade aus, um die erste Wochenmiete für die Einzimmerwohnung in einem heruntergekommenen Mietshaus zu bezahlen. Die alten Backsteinhäuser des Schwarzenviertels, von den Weißen spöttisch Little Africa genannt, lagen am Bahngelände der *Baltimore & Ohio Railroad.* Es war eine schäbige Behausung. Der Linoleumboden bestand nur noch aus Fetzen, Schimmel hatte sich in den Ecken eingenistet, und immer wieder fiel die Wasser- und Stromversorgung aus. Dazu kamen vom Bahngelände der Ruß und der Lärm der Güter- und Passagierzüge, die Tag und Nacht an der Rückfront der billigen Mietshäuser vorbeiratterten.

»Wenn man sich darauf einstellt, ist es halb so schlimm«, meinte Pearl, die auf derselben Etage wohnte. »Ich habe immer drei Eimer Wasser unter der Spüle stehen und ausreichend Kerzen zur Hand. Und was das Etagenklo auf der Treppe betrifft, so habe ich mich da noch nie hingehockt. Ich benutze lieber das Nachtgeschirr in meinem Zimmer und gehe nur auf den stinkenden Abort, um dort morgens den Topf zu leeren. Und die Züge hörst du nach einer Weile gar nicht mehr.«

Sally lernte Pearl Buckner am Morgen ihres Einzugs kennen, nachdem sie der feiste Hausmeister im Unterhemd in den fünften Stock hochgeführt und die Tür aufgeschlossen hatte. »Kommen Sie, ich zeige Ihnen alles!«

»Du wirst ihr gar nichts zeigten, Wilson!« sagte da eine scharfe Stimme hinter ihnen.

Sally drehte sich überrascht um und sah eine bildhübsche junge Frau, die fast so hellhäutig war wie sie, die Stufen vom Abortverschlag auf halber Treppe hochkommen. Und obwohl die Frau nur mit einem zerschlissenen rosa Morgenmantel bekleidet war und einen buntbemalten Nachttopf in der Hand hielt, bewegte sie sich doch mit der Anmut und dem Selbstbewußtsein einer Königin.

Das schwammige Gesicht des Hausmeisters nahm einen wütenden Ausdruck an. »Das is' 'ne dreckige Verleumderin, die für jeden die Beine breitmacht. Halten Sie sich bloß von der fern!« zischte er Sally zu. »Nennt sich Tänzerin. Dabei is' sie 'ne Hure, die schon oft genug die Miete ...«

»Verschwinde, Wilson!« Die Frau im rosa Morgenmantel machte eine drohende Geste mit ihrem Nachttopf, was den Hausmeister tatsächlich bewog, sich schnell zu verdrücken.

»War das nötig?« fragte Sally mit einem amüsierten Lächeln.
»Wenn du nicht scharf darauf bist, daß er vor dir die Hose runterläßt und sich einen runterholt, bin ich gerade rechtzeitig gekommen. Wilson macht das mit allen neuen Mieterinnen. Er ist nämlich ein Spanner und Exhibialist oder wie man das nennt, du weißt schon.«
Sally nickte. »Exhibitionist.«
»Genau. Ich heiße übrigens Pearl Buckner«, sagte sie, klemmte sich den Nachttopf unter den linken Arm und hielt Sally die Hand hin. »Und du?«
»Sally Floyd.«
Pearl musterte sie mit einem Lächeln von Kopf bis Fuß. »Du könntest glatt als meine Schwester durchgehen. Ich habe Kaffee aufgesetzt. Hast du Lust auf eine Tasse und ein bißchen Unterhaltung?«
Sally hatte, und so begann ihre Freundschaft. Pearl, die eigentlich Pauline hieß, arbeitete als Revuetänzerin im *Bojangles,* einem Nachtclub, der auch von vielen Weißen besucht wurde. Doch sie war alles andere als ein Flittchen. Sie wollte es in ihrem Beruf zu etwas bringen und träumte von den berühmten Clubs in New York. Und anders als bei Mabel, deren Interesse an allen Dingen oberflächlicher Natur gewesen war, verbarg sich hinter dem fröhlichen, lebenslustigen Revuegirl eine ernste und anteilnehmende Freundin, der Sally alles anvertrauen konnte.

Pearl war aber auch das einzige Gute, das Sally während der ersten Monate widerfuhr. Ihre Chancen, bei einer der großen Tageszeitungen wie der *Pittsburgh Gazette,* der *Pittsburgh Post* oder der *Pittsburgh Dispatch* unterzukommen, war so unwahrscheinlich wie für Pearl die Solorolle in einem Broadwaystück. Die Diskriminierung der Schwarzen war im Norden nicht weniger stark ausgeprägt als im Süden, und bei manchen Zeitungen gelangte Sally nicht einmal ins Innere des Verlagshauses.
»Wenn du Arbeit suchst, dann begib dich gefälligst nach hinten zum Niggerpförtner beim Dienstboten- und Lieferanteneingang!« bekam sie mehr als einmal zu hören, wenn sie ein Verlagsgebäude betreten wollte und sofort von einem weißen Pförtner aufgehalten wurde. Und wenn sie dann zu sagen wagte, daß sie Arbeit als Reporterin suche und bei der Redaktion vorsprechen wolle, wurde

sie bestenfalls ausgelacht oder mit hämischen Worten weggeschickt wie: »Wenn ein Nigger wie Booker T. Washington einmal mit Präsident Roosevelt im Weißen Haus zu Tisch sitzt, heißt das noch lange nicht, daß diese Zirkusnummer auch andernorts nachgeahmt wird. Und jetzt verschwinde!«

Bei »schwarzen« Zeitungen hatte sie genausowenig Glück. Es gelang ihr zwar bei einigen, bis zur Redaktion vorzudringen und Arbeitsproben vorzulegen, doch niemand zeigte sich bereit, ihr eine Chance zu geben.

Sally ließ sich nicht entmutigen. Sie mußte jedoch Geld verdienen und nahm deshalb den erstbesten Job an, den sie fand. Bei *Harwitz & Kountze* füllte sie zehn Stunden am Tag Gurken in Gläser. Dann wechselte sie zur *Revere Rubber Company*, wo sie einen halben Dollar mehr Wochenlohn erhielt. Die Gummiausdünstungen, denen sie dort ausgesetzt war, hatten jedoch solche Kopfschmerzen zur Folge, daß sie schon nach wenigen Wochen aufhören mußte.

»Warum versuchst du es nicht auch als Tänzerin?« schlug Pearl ihr mehr als einmal vor. »Da verdienst du sogar als Revuegirl in der hintersten Reihe immer noch doppelt soviel wie in der Fabrik. Und du hast alles, was man dafür braucht: schlanke Beine, schmale Taille, einen reizvollen Busen, ein hübsches Gesicht und genau jene helle Haut, die in unserer Mulattenshow gefragt ist. Und tagsüber hättest du jede Menge Zeit, deine Geschichten zu schreiben und dich um deine Zeitungskarriere zu kümmern.«

Sally seufzte. »Ich wünschte, ich könnte es tun. Nur verstehe ich leider überhaupt nichts vom Tanzen. Außerdem hätte ich viel zu viele Hemmungen, mich so spärlich bekleidet auf einer Bühne zu zeigen.«

Pearl winkte lachend ab. »Das legt sich schnell. Wenn alle halbnackt herumlaufen, ist das nichts Besonderes mehr. Und was bei so einer Revue, die doch bloß eine bessere Fleischbeschau ist, an Tanzkünsten verlangt wird, bringe ich dir in ein paar Tagen bei.«

Sally war oft versucht, den Rat ihrer Freundin zu beherzigen und sich bei Todd Osborne, dem Geschäftsführer vom *Bojangles*, vorzustellen. Doch sie schreckte im letzten Moment immer wieder zurück und ertrug weiterhin die zermürbende Arbeit in einer Konservenfabrik, wo sie als Packerin einen armseligen Wochenlohn von drei Dollar und zwanzig Cent erhielt.

Mitte Dezember, als der erste Schnee fiel und der Dreck aus tausend Schornsteinen und Hochöfen das weiße Winterkleid im Handumdrehen in einen schmutzigen Lumpen verwandelte, hatte Fortuna endlich ein Einsehen mit Sally. Allison Delaney, einer der Redakteure der »schwarzen« Wochenzeitung *The Pittsburgh Observer*, bestellte sie in sein Büro, was um so verwunderlicher war, als er einer derjenigen Schwarzen gewesen war, die ihr geraten hatten, doch gefälligst zu heiraten und Kinder zu kriegen und nicht schwarzen Kollegen die Arbeit wegnehmen zu wollen, die eine Familie ernähren mußten.

Allison Delaney, ein unscheinbarer Mann Mitte Dreißig, an dem am meisten die steife Kleidung und der altmodische Kneifer auf der Nase auffielen, bot ihr nicht einmal einen Stuhl an. Er faßte sich sehr kurz. »Ich habe mir ihre Arbeitsproben noch einmal angesehen, Miss Floyd. Ihre Geschichten sind ganz ordentlich, und für zwei habe ich Verwendung.«

»Das ist ja wunderbar!« rief Sally in spontaner Freude.

Allison Delaney warf ihr einen mürrischen Blick zu, als habe er für solche Temperamentsausbrüche nichts übrig. »Ich werde Ihren Namen in Samuel Floyd abändern. Unsere Leser lassen sich ungern von einer Frau belehren. Sind Sie damit einverstanden?«

»O ja, Mister Delaney!« versicherte Sally hochbeglückt.

»Gut, hier ist Ihr Honorar. Bitte quittieren Sie! Weitere Artikel schicken Sie mir unverbindlich zur Prüfung zu!«

Und so las Sally eine Woche vor Weihnachten zum erstenmal ihren Familiennamen gedruckt in einer Zeitung. Der Wermutstropfen, daß ihr Vorname nicht stimmte, trübte ihre Freude kaum. Sie kaufte gleich zehn Exemplare der Ausgabe und schrieb Henry noch am selben Tag einen von Glück und Zuversicht strotzenden Brief, dem sie voller Stolz ihren Artikel beilegte. Von Henry hatte sie im vergangenen halben Jahr zweimal Post erhalten, was angesichts seiner Schreibfaulheit eine große Leistung war. Besonders hatte sie sich im September über den langen und überraschend gefühlvollen Brief gefreut, den er auf der Rückreise von Harvard auf dem Bahnhof in Boston begonnen hatte, und der sie erst nach Wochen erreichte, weil er zunächst nach New Orleans gegangen war und von dort wieder zurück nach Sour Lake. Der Brief hatte so viel Aufregendes, aber auch Betrübliches und nachdenklich Stimmendes enthalten, doch aus der Geschichte mit dieser Leona Blair wurde sie nicht schlau, wie oft sie den Brief auch zur Hand nahm. Machte er sich nur lustig, oder hegte er ernste Absichten? Nun, es war *sein* Leben ...

Zu Weihnachten schickte ihr Henry einen wunderschönen warmen Mantel. Ihr kamen die Tränen, als sie den gefütterten Wollmantel auspackte und Henrys Karte las. Ob er sich wohl über den Brieföffner aus Ebenholz freute, den sie auf dem Kirchenbasar gesehen und für ihn erstanden hatte? Sie hoffte es sehr.

Das neue Jahr 1905 begann so vielversprechend, wie das alte geendet hatte. Allison Delaney nahm Sally regelmäßig zwei Artikel pro Woche ab, was ihr Selbstbewußtsein ganz ungemein stärkte und ihr die Kraft gab, nach der Plackerei in der Fabrik und an den Wochenenden neue Artikel zu erarbeiten. Das regelmäßige Honorar gestattete ihr das Gefühl, nicht mehr ganz arm zu sein. Daß Pearl Mitte Januar Pittsburgh verließ und zusammen mit einem halben Dutzend Kolleginnen nach New York übersiedelte, war für Sally ein schwerer Schlag, kam jedoch nicht unvorbereitet. Todd Osborne, der Geschäftsführer des *Bojangles,* hatte schon in der letzten Dezemberwoche das lukrative Angebot eines New Yorker Nachtclubbesitzers angenommen, den renommierten *Clover Club* in Harlem zu übernehmen und aus der geschäftlichen Flaute zu führen, wie er es schon mit dem Lokal in Pittsburgh getan hatte.

Pearl versuchte zunächst, Sally zu überreden, mit ihr nach New York zu gehen, sah dann aber ein, daß ihre Freundin jetzt nicht aus Pittsburgh wegkonnte, da sie es gerade geschafft hatte, mit ihren Artikeln regelmäßig im *Observer* zu erscheinen.

Der Abschied ging ihnen beiden zu Herzen und war tränenreich. In dem halben Jahr ihrer Freundschaft waren sie wirklich wie zwei Schwestern geworden, die kein Geheimnis voreinander kannten. »Wir sehen uns bestimmt wieder, Sally!« versicherte Pearl schniefend und mit verquollenen Augen. »Irgendwann kommt jeder, der etwas mit Schreiben zu tun hat, nach New York.«

»Versprich mir, daß du schreibst!«

»Jede Woche, bis wir wieder zusammen sind«, versprach Pearl und hielt tatsächlich Wort, auch wenn ihre Briefe und Karten manchmal nicht länger als fünf Zeilen waren. Doch sie berichtete von ihrem Leben in Harlem, wo sie sich mit zwei anderen Tänzerinnen und einer Bildhauerin eine große Wohnung teilte, von ihrer Chance, vielleicht schon bei der nächsten Show im *Clover Club* einen kleinen Soloauftritt zu erhalten, und sie versicherte, wie sehr sie wünsche, daß Sally bei ihr sei. Niemals fehlte am Schluß die Frage: »Und wann kommst *du* nach New York?«

Sally kam schneller nach New York, als beide gedacht hatten. Allison Delaney sorgte dafür. An einem eisigem Sonntagmorgen stand er unangemeldet vor Sallys Tür. Er hatte sie schon zweimal aufgesucht, und beide Besuche hatten bei ihr einen unangenehmen Eindruck hinterlassen. Er hatte nichts gesagt oder getan, was sie ihm hätte übelnehmen können, doch seine begehrlichen Blicke, mit denen er sie taxierte, wenn er sich unbeobachtet wähnte, waren ihr nicht entgangen. Sie hatte weder Interesse noch Anlaß, ihn zu verärgern, und so bat sie ihn auch diesmal herein.

»Ich habe gute Nachrichten, Sally. Ich darf Sie doch Sally nennen, ja?« sagte er aufgeräumt und ließ sich von ihr den Mantel abnehmen. »Also, bei uns im *Observer* wird eine Stelle frei, und ich habe bei der Besetzung ein Wörtchen mitzureden. Eigentlich habe ich Sie für die Stelle im Auge.«

»Eine feste Anstellung?« stieß Sally aufgeregt hervor.

»Ja, bei mir im Ressort. Und mit fünf Dollar gut bezahlt«, sagte er. »Ich hätte Sie gern, Sally, aber natürlich reißen sich auch andere um diese Stelle. Ich muß es mir also gut überlegen, für wen ich mein Wort in die Waagschale werfe.«

Ihr Mißtrauen erwachte vollends, als sie seinen unverhohlen lüsternen Blick auf sich gerichtet sah. »Und was erwarten Sie dabei von mir, Mister Delaney?«

»Entgegenkommen.« Er lächelte. »Sie verstehen schon.«

Ihr Gesicht nahm einen harten Ausdruck an. »Nein, tue ich nicht. Würden Sie sich bitte etwas genauer ausdrücken, Mister Delaney?« forderte sie ihn kühl auf.

Er lächelte nervös. »Mein Gott, Sally, Sie wissen doch bestimmt, wie man sich mit einem Mann ein paar schöne Stunden macht«, sagte er anzüglich und tastete mit seinen Augen ihren Körper ab. »Sie gefallen mir, Sally. Wir könnten ein gutes Team abgeben.«

»Sie wollen, daß ich mit Ihnen ins Bett gehe, ja?«

Er grinste. »Ist doch ein faires Geschäft, oder?«

Sally überlegte nicht lange. »Raus!« rief sie. »Wenn Sie eine Nutte suchen, haben Sie sich in der Tür geirrt!«
Er lief rot an. »He, nun mal langsam. Sie scheinen vergessen zu haben, daß ich ...«
»Raus, Sie schleimiger, geiler Bock!«
Wütend riß er seinen Mantel vom Haken. »Bilden Sie sich bloß nicht ein, Sie wären irgendwas Besseres ... Sie Bastard!« giftete er. »Ich weiß nicht, welcher Schwachkopf es ist, der ein Interesse daran hat, daß Ihre mittelmäßigen Artikel erscheinen. Aber ich habe gut daran verdient, daß ich Ihnen Ihren Mist abgenommen habe.«
Sally wurde blaß und packte ihn am Kragen seiner Jacke. »Wer hat Sie dafür bezahlt?« stieß sie hervor.
»Lassen Sie mich los!«
»Wer?« schrie sie ihn an.
»Ein Kerl, der sich Jebb Fergusson nennt. Hat 'ne Detektei an der Fillmore Street. Und jetzt lassen Sie mich endlich los!« Und sowie sie ihn freigab, riß er die Tür auf und stürmte hinaus.
Sally sackte kraftlos auf einen Stuhl. Sie brauchte diesen Jebb Fergusson gar nicht erst aufzusuchen und ihn zu fragen, wer den Redakteur bestochen hatte, Artikel von ihr anzunehmen. Sie wußte auch so, wer dahintersteckte: Henry.
Der Stolz auf ihre Artikel und ihr Selbstbewußtsein, es endlich geschafft zu haben, waren mit einem Schlag zunichte gemacht. In wildem Zorn, daß er auf diese Art in ihr Leben hineingepfuscht hatte, setzte sie sich an ihre Schreibmaschine und schrieb ihm einen bitterbösen Brief. Als sie sich ihre Wut von der Seele geschrieben hatte, zerriß sie die Seiten und weinte. Der Brief, den sie schließlich an Henry abschickte, bestand nur aus wenigen Zeilen und lautete:

Lieber Henry,
wenn ich Deine Hilfe brauche, werde ich es Dich wissen lassen. Ich brauche jedoch niemanden, der sich hinter meinem Rücken in mein Leben einmischt und mich bei einer Zeitung »aushält«. Hast Du so wenig Zutrauen, daß ich es aus eigener Kraft schaffe? Statt mir zu helfen, hast Du mir geschadet und mich tief verletzt. Tu das nie wieder! – Ich verlasse Pittsburgh und gehe nach New York. Bei Pearl ist ein Zimmer freigeworden.

Sally

Am nächsten Morgen schickte Sally nicht nur den Brief an Henry ab, sondern sie gab auch ein Telegramm an Pearl auf.
Jetzt hielt sie nichts mehr in Pittsburgh.

Drei Tage später stieg sie mit ihren wenigen Habseligkeiten in New York aus dem Zug und fiel ihrer Freundin, die auf dem Bahnsteig auf sie gewartet hatte, weinend in die Arme.
»Kopf hoch, Sally!« tröstete Pearl sie. »Jetzt bist du da, wo du hingehörst. Pittsburgh ist nichts für Leute wie uns. Erst hier in New York beginnt das Leben richtig, merk dir meine Worte! Ich muß gleich zur Probe. Du kommst am besten mit in den *Clover Club*. Es wird dir gefallen und dich auf andere Gedanken bringen. Und nach der Vorstellung gehen wir feiern. Es gibt da ein paar Leute, die du unbedingt kennenlernen mußt.«
Eine Mietdroschke brachte sie nach Harlem in die 53rd Street.
Sally hatte sich noch keine fünf Minuten im *Clover Club* aufgehalten, als eine vertraute Stimme, die hinter ihr aus der Künstlergarderobe kam, ihren Namen rief: »Sally Floyd! Holen wir erst den Abschied nach, oder feiern wir gleich unser Wiedersehen?«
Sie zuckte zusammen und wirbelte herum, einen ungläubigen Ausdruck auf dem Gesicht. »Das gibt es doch nicht!« Dann lachte sie. Vor ihr stand Winton Ebony Fitzgerald.

Neuntes Kapitel

In der zweiten Februarwoche, als die Städte im Norden von einem schweren Wintersturm heimgesucht wurden und heftiger Schneefall den Verkehr in New York zum Erliegen brachte, unternahm Henry seine erste Reise nach Florida. Er trat sie unfreiwillig, überstürzt und in großer Sorge an.
Das Telegramm, das ihn jäh aus seiner Arbeit riß und binnen zwei Stunden zum Aufbruch veranlaßte, erreichte ihn am frühen Nachmittag. Es kam aus St. Augustine und enthielt eine ebenso kurze wie bestürzende Nachricht:
ARTHUR GESTERN MIT HERZANFALL INS ALICIA-KRANKENHAUS EIN-

GELIEFERT + STOP + ZUSTAND NICHT KRITISCH, ABER BESORGNIS-ERREGEND + STOP + HALTE SIE AUF DEM LAUFENDEN + STOP +

AGNES BRODERICK

Henry dachte nicht daran, in Sour Lake auf weitere Nachrichten aus Florida zu warten. Für ihn stand außer Frage, daß er sofort nach St. Augustine reisen mußte. Er besprach mit Lee, der im September seinen Job im Hotel aufgegeben und Merrills Posten bei *Broderick & Maynard* übernommen hatte, einige geschäftliche Dinge, packte einen Koffer und saß schon kurz vor Einbruch der Dunkelheit im Express der *Texas & New Orleans Railroad.* Er hatte sich den Luxus eines eigenen Schlafabteils geleistet, weil er es nicht ertragen hätte, für die Dauer der Fahrt mit anderen Fahrgästen höfliche Konversation zu betreiben, während er voller Sorge um Arthur war.

Henry griff zur Zeitung und begann den Bericht eines Augenzeugen zu lesen, der am 22. Januar vor dem Winterpalast in Petersburg miterlebt hatte, wie das Militär des russischen Zaren eine Massendeputation von über dreißigtausend Arbeitern mit brutaler Gewalt auseinandergetrieben hatte. Über tausend Demonstranten hatten an diesem »Blutsonntag« ihr Leben verloren. Die Folge waren nun Massenstreiks in fast allen großen Städten Rußlands und weitere blutige Zusammenstöße.

Er konnte sich jedoch nicht auf die Lektüre konzentrieren, und so überflog er die Schlagzeilen weiterer Artikel. Die russische Festung Port Arthur hatte nach schweren Verlusten vor den japanischen Truppen kapituliert. Die Regierungen von Frankreich und Deutschland stritten sich um Marokko. Fast eine Viertelmillion deutsche Bergarbeiter streikten im Rheinisch-Westfälischen gegen Zechenstillegungen und für einen Zehnstundentag. Der Oberste Gerichtshof der Vereinigten Staaten hatte die staatlichen Zwangsimpfungen für verfassungsgemäß und den mächtigen Beef Trust für illegal erklärt. Die anstehende Gründung einer militanten Gewerkschaft von Industriearbeitern, die sich unter dem Namen *Industrial Workers of the World* in Chicago …

Henry gab es auf und legte die Zeitung aus der Hand. Es hatte keinen Sinn, sich durch Lesen von seiner inneren Unruhe und seinen Sorgen ablenken zu wollen. Es funktionierte nicht. Er klingelte nach dem Zugbegleiter, ließ sich einen doppelten Brandy bringen, zündete sich eine dünne Muriel-Zigarre an und ließ seine

Gedanken treiben, während der Zug im Licht der verglühenden Sonne nach Osten dampfte.

»Tu mir das nicht an, Arthur!« murmelte Henry vor sich hin, während die Nacht sich über das Labyrinth der Bayous legte, und ihm wurde klar, daß die Schwindelanfälle, die Arthur im Herbst gehabt hatte, eine Warnung gewesen waren. Er hätte die Anfälle ernster nehmen müssen. Aber Arthur hatte ja selber alles heruntergespielt, und wie ereignisreich und hektisch waren doch die letzten sechs, sieben Monate gewesen!

Es hatte schon damit angefangen, daß Lee ihn noch am Tag seiner Rückkehr von Harvard beiseite nahm und und ihm mitteilte, daß er Janice heiraten würde.

»Du alter Casanova willst in den Hafen der Ehe einlaufen?« Henry freute sich für den Freund und wollte ihn schon beglückwünschen. Doch Lee erwiderte. »Von ›will‹ ist keine Rede. Ich muß. Es ist passiert, obwohl ich immer verdammt aufgepaßt habe. Janice ist schwanger, und ich traue ihr zu, daß sie sich wirklich etwas antut, wenn ich sie nicht zu einer ehrbaren Ehefrau und Mutter mache. Ich sitze in der Falle.«

»Ach was, ihr liebt euch doch. Ich wette, dir bekommt die Ehe«, versuchte Henry seinen Freund aufzumuntern, und zusammen mit Arthur, Ted und zwei Freundinnen von Janice richteten sie binnen einer Woche eine große Hochzeit mit Festzelt, Tanzkapelle und üppigem Büffet aus, an der sogar Lee seine helle Freude hatte. Janice war eine hübsche, strahlende Braut, und auch Lee machte in der Kirche und bei der anschließenden Feier den Eindruck eines glücklichen Bräutigams. Doch Henry kannte seinen Freund und dessen große Schwäche für das weibliche Geschlecht nur zu gut, um für die beiden allzu optimistisch in die Zukunft zu blicken. Um ihnen den Beginn der Ehe zu erleichtern, trug er Lee Merrills Stelle an. Er zahlte ihm das Doppelte, was er im Hotel als Lohn bekommen hatte. Womit keiner gerechnet hatte, war, daß sich dieser Freundschaftsdienst auch geschäftlich auszahlte. Die trockene Buchhaltung bereitete Lee zwar wenig Freude, aber dafür erwies er sich als blendender Verkäufer mit einem ganz besonderen Händchen für die Werbung.

Eine Woche nach der Hochzeit von Lee und Janice hatte Arthur seinen ersten Schwindelanfall, und er wäre beinahe vom Gerüst gestürzt. Noah hielt ihn im letzten Augenblick fest. Wenige Tage später hatte er einen zweiten Anfall. Doch beide Male spielte er die Sache herunter.

»Ich habe ein paar Nächte schlecht geschlafen, das ist alles«, brummte er und begehrte geradezu ärgerlich auf, als Henry ihn bat, doch einen Arzt aufzusuchen. Immerhin ließ er sich schließlich dazu überreden, nicht mehr in einen Bohrturm zu steigen.

Das hatte Arthur auch wirklich nicht mehr nötig. Der Firma ging es gut. *Broderick & Maynard* stand auf soliden Beinen und warf ausgezeichnete Gewinne ab, über die Arthur immer wieder aufs neue staunte, wenn sie am Ende eines Monats Zwischenbilanz zogen und ihren Gewinn errechneten.

Die Zufriedenheit mit dem Erreichten teilte Henry mit seinem Partner allerdings ganz und gar nicht. Er hatte ehrgeizige, hochfliegende Pläne und war nicht gewillt, sich nach Wiggeltons Betrug mit einer unbedeutenden Rolle im Ölgeschäft abzufinden. Daß er Merrill nach Harvard gebracht hatte, war keiner Laune entsprungen, sondern Teil seines Traumes, den er mit aller dazu nötigen Willenskraft und Arbeitswut notfalls dazu zwingen wollte, Wirklichkeit zu werden.

Von den fünfzigtausend Dollar, der Abschlagszahlung aus dem faulen Penrose-Hill-Vertrag, hatte er nach Abzug seiner Prämienschuld an die Crew von Quien Sabe und einiger anderer Ausgaben noch fast fünfundvierzigtausend Dollar übrig. Fünfundzwanzigtausend davon investierte er im Oktober in die *Oklahoma Oil Discovery Company*.

Indirekt hatte ihn Ted, der mittlerweile zum Derrickman aufgestiegen war und für die *Straight Ten Oil Company* von Sayer und McIver arbeitete, auf die Gruppe von Fachleuten aufmerksam gemacht, die in Oklahoma nach Öl suchen wollten, aber nicht über ausreichend Kapital verfügten. »Die Burschen haben alle mächtig was auf dem Kasten«, lobte Ted die Männer, die ihn angesprochen hatten, ob er sich ihnen nicht als Derrickman auf Erfolgsbasis anschließen wolle. »Einer von ihnen ist sogar ein studierter Geologe. Aber keiner hat auch nur einen müden Dollar auf der Naht, und du weißt, ich bin mehr wie Arthur und für den sicheren Spatz in der Hand, als daß ich mich von der Taube auf dem Dach verlocken lasse.«

Henry hörte sich um, sprach mit einigen von den Männern, besonders mit dem Geologen James Burke, und redete dann mit Jack McIver, zu dem er einen lockeren, aber herzlichen Kontakt hielt. Aus dem unbedarften, nervösen jungen Mann, der sein Erbe in ein Ölabenteuer investiert hatte, war innerhalb von nur drei Jahren ein erfolgreicher, selbstbewußter und kenntnisreicher Ölproduzent geworden.

McIver redete selbst mit James Burke und ließ sich wie Henry von seinen Ideen und Theorien überzeugen. Ende Oktober gründeten dann Henry und Jack McIver die *Oklahoma Oil Discovery Company.* Von den hunderttausend Dollar Startkapital brachte jeder von ihnen ein Viertel auf. Fünf weitere Gesellschafter beteiligten sich mit je zehntausend Dollar. Da das Unternehmen vorerst finanziell gesichert war und es auch im Interesse von Henry lag, hatte Ted nun nichts mehr dagegen, sich der Crew als Derrickman anzuschließen. Im Gegenteil, er freute sich jetzt auf die Ölsuche in Oklahoma.

Noah, der immer mehr von Arthurs Aufgaben übernahm, beschäftigte sich schon seit einiger Zeit mit stählernen Derrickkonstruktionen. Henry fuhr in dieser Angelegenheit mit ihm nach Houston und Los Angeles.

Als sie wiederkamen, fragte Arthur eines Abends, als Henry und er bei Bier und Zigarre in der Bar des *Sour Lake Hotel* saßen: »Sag mal, kann ich es dir zumuten, im Januar und Februar ohne mich auszukommen?«

»Sicher. Mal ein bißchen Ruhe vor dir zu haben, wäre die reinste Erholung. Außerdem muß ich mir bald selbst Arbeit suchen, wenn Lee so weitermacht und alles an sich reißt«, übertrieb Henry. »Aber warum fragst du das? Willst du dich zur Ruhe setzen?«

Arthur fuhr sich über seinen buschigen Walroßbart, der schon von Grau durchzogen war, und schüttelte den Kopf. »Du weißt ja, wie sehr mir das feuchtkalte Wetter zusetzt. Ich habe mich deshalb entschlossen, Mister Blairs Rat zu beherzigen und für zwei Monate nach Florida zu gehen. Ich nehme Agnes mit.« Er zwinkerte Henry zu. »Sie hat im Sommer, als sie zu Besuch bei ihrer Freundin war, mit der sie doch ein Zimmer in der *Academy for Young Ladies* teilt, diesen ominösen Mister Frederick Barlow aus St. Augustine kennengelernt. Seine Familie besitzt dort eine Ziegelei oder etwas in der Art, auf jeden Fall ein solides Unternehmen, wie meine Agnes von den

Eltern ihrer Freundin erfahren hat. Also fahren wir nach St. Augustine.«

»Eine wunderbare Idee!« Henry freute sich für seinen Partner und dessen Tochter. Er war Agnes im Laufe der Jahre zweimal begegnet, als sie ihren Vater jeweils kurz besucht hatte. Sie war eine sympathische Person, die durch ihre liebe und ungekünstelte Art ihr eher durchschnittliches Aussehen wettmachte.

Merrill kam über Weihnachten und Neujahr nach Sour Lake. Auch Ted nahm sich für ein paar Tage frei, so daß der harte Kern der Freundesclique für eine kurze, aber turbulente Zeit wieder vereint war. Nur Sally fehlte.

Merrill hatte sich in Harvard bestens eingelebt und mit Begeisterung dem akademischen Leben auf dem Campus verschrieben. Er selbst wollte es nicht wahrhaben, aber schon nach diesen ersten Monaten konnte man sehen, wie er sich zu verändern begann. Seine Ausdrucksweise, die schon immer etwas gepflegter gewesen war als die von Ted oder Lee, hatte den letzten rauhen Ton der Boomtown verloren. Seine Interessen gingen in eine neue intellektuelle Richtung, und seine Ansichten wurden zunehmend von theoretischen Überlegungen geprägt. Sogar seine Witze waren anders. Die Pointen wirkten geistvoller und hintergründiger – und waren manchmal für den, der nicht mit dem Campusleben vertraut war, unverständlich.

»Der Junge ist in allem um ein paar Klassen besser geworden«, spottete Ted, brachte damit aber die Beobachtung aller auf den Punkt. »Richtig was zum Vorzeigen. Aber warten wir ab, ob er uns kommendes Jahr auch noch kennt. Beim nächsten Wiedersehen stellt er sich wohl mit Mister Climo vor und überreicht uns seine Visitenkarte. Für seine Witze braucht man ja heute schon eine Gebrauchsanweisung.«

Merrill nahm ihn scherzhaft in den Schwitzkasten. »Das kommt dir nur so vor, weil dein Hirn langsam im Öl ersäuft. Und was die Visitenkarte betrifft, so würdest du Analphabet sie doch bloß für einen Gutschein fürs nächste Bordell halten, du Schlammbohrer«, frotzelte er.

Henry war so stolz wie ein Vater, auch wenn er sich bemühte, es nicht zu zeigen. Sein Instinkt hatte ihn nicht getrogen, und er war froh, daß er Merrill keine andere Wahl gelassen hatte. Harvard war der richtige Ort für diesen jungen Mann. Hier konnten sich seine

Begabungen voll entfalten und die richtige Förderung erhalten. Merrill würde eines Tages ein brillanter Anwalt sein, auf dessen unverbrüchliche Loyalität Henry blind vertrauen konnte.
Nach den Feiertagen ging die Clique auseinander wie Kinder, die längst getrennt voneinander ihr eigenes Leben lebten und nur noch gelegentlich bei Besuchen in ihrem Elternhaus zusammenkamen. Merrill kehrte nach Harvard zurück und Ted zu seiner Bohrcrew nach Oklahoma.
Schon wenige Tage nach ihrer Abreise hatte Henry zum drittenmal Abschied nehmen müssen, als er seinen Partner zum Zug begleitete, der Arthur zuerst zu seiner Tochter nach Baton Rouge bringen sollte. Von dort wollten sie dann gemeinsam nach St. Augustine an die Ostküste Floridas reisen.
Statt sich zu freuen, war Arthur besorgt und voller Zweifel, und als Henry ihm gut zuredete, erwiderte er: »Natürlich kann ich es mir leisten! Nach dem Tod meiner Frau habe ich davon geträumt, meiner Agnes am Tag ihrer Eheschließung zehntausend Dollar Mitgift in die Hand legen zu können. Jetzt vermag ich ihr mehr als das Doppelte zu geben und habe immer noch genug übrig, um davon für den Rest meines Lebens ausgesorgt zu haben. Es ist nicht das Geld, Henry. Ich kann mir die Wochen im *Alcazar* sehr wohl leisten.«
»Was ist es dann, was dir Sorgen macht?«
»Ich war neun, als meine alles andere als goldene Kindheit aufhörte und für mich das Arbeitsleben in einer Sägemühle begann. Die Arbeitszeit betrug erst nur zehn Stunden. Doch als ich zwölf wurde, galt die normale Tagesschicht von zwölf Stunden auch für mich. In den fünfundvierzig Jahren meines Arbeitslebens habe ich nicht *einmal* Urlaub gemacht. Und jetzt ...« Er machte eine hilflose Geste, und fast so etwas wie Angst stand in seinen Augen, als er fortfuhr: »Ich weiß überhaupt nicht, ob Urlaub zu machen etwas für mich ist. Vielleicht ertrage ich es gar nicht.«
Zwei Wochen später erhielt Henry einen begeisterten Brief von Arthur. Er beschrieb Florida und insbesondere St. Augustine als ein Paradies auf Erden, wo unter blauem Himmel die Palmwedel im warmen Wind rauschten und wo subtropische Blumen in unbeschreiblicher Farbenpracht und Üppigkeit blühten, wohin das Auge blickte. Und sein Hotel, das *Alcazar*, bezeichnete Arthur als einen

unbeschreiblichen, wahr gewordenen Traum aus Tausendundeiner Nacht.
Henry lächelte, als er den Brief las. Sein Partner war mit wenig zufrieden. Für Arthur war schon ein Polster auf dem Sitz seines Fuhrwerks Komfort und ein Schlafwagenabteil, in dem einem das Bett gerichtet und morgens das Frühstück gebracht wurde, absoluter Luxus. Kein Wunder, daß ein Hotelaufenthalt in dieser sicherlich reizvollen Landschaft ihn zu solchen Lobeshymnen veranlaßte. Aber was machte es schon, daß Arthur sich zu Übertreibungen und Überschwenglichkeiten hinreißen ließ, die sonst so gar nicht seine Art waren. Henry freute sich, daß es seinem Partner so prächtig ging und daß Agnes viel mit diesem jungen Mann zusammen sein konnte, von dem Arthur ihm erzählt hatte. Es lag sogar eine Verlobung in der Luft, wie der stolze Vater schrieb. Der Aufenthalt der Brodericks in Florida war also ein voller Erfolg, und das war die Hauptsache. Und dann, viereinhalb Wochen später, war das Telegramm von Agnes eingetroffen ...

Am Morgen stieg Henry in Jacksonville, Floridas nördlichster Hafenstadt, in einen Zug um, der ihn auf dem Streckennetz von Flaglers *Florida East Coast Railway* nach St. Augustine brachte. Die Fahrt ging teilweise so nahe an der Küste entlang, daß die weißen Sanddünen, von Gräsern und Flechten bewachsen, fast an den Schienenstrang heranreichten und man dahinter das tiefblaue Meer sehen konnte.
Fasziniert schaute Henry aus dem Fenster. Das also war Florida! Er hatte sich keine Vorstellung gemacht, was ihn erwarten würde, doch mit dieser subtropischen Schönheit hatte er nie und nimmer gerechnet. Und für eine Weile vergaß er sogar seine Sorge um Arthur.
Wilde blühende Büsche mit leuchtenden wie auch pastellzarten Blüten, dichtes Mangrovendickicht, Zypressen, immergrüne Bäume voller Spanisch Moos, Pinien und Palmen prägten den Küstenstreifen, der am Fenster vorbeizog. Und der Himmel glich einem riesigen Teller aus blauglasiertem Porzellan, besprenkelt mit einigen Sahnetupfern.
Henry war völlig in den Anblick dieser Landschaft versunken, die tatsächlich etwas Paradiesisches hatte. Und wie warm es hier war! In Sour Lake hatte es bei ungemütlich kühlen Temperaturen geregnet,

und im Norden klagte man über eisige Schneestürme, während hier die Sonne so kräftig vom Himmel lachte wie anderswo nur im Sommer. Dabei war es Mitte Februar.
Der Zug lief in den Bahnhof von St. Augustine ein, das sich rühmte, die älteste Stadt Amerikas zu sein, hatten doch hier spanische Siedler unter dem Konquistador Ponce de Leon Mitte des 16. Jahrhunderts die erste dauerhafte Siedlung errichtet.
»Bringen Sie mich ins Alicia Hospital, so schnell Sie können!« forderte Henry den Kutscher der Mietdroschke auf. Die Ungewißheit, wie es Arthur wohl gehen mochte, ja ob er überhaupt noch lebte, nahm ihn nun wieder ganz in Anspruch. Die Fahrt ging durch idyllische Straßen mit strahlendweißen und gedecktfarbigen Häusern im Kolonialstil, die im Schatten alter Bäume und schlanker Palmen standen und von blühenden Gärten umgeben waren. Elegant gekleidete Männer und Frauen flanierten unter dem Blätterdach der Alleen und durch großzügige Parkanlagen. Die Frauen schützten ihr Gesicht mit breiten Florentinerhüten und Parasols, deren Ausführungen von romantisch verspielt bis zu witwenschwarz und gouvernantenstreng reichten. Elegant und ein Abbild der zahlungskräftigen Kundschaft, die hier überwinterte, waren auch die Kutschen, Landauer und Automobile, die Henry auf der Fahrt zum Krankenhaus begegneten. Doch all das und den berückenden subtropischen Charme der Stadt nahm er gleichsam gedankenverloren wahr, weil er voller Unruhe war.
Endlich hatten sie das zweistöckige Gebäude erreicht. Henry bezahlte den Kutscher, nahm sein Gepäck und stürzte in das Krankenhaus. Wenige Minuten später stand er im Zimmer seines Partners. »Gott sei Dank!« rief er. »Du lebst!«
»Wenn du geglaubt hast, mich hier schon im Sarg anzutreffen und die Firma ganz an dich reißen zu können, hast du dich um einiges zu früh gefreut, Partner. Du hast noch eine Menge Zeit, um für einen anständigen Kranz zu sparen.«
Henry lachte und hatte Tränen der Erleichterung in den Augen, als er zu Arthur trat, der in einem Rollstuhl aus spanischem Rohr vor der Tür zum Balkon saß. Er umarmte ihn, erst danach nahm er sich die Zeit, Agnes und ihren Begleiter zu begrüßen, einen etwas schüchtern dreinblickenden Mann Ende der Zwanzig.
Agnes stellte ihm Frederick Barlow vor und fügte mit strahlenden

Augen hinzu: »Mein Verlobter.« Dabei errötete sie und warf Frederick einen verliebten Blick zu, der nun ihrem Verlobten das Blut ins Gesicht trieb.
»Herzlichen Glückwunsch!« Henry schüttelte noch einmal ihre Hände. »Agnes ... Mister Barlow.«
»Danke, Sir.«
»Und danke, daß Sie die lange Fahrt auf sich genommen haben und nach St. Augustine gekommen sind, Henry«, sagte Agnes.
»Das war doch selbstverständlich«, versicherte Henry.
»Dummes Zeug war es!« polterte Arthur. »Ich habe ihr deshalb schon die Leviten gelesen. Dich aus Texas kommen zu lassen, als läge ich hier im Sterben! Dafür hättest du eine Tracht Prügel verdient, Agnes. Aber seit du und Frederick euch einig geworden seid, habe ich ja nicht mehr allzuviel zu bestimmen.«
Frederick Barlow zeigte eine halb verlegene, halb stolze Miene. »Wir werden natürlich mit der offiziellen Verlobung warten, bis es Ihnen wieder bessergeht, Sir.«
»Mir wird es sofort bessergehen, sowie ich hier raus bin und keinen von diesen Wichtigtuern im weißen Kittel mehr sehe. Die Burschen umflattern einen ja wie die Aasgeier einen Kadaver!« knurrte Arthur verdrossen.
»Daddy!« rief Agnes schockiert. »Die Ärzte haben gesagt ...«
»Ich weiß, was die Ärzte gesagt haben. Wenn ich etwas verkaufen will, rede ich auch eine ganze Menge«, fiel Arthur ihr ins Wort. »Und jetzt laßt mich mit meinem Partner allein. Wir haben wichtige Geschäfte zu besprechen!«
»Natürlich, Dad«, sagte Agnes gehorsam.
»Ich wüßte nicht, was es Wichtiges zu besprechen gäbe«, sagte Henry verwundert, als Agnes und Frederick Barlow gegangen waren. Die Schwester, die ihn zu Arthur geführt hatte, hatte von einer leichten Herzattacke gesprochen, die Anlaß zur Besorgnis und zu einem veränderten Lebenswandel sei, Arthur aber noch lange nicht zu einem Todkranken mache.
»Hast du eine Zigarre für mich?«
»Ja, aber keine von deinen dicken Palinas, nur meine dünnen Muriels.«
»Besser als gar nichts«, brummte Arthur und machte eine ungeduldige Handbewegung. »Hier kriegt man weder eine anständige Zi-

garre noch einen Brandy. Kein Wunder, daß man sich so elend fühlt. Laß uns zum Rauchen auf den Balkon gehen. Die Schwestern sind nämlich noch schlimmer als die Ärzte.«
Henry schob Arthur im Rollstuhl auf den Balkon, holte sich einen Sessel aus dem Zimmer und bot seinem Partner eine von seinen Muriels an.
Arthur lachte wie ein Kind, das einen Streich ausgeheckt hat, als seine Zigarre brannte. »Jetzt sieht die Welt schon besser aus. Tut mir leid, daß Agnes dich so unnötig in Aufregung versetzt hat. Ich glaube, die Arme hat tausendmal mehr Angst vor dem Tod als ich. Na, wenigstens ist sie jetzt in guten Händen. Ein solider Bursche, mein zukünftiger Schwiegersohn«, plauderte er entspannt und gutgelaunt.
»Ja, er macht einen recht guten Eindruck.«
»Ein bißchen steif und farblos, aber herzensgut und tüchtig«, meinte Arthur. »Ein Mann, auf den Verlaß ist, und das ist es, was meine Agnes braucht. Und wenn sie glücklich sind, bin ich es auch. Aber jetzt sag mal, wie dir diese Ecke unseres großartigen Landes gefällt! Kann man es hier aushalten oder nicht?«
Henry lachte. »Es ist umwerfend, geradezu paradiesisch!«
Arthur nickte, sog genüßlich an der Zigarre und schaute auf die Palmen des Innenhofes. »Ja, der alte Flagler hat das Geschäft des Jahrhunderts gemacht, als er zusammen mit Rockefeller den *Standard Trust* aufgebaut hat. Doch daß er einige Dutzend Millionen von seinem Vermögen und die letzten beiden Jahrzehnte dazu benutzt hat, die vielen kleinen Eisenbahnlinien an der Ostküste Floridas aufzukaufen, auf eine einheitliche Spurweite zu bringen, das Eisenbahnnetz bis hinunter nach Miami zu führen und dieses Paradies durch den Bau einiger Luxushotels zu erschließen, das ist seine wahre Leistung.« Und mit einem Augenzwinkern fügte er hinzu: »Selbst Jonathan Blair ist der Meinung …«
»Was, du hast mit Jonathan Blair gesprochen?« stieß Henry wie elektrisiert hervor.
»Ja, ich habe ihn vorletzte Woche mit seiner Frau unten am Fort Marion getroffen, einen Tag vor seiner Abreise.«
Hinter Henrys Stirn überstürzten sich die Gedanken. »Abgereist? War er nur mit seiner Frau oder auch mit seiner Tochter hier?«
Arthur grinste. »Dein hübscher Blondschopf war auch mit von der Partie.«

»O mein Gott!« stöhnte Henry. Er hatte Leona verpaßt! »Wann war das? Sind sie wieder nach New York zurückgereist?«
»Die Blairs haben hier nur die ersten beiden Wochen verbracht, um sich nach dem eisigen Wetter in New York erst einmal an die Wärme zu gewöhnen, bevor sie weiter nach Süden gingen, um dort den Rest der Wintersaison zu verbringen.«
Freudige Hoffnung erwachte in Henry. »Wohin wollten sie von hier aus reisen? Welcher Ort? Welches Hotel?«
»Ich kann es dir nicht sagen, jedenfalls nicht genau. Jonathan Blair sprach von zwei anderen Luxushotels, die Flagler weiter südlich errichtet hat, nämlich das *Royal Poinciana* in Palm Beach und das *Royal Palm* in Miami. In einem hatte er Zimmer reserviert, doch ich weiß nicht in welchem.«
Henry schwieg.
»Keine Sorge, ich nagle dich schon nicht in meinem Krankenzimmer fest, Partner!« sagte Arthur.
»Davon habe ich kein Wort gesagt.«
»Mach mir nichts vor, Henry! Ich weiß doch, was jetzt in dir vorgeht. Du willst Leona wiedersehen und kannst es gar nicht erwarten, den Blairs nachzureisen«, sagte Arthur offen. »Ich halte dein ... Engagement in dieser Sache zwar nach wie vor für unklug, aber ich will auch nicht versuchen, dir etwas auszureden, was nur du dir selbst ausreden kannst. Also laß mir ein paar von deinen schmalbrüstigen Muriels hier, und mach dich auf die Socken!«
Henry war beschämt. »Arthur, ich bin wegen dir gekommen und ...«
»Unsinn!« fuhr Arthur ihm ins Wort. »Ich liege noch nicht auf dem Sterbebett, als daß ich solche Opfer von dir erwarten könnte. Also verschwinde schon! In einer Woche oder so sehen wir uns wieder!«
Henry ließ sich nicht ein drittes Mal auffordern. Bei einem Herrenausstatter unter den Geschäftsarkaden des *Alcazar,* das wie das gegenüberliegende Hotel *Ponce de Leon* im spanisch-maurischen Stil errichtet war und einem monumentalen Palast mit hohen Wachtürmen und Zinnen glich, ergänzte er seine unpassend warme Kleidung durch einen cremeweißen Sommeranzug, zwei helle Hosen aus dünnem Tropengarn sowie drei passende Hemden und zwei leichte Paar Schuhe. Mit einem eleganten Panamahut krönte er seinen verschwenderischen Einkauf. Denn in seinen dicken Wollsachen

wollte er Leona nicht unter die Augen treten. Drei Stunden nach seiner Ankunft in St. Augustine saß er schon im nächsten Zug nach Süden.

Er brauchte zwei Tage, bis er in Miami eintraf. Das lag jedoch nicht an der Eisenbahn. Der Zug der *Florida East Coast Railway* hätte ihn in weniger als acht Stunden von St. Augustine nach Miami zum *Royal Palm* an der Bay Biscayne gebracht. Doch um ganz sicherzugehen, die Blairs auf dem Weg nach Süden nicht zu verpassen, unterbrach Henry seine Fahrt zweimal: einmal in Ormond Beach, wo Flagler dem traditionsreichen *Ormond Beach Hotel* mit einer umfassenden Renovierung zu neuem Glanz verholfen hatte, und dann in Palm Beach, wo sich das *Royal Poinciana* mit seinen mehr als tausend luxuriösen Zimmern direkt am weißen Strand erhob. In diesem Ferientempel der Reichen und Berühmten verbrachte er die Nacht.

Er war überwältigt von der weitläufigen Hotelanlage, von dem Luxus und dem perfekten Service, mit dem ein Heer von Bediensteten die Gäste verwöhnte. Wie berauscht war er von Klima und Landschaft, von dem meilenweiten Strand und den verschiedenen Blautönen des Meeres, das unter dem Einfluß des warmen Golfstromes stand. Vor allem aber die subtropische Vegetation hatte es ihm angetan, die hier im Süden Floridas sogar die Blumenpracht von St. Augustine in den Schatten stellte. Er konnte sich an den Palmenalleen und Bougainvilleahecken, den Orangenbäumen und Hibiskusbüschen nicht sattsehen. Er beobachtete weiße und graue Fischreiher bei der Futtersuche, Pelikane, die im Formationsflug über Strand und Meer dahinglitten, einen Alligator auf einer Sandbank und sogar einen Schwarm Delphine im Wasser. Und zum erstenmal in seinem Leben sah er Männer und Frauen im Meer baden und in Schwimmbecken springen. Die Frauen kamen ihm fast nackt vor; sie trugen Trikots, die nicht einmal bis ganz zum Knie reichten, und darüber nur ein noch kürzeres Röckchen. Die wenigstens verbargen ihre nackten Beine mit langen Strümpfen und trugen darüber ein Badekleid, das mindestens über die Knie ging, wie es an weniger mondänen Orten noch immer die Schicklichkeit gebot. Aber hier galten offensichtlich andere Maßstäbe. Sich möglichst gut zu vergnügen und unterhalten zu lassen, war wohl die Maxime.

Henry fühlte sich wie benommen unter der einstürzenden Flut der

Eindrücke. Er war die dreckige, stinkende, lärmende und primitive Welt der Boomtowns gewohnt – und nun sah er sich von einem märchenhaften Leben wie in Tausendundeiner Nacht umgeben. Ihm war, als hätte er seine Jahre bisher im Halbdunkel eines Theaters verbracht und nun, nach dem Aufgehen des Vorhangs, erstmals die wahre, strahlend leuchtende Bühne des Lebens mit ihren verlockenden Kulissen vor Augen. Nie hätte er sich träumen lassen, daß es so etwas gab. In einem gewissen Sinne hatte er tatsächlich das Gefühl, das Paradies gefunden zu haben. Und dieser Eindruck war so nachhaltig, daß sich sogar seine Enttäuschung in Grenzen hielt, als er feststellte, daß die Blairs nicht zu den Gästen des *Royal Poinciana* zählten. Nun blieb ihm nur noch das *Royal Palm* in Miami.

Miami, einst Handelsstation der Indianer und seit Anbindung an Flaglers Schienennetz eine aufstrebende Stadt von fast zehntausend Einwohnern, gefiel Henry noch besser als alle anderen Orte Floridas, die er bisher zu Gesicht bekommen hatte. Und das *Royal Palm* an der weiten, türkisblauen Bay Biscayne beeindruckte ihn dank seiner verschwenderischen Pracht und seiner Parkanlagen mit tausend Palmen noch mehr als das *Royal Poinciana* und die anderen Flagler-Hotels weiter im Norden, obwohl er schon bei deren Anblick sprachlos gewesen war. Vielleicht hatte dieser besonders nachhaltige Eindruck aber auch vor allem damit zu tun, daß es diese traumhafte Ferienanlage war, wo er Leona wiedersah.

Er traf kurz nach zehn Uhr morgens im Hotel ein. Als er sich an der Rezeption ins Gästebuch eintrug, fragte er ganz beiläufig: »Hat Jonathan ... pardon, Mister Blair für heute schon eine Abschlagzeit auf dem Golfplatz reserviert?«

»Das glaube ich nicht, Sir«, sagte der Assistent des Empfangschefs. »Mister Blair hat unser Haus heute verlassen.«

Henry sah bestürzt vom Gästebuch auf. »Darf ich fragen, wann und mit welchem Ziel?«

»Vor einer Stunde. Mister Blair dürfte sich mit seiner Familie mittlerweile an Bord der *Grand Duchess* befinden, der Yacht von Mister Banks. Ich glaube, die Gentlemen planen eine Kreuzfahrt nach Havanna. Wenn Sie Glück haben, erreichen Sie ihn noch, Sir. Die *Grand Duchess* liegt unten an unserer Pier. Sie können sie gar nicht verfehlen.«

Henry steckte dem Assistenten hastig einen Dollar zu und rannte

los. Geschwungene Wege, die um Springbrunnen und kunstvoll arrangierte Blumenbeete herumführten und von Kokospalmen gesäumt wurden, führten durch die Parkanlage zur Pier des Hotels.
Das Schiff war in der Tat nicht zu übersehen. Die imposante Motoryacht von mindestens hundert Fuß Länge übertraf mit ihren schneeweißen Aufbauten, dem makellosen Mahagonideck und dem korallroten Schornstein hinter dem Ruderhaus alle anderen Yachten, die in der Marina vertäut lagen.
Zwei Männer in weißen Hosen und roten Hemden, die wohl zur Crew der *Grand Duchess* gehörten, trugen Gepäckstücke, die neben der Gangway auf einem gepolsterten und messingverzierten Handwagen warteten, an Bord des Schiffes. Einige Männer und Frauen, der Kleidung nach zu urteilen Gäste des *Royal Palm,* standen in der Nähe der Gangway und unterhielten sich: zwei attraktive Männer, bei denen es sich zweifellos um Vater und Sohn handelte, bildeten den Mittelpunkt der Gruppe.
Henry hörte eine Frau lachen und wußte sofort, daß es Leona war. Ihr weißes Kleid mit den feinen lindgrünen Streifen und der großen Schleife im Rücken war elegant und doch sommerlich-sportlich. Dazu trug sie einen flachen Strohhut, dessen Bänder vom selben Stoff waren wie ihr Kleid. Über der linken Schulter balancierte sie einen cremeweißen Parasol mit Spitzenrüsche.
Er blieb ein gutes Dutzend Schritte vor der Gruppe stehen. »Leona!« Sie wandte den Kopf und blickte mit ungläubigem Ausdruck zu ihm herüber. Dann lachte sie wie über einen gelungenen Scherz, sagte etwas zu den Umstehenden und kam auf ihn zu, jedoch ohne Eile.
Sie lächelte. »Mister Maynard, Sie hier im *Royal Palm!* Wenn das nicht die größte Überraschung ist, die ich seit Weihnachten erlebt habe!«
»Waren wir nicht schon mal bei Henry und Leona?« fragte er.
Ihre veilchenblauen Augen blitzten ihn vergnügt an. »Sie haben ein gutes Gedächtnis ... Henry.«
»Ich hoffe, Sie auch«, erwiderte er in Anspielung an ihre gemeinsamen Stunden in Sour Lake und Beaumont. »Haben Sie noch das Foto von Ihrem Bohrturm?«
Sie lachte. »O ja, gut versteckt natürlich!«
Ihre Antwort machte ihm Mut. »Ihre für mich so unerwartete Abreise aus Sour Lake hat mich sehr traurig gestimmt, Leona. Ich

hatte gehofft, mich gebührend von Ihnen verabschieden und mit Ihnen in Kontakt bleiben zu können.«
»Ich glaube nicht, daß das eine so gute Idee gewesen wäre.«
»Warum nicht, Leona? Habe ich mir Ihre Sympathie, ja, ihre Zuneigung nur eingebildet?«
Sie wich seinem Blick aus und versetzte ihren Parasol in Drehung. »Sie war echt, aber ...«
»War oder ist sie es noch, Leona?«
»Was macht es für einen Unterschied?«
»Einen himmelweiten, Leona«, versicherte er. »Ich möchte dich nicht noch einmal aus den Augen verlieren. Du sollst wissen, daß ich ...«
»Henry, hör auf damit!« fiel sie ihm hastig ins Wort. »Wenn du wegen mir nach Miami gekommen bist, hättest du dir die lange Reise sparen können.«
»Ich möchte, daß du meine Frau wirst, Leona!« platzte es aus ihm heraus.
Sie sah ihn verdutzt an und lachte dann auf. »Henry, ich bitte dich, sag nicht solche Sachen! Sie könnten dich und mich in arge Verlegenheit bringen.«
»Es ist mir ernst, Leona. Ich weiß, daß du für mich empfindest, was ich für dich fühle«, sagte er eindringlich.
Sie schüttelte den Kopf. »Das bildest du dir nur ein. Aber auch wenn es so wäre, so bekommt man nun mal nicht alles, was man haben möchte. Und wir beide ... mein Gott, Henry, wir gehören viel zu unterschiedlichen Welten an, als daß ich im Traum daran denken könnte, eine Ehe auch nur in Betracht zu ziehen. Dad würde eine solche Verbindung auch gar nicht zulassen. Ich bin sein einziges Kind, und er würde niemals erlauben, daß ich ... nun ja, unter meinem Stand heirate. Und um ganz ehrlich zu sein: Ich habe auch nicht die Absicht, für eine romantische Neigung mein Leben lang mit einem gesellschaftlichen Abstieg zu bezahlen.«
»Ich verspreche dir, daß du als meine Frau nicht gesellschaftlich absteigen wirst, Leona. Dein Vater ist auch nicht als Multimillionär zur Welt gekommen. Und so wie er es geschafft hat, so werde auch ich meinen Weg nach oben machen. Niemand wird mich aufhalten, Leona!« beteuerte er und mußte sich zusammenreißen, nicht ihre Hand zu ergreifen. Doch die Gruppe neben der Gangway begann,

sich aufzulösen, und Henry bemerkte, daß der Mann, der offensichtlich mit seinem Vater hier war, immer wieder zu ihnen herüberblickte.
Spöttisch zog Leona die Augenbrauen hoch. »Da hat mir Charles Wiggelton aber etwas anderes erzählt, als wir ihn zu Beginn der Theatersaison in New York wiedersahen. Aus deiner Beteiligung an den Ölquellen ist wohl nichts geworden, wenn ich ihn richtig verstanden habe.«
Henry schluckte. »Okay, er hat mit seinem juristischen Betrugsmanöver Erfolg gehabt, das ist wahr. Aber das wird sich nicht wiederholen, und eines Tages wird Wiggelton für seine dreckigen Machenschaften bezahlen. Ich habe meinen Freund Merrill nach Harvard geschickt. In ein paar Jahren wird er mein Anwalt sein. Und bis dahin habe ich es zu etwas gebracht, das verspreche ich dir«, erklärte er mit Nachdruck. »Aus den knapp fünfzigtausend, die mir geblieben sind, werde ich Millionen machen. Und ich werde dir jeden Wunsch erfüllen.«
Für einen Moment lag ein Ausdruck von Bewunderung auf ihrem Gesicht, doch dann seufzte sie. »Ich mag dich, Henry, und ich bewundere dein Selbstvertrauen und deine unerschütterliche Zuversicht. Glaube bitte nicht, daß ein Mann wie Charles Wiggelton jemals Chancen bei mir hätte.«
»Ich habe immer gewußt, daß du einen besseren Geschmack hast«, sagte er mit sichtlicher Befriedigung.
»Aber ich gehöre auch nicht zu denjenigen Frauen, die sich in ein Abenteuer einlassen«, räumte sie unumwunden ein. »Nimm es mir nicht übel, aber fünfzigtausend Dollar gelten in unseren Kreisen nicht als ein Vermögen.«
»Ich fange ja gerade erst an, Leona. Gib mir etwas Zeit!«
Sie seufzte. »Ich habe meinen Vater einmal sagen hören, daß die jährlichen Aufwendungen für unsere Häuser in New York und Newport mehr als hunderttausend Dollar betragen. Und Richard, der Sohn von Cecil Banks, sagte gestern beim Abendessen, daß als laufende Kosten für die *Grand Duchess* nur fünfzigtausend Dollar im Jahr anfallen. *Nur* fünfzigtausend, Henry! Verstehst du nun, was ich mit unterschiedlichen Welten meine?«
Henry ignorierte ihre Frage. »Richard Banks? Ist das der Dandy neben dem grauhaarigen Mann im blauen Blazer?«

Leona schmunzelte. »Ja, das ist Richard. Er dürfte in deinem Alter sein und hat letztes Jahr seine Ausbildung in Princeton abgeschlossen. Im Herbst ist er in die Firma seines Vaters eingetreten. *Ash, Colbert & Banks* ist ein bekanntes New Yorker Bankhaus mit Filialen in Übersee. Mister Cecil Banks hält die Mehrheit, und Richard ist sein einziger Sohn – übrigens ein sehr charmanter Mann.«
»Ach so, Charme und ein paar Millionen sind das, was du von deinem zukünftigen Ehemann erwartest, ja?« stieß Henry ärgerlich hervor.
Sie lächelte. »Eine solide Grundlage, findest du nicht?«
»Nein, ganz und gar nicht«, knurrte er.
Leona schenkte ihm ein wehmütiges Lächeln. »So liegen die Dinge nun mal, Henry, und damit wirst du dich abfinden müssen.«
»Ich denke nicht daran!«
»Leona!« rief Richard Banks von der Gangway her. »Kommst du bitte an Bord? Wir wollen die Leinen loswerfen.«
Leona drehte sich um und hob die Hand. »Ich komme sofort, Richard.« Dann wandte sie sich wieder Henry zu. »Es war nett, dich noch einmal wiedergesehen zu haben, und dein Antrag hat mir geschmeichelt. Ich wünsche dir für deine geschäftlichen Vorhaben viel Glück. Vielleicht schaffst du es ja tatsächlich. So, und jetzt muß ich mich sputen. Mach es gut, Henry!«
Die Unverbindlichkeit dieses Abschiedes, der ihr offenbar überhaupt nicht schwerfiel, ärgerte Henry mehr als alles andere, was sie gesagt hatte. Und voller Trotz erwiderte er: »Und du wirst eines Tages doch noch meine Frau, Leona.«
Aus ihrem Lachen klang unbekümmertes Vergnügen, und schon im Weggehen rief sie ihm über die Schulter zu: »Du bist wirklich unverbesserlich, Henry Maynard!«
Ja, wie ein Trottel, fuhr es ihm durch den Sinn, und er beobachtete voll Groll und Eifersucht, wie Richard Banks seinen Arm vertraulich um Leonas Schulter legte und sie an Bord der feudalen Hochseeyacht geleitete. Er blieb auf der Pier, bis die stolze *Grand Duchess* abgelegt und offenes Wasser erreicht hatte.
Fünf Tage später traf Henry wieder in St. Augustine ein. Arthur war mittlerweile aus dem Krankenhaus entlassen und logierte aufs neue im *Alcazar.* Genauer gesagt, hatte er sich gegen den Protest der Ärzte eigenmächtig verabschiedet, wie Henry später von Agnes erfuhr.

»Ich kann hier genauso faul in der Sonne sitzen und mich schonen wie im Krankenhaus«, meinte Arthur. »Nur ist hier der Service besser und die Gesellschaft angenehmer. Und jetzt erzähl, ob du deinen blonden Lockenschopf wiedergesehen hast!«

»Habe ich, unten in Miami an der Pier vom *Royal Palm,* aber nur für fünf Minuten. Dann ist sie mit ihrer Familie als Gast eines anderen millionenschweren Clans auf einer Yacht entschwunden. Meinen Heiratsantrag, den ich ihr quasi auf dem Weg zur Gangway gemacht habe, hat sie vorerst abgelehnt.«

»Vorerst, ja?« Arthur warf ihm einen spöttischen Blick zu und bedeutete einem Kellner, zwei Brandys zu bringen.

»Ja, vorerst.«

Arthur schüttelte lachend den Kopf. »Und dafür hast du über eine Woche gebraucht?«

»Nein, ich habe ein paar Tage benötigt, um mir Miami anzuschauen und mich zu entscheiden, welches Grundstück ich kaufen soll.«

Arthur fiel beinahe die Zigarre aus dem Mund. »Du hast in Miami Land gekauft?«

Henry lachte. »Ja, sechs Morgen, genau gegenüber der langen Insel, die der Küste nur ein paar hundert Yard entfernt vorgelagert ist und von den Einheimischen Miami Beach genannt wird. Es ist das reinste Paradies da unten, Arthur. Und von diesem Garten Eden gehören mir nun sechs Morgen!«

Arthur sah ihn verständnislos an. »Kannst du mir mal verraten, was du mit sechs Morgen Land in Miami willst?« Henry zuckte vage mit den Schultern und lachte. »Nein. Keine Ahnung.«

Henry nahm ein Zimmer im *Alcazar* und blieb noch eine Woche bei Arthur in St. Augustine. Sie verbrachten auch mit Agnes und ihrem Verlobten einige vergnügte Stunden, nur das mit dem Grundstück in Miami konnte er Arthur nicht plausibel machen. Aber das verwunderte Henry nicht, vermochte er es sich doch nicht einmal selbst zu erklären. Er hatte dem unerklärlichen Verlangen, an dieser Küste ein Stück Land zu besitzen, einfach nicht widerstehen können.

Henrys Besorgnis, nach seinem Ausflug ins Paradies bei der Rückkehr in die ölstinkende Bretterbudenstadt von Sour Lake Schwierigkeiten mit dem Einleben zu haben, erwies sich als grundlos. Floridas goldene Küsten und luxuriöse Hotelanlagen hatten einen nachhaltigen Eindruck auf ihn gemacht und ihm ganz neue Perspektiven eröffnet. Doch so sehr er sich schon jetzt auf seine nächste Reise nach Palm Beach und Miami freute, so wenig wollte er das aufregend hektische Leben des Ölfeldes missen, wo andere Qualitäten und Talente zählten als auf dem Golfplatz des *Royal Poinciana* oder in den Wandelgängen des *Royal Palm.* Ohne diesen rasenden geschäftlichen Pulsschlag wäre er nicht glücklich gewesen.

Der Brief von Sally, den er bei seiner Rückkehr in die Boomtown vorfand, dämpfte seine Freude erst einmal. Er sah ein, daß er durch sein heimliches Eingreifen zwar etwas Gutes gewollt, aber das genaue Gegenteil erreicht hatte. Gott sei Dank stand auf dem Brief als Absender ihre neue Adresse in New York, so daß er ihr sofort schreiben und sich für sein eigenmächtiges Handeln entschuldigen konnte. Doch erst als im April ein kurzes Schreiben von Sally eintraf und er las, daß sie ihm verziehen hatte, fiel ihm ein schwerer Stein vom Herzen.

Arthur war indessen wieder nach Sour Lake zurückgekehrt. Obwohl er behauptete, wieder der alte zu sein, hatte er sich doch verändert. Die Herzattacke hatte ihn nachdenklicher und sanfter gemacht. Er kümmerte sich fortan nur noch um administrative Aufgaben und die Kundenbetreuung – sehr zu Lees Leidwesen, was er sich in Arthurs Gegenwart aber nicht anmerken ließ.

Janice machte in diesen Monaten ihre Schwangerschaft zu schaffen. Sie fühlte sich die meiste Zeit elend, weil ihr häufig übel war und sie sich unförmig und häßlich fand, und sie brach wegen jeder Kleinigkeit in Tränen aus. Lee bemühte sich nach besten Kräften, sich an seine neue Rolle als Ehemann und baldiger Vater zu gewöhnen. Doch es fiel ihm schwer, wie Henry immer wieder feststellte. Ende Mai brachte Janice einen gesundes Mädchen zur Welt, das auf den Namen Mary getauft wurde. Lee hatte Mühe, seine Enttäuschung darüber zu verbergen, daß es kein Sohn geworden war.

Von Ted und James Burke, dem Geologen des Oklahoma-Teams, trafen regelmäßig Berichte ein, die zuversichtlich stimmten. Als Merrill Ende Juli nach Sour Lake kam, um einen Teil der Sommerferien bei seinen Freunden zu verbringen, nahm sich auch Ted einige Tage frei. Er war mehr denn je Feuer und Flamme für seinen Beruf. Das Vagabundenleben gefiel ihm, und er konnte stundenlang über geologische Formationen und die sich rasant fortentwickelnde Bohrtechnik fachsimpeln. Anfang August kehrte Ted zum Bohrteam der *Oklahoma Oil Discovery Company* zurück, die sich nun in die Gegend von Tulsa begab.

Wenige Wochen später schoß dort der erste Gusher in den Himmel, und der Run auf das Öl von Glenn-Pool begann. Das Ölfeld, das alle bisherigen Ölvorkommen weit in den Schatten stellen sollte, lag fünfzehn Meilen südlich von Tulsa. Merrill bekam den Ausbruch des Oklahoma-Ölbooms noch hautnah mit. Er packte mit an, die acht Fuhrwerke von *Broderick & Maynard* mit Werkzeug und Gerätschaften zu beladen und das Hauptquartier der Firma innerhalb weniger Tage komplett nach Glenn-Pool zu verlagern.

»Sie bringen mir Glück, Henry!« meinte Jack McIver begeistert, als er von dem neuen Ölboom erfuhr.

Es war freilich nicht das Bohrteam der *Oklahoma Oil Discovery Company* gewesen, die das gigantische Ölfeld entdeckt hatte, doch James Burke reagierte schnell genug, um der Company beträchtliche Landanteile zu sichern.

Innerhalb von neun Wochen brachte die Gesellschaft, an der Henry zu einem Viertel beteiligt war, fünf erfolgreiche Bohrungen nieder. Die beste der fünf Quellen förderte achtzigtausend Barrel am Tag. *Union Oil* und *Texaco* zeigten sich am Kauf interessiert und machten Henry entsprechende Angebote. Die einberufene Versammlung der sieben Gesellschafter führte zu dem einstimmigen Beschluß, an *Texaco* zu verkaufen. Der Kaufpreis betrug zwei Millionen zweihunderttausend Dollar, von denen Henry über eine halbe Million erhielt. Als er merkte, daß drei der Gesellschaften, die jeweils nur zehn Prozent hielten, nach diesem Coup aus dem Ölabenteuer aussteigen wollten, zögerte er nicht eine Sekunde. Er verwandte sein ganzes Geld darauf, ihre Anteile aufzukaufen.

»Meinen Glückwunsch, Henry! Sie sind schneller gewesen als ich«, sagte Jack McIver hinterher ohne Neid.

»Du bist verrückt!« meinte Lee. »Gestern bist du noch ein steinreicher Mann mit über einer halben Million Dollar gewesen, und jetzt hast du wieder leere Taschen.«

»Dafür gehören mir jetzt fünfundfünfzig Prozent der Ölgesellschaft«, erwiderte Henry.

»Und wenn die restlichen Parzellen nichts bringen?«

»Ich weiß nicht, wovon du redest, Lee. Mein Gehirn kann mit solchen negativen Gedanken nichts anfangen.«
Anfang November, als die nächsten Bohrungen ebenfalls gute Quellen zur Folge hatten, zahlte Henry auch noch die beiden anderen Investoren aus, die nur zu einem Zehntel an der Gesellschaft beteiligt waren. Und Jack McIver räumte ihm ein Vorkaufsrecht ein.
Die Gesellschaft versuchte ihr Glück auf mehreren Parzellen im Nordosten von Glenn-Pool und stieß dort auch auf Öl. Die Quelle produzierte zwölftausend Barrel, doch nach drei Tagen versiegte der Strom plötzlich. Erst zwanzig Stunden später kam wieder Öl. Die Quelle, die diesen Namen nicht mehr verdiente, stieß in einem zweieinhalbstündigen Schwall knapp dreihundert Barrel aus und stand dann wieder für achtzehn bis zwanzig Stunden still. Die nächsten drei Bohrungen brachten dasselbe katastrophale Ergebnis: Jede neue Quelle erwies sich als *freak* oder *stutterer,* wie die Ölleute sagten, und solche Stotterquellen waren ein reines Verlustgeschäft.
»Immer noch Interesse an meinem Viertel?« fragte Jack McIver drei Tage vor Weihnachten. »Nicht, daß irgendein anderer jetzt scharf auf meinen Anteil wäre. Ich biete ihn Ihnen nur an – zu einem Stotter-Spottpreis. Aber wenn Sie abwinken, würde ich es nur zu gut verstehen.«
Henry winkte nicht ab, sondern kaufte Jack McIvers Viertel für ein Butterbrot. »Du hast ja noch mehr Spielerblut in den Adern als Merrill«, sagte Arthur besorgt. »Jetzt hast du alles auf eine Karte gesetzt.«
»Das stimmt nicht, Arthur. Den anderen, die so früh das Handtuch geworfen haben, ist nicht bewußt gewesen, was für ein Potential dank James Burkes schnellem Handeln noch in der Firma steckt.«
»Auch McIver nicht?«
Henry lächelte. »Jack ist ein anständiger Kerl, Arthur. Er hat mir die Chance gegeben, die Gesellschaft ganz in meine Hand zu bekommen, ohne sich groß zu bereichern. Ich glaube, er denkt, er wäre mir noch etwas schuldig gewesen.«
»Ich hoffe, du behältst recht.«
Henry sah dem neuen Jahr sehr optimistisch entgegen, auch wenn seine baren Finanzmittel wieder einmal fast erschöpft waren. James Burke hatte ihr Geld nicht für Bohrrechte an einer einzigen Stelle ausgegeben, sondern der Tatsache Rechnung getragen, daß vermut-

lich ein volles Jahr vergehen würde, bis der Umfang des neuen Ölfeldes definiert war. Deshalb hatte er der Gesellschaft bei Ausbruch des Booms Land und Optionen an verschiedenen Stellen in einem Umkreis von mehreren Meilen gesichert Die *Oklahoma Oil Discovery Company* besaß daher nach dem Verkauf der gut produzierenden Quellen und der *freaks* noch ein weiteres Dutzend Parzellen sowie mehrere Optionen. Doch niemand wußte, was diese Parzellen und Optionen wert waren.

Ein Tag vor Weihnachten benannte Henry seine Ölgesellschaft um. Er hatte über den neuen Namen lange nachgedacht und dabei, wie es seine Angewohnheit war, mit seinem Talisman gespielt, den er um den Hals trug. Die geschnitzte Muschel brachte ihn schließlich auf die Idee. Hatte sein Vater ihm nicht erzählt, daß es sich um eine Kammuschel, eine *Scallop* handelte? Und so gab Henry seiner Ölgesellschaft den Namen *Scallop Oil Company.*

Zwei Tage nach Weihnachten bekam Arthur Post von Frederick Barlow. Der große Umschlag aus St. Augustine enthielt einen Brief sowie die neueste Ausgabe des *Tatler,* des Klatsch- und Gesellschaftsmagazins von St. Augustine. Darin fand sich ein Artikel über die Highlights der kommenden Saison. Da Fredericks Vater als Fabrikbesitzer und Mitglied des Stadtrates eine lokale Größe war, fand sich in dem Artikel auch der Hinweis auf die für März festgesetzte Hochzeit von Frederick Barlow mit Agnes Broderick, »der reizenden Tochter des im Ölgeschäft erfolgreichen Geschäftsmannes Arthur Broderick«.

Arthur amüsierte sich köstlich über die Formulierung der Kolumne. Dann fiel sein Blick auf jene Seite, die Klatsch und Nachrichten aus der New Yorker High Society brachte.

»Schau an, deine Leona bereitet sich offenbar auch darauf vor, bald den heiligen Bund der Ehe einzugehen!« sagte er überrascht, und man hörte die Erleichterung in seiner Stimme, als er fortfuhr: »Ein Mister Richard Banks scheint der Glückliche zu sein.«

»Unmöglich!« stieß Henry schockiert hervor und riß ihm das Magazin aus der Hand. Doch da stand es schwarz auf weiß: »In gutunterrichteten Kreisen, die der Familie Blair nahestehen, wird fest damit gerechnet, daß Miss Leona Blair auf dem schon traditionellen Silvesterball Mister Jonathan Blairs ihre Verlobung mit Richard Banks, dem ältesten Sohn des Bankiers Mister Cecil Banks und seit Herbst vergangenen Jahres jüngstes Mitglied des Direktoriums des Bankhauses *Ash, Colbert & Banks,* bekanntgeben wird. Zu dem Silvesterball in der New Yorker Stadtresidenz der Familie Blair an der Fifth Avenue, der auch in diesem Jahr zu den herausragendsten gesellschaftlichen Ereignissen der Stadt zählt, werden zweihundertzwanzig Besucher erwartet. Die Gästeliste liest sich wie ein Almanach der Reichen und Berühmten ...«

Henry las nicht weiter. »Dieser verdammte Dandy!« fluchte er, knallte das Magazin auf den Tisch und stürzte zur Zimmertür.

»Henry, was ist?« rief Arthur ihm verstört nach. »Wo willst du hin?«

»Wohin schon! Natürlich nach New York!«

Zehntes Kapitel

Ahnungslos öffnete Sally abends die Wohnungstür und zuckte wie unter einem Schlag zusammen, als sie sah, wer da vor ihr im dämmrigen Flur des Harlemer Mietshauses stand. Scharf und mit einem Laut des Erschreckens sog sie die Luft ein.

»Henry!« Sie starrte ihn mit einem Ausdruck fassungsloser Erschütterung an.

»Sally!« Seine Stimme klang belegt. Er hatte sich dieses Wiedersehen mehr als einmal gewünscht und sich auf der ganzen Fahrt von Tulsa nach New York darauf gefreut. Die Emotionen, die nun aus scheinbar gut versiegelten Kammern hervorbrachen, erschreckten ihn jedoch. In ihm flackerte die Angst auf, einen schweren Fehler begangen zu haben. Er hatte eine fröhliche Überraschung zwischen Freunden erwartet. Doch der jähe Tumult seiner Gefühl sprach von etwas anderem, was er längst für abgeschlossen gehalten hatte.

»Henry!« rief sie noch einmal und flog ihm um den Hals.

Es war mehr als Freude, was ihn überwältigte, als sich ihre Arme um ihn schlossen und er sie so fühlte wie in jener Nacht in Sour Lake vor fast zwei Jahren, als sie sich geküßt hatten. Es war unklug, was er tat, aber er konnte nicht dagegen an und erwiderte die Umarmung und preßte sein Gesicht in ihr Haar, dessen schwacher Kamilleduft Erinnerungen und tiefe Sehnsüchte in ihm weckte.

Dabei schloß er die Augen, und für einen langen Moment vergaß er, weshalb er nach New York gekommen war.
»Fast zwei Jahre haben wir uns nicht gesehen, und was tue ich? Ich lasse dich im Treppenhaus stehen wie einen lästigen Vertreter. Das sieht mir ähnlich!« sagte Sally verlegen und mit gerötetem Gesicht, als sie sich aus ihrer stürmischen Umarmung gelöst hatten. »Aber das kommt davon, wenn man sich nicht vorher anmeldet. Warum hast du auch kein Telegramm geschickt! Du kannst froh sein, daß ich zu Hause bin. Und nun komm endlich herein und leg deinen Mantel ab! Hast du nasse Schuhe? Nein? Gut. Dieser feuchte Schnee wird im Handumdrehen zu Matsch. Laß deinen Koffer erst mal hier im Flur und komm in unsere gute Stube! Die teilen wir uns, Pearl, Lisa, Flora und ich, wie natürlich auch die Küche.«
Sally führte ihn durch die schlauchförmige Diele, die trotz der rissigen Tapete dank ungerahmter Bilder und vieler immergrüner Topfpflanzen einen wohnlichen Eindruck machte. Sie kamen in das Wohnzimmer, das zur Straße hinausging. Die Möblierung bestand aus einer bunt karierten, durchgesessenen Couch, zwei alten, curryfarbenen Sesseln, einigen von Zeitschriften und Büchern überquellenden Regalen, einer Kommode und einer Stehlampe mit vergilbtem, fleckigen Papierschirm. Auch hier schufen sehr eigenwillige Ölbilder und Aquarelle sowie brusthohe Tonplastiken eine künstlerische Atmosphäre.
Und auf dem ganzen Weg von der Tür ins Wohnzimmer redete Sally in einem fort. Sie war wie aufgedreht. »Unsere gute Stube ist eigentlich nicht viel mehr als eine Bruchbude, aber immerhin tut es die Heizung. Soll ich uns Kaffee machen? Aber du kannst auch Tee haben. Flora, das ist unsere Malerin und Bildhauerin, hat mich auf den Geschmack gebracht. Schade, daß du sie nicht kennenlernen kannst. Sie ist nämlich in Rom und studiert für ein Jahr an der *Royal Academy of Fine Arts.* Sie hat von drüben ein Stipendium bekommen, nachdem sie hier bei einer Ausschreibung für ein Studienjahr in Europa den ersten Preis gemacht hat, dann aber nachträglich disqualifiziert wurde, als die Jury merkte, daß sie eine Schwarze ist. Doch diese Geschichte kennst du ja. Mach es dir bequem! Die Couch ist solider als sie aussieht«, sprudelte es aus ihr hervor. Sie griff nach der Schachtel Old Golds, die auf dem Tisch lag, und zündete sich eine Zigarette an. »Ich laufe schnell in die Küche und ...«

»Seit wann rauchst du?« fragte Henry überrascht und unterbrach ihren Redestrom.
»Seit mich mein Erfolg in New York nicht mehr ruhig schlafen läßt«, antwortete sie sarkastisch. »Vergiß den Tee, Henry. Ich koch uns einen Kaffee! Mein Gott, ich kann es noch immer nicht glauben, daß du hier bist!«
Sally machte sich in der Küche zu schaffen und kam wenig später mit Pearl Buckner und Liza Meaker zurück, beides Mulattinnen. Mit Pearl verstand Henry sich auf Anhieb. Liza dagegen verhielt sich reserviert und beließ es bei einer höflichen Begrüßung, nach der sie sich sogleich wieder in ihr Zimmer zurückzog. Auch Pearl ließ die beiden bald wieder allein, aber aus einem anderen Grund. »Ihr werdet euch bestimmt viel zu erzählen haben«, sagte sie. »Wir sehen uns ja bestimmt später noch.«
Mittlerweile hatte Sally sich wieder unter Kontrolle. Sie holte den Kaffee aus der Küche, setzte sich zu Henry und bedrängte ihn mit Fragen. Sie wollte hören, wie es Arthur, Ted, Merrill, Lee und Janice ging, und war unersättlich in ihrem Wissensdrang. Jede Kleinigkeit interessierte sie, und sie hing mit glänzenden Augen an seinen Lippen, während er erzählte.
»Dann bist du jetzt also ein reicher Mann«, stellte sie eine gute Stunde später fest, als er ihr vom Ölboom in Oklahoma berichtete.
Henry lachte. »Vielleicht ist die *Scallop Oil Company* schon längst bankrott, und ich weiß es bloß noch nicht«, sagte er mit Galgenhumor. »Ob ich auf das richtige Pferd gesetzt habe, erfahre ich frühestens oder besser gesagt spätestens Ende Februar. Denn wenn ich bis dahin kein Öl gefunden habe, kann ich die Bohrungen einstellen, weil dann meine letzten Geldreserven aufgezehrt sind. Aber jetzt wird es Zeit, daß du von dir erzählst, Sally. Was macht das Schreiben?«
Sally verzog das Gesicht. »Wie ich dir schon brieflich berichtet habe: alles für die Schublade. Ich habe mein Glück bei den Sensationsblättern der Hearst-Presse versucht und auch bei ihrem Erzrivalen, der von Joseph Pulitzer geleiteten *World*, angeklopft. Kein Bedarf an Nigger-Journalisten. So direkt haben es zwar nur zwei ehrliche Rassisten ausgedrückt, aber so gemeint haben es alle.«
»Und was ist mit den ›schwarzen‹ Zeitungen?«
»Mein Gott, der *New York Globe*, die *The Negro World* sowie *Freeman*

und *New York Age* kämpfen zwar auf ihre Art für die Rechte der Farbigen, aber das macht sie leider noch lange nicht zu Vorreitern im Kampf um die Gleichberechtigung von uns Frauen«, sagte sie bitter. »Wer als Frau bei den Zeitungen einen festen Job bekommen will, muß mindestens so gut sein wie zwei erstklassige Männer. Und vielleicht bin ich nicht so gut, wie ich immer geglaubt habe.«

»Und ob du das bist!« widersprach er.

»Aber wohl nicht für die Zeitungsbranche. Ich habe wieder damit angefangen, Kurzgeschichten zu schreiben, und würde mich gern an einem Roman versuchen. Aber wozu eigentlich, wo ich doch nicht einmal Abnehmer für meine Geschichten finde?«

Er zögerte. »Und womit verdienst du deinen Lebensunterhalt?«

Sie wich seinem Blick aus, griff zu ihren Zigaretten und zuckte mit den Achseln. »Als Revuegirl, wie Pearl und Liza«, murmelte sie und errötete verlegen. »Es ist respektable Arbeit und wird gut bezahlt. Außerdem tanze ich nur in der hintersten Reihe.«

»Revuegirl?« Er war überrascht, dann schmunzelte er. »Warum eigentlich auch nicht, so wie du gebaut bist.«

»Untersteh dich bloß, in den *Clover Club* zu kommen!«

Bevor Henry antworten konnte, ging die Tür auf, und ein schlanker, gutaussehender Schwarzer machte einen Schritt ins Zimmer, um dann abrupt stehenzubleiben. Pearl tauchte hinter ihm im Flur auf und machte eine entschuldigende, hilflose Geste.

»Oh, ich habe gar nicht gehört, daß du gekommen bist!« rief Sally und sprang vom Sessel hoch. »Ebony, das ist Henry Maynard. Du weißt, wir kennen uns von Spindletop her. Er ist ganz überraschend in New York eingetroffen. Wir haben uns fast zwei Jahre nicht mehr gesehen.«

Auch Henry stand auf. »Sie müssen Mister Fitzgerald sein, der so phantastisch auf dem Horn ist. Sally hat mir schon viel von Ihnen geschrieben«, sagte er und streckte dem Schwarzen die Hand hin.

»So, hat sie«, erwiderte der Musiker reserviert und tat so, als würde er Henrys Hand übersehen. »Das ist ja beruhigend. Gefällt Ihnen Harlem, Mister Maynard? Ein interessanter Ort für einen Besuch, nicht wahr? Die Weißen schauen gern mal bei uns rein, bevor sie wieder in die Zivilisation zurückkehren. Schwarze Clubs kommen richtig in Mode, vermutlich weil es da doch ein bißchen aufregender zugeht als im Zoo.«

»Ebony!« rief Sally entrüstet über seine beleidigende Art.
Fitzgerald verzog die Lippen zu einem sarkastischen Lächeln. »Entschuldige, daß ich euer trautes Zusammensein gestört habe. Wir sehen uns ja gleich im Club. Einen schönen Abend noch, Mister Maynard, Sir!« sagte er im Tonfall eines unterwürfigen Plantagenboys, drehte sich um und ging mit elegant wiegenden Schritten aus dem Zimmer.
Sally war puterrot im Gesicht, vor Ärger und Verlegenheit. »Es tut mir leid, Henry. Ich weiß nicht, was heute in ihn gefahren ist. Er ist sonst gar nicht so. Ich meine, auch nicht im Umgang mit Weißen.«
Henry sah sie an und wußte, warum Ebony ausgerechnet auf ihn nicht gut zu sprechen war. Und Sally wußte es auch. »Jeder hat mal einen schlechten Tag«, sagte er und zog seine Taschenuhr hervor. »Mein Gott, es ist ja gleich halb neun! Ich habe überhaupt nicht gemerkt, wie schnell die Zeit vergangen ist. Sally, ich muß jetzt los und mich um mein Hotelzimmer kümmern.«
»Hast du reserviert?«
»Nein.«
»Dann kannst du dir die Mühe sparen. So wenige Tage vor Silvester sind alle guten Hotels in New York ausgebucht, das kannst du in jeder Zeitung nachlesen. Aber das ist kein Beinbruch. Du kannst bei uns bleiben.«
»Unmöglich!«
»Mach nicht so ein Theater, Henry! Floras Zimmer ist frei, und ihr Bett ist ganz frisch bezogen. Aber vielleicht bist du inzwischen ja etwas anderes gewöhnt und dir zu schade, in einem so einfachen Zimmer zu übernachten.«
»Unsinn!« wehrte er ab. »Auch in Glenn-Pool haben wir bloß eine große Bretterbude und Feldpritschen.«
»Dann ist ja alles geregelt, Henry. Du bleibst bei uns, solange du in New York zu tun hast.«
»Bist du sicher, daß das eine gute Idee ist?« fragte er leise und sah sie skeptisch an.
»Das ist ja wohl das Mindeste, was Freunde füreinander tun können, oder?« erwiderte sie energisch, wandte sich aber schnell ab. »Ich hole dir Floras zweiten Schlüsselbund, damit du wieder reinkommst, wenn du irgendwo was essen gehen willst. Pearl, Liza und ich, wir müssen jetzt los. Unser erster Auftritt ist nämlich schon um neun.«

Henry wußte, daß es vernünftiger und verantwortungsvoller gewesen wäre, wenn er ihr Angebot dankend abgelehnt, seinen Koffer genommen und die Nächte notfalls in einer Absteige verbracht hätte. Doch er wehrte sich nicht gegen Sallys Aufforderung, bei ihnen zu bleiben und für ein paar Tage mit Floras Zimmer vorliebzunehmen. Ihm war, als mache ihn ihre Gegenwart schwach, und es war ein wunderschönes Gefühl, gegen das er nicht ankämpfen wollte.

Sally zeigte ihm alles. Dann riefen Pearl und Liza an der Tür nach ihr. »Es wird Zeit, ich muß los, sonst kommen wir noch zu spät. Warte nicht auf mich! Wir sind immer erst gegen zwei zurück.« Sie drückte ihm die Schlüssel in die Hand und war schon fast aus dem Zimmer, als sie noch einmal zu ihm zurückkam. »Es ist schön, daß du gekommen bist, Henry.« Sie gab ihm einen Kuß auf die Wange und eilte hinaus. Die Tür fiel hinter den drei Frauen zu, und Henry war allein in der Wohnung. Doch Sallys Duft und die Feuchtigkeit ihrer Lippen gaben ihm das Gefühl, daß sie noch immer bei ihm war.

Es war still im Haus geworden. Sogar der Lärm aus der Nachbarwohnung, wo sich ein Ehepaar fürchterlich gestritten und gegenseitig angeschrien hatte, war nach dem Knallen einer Tür endlich verstummt.

Henry lag wach im Bett und lauschte auf die Geräusche, die von der Straße zu ihm in die Dunkelheit von Floras Zimmer drangen: Das Kläffen eines Hundes, das Gegröle von zwei Betrunkenen, der Hufschlag und das Rattern einer vorbeifahrenden Droschke, das Scheppern eines Mülltonnendeckels, die unverkennbare Hupe eines Automobils.

Er tastete nach seiner Taschenuhr, ließ den Deckel aufspringen und hielt das Zifferblatt in den schwachen Strahl Mondlicht, der durch den Gardinenspalt fiel und eine helle Bahn quer über das Bett warf. Zwei Uhr sieben.

Gerade hatte er die Uhr in seinen Schuh zurückgelegt, als er das Schloß der Wohnungstür aufschnappen hörte. Sein Herzschlag beschleunigte sich, und in angespannter Aufmerksamkeit lag er im Bett.

Die Wohnungstür fiel wieder ins Schloß. Frauenstimmen. Geflüster auf dem Flur. Jemand lachte leise. Schritte. Dielenbretter knarrten. In der Küche rauschte Wasser. Glas klirrte. Jemand gähnte herzhaft. Ein gemurmelter Gutenachtgruß. Türen klappten. Dann wieder Stille.

Henry wagte kaum zu atmen. Er wartete. Mit jeder Minute, die verstrich, wuchs seine innere Erregung. Würde sie kommen? Oder wartete sie auf ihn? Nein, sie wußte, daß er das niemals wagen würde. Er hatte ihr sein Wort gegeben.

Und dann ging die Tür auf, und lautlos wie ein Schatten huschte Sally zu ihm ins Zimmer. Ebenso leise, wie sie die Tür geöffnet hatte, schloß sie sie auch wieder hinter sich. »Schläfst du schon?« flüsterte sie.

»Nein«, antwortete er mit hellwacher Stimme.

»Hast du auf mich gewartet?«

»Ja«, raunte er zurück und setzte sich auf.

Sie kam zu ihm ans Bett, setzte sich auf die Kante und berührte seine Wange mit den Fingerspitzen. »Du warst zur ersten Show im Club.«

Er drückte einen Kuß auf die Innenseite ihrer Hand. »Du konntest mich gar nicht sehen. Ich stand ganz hinten bei der Bar.«

»Ich wußte, daß du kommen würdest, und ich habe gespürt, daß du da warst und mich angeschaut hast.«

»Ja, das habe ich«, gestand er mit belegter Stimme. »Ich habe nicht eine Sekunde wegsehen können.«

»Wir haben nicht viel an, nicht wahr? Unser Glitzerkostüm ist ein schrecklicher Fummel. Ich habe mich geschämt.«

»Du hast wunderschön ausgesehen, Sally.«

»Begehrenswert?« flüsterte sie.

»Ja, sehr ... so wie jetzt«, antwortete er und schluckte schwer. »Und davor habe ich Angst gehabt. Deshalb wollte ich auch nicht bleiben. Es ist mir damals schwer genug geworden, dir mein Wort zu geben, daß wir nur gute Freunde sein wollen.«

»Ich entbinde dich für diese Nacht davon«, sagte sie und löste die Schleife ihres Morgenrocks. »Ich will nicht länger nur davon träumen, Henry. Ich will, daß es endlich wahr wird, daß ich dich so spüre, wie ich mich in Sour Lake, ja schon in Spindletop danach gesehnt habe.«

Er schüttelte den Kopf und kämpfte mit aller Willenskraft gegen das immer stärker werdende Verlangen an, sie in seine Arme zu schließen, sich ganz der Leidenschaft hinzugeben und sich einen Teufel um die Konsequenzen zu scheren. »Das ist nicht fair, Sally, für keinen von uns. Ich könnte dir morgen nicht in die Augen schauen, denn ich habe dir noch nicht gesagt, warum ich die Reise nach New York unternommen habe. Ich ...«

Sie legte ihm ihre Hand auf den Mund, so wie in jener Nacht in Sour Lake, als sie sich geküßt hatten und sie die Wahrheit verleugnet hatte. »Ich will es jetzt nicht hören, Henry. Dafür ist morgen Zeit, und ich verspreche dir, daß ich weder Ansprüche an dich stellen noch es dir schwermachen werde. Doch diese Nacht soll uns gehören! In dieser Nacht soll einmal nicht unsere Vernunft die Oberhand behalten, sondern unser Herz und unsere Gefühle füreinander«, sagte sie hastig und eindringlich. »Ich weiß, daß wir beide keine gemeinsame Zukunft haben. Wir leben in zu unterschiedlichen Welten, das ist heute vielleicht noch wahrer als damals. Aber ich möchte, daß mein Traum, in deinen Armen zu liegen und dich küssen und lieben zu können, wenigstens einmal Wirklichkeit wird.«

»Sally ...«, begann er gequält.

»Bitte, Henry! Kein Mann hat mich bisher berührt. Ich möchte, daß du es bist, der mich zuerst nackt in seinen Armen hält und mich liebt«, flehte Sally, erhob sich von der Bettkante und streifte den Morgenrock von den Schultern. Darunter war sie nackt und so begehrenswert, wie Gott sie geschaffen hatte.

»Aber du kannst schwanger werden!«

»Ja, daran habe ich auch gedacht ... und entsprechende Vorsorge getroffen«, sagte sie und streckte die Hände nach ihm aus. »Nimm mich in deine Arme und laß uns für diese eine Nacht alles andere vergessen! Ich möchte es so sehr, Henry.«

»Dann soll es so sein«, flüsterte er, überwältigt von ihrem Anblick und am Ende seiner Widerstandskraft. Er begehrte Sally mit jeder Faser seines Körpers. Ja, diese eine Nacht sollte ihnen gehören!

Und Leona? Er empfand weder Scham noch Schuldgefühle. Leona gehörte zu einem anderen Bereich seines Lebens. Sie hatte mit dieser Leidenschaft, die er für Sally empfand, nicht das geringste zu tun. Noch war er ihr keine Treue schuldig, denn immerhin wollte sie in der Silvesternacht nicht ihre Verlobung mit ihm, sondern mit dem reichen Dandy Richard Banks bekanntgeben.

Der Gedanke an Leona durchzuckte ihn nur kurz und erstarb wie ein kraftlos aufflackerndes Licht in einem Sturm. Jetzt war in seinem Denken und Fühlen für nichts anderes mehr Platz als für Sally. Er schlug die Bettdecke zurück und zog sie in seine Arme.
Sie küßten und streichelten sich und flüsterten einander Liebesworte zu. Sally zog ihm schnell das Nachthemd aus und erkundete seinen Körper, bedeckte ihn mit Liebkosungen und Zärtlichkeiten und stöhnte unter seinen Händen und Lippen, die eine ungekannte Wollust in ihr weckten.
Henry zügelte sein fast schmerzhaft drängendes Verlangen, mit ihr eins zu werden. Seine Hände, die jede empfindliche Stelle ihres Körpers liebkosten, seine Zunge und Lippen, die ihre Brustspitzen hart werden ließen und ihren schlanken Leib abwärts wanderten, versetzten sie in einen Taumel sinnlicher Erregung. Als er schließlich in sie drang, hielt er ihr Gesicht in seinen Händen und küßte sie, und ihr scharfer Schmerz ging in den Wogen der Lust unter. Wenig später vermochte Henry sich nicht länger zurückzuhalten. Sie hielt ihn fest umschlungen, als es ihm kam, und er meinte, vor Lust zu vergehen. Doch schon nach einer Atempause von wenigen Minuten war er bereit, sie erneut zu lieben und sie zu einem ekstatischen Gipfel der Leidenschaft zu führen.
»O mein Gott ... Nie hätte ich mir ... träumen lassen, daß es so sein würde ... so unbeschreiblich ... überwältigend«, stieß sie hinterher atemlos hervor, als sie in glückseliger Erschöpfung an seiner Brust lag. »Ich kann gar nicht sagen ... wie glücklich du mich gemacht hast.«
»Ich liebe dich, Sally, und ich werde dich immer lieben«, antwortete Henry leise und küßte sie aufs Haar. Er hatte Tränen in den Augen, denn dieses Glück war ihnen nur für eine Nacht vergönnt.
»Und ich liebe dich«, raunte sie und berührte die flache Elfenbeinmuschel, die Henry um den Hals trug. »Sag, hat dein Talisman eine Geschichte?«
»Ja, in gewisser Weise.«
»Vertraust du sie mir an?«
Er lachte leise und streichelte ihren nackten Rücken. »Mit dieser geschnitzten Muschel begann für meinen Vater alles. Er war gerade fünfzehn, als er sie in der Hafenkneipe seines Vaters dem norwegischen Bootsmann abkaufte.«

»Dein Großvater hatte eine Gastwirtschaft?«
»Ja, und er war einer seiner besten Kunden. Er ist im Delirium gestorben und hat seiner Frau nur Schulden hinterlassen. Deshalb hat mein Vater dieses Gewerbe gehaßt und nie viel für Alkohol übrig gehabt. Diese Muschel brachte ihn auf die Idee, Muschelhändler zu werden, und er hat seinen Beruf geliebt und mit Leidenschaft ausgeübt.«
»So wie du alles, was du tust, mit Leidenschaft machst, nicht wahr?« warf Sally ein und ließ ihre Hand über seinen flachen, muskulösen Bauch gleiten.
Henry lächelte und fuhr fort: »Mein Vater kannte jede Muschel und wußte zu jeder eine lustige, traurige oder abenteuerliche Geschichte zu erzählen. Auf seine Art war er ein Träumer, der im Geiste durch seine Muscheln die ganze Welt bereist hat. Daß sein Bruder, Onkel Jeffrey, ihn oft genug ausgelacht und einen Spinner genannt hat, machte ihm nie etwas aus. Ich erinnere mich noch gut daran, daß mein Vater ihm einmal geantwortet hat: ›Ohne Träume ist das Leben nichts wert. Der Herrgott hat uns sogar zum Träumen erschaffen, sonst hätte er aus uns ja auch aufrechte Ochsen machen können. Nur darf man Träumen nicht hinterherjagen, Bruder, sondern man muß seine Träume leben. Und jeder seinen eigenen.‹«
Sally seufzte. »Wie wahr!«
»Daß meine Mutter mit seinem Traum unzufrieden war und mit dem Schauspieler eines Tingeltangels durchgebrannt ist, hat er dagegen bis an sein Lebensende nicht verwunden. Doch er hat nie ein schlechtes Wort über sie gesagt und auch nie Verbitterung über ihre Treulosigkeit gezeigt, ja wohl auch im Herzen nicht empfunden – im Gegensatz zu mir. Ich konnte ihr nicht verzeihen, daß sie mich und meinen Vater im Stich gelassen hat. Aber ich wollte dir ja von der Muschel erzählen! Mein Vater hat sie immer um den Hals getragen. Er hängte sie mir um, kurz bevor er starb, und ich vergesse nie, was er dabei zu mir gesagt hat: ›Eigentlich wollte ich ja meinen Talisman deinem erstgeborenen Sohn bei der Taufe umhängen. Das wirst du nun für mich tun müssen, mein Junge.‹ Das waren seine letzten Worte. Und als Onkel Jeffrey mir die Elfenbeinmuschel wegnehmen wollte und sie zu zerschlagen drohte, wenn ich mich nicht seinem Willen beugte und zurück in die Zigarettenfabrik ging, da bin ich noch in derselben Nacht auf und davon.«

Sally schwieg einen Moment. »Eines Tages wirst du diese Elfenbeinmuschel also deinem Sohn umhängen, vermutlich an einer kostbaren Goldkette.«
»Nein«, widersprach er sofort, »so wie ich sie erhalten habe. Keine noch so teure Kette könnte sie kostbarer machen.«
»Ja, du hast recht.«
Ihr Gespräch versickerte, und der Schlaf überwältigte die beiden. Als Henry wieder erwachte, spürte er Sallys Hände, die ihn streichelten.
»Können wir es noch einmal tun?« flüsterte sie. »Oder mute ich dir zuviel zu?«
Ihre Brüste streiften seinen Arm, und ihre Hand zwischen seinen Schenkeln war wie ein Magnet der Wollust, der alles Blut in seine Lenden schießen ließ. »Ich glaube nicht.«
Sie lachte leise auf, als sie spürte, wie er unter ihrer Hand hart wurde. Augenblicke später setzte sie sich rittlings auf ihn. Diesmal liebten sie sich mit einer zärtlichen Behutsamkeit und pausenreichen Hingabe, als könnten sie dadurch den heraufdämmernden Morgen und damit das Ende ihres kurzen, leidenschaftlichen Glücks hinausschieben. Dann schliefen sie in enger, fast verzweifelter Umarmung ein.
Als Henry Stunden später aufwachte, lag er allein im Bett. Panik erfaßte ihn für einen Moment. Helles Morgenlicht fiel ins Zimmer. Er roch Zigarettenrauch und richtete sich auf.
»Sally?«
Sie stand in ihrem Morgenrock aus geblümter Baumwolle am Fenster und rauchte eine Zigarette. Nun drehte sie sich zu ihm um und lächelte ihn an. In ihrem Lächeln lag nicht eine Spur von Schmerz, sondern Glück und Dankbarkeit. »Ist es diese Leona, von der du mir mal geschrieben hast, wegen der du in New York bist?«
»Ja.« Ihm versagte fast die Stimme. Er hatte einen Moment geglaubt, den Zauber der Nacht gegen jede Vernunft doch noch in den Tag, ja in die Zukunft hinüberretten zu können. Doch ihre Frage hatte diese Illusion sogleich als solche entlarvt. Es war vorbei: die Nacht und mit ihr das leidenschaftliche Glück, das sie sich gestohlen hatten wie zwei Diebe.
Sie nickte. »Ist sie schön?« fragte sie dann, um sich sofort selbst die Antwort zu geben. »Natürlich ist sie das. Du hast dich nie mit halben Sachen abgegeben.« Sie drückte ihre Zigarette aus. »So, du

gehst dich jetzt waschen und anziehen, während ich mich um das Frühstück kümmere. Und dann erzählst du mir von Leona!«
Das Lächeln, das sie ihm beim Hinausgehen schenkte, erschütterte ihn, sagte es ihm doch, daß sie keine Bitterkeit und Reue empfand und daß ihr Interesse an Leona ohne Hintergedanken war. Woher nahm sie bloß diese Kraft und Großherzigkeit, vor der er nur beschämt den Blick senken konnte? In diesem Moment wurde Henry etwas bewußt: Wie weit er es im Leben auch bringen mochte, an innerer Stärke und Integrität würde sie ihm immer überlegen sein.

Ohne Einladung hatte Henry am Silvesterabend keine Chance, die Kontrolle am Portal der feudalen Stadtresidenz der Blairs an der Fifth Avenue zu passieren. Er hatte auch sehr schnell von der Idee Abstand genommen, noch vor dem Silvestertag Leonas Vater aufzusuchen und ihn mehr oder weniger um eine Einladung zu bitten. Wahrscheinlich war Jonathan Blair mit Cecil Banks befreundet und Richard genau der Schwiegersohn, den er sich wünschte. Dann würde er den Teufel tun, ihn, Henry Maynard, über die Schwelle seines Hauses zu lassen. Der offizielle Weg war ihm also versperrt. Und doch mußte es eine Möglichkeit geben, sich am Silvesterabend unter die Ballgäste zu mischen. Doch wie sollte er dieses Kunststück fertigbringen? Diese Frage hatte ihn schon beschäftigt, als er auf dem Bahnhof von Tulsa auf den Zug gewartet hatte. Nun, in der Küche von Sallys Wohngemeinschaft, fiel ihm die Lösung ein. Fast schämte er sich, daß es ausgerechnet hier war. Aber Sally wollte es so und nicht anders. Diese unvergleichlich leidenschaftliche Nacht, die sie miteinander verbracht hatten, war wie ein kostbares Geheimnis, das sie gut verschlossen hielt.
Ihre Geschäftigkeit in der Küche und ihr reges Interesse an Leona, das etwas herzlich Schwesterliches besaß, ließen sie Henry wie eine völlig andere Person erscheinen. Und manchmal erschien ihm die Situation so unwirklich natürlich, daß er sich fragte, ob er diese nächtlichen Stunden zärtlicher Hingabe und Leidenschaft nicht vielleicht geträumt hatte. Andererseits war er insgeheim erleichtert darüber, daß Sally tatsächlich keine Ansprüche an ihn stellte und nicht einmal Eifersucht auf Leona zeigte. Sie stand zu ihrem Wort, doch nicht mit leidender Miene und stummem Vorwurf ihm und

dem Schicksal gegenüber, sondern mit einem glücklichen Strahlen und einer warmherzigen Fröhlichkeit, die ihn ganz elend machte und tief in seinem Innern ein Schuldgefühl weckte. Als Pearl und Liza in der Küche erschienen, nahm er die Gelegenheit wahr, um sich vom Frühstückstisch zu erheben und an die frische Luft zu kommen. Er brauchte Abstand, von seinen Erinnerungen und von Sally. Daß er sich auf die Bewältigung anderer Probleme konzentrieren mußte, nämlich wie er Leona auf dem Ball wiedersehen konnte, war ihm nur recht.

Die Lösung steckte in der Zahl der Silvestergäste, die im Haus der Blairs erwartet wurden. Auch bei einer großen Dienerschaft konnten sie zweihundertzwanzig Personen ohne professionelle Aushilfe nie und nimmer standesgemäß bewirten. Und da lag seine Chance. Er mußte herausfinden, welches Service-Unternehmen die Blairs engagiert hatten, welche Angestellte am Silvesterabend Zugang zum Haus des Raffineriebesitzers hatten und wer von diesen am empfänglichsten für ein Bestechungsgeld war.

Das Service-Unternehmen herauszufinden, erwies sich dabei als die leichteste Aufgabe. Ein Anruf bei der Klatschkolumnistin der *World* genügte. Er erfuhr dabei nicht nur die Namen der sechs besten New Yorker Firmen auf diesem Gebiet, sondern auch gleich den jenes gastronomischen Betriebes, den Jonathan Blair mit der Organisation und lukullischen Versorgung seines Silvesterballes beauftragt hatte: *René Leblanc's.*

Erheblich mehr Schwierigkeiten hatte Henry damit, innerhalb der kurzen Zeit in Erfahrung zu bringen, wer von Leblancs Angestellten ansprechbar und bereit war, seinen Job für ein Bestechungsgeld aufs Spiel zu setzen. Er hörte sich um, spendierte einige Drinks in der Kneipe, in der diese Leute verkehrten, steckte dem Barkeeper einen Geldschein zu – und erfuhr schließlich, was er wissen wollte. Der Mann, den er danach ansprach, hieß Martin Garrett. Der schwarze Kellner hatte eine große Schwäche für Wetten jeder Art, aber wenig Glück mit seinen Favoriten auf der Pferderennbahn und steckte deshalb ständig in Geldschwierigkeiten. Henry feilschte gar nicht erst mit ihm. Dafür, daß er ihn ins Haus schmuggelte, bot er Garrett hundert Dollar, den Verdienst eines Vierteljahres. Martin Garrett versuchte, noch mehr herauszuschinden, besann sich aber schnell eines Besseren, als Henry hart blieb und Anstalten machte zu gehen.

Damit war das Problem, wie er ins Haus kommen und sich unter die Gäste mischen konnte, gelöst. Nun aber bedrängte ihn mit aller Macht die Frage, der er bisher ausgewichen war, weil vordergründigere Hindernisse aus dem Weg zu räumen waren, nämlich wie er Leona davon abhalten konnte, sich mit Richard Banks zu verloben. Was Arthur puren Zufall genannt hätte, wertete Henry als weiteres Zeichen der Vorsehung. Denn die Antwort auf seine Frage erhielt er von jemandem, von dem er sie am allerwenigsten erwartet hätte: von Sallys Freundin Pearl.

Es war am Silvestermorgen. Henry saß mit Sally in der Küche und überlegte laut, wie er die drohende Verlobung verhindern konnte.

»Ich muß diesen Richard Banks irgendwie aus dem Feld schlagen«, sagte er.

In diesem Moment kam Pearl zur Tür herein. Sie trug einen gesteppten, babyblauen Morgenrock und hatte ein giftgrünes Handtuch wie einen Turban um den Kopf geschlagen. »Hat hier jemand gerade den Namen Richard Banks in den Mund genommen? Habe ich das richtig gehört?« fragte sie.

»Ja«, bestätigte Henry und sah sie verwundert an.

»Ist das etwa der Richard Banks, dessen Vater eine Bank oder so was besitzt?« vergewisserte sich Pearl.

Henry nickte. »Genau von dem sprechen wir. Kennen Sie ihn?«

Pearl setzte sich zu ihnen. »Nicht persönlich, Gott sei Dank!« sagte sie und bediente sich von den Zigaretten, die auf dem Tisch lagen. »Aber Rachel Elliott kennt ihn – sogar besser, als ihr lieb ist. Rachel gehörte früher zur Revuetruppe des *Clover Clubs,* bis sie Richard Banks kennengelernt und in diesem Zusammenhang einen großen Fehler begangen hat.«

»Erzählen Sie!« drängte Henry sie und hörte ihr mit wachsender Erregung zu.

Geschlagene zwei Stunden wartete Henry in der eisigen Abendkälte, bis Martin Garrett kurz vor sieben endlich die Chance für gekommen hielt, ihn unbemerkt durch den Dienstboten- und Lieferanteneingang ins Haus der Blairs zu schmuggeln, in dem es schon den ganzen Tag wie in einem aufgeschreckten Bienenstock zuging.

»Schnell, die Treppe hoch!« drängte der Schwarze, der nun eine weiße Livree mit goldenen Verzierungen trug. Er hastete mit Henry über die Dienstbotentreppe in das zweite Stockwerk und schubste ihn dort in eine schmale, fensterlose Schuhkammer. »Rühren Sie sich bloß nicht von der Stelle! Ich hole Sie, wenn der Ball begonnen hat und ich mich für ein paar Minuten unbemerkt verdrücken kann. Und schließen Sie von innen ab!«

Henry verriegelte die Tür, legte seinen Mantel über eine Kiste, die an der Wand stand, und nahm auf dieser Sitzgelegenheit Platz – in seinem maßgefertigten Frack. Er richtete sich auf eine lange Wartezeit ein. Die ersten Gäste würden nicht vor neun Uhr eintreffen. Gut möglich, daß seine Geduld bis zehn Uhr auf die Probe gestellt würde. Aber das machte ihm nichts aus. Er hatte es fertiggebracht, an diesem Silvesterabend ins Haus der Blairs zu gelangen, und er war voller Zuversicht, daß Leona auf eine Verlobung mit Richard Banks verzichten würde, wenn er erst einmal mit ihr gesprochen hatte.

Seine Geduld wurde auf eine sehr harte Probe gestellt. Beinahe vier Stunden harrte er in der dunklen Schuhkammer aus. Er fürchtete schon, Martin Garrett könnte ihn absichtlich oder unabsichtlich vergessen haben. Doch dann, eine Stunde und zehn Minuten vor Beginn des neuen Jahres, kam der Schwarze endlich, ihn zu holen.

»Jetzt können Sie es wagen«, sagte er leise und zeigte den schmalen, kahlen Flur hinunter. »Sehen Sie die Tür neben dem Regal mit den Besen und Kehrschaufeln?«

»Ja.«

»Die führt in den Gang vor dem Ballsaal. Und vergessen Sie nicht: Ich kenne Sie nicht, habe nie ein Wort mit Ihnen gesprochen und bin Ihnen noch nie begegnet.«

Henry grinste und steckte ihm noch einen Zwanziger zu, sozusagen als Bonus, und weil er guter Laune war. »Keine Sorge, ich bringe Sie schon nicht um Ihren Job! Alles Gute im neuen Jahr, Mister Garrett!«

»Danke, Sir, und Ihnen viel Glück!« Der Aushilfskellner eilte in entgegengesetzter Richtung, in die er Henry geschickt hatte, davon. Henry ging zu besagter Tür und öffnete sie. Eine Gruppe von Gästen fuhr auseinander, als hinter ihnen plötzlich ein Element der Wandvertäfelung aufschwang und sich als eine Art von Tapetentür entpuppte, die auf den ersten Blick nicht zu erkennen war.

»Pardon«, sagte Henry mit einem entwaffnenden Lächeln. »Mir

scheint, ich habe die falsche Tür erwischt.« Er nickte ihnen zu und ging den breiten Flur hinunter – den Geräuschen der Musik entgegen. Hinter sich hörte er amüsiertes Gelächter. O ja, dieser Silvesterball würde vielen hier in unvergeßlicher Erinnerung bleiben und Anlaß zu einigen amüsanten, aber auch zu ein, zwei weniger vergnüglichen Anekdoten bieten.

Henry betrat den Ballsaal, und als er über einem Meer befrackter Männer und juwelenbehängter Frauen die stuckverzierte Decke mit dem vielen Gold und dem phantastischen Deckengemälde in einer Art Kuppel sah, da dachte er spontan: Eindrucksvoller als hier kann es auch in den Fürstenpalästen Europas nicht aussehen. Und er war froh, daß ihn die Pracht der Hamilton Plantation und der Luxushotels in Florida auf den Prunk und den Reichtum vorbereitet hatte, der den Lebensstil von Jonathan Blair und seinesgleichen prägte. Sonst wäre er jetzt womöglich verstört und nicht in der Lage gewesen, sich selbstbewußt auf das zu konzentrieren, was ihn nach New York gebracht hatte.

Er nahm vom Tablett des nächsten Livrierten ein Glas Champagner, leerte es auf einen Zug, nahm ein zweites Glas und machte sich auf die Suche nach Leona. Er hoffte, dabei nicht zuerst auf ihren Vater zu stoßen.

Schon wenige Augenblicke später sah er sie vor sich. Das blondgelockte, jetzt hochgesteckte Haar, die Linie ihrer nackten Schultern über dem tiefen Rückenausschnitt ihres Kleides, das ein Traum aus smaragdgrüner Seide war, die leicht schräge Haltung ihres Kopfes, während sie zwei älteren Damen zuhörte – das war Leona! Er trat bis auf einen Schritt hinter sie. Dann sagte er mit beiläufiger Stimme: »Ein wirklich gelungener Silvesterball. Ein gutes Omen für das neue Jahr.«

Leona drehte sich zu ihm um, und ihr Gesicht nahm einen ungläubigen Ausdruck an. »Hen... ?« In ihrer Verwirrung hätte sie ihn beinahe mit seinem Vornamen angesprochen. »Mister Maynard, was für eine Überraschung!«

»Was für eine Freude, Miss Blair«, erwiderte Henry und lächelte sie an, als wäre es das Selbstverständlichste der Welt, daß sie sich hier begegneten.

»Bitte entschuldigen Sie«, sagte Leona zu den beiden Damen, die ihr gnädig zunickten und sich entfernten. Dann wandte sie sich wieder

an Henry und sagte noch immer ganz fassungslos: »Ich wußte gar nicht, daß mein Vater Sie ... dich eingeladen hat!«
»Hat er auch nicht, Leona.«
Ihr Blick zeigte Verständnislosigkeit. »Aber wie ... ?«
Sein Lächeln wurde noch eine Spur fröhlicher, und seine Augen blitzten sie vergnügt an, als er antwortete: »Ich habe zuerst einmal in Erfahrung gebracht, welches Service-Unternehmen dein Vater beauftragt hat. Als nächstes habe ich einen von Leblancs Leuten bestochen, mich ins Haus zu schmuggeln. Und dann habe ich in einer Schuhkammer auf dem Dienstbotenflur fast vier Stunden auf eine günstige Gelegenheit gewartet, um mich unter die Ballgäste hier zu mischen. Du siehst, ich habe weder Kosten noch Mühen gescheut, um dich wiederzusehen.«
Belustigt lachte sie auf. »Zuzutrauen wäre es dir.«
»Jedes Wort davon ist wahr, Leona«, versicherte er gelassen.
Sie stutzte und schüttelte dann fassungslos den Kopf, als ihr dämmerte, daß er die Wahrheit gesagt hatte. »Mein Gott, du hast es wirklich getan!« stieß sie hervor und lachte kurz auf, verwirrt und geschmeichelt zugleich. »Ich weiß nicht, was ich dazu sagen soll.«
»Daß du dich freust.«
»Ja, ich freue mich, und ich bin wirklich beeindruckt von deiner Kühnheit und deiner Beharrlichkeit«, räumte sie widerstrebend ein.
»Ja, sogar von deiner Garderobe; du machst eine blendende Figur in diesem Frack.«
»Das ist die Maßanfertigung, die leider nicht rechtzeitig für den Ball auf der Hamilton Plantation fertig geworden ist.«
»Aber was bezweckst du damit, Henry?«
»Hast du vergessen, daß ich entschlossen bin, dich zu meiner Frau zu machen?«
Sie errötete und sah sich verlegen um, ob zufällig jemand seine Worte aufgeschnappt hatte, was bei dem ausgelassenen Stimmengewirr und der Musik jedoch schwer möglich war. »Sag nicht solche Verrücktheiten!« rügte sie ihn, ohne ihm böse zu sein. »Gleich nach Mitternacht wird mein Vater meine Verlobung mit Richard Banks verkünden.«
»Charmant, reich und aus bester Familie – eine solide Grundlage für die Ehe, nicht wahr?« spottete er.
Sie senkte ihren Blick und zuckte mit den Achseln. »Auf dein

Erinnerungsvermögen ist genauso Verlaß wie darauf, daß du einfach unmöglich bist, Henry! Nur eins hast du vergessen: Ich mag Richard.«

»Aber du liebst ihn nicht.«

»Ich weiß überhaupt nicht, was dieses Gespräch soll.« Sie klang auf einmal gereizt.

»Wir gehören zusammen, Leona. Wir sind die beiden, die das ideale Paar abgeben, nicht du und dieser Richard Banks. Aber bevor ich weiterrede, laß uns erst einmal tanzen!« sagte er und stellte sein Glas ab.

»Du kannst mittlerweile tanzen?« fragte sie mit einem Ausdruck, als könne sie keine weitere Überraschung mehr verkraften.

»Sicher. Habe ich dir das denn nicht versprochen, Leona?« sagte er, nahm ihren Arm und führte sie aufs Parkett. »Wenn ich ein Versprechen mache, halte ich es auch – um jeden Preis.«

»Sag jetzt bloß nicht, daß du mir versprochen hast, daß ich deine Frau werde«, neckte sie ihn mit gedämpfter Stimme. »Denn das ist kein Versprechen, sondern eine einseitige Absichtserklärung ohne jeden Realitätssinn.«

»Ich habe mittlerweile meine eigene Ölgesellschaft. Die Parzellen, die ich auf dem Ölfeld von Glenn-Pool besitze, werden mich nächstes Jahr zu einem reichen Mann machen«, wagte er ein riskantes neues Versprechen. »Als meine Frau wird es dir an nichts fehlen. Ich werde dir jeden Luxus bieten, den du dir wünschst, das schwöre ich dir.«

Als sie den Kopf zu ihm hob, während sie im Walzertakt über die Tanzfläche wirbelten, lag so etwas wie zärtliches Bedauern in ihrem Blick und ihrer Stimme. »Ach, Henry, das sind doch alles nur Träume«, sagte sie mit einem Seufzen. »Außerdem kommst du zu spät. Ich habe dir doch gesagt, daß ich mich noch diese Nacht mit Richard verloben werde.«

»Nein, ich komme nicht zu spät, sondern gerade noch rechtzeitig genug, um dich vor dem fatalen Fehler einer Verlobung mit diesem Mann zu bewahren«, widersprach er. »Und ich werde nicht nur dich vor einem bösen Erwachen bewahren, sondern deine ganze Familie davor, daß der Name Blair durch Richard Banks in einen häßlichen Skandal verwickelt und durch den Dreck gezogen wird.«

Irritiert sah sie ihn an. »Wovon redest du?«

»Von einem farbigen Revuemädchen namens Rachel Elliott, das

Richard über ein Jahr lang als Mätresse ausgehalten und obendrein geschwängert hat ...«

»Nein!« Abrupt blieb sie stehen, so daß sie mit anderen Tanzpaaren kollidierten. »Das ist gemein von dir, Henry, ihn so zu verleumden! Geh mir aus den Augen!« Sie wandte sich ab, raffte ihre Röcke und eilte von der Tanzfläche.

Henry folgte ihr, packte sie am Arm und hielt sie fest. »Es ist die Wahrheit, das schwöre ich dir. Und ich kann es beweisen«, beteuerte er mit leiser, beschwörender Stimme. »Also höre mir in deinem eigenen Interesse zu! Das Schlimmste kommt nämlich noch. Oder ist es dir lieber, das erst zu erfahren, wenn du mit ihm verlobt oder gar seine Frau bist?«

Sie zögerte, blaß im Gesicht. »Ich höre!«

»Richard hat dieser Rachel Elliott Geld für eine Abtreibung gegeben. Doch sie hat das Kind ohne sein Wissen ausgetragen. Als es dann auf der Welt war, wollte sie ihn wohl damit erpressen. Tja, und da hat er einen schrecklichen Wutanfall bekommen und sie geschlagen, und zwar so brutal, daß sie dabei beinahe gestorben wäre.«

»Nein! Niemals!« stieß Leona mit zitternder Stimme hervor. »So etwas Dreckiges und Gemeines würde Richards niemals tun!«

»Aber er hat es getan, Leona. Dafür gibt es Zeugen – weiße Zeugen«, betonte er. »Seine Familie hat das zwar oberflächlich vertuscht, aber die Affäre ist aktenkundig, auch bei Gericht. Jeder Reporter kann sie aufdecken. Es braucht nur einer vom Polizeirevier oder sonst jemand ein Wort gegenüber der Presse fallenzulassen, und niemand kann den Skandal aufhalten. Alles, was ich gesagt habe, läßt sich nachprüfen und beweisen, Leona.«

Sie starrte ihn erschüttert an.

Eine Hand legte sich von hinten schwer auf Henrys Schulter. »Mister Maynard?«

Henry fuhr herum und sah sich Jonathan Blair gegenüber.

»Tatsächlich, Sie sind es wirklich! Warum hast du mir nicht gesagt, daß du unseren Freund aus Sour Lake eingeladen hast, Leona? Mein Gott, du bist ja bleich wie der Tod! Was ist passiert, mein Kind?«

Wortlos stürzte Leona davon.

Henry räusperte sich. »Ich fürchte, es gibt im alten Jahr noch unangenehme Nachrichten, Mister Blair. Am besten reden wir an einem Ort darüber, wo wir ungestört sind.«

Feuerwerkskörper stiegen unter lautem Heulen und Zischen in den Nachthimmel von New York, zerplatzten zu einem bunten Sternenregen und leuchteten für Sekunden wie explodierende Sonnen über der Stadt auf. Das neue Jahr hatte begonnen, und die Dämonen des alten wurden vertrieben.
Henry stand am Fenster in Jonathan Blairs Arbeitszimmer und hob sein Glas, das ihm ein Diener vor wenigen Minuten gebracht hatte. Aus dem Ballsaal kam lauter Jubel, während man dort anstieß und sich alles Gute für das neue Jahr wünschte. Henry konnte mit niemandem anstoßen. Er war allein im Zimmer, schon seit über einer halben Stunde.
»Ein gutes Jahr 1906, Freunde! Mögen die schönsten eurer Träume Wirklichkeit werden!« sagte Henry leise und nahm einen Schluck Champagner. Seine Gedanken gingen zu Sally und Arthur, zu Lee und Janice, zu Ted und Merrill – und zu Leona.
Als die meisten Feuerwerkskörper zerplatzt waren und die Musik im Ballsaal wieder einsetzte, stand Henry noch immer am Fenster, blickte in die New Yorker Winternacht hinaus und wartete auf Jonathan Blair.
Das Gespräch, das sie vor nun fast vierzig Minuten in diesem Raum geführt hatten, war recht kurz gewesen. Eigentlich hatte Henry nur das wiederholt, was er Leona über Richard Banks erzählt hatte, wenn auch in einer etwas ausführlicheren Version. Jonathan Blair hatte sich mit verschlossener Miene Notizen gemacht und die Namen der Zeugen und beteiligten Polizisten wissen wollen. »Sie warten hier, auch wenn es etwas dauert!« hatte er dann im Befehltston zu Henry gesagt und war aus dem Zimmer geeilt.
Gedankenversunken nippte der an seinem Glas. Würde Leona es ihm übelnehmen und trotz allem zu Richard Banks stehen? Hatte er unfair gehandelt? Hätte er sein Wissen für sich behalten und sich lieber geschlagen geben sollen? Nein und nochmals nein! Er hatte sich keiner bösartigen Verleumdung schuldig gemacht, sondern Tatsachen ans Licht gebracht. Und es war richtig gewesen, sich nicht geschlagen zu geben, nur weil er Richard Banks noch nicht das Wasser reichen konnte, was sein Vermögen und sein gesellschaftliches Ansehen betraf. Auch im Wettkampf um Leonas Gunst galt das Gesetz der Beute! Zaghaftigkeit und Edelsinn wurden nicht belohnt. Einem wie ihm wurde der Siegespreis nicht freiwillig gewährt. Ihn

wollte man darum betrügen, auch wenn er der Bessere war. Er mußte sich den Siegeslorbeer doppelt hart erkämpfen, ihn den anderen aus den Händen reißen. So lief das Spiel nun mal. Er hatte die Regeln nicht gemacht, und er kämpfte innerhalb dieser Regeln mit den Waffen, die er besaß. Und zum Teufel mit Richard Banks!

Die Uhr auf dem Kaminsims schlug halb eins, als Jonathan Blair endlich zu ihm ins Zimmer zurückkehrte. Mit einem Ruck schloß er die Tür hinter sich. »Tut mir leid, daß es so lange gedauert hat, Mister Maynard«, sagte er förmlich. »Ich konnte mich nicht eher von meinem Gästen entfernen.«

»Natürlich nicht. Ein gutes neues Jahr, Mister Blair!«

Dieser schnaubte verdrossen. »Wir hatten uns einen erfreulicheren Beginn gewünscht, meine Familie und ich. Und Richard hatte sich die erste Stunde des neuen Jahres zweifellos auch anders vorgestellt«, brummte er, ging zum Barschrank und füllte zwei Gläser mit Brandy.

»Ich sehe das anders, Mister Blair. Sie haben das neue Jahr damit begonnen, Ihre Tochter noch im letzten Moment vor einem verhängnisvollen Fehler und einem häßlichen Skandal zu bewahren – zumindest hoffe ich, daß Sie das getan haben. Und das wäre doch aller Grund zur Freude.«

»Daß Sie das so sehen, wundert mich nicht.« Jonathan Blair kam zu ihm und drückte ihm ein Glas in die Hand. »Aber vielleicht habe ich ja tatsächlich Grund, Ihnen für diese Unannehmlichkeiten auch noch dankbar zu sein.«

»Haben Sie die Verlobung ...«

Jonathan Blair fiel ihm schroff ins Wort. »Es gibt keine Verlobung. Jedenfalls nicht heute und nicht morgen. Ich habe das Revier in Harlem angerufen. Der Sergeant, dessen Namen Sie mir genannt haben, hat Ihre unglaubliche Geschichte bestätigt. Das genügte mir für diese Nacht, um die Verlobung meiner Tochter auf unbestimmte Zeit zu verschieben.«

»Verschieben?« fragte Henry irritiert. »Nach dem, was Sie jetzt über Banks junior wissen, muß er als zukünftiger Schwiegersohn doch völlig indiskutabel sein.«

Jonathan Blair sah ihn grimmig an. »Ein Anruf allein genügt mir nicht, um den Stab über Richard zu brechen, den ich heute meinen Gästen als meinen Schwiegersohn in spe vorstellen wollte, Mister Maynard.«

»Was ich Ihnen mitgeteilt habe, ist die Wahrheit.«

»Wenn sich tatsächlich alles so abgespielt hat, wie Sie und der Sergeant gesagt haben, dann brauchen Sie sich ja über das Ergebnis *meiner* Nachforschungen keine Sorgen zu machen. Finde ich Ihre Angaben bestätigt, werde ich schon selbst dafür sorgen, daß Richard sich zurückzieht. Dann wird offiziell auch nie die Absicht einer Verbindung zwischen ihm und meiner Tochter bestanden haben, und die Erwähnungen in der Presse werden nichts weiter als substanzlose Gerüchte gewesen sein.«

Das war es, was Henry hatte hören wollen. »Mister Blair, ich möchte Ihr Haus nicht verlassen, ohne Sie davon in Kenntnis gesetzt zu haben, daß ich Ihre Tochter zu heiraten beabsichtige.«

Ein spöttisches Lächeln umspielte die Mundwinkel von Leonas Vater. »Haben Sie auch meine Tochter schon über Ihre Absicht in Kenntnis gesetzt?«

»Selbstverständlich.«

»Schon in Sour Lake oder erst in Miami?« Mit dieser Frage ließ er Henry wissen, daß er sehr wohl über sein Auftauchen auf der Pier des *Royal Palm* unterrichtet war.

»In Palm Beach, Sir.«

»Und?«

»Ich denke, das ich Leonas Herz schon lange gewonnen habe«, antwortete Henry diplomatisch. »Bald bin ich finanziell in der Lage, auch Ihre Vernunft für mich einzunehmen.«

Jonathan Blair lachte trocken. »Sollte meine Tochter Ihrem Antrag ernsthaft gewogen sein, werden Sie erst einmal meine Vernunft für sich einnehmen müssen, Mister Maynard!«

»Wenn Sie mir eine Chance geben, Ihnen ...«

»Sie bekommen Ihre Chance, aber nicht heute nacht«, fiel Jonathan Blair ihm ins Wort. »Ich muß zu meinen Gästen zurück. Wo kann ich Sie erreichen?«

Henry zögerte kurz. Er konnte ihm unmöglich die Adresse Sallys in Harlem nennen. »Im *Waldorf Astoria.*« Mit einem fetten *payola* würde er die Leute an der Rezeption schon dazu bringen, Nachrichten für ihn anzunehmen.

»Gut, in ein paar Tagen sprechen wir uns wieder. Ein gutes neues Jahr, Mister Maynard! Wenigstens hat es für Sie recht vielversprechend begonnen«, sagte Blair und ging zur Tür.

Draußen auf dem Gang wartete Leona. »Kann ich einen Augenblick mit Henry sprechen, Dad?«
Ihr Vater runzelte die Stirn. »Ich halte das für keine so gute Idee. Liegst du nicht angeblich mit einer schweren Migräne im Bett?«
»Nur zwei Minuten«, bat sie.
»Also gut, zwei Minuten. Ich warte hier, und die Tür bleibt offen.«
Leona war noch immer ganz blaß im Gesicht, als sie zu Henry ins Zimmer trat. Und doch sah sie in seinen Augen wunderbar aus, so zart und schön und makellos. Er stellte sein Glas ab und lächelte sie an. »Ein glückliches Jahr 1906, Leona!« Er wünschte, er könnte ihr einen Kuß geben oder doch wenigstens ihre Hand nehmen. Doch er wagte es nicht, denn ihr Vater stand im Flur vor der offenen Tür und hatte sie im Blick.
»Ja, dir auch«, murmelte sie und strich nervös über ihr Kleid.
»Ich ... ich weiß noch immer nicht, was ich von all dem halten soll, Henry. Dad sagt, es stimmt vermutlich, was du mir über Richard erzählt hast.«
»Ja, es stimmt.«
»Ich hatte mich so auf den Ball gefreut ...«
»Und jetzt habe ich dir alles verdorben?«
»Ja ... nein, du hast gar nichts verdorben ... Es ist nur so, daß ich ... ach, ich weiß im Augenblick gar nichts mehr, Henry«, gestand sie verstört.
»Aber du hast nicht vergessen, daß wir miteinander getanzt haben, zum erstenmal, aber sicherlich nicht zum letztenmal«, sagte er leise. »Und du weißt auch noch, was ich für dich empfinde, nicht wahr? Ich möchte, daß du meine Frau wirst, Leona, und ich werde notfalls die Welt aus den Angeln heben, wenn du das zur Bedingung machst. Ich möchte und ich werde dir allen Reichtum und alles Glück dieser Welt schenken, weißt du das?«
Sie nickte, und ein Lächeln huschte über ihr Gesicht. Dann biß sie sich auf die Lippen und schüttelte den Kopf, als sträube sie sich gegen seine Anziehungskraft und ihre Gefühle für ihn. »Ich kann im Moment keinen klaren Gedanken mehr fassen und bin nur gekommen, um dir ein gutes neues Jahr zu wünschen, weil du doch ...«
Sie brach mitten im Satz ab und schüttelte erneut den Kopf. »Es hat keinen Sinn. Ich bin zu durcheinander. Vielleicht habe ich mir in ein paar Tagen Rechenschaft darüber abgelegt, was du mir bedeu-

test, Henry. Mach es gut!« Sie stellte sich auf die Zehenspitzen und gab ihm einen Kuß auf die Wange. Dann raffte sie ihre seidig raschelnden Röcke zusammen und floh förmlich aus dem Zimmer. Doch sie hatte ihm einen Kuß gegeben!

»Gehen wir, Mister Maynard!« rief Jonathan Blair.

Henry nickte, ein strahlendes Lächeln auf dem Gesicht. Er konnte noch immer Leonas feuchte Lippen auf seiner Wange spüren – und fühlte sich plötzlich an jenen Tag in Spindletop erinnert, als er Sally das Wörterbuch geschenkt und sie sich dafür mit einem Kuß bedankt hatte. Es paßte ihm jedoch gar nicht, ausgerechnet jetzt an Sally erinnert zu werden. Sally und was er für sie empfand gehörten einer anderen Welt an. Er aber war klug beraten, beide Welten gut auseinanderzuhalten, so wie Sally es tat. Die Nacht mit ihr ...

Nein, er durfte nicht wieder daran denken! Jetzt hatte er Leona treu zu sein, auch in seinen Gedanken.

Am 3. Januar wurde für Henry ein Zimmer im *Waldorf Astoria* frei. Das Hotel, das mit seinen beiden mächtigen Türmen und der imposanten Fassade wie eine Stadtburg an der Ecke Fifth Avenue und 33rd Street aufragte, stellte auch jetzt noch, über zehn Jahre nach seiner Eröffnung, den Gipfel an Snob-Appeal, Eleganz und Luxus dar. Es war das erste Hotel, in das man aus gesellschaftlichen Gründen kam und nicht nur, um dort zu wohnen.

Am Vormittag des folgenden Tages erhielt Henry eine knappe Nachricht von Jonathan Blair, in der dieser ihn für den Nachmittag zu einem Gespräch in sein Haus bat.

Zur Teestunde saß Henry Leonas Vater in dessen getäfeltem, sehr teuer, aber betont männlich eingerichtetem Arbeitszimmer gegenüber, ohne vorher Leona zu Gesicht bekommen zu haben. Im Kamin brannte ein Feuer. Statt Tee und Petits fours gab es Brandy und Havannazigarren.

Jonathan Blair war kein Mann langer Umschweife, sondern kam sofort zur Sache. Noch während er seine Zigarre in Brand setzte, sagte er: »Richard Banks ist in diesem Haus kein Thema mehr, für keinen von uns. Die Erkundigungen, die ich habe einziehen lassen, haben eindeutig ergeben, daß er dieses Niggerflittchen ausgehalten, geschwängert und später fast totgeschlagen hat.«

Bei dem Wort »Niggerflittchen« zuckte Henry innerlich zusammen.

Widerspruch regte sich in ihm, doch er schwieg. Dies war kaum der richtige Augenblick, Leonas Vater rassistische Vorurteile vorzuwerfen und sich mit ihm möglicherweise in eine Diskussion über die Diskriminierung der Schwarzen einzulassen.

»Ich habe Richard und seinem Vater klargemacht, daß ich von diesem Wissen niemals in irgendwelcher Weise Gebrauch machen werde«, fuhr Jonathan Blair indessen weiter, »dafür jedoch erwarte, daß auch sie alles in ihrer Macht Stehende tun werden, um Schaden von Leonas Ruf abzuwenden. Wir sind uns einig geworden, daß es zwischen meiner Tochter und Richard nie auch nur den Gedanken an eine Verlobung gegeben hat, von keiner Seite. Das Thema Richard Banks ist damit erledigt. Das ist die eine Sache, die ich Ihnen mitteilen wollte.« Er griff zu seinem Brandy und nahm einen ordentlichen Schluck.

Henry wartete.

»Die andere Sache stellt sich ein wenig komplizierter dar, Mister Maynard«, sagte er dann.

»Vielleicht kann ich Ihnen helfen, Mister Blair.«

»Das hoffe ich doch für Sie – und auch für meine Tochter, der es offenbar nicht ganz gleichgültig zu sein scheint, wie mein Gespräch mit Ihnen ausgeht«, erklärte Jonathan Blair mit wohlwollendem Spott.

Tagelang hatte Henry zwischen Bangen und Hoffen gelebt. Die Ungewißheit hatte ihm Magenschmerzen bereitet und ihn nachts um den Schlaf gebracht. Nun wich diese enorme innere Anspannung einer unsäglichen Erleichterung. Er jubilierte innerlich und antwortete: »Sagen Sie, was ich tun kann. Ich stehe ganz zu Ihrer Verfügung, Sir.«

»Ich gehöre nicht zu den Vätern, die ihrer Tochter vorschreiben, wen sie zu heiraten haben, und meine Frau Margaret vertritt ebenfalls die Ansicht, daß Leona in der Wahl ihres zukünftigen Mannes freie Hand haben soll – vorausgesetzt«, Jonathan Blair machte eine inhaltsschwere Pause, »vorausgesetzt, dieser Mann ihrer Wahl ist auch in der Lage, ihr einen Lebensstandard zu garantieren, der ihren Ansprüchen und ihrer gesellschaftlichen Position entspricht.«

»Dazu werde ich in der Lage sein«, versicherte Henry.

»Im Augenblick wohl kaum. Ich habe mir erlaubt, Erkundigungen über Ihre geschäftliche Situation einzuziehen.«

»Gut, denn dann wissen Sie auch, daß ich im Ölgeschäft erneut sicheres Gespür bewiesen habe und in kurzer Zeit über siebenhunderttausend Dollar Gewinn dazu verwenden konnte, um Alleinbesitzer der *Oklahoma Oil Discovery Company* zu werden, die seit der Übernahme *Scallop Oil Company* heißt«, erklärte Henry.
»Ich weiß aber auch, daß Ihre letzten Bohrungen nur trockene Löcher und einige *freaks,* Stotterquellen eben, eingebracht haben«, entgegnete Jonathan Blair mit hochgezogenen Brauen.
»Meine Gesellschaft besitzt Bohrrechte auf siebzehn anderen Parzellen in Glenn-Pool, und ich hege nicht den geringsten Zweifel, dort sehr ergiebige Quellen zu finden«, versicherte Henry.
»Das ist eine Hoffnung, nichts weiter.«
»Ja, so wie Sie vor einundzwanzig Jahren hofften, daß sich Ihre gewagte Spekulation auszahlen möge, als Sie den Fellhandel Ihres Vaters mit enormen Krediten beliehen und sich bis über die Ohren verschuldeten, um in den Besitz der kleinen *Takoma Refining Company* zu kommen«, konterte Henry.
Jonathan Blair schenkte ihm ein anerkennendes Lächeln. »Kompliment, Mister Maynard, Sie haben Ihre Hausaufgaben gründlich erledigt.«
»Ich mache alles gründlich.«
»Gewiß, aber als ich dieses Wagnis einging, war ich schon ein paar Jahre älter als Sie ...«
»Bevor Flagler sich mit Rockefeller zusammenschloß und *Standard Oil* aufbaute, hatte er in meinem Alter schon ein Vermögen mit einer Whiskeybrennerei in Ohio gemacht, die er aber aus moralischen Skrupeln aufgab, weil sein Vater Pastor war«, fiel Henry ihm ins Wort. »Rockefeller selbst war gerade zwanzig, als er nach vier Jahren bei einer Versandfirma seine eigene erfolgreiche Handelsgesellschaft aufbaute. Möchten Sie noch mehr Beispiele dieser Art?«
Jonathan Blair lachte und winkte mit der Zigarre in der Hand ab. »Nicht nötig, Mister Maynard. Ich bin bestens informiert. Außerdem traue ich Ihnen eine Menge zu. Sie haben nicht nur Ehrgeiz, sondern auch den richtigen Biß, den Riecher und die nötige Phantasie, um ganz nach oben zu kommen. Aber lediglich auf der Basis meiner Einschätzung Ihrer Person möchte ich Ihnen meine Tochter nun doch nicht anvertrauen, denn sogar ich irre mich gelegentlich.«
Sie verbrachten über eine Stunde im Gespräch, und Henry nutzte

die Zeit, um Blair seine geschäftlichen Pläne auseinanderzusetzen und ihn davon zu überzeugen, daß er der richtige Mann für Leona war.

»Ich habe Ihnen eine Chance versprochen, und die bekommen Sie auch«, sagte Jonathan Blair schließlich. »Ich will Ihnen sagen, was ich mache. Ich gebe Ihnen bis Weihnachten Zeit, mich und Leona vom Erfolg Ihrer Pläne zu überzeugen. Wenn Sie es bis dahin geschafft haben, mit der *Scallop Oil Company* eine Million Dollar zu verdienen, dann bin ich bereit, Ihre Verlobung mit Leona bekanntzugeben und über einen Hochzeitstermin zu reden – vorausgesetzt, es ist dann immer noch der Wunsch meiner Tochter, Ihre Frau zu werden.«

»Ist das denn jetzt Leonas Wunsch?« fragte Henry aufgeregt.

Jonathan Blair schmunzelte. »Bei Frauen weiß man ja nie, welche ihrer Launen gerade die Oberhand gewonnen hat«, spottete er. »Leona scheint die letzten Tage jedoch recht beständig zu sein, was Sie betrifft. Aber warum fragen Sie meine Tochter nicht selber, sofern Sie mit meiner Bedingung einverstanden sind.«

»O ja, das bin ich«, versicherte Henry, erhob sich und besiegelte ihre Abmachung mit einem Händedruck. Nur eine einzige seiner restlichen Parzellen brauchte einen stattlichen Gusher von sechzigtausend Barrel pro Tag zu produzieren, um ihn bis Jahresende zum Millionär zu machen – und seine Verlobung mit Leona zu garantieren. Und er würde diesen Gusher finden!

»Ich möchte Ihnen noch einen Rat mit auf den Weg geben, den ich eigentlich für mich behalten sollte«, sagte Jonathan Blair, als sie schon bei der Tür standen. »Was bringt das Öl in Glenn-Pool im Augenblick? Zehn Cent pro Barrel?«

Henry nickte. »Der Transport ist zu teuer.«

»Dann will ich Ihnen sagen, daß nicht nur *Standard Oil* mit dem Bau einer Pipeline von Glenn-Pool hinunter nach Port Arthur beginnt, sondern auch die *Gulf Company*«, unterrichtete ihn Jonathan Blair. »Die beiden werden sich ein Wettrennen gegen die Zeit liefern. Doch wenn das hochwertige Öl aus Glenn-Pool dann durch diese Pipelines fließt, was wohl Mitte bis Ende nächsten Jahres der Fall sein dürfte, dann bestimmt nicht mehr für zehn Cent pro Barrel, sondern eher für einen Dollar. Lassen Sie sich das durch den Kopf gehen!« Er schlug ihm auf die Schulter und zwinkerte ihm zu:

»Hätte eigentlich nichts dagegen, Sie beim nächsten Weihnachtsessen mit am Tisch zu haben. So, und jetzt erzählen Sie Leona, was wir vereinbart haben!«
Leona war wie verwandelt. Sie strahlte ihn an und fand das alles ungeheuer aufregend und romantisch. »Wenn es einer schafft, dann du«, versicherte sie, als er ihr von der Million erzählte. »Du hast es ja sogar geschafft, daß ich mich in dich verliebe und dich nicht mehr aus meinen Gedanken verbannen kann, was bisher noch keinem Mann gelungen ist. Dagegen kann doch alles andere nur noch ein Kinderspiel sein.«
Er nahm ihre Hände. »Dann wirst du dich zu Weihnachten mit mir verloben und im Jahr darauf meine Frau werden?«
»Ja, Henry«, sagte sie.
»Meinst du nicht, daß wir das mit einem richtigen Kuß besiegeln sollten?«
Leona lächelte. »Würde sich Henry Maynard denn mit weniger zufriedengeben?«
»Nein, mein Liebling«, erwiderte er, nahm sie in seine Arme und küßte sie.

Elftes Kapitel

Henry verbrachte in Harvard zwei Tage bei Merrill, der Weihnachten und Silvester nicht mit seinen Freunden hatte verbringen können, und kehrte dann nach Glenn-Pool zurück, stolz und sprühend vor Tatendrang.
Arthur, Lee und Ted konnten kaum glauben, daß Henry mit Leona Blair so gut wie verlobt war. Ted freute sich auf seine neidlose Art und schlug Henry mit seiner Pranke auf die Schulter. »Ich sage ja immer: Was Henry sich vornimmt, das erreicht er auch.«
Für Lee hatte die Nachricht einen bitteren Beigeschmack, weil er Leona mit seiner Frau verglich, die wieder in anderen Umständen war. »Glückwunsch, Henry! Während ich Dummkopf auf eine mittellose Dorfschönheit hereingefallen bin, bist du wenigstens so clever gewesen, mit der Tochter eines Industriemagnaten anzubändeln.«

»So etwas über Janice zu sagen, ist nicht nett, Lee«, sagte Henry mißbilligend. »Deine Frau bemüht sich doch sehr.«
»Ja, mir die Luft zum Leben zu nehmen«, grollte Lee, verzog das Gesicht zu einem schiefen Grinsen und sagte dann zu Ted und Arthur: »Bei dem Tempo, das Henry vorlegt, werden wir uns verteufelt anstrengen müssen, um ihn nicht aus der Sicht zu verlieren. Mit ihm Schritt zu halten, ist schon längst nicht mehr drin.«
»Das ist doch Unsinn!« meinte Henry. »Jeder muß nun mal seinen eigenen Weg gehen.«
Arthur bestätigte dies, als er ihm schon zwei Tage nach seiner Rückkehr eröffnete: »Ich werde im März aus der Firma ausscheiden, Henry, und den Rest meines Lebens bei den Kindern in St. Augustine verbringen. Ich möchte mir da ein kleines Häuschen kaufen.«
Henry war bestürzt. »Du willst dich aufs Altenteil setzen? Das kannst du mir nicht antun, Arthur!«
Arthur schüttelte lächelnd den Kopf. »Nein, du kannst es mir nicht antun, mich *nicht* in Frieden ziehen zu lassen. Ich habe fünfzig Jahre gearbeitet, was ja wohl genug ist, und bin dankbar für das Glück, mich jetzt komfortabel zur Ruhe setzen zu können. Gönn mir das, Partner! Und was die Firma betrifft, so hast du sie mit Lee fest im Griff. Eigentlich bin ich doch schon lange überflüssig.«
Es tat Henry weh, ihn das sagen zu hören, auch wenn es stimmte. Arthur war ihm nicht nur Partner und Freund, sondern auch eine Vaterfigur, die er respektierte. Aber die Entscheidung seines Partners war unumstößlich, und so blieb Henry nichts weiter übrig, als sie zu akzeptieren und sich schweren Herzens damit abzufinden.
Henry fand auch nicht viel Zeit, Dingen nachzutrauern, die sich nicht ändern ließen. Das hohe Ziel vor Augen, das Jonathan Blair ihm gesetzt hatte, stürzte er sich mit Entschlossenheit und freudiger Arbeitswut in den Hexenkessel von Glenn-Pool. Er begann auf zwei Parzellen im Südosten mit Bohrungen. Gleichzeitig betraute er Zilkey damit, aus den mittlerweile über sechzig Zimmerleuten, die bei *Broderick & Maynard* in Lohn und Arbeit standen, ein Dutzend Männer auszuwählen, eine Arbeitskolonne zusammenzustellen und statt Bohrtürme nun Öllager zu bauen. *Standard* und *Union Oil* hatten mit dem Bau ihrer Pipelines begonnen, ohne daß dies Auswirkungen auf den Ölpreis gehabt hätte. Als die ersten Tanks standen, kaufte Henry die ersten fünfzigtausend Barrel noch für zehn Cent pro Einheit.

Kurz vor der Hochzeit von Agnes Broderick und Frederick Barlow stießen beide Bohrteams innerhalb von drei Tagen auf Öl. Die erste Quelle produzierte zehntausend, die zweite gerade mal sechstausend Barrel. Henry war bitter enttäuscht; er hatte sich mindestens einen Gusher erhofft. Aber auch wenn diese beiden Quellen kein durchschlagender Erfolg waren, so machten sie seine Ölgesellschaft doch wenigstens wieder liquide und kreditfähig.
Die Hochzeit in St. Augustine war ein herrliches Fest, an dem auch Merrill teilnahm. Er traf am Samstag morgen zur kirchlichen Trauung ein und stieg schon am selben Abend in den Zug zurück nach Norden, da er am Montag in Harvard eine wichtige Arbeit schreiben mußte. Als Henry Agnes ganz in Weiß vor den Altar treten sah, da verwandelte sich das Bild vor seinen Augen in die Hochzeit von Leona und ihm. Seit er Leona in New York geküßt hatte, stellte er sich den Tag, an dem er sie zu seiner Frau machen würde, in Gedanken immer wieder vor. Was ihn jedoch verstörte, war, daß er diese Vorstellungen nie mit in seinen Schlaf nahm. Er träumte nie von Leona, sondern immer nur von Sally und ihrer gemeinsamen Nacht der Leidenschaft.
Henry blieb mit Noah, Ted und Lee eine Woche in St. Augustine. Daß Lee die Gelegenheit fern von Frau und Kind nutzte, um mit einer hübschen Hotelbediensteten des *Ponce de Leon* anzubändeln, mißfiel ihm sehr, da Janice doch zum zweitenmal schwanger war.
Doch er schwieg und übersah die Affäre geflissentlich. Nach dem, was in New York geschehen war, stand es ihm nicht zu, Moral zu predigen. Wie konnte er seinem Freund Vorhaltungen machen, während er besessen davon war, Leona zu seiner Frau zu machen, und zur selben Zeit dennoch nicht aufhören konnte, an Sally zu denken und sie zu begehren?
Der Abschied von Arthur fiel ihnen allen schwer. Henry mußte sehr an sich halten, damit ihm nicht die Tränen kamen, als sie auf dem Bahnsteig Abschied nahmen. Noah dagegen vergoß sie ohne falsche Scham.
Wie rasend schnell doch das Leben verläuft, dachte Henry wehmütig, als der Zug anfuhr. Was gestern noch lebendige Gegenwart gewesen ist, ist heute schon ein abgeschlossenes Kapitel der Vergangenheit.
Bei ihrer Ankunft in Tulsa regnete es. Als sie vor dem Bahnhof auf

eine Kutsche warteten, beobachtete Henry, wie aus einem wassergefüllten Graben Regenwasser in eine tiefergelegene Mulde sickerte. Aus irgendeinem Grund beschäftigte ihn dieses Bild noch Stunden später und die halbe Nacht. Am nächsten Morgen suchte er Ted in seiner Bretterhütte auf, als dieser gerade damit beschäftigt war, sich ein reichhaltiges Frühstück aus Eiern, Speck und Bratkartoffeln zu machen.

»Mir brennt doch jedesmal das verdammte Rührei an!« fluchte er, lachte jedoch dabei, denn seiner frohen Natur konnte kaum etwas ernstlich zusetzen. »Schätze, es ist an der Zeit, daß auch ich mich nach einer ebenso tüchtigen wie anschmiegsamen Frau umsehe. Jemand wie Janice würde mir schon gefallen.« Er seufzte und kratzte das angebrannte Rührei aus der Pfanne. »Schade, daß sie keine Zwillingsschwester hat!«

Und schade, daß Lee nicht zu würdigen wußte, was er an seiner Frau hatte, hätte Henry am liebsten hinzugefügt. Aber er war nicht gekommen, um mit Ted über Janice zu reden, sondern über das Ölfeld von Glenn-Pool.

»Mir ist eine verrückte Idee gekommen«, sagte er und breitete eine Karte des Ölfeldes aus. »Ich habe mir die letzten Wochen den Kopf darüber zerbrochen, was es mit unserer Stotterquelle hier im Osten auf sich hat. Ich konnte mir einfach nicht erklären, warum sie für ein paar Stunden Öl produziert, um dann für ein, zwei Tage völlig zu versiegen, bevor sie wieder einige hundert Barrel spuckt.«

Ted zuckte die Achseln. »Das weiß keiner.«

»Aber ich habe eine Theorie, Ted. Was ist, wenn dieser ganze Bereich hier im Osten und im Südosten eigentlich gar nicht zum Ölfeld gehört ...« begann er.

»Dann sind deine Parzellen das Geld nicht wert, das du für sie hingeblättert hast, und du bist mit vielen anderen auf dem Weg in die Pleite«, warf Ted trocken ein.

»... sondern bloß riesige Höhlen darstellt, die am Rand des Ölfeldes liegen und von diesem gespeist werden wie Eimer, die unter einer randvollen Badewanne stehen und das Wasser auffangen, das über den Rand schwappt«, fuhr Henry fort. »Der Vergleich hinkt natürlich gewaltig ...«

»Aber er hat etwas Faszinierendes«, fiel Ted ihm aufgeregt ins Wort, nahm die Gabel in die linke Hand und griff zum Bleistift. »Denn wenn du recht hast, finden sich in diesem Gebiet«, er begann die Parzellen östlich und südwestlich des bisher bekannten Ölfeldes zu schraffieren, »bestenfalls die Brosamen, die vom Tisch fallen. Womit sich die Frage stellt, wo dann der fette Fleischtopf steht, richtig?«

Henry nickte. »Richtig, Ted. Hier im Norden haben die ersten Gusher gesprudelt, und sie haben bis heute noch nichts von ihrer enormen Durchschnittsrate verloren. Ganz im Gegensatz zu den Springquellen von Spindletop, die doch innerhalb weniger Monate viel von ihrer ersten Kraft verloren haben. Und was besagt das deiner Meinung nach?«

»Daß wir es hier vermutlich mit einem gewaltigen Ölfeld zu tun haben, das die Vorkommen von Spindletop und Sour Lake noch um einiges übertrifft«, antwortete Ted mit vollem Mund.

Henry grinste. »So sehe ich das auch. Aber die Bohrungen, die noch weiter nördlich von den ersten Gushers niedergebracht wurden, haben entweder nur mittelmäßige Quellen hervorgebracht oder gar trockene Löcher. Ähnliches zeichnet sich auch hier im Süden ab. Und was die östliche Fläche betrifft, so habe ich da meine Theorie. Aber so eng begrenzt kann das Ölfeld unmöglich sein. Es muß sich noch viel weiter erstrecken. Doch wenn die Erfolgsrate nach Süden und Norden hin zunehmend absinkt und der Osten nicht wirklich zum Ölfeld gehört, in welche Richtung kann es sich dann erstrecken?«

»Dann bleiben nur noch zwei Möglichkeiten«, folgerte Ted. »Entweder reicht es gewaltig in die Tiefe – oder aber es erstreckt sich noch viel weiter nach Westen als bisher vermutet.«

»Ich tippe auf Westen, Ted«, sagte Henry ernst. »Ich werde alle Parzellen, die ich hier im Süden und Südosten besitze, verkaufen und hinter der letzten westlichen Reihe von Bohrtürmen soviel Land kaufen, wie ich mir leisten kann.«

»Das ist riskant, Henry«, warnte ihn Ted. »Du hast nichts weiter als eine Theorie. Was ist, wenn das Feld sich nach Osten oder nach Norden hin nur vorübergehend verengt und du einfach nur Pech gehabt hast? Im Westen ... Mein Gott, im Westen geht die Sonne unter.«

Henry schüttelte heftig den Kopf. »Für die *Scallop Oil Company* wird die Sonne im Westen aufgehen, Ted. Außerdem ist das mit

Westen und Osten nichts weiter als eine Frage des Standpunktes. Ach, das hätte ich ja fast ganz vergessen zu sagen, Ted: Meine beiden Driller sind der übereinstimmenden Meinung, daß sie dir nichts mehr beibringen können und daß du jetzt fit genug bist, um eine eigene Crew zu führen.«

»Du machst mich zum Driller?« stieß Ted freudig hervor.

»Du hast dich selbst zum Driller hochgearbeitet, Ted«, erwiderte Henry. »Ich sorge nur dafür, daß du nicht zur schäbigen Konkurrenz abwanderst. Stell dir dein eigenes Team zusammen! Von nun an werden wir mit drei Crews arbeiten.«

Noch am selben Tag begann Henry, seine Parzellen und Optionen zu verkaufen und Bohrrechte im Westen zu erwerben. Dabei bediente er sich eines erfahrenen Promoters, der zwar mit harten Bandagen arbeitete, aber immer noch im Rahmen des Legalen blieb.

Henry hatte keine Skrupel. Er hatte nichts weiter als eine Theorie, auf die er alles setzte, was er besaß. Vielleicht lag er völlig falsch und verkaufte mit den noch ungenutzten Parzellen ein Millionenvermögen. Das war nun mal das Risiko im Ölgeschäft. Und mehr denn je galt für ihn: Sei wachsamer! Sei schneller! Sei härter!

Mitte April ließ Henry die ersten drei Türme im Westen errichten und mit den Bohrungen beginnen. Drei Tage später, am 18. April, erschütterte ein schweres Erdbeben San Francisco. Eine verheerende Feuersbrunst, die aus den Trümmern aufstieg, vernichtete, was dem Beben widerstanden hatte. Mehr als dreißigtausend Häuser wurden ein Opfer der Katastrophe, die eine Viertelmillion Menschen obdachlos machte und vermutlich tausend Tote forderte.

So erschütternd die Nachrichten waren, die aus dem zerstörten San Francisco drangen und um die Welt gingen, für die Ölproduzenten und die Automobilindustrie hatte die Katastrophe weitreichende positive Konsequenzen: In der Stadt wurden über zweihundert Privatautos Tag und Nacht zu Rettungs- und Bergungszwecken eingesetzt. *Standard Oil* stellte sechzigtausend Liter Benzin für diesen Zweck zur Verfügung. Und in allen Tageszeitungen erschienen in den folgenden Tagen, Wochen und Monaten ungezählte Berichte über die Robustheit und Zuverlässigkeit der pferdelosen Wagen. Ein führender Journalist schrieb: »Das Auto hat aufgehört, ein Thema für Witzbolde zu sein.«

Herstellung und Verkauf von Automobilen stiegen sprunghaft an. Ein neuer Markt von gigantischem Ausmaß begann sich mit rasantem Tempo für die Ölindustrie zu öffnen.

Die Briefe, die Leona ihm schrieb, reichten Henry nicht. Er mußte sie wiedersehen. Mitte Mai setzte er sich in den Zug und fuhr für einige Tage nach New York. Jonathan Blair überschüttete ihn nicht gerade mit Gunstbeweisen. Er lud ihn nur ein einziges Mal in seine feudale Residenz an der Fifth Avenue ein, wo Henry dann zur Teestunde die meiste Zeit damit verbrachte, Fragen von Leonas attraktiver, aber matronenhafter Mutter zu beantworten. Margaret Blair machte auf ihn den Eindruck einer Frau, die häufig unter Migräne zu leiden hatte und es vorzog, überall kurz die Oberfläche anzukratzen, anstatt einer Sache auf den Grund zu gehen. Er verbuchte es als persönlichen Erfolg, daß es ihm bei dieser Teestunde gelang, ihr oberflächliches Wohlwollen zu erlangen. Jonathan Blair hielt jedoch daran fest, ihm nicht zu viele Vergünstigungen zu gewähren. Er erlaubte ihm nur zwei private Treffen mit Leona. Bei der Spazierfahrt durch den Central Park und dem Besuch der Oper mußten sie jedoch mit der Begleitung von Eleanor Welsh vorliebnehmen, die sich ständig so nachdrücklich in Erinnerung brachte wie ein zu enger Schuh auf einem langen Marsch. Die Zärtlichkeiten, die sie bei ihren Treffen austauschen konnten, bestanden aus zwei heimlichen Küssen und einer allzu kurzen Liebkosung ihrer Brüste, als Eleanor Welsh die Opernloge für kurze Zeit verließ.
Henry sah auch Sally wieder, vermied jedoch eine Begegnung mit ihr. Er hatte Angst vor seinen geheimen Sehnsüchten, die ihn noch immer in seinen Träumen verfolgten. Jeden Abend besuchte er den *Clover Club* und sah sich jede Show an, die Augen allein auf Sally gerichtet, aber stets im Schatten einer der Säulen verborgen. Zwischen den Vorstellungen verließ er den Club. Er schämte sich seines Tuns, vermochte dem Drang, in den Club zu gehen, jedoch nicht eine Nacht zu widerstehen.
Henry kam einen Tag eher zurück, als geplant – und überraschte Lee mit einer üppigen Rothaarigen in flagranti, als er den Bretterschuppen betrat, der sein bescheidenes Privatquartier wie auch das Büro von *Broderick & Maynard* beherbergte. Wortlos drehte er sich um und ging wieder.

Lee fand ihn eine halbe Stunde später in der Bar von *Como's Hotel.*
»Es tut mir leid«, sagte er mit zerknirschter Miene. »Ich dachte, du würdest erst morgen zurückkommen.«
»Dir sollte etwas ganz anderes leid tun, nämlich deine verdammte Herumhurerei!« erwiderte Henry wütend. »Oder hast du vergessen, daß du verheiratet bist und in ein paar Monaten Vater eines zweiten Kindes wirst?«
»Komm mir nicht mit dem Scheiß!« entgegnete Lee grimmig. »Ich habe Janice nicht zur Ehe gedrängt. Sie hat mir damit in den Ohren gelegen und mich mit ihrem Gejammer und Geflenne mürbe gemacht.«
»Ja, nachdem du sie geschwängert hast!«
Gereizt sah Lee ihn an. »Ich habe sie nicht groß dazu überreden müssen, die Beine breit zu machen«, sagte er grob. »Sie hat ihren Spaß gehabt, das kannst du mir glauben.«
»Das ist noch lange kein Grund ...«
»Ich habe Grund genug, mir meinen Spaß woanders zu suchen!« fiel Lee ihm erregt ins Wort. »Denn seit Janice den Ring am Finger trägt, interessiert sie sich bloß noch für Kinder, Kochen und das blöde Haus. Wenn ich mit ihr ins Bett will, paßt es ihr so gut wie nie, und wenn wir es dann mal machen, benimmt sie sich dabei wie eine gehorsame Ehefrau, die ihre ehelichen Pflichten über sich ergehen läßt. Und das mache ich nicht mit, Henry. Okay, ich habe sie geheiratet und ich stehe auch zu meinen Kindern, aber ich denke nicht daran, ein Leben wie ein Eunuch zu führen und mir von ihr den Spaß an der Sache nehmen zu lassen. Komm du mir also nicht mit dem moralischen Zeigefinger, Henry!«
Henry wurde den Verdacht nicht los, daß Lee maßlos übertrieb, um seinen lockeren Lebenswandel rechtfertigen zu können. Er hatte schon früher keiner seiner Freundinnen treu sein können. Es war jedoch sinnlos, ihm das unter die Nase zu reiben. Weder würde es ihrer Freundschaft guttun noch würde er Lee damit zu einem treuen Ehemann machen. Deshalb sagte er, innerlich betrübt und resignierend: »Du mußt selber wissen, was du dir und deiner Familie antust, Lee.«
»Wie geht es Sally?« fragte Lee scheinbar ohne jeden Zusammenhang. »Was macht sie? Hast du sie wiedergesehen?«
»Nein!« antwortete Henry schroff.

»Vergiß die Frauen!« sagte Lee versöhnlich und legte ihm eine Hand auf den Arm. »Und laß uns übers Geschäft reden!«
Zehn Tage nach seiner Rückkehr brachte Ted mit seiner Crew die erste der drei Westbohrungen nieder – und produzierte einen prächtigen Gusher, der mit seiner Durchschnittsrate von achtzigtausend Barrel pro Tag mit einem Schlag alle Sorgen und geheimen Zweifel davonspülte, die Henry gequält hatten. Innerhalb einer Woche stiegen auch aus den beiden anderen Bohrlöchern Ölfontänen in den Himmel. Die Fördermenge aller drei Gusher zusammen betrug über zweihunderttausend Barrel pro Tag. Obwohl der Preis für das hochwertige Öl von Glenn-Pool wegen der Transportschwierigkeiten unter zehn Cent lag, bedeutete das immer noch Tageseinnahmen von fast zwanzigtausend Dollar. Henry verkaufte jedoch nur die Hälfte des Öls, das aus seinen Quellen sprudelte, die andere Hälfte lagerte er in Tanks und offenen Ölseen, die von rasch aufgetürmten Erddämmen gesichert wurden. Daß riesige Flächen Farmland mit Öl durchtränkt und das Grundwasser verseucht wurden, kümmerte niemanden.
Die ersten Telegramme, die Henry aufgab, gingen nach New York: an Sally nach Harlem und an die Blairs an der Fifth Avenue. Sally schickte herzliche Glückwünsche und kündigte einen längeren Brief an. Jonathan Blair antwortete mit einem kurzen, trockenen »Gratuliere!«, während Leona jegliche schickliche Zurückhaltung vergaß, als sie ihm sofort zurückkabelte:

Ich wusste, dass Du es schaffen würdest + stop + Ich wünschte, ich hätte mit Dir in dem Öl duschen können + stop + Lass Fotos machen und schick sie mir + stop + Mom und Dad haben Erlaubnis gegeben, dass Du uns Ende August in Newport besuchst, wo wir den Sommer in unserem Cottage verbringen + stop + Du musst für ein paar Wochen kommen! + stop + Ich liebe Dich, mein siegreicher David + stop + Wenn doch nur schon Weihnachten wäre + stop + Tausend Küsse + In Liebe – Deine Leona

Am liebsten wäre Henry auf der Stelle nach New York gereist, doch das war ein Ding der Unmöglichkeit. Der Erfolg beraubte ihn jeder freien Minute, denn jetzt galt es, diesen Fortschritt zu sichern und auszubauen. Ihn erwartete die nächsten Monate mehr Arbeit als je

zuvor. Seine Gesellschaft würde sprunghaft wachsen, auch was die Zahl der Angestellten auf dem Ölfeld und in der aufzubauenden Verwaltung betraf, und damit würden sich zwangsläufig viele neue Aufgaben und Probleme stellen, die zu bewältigen waren.
Arthur kam unverzüglich aus St. Augustine angereist, und Merrill konnte das Ende des Semesters nicht erwarten, um ebenfalls nach Glenn-Pool zu kommen, wo die *Scallop Oil Company* von drei kräftigen Gushers in den Club der erfolgreichen Ölgesellschaften geschwemmt wurde. Jede von Henrys acht weiteren Parzellen war auf einmal Hunderttausende, ja vielleicht sogar Millionen wert.
Die folgenden Monate waren eine ebenso stürmische und aufregende wie arbeitsintensive Zeit. Henry mietete in einem Backsteinhaus in Tulsa Büroräume für seine Gesellschaft, stellte mehrere Leute ein und ließ sich an das Telefon- und Telegrafennetz anschließen. Lee erwies sich dabei als ausgezeichneter Organisator. Auf sein Drängen hin legte Henry sich ein Automobil zu, einen schwarzen Ford, an dessen Bequemlichkeit er sich auf den Fahrten zwischen Tulsa und dem Ölfeld sehr schnell gewöhnte. Henry hatte mit dem Aufbau seiner Ölgesellschaft alle Hände voll zu tun und konnte auch Lee nicht entbehren, so daß Noah sich nun völlig eigenständig um die Geschäfte von *Broderick & Maynard* kümmern mußte, wozu er freilich bestens in der Lage war. Nach Absprache mit Arthur ernannte Henry ihn schon Ende Juni zum Geschäftsführer der florierenden Firma. Noah erhielt nicht nur ein Gehalt, das seinen Fähigkeiten entsprach, sondern auch eine zwanzigprozentige Gewinnbeteiligung.
Im Juli, als der Zar in Rußland die ihm mißliebige Volksversammlung auflöste und die Dreyfusaffäre Frankreich in eine innenpolitische Krise stürzte, brachten Henrys Drillcrews zwei weitere erfolgreiche Bohrungen nieder. Die Gusher Scal 4 und Scal 5 produzierten je fünfzigtausend Barrel. Damit rückte die *Scallop Oil Company* in die Gruppe der zehn erfolgreichsten Ölgesellschaften von Glenn-Pool auf. Henrys Verlobung zu Weihnachten und seiner Hochzeit mit Leona im Jahr darauf stand nun nichts mehr im Wege. Seine zweitgrößte Freude aber war, daß Wiggelton, Callahan und Olmsted bei diesem Ölboom keine große Rolle spielten und den steilen Aufstieg seiner Ölgesellschaft mit Wut und blankem Neid verfolgten.

Ausgerechnet Merrill bereitete ihm in dieser aufregend turbulenten Zeit die meisten Sorgen. Merrill gefiel die unglaublich rasante geschäftliche Expansion und die Vielfalt der Aufgaben, die mit ihr einherging, so gut, daß er schon nach einer Woche laut darüber nachdachte, ob es überhaupt noch Sinn mache, im September wieder nach Harvard zurückzukehren. Er wollte in dieser Aufbauphase wie Lee aktiv mitarbeiten, wobei ihm das Gehalt, das Henry Lee zahlte, offenbar wesentlich reizvoller erschien als das magere Taschengeld, das ihm während seines Studiums zustand. Als er dann auch noch Florence Gates, eine Telefonistin, kennenlernte und sich mit Haut und Haaren in diese junge Frau verliebte, da hatte Harvard auf einmal jeglichen Reiz verloren.

Henry sah sich das vier Wochen an. Als ihm klar wurde, daß Merrill mit jeder Woche, die verging, weniger Neigung zeigte, sein Studium fortzusetzen, und daß Florence seinen Freund immer fester an sich zu binden drohte, da beschloß er, nicht länger tatenlos zu bleiben.

Er besprach sich mit Lee, der seine Einschätzung der Situation teilte. »Diese Florence mag ja all die Tugenden haben, die Merrill so vollmundig an ihr preist, aber sie ist dennoch Gift für ihn«, erklärte Henry mit düsterer Miene. »Ich traue ihr zu, daß sie ihn dazu bringt, sich mit ihr zu verloben, und dann hängt Merrill das Studium ganz sicher an den Nagel.«

Lee nickte. »Merrill zappelt in ihrem Netz wie ich damals in dem von Janice.«

»Das lasse ich nicht zu!«

Lee lachte spöttisch. »Was willst du gegen die blinde Macht der Liebe schon tun?«

Henry schlug mit der Faust auf den Tisch. »Merrill geht im September nach Harvard zurück, koste es, was es wolle. Ich werde nicht dulden, daß er das Studium und seine Zukunft als Anwalt wegen einer schwärmerischen Liebelei aufgibt. Wir müssen ihn vor diesem verhängnisvollen Fehler bewahren und dieser unseligen Beziehung ein schnelles Ende bereiten.«

»Schön und gut, aber sag mir wie?«

»Laß dir gefälligst etwas einfallen!«

Lee sah ihn verdutzt an. »Ich? Wie kommst du auf die Idee, daß ich ...«

Henry schnitt ihm das Wort ab. »Du hast in diesen Dingen die meiste Erfahrung, und du kennst Gott und die Welt. Also denk dir etwas aus, wie du Merrill davon kurieren kannst, sein Glück in den Armen einer Telefonistin zu wähnen. Mir ist egal, wie du das machst und was es kostet, Lee. Sorg nur dafür, daß Florence bei Merrill den Heiligenschein verliert und er ihr den Laufpaß gibt! Ich wette, daß er reumütig nach Harvard zurückkehrt, wenn er hier eine Enttäuschung erlebt.«

Lee hob leicht die Augenbrauen. »Du willst, daß ich irgendeine Sauerei inszeniere, damit Florence bei Merrill in Mißkredit gerät?« fragte er gedehnt. »Verstehe ich dich richtig?«

Henry sah ihn scharf an. »Ja, du verstehst mich richtig, Lee. Und komm du mir nicht mit irgendwelchen Skrupeln! Wir müssen Merrill vor sich selbst schützen – das ist in unser aller Interesse. Oder läßt du mich jetzt, wo ich dich wirklich brauche, etwa im Stich?«

Lee hielt seinem harten Blick stand. »Nein«, antwortete er. »Wenn du willst, daß ich das tue, dann werde ich das für dich erledigen. Aber bestimmt nicht, weil ich Spaß an solch einer Aufgabe habe.«

Henry war erleichtert. »Danke, Lee, und du kannst mir glauben, daß es auch mir nicht leichtfällt, zu solchen Maßnahmen zu greifen, aber uns bleibt keine andere Wahl.«

»Wahrhaftig nicht«, bestätigte Lee mit trockenem, hintergründigem Spott.

»Noch etwas«, sagte Henry zum Abschluß. »Was immer du dir einfallen läßt, weihe mich besser nicht ein und führe es am besten dann aus, wenn ich in Newport bin. Merrill darf nicht einmal die Spur eines Verdachtes haben, ich könnte etwas damit zu tun haben.«

»Wie du willst ... Chef.« Das breite Grinsen milderte die Bissigkeit der Antwort ein wenig ab.

Ende August bat der kubanische Präsident Tomàs Estrade Palma die USA zur Unterdrückung einer Revolution um militärische Intervention, und Henry reiste zu dieser Zeit für zehn Tage nach Newport in Rhode Island, wo sich im Sommer das Leben der besten New Yorker Gesellschaft abspielte. Entlang des berühmten Klippenweges, von dem sanfte Rasenhänge zum Meer abfielen, drängten sich seit den neunziger Jahren des vergangenen Jahrhunderts die protzigen Villen der Vanderbilts, Astors, Goelets, Belmonts und vieler anderer Familien, die zu großem Reichtum gelangt waren. Bei diesen Sommerhäusern, von ihren Besitzern gern mit snobistischer

Untertreibung »Cottages« genannt, handelte es sich um prunksüchtige Prachtbauwerke. Viele waren Kopien von europäischen Schlössern und Palästen, deren Errichtung über den Stränden von Newport Millionen gekostet hatte. Wer sich kein eigenes »Cottage« leisten konnte, mußte mit Mieten rechnen, die doppelt so hoch waren wie in New York. Während der Saison, die von Juni bis September dauerte, kostete ein Landhaus an die fünfzehntausend Dollar Miete, was auch für eine einigermaßen repräsentative Party ausgegeben werden mußte. Die Leute, die sich in Newport niedergelassen hatten, fanden auch nichts dabei, hunderttausend Dollar für die Errichtung einer Mauer rund um ihr Anwesen auszugeben – eine Summe, die dem Kaufpreis von zwanzig Einfamilienhäusern der gutverdienenden Mittelklasse entsprach, die für Neunzimmerhäuser im Durchschnitt weniger als fünftausend Dollar ausgab.
Henry fand heraus, daß jedes Gebäude einen klangvollen Namen besaß, um möglichst Assoziationen an französische, italienische oder englische Adelshäuser oder Landschaften zu wecken. Das »Cottage« der Blairs, ein Haus mit vierzig Zimmern, nannte sich britisch-vornehm Brentwood Hall, angeblich nach einem berühmten Herrenhaus in Yorkshire, und wartete unter anderem mit einer fünfzehn Yard hohen Eingangshalle auf sowie einem Speisesaal, in dem ein bescheidenes Einfamilienhaus bequem Platz gefunden hätte.
Henry fand Brentwood Hall von außen häßlich und von innen ungemütlich weitläufig, was ihn aber nicht daran hinderte, seinen Aufenthalt und seinen Status als Gast der Blairs zu genießen. Denn diesmal trat er Leona und ihren Eltern nicht als armer Schlucker und Bittsteller gegenüber, sondern als erfolgreicher Ölproduzent, dessen Quellen täglich, wenn er sie unreguliert fließen lassen würde, an die dreihunderttausend Barrel aus der Tiefe von Glenn-Pool zutage förderten. Und er durfte davon aus gehen, daß bald schon weitere erfolgreiche Bohrungen die Produktion seiner *Scallop Oil Company* steigern würden.
Leona flog ihm um den Hals, als er vor Brentwood Hall aus dem Rolls-Royce stieg, in dem Jonathan Blair ihn höchstpersönlich vom Bahnhof in Newport abgeholt hatte. »O Henry, ich bin ja so stolz auf dich!« rief sie, ließ ihn für einen süßen Augenblick den Druck ihrer Brüste und ihres Beckens spüren und gab ihm einen Kuß auf die Wange. In Anbetracht ihrer Erziehung und des geltenden

Schicklichkeitsempfindens war diese Begrüßung ein geradezu stürmischer Gefühlsausbruch und so gut wie ein öffentliches Heiratsversprechen.

Eleanor Welsh leistete ihnen zwar auch in diesen Tagen häufig genug Gesellschaft, wahrte jedoch größere Distanz als bei seinem Besuch im Mai und zeigte vor allem Respekt vor Henry. Seine Jugend trat nun deutlich hinter seinem geschäftlichen Erfolg zurück. Henry Maynard war auf einmal jemand, mit dem man rechnen mußte und mit dem man sich daher auch zeigen konnte.

Die Blairs führten ihn in ihre Kreise ein, indem sie sich mit ihm auf Gartenfesten zeigten und auf Abendgesellschaften, im Yachthafen, auf dem Tennis- und dem Golfplatz, und natürlich im exklusiven Club auf Gooseberry Island, einer Insel, die keine Meile vor der Küste von Newport lag und ein beliebter Treffpunkt der vergnügungssüchtigen High-Society war. Offiziell war noch keine Rede von einer anstehenden Verlobung. Jonathan stellte Henry vielmehr überall als »guter Freund der Familie« vor, mit dem ihn geschäftliche Interessen verbanden.

Henry war es recht so, und Leona amüsierte sich darüber, denn natürlich reimten sich die erfahrenen Klatschmäuler von Newport im Handumdrehen eins und eins zusammen. Man sah das junge, attraktive Paar ja täglich zusammen, ob auf der Yacht der Blairs, am Strand, im Rolls-Royce unterwegs zu einem Picknick, im Reitstall oder auf dem Tanzparkett. Und die verliebten Blicke, mit denen Leona Henry anhimmelte, verrieten auch den größten Skeptikern, daß an den Gerüchten wohl mehr als nur ein Körnchen Wahrheit sein mußte. Es gab jedoch auch einige aufmerksame Beobachter, die vor allzu schnellen Folgerungen warnten. Denn hatte man vor einem Jahr nicht auch fest damit gerechnet, daß Richard Banks der Glückliche sei, dem Leona ihr Jawort geben würde? Und dann war alles doch ganz anders gekommen. Man munkelte etwas von einem vertuschten Skandal, aber diese diffusen Klatschgeschichten tauchten ja stets auf, wenn eine scheinbar feste Liaison auseinanderbrach, ohne daß Gründe dafür bekannt wurden.

Henry begegnete Richard Banks in den zehn Tagen mehrfach, ohne daß sie jedoch ein Wort miteinander wechselten. Jeder hatte seine Gründe, den anderen nicht zu leiden und jeden Kontakt mit ihm zu meiden.

Unglücklicherweise hielt Richard Banks sich an jenem Morgen im Tennisclub auf, an dem Leona mit Henry auf den Court ging, um ihn für diesen Sport, dem sie mit großer Leidenschaft anhing, zu begeistern. Henry tat ihr den Gefallen und griff zum Racket, doch sein Ballgefühl erwies sich als nicht sehr ausgeprägt. Entweder verfehlte er den heranfliegenden Ball und schlug nichts als Löcher in die Luft, oder er beförderte die Bälle ausnahmslos ins Netz.
»Du darfst nicht auf dem Fleck stehenbleiben, sondern mußt dem Ball nachrennen!« forderte Leona ihn auf. »Und schlag erst einmal mit viel weniger Kraft. Versuch den Ball nur über das Netz zu heben!«
»Dafür muß ich ihn erst einmal treffen«, grollte Henry, der Tennis stupide fand und diesen Sport für einen allzu umständlichen Vorwand hielt, um sich besonders chic herauszuputzen.
Vom benachbarten Platz kam schadenfrohes Gelächter, als Henry wieder einmal einen Ball verfehlte, und jemand sagte spöttisch: »Ich habe gar nicht gewußt, daß jemand vom Zirkus bei uns im Club eine neue Clownsnummer probt.«
Henry wandte sich um und sah nun, daß einer der beiden Spieler auf dem Nebenplatz, die sich mit Eleganz und Schnelligkeit die Bälle zuspielten, Richard Banks war. Er beherrschte seinen aufsteigenden Ärger, brach die Übungsstunde jedoch sofort ab, auch wenn Leona deswegen mit ihm schmollte.
Er versöhnte sie, indem er mit ihr zum Polo ging, obwohl er diesem Sport genauso wenig Faszination abgewinnen konnte wie dem Tennis. Aber er wollte, daß Leona ihren Spaß hatte und glücklich war, und dafür nahm er ein paar Stunden Langeweile bereitwillig in Kauf. Dann und wann verbrachten sie auch einmal ein paar Stunden, während der sie ganz für sich allein waren und unbeobachtet Zärtlichkeiten austauschen konnten. Sie küßten und streichelten sich, doch Leona widerstand seinem Drängen und Bitten, sie entkleiden und ihren nackten Körper liebkosen zu dürfen.
»Ich möchte es ja auch so gerne«, versicherte sie ihm atemlos, nachdem sie sich leidenschaftlich geküßt hatten, »aber damit müssen wir warten, bis wir Mann und Frau sind.«
»Bis nächsten Mai sind es noch neun Monate! Außerdem bist du für mich schon jetzt meine Frau, Leona.«
»Aber nicht vor Gott und dem Gesetz«, erwiderte sie, erlaubte ihm jedoch, ihr Kleid und Mieder zu öffnen und ihre Brüste zu küssen.

Doch solche Gelegenheiten zur Intimität mit Leona waren viel zu selten. Und so sehr Henry den gesellschaftlichen Rummel und luxuriösen Müßiggang die ersten Tage über auch genoß, so wenig erstrebenswert erschien ihm dieser Lebensstil schon nach einer Woche. Ihm fehlten seine Arbeit, seine Freunde und die täglichen Herausforderungen, die Entscheidungsfreude und seinen ganzen Einsatz verlangten, während hier in Newport charmantes oberflächliches Geplauder, Schrankkoffer voll Garderobe im neuesten Modestil und die Fähigkeit gefragt waren, sich auf all die Amüsements zu verstehen, mit denen man sich die Zeit vertreiben konnte, wenn Geld keine Rolle spielte.

Henry bemühte sich, seine wachsende Ruhelosigkeit unter Kontrolle zu halten und sie Leona nicht spüren zu lassen. Er konnte es nicht erwarten, nach Tulsa zurückzukehren, und am liebsten hätte er Leona mitgenommen. Er beschränkte sich auf tägliche Telefonate mit Lee.

»Es läuft alles reibungslos, wie gestern und vorgestern und vorvorgestern«, sagte Lee mit freundschaftlichem Spott, als Henry ihn wieder einmal mit tausend sorgenvollen Fragen nervte. »Eine Neuigkeit gibt es jedoch: Die Sache mit Florence ist erledigt.«

Alles spannte sich in Henry an. »Hat es irgendwelche ... Komplikationen gegeben?«

»Nein, alles ist glatt über die Bühne gelaufen, aber es hat an die zweitausend Dollar gekostet.«

»Das geht in Ordnung.« Henry zögerte kurz. »Wie nimmt er es?«

Lees Antwort ließ einen langen Moment auf sich warten. Dann sagte er knapp: »Er wird drüber hinwegkommen.«

»Gut.«

»Willst du wissen, wie ich es gedeichselt habe?«

»Nein!«

Lee lachte trocken. »Ist auch besser so.«

Als Henry aufgelegt hatte, quälten ihn Schuld und Scham, daß er Florence und Merrill auseinandergebracht und ihnen eine bittere Enttäuschung zugefügt hatte. Doch er beruhigte sein Gewissen damit, daß er nur getan hatte, was notwendig gewesen war, um seinen Freund davor zu bewahren, einen verhängnisvollen Fehler zu begehen und seine Zukunft zu ruinieren.

Als Henry Anfang September, am Samstag vor dem Labor Day,

wieder in Tulsa eintraf, sah er Merrill gerade noch für zwei Stunden, bevor dieser seinen Zug nach Harvard bestieg.
Merrill sah sehr mitgenommen aus und hatte Ringe unter den Augen. Über Florence wollte er nicht reden. Mit keinem. »Das Kapitel ist für mich abgeschlossen. Lee hat völlig recht, wenn er sagt, daß es wohl nicht von ungefähr Eva war, die Adam die Unschuld geraubt und dafür gesorgt hat, daß die Menschheit aus dem Paradies vertrieben worden ist.« Das war alles, was Henry von ihm erfuhr, und er war froh, daß Merrill ihm nicht mehr anvertraute.

Zwölftes Kapitel

Am Weihnachtstag verlobte sich Henry mit Leona unter einem Gebinde aus Mistelzweigen. Er steckte ihr den diamantenbesetzten Verlobungsring an den Finger. Die kleine Feier fand im engsten Familien- und Bekanntenkreis der Blairs statt, der freilich immer noch fünfzig Personen zählte. Als Hochzeitstermin verkündete das Paar das letzte Wochenende im Mai.
Henry hätte gern alle seine Freunde bei seiner Verlobung dabeigehabt, doch das war nicht möglich gewesen. Nur Merrill hatte kommen können. Ted hielt sich mit dem Geologen James Burke, den Henry langfristig unter Vertrag genommen hatte, und einem zehnköpfigen Bohrteam im Südwesten von Oklahoma auf und war nicht einmal zu Weihnachten abkömmlich. Lee wäre nur zu gern mit ihm nach New York gereist, hatte sich jedoch dazu durchgerungen, die Feiertage mit seiner Frau und seinen beiden Töchtern Mary und Helen zu verbringen. Denn das Kind, das Janice im November zur Welt gebracht hatte, war wieder kein Sohn geworden, was Lee zu der sarkastischen Bemerkung veranlaßte, er sei nun einmal mit Frauen geschlagen. Auch Arthur hatte unter großem Bedauern absagen müssen. Seine Tochter erwartete jeden Tag ihr erstes Baby, bei dessen Geburt er verständlicherweise nicht abwesend sein wollte. Zudem plagte ihn ein hartnäckiger Husten, der trotz des milden Winterklimas in Florida einfach nicht weichen wollte. Doch von allen trafen herzliche Glückwünsche und Geschenke ein.

Henry blieb mit Merrill, der wieder ganz der alte war und offenbar seine Freude am Studium wiedergefunden hatte, bis Neujahr in New York. Er war glücklich, nun mit Leona verlobt zu sein, und dennoch drängte es ihn, Sally wiederzusehen und den *Clover Club* aufzusuchen. Doch er fand keine Möglichkeit, sich von Leona und Merrill freizumachen und nach Harlem zu fahren. Daß er dieses Verlangen nach Sally noch immer hatte, bedrückte ihn, und als Merrill einmal voller Staunen und Bewunderung über seinen steilen geschäftlichen wie gesellschaftlichen Aufstieg sagte: »Du bist wahrhaftig der geborene Gewinner, Henry!«, antwortete er zur Verwunderung seines Freundes: »Jeder Sieg hat seinen Preis.«

Die Monate bis zur Hochzeit vergingen rascher, als Henry gedacht hatte. Allein schon die geschäftlichen Unternehmungen, die aus dem anhaltenden Erfolg seiner Bohrmannschaften resultierten, hätten gereicht, ihn in Atem zu halten, obwohl ihm Lee und ein wachsender Stab von Mitarbeitern zur Seite standen. Da galt es, sich um Lieferverträge, Frachtraten, Bohrrechte, Optionen, Bohrgerät, weitere Büroräume, Sekretärinnen, Sachbearbeiter, Bankgeschäfte und um tausend andere Dinge zu kümmern, von der Flut eingehender Rechnungen, Angebote und Bewerbungen ganz abgesehen. Er mußte auch mehrmals zu Ted und James Burke in den Südwesten, in deren Suche nach neuen Ölvorkommen er eine Menge Geld investierte.

Leona freute sich, daß es mit Henrys Unternehmen steil aufwärts ging, erwartete jedoch von ihm auch, daß er mindestens einmal im Monat Zeit fand, zu ihr nach New York zu kommen, da es doch so viel zu besprechen gab: ihre Vermählungsvorbereitungen, ihre Hochzeitsreise und die Einrichtung ihres Hauses in New York.

»Solche Sachen kann man doch nicht am Telefon besprechen und noch viel weniger bei dir da unten in Oklahoma, wo doch alle wichtigen Leute hier in New York sind«, erklärte sie, als er ihr vorschlug, doch für ein paar Wochen nach Tulsa zu kommen und den Rest per Telefon zu klären. »Du weißt ja gar nicht, was ich hier alles um die Ohren habe. Du mußt dir also schon Zeit nehmen und zu mir kommen!«

Und so reiste Henry jeden Monat für drei, vier Tage nach New York. Die meiste Zeit verbrachte er damit, um sich zu Leonas Vorschlägen

sowie denen des Architekten und der beiden Dekorateure zu äußern, die Jonathan Blair mit den Umbauarbeiten und der Einrichtung eines Hauses an der 23rd Street beauftragt hatte. Dieses stattliche Haus, das über vierundzwanzig Zimmer verfügte und gegenüber dem Madison Square Park lag, war von der Residenz der Blairs zu Fuß in wenigen Minuten zu erreichen. Das Haus war ein sündhaft teures Hochzeitsgeschenk von Leonas Eltern, zugleich aber eine Versicherung, daß Leona in ihrer direkten Nähe wohnen blieb. Sie hätte es auch gar nicht anders haben wollen. »Eine Blair gehört nun mal nach New York«, belehrte Jonathan Henry bei einem ihrer freundschaftlichen Gespräche, und diese Unterhaltungen bei Brandy und Zigarre in Jonathans Arbeitszimmer sollten ihnen beiden schnell zu einer lieben Gewohnheit werden.
»In drei Wochen wird sie eine Maynard sein.«
Jonathan lachte. »Auch eine Maynard gehört nach New York, Henry, ganz besonders wenn sie das Blut einer Margaret Blair in ihren Adern hat. Leona braucht New York wie die Luft zum Atmen. Und sag später nicht, niemand hätte dich gewarnt!« Er drohte ihm scherzhaft mit dem Finger. Dann schnippte er Asche von seiner Zigarre und sagte: »Aber laß uns von wirklich wichtigen Dingen reden. Die Pipelines von *Standard* und *Union Oil* werden in wenigen Monaten fertiggestellt sein.«
»Und der Ölpreis klettert munter nach oben.«
Jonathan schnaubte geringschätzig. »Allmählich haben auch die letzten Schlafmützen begriffen, welcher Preis bald für das hochwertige Öl aus Glenn-Pool gezahlt wird. Verrätst du mir, wieviel Barrel du gelagert hast?«
Henry lächelte. »Über anderthalb Millionen.«
»Das mal einen Dollar ...« Jonathan führte den Satz nicht zu Ende, sondern hob vielsagend die Augenbrauen und meinte dann vergnügt: »Da hast du aber eine gute Nase für ein lukratives Geschäft gehabt.«
»Dieser guten Nase schulde ich wohl die üblichen fünf Prozent Provision«, erwiderte Henry und prostete ihm zu.
Jonathan winkte ab. »Besser nicht. Das würde mich dann ja auch moralisch verpflichten, mich an eventuellen Verlusten zu beteiligen. Aber sag mal, hast du schon mal darüber nachgedacht, dich an einer Raffinerie zu beteiligen?«

»Nein, noch nie.«
»Solltest du aber! Der Profit, der in der Verarbeitung von Öl steckt, ist beachtlich. Und so rasant, wie sich die Autoindustrie entwickelt, werden auch diese Profite steigen. Aber darüber können wir ja noch einmal reden, wenn ihr von eurer Hochzeitsreise zurück seid. Und jetzt sollten wir zu den Frauen gehen, sonst heißt es noch, wir würden uns nicht dafür interessieren, welche Damastdecken und welches Porzellan bei der Hochzeit Verwendung finden – und damit würde man uns doch großes Unrecht antun, nicht wahr?« Jonathan zwinkerte ihm zu.
Henry lachte. »Sehr großes sogar«, beteuerte er, dankbar dafür, daß Jonathan und er eine herzliche Beziehung entwickelt hatten, die auf gegenseitigem Respekt und gemeinsamen Interessen beruhte.
Die letzten Wochen bis zur Hochzeit vergingen wie im Flug. Und dann war der große Tag, dem Henry so entgegengefiebert hatte, auf einmal da, und er stand in der Kirche, die bis auf den letzten Platz gefüllt war.
Orgelklänge brausten durch das Kirchenschiff, und er bekam eine Gänsehaut, als Leona hinter zwei blumenstreuenden Mädchen den Mittelgang entlangkam, am Arm ihres Vaters und von einem halben Dutzend Brautjungfern in zartvioletten Kleidern gefolgt.
Leona schritt verschleiert auf ihn zu, und Henry hatte den Eindruck, als würde sie ihm auf einer Wolke aus weißer Spitze und Seide entgegenschweben. Ihre Schönheit und Makellosigkeit nahmen ihm fast den Atem.
Die Trauung kam ihm wie ein Traum vor. Auch als sie die Ringe getauscht hatten und er Leona nach dem Segensspruch des Priesters küßte, war ihm noch immer, als träumte er das alles nur. Erst der anschließende Rummel vor der Kirche, wo sich zahlreiche Schaulustige eingefunden hatten nebst einer ganzen Meute von Fotografen und Klatschkolumnisten, gab ihm dann allmählich das Gefühl, daß er das alles tatsächlich erlebte und Leona Blair nun seine Frau war – so wie er es sich vor über vier Jahren an jenem regnerischen Novembertag vor dem Bahnhof von Beaumont vorgenommen hatte.
Für einen kurzen Moment glaubte er, Sally ganz hinten in der Menge erkannt zu haben. Doch als er genauer in die Richtung blickte, wo er sie eben noch entdeckt zu haben glaubte, sah er dort nur fremde Gesichter. Und schnell verdrängte er den Gedanken an

Sally wieder. Daß von seinen Freunden ausgerechnet Arthur diesen Tag nicht mit ihm erleben konnte, schmerzte ihn. Sein Partner, inzwischen stolzer Großvater eines gesunden Enkels namens Arthur junior, hatte drei Tage vor der Hochzeit aus St. Augustine telegrafiert und absagen müssen. Er war unglücklich gestürzt und hatte sich einen komplizierten Bruch zugezogen. »Ich werde für längere Zeit ans Bett gefesselt sein. Aber in Gedanken und mit meinen Gebeten bin ich am Samstag bei dir, Henry«, hatte er ihm gekabelt. »Ich wünsche Dir und Leona alles Glück, das Ihr Euch erträumt.«

Ja, Henry war an diesem herrlich sonnigen Maitag so glücklich, wie er es sich erträumt hatte. Daß Leona seine Frau geworden war, bedeutete ihm mehr als eine Million Dollar – obwohl das eine vom anderen nicht ganz zu trennen war, wie er sich insgeheim eingestand.

»Bist du glücklich, mein Liebling?« fragte er, als sie bei strahlendem Sonnenschein die Fifth Avenue zum Haus seiner Schwiegereltern hinunterfuhren, wo zum Hochzeitsempfang zweihundertfünfzig Gäste erwartet wurden.

»So glücklich, wie eine Braut nur sein kann, die vor Aufregung seit Tagen kaum geschlafen hat«, antwortete sie und fügte errötend hinzu: »Ist es undankbar meinen Eltern gegenüber und schamlos, wenn ich dich bitte, daß wir auf dem Fest nicht zu lange bleiben? Ich möchte so schnell wie möglich an Bord des Schiffes gehen, damit ich endlich mit dir allein sein ... und all das tun kann, was man macht, wenn man Mann und Frau ist.«

Henry lächelte und drückte ihre Hand. »Kannst du Gedanken lesen, mein Schatz?« Er konnte es ebensowenig erwarten, mit ihr allein zu sein.

Der Luxusliner *Auguste Viktoria* der *Hamburg-Amerika-Linie,* der sie in knapp sieben Tagen über den Atlantik nach England, der ersten Station ihrer Hochzeitsreise, bringen sollte, legte erst am Morgen von der Hoboken-Pier ab. Henry und Leona schifften sich jedoch schon vor Einbruch der Dunkelheit auf dem Luxusdampfer ein.

Kaum hatte der Steward, der sie in ihre Suite geführt und ihre Geduld mit der Erklärung aller Annehmlichkeiten ihrer Unterkunft arg strapaziert hatte, die Kabine verlassen, da fiel Leona Henry um den Hals und küßte ihn.

»Zieh mich aus!« flüsterte sie.

Henry verriegelte schnell die Tür, schaltete alle Lampen bis auf eine schwache Wandleuchte aus und entledigte sie langsam eines Kleidungsstücks nach dem anderen. Dabei küßte er sie immer wieder.
»Sag mir, was ich tun muß«, flüsterte sie, als er sie nackt aufs Bett legte und sich nun selbst seiner restlichen Kleider entledigte.
»Nur mich so lieben wie ich dich«, raunte er und kam zu ihr. Als seine Hände über ihren erregenden Körper strichen und seine Lippen sich auf ihre Brüste senkten, blitzte plötzlich ein Bild vor seinem geistigen Auge auf: Sally! Er sah wieder, wie sie den Morgenrock von den Schultern streifte und sich ihm nackt und ohne Scham darbot – so wie jetzt Leona, seine Ehefrau. Und er sah, wie Sally Arme und Beine um ihn schlang und ihn tief in sich aufnahm, während ihre Lippen miteinander verschmolzen und ihre Zungenspitzen sich trafen.
Henry stöhnte gepeinigt auf und schämte sich, daß ihn diese Bilder gerade jetzt verfolgten, während Leona das Stöhnen für einen Laut der Lust hielt. Dies war seine und Leonas Hochzeitsnacht, und er wollte Leona nicht betrügen, nicht einmal in Gedanken, auch wenn es nur ein Bild der Vergangenheit war. Leona war seine Ehefrau und würde die Mutter seiner Kinder sein, nur sie wollte er mit Leib und Seele lieben und glücklich machen. Nichts sollte ihn daran hindern.
»Ich liebe dich, Leona! ... Ich liebe dich! ... Ich werde dich glücklich machen, und nichts wird jemals zwischen uns und unser Glück kommen!« schwor er mit rauher Stimme, als könne er damit die Dämonen, die sich in ihm regten, wieder in die tiefen Höhlen seines Unterbewußtseins zurücktreiben.
»Ja, mein Geliebter, ja!« flüsterte Leona und öffnete ihre Schenkel, als er sich auf sie legte. Sie schrie unterdrückt auf, und ihr Körper verkrampfte sich unter dem Schmerz, als sie ihre Unschuld verlor.
Es war schnell vorbei, und Henry wußte, daß Leona von ihrer ersten Vereinigung nicht viel gehabt hatte. Er küßte sie und streichelte sie.
»Mach dir keine Sorgen, mein Schatz, es ist mehr als das! Das war nur wie das Einstimmen der Instrumente vor einem Konzert.«
Sie lachte leise und unsicher auf. »Und wann erfahre ich, was für ein Stück gespielt wird und ob mir die Musik gefällt?«
»Noch in dieser Nacht, Liebling«, versprach er ihr.
Er hielt sein Versprechen, und er dachte nicht mehr an Sally, als

Leona in seinen Armen zum erstenmal die rauschhafte Erfüllung körperlicher Liebe erfuhr.

»O mein Gott, jetzt verstehe ich ...« murmelte sie erschöpft und mit einem glückseligen Lächeln, bevor sie in seinen Armen einschlief.

Als die *Auguste Viktoria* am frühen Morgen den Hafen von New York verließ und auf den Atlantik hinausdampfte, drängten sich fast alle Passagiere an Deck, um zurückbleibenden Familienangehörigen und Freunden auf der Pier zuzuwinken und einen letzten Blick auf die Freiheitsstatue zu werfen. Henry und Leona waren nicht unter ihnen. Sie lagen engumschlungen im Bett und liebten sich.

Henry war glücklich, daß Leona einen gesunden sexuellen Appetit besaß – und daß sie das ganze Repertoire kennenlernen wollte, wie sie ihm errötend gestand. »Meinst du, unsere Flitterwochen reichen dafür aus?«

»Ich bin äußerst zuversichtlich, daß die Grand Tour ihrem Namen in jeder Hinsicht gerecht wird, mein Schatz«, versicherte er und küßte ihre Brustspitzen, die sich ihm aufreizend keck und verlockend entgegenreckten.

In den vornehmen amerikanischen Kreisen und bei denen, die dazu gehören wollten, sprach man von der klassischen Rundreise durch Europa nur als der Grand Tour. Sie war ein gesellschaftliches Muß wie die Sommersaison in Newport oder Bar Harbor, Maine, und die Wintersaison in Palm Beach oder Miami. Diese Tour durch die Alte Welt war einem Wettrennen wie der Tour de France mit ihren abgesteckten Strecken und der zunehmenden Erschöpfung sehr ähnlich. Galt es dabei doch, in jedem Land gewisse Etappenziele zu erreichen, ob man nun Gefallen daran fand oder nicht. Wenn man die Grand Tour »gemacht« hatte, wollte man hinterher eben auch mitreden.

Die siebentägige Passage über einen friedlichen Atlantik bei bestem Wetter war für Henry pures Glück. Er konnte von Leona einfach nicht genug bekommen – und sie nicht von ihm. Wenn sie das Verlangen beim Essen, beim Shuffle Board oder mitten in einem Gespräch mit anderen Passagieren packte, brauchten sie sich nur anzusehen, um zu wissen, was in dem anderen vor sich ging. Und dann entschuldigten sie sich unter einem Vorwand und suchten ihre Suite auf, um so schnell wie möglich aus ihren Kleidern zu kommen.

Manchmal war ihre Erregung und ihre Ungeduld dabei so groß, daß sie es nicht einmal bis zum Bett schafften.

Die *Auguste Viktoria* legte in Southampton an, und die beiden reisten mit dem Zug nach London weiter, um sich dort für zehn Tage in den gesellschaftlichen Rummel zu stürzen. Henry war überrascht, wie viele Amerikaner sie trafen, die entweder wie sie die Grand Tour machten oder in England lebten. Sehr schnell stellte er fest, daß der Name Blair auch hier einen guten Ruf besaß und ihnen zu mehr Einladungen verhalf, als sie annehmen konnten. Dagegen war der Name Maynard ein unbeschriebenes Blatt, das erst durch die Ergänzung Blair Beachtung fand.

Henry machte das nicht viel aus, er zweifelte nicht daran, sich in wenigen Jahren auch in diesen Kreisen einen Namen gemacht zu haben. Außerdem gefiel ihm England, das sie fast drei Wochen bereisten, gut. Dabei übernachteten sie, die ersten Tage in London ausgenommen, nicht ein einziges Mal in einem Hotel. Stets waren sie zu Gast auf herrschaftlichen Landsitzen und so manchem Schloß, das sich schon seit Jahrhunderten im Besitz der Familie des Gastgebers befand, was Henry immer wieder neu in Staunen und Bewunderung versetzte. Er genoß die Zeit in England so, daß er manchmal tagelang nicht an seine Geschäfte dachte. Nur zweimal telegrafierte er nach Tulsa, um sich zu vergewissern, daß Lee keine Probleme hatte.

Ende Juni ging es von Folkstone aus über den Ärmelkanal nach Frankreich. Im Gegensatz zu Leona, die ein leidliches Französisch sprach und etwas Italienisch beherrschte, verstand Henry schlagartig kein Wort mehr, was auch bei den einwöchigen Abstechern nach Deutschland an Rhein und Mosel und in die Schweizer Alpen der Fall war und später in Spanien und Italien nur noch schlimmer wurde, weil es dort sogar in den besten Hotels immer wieder mit der Verständigung haperte.

Obwohl das Wetter für eine Hochzeitsreise gar nicht besser hätte sein können und die Landschaften und Städte ihren ganz besonderen Reiz entfalteten, begann Henry sich dennoch von Woche zu Woche mehr zu langweilen und ruhelos zu werden. Er hatte zudem bald mehr als genug Museen, Galerien, Kirchen, Schlösser und alte Gemäuer besichtigt.

Das aufregend Fremdartige der Alten Welt hatte einer gewissen

Gewöhnung Platz gemacht. Hinzu kam, daß sie inzwischen überall auf bekannte Gesichter stießen. Unterhaltungen und Begegnungen mit Landsleuten, die die ersten Wochen in England so anregend und abwechslungsreich gestaltet hatten, wurden jetzt zur ermüdenden Wiederholung. Das seichte Geplapper auf den Partys, Ausflügen und Dinnergesellschaften, das immer und immer wieder um denselben gesellschaftlichen Klatsch kreiste, ging Henry zunehmend auf die Nerven, und auch das Vergnügen nahm rapide ab, mindestens dreimal täglich die Garderobe zu wechseln und mit Leona stundenlang von einem Geschäft zum anderen zu ziehen.

Henry fragte sich im stillen, wie er bloß einer mehrmonatigen Hochzeitsreise durch Europa hatte zustimmen können. Bei aller Liebe zu Leona war das mehr, als er ertragen konnte. Wie sollte er es bis zum 7. September aushalten? Warum hatte er sich bloß dazu überreden lassen, die Rückfahrt so spät anzutreten, nur um mit dabei zu sein, wenn die *Lusitania* ihre Jungfernfahrt über den Atlantik antrat?

Leona zuliebe bemühte er sich darum, seine wachsende Lustlosigkeit und Unruhe zu überspielen und sich möglichst nichts anmerken zu lassen. Nur gelang ihm das nicht immer. Manchmal war er des Müßiggangs und des seichten, oft enervierend hochnäsig-gelangweilten Geredes so überdrüssig, daß er sich zu bissigen Bemerkungen hinreißen ließ. Und dabei kam es zu Verstimmungen und Reibereien mit Leona, die überhaupt kein Verständnis dafür hatte, daß ihm ihre Gesellschaft auf die Nerven gehen und er von der Grand Tour schon genug haben konnte.

»Mußtest du so zynisch zu Mrs. Bridgestone sein?« warf sie ihm eines Abends in Monte Carlo vor, als sie von einem Kasinobesuch in ihre Suite im *Hotel de Paris* zurückkehrten.

»Ich war nicht zynisch, sondern nur sarkastisch.«

»Du hast dich lustig darüber gemacht, daß Mrs. Bridgestone für ihre drei Hunde ...«

»Fette Schoßhündchen!«

»... einen eigenen Tierarzt angestellt hat.«

»Der sie als Schoßhund Nummer vier auf Schritt und Tritt begleitet«, spottete Henry. »Also, da ist mir sogar Percy lieber, dieser arme Trottel, der nicht mal zu husten wagt, wenn seine Frau es ihm nicht erlaubt. Er schnorrt bei mir Zigarren und läßt sich von Mortimer zu

Drinks einladen. Seine Giftnudel von Frau sollte ihm wirklich ein paar Dollar mehr Taschengeld zubilligen! Findest du nicht auch?«
»Du bist in letzter Zeit wirklich unerträglich, Henry!« beklagte sie sich und drehte ihm ihren Rücken zu. »Mach mir mal den Verschluß des Colliers auf!«
Henry trat hinter sie, strich über ihre nackten Schultern und öffnete nicht den Verschluß ihres funkelnden Diamanthalsbandes, sondern den ihres Kleides. Seine Hände fuhren unter die Seide und umschlossen von hinten ihre Brüste. »Wie kann ich das nur wiedergutmachen und dich gnädig stimmen, mein Liebling?« fragte er und küßte sie auf den Nacken, während seine Finger ihre Brustspitzen liebkosten.
»Ach, Henry!« seufzte sie, drückte den Kopf gegen sein Gesicht und vergaß ihren Groll.
Eine Woche später, am dritten Tag, den sie in Rom verbrachten, traf ein Telegramm von Lee ein, das ihren Flitterwochen ein jähes Ende bereitete. Jedes Wort der kurzen, nüchternen Nachricht schnitt Henry ins Herz.
ARTHUR LIEGT IM STERBEN + STOP + HEUTE MIT AGNES TELEFONIERT + STOP + ARTHUR IST SCHON LANGE KREBSKRANK + STOP + HAT ES VERSCHWIEGEN WEGEN HOCHZEIT UND FLITTERWOCHEN + STOP + HOFFTE BIS ZU DEINER RÜCKKEHR DURCHZUHALTEN + STOP + AGNES HAT GEGEN SEINEN WILLEN SCHWEIGEN GEBROCHEN + STOP + BEFÜRCHTET BALDIGEN TOD + STOP + KANN ES NICHT VERANTWORTEN, DICH NICHT ZU BENACHRICHTIGEN + STOP +

GRUSS LEE

Arthur lag im Sterben! Die Nachricht traf Henry völlig unvorbereitet. Es war ein entsetzlicher Schock, der ihm durch Mark und Bein ging. »Krebskrank ... baldiger Tod?« Für einen Moment war er wie benommen. Und dann fiel es ihm wie Schuppen von den Augen: Arthur hatte ihn angelogen, seit Monaten schon. Jetzt verstand er auch, warum Arthur seit letzten Dezember jede Begegnung mit ihm vermieden hatte und warum er weder zu seiner Verlobung noch zur Hochzeit gekommen war. Arthur hatte nicht gewollt, daß sein Partner sah, wie krank er schon war!
Für Henry war es selbstverständlich, die Hochzeitsreise auf der Stelle abzubrechen und sofort nach Amerika zurückzukehren. Leona dagegen fand es alles andere als zwingend. Und das löste ihren ersten wirklich heftigen Streit aus.

»Sprichst du von diesem rothaarigen Zimmermann, der zu meinem Ball auf der Hamilton Plantation in diesem unsäglichen groben Wollanzug erschienen ist?« fragte sie naserümpfend und mit sichtlichem Unverständnis.

»Ja, von dem spreche ich, Leona, von meinem Freund und Partner, der mir zehnmal mehr bedeutet als die ganze herausgeputzte Bagage, mit der wir tagtäglich zusammen sind!« erwiderte er zornig.

Sie funkelte ihn an. »Viele davon sind meine Freunde und die Freunde meiner Eltern!«

»Und Arthur ist *mein* Freund!«

»Aber das ist unsere Hochzeitsreise!« hielt sie ihm mit gekränkter Miene vor. »Und die sollte dir wichtiger als alles andere sein.«

»Würdest du vielleicht ungerührt von einer Party zur anderen flattern und dich weiter amüsieren, wenn dein Vater oder deine Mutter in New York im Sterben läge?«

»Wie kannst du so etwas nur fragen!« rief sie empört. »Das wäre eine ganz andere Situation!«

Henry widersprach ihr heftig, und es schmerzte ihn, daß sie Arthur so gering schätzte und sich mit Händen und Füßen dagegen wehrte, die Reise abzubrechen, obwohl sie doch schon zweieinhalb Monate unterwegs waren.

»Es wird schon nicht so schlimm um ihn stehen. Vier Wochen wird er bestimmt noch durchhalten, und dann sind wir ja auch schon wieder zurück«, versuchte sie die Dringlichkeit herunterzuspielen. »Wahrscheinlich weiß er besser als alle andere, wie es um ihn steht und ...«

»Gerade weil er weiß, wie es um ihn steht, ist er unserer Verlobung und Hochzeit ferngeblieben. Er wollte unsere Freude und unser Glück nicht trüben.« Henry hatte Mühe, sie nicht anzuschreien.

»Wenn das sein Geschenk ist, dann solltest du es auch annehmen. Wir alle müssen einmal sterben.«

»Wie kannst du bloß so etwas Herzloses sagen, Leona? Gib doch zu, daß es dir bloß darum geht, diese verdammte Jungfernfahrt der *Lusitania* nicht zu verpassen, weil es das luxuriöseste Passagierschiff sein soll, das je vom Stapel gelaufen ist. Allein deshalb sperrst du dich«, warf er ihr erbost und nun mit lauter Stimme vor. »Mein Gott, du solltest dich schämen!«

Leona lief rot an. »Und wenn es so wäre! Ich habe ja wohl ein Recht darauf. Man macht nur einmal im Leben eine Hochzeitsreise. Und ich habe Wochen gebraucht, um diese Grand Tour zu planen und noch die Passage auf der *Lusitania* zu erhalten. Und ich lasse mir das nicht verderben, nur weil irgendein Zimmermann gerade jetzt ans Sterben denkt. Und wenn du mich liebst, wirst du wissen, wofür du dich zu entscheiden hast«, rief sie mit schriller Stimme, stürzte aus dem Zimmer und warf die Tür wütend hinter sich zu.

Henry war erschüttert, verletzt und verstört. Diese Leona war für ihn eine Fremde.

Zwei Stunden später kehrte sie zurück, lammfromm und voller Reue. »Es tut mir leid, daß ich mich so angestellt und solche häßlichen Dinge gesagt habe«, entschuldigte sie sich unter Tränen. »Ich weiß nicht, was in mich gefahren ist. Vielleicht habe ich mich einfach zu sehr gefreut. Natürlich reisen wir sofort zurück, wenn du es so möchtest. Bitte, sei mir nicht mehr böse! Ich liebe dich doch.«

»Und ich dich, mein Schatz«, sagte Henry, dankbar für ihren Sinneswandel und gerührt von ihren Tränen und ihrer Zerknirschung. Er nahm sie in seine Arme. »Wir werden noch viele schöne Reisen machen.«

Zwei Tage später trafen sie gegen Abend in Le Havre ein, wo sie sich unverzüglich auf der *Oceanic* einschifften; der Dampfer unter der Flagge der *White Star Line* lief am nächsten Morgen aus. Die Überfahrt nach New York war nur ein Schatten jener Passage, mit der sie ihre Hochzeitsreise angetreten hatten. Sie waren zwar inzwischen längst versöhnt und fanden noch oft genug in leidenschaftlicher Liebe zueinander, doch tagsüber hingen sie nicht mehr wie die Kletten aneinander, sondern akzeptierten, daß sie in mancher Hinsicht unterschiedliche Interessen hatten. Sie verbrachten deshalb gelegentlich viele Stunden getrennt voneinander, was auf der Hinreise undenkbar gewesen wäre. Die sorglose Turteltaubenzeit der Flitterwochen mit ihrer sexuellen Unersättlichkeit war vorbei, der Alltag ihres Ehelebens hatte begonnen. Und es war gut so.

Am letzten Augusttag erreichten sie New York, fast auf den Tag genau drei Monate nach ihrer Eheschließung. Henry fuhr von der Pier direkt zum Bahnhof und bestieg den *Florida Special*, der um 13 Uhr 15 abfuhr und am nächsten Morgen um 2 Uhr 10 in Jacksonville ankam. Leona blieb, wie vereinbart, in New York, denn auf der Überfahrt hatte sie die Gewißheit erhalten, daß sie schwanger war.

Agnes und Frederick Barlow hatten Henry darauf vorbereitet, was ihn erwartete. Dennoch erschrak er bis ins Mark, als er zu Arthur ins Klinikzimmer trat. Die schwere Krankheit hatte seinen Freund wie ein inneres Feuer ausgezehrt und zu einem Skelett abmagern lassen. Der nahe Tod stand ihm mit entsetzlicher Deutlichkeit ins Gesicht geschrieben.

»Er kämpft tapfer, aber er hat nicht mehr viel Kraft, Henry«, sagte Agnes leise, als sie Henry ans Bett führte. »Das Morphium, das ihm der Arzt regelmäßig gegen die Schmerzen spritzt, macht ihn sehr benommen. Erwarten Sie also nicht zuviel. Wenn Sie mich brauchen, ich warte auf dem Flur.«

Henry nickte, schluckte krampfhaft und trat ans Bett. Mit einem bisher unbekannten Gefühl ohnmächtiger Verzweiflung ergriff er Arthurs Hand, die nur noch Haut und Knochen war. Der Kranke schlug erst eine Stunde später die Augen auf, als die Wirkung des Morphiums nachließ. Sein unsteter Blick brauchte eine ganze Weile, bis er klar wurde.

»Henry!« flüsterte Arthur dann mit kraftloser Stimme, während aus den tiefen Höhlen seiner Augen ein dankbares Strahlen kam. »Wie schön, daß du gekommen bist. Ich hatte mir fest vorgenommen, erst noch von dir Abschied zu nehmen, bevor ich mich auf die letzte Reise mache.«

Henry kämpfte mit den Tränen und wußte nicht, was er angesichts des Todes sagen sollte. Alles, was ihm in den Sinn kam, erschien ihm nichtig und unpassend. »Hilf mir, Arthur!« murmelte er ratlos und verzweifelt. »Was sagt man zu seinem besten Freund, der im Sterben liegt, wenn man nicht begreifen kann, warum es ausgerechnet ihn treffen muß?«

»Es trifft uns alle, Henry.«

»Aber du bist doch erst vierundfünfzig!« begehrte Henry gegen die Blindheit des Schicksals auf. »Das ist doch heute kein Alter!«

»Es war ein schönes Leben«, sagte Arthur schwach und brachte dabei ein Lächeln zustande. »Es hat viel Arbeit und Sorgen gebracht, aber auch viel Schönes, wofür ich dankbar bin. Und du gehörst zu diesen wunderbaren ... Überraschungen des Lebens, Henry. Mein Gott, du bist wie ein Wirbelwind in mein Leben eingefallen und hast mich mitgerissen, ohne groß zu fragen, ob ich das auch so wollte. Der junge Hobo und Latrinenboy Henry Maynard hat mich zu einem reichen Mann gemacht ... Zehn Derricks zu dreihundert Dollar das Stück, damit fing es an, weißt du noch?«

Henry nickte. »Als wäre es erst gestern gewesen.«

»Ja, und dabei liegt es nun schon über fünf Jahre zurück, daß ich mit dem Fuhrwerk im Dreck festsaß und du des Weges kamst«, erinnerte er sich. »Ach, es waren herrliche Jahre, und ich habe keinen Grund, mit dem Schicksal zu hadern. Ich habe deinen Aufstieg erlebt, Henry, die Hochzeit meiner Tochter und die Geburt meines Enkels.«

»Und doch ist es nicht gerecht.«

Arthur lächelte. »Gerechtigkeit widerfährt uns nicht auf Erden. Hier geht es nur darum, daß wir unser Bestes tun und weder Hoffnung noch Glauben aufgeben, welches Kreuz wir auch zu tragen haben. Jeder, der zum Leben bestimmt ist, hat die Verpflichtung, dem in ihm angelegten Schöpfungsplan bis zum letzten zu folgen. Dann kann er gehen. Und das ist in Ordnung so. Sterben ...«

Sein Gesicht verzerrte sich unter einem heftigen Schmerzanfall, und keuchend fuhr er fort: »... kann sehr schmerzhaft sein ... eine schrecklich lange Qual. Aber der Tod selber ... hat keine Schrecken für mich.«

Zu sehen, wie Arthur litt, empfand Henry wie einen körperlichen Schmerz. »Möchtest du, daß ich den Arzt rufe, damit er dir etwas gegen die Schmerzen spritzt?«

»Nein, noch nicht! ... Laß uns erst ... noch etwas reden«, stieß Arthur abgehackt hervor. »Das Morphium macht mich sofort ... benommen. Erzähl, Henry! ... Bist du glücklich?«

»O ja, sehr!«

Arthur lächelte gequält. »Irgendein schlauer Kopf hat einmal gesagt: ›Glück ist etwas, das man zum erstenmal wahrnimmt, wenn es sich mit großem Getöse verabschiedet.‹ In deinem Fall hoffe ich ... daß sich der Bursche ... gehörig geirrt hat. Und nun erzähl mir von Europa! ... Merrill, Ted und Lee haben mir schon alles von ... dem großen gesellschaftlichen Ereignis deiner Hochzeit ... berichtet.«

Henry erzählte ihm von ihrer Grand Tour, bis die Schmerzen für Arthur unerträglich wurden und eine erneute Morphiumspritze ihn in einen Zustand gnädiger Betäubung versetzte.

Es ging mit Arthur schnell zu Ende. Die Phasen, während der er wach und ansprechbar war, wurden immer kürzer. Gegen Mittag des

nächsten Tages hatte Henry das letzte Mal Gelegenheit, mit ihm zu reden.
»Tausend Meilen, Henry, weißt du noch?« Arthur hatte kaum noch Kraft genug, um seine Stimme zu einem Flüstern zu erheben. »Damals in Sour Lake ... dein Sieg über Wiggelton mit dem Penrose Hill. Tausend Meilen vom Ziel deines großen amerikanischen Traums ... warst du da ... noch entfernt, hast du damals gesagt ...«
»Ja, ich weiß.«
»Wie viele ... von den tausend Meilen ... hast du bis jetzt hinter dich gebracht, was meinst du?« wollte Arthur wissen.
»Ich schätze mal, daß ich die ersten Runden in einem scharfen Tempo bewältigt und mich gerade warmgelaufen habe«, versuchte Henry zu scherzen.
»Tausend Meilen sind ... ein langes und ein ... einsames Rennen«, kam es abgehackt über Arthurs Lippen. »Denk daran, daß solche Gewaltstrecken oft ... in der letzten Runde, wenn man das Ziel ... schon vor Augen hat, noch verloren werden können! Verzeih mir ...«
Henry brachte sein Ohr näher an Arthurs Mund, weil er ihn nun nicht mehr verstand. Er spürte, daß dies für ihn der Moment des Abschieds war, und er gab sich keine Mühe, seine Tränen zurückzuhalten. »Verzeihen? Was sollte ich dir, dem ich so viel zu verdanken habe, verzeihen, Partner?«
»Daß ich dich ... mitten auf der Strecke ... allein lasse«, hauchte Arthur, und es schien ihm sehr wichtig zu sein und ihn zu bedrücken. »Wollte bei dir sein ... wenn ...« Seine Stimme ging in ein Stöhnen über.
Henry war blind vor Tränen. »Du bist bei mir, Arthur«, sagte er und streichelte über Arthurs Hand. »Du bist mein Partner, und du wirst immer bei mir sein, hörst du mich? Auf jeder verdammten Meile meines Lebens und ganz besonders, wenn ich durch das Ziel gehe.«
Arthur nickte kaum merklich und schloß die Augen. Henry blieb noch einen Augenblick, dann nahm er stumm von ihm Abschied und überließ seinen Platz Agnes. Denn ihm stand das Recht, in diesen letzten Stunden an Arthurs Bett zu sitzen, nicht zu. Dieses Privileg gebührte seiner Tochter Agnes.
Arthur starb noch am selben Tag. Als die Abendsonne im Westen

zwischen den Palmwipfeln versank, machte Arthur Broderick seinen letzten Atemzug.
»Mein Vater wäre wohl schon vor Wochen gestorben, wenn er Sie nicht noch hätte wiedersehen wollen«, sagte Agnes hinterher zu Henry. »Ja, er hat auf Sie gewartet, um in Frieden sterben zu können.«
Henry weinte, wie er nur einmal geweint hatte – als sein Vater ihm auf der India-Pier die Lederschnur mit der Elfenbeinmuschel um den Hals gehängt hatte und vor seinen Augen verblutet war.

Drei Tage später fand die Beerdigung statt. Ted und Lee reisten aus Oklahoma an, Merrill aus Harvard – und Sally kam aus New York. Henry hatte ihr ein Telegramm geschickt und dafür gesorgt, daß ihr ein Bote ein Rückfahrticket überbrachte. Sie traf erst am Morgen der Beerdigung ein und kam direkt in die Kirche. Fast hätte Henry sie nicht erkannt, denn ein schwarzer Schleier verbarg ihr Gesicht.
Auf dem Friedhof nahmen Merrill und Ted sie in ihre Mitte, und als sie am Grab angelangt waren, ergab es sich irgendwie, daß Sally an Henrys Seite stand. Ihre Gegenwart empfand er als großen Trost. Doch als er sich dessen bewußt wurde, verspürte er eine merkwürdige Scham, als habe er Leona betrogen.
Nach der Beisetzung und nachdem sie Agnes und Frederick Barlow ihre Kondolenz ausgesprochen hatten, fand Henry erstmals Gelegenheit, mit Sally zu sprechen.
»Ich danke dir, daß du gekommen bist«, sagte er, und es war das erste Mal seit einem Jahr, daß er ihr gegenüberstand und mit ihr redete. Beklemmung und Schmerz, die nichts mit Arthurs Tod zu tun hatten, überfielen ihn und schnürten ihm fast die Kehle zu, als er ihr in die Augen blickte – und darin Bilder sah, die er vergessen wollte, aber nicht vergessen konnte.
»Und ich danke dir, daß du an mich gedacht und mir das Ticket geschickt hast«, antwortete sie. »Ich habe Arthur sehr gemocht. Er war ein feiner Mann, ein wahrer Gentleman.«
»Ja, das war er wirklich, bis zum letzten Atemzug.«
»Entschuldige, daß ich dir noch gar nicht zu deiner Hochzeit gratuliert habe, Henry«, sagte Sally mit scheinbar normaler Stimme. »Ihr habt ein wunderbares Paar abgegeben.«
»Ich habe dich gesehen, Sally, ganz kurz.«

Sie lächelte. »Ich weiß. Ich habe von der bevorstehenden Trauung in der Zeitung gelesen und konnte einfach nicht widerstehen.« Sie sah ihm geradewegs in die Augen und sagte mit fester Stimme: »Ich wünsche dir und deiner Frau alles Glück auf Erden, Henry.«
Er wußte, daß es nicht nur so dahergesagt war, sondern von Herzen kam. »Ja, so etwas Großherziges kann nur von dir kommen. Aber sag, wie geht es dir?«
»Blendend, wie immer«, antwortete Sally mit leichter Selbstironie. »Nein, ganz im Ernst, ich komme ganz gut zurecht. Ich habe sogar zwei Geschichten an ein kleines Magazin verkaufen können. Es geht langsam, wenn auch mühsam aufwärts.«
»Das freut mich«, sagte Henry und erkundigte sich nach Pearl, Flora und Liza.
Wenig später traten Merrill und Ted zu ihnen, und dann kam auch Lee, und er war es, der darauf bestand, daß sie sich nach dem Leichenschmaus in einem Lokal am Hafen bei der alten spanischen Festung zusammensetzten. »Mein Gott, wann sind wir denn zum letztemal so komplett zusammengewesen? Das war im Frühling 1904 in Sour Lake«, brachte er ihr letztes Zusammensein in Erinnerung.
Erstaunlicherweise wurde es ein wunderschönes Treffen, bei dem viel gelacht wurde und die meisten Sätze mit »Weißt du noch, damals in Spindletop« oder »Weißt du noch, damals in Sour Lake« begannen. Sie erzählten sich auch viele Begebenheiten, die Arthur zum Mittelpunkt hatten. Und in einer gewissen Weise nahmen sie erst jetzt richtig Abschied von ihrem väterlichen Freund, um ihn gleichzeitig aber in ihrer Erinnerung lebendig zu machen.
Für wenige Stunden schien die Zeit zurückgedreht zu sein, und sie waren wieder die alte Clique, die wie Pech und Schwefel zusammenhielt und sich im wilden Tumult der Boomtowns behauptete.
Die Harmonie wurde zerstört, als der Wirt des Lokals merkte, daß Sally keine Weiße war, und ihr grob zu verstehen gab, daß Nigger in seinem Lokal nichts verloren hätten. Fast wäre es zu einer Prügelei zwischen Henry und dem Gastwirt gekommen, doch Merrill und Lee gingen rasch dazwischen und zerrten Henry hinaus auf die Straße.
»Es bringt doch nichts!« sagte Sally beherrscht. »Außerdem muß ich jetzt auch los, wenn ich meinen Zug noch kriegen will.« Und so

endete ihr Wiedersehen mit einem Mißklang und einer hastigen Verabschiedung. Seltsamerweise schien Sally darüber jedoch nicht betrübt, sondern fast erleichtert zu sein.

Ein ungemütlich kalter Wind wehte durch den Bahnhof, als Sally am späten Nachmittag des folgenden Tages in New York aus dem Zug stieg.

Ebony erwartete sie auf dem Bahnsteig. Er überragte alle anderen in seiner Umgebung um Haupteslänge und machte in dem mokkabraunen Wollmantel mit den breiten Kragenaufschlägen und dem honigfarbenen Schal, den er sich lässig umgeschlungen hatte, eine auffallend angenehme Erscheinung.

Sie freute sich, daß er da war. »Danke, daß du gekommen bist, aber das wäre nicht nötig gewesen, Ebony.«

»Ich habe dich vorgestern zum Zug gebracht und dir versprochen, dich auch wieder abzuholen, und wenn ich so etwas sage, dann tue ich es auch«, erwiderte er und nahm ihr die Reisetasche ab. »Müde?«

Sally schüttelte den Kopf. »Nur traurig.«

»Hast du ... hast du ihn wiedergesehen?« fragte Ebony, als sie aus dem Bahnhof kamen und zum Droschkenstand gingen. Er warf ihr einen schnellen Seitenblick zu, als bereue er, diese Frage gestellt zu haben.

»Ja, und auch Ted, Merrill und Lee. Wir haben von den alten Zeiten gesprochen«, antwortete Sally und ärgerte sich im nächsten Moment, weil sie sich in die Verteidigung gedrängt fühlte. »Mein Gott, ich war wegen Arthur in St. Augustine, um bei seiner Beerdigung dabeizusein!«

»So«, sagte Ebony nur, und in seinem Kurzangebundensein lag ein stummer Groll, fast ein Vorwurf.

Sally stieg in die Droschke und schaute aus dem Fenster, weg von ihm. Das Schweigen war bedrückend. Erst als sie schon fast in Harlem waren, sagte Ebony entschuldigend: »Es tut mir leid, Sally. Ich wollte nicht so ... gekränkt und eifersüchtig klingen.«

»Du hast keinen Grund zur Eifersucht. Henry ist glücklich verheiratet. Aber auch wenn dem nicht so wäre, hättest du keinen Anlaß – und kein Recht!« erklärte sie gereizt.

Er seufzte. »Das weiß ich nur zu gut, Sally. Und ich glaube, da liegt auch unser Problem.«

»Ich wußte gar nicht, daß wir beide ein Probleme haben.«
»Und ob du das weißt, Sally!« antwortete er ruhig, aber mit einem schmerzlichen Unterton. »Seit über zwei Jahren gelten wir nun schon als ein Paar. Und komm jetzt nicht damit, wir wären nur gute Freunde! Wir sind längst viel mehr als das. Ich habe nie ein Hehl daraus gemacht, was ich für dich empfinde, und du hast mich oft genug spüren lassen, daß auch ich für dich mehr bin als ein Freund oder Bruder. Aber immer wieder schreckst du davor zurück … nun, du weißt schon. Du gibst unserer Liebe einfach keine Chance.«
Eben noch hatte Sally gefroren, nun wurde ihr heiß. »Das ist nicht wahr. Du mußt mir nur Zeit lassen«, murmelte sie und fühlte sich schuldbewußt.
»Noch mehr? Sind über zwei Jahre nicht Zeit genug gewesen?« Er nahm ihre Hand. »Sally, ich liebe dich *und* ich bin für dich da. Jag nicht einer Illusion nach! Wir gehören zusammen, du und ich. Irgendwie haben wir das schon in New Orleans gewußt, nicht wahr? Ich möchte mein Leben mit dir teilen – und zwar alles, was zu einem erfüllten Leben gehört. O ja, ich habe meine Musik und ich bin sicher, daß ich mit dieser Combo, die ich gerade zusammenstelle, endlich groß rauskomme …«
»Du stellst eine eigene Combo zusammen?« unterbrach ihn Sally freudig überrascht. »Davon hast du mir ja noch gar nichts erzählt!«
»Es sollte ja auch eine Überraschung sein, aber das ist jetzt nicht mehr wichtig. Wir werden uns *Ebony & The Harlem Five* nennen und die Musik machen, wie sie mir vorschwebt. Ich sage dir, damit werden wir Erfolg haben!« versicherte er mit einer Begeisterung und Zuversicht, bei der sie sich plötzlich an Henry erinnert fühlte. »Aber ich möchte, daß du dann an meiner Seite bist, Sally, und all das mit mir teilst. Wir beide gehören zusammen, nicht als Freunde, sondern als Mann und Frau. Ich weiß es, und du weißt es. Bitte weich dem nicht länger aus! Wir brauchen einander.«
Die Kutsche hielt. »Ich werde darüber nachdenken.«
»Was gibt es denn noch nachzudenken? Bleib und komm diese Nacht zu mir!« bat er leise.
»Ich kann nicht.«
Er sagte kein Wort, als sie ihre Reisetasche nahm und ausstieg. Er erwiderte auch nicht ihren Gruß, sondern sah sie nur an, als könne

er sie kraft seines Blickes dazu bringen, es sich noch anders zu überlegen.
Doch Sally drehte sich schnell um und lief ins Mietshaus. Wie gehetzt rannte sie die Treppen hoch und war ganz außer Atem, als sie in ihre leere und kalte Wohnung kam. Ihre Mitbewohnerinnen waren ausgeflogen.
Innerlich aufgewühlt, ging sie in ihr Zimmer, machte Licht, setzte sich an den Tisch, auf der ihre Schreibmaschine stand, und zündete sich eine Zigarette an. Dann zog sie die Schublade auf und holte unter einem Stoß von Papieren einen Zigarrenkiste hervor. Sie enthielt Henrys Briefe und das Gruppenbild vor dem Penrose Hill.
Sally stellte das Foto zwischen die Tasten der *Underwood* und schaute das Bild lange an, während es draußen dunkel wurde: Weißt du noch, damals in Spindletop, Henry? Weißt du noch, damals in Sour Lake, Henry? Weißt du noch, damals kurz vor Silvester in New York, Henry?
Mrs. Leona Maynard ...
Die Stille in der Wohnung wurde mit jeder Minute bedrückender. Ein Gefühl der Leere und der Einsamkeit überkam sie. Sie fuhr sich über die Augen und schüttelte den Kopf. Was tat sie bloß? Warum setzte sie sich immer wieder vor dieses Foto und ließ sich von der Vergangenheit wie von einem dunklen Mahlstrom in die Tiefe reißen? Es war nicht richtig. Ihr Leben lag nicht in Träumen der Vergangenheit, die Gegenwart war das Leben, und es lag in ihrer Hand. Es war an der Zeit, nicht länger zurückzublicken und dabei wie ein Hamster im Laufrad auf der Stelle zu treten.
Abrupt stand sie auf, legte das Foto mit der Rückseite nach oben auf den Tisch, machte das Licht aus und verließ die Wohnung.
Zehn Minuten später war sie bei Ebony. »Gilt dein Angebot noch?«
»O Sally!«
Sie kam in seine Arme und küßte ihn. Ebony hob sie hoch, stieß die Tür mit dem Fuß zu und trug sie zum Bett. In fieberhafter Hast entkleidete er sie. Seine Hände glitten über ihren nackten Körper, und er küßte sie überallhin.
»Endlich! ... Endlich gehörst du mir!« rief er unter lustvollem Stöhnen, als er schließlich in sie drang. »O meine geliebte Sally! ... Endlich! ... Endlich sind wir zusammen!«
»Ja, mein Geliebter!« flüsterte sie ihm ins Ohr, während sie ihre

Arme um seinen muskulösen Körper schlang und seinen Rhythmus aufnahm. Sie erzitterte unter seinen Stößen. »Verzeih mir, daß ich dich so lange habe warten lassen.«

»O Sally ... es ist wunderbar.« Er stöhnte, und seine Bewegungen wurden schneller und drängender. »Wie habe ich mich danach verzehrt, dich so zu spüren! ... Endlich ... endlich weißt du, daß wir füreinander bestimmt sind ... daß du ... mir gehörst? Ich liebe dich! ... O mein Gott!«

Der Taumel der Lust riß sie beide mit sich fort.

Viel später, als Ebony schon tief und fest schlief, lag Sally noch wach. Sie bereute nicht, was sie getan hatte, und nicht nur deshalb, weil Ebony ein guter Geliebter war. Es stimmte, was er gesagt hatte. Sie waren füreinander bestimmt, und sie gehörte zu ihm.

Aber warum weinte sie dann?

DRITTES BUCH

Das Blut des Sieges

Erstes Kapitel

Der Sonderzug mit über einem Dutzend luxuriöser Salonwagen der *Pullman Palace Car Company* schien geradewegs aufs Meer hinauszudampfen. Er glitt über türkisfarbene Lagunen mit weiß schimmernden Sandbänken, passierte tiefere Fahrrinnen, wo das Wasser wie ein Strom makelloser Smaragde leuchtete, und überquerte Korallenriffe, die bis dicht unter die Wasseroberfläche aufragten. Weit draußen, jenseits einer phantastischen Palette von Grün- und hellen Blautönen, gingen die inselnahen Gewässer in das dunkle, satte Königsblau der offenen See über. Es war, als trenne der Zug den Atlantik, der zu seiner Linken lag, vom Golf von Mexiko, der sich zu seiner Rechten erstreckte. Die warme Januarluft war erfüllt vom Salz des Meeres und vom Duft der Palmen und Mangroven.

»Mein Gott, eine Eisenbahn, die über das Meer führt!« stieß Merrill in andächtigem Staunen hervor. »Kein Wunder, daß die Presse Flaglers Mammutprojekt einhellig als ›das achte Weltwunder‹ bezeichnet.«

Henry nickte, und obwohl es in der Morgenstunde dieses 22. Januars 1912 schon sehr warm war, überlief ihn eine Gänsehaut. »Was für eine gigantische Leistung!« murmelte er, während der *Extension Special* mehr als dreißig Fuß über dem Wasser die sieben Meilen lange Knights Key Bridge passierte, die das das Meer überspannte.

Was die Mehrzahl der Experten für unmöglich gehalten hatte, hatte Henry Morrison Flagler mit visionärem Geist und einer unglaublichen Beharrlichkeit Wirklichkeit werden lassen: Er begann im Alter von fünfundsiebzig Jahren damit, eine Eisenbahnlinie zu bauen, die von Miami aus durch die reinste Wildnis bis an die Südspitze Floridas führte und von dort weiter nach Key West, wobei sie immer wieder meilenweit das offene Meer auf Brücken überquerte. Key West liegt am Ende einer fast hundertdreißig Meilen langen Inselkette, die wie ein Bumerang vom Festland in einem südwestlich geschwungenen Bogen weit in den Golf von Mexiko reicht, und Brücken, von denen die Knights Key Bridge mit ihren sieben Meilen die längste war, verbanden die neunundzwanzig kleinen und größeren Mangroveninseln miteinander. Diese Linie war ein Meisterwerk, eine ungeheure Pionierleistung der Eisenbahningenieure, die sieben Jahre gebraucht hatten, um Flaglers *Overseas Railroad* mit einem Heer von niemals weniger als dreitausend Arbeitern dem Meer und den moskitoverseuchten Mangrovensümpfen abzutrotzen. Das Unternehmen hatte die unglaubliche Summe von über zehn Millionen Dollar verschlungen.

»Ich freue mich, daß Flagler die heutige Jungfernfahrt seines *Extension Special* von Miami nach Key West noch erleben kann«, sagte Henry und erhaschte in der Kurve einen Blick auf die kunstvollen Viadukte, auf denen der Schienenstrang ruhte. »Mit seiner Gesundheit steht es schon seit langem nicht mehr zum besten, aber was will man auch noch groß erwarten, wenn man schon zweiundachtzig ist. Es ist auf jeden Fall ein großer Tag für ihn.«

»Und ich bin froh, daß du Flagler gut genug kennst, um zusammen mit deiner Fußtruppe zu dieser hochkarätigen Gesellschaft eingeladen zu werden, die an dieser Jungfernfahrt teilnimmt«, erwiderte Merrill fröhlich.

Der Sonderzug mit seinen dreizehn Pullman-Salonwagen war voll besetzt mit Politikern, Diplomaten, Offizieren und Industriellen aus dem In- und Ausland. Sogar Präsident Taft hatte einen persönlichen Vertreter geschickt. Und im Hafen von Key West lag die 5. Atlantik-Flotte vor Anker. Die Ankunft des ersten *Extension Special* in Key West war ein Ereignis von internationaler Bedeutung. Durch die Anbindung an das Festland würde Key West als weit hinausragendes Sprungbrett in die Karibik und als südlichster Tiefseehafen der USA erheblich an militärischer wie auch an wirtschaftlicher Bedeutung gewinnen, zumal die Eröffnung des Panamakanals für Ende nächsten Jahres vorgesehen war.

Henry schmunzelte. »Flagler ist eher eine Bekanntschaft, die ich Jonathan verdanke; er ist mit ihm schon seit zwei Jahrzehnten befreundet. Aber ich bin dankbar für diese Bekanntschaft, denn Flagler ist ein faszinierender Mann, einer der letzten großen Pioniere unseres Landes.«

»Schade, daß Leona nicht mitgekommen ist«, bedauerte Merrill.

Henry pflichtete ihm bei und hob dann die Schultern. »Frag mich nicht, aus welchem Grund sie die Sitzung mit ihren Frauen vom Ausschuß nicht verschieben konnte. Aber du weißt ja selbst, wie sie ist, wenn sie sich in einem dieser Wohlfahrtskomitees engagiert. Außerdem hatte Catherine ein leichtes Fieber, was aber bestimmt bloß Aufregung ist, weil sie doch in ein paar Tagen ihren fünften Geburtstag feiert. Tja, und Alexander scheint gerade Backenzähne zu bekommen, wie Miss Welsh annimmt, und dummerweise hat diese Frau die gräßliche Angewohnheit, immer recht zu behalten.«
Merrill griente, wußte er doch, daß Henry nicht eben glücklich darüber gewesen war, daß Leona Eleanor Welsh als Kindermädchen angestellt hatte. »Ich dachte, mit zweieinhalb Jahren hätte ein Kind schon alle Zähne.«
»Dachte ich auch, aber mit Kindern lernt man ständig etwas dazu, woran man früher nicht einmal im Traum einen Gedanken verschwendet hätte«, sagte Henry spöttisch und doch voller Stolz auf seine beiden Kinder, die Leona ihm bisher geschenkt hatte.
Merrill lachte. »Die wahren Freuden der Elternschaft, richtig?«
»Vermutlich sehne ich mich später, wenn Catherine und Alexander groß sind, nach diesen Kleinkindersorgen zurück«, nahm Henry sich selbst auf den Arm. »Apropos Sorgen: Weißt du, wo Lee sich herumtreibt? Oder sollte ich besser fragen: mit wem?«
»Ich habe ihn vorhin im Pressewagen gesehen – an der Seite einer jungen und überaus attraktiven Rothaarigen.« Merrill warf Henry einen bedeutungsvollen Blick zu. »Und du weißt doch, was er immer sagt: Rothaarige lassen ihn alle guten Vorsätze vergessen und machen ihn willenlos.«
»Als ob Blonde, Brünette und Schwarzhaarige nicht dieselbe Wirkung auf ihn hätten!« knurrte Henry.
Merrill stand auf. »Ich sehe mal nach, wo er steckt.«
Henry schaute aus dem geöffneten Fenster und wunderte sich, wo nur die Jahre geblieben waren. Im Mai waren es nun schon sechs Jahre her, daß er Leona geheiratet hatte, und nur wenige Monate später war die Beerdigung Arthurs gewesen. Und was war seither nicht alles geschehen! Er war zweimal Vater geworden und mit seiner *Scallop Oil Company* so erfolgreich gewesen, daß ein Wirtschaftsmagazin von einem »kometenhaften Aufstieg« geschrieben hatte. Seiner Gesellschaft gehörten nicht nur dreiundzwanzig pro-

duktive Ölquellen und Beteiligungen an Pipelines, sondern mittlerweile auch drei Raffinerien, für die die *Scallop Refinery Company* gegründet worden war. Jonathan hatte ihm zu der Investition geraten, nachdem der Oberste Gerichtshof der USA nach langjährigem Rechtsstreit endgültig die Entflechtung des übermächtigen Trusts von *Standard Oil* angeordnet und damit den Weg für mehr Konkurrenz freigemacht hatte.

Die Zentrale von Henrys Gesellschaft belegte in einem New Yorker Wolkenkratzer nahe der Wall Street drei Stockwerke, doch er unterhielt auch noch ein Büro mit über zwanzig Angestellten in Oklahoma City sowie zwei etwas kleinere in Tulsa und Los Angeles. James Burke leitete inzwischen die Einsätze von acht Prospektorenteams, die jeweils aus einem Dutzend Fachleuten bestanden und in drei verschiedenen Staaten nach Ölvorkommen suchten. Während Lee sich als einer seiner drei Direktoren um die Organisation und Verwaltung der Gesellschaft kümmerte, hatte Ted die Kontrolle über alle technischen Belange übernommen, die bei der Suche, Förderung, Lagerung sowie beim Transport und bei der Raffinerie von Öl eine Rolle spielten. Und Merrill, der nach sechs Jahren Studium im Frühsommer 1910 das Examen der Harvard Law School mit *summa cum laude* bestanden hatte, war als Direktor für Finanzen und Verträge mit einem eigenen Mitarbeiterstab zu Henrys unentbehrlicher rechter Hand geworden – wie er es seinerzeit in Sour Lake vorausgesehen, oder besser gesagt: wie er es sich erhofft und wie er es bestimmt hatte.

Es waren geschäftlich rasante und privat sehr glückliche Jahre gewesen. Und während Merrill auf das Junggesellenleben schwor, was bei Henry jedesmal alte Schuldgefühle weckte, war auch Ted nun schon verheiratet. Er hatte Betty Miller zum Traualtar geführt, die etwas mollige, aber hübsche und stille Tochter eines kleinen Krämers aus Tulsa.

Ja, die letzten sechs Jahre hatten unglaublich viele Aufregungen und Veränderungen gebracht, enormen geschäftlichen Erfolg und großes privates Glück. Wenn er bloß an die Geburt seiner beiden Kinder dachte! Er hatte wahrhaftig allen Grund, stolz und glücklich zu sein. Daß Leona dem Leben der High-Society mit seiner ganz eigenen Vielfalt an ungeschriebenen Regeln, Aktivitäten und endlosen Intrigen eine um so höhere Bedeutung beimaß, je mehr der

Name Maynard in der Geldaristokratie an Gewicht gewann, ging ihm manchmal freilich gegen den Strich, und es störte ihn auch, daß sie stundenlang über die Organisation eines Wohltätigkeitsballs reden, aber nicht einmal zehn Minuten zuhören konnte, wenn er von seinen Geschäften erzählte. Jonathan teilte sein Leid, denn auch seine Frau hatte sich nie dafür interessiert, woher eigentlich das viele Geld kam, das ihr einen so privilegierten Lebensstil in gedankenlosem Luxus erlaubte. Doch Henry wollte nicht ungerecht sein. Leona brauchte ihre eigenen Interessen und ein Betätigungsfeld, das sie in Anspruch nahm, denn seine vielen Reisen und die Arbeit in der Zentrale ließen ihm nicht gerade viel Zeit für seine Familie.

Seit Arthurs Beerdigung hatte er Sally nicht wiedergesehen, doch sie schrieb ihm noch immer regelmäßig, wenn auch die Abstände zwischen den Briefen größer geworden waren und manchmal ein halbes Jahr betrugen. Und noch immer schlug sein Herz vor Freude schneller, wenn er in der Firma unter der Korrespondenz auf seinem Schreibtisch einen Brief von Sally entdeckte. Dann ging sein Blick sofort zu dem sepiabraunen Foto vor dem Penrose Hill, das in einem kostbaren Silberrahmen auf der linken Seite seines schweren Schreibtisches aus Honduras-Mahagoni stand, während ihn von der rechten Seite her Leona sowie Catherine und Alexander aus kolorierten Fotografien anstrahlten.

Sally war noch immer mit diesem Musiker namens Ebony zusammen. In keiner Zeile hatte er jedoch einen Hinweis darauf gefunden, daß sie geheiratet hätten. Ihre Briefe spiegelten das Auf und Ab ihres Lebens in Harlem wieder. Während es Pearl im *Clover Club* zur Solotänzerin gebracht hatte, arbeitete Sally nun meist in jenen Clubs, in denen Ebony mit seiner Combo engagiert war, allerdings nicht mehr als Revuegirl. Eine Schwäche ihres rechten Knies, das der Dauerbelastung nicht gewachsen gewesen war und zu chronischer Entzündung neigte, sowie die Konkurrenz von jungen ehrgeizigen Tänzerinnen, »die erst auf die Zwanzig und nicht schon auf die Dreißig« zugingen, wie sie geschrieben hatte, waren der Schlußpunkt ihrer bescheidenen Karriere als Tänzerin gewesen. Dennoch fand sie offenbar wenig Zeit, um ihre journalistischen Ambitionen zu verfolgen, wie er ihren Briefen entnehmen konnte, da sie ihren Trompeter bei seinem Plan, mit einer eigenen Combo den Durchbruch zu schaffen, unter dem Einsatz aller Kraft unterstützte – was auf finanzielle Probleme schließen ließ. Die Hinweise auf häufige Clubwechsel und Umbesetzungen dieser Combo verrieten Henry, daß auf große Hoffnungen wohl immer wieder schwere Enttäuschungen folgten. Wie leicht hätte er ihr mit all seinem Geld, das fast schneller hereinkam, als er es wieder anlegen konnte, helfen können! Doch er wagte es nicht, noch einmal in ihr Leben einzugreifen, so schwer es ihm auch fiel. Er mußte respektieren, daß sie es aus eigener Kraft schaffen wollte. Ihm blieb nur die Hoffnung, daß Ebony ihr wenigstens die Liebe schenkte, die sie verdiente ...

Angeregtes Stimmengewirr, klirrende Gläser und Tabakrauch erfüllten den Salonwagen, doch Henry nahm es nicht wahr. Er schaute aus dem Fenster, genoß das einzigartige landschaftliche Schauspiel aus vielfarbigem Meerespanorama und Mangroveninseln, das diese Fahrt mit dem *Extension Special* zu einem faszinierenden Erlebnis machte. Er hing weiter seinen Gedanken nach. Arthur kam ihm in den Sinn. Sein Tod hatte eine schmerzliche Lücke in seinem Leben hinterlassen. Erst viele Monate nach der Beerdigung war ihm so richtig zu Bewußtsein gekommen, was er diesem knorrigen, walroßbärtigen Mann verdankte und wieviel er auf sein Urteil gegeben hatte. Es wäre doch schön gewesen, wenn Arthur noch einige Jahre hätte leben und sehen können, wie schwindelerregend steil es mit Henrys Gesellschaft bergauf ging. Aber sein Freund hatte nicht einmal lange genug gelebt, um die Geburt von Catherine zu erleben.

Der Zug ratterte über eine der vielen kleinen Inseln, die teilweise nur einige hundert Yard breit waren, und kam an einem Gerüst für einen Wasserturm vorbei. Henry mußte unwillkürlich an Noah denken, der die Baufirma übernommen hatte. Arthur hatte Noah seinen Anteil an *Broderick & Maynard* hinterlassen, worauf Henry das Unternehmen ganz in die fähigen Hände ihres schwarzen Freundes gelegt hatte und nur eine stille Gewinnbeteiligung von fünfzehn Prozent behielt. Er hatte Noah sogar angeboten, den Firmennamen zu ändern, aber Noah hatte ihm mit einer Mischung aus Stolz und Empörung geantwortet: »An dem Namen der Firma wird sich ebensowenig ändern wie an der Qualität unserer Arbeit, Mister Maynard. Oder würden Sie in das Gemälde eines alten Meisters etwas hineinmalen, nur weil es auf einmal Ihnen gehört?«

Noah machte seine Sache ausgezeichnet. Er war geschäftstüchtig und besessen, gute Arbeit abzuliefern. Mittlerweile errichtete er

mehr Stahlkonstruktionen als hölzerne Bohrtürme. Und seit einem Jahr gehörten sogar drei benzingetriebene Lastwagen, mit denen er gute Erfahrungen gemacht hatte, zu seinem Fuhrpark. Henry sah Noah im Schnitt alle paar Wochen – und jedes Jahr am 31. Januar. Denn dann bestand der neue Chef von *Broderick & Maynard* darauf, seine Bilanzen vorzulegen und Henry seinen fünfzehnprozentigen Gewinnanteil in Form eines Schecks auszuhändigen. Arthur hatte gewußt, daß ihre Firma bei Noah, der inzwischen mit einer ebenso hübschen wie tüchtigen Frau namens Sarah verheiratet war, in den allerbesten Händen lag.
Henry hörte vertrautes Gelächter und wandte den Kopf. Merrill kam mit Lee zurück. Henry mußte unwillkürlich lächeln, als er sah, wie selbstbewußt und charmant zugleich Lee sich einen Weg durch die Menge bahnte. Er trug einen maßgefertigten Anzug aus perlweißem Tropengarn mit einer kräftig grün-blau gestreiften Seidenkrawatte. Mit seinem blonden Haar, dem stets leicht gebräunten Gesicht und dem strahlenden Blick gab er eine umwerfend attraktive Erscheinung ab, die entwaffnenden Charme und unbeschwerte Lebensfreude ausstrahlte. Merrill dagegen bevorzugte eine unauffällige Eleganz, was sich an seinem nicht minder teuren Anzug aus marineblauem Tuch mit feinsten Nadelstreifen und der Krawatte in gedeckten Farben ablesen ließ. Und doch bemerkte ein aufmerksamer Beobachter hinter der Zurückhaltung, die Merrill in der Öffentlichkeit an den Tag legte, das ganz eigene Format dieses schlanken Mannes, den die Jahre in Harvard so nachdrücklich geprägt hatten. Seine Brillanz war den Insidern der Branche längst kein Geheimnis mehr. Henry war stolz darauf, diese beiden zu seinen engen Freunden und zu seinen wichtigsten geschäftlichen Stützen zählen zu können.
»Ist das nicht ein himmlischer Tag, Henry? So etwas Faszinierendes habe ich schon lange nicht mehr erlebt«, rief Lee überschwenglich.
»Meinst du die Fahrt und das Meer da draußen oder die Augenweide, auf die du im Pressewagen gestoßen bist?« fragte Henry spöttisch.
»Alter Petzer!« Lee stieß Merrill freundschaftlich in die Seite und sagte mit einem unbekümmerten Grinsen zu Henry: »Du weißt, gute Kontakte zur Presse sind nicht mit Gold aufzuwiegen.«
»So viel Gold, um all deine guten Kontakte dieser spezifischen Art damit aufzuwiegen, gibt es in der ganzen Welt nicht«, meinte Merrill trocken.

Lee lachte unbeschwert, und Henry konnte ihm einfach nicht böse sein. Manchmal bereitete es ihm Magendrücken, wenn er an die arme Janice dachte, die still vor sich hin litt, und an Lees inzwischen drei Töchter, die noch weniger von ihrem Vater hatten als Catherine und Alexander von Henry. Oft hatte er in den letzten Jahren versucht, seinen Freund zu den Tugenden eines treuen Ehemanns und Familienvaters zu bekehren, doch solche Bemühungen brachten nur Ärger und waren zudem aussichtslos. Lee dachte nicht daran, von seinen Liebesaffären zu lassen. Frauen und schnelle Autos zogen ihn magisch an, ja, waren förmlich eine Sucht, eine Sucht, wie sie auch Merrill zeichnete, der nicht vom Glücksspiel lassen konnte. Aber wer wollte den ersten Stein werfen? Henry machte sich über die dunklen Tiefen in seiner Seele keine Illusionen; sein Unterbewußtsein wußte schon, warum er sie erst gar nicht zu ergründen versuchte. Er wollte an diesem besonderen Tag auch nicht länger darüber nachdenken und war deshalb froh, als Merrill und Lee ihn in eine angeregte Unterhaltung verwickelten. Dabei kamen sie auch auf die erzwungene Abdankung des Kaisers in China und den dramatischen Wettlauf zum Südpol zwischen dem Norweger Amundsen und dem Engländer Scott zu sprechen, der seit Wochen die Titelseiten der Zeitungen beherrschte. Merrill bot eine Wette über hundert Dollar an, daß Scott es vor dem Norweger schaffen würde. Lee wollte jedoch lieber eine Wette darauf abschließen, daß der britische Luxusliner *Titanic* bei seiner Jungfernfahrt im April auf Anhieb das Blaue Band für die schnellste Atlantiküberquerung gewinnen würde. Er spielte sogar mit dem Gedanken, für die Überfahrt zu buchen. »Ich kenne da jemanden, der mir noch eine Kabine besorgen könnte«, sagte er.
»Laß das bloß nicht Leona hören, sonst läßt sie sofort unsere Schrankkoffer packen!« warnte ihn Henry.
Der Zug wurde langsam, und Merrill beugte sich weit aus dem Fenster. »Freunde, das ist die letzte Brücke. Vor uns liegt Key West, von nun an der südlichste auf Schienen erreichbare Punkt der USA.«

Es war 10 Uhr 43, als der Zug in den Bahnhof von Key West einlief, der direkt am Hafen lag und mit den *Cuba Train Docks* verbunden war. Die gesamte Bevölkerung der Insel hatte sich zur Begrüßung eingefunden. Zehntausend Bürger bevölkerten den Bahnhof, der an diesem Tag noch die Ankunft von sieben weiteren Zügen voller Festgäste erleben sollte. Polizeieinheiten mußten die begeisterte Menge zurückdrängen, um Henry M. Flagler und den anderen Passagieren des Sonderzuges das Aussteigen zu ermöglichen. Bürgermeister Fogarty stützte den großen, alten Mann, der sozusagen eigenhändig ein bedeutendes Kapitel von Floridas Geschichte geschrieben hatte. Trotz seiner schwindenden Gesundheit war der Zweiundachtzigjährige mit seinem dichten schlohweißen Haar und dem buschigen weißen Schnurrbart noch immer eine stattliche Erscheinung, die man nicht so leicht übersah. Er trug einen konservativen schwarzen Anzug mit steifem Kragen, eine dunkelgraue Krawatte und einen weißen Strohhut.

Unbeschreiblicher Jubel brach aus, als Henry Flagler aus dem Zug stieg, links vom Bürgermeister und rechts auf einen Stock gestützt. Kanonenschläge mischten sich in den nicht enden wollenden Beifall und Jubel, und der schmissige Klang von Marschkapellen schallte über den Platz. Key West feierte den Eisenbahnbaron, der Florida der Wildnis entrissen und mehr für die kleinen Geschäftsleute und Farmer getan hatte, als seine luxuriösen Hotelprojekte ahnen ließen.

Flagler hielt eine kurze Rede, die mit den bewegenden Worten endete: »Jetzt kann ich glücklich sterben. Mein Traum hat sich erfüllt.«

Tränen füllten in diesem Moment des Triumphes, der all die anderen herausragenden Leistungen seines Lebens krönte, seine Augen, und als er zu einer Plattform schritt, um von dort dem Gesang eines tausendköpfigen Kinderchors zuzuhören, streuten Mädchen Rosen vor seine Füße.

»Ich kann die Kinder hören«, sagte er, »aber ich kann sie nicht sehen.« Er war so gut wie blind.

Später am Tag hatte Henry das Glück, in einer Pause zwischen den Festveranstaltungen, zu denen auch eine kubanische Zirkusvorstellung und die Aufführung einer Oper durch ein spanisches Ensemble gehörten, einige Minuten mit Flagler allein zu sein.

Als Henry ihm seine Bewunderung für das großartige Lebenswerk zollte, erwiderte Flagler: »Sicher, ich bin stolz auf das, was ich geschaffen habe. Aber im Vergleich zu den Möglichkeiten, die noch in Florida schlummern, ist das nicht mehr als ein Wegweiser in die

richtige Richtung. Eines Tages könnte Floridas Küste die Riviera Amerikas sein.«
»Aber das ist sie doch jetzt schon!« wandte Henry ein. »*Sie* haben die Ostküste zur amerikanischen Riviera gemacht.«
Flagler schüttelte mit einem Anflug von Lachen den Kopf. »Eine Handvoll Luxushotels an der Ostseite einer mehr als tausend Meilen langen Küste mit traumhaften Stränden, die ihresgleichen in Europa suchen, ist noch keine Riviera, mein junger Freund.«
»Was ist die Küste denn dann?«
»Eine verschlafene Goldgrube, wo hier und da ein paar Goldmünzen im Sand blinken und auf die verborgenen Schätze hinweisen. Eine Goldküste, die noch immer darauf wartet, geweckt und ihrer Reichtümer beraubt zu werden, die sie bereitwillig hergeben wird«, versicherte der alte Pionier, dem die Visionen auch mit zweiundachtzig noch nicht ausgingen. »Eines Tages wird Miami eine Großstadt sein, das Drehkreuz zur Karibik und nach Mittel- und Südamerika. Die Stadt wird sogar mit New York konkurrieren, und an den Küsten werden hundert- oder gar tausendmal so viele Hotels stehen und Siedlungen gewachsen sein wie heute. Man muß kein Hellseher sein, um Florida eine goldene Zukunft vorherzusagen. Manche Dinge sind so unausweichlich wie der Tod.«
Henry empfand die zehn, fünfzehn Minuten, die ihm an diesem Festtag mit Flagler im privaten Gespräch vergönnt waren, als ein kostbares Geschenk. Auch er brauchte kein Hellseher zu sein, um zu wissen, daß die Tage des großen alten Mannes gezählt waren und daß mit seinem baldigen Tod auch eine Epoche zu Ende gehen würde.

Die Hotels und Pensionen in Key West waren schon seit Wochen restlos ausgebucht. Dank frühzeitiger Reservierung und bester Beziehungen warteten auf Henry und seine Freunde komfortable und helle Zimmer mit großer Veranda im *Panama Hotel* direkt im Zentrum der Inselstadt an der Ecke Eaton und Elizabeth Street.
Kurz vor dem Galadiner traf ein Telegramm für Henry ein. Es kam von Jonathan aus New York und lautete:
DIE GERÜCHTE, VON DENEN DU SPRACHST, HABEN SICH BESTÄTIGT + STOP + CW HAT MIT JC UND MO FUSIONIERT + STOP + NEUER NAME STIMMT + STOP + BEREITET GANG AN DIE BÖRSE VOR + STOP

+ Bankhaus von Richards Vater nimmt Einführung vor + stop + Geplanter Ausgabekurs bei 123 + stop + Wie hoch soll ich über meinen Broker zeichnen? + stop +

Gruss, Jonathan

Henry rief sofort Merrill und Lee in sein Zimmer, um sich mit ihnen zu besprechen. »Die Gerüchte haben sich bewahrheitet. Wiggelton schluckt die Gesellschaften von Callahan und Olmsted und geht unter der neuen Firmenbezeichnung *Midwest Oil* an die Börse«, teilte er ihnen aufgeregt mit. »*Ash, Colbert & Banks* übernehmen die Einführung. Der Ausgabekurs soll bei hundertdreiundzwanzig Dollar liegen.«

»Ein Kurs von hundertdreiundzwanzig ist angemessenen. *Midwest Oil* wird eine solide Gesellschaft mit guten Gewinnen abgeben«, urteilte Merrill sachlich.

»Ich nehme an, du wirst die Gelegenheit wahrnehmen, dich mit möglichst viel Aktien von Wiggeltons neuer Gesellschaft einzudecken«, sagte Lee, der wie Merrill und Jonathan wußte, daß Henry seinen Racheschwur in all den Jahren nicht vergessen hatte. »Wir können Broker einschalten, die nicht für ihre Zusammenarbeit mit uns bekannt sind. Denn sonst wird Wiggelton zu verhindern wissen, daß du zu viele Aktien in die Hände bekommst.«

Henry verzog spöttisch das Gesicht. »Ich werde aufkaufen lassen, was ich kriegen kann, aber nicht zu diesem Preis.«

»Wiggelton wird dir kaum einen Vorzugspreis einräumen«, meinte Merrill.

»Das ist mir klar. Deshalb werden wir dafür sorgen, daß der Ausgabekurs um einiges unter der angepeilten Marke liegen wird.«

Seine Freunde sahen ihn verwundert an. »Und wie willst du das anstellen?« begehrte Lee zu wissen.

»Indem wir die Reputation der drei zu *Midwest Oil* fusionierenden Firmen ankratzen und Zweifel an der Höhe der Gewinnaussichten säen«, erklärte Henry. »Sorgt dafür, daß Gerüchte die Runde machen, nach denen die Quellen bald erschöpft sein werden. Dichtet Wiggelton irgendwelche geschäftlichen Probleme an, etwa hohe Schadensersatzprozesse, die ihm drohen und die er bisher vertuscht hat, oder getürkte Bilanzen. Der Verdacht illegaler Geschäftspraktiken und ähnliche Geschichten machen sich auch gut. Eurer Phantasie sind keine Grenzen gesetzt. Lee, du kannst jetzt beweisen, wie

gut deine Kontakte zur Wirtschaftspresse sind. Es darf auch ruhig etwas kosten, spar nicht mit Schmiergeldern!«
Merrill machte eine bedenkliche Miene. »Was du vorhast, ist eine gezielte Verleumdungskampagne, die böse nach hinten losgehen kann, wenn herauskommt, wer dahintersteckt.«
Henry sah ihn hart an. »Was ich vorhabe, ist, kurzfristig einen bedeutend niedrigeren Einführungspreis als den angepeilten zu erreichen, und langfristig Wiggeltons Ruin. Und was die Kampagne betrifft, so wird sie nicht nach hinten losgehen. Denn ihr werdet dafür zu clever sein, um diese wichtige Sache wie Amateure zu vermasseln.«
Lee zuckte mit den Achseln. »Okay, ich habe nichts dagegen, ein bißchen Schlamm aufzuwirbeln und auch damit zu werfen. Ob aber der Dreck auch an Wiggelton kleben bleibt, ist bei seiner gesunden geschäftlichen Lage doch sehr die Frage.«
Henry lachte trocken auf. »Irgend etwas von dem Dreck bleibt immer kleben, verlaß dich drauf! Und ich will die Aktien ja auch nicht für achtzig oder neunzig Dollar kaufen. Wenn wir den Ausgabekurs um zehn bis fünfzehn Dollar drücken können, mache ich einen schnellen Gewinn, wenn der Kurs hinterher anzieht und dem tatsächlichen Wert von *Midwest Oil* entspricht. Zwei Millionen Dollar ist mir das Geschäft schon wert.«
Merrill hob die Augenbrauen. »Du willst mit zwei Millionen bei Wiggelton einsteigen?« fragte er leicht schockiert.
Henry lächelte seinen Freund an. »Warum so überrascht? Habt ihr mir nicht soeben übereinstimmend versichert, daß *Midwest Oil* eine solide Gesellschaft mit guten Gewinnen sein wird? Ihr solltet mir also zu dieser klugen Investition gratulieren!«
Merrill und Lee sahen sich nur an.
Henry schickte sie mit dem nächsten Zug nach New York und ließ sie wissen, daß er erste Ergebnisse erwarte, wenn er unmittelbar nach Catherines Geburtstag seinen Aufenthalt in Palm Beach abbrach, um nachzukommen.

Am Abend vor dem fünften Geburtstag seiner Tochter traf Henry im *Royal Poinciana* ein. Leona hatte darauf bestanden, daß sie wenigstens einen Teil der Wintersaison dort verbrachten. Denn viele ihrer Freundinnen überwinterten in Palm Beach. Und so hatten sie

für acht Wochen eine der teuren Suiten mit angrenzenden Kinderzimmern für Catherine und Alexander reserviert sowie ein etwas bescheideneres Quartier für die Kinderfrau Eleanor Welsh. Ein weiteres Zimmer, das jedoch abseits im Wohntrakt für mitreisende Bedienstete lag, belegte der zwanzigjährige Frank Lloyd, ihr tüchtiger Automechaniker und Chauffeur.
Denn Leona hatte es für notwendig erachtet, Frank Lloyd mit ihrem brandneuen Rolls-Royce Silver Ghost per Zug nach Palm Beach vorauszuschicken. Sie wollte den Tourenwagen und Frank zur Hand haben, wenn ihr der Sinn nach einer standesgemäßen Ausfahrt oder einem Picknick mit den Kindern stand.
Leona saß in einem seidenen Morgenmantel vor der dreiteiligen Frisierkommode und ließ sich von Alice, einer der Aushilfszofen, die das Hotel seinen Gästen gegen Gebühr zur Verfügung stellte, kunstvoll die Locken legen. Das Mädchen zog sich, als Henry eintrat, auf ein Zeichen von Leona diskret in den Nebenraum zurück.
Henry wollte seiner Frau einen Kuß auf die Lippen geben, doch er mußte sich mit ihrer Wange begnügen. »Dafür kommst du etwas zu spät. Du ruinierst mir den Lippenstift«, sagte sie, lächelte aber dabei.
Henry sank in einen der zierlichen Boudoirsessel und unterdrückte ein Gähnen. Er hatte auf der Rückfahrt von Key West in Miami haltgemacht und sich dort länger geschäftlich aufgehalten als geplant. »Du gehst aus?«
»Hast du vergessen, daß heute diese französische Ballettruppe im Kasino auftritt?«
»Ja, habe ich«, seufzte er. Als ob er auch noch all die vielen gesellschaftlichen Termine im Kopf behalten könnte, die ihr so wichtig waren.
»Kommst du nicht mit?«
»Danke, ich bin jetzt schon todmüde.«
»Sehr witzig, du Banause!« Ihr Lächeln milderte jedoch auch diese spitze Bemerkung, die nicht ohne ernsten Vorwurf war. »Bitte, sei so lieb und schick Alice wieder herein! Ich werde sonst nicht mehr rechtzeitig fertig.«
Henry verstand, nickte und erhob sich. »Dann schaue ich mal nach den Kindern.«
»Das wird Eleanor aber gar nicht gefallen, wo sie sie doch gerade erst ins Bett gebracht hat.«

Henry zuckte die Achseln. »Ihr gefällt so manches nicht, mein Liebes. Aber wenn ich mich nicht ganz täusche, bin ich der Vater und sie ist bei uns angestellt, oder sehe ich das falsch?«
»Tu, was du nicht lassen kannst!«
Eleanor war in der Tat alles andere als erfreut darüber, daß Henry wieder einmal die nächtliche Routine störte. Sie machte ein grimmiges Gesicht, als er seine Kinder rief und Catherine und Alexander mehr als bereitwillig aus ihren Betten sprangen, um sich in die ausgestreckten Arme ihres Vaters zu stürzen.
»Ihnen werden schon nicht zwei Köpfe wachsen, nur weil sie eine halbe Stunde später als üblich zu Bett kommen«, erwiderte er auf ihre höflichen, aber nichtsdestotrotz erbosten Vorhaltungen. »Außerdem hat meine Tochter morgen Geburtstag.«
Catherine, blondgelockt und mit ihrem Engelsgesicht ganz das Abbild ihrer Mutter, drehte sich in seinen Armen zu ihrer Kinderfrau herum, warf den Kopf selbstbewußt in den Nacken und sagte fast herausfordernd: »Jawohl, und ich werde schon fünf!«
»Und ich bald drei«, machte sich Alexander bemerkbar, der es immer schwer hatte, sich gegenüber seiner sehr bestimmenden Schwester durchzusetzen, und umklammerte dabei einen Arm seines Vaters.
»Ach was, bis Mai ist noch lange hin!« fuhr Catherine ihm über den Mund. »Außerdem wirst du nie so groß wie ich.«
»Werde ich doch!«
»Wirst du nicht!« beharrte Catherine und setzte sich auch gegen ihren Bruder durch, als es darum ging, welche Geschichte ihr Vater ihnen vorlesen sollte. Henry wollte eigentlich dem Wunsch seines Sohnes nachgeben, doch Catherine brachte Alexander dazu, sich schließlich genau jene Geschichte zu wünschen, die sie hören wollte.
»Mein Sohn, irgendwann mußt du lernen, dich durchzusetzen«, raunte Henry ihm zu, als er ihm einen Gutenachtkuß gab.
»Diese Geschichte war ja auch schön«, sagte Alexander mit treuem Blick und ohne jeden Groll. »Catherine ist doch meine große Schwester, und wir sollen uns vertragen, nicht wahr?«
»Ja, natürlich, aber ab und zu mußt du dich auch behaupten«, erwiderte Henry, denn Alexander war ihm manchmal zu gutmütig und gab eigentlich immer nach, wenn Catherine ihren Kopf durchsetzen wollte.

Als Henry in die Suite zurückkam, war Leona fertig zum Ausgehen. In dem trüffelbraunen Abendkleid aus weich fließendem Organza sah sie bildhübsch und begehrenswert aus, und er sagte es ihr auch. Sie nahm sein Kompliment mit einem koketten Augenaufschlag und Lächeln entgegen. »Danke, mein Schatz«, sagte sie, warf ihm eine Kußhand zu und begab sich hinunter in die Lobby, um sich mit ihren Freundinnen und Bekannten zu treffen, die wie sie die Vorstellung im Kasino besuchen wollten.

Henry saß bis in die Nacht hinein über Geschäftspapieren und ging um halb zwölf ins Bett. Es war schon nach ein Uhr, als Leona zu ihm unter die Bettdecke schlüpfte und sich an ihn schmiegte. Er wachte auf, spürte ihre Hände und die nackte Haut ihres Körpers. »Wie war das Ballett?«

»Anregend.«

Er lachte leise, während er unter ihren Händen hart wurde.

»Ja, das merke ich.«

Ihr Kuß schmeckte nach Alkohol, doch es machte ihm nichts aus. Sie zog ihn auf sich, und er fand ihren Schoß feucht und bereit für die Leidenschaft.

Als Leona sich später auf ihre Seite gedreht hatte und eingeschlafen war, dachte er, daß der Sex mit ihr noch immer aufregend und befriedigend war. Doch dann wunderte er sich über seinen eigenen Gedankengang, und er fragte sich verstört, warum er nur »Sex« gedacht und es auch genauso gemeint hatte, und warum ihm nicht mehr das Wort »Liebe« in den Sinn kam, wenn er an seine Ehe dachte?

Die beklemmende Antwort hielt ihn noch lange wach.

Die Geburtstagsfeier, die Leona für Catherine hatte organisieren lassen, fand im Pavillon des Palmenhaines statt und war für Henrys Geschmack viel zu aufwendig. Mehr als zwei Dutzend Kinder anderer Gäste des *Royal Poinciana* waren geladen, und Catherine benahm sich wie eine huldvolle Prinzessin im Kreis ihrer Gäste, die sie mit Geschenken, die deren Eltern gekauft hatten, förmlich überhäuften. Ihrem Bruder übertrug sie die Aufgabe, auf ihre Geschenke, zu denen mehrere wunderschöne Puppen gehörten, aufzupassen, was Alexander auch mit großem Ernst und Eifer tat. Henry wollte die fröhliche Stimmung, in der alle waren, nicht trüben, nahm sich jedoch vor, zu einem späteren Zeitpunkt ein ernstes Wort mit Leona zu reden. Er war stolz auf Catherine und darauf, wie selbstbewußt sie sich im Kreis der Jungen und Mädchen bewegte, die zum Teil älter waren als sie. Aber die maßlose Art, mit der Leona ihre Tochter schon in so jungen Jahren verwöhnte, bereitete ihm Mißfallen und Sorge.

Doch dann passierte etwas, was ihm noch viel mehr mißfiel. Die Geburtstagsfeier hatte kaum begonnen, als Leona Eleanor Welsh zu sich winkte und mit Unruhe in der Stimme sagte: »Ich kann nicht länger bleiben, wie Sie wissen. Ich überlasse die Kinder jetzt Ihrer Obhut. Sie haben ja alles fest im Griff, nicht wahr?«

»Selbstverständlich, Mrs. Maynard.«

»Gut«, sagte Leona zufrieden. »Achten Sie bitte darauf, daß Catherine nicht zuviel Süßes ißt und sich den Magen verdirbt. Und Alexander soll nicht ständig Catherines Puppen mit sich herumschleppen!«

»Sie können sich auf mich verlassen«, versicherte ihr die Kinderfrau.

»Was heißt, du kannst nicht länger bleiben?« fragte Henry, als Eleanor sich wieder zu den Kindern begeben hatte. »Catherines Geburtstagsfeier hat doch gerade erst begonnen!«

»Ich würde ja gern bleiben, mein Liebling, aber leider kann ich nicht. Ich muß mich umziehen. In einer knappen Stunde habe ich mit den Damen vom Kasinoballkomitee ein Luncheon«, teilte Leona ihm mit.

Henry sah sie ärgerlich an. »Dann werden die Damen heute mal ohne dich zu Mittag speisen!«

Leona sah ihn so empört an, als hätte er von ihr verlangt, sich in aller Öffentlichkeit nackt auszuziehen. »Was redest du denn da? Im nächsten Jahr soll ich die Präsidentschaft übernehmen. Wie könnte ich es mir da erlauben, den wichtigsten Arbeitslunch in diesem Jahr zu versäumen? Ich bitte dich!«

»Mein Gott, sind dir deine tausend Komitees etwa wichtiger als deine Aufgaben als Mutter?« fragte er aufgebracht. »Bisher dachte ich immer, die Erziehung der Kinder wäre die allererste Aufgabe einer Mutter, nicht aber, Vorsitze in Komitees anzuhäufen.«

Nun funkelte Leona ihn an. »Du scheinst vergessen zu haben, daß wir nicht eine Familie aus dem New Yorker East End sind, wo die Kinder den ganzen Tag am Rockzipfel ihrer Mutter hängen. Dafür haben wir das entsprechende Personal! In diesem Fall sind das unsere Nanny und die beiden Kindermädchen vom Hotel. Außerdem kommt gleich der Kinderzirkus«, zischte sie, »und mein Engagement in den Komitees ist genauso wichtig wie deine Arbeit. Es ist schon schlimm genug, daß du dich keinen Deut um gesellschaftliche Pflichten kümmerst und dich lieber auf den Ölfeldern blicken läßt.«

Mühsam beherrschte er seinen Zorn. »Und du scheinst vergessen zu haben, daß die Ölfelder das Geld bringen, mit dem wir unseren aufwendigen Lebensstil finanzieren«, hielt er ihr vor.

»Entschuldige, wenn ich darauf nicht eingehe«, antwortete sie eisig, »aber ich denke nicht daran, mich auf das vulgäre Niveau einer Diskussion über Geld hinunterzubegeben. Da habe ich eine andere Erziehung genossen, wie du sehr wohl weißt, und ich wäre dir sehr dankbar, wenn du das nächste Mal daran denken würdest, bevor du mir mit solch lächerlichen Vorhaltungen kommst.« Und ohne eine Antwort von ihm abzuwarten, rauschte sie in Richtung Hotel davon.

Henry sah ihr ebenso bestürzt wie wütend nach. Eigentlich hatte er vorgehabt, erst am nächsten Morgen nach New York aufzubrechen. Nun überlegte er es sich anders und reiste schon am frühen Nachmittag ab. Als Leona von ihrem Luncheon zurückkam, saß er schon im Zug nach Norden.

Anfang April rief Charles Wiggelton bei Henry in der New Yorker Firmenzentrale an. Dieser konnte sich fast denken, warum er anrief. Lee und Merrill hatten gute Arbeit geleistet und einige unangenehme Gerüchte lanciert, die dann, als sie in der Presse dementiert wurden, noch mehr Unsicherheit hervorriefen.

»Wiggelton?« tat Henry freudig überrascht. »Ich fühle mich geehrt, daß Sie sich nach so vielen Jahren noch an mich erinnern. Was kann ich für Sie tun?«

»Sie Mistkerl!« polterte Charles Wiggelton sofort los. »Ich weiß ganz genau, daß Sie dreckiger Emporkömmling hinter dieser Schmutzkampagne stehen.«

»Aber mein Bester!« tat Henry ganz ahnungslos. »Sie klingen ja richtig wütend, als hätten Sie irgendwelche Schwierigkeiten, mit denen Sie nicht fertigwerden. Wenn Sie mich wissen lassen, wie ich Ihnen helfen kann ...«

»Sie streuen mir keinen Sand in die Augen, Sie neureicher Latrinenboy!« fiel Wiggelton ihm wutentbrannt ins Wort. »Der einzige Grund, warum ich Sie überhaupt anrufe, ist, Sie wissen zu lassen, daß ich Ihr mieses Spiel durchschaue.«
Henry genoß jede Sekunde dieses Gespräches. Dies war der Anfang einer späten Rache. »Was macht Ihr Gang an die Börse, mein lieber Wiggelton? Ich habe gehört, *Ash, Colbert & Banks* haben den Einführungskurs der *Midwest-Oil*-Aktie schon auf hundertfünfzehn korrigiert. Aber vielleicht ist ja noch eine weitere Korrektur nach unten nötig, bevor Sie an die Börse gehen. Bei hundertfünf wäre sogar ich interessiert ...«
»Sie werden sich an mir die Zähne ausbeißen, Maynard!« tobte Wiggelton und überschüttete ihn mit Obszönitäten.
Henry lächelte und sagte mit beißendem Hohn: »Ich werde am Einführungstag intensiv an Sie denken, Wiggelton. Ich bin sicher, daß mir Ihr Papier einen hübschen und schnellen Profit bringt. Sie wissen ja: das Gesetz der Beute. Einen schönen Tag noch, mein Lieber!« Und damit hängte er den Hörer in die Gabel.
Wenige Tage später rammte die *Titanic* in der Nacht vom 14. auf den 15. April hundert Meilen vor Neufundland einen Eisberg. Der als unsinkbar geltende Luxusliner hatte die kürzere Sommerroute gewählt, um das Blaue Band zu erringen, und auch in den Nachtstunden die Geschwindigkeit nicht gedrosselt. Auf einer Länge von über neunzig Yard schlitzte der Eisberg das Vorschiff an der Steuerbordseite auf. Das Schiff versank innerhalb von zweieinhalb Stunden in den eisigen Fluten des Nordatlantik und nahm über tausendfünfhundert Passagiere und Besatzungsmitglieder mit in die Tiefe, weil nicht genügend Rettungsboote zur Verfügung standen. Nur siebenhundertelf Menschen, meist Frauen und Kinder, überlebten die Tragödie. Unter den Opfern befanden sich auch zahlreiche amerikanische Millionäre, unter ihnen die Bankiers Guggenheim, Astor, Widener und Bruce.
Diese Tragödie und der Tod von so vielen Größen des New Yorker Geldadels führten in den folgenden Tagen zu einer zeitweiligen Verunsicherung an der Börse. Und ausgerechnet in dieser Woche ging Wiggelton mit *Midwest Oil* an die Börse. Eine Verschiebung war nicht möglich.
Der Ausgabekurs betrug hundertundsechs Dollar, und Henry legte,

wie geplant, zwei Millionen an. Als die Aktie innerhalb von wenigen Wochen auf hundertneunundzwanzig stieg, schickte Henry ein Telegramm an Charles Wiggelton, in dem er sich dafür bedankte, daß er ihm durch diesen Kursanstieg indirekt seinen Anteil an Quien Sabe zurückgezahlt hatte.
Jetzt fehlte nur noch die Wiedergutmachung für den Penrose Hill District. Die würde jedoch wohl eine längere Wartezeit und vor allem ein weitaus aufwendigeres Szenario erfordern. Denn beim nächstenmal sollte es nicht um einen fetten Profit auf Kosten von Charles Wiggelton gehen, sondern um dessen Ruin.

Zweites Kapitel

Ebony sonnte sich in der Bewunderung der Männer und Frauen, die kurz vor Mitternacht zum Souper ins *Cassidy* gekommen waren. Die Gäste hatten einen großen Achtertisch in Beschlag genommen, wie sie rechts und links der Bühne standen, und nach dem Dessert in einer der Pausen den Bandleader der Combo *Ebony & The Ragtime Train* auf einen Drink an ihren Tisch gebeten. Inzwischen waren aus dem einen Drink schon drei doppelte Whiskeys geworden, wie Sally feststellte, als sie mit ihrem Bauchladen in die Nähe des Tisches kam.
Und Ebony geriet in Schwung. Er redete fast so gern über seine Musik, wie er sie spielte, besonders, wenn der Alkoholpegel in seinem Blut so rasant anstieg wie jetzt. »Was sind schon Kummer, Hunger oder gar Schmerzen gegen den Strom der Töne eines mit Leidenschaft geblasenen Horns? Nichts als Staub im Wind!« Ebony leerte sein Glas, hob seine Trompete und preßte sie an die Brust. »All das ist vergessen, wenn ich das Horn hier an meine Lippen setze. Dann liegt der Rest der Welt hinter mir. Nichts kann mich dann noch erreichen. Das ist wie die völlige Hingabe im Bett, wenn einen das Feuer der Leidenschaft zu verbrennen scheint und man immer und immer höher steigt ...«
Fröhliches Gelächter kam am Tisch auf, und einer der Männer bedeutete dem vorbeieilenden Kellner, Ebony noch einen Drink zu bringen.

»Ja, das maßlose, ungezügelte Feuer der Hingabe«, fuhr Ebony gestenreich fort und steigerte sich mit wachsender Trunkenheit in einen ekstatischen Wortschwall hinein. »Glück? Ich sage Ihnen, was Glück ist. Wenn die Töne sich biegen und swingen, wenn der Mississippi schwer und dunkel aus dem Horn strömt und durch die Nacht von Harlem fließt, wenn die *shouts* der Kirchenchöre aus New Orleans im Tremolo des Horns verglühen, wenn der Rhythmus aus dem afrikanischen Dschungel sich wie ein Regenbogen aus Triolen über den Ozean spannt, wenn in tiefster Nacht die Sonne auch in den dreckigsten Hinterhof scheint, wenn unsere Seele knistert wie Seidenstrümpfe an den langen Beinen einer schönen Frau, wenn ...«

Ricky Jason, der Banjospieler, trat an den Tisch und fiel ihm mürrisch ins Wort. »Wenn du dich nicht gleich auf die Bühne bewegst, kannst du deine philosophischen Betrachtungen ohne Ende weiterführen, denn dann fliegen wir hier. Unser nächstes Set ist schon längst überfällig!«

»Ein Künstler ist kein Brauereipferd! Aber wenn das Publikum ruft, bin ich der letzte, der es warten ließe!« erwiderte Ebony unter dem Gelächter der Tischrunde, die nicht danach aussah, als müßte sie sich um ihren Lebensunterhalt Sorgen machen, und kippte den vierten Drink auf einmal hinunter. »Also, holen wir uns noch eine Portion Glück aus dem Horn!«

Er schwankte bedenklich, als er vom Tisch aufstand und neben der kleinen Bühne durch die Tür verschwand, die zu den schäbigen Künstlergarderoben führte.

Sally folgte ihm nach kurzem Zögern. Sie hatte Sorge, daß Ebony zuviel getrunken haben könnte und vielleicht nicht mehr fähig war, das letzte Set durchzustehen, denn diese vier Drinks hatten bereits Vorgänger gehabt. Sie wollte nicht daran denken, was passieren würde, wenn Ebony sich noch einmal einen Ausfall auf der Bühne erlaubte. Der Clubbesitzer hatte ihn erst letzte Woche gewarnt, daß er ihn und seine Combo beim nächsten Malheur auf der Stelle vor die Tür setzen würde. Bei ihrer knappen Finanzlage käme das einer Katastrophe gleich.

Die Künstlergarderobe war ein kahler Raum mit ein paar Holzstühlen, einem langen verbeulten Blechtisch, einer nackten Glühbirne unter der Decke und schmutzigen Wänden, die mit Plakaten be-

klebt sowie mit Namen, Adressen, Witzen und Obszönitäten bekritzelt waren.
Als Sally in den Raum kam, stand Ebony mit dem Rücken zu ihr am Tisch und faltete gerade ein kleines Briefchen auf, das nicht größer als eine Streichholzschachtel war. Sie sah, daß es ein weißes Pulver enthielt.
»Was ist das, Ebony? Ist dir nicht gut?« fragte sie besorgt.
Erschrocken fuhr er herum und hätte dabei fast das Pulver verschüttet. Er fluchte unterdrückt. »Verdammt noch mal, warum mußt du mich so erschrecken? Was hast du überhaupt hinter der Bühne zu suchen? Du sollst doch mit deinem Bauchladen durch die Tischreihen gehen!« fuhr er sie ärgerlich an.
»Ich habe mir Sorgen um dich gemacht. Du hast mal wieder zuviel getrunken.«
»Die Leute erwarten das nun mal, Sally. Die fühlen sich geehrt, wenn man sich zu ihnen setzt, und ich kann sie ja nicht vor den Kopf stoßen.«
»Aber wenn du hinterher nicht mehr spielen kannst«, wandte Sally ein. »Ich meine, du weißt doch, daß Mister Cassidy ...«
»Scheiß auf Cassidy, diesen Wichser! Ich kann spielen!« fiel er ihr grob ins Wort. »Ich habe bloß Kopfschmerzen von dem verdammten Rauch. Das ist alles. Ein bißchen von diesem Migränepulver, und ich spiel' jeden an die Wand.« Er zögerte kaum merklich und kippte sich dann das Pulver in den Mund. Seine grimmige Miene entspannte sich, und er lächelte Sally nun an. »Und jetzt mach, daß du wieder an deinen Platz kommst, sonst geh' ich dir noch hier herinnen an dein kurzes Röckchen!«
»Ebony!« protestierte sie, doch kehrte sie mit einem Lächeln zu ihrer Arbeit zurück. Sie war erleichtert, als Ebony wenige Minuten später mit seinen Musikern auf der Bühne erschien und sich so sicher bewegte, als hätte er die ganze Nacht keinen Tropfen Alkohol angerührt. Und als er die Trompete an die Lippen setzte und das letzte Set mit dem wunderbaren Bluesstück *Deep South Sally* begann, einer Eigenkomposition, die er ihr gewidmet und zum Geschenk gemacht hatte, da traten an die Stelle ihrer leider allzu zahlreichen Alltagssorgen Stolz und das Gefühl zärtlichen Vertrauens. Ebony war ein äußerst talentierter Musiker, sowohl als Trompeter als auch als Komponist. Eines Tages würde er es schaffen.

Sie mußte nur Geduld haben und weiter darüber wachen, daß seine Neigung zum Alkohol und sein hitziges Temperament nicht über seine große Begabung triumphierten und seinen Erfolg verhinderten.
»Du warst heute nacht wunderbar«, sagte Sally, als sie Stunden später nach Hause kamen und sie todmüde ins Bett fiel.
»Die Nacht ist noch längst nicht vorbei«, erwiderte Ebony und zog ihr das Nachthemd wieder aus. »Jetzt spielen wir noch eine Melodie auf einem anderen Horn.«
Es war Sally ein Rätsel, woher Ebony die Energie nahm, nach einer so langen und anstrengenden Nacht noch mit ihr zu schlafen und sich dabei auch noch als ausdauernder Liebhaber zu erweisen. Er liebte sie scheinbar ohne Ende, so daß ihre Lust schon die Grenze zum Schmerz erreichte, als es ihm endlich kam. Sie schlief sofort danach ein, während Ebony noch bis in den Morgen wach blieb und auf seinem Horn spielte, in das er ein Küchenhandtuch gestopft hatte. Erst als der Tag anbrach, fiel er wie gefällt aufs Bett.

Ebony hatte auf einmal häufig unter starken Kopfschmerzen zu leiden und griff deshalb auch ebenso häufig zu dem weißen Migränepulver, das er stets in diesen kleinen weißen, sorgsam gefalteten Briefchen bei sich trug. Er nahm Sally jedoch das heilige Versprechen ab, darüber kein Wort zu verlieren. Niemand sollte von seinen Beschwerden wissen. »Nicht einmal deiner Freundin Pearl wirst du davon erzählen!« verlangte er.
»Aber was ist denn daran so schlimm?« wunderte sie sich.
»Gar nichts ist daran schlimm. Schlimm ist nur das, was die anderen daraus machen, nämlich üble Gerüchte und Unterstellungen, etwa daß ich krank sei und nicht mehr dazu tauge, die Combo zu leiten. Es gibt genug Neider, die nur darauf warten, mir ans Zeug zu flicken und mir ein Bein zu stellen.«
»Von mir erfährt keiner was, Ebony«, versicherte sie. »Ich verstehe nur nicht, warum du mit deinen ständigen Kopfschmerzen nicht zum Arzt gehen willst.«
»Ich brauche keinen Arzt. Mir fehlt überhaupt nichts. Ich fühle mich absolut blendend«, beruhigte er sie. »Und das mit der Migräne kommt nur von der Anspannung und ist sicher bloß eine vorübergehende Sache. Lästig, aber kein Grund, auch nur einen Gedanken

daran zu verschwenden. Und jetzt laß uns nicht länger darüber reden! Hör dir lieber mein neues Stück an!«

Die Monate vergingen, ohne daß die Migräneanfälle seltener wurden. Sally hatte eher den Eindruck, als müßte Ebony immer häufiger zu seinem Pulver greifen. Aber er verstand es, ihre Sorgen zu zerstreuen, war er doch vital und sprühend vor Energie wie nie zuvor. Er konnte ganze Nächte spielen und feiern, ohne müde zu werden.

Zwar wurde sie ein bestimmtes ungutes Gefühl nie ganz los, aber ihre finanzielle Dauermisere drängte alle anderen Sorgen in den Hintergrund. Sie war froh, dann und wann eine rührselige Geschichte für das unsägliche *Gwendolyn's Family Magazine* verkaufen zu können. Diese Monatszeitschrift erfreute sich bei den Frauen und Töchtern bessergestellter Schwarzer großer Beliebtheit, wohl weil sie sich einer verlogen heilen, romantischen Welt verschrieben hatte, in der es keine Diskriminierung, keinen Terror durch die Kapuzenmänner des Ku-Klux-Klan und keine Rassenunruhen gab. In den romantischen Liebesgeschichten, die auch mal ein bittersüßes Ende haben durften, waren alle Hauptpersonen Schwarze. Weiße existierten nur als Randfiguren und waren weder gut noch böse. Sally standen diese kitschigen Rührstücke längst bis zum Hals, aber sie brachten ein wenig Geld in ihre Haushaltskasse, und das war nötiger als je zuvor, denn ihr Lohn als Zigaretten-Girl im Club reichte bei weitem nicht aus.

Wenn sie an ihrer Schreibmaschine saß, dachte sie oft an Henry und wie es ihm wohl gehen mochte. Der Name Maynard begegnete ihr häufig genug, wenn sie die Gesellschaftsnachrichten in der *World* las, und diese Seite war die erste, die sie bei der Zeitungslektüre aufschlug. Zumeist war es jedoch der Name Leona Maynard, über deren Arbeit in Wohltätigkeitskomitees und Stiftungen oder über deren Teilnahme an besonderen Veranstaltungen und kulturellen Ereignissen berichtet wurde. Sally erfuhr jedoch auch, daß Henry inzwischen Vater einer Tochter und eines Sohnes war und eine nicht abreißende Kette von geschäftlichen Erfolgen für sich verbuchen konnte. An ihn zu denken bedeutete Schmerz und Trost zugleich. Und immer wieder war sie versucht, ihn anzurufen, um seine Stimme zu hören. Doch sie gab dem Wunsch nicht nach, wie drängend er auch war, und beschränkte sich eisern auf ihre halbjährlichen Briefe an ihn, bei denen sie sich viele Freiheiten hinsichtlich der Wahrheit herausnahm, wenn sie ihm von ihrem Leben erzählte. Was brachte es, Henry das Herz schwerzumachen? Zudem verbot es ihr der Stolz, allzu wahrhaft zu berichten.

»Ich verstehe das nicht«, sagte sie eines Tages zu Ebony. »Die Clubs zahlen dir immer höhere Gagen, und doch kommen wir auf keinen grünen Zweig. Wir haben sogar mehr Schulden als früher, Ebony. Kannst du mir verraten, wo das ganze Geld bleibt?«

»Mein Gott, ich habe meine Unkosten, das weißt du doch!« fuhr er sofort erregt auf. »Ich habe eine Menge am Hals. In meiner Branche mußt du eben eine Menge Hände schmieren, wenn du eine Chance haben willst, und mein Agent kostet mich auch eine Stange Geld. Das müssen wir eben irgendwie durchstehen, bis ich den großen Durchbruch geschafft habe. Dank deiner Geschichten werden wir uns schon über Wasser halten können!«

Sally sah ihn überrascht an. »Du hast einen Agenten? Davon hast du mir ja noch gar nichts erzählt! Wie heißt er? Und wieso mußt du ihm Geld zahlen?«

Ebony sprang aus dem Bett und wandte ihr den Rücken zu, während er sich eine Zigarette anzündete, ehe er gereizt zur Antwort gab: »Weil er sich mit mir Arbeit macht und sich die Hacken für mich abläuft. Dafür muß man eben zahlen. Und ich habe dir noch nicht von Jack erzählt, weil ich dir keine falschen Hoffnungen machen wollte. Außerdem wissen die anderen auch nichts davon, und dabei soll es erst einmal auch bleiben, verstanden?«

Sally konnte sich seinen Ärger nicht erklären. »Natürlich, wenn du das für klug hältst. Aber ich dachte, wenigstens wir beide hätten keine Geheimnisse voreinander«, sagte sie verletzt.

Er kam zu ihr, küßte sie und nahm sie kurz in seine Arme. »Haben wir auch nicht, mein Liebling. Ich rede nur nicht gern über ungelegte Eier. Aber irgendwann packe ich es, und dann wird es sich auszahlen, auch für dich, das verspreche ich dir.« Danach hatte er es eilig, aus der Wohnung zu kommen, weil ihm einfiel, daß er eine wichtige Verabredung mit Jack hatte.

Sally wollte diesen Jack gern kennenlernen, doch Ebony vertröstete sie immer wieder auf einen späteren Zeitpunkt. Irgendwie ergab sich dafür aber nie die richtige Gelegenheit. Und so vergingen die letzten Wochen des alten Jahres und die ersten des neuen.

Als Sally an einem eisigen Februarabend den Abfall zur Tonne brachte, sah sie Ebony vor dem Haus bei einem Ford, einer *Tin Lizzie,* am Bürgersteig stehen. Dabei hatte er doch schon längst auf dem Weg zu einer Probe mit seiner Combo sein wollen, die nach dem überraschenden Weggang von zwei Musikern wieder einmal eine Neubesetzung erfahren hatte. Ebony redete auf den Fahrer des Wagens ein, der eine teure Lederjacke und protzige Goldringe trug.
Als er sie bemerkte, sagte er etwas zu dem Fremden. Sally ging auf den Ford zu und hörte den Mann hinter dem Steuer noch ärgerlich sagen: »Aber wenn ich bis Montag das Geld nicht habe, hat meine Geduld ein Ende!« Mit einem abschätzigen Blick auf sie gab er Gas und fuhr davon.
»Wer war das?«
»Jack, mein Agent«, sagte Ebony gereizt.
»Und was hatte das mit dem Geld zu bedeuten?«
»Verdammt noch mal, ich habe dir doch schon oft genug gesagt, daß ein guter Agent Geld kostet!« explodierte er. »Und ich bin nun mal mit seinem Honorar im Rückstand. Und jetzt hör endlich auf, mir Löcher in den Bauch zu fragen!« Damit klemmte er sich seinen Instrumentenkasten unter den Arm und stürmte mit gesenktem Kopf wie ein gereizter Stier davon.

Es war nicht Jack, der ihnen am Montag morgen fast die Tür eintrat und sein Geld verlangte, sondern Ricky Jason. Er verlangte seinen Teil der Wochengage.
»Den habe ich dir doch gestern nacht noch ausgezahlt!« behauptete Ebony ärgerlich. »Das hast du wohl in deinem Suff vergessen!«
»Verdammter Lügner!« schrie Ricky. »Auf diesen blöden Trick bin ich einmal reingefallen. Ein zweites Mal betrügst du mich nicht um meine Gage! Du zahlst mich sofort aus, oder ich breche dir die Knochen! Und wehe, du hast das Geld schon für Schnee ausgegeben, du elender Kokser!«
Ebony schlug ihm die Faust ins Gesicht und riß ihn zu Boden. Es war Sally, die dazwischenging und verhinderte, daß daraus eine blutige Schlägerei wurde. Und sie wußte, daß Ebony gelogen hatte. Denn sie hatte gesehen, wie Mister Cassidy ihm die Gage ausgehändigt hatte. Danach war sie die ganze Zeit bei ihm gewesen, also wußte sie auch, daß er Ricky nicht entlohnt hatte. Der größte Schock aber war es, als

sie begriff, was es mit seinem angeblichen Migränepulver auf sich hatte. Ebony hatte sie die ganze Zeit belogen und putschte sich mit Kokain auf! Jetzt verstand sie auch, warum sie niemals Geld hatten.
»Du gibst Ricky sofort seinen Anteil an der Gage!« forderte sie Ebony wütend auf. »Und dann reden wir über deine Kopfschmerzen und das Migränepulver!«
Ebony zog zwei Geldscheine aus seiner Hosentasche und warf sie Ricky vor die Füße. »Verschwinde!«
»Worauf du Gift nehmen kannst! Du kannst dir einen neuen Banjomann suchen – und vermutlich eine ganz neue Combo!«
Kaum hatte Ricky die Tür hinter sich zugeknallt, fuhr Ebony mit wutverzerrtem Gesicht zu Sally herum und schlug ihr mit dem Handrücken so fest ins Gesicht, daß sie mit aufgeplatzter Oberlippe zu Boden stürzte.
»Wage es nicht noch einmal, so mit mir zu reden!« herrschte er sie an. »Weder vor anderen noch wenn wir allein sind! So redet niemand ungestraft mit mir.« Er riß seine Jacke vom Haken und stürzte aus der Wohnung.
Als er zwei Stunden später zurückkam, brachte er Blumen, Pralinen und einen wunderschönen Schal mit. Er war voller Reue und bat Sally unter Tränen um Verzeihung. Für das, was er getan hatte, wußte er keine Erklärung. Doch er flehte sie an, ihn nicht zu verlassen, denn er liebte sie doch, und gemeinsam würden sie es schaffen und es der Welt zeigen. Nie wieder würde er seine Hand gegen sie erheben, das schwor er mindestens ein dutzendmal. Und er würde auch nie wieder Kokain anrühren.
Sally verzieh ihm – wie sie ihm noch öfter verzeihen sollte.

Drittes Kapitel

Die perlweiße Karosserie des Zweisitzers mit den roten Ledersitzen leuchtete makellos unter dem klaren Sommerhimmel über Rhode Island, und die auf Hochglanz polierten Messingeinfassungen der Windschutzscheibe, des Kühlers und der beiden schweren Scheinwerfer funkelten wie Gold im Sonnenschein. Frank Lloyd hatte den

Alfonso XIII, einen offenen Sportwagen der noblen spanischen Autofirma *Hispano-Suiza,* für die Spritztour am Nachmittag so hingebungsvoll herausgeputzt wie eine stolze Mutter ihre Tochter zum ersten Ball.

In gleichfalls makelloser Chauffeurslivree stand Frank Lloyd neben dem rassigen Cabrio mit der langgestreckten Motorhaube, als Henry und Leona aus Brentwood Hall kamen.

»Ich fahre, und du läßt dich überraschen!« rief Leona mit dem freudigen Überschwang eines jungen Mädchens und nahm hinter dem Steuer Platz.

Henry zuckte lachend mit den Achseln, ließ sich auf dem Beifahrersitz nieder und nickte Frank, der schnell auf seine Seite herüberkam und die Tür schloß, mit einem Lächeln zu. »Ganz wie Madam befehlen«, sagte er, während sie mit einem solchen Ruck anfuhr, daß der sauber geharkte Kies der Einfahrt unter den roten Speichenrädern wegspritzte. »Aber tu mir den Gefallen und rase nicht wieder so über die Küstenstraße, als wolltest du unsere Kinder zu Waisen machen! Mir reicht zu wissen, daß der Wagen es auf fast hundert Meilen bringt, du brauchst es mir nicht noch einmal zu beweisen.«

Leona warf ihm einen strahlenden, von innerer Aufregung kündenden Blick zu und versicherte: »Ich werde so manierlich chauffieren, daß sogar du einmal nichts zu mäkeln haben wirst. Aber dafür mußt du mir den Gefallen tun, die Augen zu schließen.«

»Leona, muß das sein?« fragte er gequält.

»Eine Überraschung ist eine Überraschung!«

Henry seufzte. »Also gut, ich vertraue mich blind deinen Fahrkünsten an.«

Leona hatte ihm Anfang der Woche nach New York telegrafiert, daß er unbedingt für ein paar Tage nach Newport kommen müsse, wo sie wie jedes Jahr die Sommersaison mit den Kindern im Cottage ihrer Eltern verbrachte. Ihr Telegramm hatte so dringend und flehentlich geklungen, daß Henry seine schon fest geplante Reise nach Cushing in Oklahoma verschoben und sich am Freitag in den Zug nach Newport gesetzt hatte. Dabei hätte er dringend nach Cushing gemußt, wo seit Jahresbeginn ein Ölboom ausgebrochen war, der alles bisher Dagewesene in den Schatten stellte. Seine Gesellschaft steckte dort mitten in diesem gigantischen Gerangel, das sich auf einem Ölfeld von mehr als dreißig Quadratmeilen abspielte, und sein Chefgeologe James Burke traute dem Platz das Potential zu, Geburtsort mehrer neuer großer Ölfirmen zu werden. Für Henrys *Scallop Oil Company* bedeutete Cushing soviel wie ein riesiger Sack Trüffel in einer ohnehin gut gefüllten Speisekammer.

Leona hielt sich an ihr Versprechen. Mit mäßiger Geschwindigkeit lenkte sie den offenen Zweisitzer über die Straßen, und der Fahrtwind war angenehm an diesem heißen Sommertag. Dabei berichtete sie stolz, wie geschickt Catherine schon mit dem Federballschläger umzugehen gelernt habe und wie beliebt sie bei den anderen Kindern sei. Sie klagte ein wenig über Alexanders Marotte, mit Vögeln und Blumen zu sprechen und dann auch noch zu behaupten, daß sie ihm antworten würden. »Ich muß wohl mal ein ernstes Wort mit Eleanor reden, damit sie sich etwas mehr darum bemüht, ihm diese Flausen auszutreiben«, sagte sie. Dann lachte sie auf, als wären Sorgen an diesem Tag nicht angebracht, und versicherte: »Aber vermutlich wächst sich das aus, wenn er erst einmal in der Schule ist und mit seinen Kameraden zu anderen Spielen angeleitet wird.«

Henry hatte versucht, im Geiste dem Weg zu folgen, den Leona nahm. Sie waren die Bellevue Avenue hochgefahren. Die hohen Steinmauern, die nur von mächtigen schmiedeeisernen Gittern mit aufwendigen Ornamenten unterbrochen wurden, hatten den Motorlärm deutlich zurückgeworfen. Doch nach ein paar Kurven hatte er die Orientierung verloren. Befanden sie sich vielleicht auf dem Ocean Drive, der sich mehrere Meilen entlang der felsigen Küste zwischen dem Atlantik und der Narragansett Bay mit seiner meist friedlich blauen See schlängelte? Ja, ihm schien, daß sie auf dem Weg zu diesem Ort waren, dessen herbe landschaftliche Schönheit schon viele reiche Familien angezogen hatte. Die wachsende Zahl herrschaftlicher Landhäuser gab davon beredt Zeugnis ab.

»... und die Trolopes haben ihrer Dienerschaft eine neue Livree verpaßt. Rat mal in welcher Farbe?« sagte Leona, die in einem fort redete. Sie gab sich sogleich selbst die Antwort. »Kastanienbraun! Dabei weiß doch jeder, daß die Dienerschaft der Astors seit Urzeiten Blau und die der Vanderbilts nun mal Kastanienbraun trägt! Wie kann man sich nur solch einen peinlichen Patzer leisten! Aber bei einer Familie, die ihr Geld in der Kanalisationsbranche gemacht hat und deren ältester Sohn doch tatsächlich eine geschiedene Frau geheiratet hat, die auch noch zwei Jahre älter ist als er, von einer

solchen kann man wohl kaum guten Geschmack und gesellschaftlichen Stil erwarten.« Sie schaltete herunter. »Wir sind da ... Aber mach die Augen noch nicht auf!«
Henry übte sich in Geduld. Der Wagen folgte einer Straße oder einer Auffahrt, die eine spürbare Steigung aufwies. Dann bremste Leona ab, schaltete den Motor aus und sagte mit aufgeregter Stimme: »Jetzt kannst du die Augen aufmachen, mein Liebling!«
Schon lange her, daß Leona mich so genannt hat, dachte Henry ahnungsvoll, machte die Augen auf – und sah vor sich ein prächtiges Landhaus im Tudorstil.
»Das ist es!« rief Leona begeistert.
»Das ist was?« fragte er trocken und wußte doch schon, was es mit diesem Überraschungsausflug auf sich hatte.
»Das ist Ferncliff, das wunderschöne Cottage, das die Bleakmans erst vorletztes Jahr bezogen haben und über das sogar Berichte in *McCall's* und in *Woman's Home Companion* erschienen sind«, sprudelte es aus Leona hervor. »Ist es nicht himmlisch? Und diese Lage und das Panorama!«
Henry runzelte die Stirn. »Roger Bleakman. Ist das nicht der Reeder, der gesagt hat ›Amerika ist kein Land für einen Gentleman!‹?« fragte er amüsiert. »Nein«, verbesserte er sich, »das war ja William Waldorf Astor, der deshalb mit seiner Familie nach England übergesiedelt ist. Aber der gute Roger Bleakman hat etwas Ähnliches gesagt, und er ist ja auch dem empfindsamen Waldorf Astor nach England gefolgt, nicht wahr? Ich glaube, die Einführung der progressiven Einkommensteuer im Februar und seine Angst vor den Revolutionären und Anarchisten, die morgen schon im Weißen Haus sitzen, wie manche Zeitungen einen glauben machen wollen, waren wohl eher der Grund zu seiner Auswanderung als das Gefühl, in Amerika gehörten Gentlemen zur aussterbenden Rasse.«
»Henry, ich bin nicht mit dir hierhergekommen, um mit dir über etwas so Langweiliges und Anstößiges wie Politik zu reden!« beklagte sich Leona mit schmollender Miene. »Wir haben viel Wichtigeres zu entscheiden, mein Schatz!«
»Und das wäre?« gab er sich ahnungslos.
»Ferncliff steht zum Verkauf!« erklärte sie in einem Tonfall, in dem sie ihm früher einmal das Glück verkündet hatte, schwanger zu sein. »Und ich habe dafür gesorgt, daß Mister Porter uns bis Montag eine

Option oder wie das heißt eingeräumt hat. Es kann uns also keiner das Cottage wegschnappen.«

»Wer könnte uns denn etwas wegschnappen, was wir gar nicht brauchen?« fragte Henry.

Leona lachte nur und klimperte mit einem Schlüsselbund. »Komm, sieh dir das Haus an! Ich mache eine Privatführung für dich, Liebling. Du wirst begeistert sein. Es ist wie für uns gemacht!«

Henry stieg aus und ließ sich durch die Räume führen. Ferncliff war fast so groß wie Brentwood Hall, wirkte jedoch dank einer geschickten Architektur weitaus ansprechender und intimer als das Landhaus der Blairs. Die Lage am felsigen Strand war in der Tat phantastisch, und die Gartenanlagen, die das Cottage umgaben und sich bis zum Strand erstreckten, empfand auch Henry als wahre Augenweide. Dennoch war er von Leonas Ansinnen, Ferncliff zu erstehen, alles andere als begeistert, von dem horrenden Preis ganz abgesehen.

»Wozu brauchen wir ein Landhaus auf Rhode Island, wo wir doch Brentwood Hall haben?« fragte er. »Deine Eltern sind so froh, daß wir und die Kinder ein bißchen Leben in den riesigen Kasten bringen.«

»Aber Brentwood Hall gehört meinen Eltern. Und ich möchte endlich, daß wir ein eigenes Cottage haben so wie alle anderen«, erklärte Leona.

»Aber das ist doch sinnlose Verschwendung!«

»Das ist nicht wahr!« protestierte sie. »In unseren Kreisen ist das etwas ganz Selbstverständliches ...«

»Du meinst, sinnlose Verschwendung?« fiel er ihr spöttisch ins Wort.

Wütend stampfte sie mit dem Fuß auf. »Nein, daß wir nicht geizig auf jeden Dollar sehen, sondern ein Leben führen, wie es unserem Stand nun mal angemessen ist.«

»Na, um hier einzuziehen, bedarf es schon mehr als nur eines Dollars«, bemerkte er trocken.

»Aber du hast mir doch selbst erzählt, daß deine Geschäfte sagenhaft gut gehen!« hielt sie ihm vor. »Und Daddy hat mir gesagt, daß du in Cushing mit deinen Bohrrechten das große Los gezogen hast und gar nicht weißt, wo du all die Millionen, die hereinkommen, noch vernünftig anlegen sollst!«

Henry schmunzelte unwillkürlich. »Ganz so katastrophal ist die Lage nicht.«

Leona zog ihn bei der Hand in ein wunderschönes Zimmer, das zur Bucht hinausging. »Das hier wird unser Schlafzimmer sein, mein Liebling«, sagte sie und schlug nun einen sanften, verführerischen Ton an. »Ist der Ausblick nicht wunderbar? Laß uns Ferncliff kaufen, mein Schatz! Wir können es uns doch bequem leisten! Ich weiß, daß wir hier wieder so glücklich sein werden wie am Anfang unserer Ehe. Und hast du mir damals, als du um mich geworben hast, nicht versprochen, daß du mir jeden Wunsch erfüllen wirst?«
Er seufzte. »Leona ...«
»Oh, ich wünsche es mir so sehr«, flüsterte sie, schlang ihre Arme um ihn und küßte ihn. Dann glitt ihre Hand hinunter an seinen Hosenschlitz. »Sag, daß du mich noch immer liebst und begehrst!«
Er schluckte, als er ihre Hand spürte, deren zielstrebige Bewegungen ihm sofort das Blut in die Lenden schießen ließ. »Mein Gott, Leona ...«
»Liebe mich, Henry! Hier und jetzt! Ich will dich spüren! Ich kann es nicht erwarten, daß du zu mir kommst. Weißt du noch, wie wir es auf der *Auguste Viktoria* getrieben haben, und erinnerst du dich noch an London und die Theaterloge?« stieß sie in atemloser Erregung hervor, während sie seine Hose öffnete, ihm die Unterwäsche von den Hüften zerrte und ihn mit sich hinunter auf das Parkett zog. Geschwind hatte sie ihr Höschen ausgezogen. Sie schlug Kleid und Unterröcke hoch, und bis auf ihre Seidenstrümpfe und den spitzenverzierten Strumpfhalter mit den satinglänzenden Bändern entblößt, bot sie ihm ihren Schoß mit dem dunkelblonden Vlies dar.
»Aber hast du nicht gesagt, daß du keine Kinder mehr willst?« murmelte Henry, von wildem Begehren gepackt und nur zu bereit, die Lieblosigkeit und Entfremdung der letzten Monate, ja Jahre zu vergessen und einen neuen Anfang zu wagen.
Leona lachte leise auf und hielt plötzlich wie hervorgezaubert ein Präservativ in der Hand. »Ich will dich, mein Geliebter, dich und dieses Haus, denn ich weiß, daß es uns Glück bringt, so wie ich weiß, daß ich niemals genug von dem hier bekommen werde.«
Henry war zu erregt, um jetzt darüber nachzudenken, daß Leona offensichtlich alles vorbereitet hatte – auch diese Verführungsszene. In diesem Moment, da sie sich ihm auf so verlockend schamlose Weise darbot, war ihm alles egal. Und warum sollte er ihr auch nicht Ferncliff kaufen? Er konnte es sich problemlos leisten.

Vielleicht gab es für ihre Ehe wirklich noch einen zweiten Liebesfrühling.
Er versprach ihr, das Cottage zu kaufen, lange bevor ihn die Wollust überwältigte. Leona war für den Rest des Wochenendes wie verwandelt. Sie war glücklich, ausgeglichen und fast so liebeshungrig wie in ihren Flitterwochen.
Am Montag unterschrieb Henry den Kaufvertrag für Ferncliff und ließ Leona für die kleineren Umbauten, die sie für notwendig erachtete, sowie für die Einrichtung freie Hand.
Am Dienstag mußte er nach New York zurück. »Du bist wunderbar, mein Liebling!« verabschiedete sie sich von ihm und küßte ihn innig.
Als Henry im Zug saß und Rhode Island rasch hinter ihm zurückblieb, wuchs in ihm mit jeder Meile das ernüchternde und schmerzlich-traurige Gefühl, daß Leona ihn mit kühlem Kalkül verführt und manipuliert hatte – und daß er sich das eigentlich nicht eingestehen wollte, um an der Illusion eines erneuten Aufblühens ihrer Liebe festhalten zu können.

Der Ölboom von Cushing erwies sich als ein goldener Segen für Henry und kam für die Ölindustrie genau zur rechten Zeit. Innerhalb nur eines Jahrzehntes hatte sich das Automobil von der bestaunten und vor allem belächelten Extravaganz einiger Spinner und Reicher zu einem ganz selbstverständlichen Verkehrsmittel entwickelt, das aus dem Alltag nicht mehr wegzudenken war. Das Automobilzeitalter war angebrochen, und es erfaßte jeden Bereich der Gesellschaft. Mobilität wurde zur modernen Tugend des Amerikaners erhoben. Den achttausend Zulassungen im Jahre 1900 standen nun, dreizehn Jahre später, fast fünf Millionen Autos gegenüber. Am Ende des Jahrzehntes sollte die Zahl bei acht Millionen liegen. Der Autofabrikant Henry Ford hatte in seinem Betrieb in Detroit das Montagefließband eingeführt. Beim Zusammenbau des Chassis reduzierte sich dadurch die Arbeitszeit von über zwölf auf knapp anderthalb Stunden. Autos wurden von nun an in Massen hergestellt – und zu einem Preis, den sich immer mehr Leute leisten konnten. War umgekehrt früher ein Händler froh gewesen, eine Gallone Benzin für vier Cent loszuwerden, so war der Preis für den Kraftstoff von neuneinhalb Cent im Oktober 1911 auf siebzehn

Cent im Januar 1913 geklettert. In Paris wurden sogar fünfzig Cent verlangt, und in einigen anderen Teilen Europas lag der Gallonenpreis bei über einem Dollar.

Wie recht Jonathan doch damals gehabt hat! dachte Henry, als er einige Berichte durchlas, die ihm einer seiner Mitarbeiter routinemäßig zusammengestellt hatte und die alle Nachrichten, Statistiken und Ereignisse umfaßten, die in irgendeinem Zusammenhang mit dem weltweiten Ölgeschäft standen. Einer dieser Berichte befaßte sich mit der Umrüstung der Kriegsflotten von Kohle auf Öl.

Winston Churchill war im September 1911 Erster Lord der Admiralität geworden, und eine seiner ersten und wichtigsten Entscheidungen war es gewesen, die britische Flotte auf Ölfeuerung umzustellen. Bei ölbefeuerten Schiffen sparte man über siebzig Prozent Brennstoff, zudem gewann man dreißig Prozent mehr Frachtraum, konnte auf Heizer und eine große Zahl Maschinisten verzichten, und statt der Höchstgeschwindigkeit von knapp einundzwanzig Knoten kamen die neuen *Fast-Division*-Schlachtschiffe der *Queen-Elizabeth*-Klasse nun auf etwa fünfundzwanzig Knoten, was sie den Schiffen der immer bedrohlicher werdenden deutschen Flotte überlegen machte.

»Der Preis für das Wagnis war die Macht, die Überlegenheit schlechthin«, schrieb Churchill später auf seine prägnante Art über Großbritanniens »schicksalhaften Sprung«. Er hatte die Zeichen der Zeit früh erkannt: Öl sollte das ganze zwanzigste Jahrhundert hindurch Macht bedeuten.

Für Henry bedeutete Cushing den endgültigen Durchbruch zur Spitze der Ölproduzenten. Es war dasselbe Jahr, in dem der von ihm bewunderte Henry Morrison Flagler in seinem Palast Whitehall in Palm Beach starb, und der Tod dieses großen alten Tycoons erschien ihm symbolisch. Die Vorstellung, in gewisser Weise Flaglers Nachfolge anzutreten, gefiel ihm und lenkte ihn von seinen häuslichen Problemen ab.

In Cushing traf Henry auch Bonefish wieder, der auf seine Art Karriere gemacht hatte. War er noch in Sour Lake an nur einer Kneipe beteiligt gewesen, so hatte er es mittlerweile zum Besitzer von einer Handvoll Spelunken und Spielhallen gebracht. Bonefish erkannte ihn wieder und nickte ihm jedesmal kaum merklich zu, wenn sie sich begegneten, suchte jedoch nicht das Gespräch mit

ihm, wofür Henry überaus dankbar war. Männer seines Schlages, auch wenn sie inzwischen die gepflegte Kleidung eines Gentleman trugen, waren nicht die Gesellschaft, in der er sich wohl fühlte.
Henrys Begeisterung für den gigantischen Ölboom war groß, doch Ted übertraf ihn darin noch. Er brachte Wochen auf den Ölfeldern zu und fand immer wieder Gründe, warum er erneut nach Cushing mußte. Betty begleitete ihn auf allen Reisen. Die beiden führten, ohne viel Aufhebens davon zu machen, eine sehr glückliche Ehe, auch wenn sich der erwünschte Nachwuchs nicht einstellen wollte. Und Betty liebte das Leben auf den Ölfeldern fast so sehr wie Ted. Die beiden luxuriösen Pullman-Salonwagen, die Henry angeschafft hatte, nahmen sie jedoch nur ganz selten in Anspruch – im Gegensatz zu Lee, der mit Vorliebe in einem der spezialangefertigten Salonwagen durch die Lande reiste.
Lee spottete schon bald über die häufige und lange Abwesenheit ihres Freundes. »Ted ist ja mehr auf den Ölfeldern als hier in New York an seinem Schreibtisch. Eine komische Art, sich sein fettes Gehalt als Direktor zu verdienen. Ich glaube, die Leute in seiner Abteilung können sich kaum noch an seinen Namen erinnern«, mokierte er sich. »Und daß er Betty immer im Schlepptau hat, regt die Phantasie der Leute schon zu Witzen an.«
»Ich wünschte, sie würden solche Witze über *mich* machen«, erwiderte Henry, ungehalten über diese Kritik. »Und mir scheint, einige Witze kursieren im Haus auch über dich, mein Lieber. Besonders, seit dir der Ehemann dieser Sekretärin, mit der du dich eingelassen hast, vor allen Leuten ein blaues Auge verpaßt hat.«
Lee grinste verlegen. »Wer mit dem Feuer spielt, holt sich gelegentlich schon mal eine Brandblase.«
Henry sah ihn hart an. »Ich werde nicht noch einmal davon anfangen, Lee. Aber eins will ich dazu noch sagen: Laß die Finger von den Frauen, die für uns arbeiten, vor allem von den verheirateten! Abgesehen davon, daß ich Ehebruch für eine ganz miese Sache halte, werde ich nicht dulden, daß deine Liebesaffären in irgendeiner Abteilung dieser Firma die Atmosphäre vergiften und uns vielleicht tüchtige Arbeitskräfte kosten. Die Gesellschaft ist für deinen Casanova-Trieb tabu! Haben wir uns verstanden?«
Lee erwiderte den scharfen Blick seines Freundes mit grimmiger Miene. »Ja, ehrwürdiger Vater«, sagte er mit freudlosem Spott. »Wie

viele Ave-Maria und Vaterunser kostet mich denn deine Absolution?«
»Führ deine Frau mal allein zum Essen aus und sag ihr mal wieder etwas Liebes, statt ihr nur von deiner Sekretärin Geschenke kaufen zu lassen!« riet Henry ihm ungnädig.
»Jawohl, großer Bruder«, sagte Lee sarkastisch und ging aus dem Zimmer.

Leona blieb bis weit in den Herbst hinein in Rhode Island, um die Umbauten in Ferncliff zu überwachen. Henry kam in dieser Zeit zweimal nach Newport, doch seine Frau war zu beschäftigt, um auch nur einen Abend mit ihm allein verbringen zu können. Es war immer jemand zu Gast. Zumeist der Architekt und der Dekorateur. Und so rasch wie jetzt das Laub an den Bäumen welkte, so schnell war auch ihr sexueller Appetit dahingewelkt.
Ende Oktober kehrte sie nach New York zurück. Doch die endlosen Besprechungen mit dem Dekorateur Louis Morteaux, der sich gerade der Bewunderung der feinen Gesellschaft erfreute und entsprechende Rechnungen schrieb, gingen in exzessiver Form weiter. Henry konnte diesen herausgeputzten Kerl, der sich für ein Genie mit unwiderstehlicher Ausstrahlung hielt, nicht ausstehen. Was die Frauen als umwerfenden, südländischen Charme und geistvollen Esprit an ihm bewunderten, war für ihn nur berechnende Schmeichelei und hohles Zuckerwerk. Und daß er seine Sätze gern mit französischen Brocken spickte, ging ihm am meisten auf die Nerven, denn die angeblich französische Herkunft dieses Mannes war ein Witz. Aber Henry hatte Leona versprochen, ihr in allem freie Hand zu lassen, und da Louis Morteaux keine schlechte Arbeit leistete, stand er zu seinem Wort.
Eines Abends überraschten Leona und der Dekorateur ihn in seinem Büro mit der Aufforderung: »Könntest du uns nicht für eine Weile Gesellschaft leisten, Liebling? Du mußt noch die Tapeten und Stoffe für dein Schlafzimmer auswählen.«
Henry sah sie verwundert an. »*Mein* Schlafzimmer?«
Sie lächelte ihn an, als eröffnete sie ihm eine wunderbare Überraschung. »Ich habe mir gedacht, es ist besser, wenn jeder sein eigenes Schlafzimmer hat. Du arbeitest doch noch oft bis in die Nacht, und ich kann es dir nicht zumuten, daß du immer auf mich Rücksicht nehmen mußt.«

Louis Morteaux lächelte ebenfalls.
Henry unterdrückte seine Wut und die Bitterkeit, daß Leona ihm ausgerechnet in Gegenwart dieses Mannes zu verstehen gab, daß sie das Bett nicht mehr mit ihm teilen wolle. Er beherrschte auch den Drang, dem Innenarchitekten, der dem Urteil der Damen nach so fashionable war, das verständnistriefende Lächeln aus dem Gesicht zu schlagen. »Ich weiß gar nicht, wie ich dir für diese liebevolle Fürsorge und Rücksichtnahme danken soll, Leona«, antwortete er sarkastisch. »Ich bin sicher, daß du auch das mit den Tapeten und Stoffen ganz nach meinen Wünschen, die du ja offenbar besser kennst als ich, arrangieren wirst.«
Am nächsten Morgen tat Leona so, als wäre am Abend nichts vorgefallen, was der Erwähnung wert sei. Und er dachte nicht daran, sie zur Rede zu stellen; es hätte ihrer sowieso schon angespannten Beziehung nur geschadet.
Anfang Dezember suchte Henry mit Leona und zwei mit ihr befreundeten Ehepaaren nach einer Theatervorstellung den Nachtclub *Rose Blush* auf. Er hatte sich zuerst gesträubt, dann aber dem Drängen der anderen nachgeben. Er hätte besser darauf beharren sollen, nach Hause zu fahren, denn im *Rose Blush* traf er Sally wieder.
Er erkannte sie zunächst gar nicht. Sie hatten soeben Platz genommen, und Henry unterhielt sich gerade mit Larry Dwight, der Textilfabriken besaß, als ein Zigarettengirl in einem knappen roten Kostüm mit schwarzen Fransen, das hauteng am Körper anlag, zu ihnen an den Tisch trat.
»Zigaretten und Zigarren, Gentlemen?«
Henry zuckte zusammen, als er die Stimme hörte, und blickte ungläubig auf. »Sally!« rief er in spontaner Freude.
»Mein Gott, Henry!« Sally lachte ihn an. »Wie klein die Welt doch ...« Sie brach sofort ab, als sie die empörten Gesichter der Frauen am Tisch sah. »Entschuldige!« murmelte sie und verdrückte sich.
Am Tisch herrschte betretenes Schweigen. Leonas Blick war von eisiger Kälte.
»Wir kennen uns von früher. Sally hat in Spindletop Zeitungen ausgetragen und Arthur und mir bei unseren ersten Werbezetteln geholfen. Sie ist eine ernsthafte Journalistin, und ihr Mann ist Musiker, Trompeter«, versuchte Henry den Schaden zu begrenzen.

Doch jedes Wort, das ihm über die Lippen kam und mit dem er seine Freundschaft mit Sally erklären wollte, schien ihn nur noch tiefer hineinzureißen. Denn für diese Menschen existierte keine akzeptable Erklärung dafür, daß ein Weißer aus den vornehmsten Kreisen sich öffentlich zur Freundschaft mit einem farbigen Zigaretten-Girl bekannte.

Leona erhob sich abrupt und mit versteinertem Gesicht. »Ich habe Migräne. Ich möchte nach Hause.« Die anderen beiden Frauen schlossen sich ihr an.

Henry schüttelte verärgert den Kopf. Er dachte nicht daran, den Schuldbewußten zu mimen. »Freunde, ihr seid mit euren Vorurteilen und Verurteilungen schneller bei der Hand, als die Henker während der Französischen Revolution mit der Guillotine!« sagte er mit grimmigem Sarkasmus.

Leona warf den Kopf in den Nacken und stürmte vom Tisch weg, gefolgt von ihren nicht minder empörten Freundinnen.

Henry eilte ihr nicht nach, sondern ging zu Sally, die sich ganz hinten an die Bar zurückgezogen hatte. Sie hatte gesehen, was passiert war.

»Es tut mir so leid, Henry!«

»Du hast nichts getan, was dir leid tun müßte, Sally. Ich freue mich, dich zu sehen.«

»Ja, ich auch, aber unter anderen Umständen wäre es mir lieber gewesen.«

»Wie geht es dir?«

»Ich will nicht klagen.«

Es war eine merkwürdige Situation. Henry hätte ihr so viel zu erzählen und sie so viel zu fragen gehabt, doch beide waren sie gehemmt und hölzern.

Larry Dwight rief ärgerlich Henrys Namen.

Henry nahm Sallys Hand. »Tut mir leid, ich muß jetzt gehen. Mein Gott, Sally ...« Er hatte einen Kloß im Hals. Schnell ließ er ihre Hand los. »Ich denke so oft an dich. Bitte, schreib mir doch wieder häufiger als nur jedes halbe Jahr!«

»Ja, Henry«, antwortete sie leise.

Im Wagen redete Leona kein Wort mit ihm. Doch sobald sie in ihrem Haus waren und Walter, ihr Butler, sich entfernt hatte, machte sie Henry eine furiose Szene. Sie warf ihm vor, sie in aller

Öffentlichkeit gedemütigt zu haben, und bezichtigte ihn, mit Sally, die sie mit allen ihr nur erdenklichen unflätigen Ausdrücken belegte, ein Verhältnis zu unterhalten. Was immer er auch sagte, es drang nicht zu ihr durch. Und ihre abscheuliche Tirade gipfelte schließlich in der verächtlichen Bemerkung: »Ein billiges Niggerflittchen – das paßt wirklich ausgezeichnet zu einem ehemaligen Latrinenboy!«
Fast hätte er sie dafür geschlagen.
Eine Woche später schlug er dann allerdings Louis Morteaux eine blutige Nase. Die Art, wie der Innenarchitekt ständig um Leona herumtändelte und sie beim Reden immer wieder am Arm berührte, scheinbar beiläufig eine Locke an ihr zurechtzupfte oder Körperkontakt herstellte, wenn er sich mit ihr über Entwürfe und Stoffmuster beugte, war Henry von Anfang an übel aufgestoßen. Nun aber brachte sie ihn zur Weißglut, denn Leona schien das Getue auch noch zu gefallen.
Zufällig kam Henry in den Salon, als Louis Morteaux Leona mit einer Seidenrose über den nackten Unterarm fuhr und dabei eine offenbar witzige Bemerkung machte, weil Leona amüsiert auflachte.
Henry sah rot, stürmte auf den Dekorateur zu und schlug ihm die geballte Faust ins Gesicht. Aufschreiend stürzte Morteaux zu Boden. Blut schoß aus seiner Nase.
»Sie schleimiger Blender rühren meine Frau nicht noch einmal an!« schrie Henry und versetzte ihm einen Fußtritt. »Machen Sie, daß Sie aus dem Haus kommen! Und lassen Sie sich hier bloß nie wieder sehen!«
»Das wird Sie teuer zu stehen kommen!« kreischte der Innenarchitekt, während er wie ein Hund über den Boden kroch, um aus der Reichweite von Henrys Fußtritten zu kommen, bis er sich aufrappeln konnte. »Ich werde Sie auf Schadensersatz verklagen!«
»Nur zu!« fauchte Henry. »Aber dann bitte unter ihrem richtigen Namen Lenny Morton, unter dem sie in Cincinnati als viertes von neun Kindern eines rauflustigen Ohio-Flußschiffers zur Welt gekommen sind! Eine ehrenvolle Abstammung, zu der Sie endlich mal stehen sollten! Also, klagen Sie nur Ihr Schmerzensgeld ein! Sie nicht mehr ertragen zu müssen, ist mir jede Summe wert, Sie französisch überlackierter Schaumschläger und Feigling!«
Der Mann erbleichte und stürzte aus dem Salon.

Leona funkelte Henry an, und ihre Miene drückte unverhohlene Abscheu aus. »Wie primitiv und ordinär du doch geblieben bist! Du glaubst wohl, alles mit deinem Geld kaufen zu können, ja?« fuhr sie ihn mit schriller Stimme an.

Henry musterte sie kühl, während in ihm ein Tumult der Gefühle tobte. »Ja, vieles kann man in der Tat mit Geld kaufen. Du hast es mich gelehrt, Leona. Sogar du bist käuflich gewesen. Oder hast du vergessen, daß dein Preis eine Million und das Versprechen gewesen sind, daß du als meine Frau auf keinen Luxus zu verzichten brauchst?«

Sie schnappte empört nach Luft. »Wie ... wie kannst du es wagen, so mit mir ...«

Er fiel ihr schroff ins Wort. »Spar dir deine überspannte Empörung! Diese Rolle steht dir nicht. Tröste dich besser damit, daß du wirklich nicht billig gewesen bist, meine Liebe! Was aber nichts an der Tatsache ändert, daß du dich bereitwillig an denjenigen mit dem besten Angebot verkauft hast – auch wenn ihr in euren feinen Kreisen das so vornehm schamhaft als ›eine gute Partie machen‹ umschreibt!«

Sie war bis ins Mark getroffen und von einer derart mörderischen Wut erfüllt, daß Henry auf der Stelle tot umgefallen wäre, wenn Blicke hätten töten können. Abscheu und Verachtung glühten in ihren Augen.

»Du widerst mich an!« zischte sie. »Ich werde mir nie verzeihen, daß ich mich an einen ordinären, dahergelaufenen Niemand wie dich verschenkt habe!« Damit wandte sie sich um und stürzte aus dem Salon.

Henry bereute schon jetzt seine Worte und fühlte eine schreckliche Scham. Doch er war unfähig zurückzunehmen, was er gesagt hatte. Es wäre auch sinnlos gewesen. Die Wahrheit, einmal ausgesprochen, ließ sich nicht nachträglich schönreden.

Viertes Kapitel

Die Spritze, die Sally zwei Wochen vor Weihnachten in der Garderobe von *Ruby's Ragtime Ballroom* in Ebonys verbeultem Metallspind fand, hätte sie mißtrauisch machen müssen. Statt dessen glaubte sie Ebony, der ihr die Spritze gleichmütig aus der Hand nahm, sie in den Abfalleimer warf und sagte: »Muß jemand von unseren Vorgängern vergessen haben. In diesen Dreckslöchern hinter der Bühne liegt manchmal mehr Abfall herum als auf einer Müllkippe.«
Sally wollte ihm wohl auch glauben, war sie doch froh, daß Ebony nach Monaten der Arbeitslosigkeit endlich wieder ein Engagement hatte und auf der Bühne stand. Seine Combo hatte nach ungezählten Neubesetzungen wieder einmal einen neuen Namen und nannte sich nun *Ebony & The Harlem Wanderers*.
»Mit dieser Band schaffen wir es, das spüre ich in jedem Finger, Sally!« versicherte Ebony am ersten Abend in *Ruby's Ragtime Ballroom* mit einer glühenden Begeisterung, die Sally jedoch schon zu oft erlebt hatte, um noch so mitgerissen zu werden wie am Anfang.
»Das wäre wunderbar, Ebony«, sagte sie mit einem tapferen Lächeln und dachte, daß es schon gut wäre, wenn der Besitzer der Tanzhalle das Engagement nach Ablauf der zwei Wochen verlängerte.
Er tat es nicht. *Ruby's Ragtime Ballroom* brannte in der Neujahrsnacht nieder. Der Besitzer wurde wenige Tage später unter dem Verdacht der Brandstiftung und des versuchten Versicherungsbetrugs verhaftet.
Ebony stürzte erneut in eine Phase, in der sich Apathie und Depression mit Aggressivität und hektischer Betriebsamkeit ablösten. Manchmal blieb er ganze Nächte weg. Wenn er am Morgen mit glasigen Augen nach Hause kam, erzählte er von Sessions mit anderen Musikern in irgendwelchen obskuren Clubs. Mehrmals erlebte Sally, daß er Stunden später schweißgebadet aus dem Schlaf erwachte und am ganzen Körper zitterte, als habe ihn ein schweres Fieber gepackt. Dann stürzte er fast kopflos aus dem Haus oder schnappte sich seinen Trompetenkoffer und begab sich hinauf auf das Dach. »Ich brauche nur etwas frische Luft!« behauptete er, und wenn er zurückkam, war er wie verwandelt. Die Schweißausbrüche und das Zittern waren wie weggezaubert.

Doch Sally glaubte nicht an Zauber. Ihr Mißtrauen erwachte, als er einmal von solch einem wundersamen Genesungsausflug auf das Dach zurückkam und sie einen Blutstropfen in seiner Armbeuge bemerkte. Wochen später fiel ihr Blick eines Morgens auf seinen Arm, als er schlafend neben ihr lag, und sie sah die stecknadelkopfkleinen Narben zahlreicher Einstiche.

»Das ist ja lächerlich, was du behauptest! Ich hänge nicht an der Nadel!« erregte sich Ebony, als Sally ihn zur Rede stellte. Er wurde aggressiv und ausfallend.

Sally glaubte seinen Beteuerungen nicht. Sie ahnte, daß er das Kokainschnupfen gegen eine andere Droge ausgetauscht hatte, die er sich nun spritzte. Dennoch blieb sie bei ihm. Ihn in dieser Situation zu verlassen, kam ihr erst gar nicht in den Sinn. Ebony brauchte sie jetzt dringender denn je. Das versuchte sie auch ihrer Freundin klarzumachen, die ihr schon seit langem dazu riet, einen Schlußstrich unter ihre Beziehung zu Ebony zu ziehen.

»Wenn er wirklich an der Spritze hängt, ist alles zu spät. Dann wirst auch du ihn nicht mehr retten können«, meinte Pearl realistisch. »Er wird dich aussaugen wie eine Zitrone und dann ausspucken. Die Sucht wird ihn zerfressen, und wenn du dich nicht von ihm trennst, wird er auch dich zerstören.«

»Wir sind schon sieben Jahre zusammen ...«

»Ja, ohne Trauschein!« warf Pearl grimmig ein.

»... und ich kann ihn doch jetzt nicht verlassen, wo er ohne Engagement und mehr denn je auf mich angewiesen ist!« widersprach Sally heftig. »Ebony ist nicht rettungslos verloren, Pearl. Ich weiß, daß ich ihm viel bedeute, und er ist noch immer einer der besten Hornisten, die ich je gehört habe. Seine neuen Kompositionen sind phantastisch. Er braucht mich jetzt, denn ohne meinen Verdienst müßte er betteln gehen. Ich glaube an ihn.«

»Ja, weil du nicht wahrhaben willst, daß du dich in Ebony getäuscht hast«, sagte Pearl traurig, »und weil du einfach zu gut bist und deine Wünsche immer wieder hintanstellst. Apropos Wünsche: Hast du endlich mit dem Roman begonnen, von dem du mir erzählt hast?«

Sally schüttelte den Kopf. »Dazu habe ich im Augenblick einfach keine Zeit. Du weißt doch, daß wir von dem bißchen, was ich verdiene, leben.«

Pearl nickte und sagte mit betrübter Miene. »Ja, und dieser Augenblick dauert nun schon ein paar Jahre, Sally. Irgendwann mußt du auch einmal an dich denken!«
Sally beschäftigte sich in Gedanken oft mit dem Roman, den sie schreiben wollte. Die Lebensgeschichte ihres Ziehvaters sollte die grobe Vorlage der Haupthandlung abgeben. Aber sie fand weder Zeit noch Ruhe, dieses Projekt in Angriff zu nehmen. Sie saß ohnedies fast jeden Tag zehn Stunden an ihrer Schreibmaschine und mußte zudem noch dreimal die Woche als Zigaretten-Girl und Putzhilfe in den Clubs arbeiten, um ihren Lebensunterhalt zu sichern. Sie empfand es schon als einen Segen, daß sie nicht mehr auf die mageren Honorare angewiesen war, die *Gwendolyn's Family Magazine* zahlte. Sie schrieb jetzt Abenteuergeschichten für die auflagenstarken *pulp magazines,* die es an jedem Kiosk für fünf Cent zu kaufen gab. Diese wöchentlich erscheinenden Heftchen wie *Do and Dare Weekly, Brave and Bold, Work and Win, True Blue* oder *Secret Service* waren voller haarsträubender Abenteuer- und Detektivgeschichten und hatten bei ihrer häufigen Erscheinungsweise einen entsprechenden Verschleiß an Autoren. Sally hatte für das Magazin *Secret Service* die beiden Helden Henry Floyd und Al Maynard entwickelt, die als tollkühne Privatdetektive Verbrechen und dunkle Machenschaften in den wilden Boomtowns und auf den Ölfeldern aufdeckten. Die Niederschrift der ersten drei, vier Geschichten hatte ihr sogar Spaß gemacht. Mittlerweile war daraus harte Arbeit geworden, zu der sie sich jeden Tag zwingen mußte, weil sie mit dem Geld für diese billige Unterhaltungsware nun mal die Miete bezahlen und Essen auf den Tisch bringen konnte. Ebony war kompromißlos, wenn es um seine Musik ging. Er weigerte sich, Stücke zu spielen, die er für unter seinem Niveau hielt, und nahm lieber den Rausschmiß durch die Clubbesitzer in Kauf, als daß er nachgab. Eine solche Kompromißlosigkeit konnte sie sich nicht erlauben, wenn sie nicht beide das Dach über dem Kopf verlieren und Hunger leiden wollten. Sally hatte zu viele Sorgen, um Kompromißlosigkeit auch nur in Erwägung ziehen zu können.

An einem Freitagnachmittag in der ersten Märzwoche, als Sally mitten im Schreiben war, flog auf einmal die Tür auf, und Ebony stürzte unter lautem Jubelgeschrei, das wie Indianergeheul klang,

in die Wohnung, gefolgt von einem ganzen Pulk von fröhlich lärmenden Leuten, von denen Sally die meisten noch nie gesehen hatte.
Sie hatte wie immer am Küchentisch geschrieben und sprang vom Stuhl auf. »Was soll das? Was haben all diese Leute hier zu suchen?« rief sie ärgerlich. »Du weißt doch ganz genau, daß ich ...«
Ebony strahlte sie an. »Wir haben es geschafft, Liebling! Heute war Zahltag, und dem werden noch viele andere folgen!« Er zauberte einen herrlichen Blumenstrauß hinter seinem Rücken hervor, der um diese Jahreszeit ein Vermögen gekostet haben mußte.
»Um Himmels willen, hast du eine Bank ausgeraubt?« stieß Sally überwältigt und gleichzeitig ängstlich hervor, als Ebony ihr auch noch einen länglichen Pappkarton in die Hand drückte, der den goldenen Aufdruck eines teuren Modegeschäftes trug und mit einem roten, zur Schleife gebundenen Schmuckband verziert war. Der Karton enthielt ein spitzenverziertes Negligé aus cremefarbener Seide, das ebenso traumhaft schön wie entbehrlich war. Welch eine verantwortungslose Verschwendung angesichts ihrer angespannten finanziellen Lage!
Ebony lachte. »Mach nicht so ein bestürztes Gesicht, Sally, sondern freu dich! Wir können es uns leisten. Endlich habe ich den Durchbruch geschafft!« Über die Schulter rief er einem der Begleiter zu: »Nun mach schon, Jake, leg die Platte auf und stell das Grammophon an! Und macht den Schampus auf, Freude!«
Sally glaubte ihren Ohren nicht zu trauen, als sie Augenblicke später *ihren* Song aus dem Grammophontrichter erklingen hörte. Sie bekam eine Gänsehaut. Ungläubig sah sie Ebony an, während die Melodie seiner Komposition *Deep South Sally* das Zimmer füllte. Sie hatte plötzlich Tränen in den Augen und schämte sich der Zweifel, die sie manchmal in schlaflosen Nächten gequält hatten.
Sie fiel Ebony um den Hals und küßte ihn, was die Leute, die sich mit Tüten voller Flaschen in ihrer Wohnung drängten, zu lautem Johlen und Applaus veranlaßte. »Es ist wunderbar, Ebony!« sagte Sally unter Tränen. »Endlich hast du den Plattenvertrag, den du schon so lange verdient hast! Ich kann es gar nicht glauben. Warum hast du mir nichts davon erzählt? Ach, das ist jetzt auch ganz egal. Mein Gott, deine erste Schallplatte – und dann auch noch mit *Deep South Sally!*«

Ebony lachte stolz, während um sie herum die Champagnerkorken knallten und der Whiskey floß.
»Es ist eine tolle Aufnahme«, sagte Sally, als die Schellackplatte zum drittenmal lief. »Aber du spielst das Stück hier schneller als sonst. Irgendwie klingt das gar nicht nach deinem Horn und den *Wanderers.*«
»Das ist ja auch eine Aufnahme von *Cozy Tristano & The Silverbirds*«, sagte eine fremder Mann mit einer Löwenmähne neben Sally, bevor Ebony antworten konnte. »Der Bursche hat daraus einen heißen Kassenhit gemacht. Hättest an keinen besseren verkaufen können, Ebony.«
Sally erstarrte, und alle Freude in ihr erlosch. »Das ist gar keine Aufnahme von dir, Ebony? Du hast das Stück verkauft?«
»Ja, aber das verhält sich alles ganz anders, als du denkst«, sagte Ebony hastig und zog sie aus der lärmenden Party ins Schlafzimmer.
»Wie konntest du so etwas tun? *Deep South Sally* war mein Stück! Du hast es mir geschenkt!« Sie schrie ihn an, außer sich vor Zorn und Enttäuschung. »Und jetzt hast du es verkauft, verscherbelt für ein paar schnelle Dollars!«
»Was regst du dich so auf? Das war die einmalige Chance, bei *Helios Records* einen Fuß in die Tür zu bekommen. Die sind ganz scharf auf meine Kompositionen.«
»Aber sie nehmen sie mit anderen Bands auf!«
»Ich kriege bei denen schon noch meine Chance, da kannst du sicher sein. Die wissen, wie gut ich bin, denn sonst hätten sie mir kaum gleich zwanzig Stücke auf einmal abgekauft«, prahlte er.
»Du hast zwanzig deiner Kompositionen verkauft?«
»Ja.« Er grinste breit.
»Und mit wieviel Prozent bist du am Verkauf beteiligt?«
Er machte ein dummes Gesicht. »Prozente? Bei *Helios Records* gibt es keine Prozente. Ich habe ihnen die Stücke für zweihundert Dollar verkauft. Damit gehören sie ihnen. Basta!«
»Steht denn wenigstens dein Name als Komponist auf der Platte?«
Ebony wich ihrem Blick aus. »Nein, ich habe nun mal alle Rechte verkauft. Das war so abgemacht. Aber ich verstehe gar nicht, warum du so einen Zirkus veranstaltest, statt dich zu freuen, daß ich endlich mal Geld verdiene. Was macht es schon, daß nirgendwo mein Name steht und andere groß Kasse machen. Ich schreibe

einfach neue Stücke, und wenn ich meine eigenen Plattenaufnahmen mache ...«

Sally wurde ganz elend zumute, und dann flammte unbeherrschte Wut in ihr auf. »Du Idiot! Wie kannst du bloß so einfältig sein und Kompositionen für zehn Dollar das Stück verkaufen, die dich eines Tages berühmt gemacht hätten! Meisterwerke gelingen einem nicht am Fließband. Aber du hast sie für ein Butterbrot verscherbelt. Vermutlich hast du Geld gebraucht, um dir Stoff zu besorgen!« schrie sie ihn an.

Er ohrfeigte sie mit dem Handrücken, so daß sie gegen die Anrichte taumelte. »Halt dein Maul! Ich habe genug von deinen dreckigen Lügen!« brüllte er zurück. »Du bist ja nur neidisch auf meinen Erfolg, weil du nichts weiter als primitive Geschichten für diese billigen Heftchen zustande bringst! Ich kann tausend Stücke schreiben, die so gut wie dieses blöde *Deep South Sally* sind.«

Sally brannte die Wange, doch der Schmerz in ihrem Herzen brannte noch stärker. »Ich habe genug von dir, Ebony! Mach mit deinem Leben, was du willst! Verhökere dein Talent nur für ein paar schnelle Scheine an clevere Studiobosse und spritz dich mit dem Geld zu Tode, wenn es das ist, was du mit deinem Leben anfangen willst!«

Sie lief in die Küche, riß die Platte vom Grammophon und zerbrach sie über dem Knie. Die Scherben warf sie Ebony vor die Füße. Dann stürzte sie aus der Wohnung, entschlossen, sich von ihm zu trennen.

Sie verbrachte die Nacht bei Pearl, die sie in ihrem Vorhaben, Ebony zu verlassen, bestätigte. Als sie am nächsten Vormittag in ihre Wohnung zurückkehrte, um ihre persönlichen Sachen zu holen, erstarrte sie, so wüst sah es dort aus. Sie fiel fast über die vielen leeren Flaschen und Gläser, die überall am Boden herumlagen. Alles war von Zigarettenasche, Kippen und Essensresten verdreckt, und mitten im Durchgang zum Schlafzimmer hatte sich jemand erbrochen. Es stank entsetzlich.

Sie fand Ebony nackt auf dem zerwühlten Bett. Er lag auf dem Rücken. Seine Haut glänzte vor Schweiß, und seine Brust war von Erbrochenem verschmiert. Auf dem Laken neben seinem linken Arm lag eine Spritze.

Mit glasigen Augen sah er sie an. »Ich wußte ... daß du zurückkommst«, sagte er mit abgehackter, heiserer Stimme. »Du und ich ... wir gehören ... doch zusammen, Sally. Und ich brauche dich ... Ja, ich brauche dich ... Nur du kannst mir helfen, von dem ... Teufelszeug loszukommen. Es tut mir ... so leid wegen ... *Deep South Sally* ... Ich schäme mich so. Es war dein ... Lied ... Ich habe es dir gestohlen, für zehn Dollar. Verzeih mir ... und verlaß mich nicht! ... Bitte, Sally!« Eine Träne löste sich von seinem rechten Augenrand und lief über seine Wange.

Sally verzieh ihm und blieb.

Eine Woche später erwachte sie zum erstenmal mit einem heftigen Übelkeitsgefühl und mußte sich erbrechen. Nach dem fünften morgendlichen Erbrechen wußte sie, daß sie schwanger war. Es war der Tag von Henrys dreißigstem Geburtstag.

Sally rief Henry am späten Vormittag aus dem *Bohemian Club* an, wo sie dreimal in der Woche putzte. Sie teilte sich die Arbeit mit Augusta Fay, einer molligen Schwarzen, die von vier Männern mit vier Kindern sitzengelassen worden war und nachts zusätzlich als Klofrau im Club arbeitete. Augusta paßte auf, daß der Geschäftsführer Sally nicht beim Telefonieren überraschte.

»Er ist auf dem Weg zum Wettbüro, Kind. Du kannst jetzt in aller Ruhe deinen Anruf machen.«

Sally besaß Henrys Telefonnummer schon seit Jahren und kannte sie auswendig, hatte ihn aber noch nie angerufen, obwohl er sie in seinen Briefen mehr als einmal darum gebeten hatte. Aber sie hatte dieser Versuchung wohlweislich widerstanden. Doch an diesem Tag mußte sie seine Stimme hören. Ihre Hand zitterte, als sie seine Firmennummer wählte. Ob er an seinem Geburtstag überhaupt im Büro war?

Das Herz schlug ihr im Hals, als sie darauf wartete, mit ihm verbunden zu werden. Und dann drang seine Stimme an ihr Ohr: »Sally? Bist du es wirklich?« Er klang aufgeregt und voller Freude.

Seine Stimme war wie Balsam für ihre Seele. Sie lächelte unwillkürlich und vergaß für einen Moment, was sie bedrückte. »Bist du überrascht, Henry?«

»Überrascht ist gar kein Wort!« versicherte er. »Endlich höre ich wieder einmal deine Stimme. Du hättest mir kein schöneres Geschenk machen können.«

»Das paßt doch wunderbar, oder hast du vielleicht geglaubt, ich hätte vergessen, was für ein Tag heute ist? Herzliche Glückwünsche

zu deinem dreißigsten, Henry, und dir und deiner Familie alles nur denkbar Gute und Schöne!«
»Danke, Sally.« Er wirkte gerührt.
»Wie fühlt man sich denn so – dreizehn Jahre nach Spindletop? Erinnerst du dich noch an deine erste Nacht bei ›Holy‹ Hodger im Barbiersessel? Ich schätze, die heutige Nacht wird dich etwas mehr als siebzig Cent kosten.«
Er lachte. »Und ob ich mich erinnere, Sally! Als wäre es erst gestern gewesen. Ganz besonders erinnere ich mich an ein Mädchen mit Knickerbockerhosen und Ballonmütze, dem ich eine Menge zu verdanken habe.«
»Und das dich wie alle anderen ausgelacht hat, als du prophezeit hast, daß du es vom Latrinenboy zum Millionär schaffen würdest.«
»Du hast nie über mich gelacht, Sally.«
»Nein«, gestand sie. »Und nun hast du dieses scheinbar unmögliche Ziel nicht nur erreicht, sondern längst weit hinter dir gelassen. Du weißt, daß mir Geld nie besonders viel bedeutet hat, aber ich bewundere dich für das, was du in den Jahren auf die Beine gestellt hast.«
»Ich habe einfach mehr Glück als andere gehabt«, wehrte er ab. »Ich war im richtigen Moment zur rechten Stelle und hatte gerade dann die besten Ideen. Außerdem hatte ich immer Freunde als Berater, auf die ich mich verlassen konnte.«
»Du hast nie auf den Zufall gewartet, Henry. Ob das die Sache mit *Broderick & Maynard*, mit Penrose Hill, mit Harvard oder mit Leona Blair gewesen ist, du hast nicht auf eine glückliche Fügung gewartet, sondern du hast den Lauf der Ereignisse in die Richtung gezwungen, in die du ihn haben wolltest. Und ich denke, daß du deine Geschäfte heute nicht anders führst.«
Henry lachte halb geschmeichelt, halb verlegen. »Genug davon! Erzähl mir lieber, wie es dir und Ebony geht!« Er zögerte kurz. »Du bist doch noch mit ihm zusammen, nicht wahr?«
»Ja. Uns geht es bestens.« Etwas schnürte ihr Herz und Kehle zu. Bist du noch mit Leona Blair zusammen, Henry? dachte sie. Und lügst du mich vielleicht auch so an, wie ich dich anlüge? Natürlich! Jeder war in seiner eigenen Welt gefangen. Und nichts wäre dümmer und sinnloser gewesen, als ihm die Wahrheit zu sagen und ihm zu offenbaren, wie es wirklich in ihrem Leben und ihrem Herzen aussah. Und deshalb fuhr sie mit falscher Fröhlichkeit und Zuver-

sicht fort: »Die Leute von *Helios Records* sind von Ebonys Kompositionen ganz begeistert. Sie haben schon zwanzig aufgekauft und nehmen sie nun auf Platte auf.«

»Das ist ja wunderbar!«

Nichts ist wunderbar, dachte Sally bitter. Es ist alles Fassade, Lüge.

»Und wie kommst du mit dem Schreiben voran?«

»Ich fang' bald mit meinem ersten richtigen Roman an. Ich warte nur noch, bis Ebony etwas fester im Sattel sitzt und ich diese elende Lohnschreiberei aufgeben kann.«

»Das sind ja wirklich gute Nachrichten, Sally!«

»Ja, nicht wahr?« Sie preßte den Hörer gegen ihr Ohr und biß sich auf die Lippen, um nicht damit herauszuplatzen, daß nichts stimmte, daß sie schwanger war und sich in einer ausweglosen Falle fühlte, daß sie verzweifelt war wie nie zuvor und sich nach ihm sehnte.

»Sally? ... Sally, bist du noch da?«

»Ich muß aufhören und zurück an die Arbeit, Henry!« stieß sie hastig hervor. »Nochmals alles Liebe zu deinem Geburtstag! Grüß Ted, Lee und Merrill von mir – und paß gut auf dich auf!«

»Ja, du auch, Sally«, sagte er widerstrebend. »Schade, daß du schon Schluß machen mußt! Kann ich dich vielleicht gelegentlich unter irgendeiner Nummer anrufen? Oder ...«

Sie ahnte, was er sie fragen wollte. Er wollte sie wiedersehen, so wie sie ihn. Doch das durfte nicht sein. Und schnell fiel sie ihm ins Wort.

»Nein, aber sowie ich wieder etwas mehr Zeit habe, schreibe ich dir. Mach es gut, Henry!« Hastig hängte sie den Hörer ein.

Als Augusta wenig später ins Büro des Geschäftsführers kam, in dem das Telefon stand, saß Sally weinend am Schreibtisch, das Gesicht in die Hände vergraben.

Augusta legte ihr einen Arm auf die zuckenden Schultern. »Ist es so schlimm?« fragte sie. »Was quält dich, Kind?«

Sally schluchzte noch einmal und hob dann den Kopf. »Ach, nur ein paar dumme Schatten der Vergangenheit«, sagte sie, als wäre alles gar nicht so schlimm, und wischte sich die Tränen vom Gesicht.

Augusta nickte mitfühlend. »Ich weiß, wovon du redest, Sally. Anders als die Männer, die von Treue nichts mehr wissen wollen, wenn sie ihren Spaß mit uns gehabt haben, hält die Vergangenheit unverbrüchlich zu einem. Frag mich nicht, welchen Sinn das macht. So ist das Leben nun mal. Und nun laß uns die Bühne putzen!«

Fünftes Kapitel

Es war bald nach der Begegnung mit Sally im *Rose Blush* gewesen, nach der vorweihnachtlichen Aufführung der *Zauberflöte.* Henry stand schon beim Wagen, als Leona ihn warten ließ, um ein paar Worte mit Richard Banks zu wechseln. Seit jener Silvesternacht vor acht Jahren hatte sie nicht mehr mit ihm gesprochen. Richard Banks war noch immer unverheiratet und hatte sich in all den Jahren seinen Ruf als der bestaussehende und bestgekleidete Junggeselle bewahrt.

Henry hörte seine Frau amüsiert auflachen und bewahrte einen unbeteiligten Gesichtsausdruck. Er wußte, daß Leona ihn mit ihrem Verhalten kränken und in Wut bringen wollte, doch er ließ sich nichts anmerken, auch nicht als Leona endlich kam und sie nach Hause fuhren. Er erwähnte Richard Banks mit keinem Wort. Nicht einmal ihr aufreizendes Lächeln konnte ihn provozieren.

Er bedauerte, daß er sich dazu hatte hinreißen lassen, diesen affektierten Innenarchitekten niederzuschlagen und Leona derart häßliche Worte an den Kopf zu werfen. Nichts wünschte er sich mehr, als sich mit ihr auszusöhnen, schon um der Kinder willen. Denn Catherine und Alexander spürten sehr wohl, wie angespannt und kühl die Beziehung ihrer Eltern war. Doch Leona reagierte nicht auf seine Zeichen der Versöhnungsbereitschaft. Er fand ihr Schlafzimmer nachts verschlossen vor, und tagsüber ging sie einer Aussprache systematisch aus dem Wege.

»Frauen sind nun mal ein Buch mit sieben Siegeln«, tröstete ihn Jonathan, dem Henry kurz vor dem Weihnachtsfest sein Leid klagte. »Wenn sie ihre Tour haben, muß man sie lassen. Das war immer meine Devise, wenn Margaret Schwierigkeiten machte. Tja, und der Apfel fällt nicht weit vom Baum, mein Junge. Aber Leona wird schon wieder zur Vernunft kommen. Junge Pferde von edler Rasse neigen nun mal zu nervöser Anfälligkeit und Überreaktion. Das wächst sich mit den Jahren aus. Kümmere du dich nur um deine Geschäfte und sieh zu, daß Leona wieder schwanger wird, dann kommt schon alles in Ordnung.«

Diesmal fand Henry die Ratschläge seines Schwiegervaters enttäuschend niveaulos, um nicht zu sagen dümmlich. Frauen mit Pferden zu vergleichen und darauf zu vertrauen, daß Probleme sich mit den Jahren »auswuchsen«, zeugte von einer ebenso großen Arroganz wie gefühlsmäßigen Oberflächlichkeit gegenüber der eigenen Ehefrau wie auch der Tochter. Und daß ein drittes Kind die Lösung ihrer ehelichen Probleme bringen sollte, einmal ganz davon abgesehen, daß Leona kein weiteres Kind mehr wollte, fegte Henry in Gedanken als Unsinn und Altmännergeschwätz beiseite.

»Ja, irgendwie kommt schon alles in Ordnung, Jonathan«, sagte er bedrückt, wollte aber die Hoffnung nicht aufgeben und machte Leona zu Weihnachten Geschenke, deren Kostbarkeit sein schlechtes Gewissen und seinen Wunsch nach Versöhnung widerspiegelten. Leona lächelte huldvoll und bedankte sich mit einem Kuß, doch ihre Lippen waren kalt und ihre Schlafzimmertür blieb weiterhin verschlossen.

Die Freude der Kinder machte für Henry die Weihnachtstage erträglich. Catherine hatte ein mannshohes Puppenhaus bekommen und spielte nun die Herrin eines vornehmen Hauses. Alexander mußte die Rolle des Butlers übernehmen, was er auch mit großer Begeisterung tat. So etwas wie Streit zwischen ihnen gab es nur am ersten Weihnachtstag.

»Du hast wieder so viele neue Puppen bekommen. Schenkst du mir jetzt die Holländerin?« hörte Henry seinen Sohn erwartungsvoll fragen, als er an ihrem Spielzimmer vorbeikam, und blieb unwillkürlich stehen.

»Welche Holländerin?«

»Na, du weißt schon, die Puppe mit den beiden Zöpfen, mit der du schon seit langem nicht mehr spielst.«

»Hast du vergessen, was Miss Welsh dir mehr als einmal gesagt hat?« fragte Catherine altklug. »Jungen spielen nicht mit Puppen, sondern mit Bauklötzen, Zinnsoldaten und Eisenbahnen!«

»Aber du läßt mich doch immer mitspielen, und hier im Puppenhaus bin ich doch auch der Butler!«

»Das ist etwas anderes, weil es mein Puppenhaus ist und du mein Diener bist«, erklärte Catherine rechthaberisch. »Und jetzt laß uns weiterspielen! Ich will eine große Gesellschaft geben für die Damen vom Komitee ...«

»Aber wenn du doch nicht mehr mit der Holländerin spielst, Cathy, kannst du sie mir dann nicht schenken?« bat Alexander eindringlich.

»Nein, nein und noch mal nein! Die Puppe gehört mir, und ich bestimme, was mit ihr geschieht«, rief Catherine ärgerlich. »Sie ist alt und häßlich, und darum werde ich sie wegschmeißen!«
Henry sah, wie seine Tochter in ihrem himmelblauen Seidenkleid mit den zartrosa Schleifen aufsprang, zum Schrank lief und eine Puppe unter einem Berg von Spielsachen hervorzerrte.
»Nein, tu es nicht!« schrie Alexander entsetzt auf und stürzte zu ihr. Es war zu spät. Mit einer gehässigen und zugleich triumphierenden Gebärde riß Catherine der Puppe den Kopf ab. Sie warf die beiden Teile in den Papierkorb und stellte sich davor.
Alexander schlug nach ihr und stieß mit tränenerstickter Stimme hervor: »Das ist gemein, Cathy! Sie hat dir doch nichts getan? Warum hast du sie kaputtgemacht?«
»Weil sie mir gehört und ich deshalb mit dieser blöden Puppe tun kann, was ich will«, antwortete sie schnippisch. »Und sag nicht immer Cathy zu mir! Cathy ist der Name eines Zimmermädchens mit Pickeln im Gesicht, und habe ich vielleicht Pickel? Mein Name ist Catherine. Und jetzt komm gefälligst wieder zum Puppenhaus! Ich muß Vorbereitungen für meine Gesellschaft treffen.«
Alexander schüttelte den Kopf und begann zu weinen. Henry wollte schon eingreifen, hielt sich jedoch weiterhin zurück. Sie waren Geschwister und mußten lernen, miteinander auszukommen.
»Alte Heulsuse!« machte Catherine sich über ihren Bruder lustig. Doch als er nicht zu weinen aufhörte und partout nicht mit ihr spielen wollte, da besann sie sich eines anderen. Sie holte Rumpf und Kopf der Holländerinpuppe aus dem Papierkorb und drückte ihm beides in die Hände. »Hier hast du deine blöde Holländerin! Sie gehört dir.«
Alexander hörte sofort zu weinen auf. Ein glückliches Lächeln trat auf sein Gesicht. »Wirklich? Ehrenwort?«
Catherine seufzte und fügte gnädig hinzu: »Ich werde Miss Welsh sogar bitten, ihr den Kopf wieder anzunähen. Dann ist sie wieder wie neu. Aber jetzt komm endlich zum Puppenhaus und laß uns weiterspielen!« Und mit veränderter, gezierter Stimme, mit der sie ihre Mutter imitierte, fuhr sie fort: »Ich kann es auf den Tod nicht ausstehen, Vorbereitungen für eine Gesellschaft in letzter Minute zu treffen, Walter.«
»Jawohl, Ma'am, ganz wie Sie wünschen«, fiel Alexander sofort in

die Rolle des Butlers, die kaputte Puppe an seine Brust gepreßt. »Erlauben Sie mir, Ihnen einige Umschläge zu verbreitern, Ma'am?«
»Das heißt Vorschläge«, verbesserte Catherine ihren Bruder ungehalten und von oben herab. »Und die ›verbreitert‹ man nicht, sondern der Butler unterbreitet sie der Herrschaft. Mach das noch mal, Alex!«
»Jawohl, Ma'am«, sagte ihr Bruder gehorsam.
Henry verkniff sich ein Lächeln und zog sich unbemerkt zurück. Catherine war ihrer Mutter nicht nur wie aus dem Gesicht geschnitten, sondern benahm sich auch schon ganz wie sie, was ihm in mancher Hinsicht nicht nur Vergnügen, sondern auch Sorgen bereitete. Und Alexander? Wem glich bloß sein Sohn? Im Aussehen wohl eher ihm, aber wohl kaum im Verhalten. Immerhin hatte er sich gerade durchgesetzt und erreicht, was er sich in den Kopf gesetzt hatte – auch wenn Henry nicht die Art gefiel, mit der Alexander das geschafft hatte, und noch weniger der Anlaß. Eleanor Welsh hatte wie so oft recht: Eine Puppe war kein passendes Spielzeug für einen Jungen. Aber Alexander war noch klein, und wenn er erst einmal in die Schule kam und mit anderen Jungen zusammen war, würde sich alles von selbst geben. Im Gegensatz zu den Problemen, die Leona und er hatten.

Im Februar luden Wesley und Lana Meredith das Ehepaar Maynard zu ihrem traditionellen Kostümball ein. Als Einzelkinder und Erben großer Familienvermögen gaben Wesley und Lana sich seit zwei Jahrzehnten alle nur erdenkliche Mühe, wenigstens einen kleinen Teil ihres Vermögens unter die Leute zu bringen.
Unter den fast vierhundert kostümierten Gästen befand sich auch Richard Banks. Er hatte sich als Harlekin verkleidet und das Gesicht bunt bemalt. Deshalb erkannte Henry, der das Kostüm eines Musketiers trug, ihn auch erst weit nach Mitternacht, als Richard Banks am Rand der Tanzfläche bei der bildhübschen ägyptischen Haremsdame stand, die Henrys Frau war.
Nach den Wochen stillschweigenden, aber frostigen Waffenstillstandes ertrug Henry es nicht, Leona ausgerechnet mit Richard Banks zusammen zu sehen. Schnurstracks und mit einer dumpfen Wut im Bauch ging er zu den beiden hinüber.
»Oh, da ist ja auch dein Mann, Leona, der jüngste unserer Ölbaro-

ne!« sagte Richard spöttisch und mit einer lässigen Neigung des Kopfes. »Ein tapferer Musketier des Königs. Sie haben sich Ihr Kostüm wirklich trefflich gewählt, Mister Maynard. Wenn Sie so weitermachen, schlägt man Sie bestimmt noch zum Ritter der Ölfelder.«
Leona lächelte belustigt.
»Sparen Sie sich Ihre faden Witze, Mister Banks!« erwiderte Henry schroff.
»Das ist meine Rolle, wie Sie sehen«, gab Richard mit einem unverschämt breiten Grinsen zurück, als könne Henrys grober Ton seine gute Laune nicht trüben.
»Für die Rolle des Harlekins fehlt Ihnen der Charakter, Mister Banks!« fuhr Henry ihn barsch an. »Und nehmen Sie ein für allemal zur Kenntnis, daß ich Ihnen verbiete, meine Frau anzusprechen oder sonstwie zu belästigen.«
»Henry!« rief Leona scharf und empört. »Woher nimmst du das Recht, so mit einem alten Freund meiner Familie zu reden?«
»Die Tatsache, daß ich dein Ehemann bin, gibt mir das Recht«, erwiderte Henry mühsam beherrscht.
»Ich wußte gar nicht, daß bei der Eheschließung dem Mann auch gleich eine Besitzurkunde über die Frau ausgehändigt wird«, sagte Richard Banks mit beißendem Spott. »Vielleicht sollte ich meine Einstellung zur Ehe noch einmal gründlich überdenken, was meinen Sie, Mister Maynard?«
Henry funkelte ihn an. »Scheren Sie sich zum Teufel, Banks!«
Dieser verzog die Lippen zu einem spöttischen Lächeln. »Wenn ich ein Musketier wie Sie wäre, müßte ich Sie jetzt wohl zum Duell im Morgengrauen auffordern, nicht wahr? Aber als Harlekin kann ich es mir erlauben, Sie billig davonkommen zu lassen.« Er machte ihm eine lange Nase und streckte ihm die Zunge heraus.
Henry ballte die Fäuste.
»Wage es ja nicht, Henry!« zischte Leona und trat zwischen die beiden Männer. Ihr Blick war kalt und stechend. »Richard hat mich nicht belästigt. Untersteh dich also, einen Skandal vom Zaun zu brechen! Versuch dich gefälligst so zu benehmen, wie es in unseren Kreisen üblich ist!«
Henry starrte sie an. Dann drehte er sich wortlos um und begab sich an die Bar, ohne noch einmal umzuschauen. Falls Leona jetzt aus Wut mit Richard Banks tanzte, wollte er es nicht sehen.

An der Bar kippte er in einer halben Stunde vier doppelte Brandy hinunter, ohne eine lindernde Wirkung des Alkohols zu spüren. Daraufhin verließ er den Kostümball, nachdem er Leona eine Nachricht hinterlassen hatte, daß er eine Mietdroschke genommen habe und Frank Lloyd mit dem Rolls-Royce zu ihrer Verfügung stehe.
Henry wartete in Leonas Schlafzimmer auf die Rückkehr seine Frau. Er schaltete nur eine kleine Leuchte im Bad an, ließ die Tür einen Spalt offenstehen und setzte sich im halbdunklen Zimmer in einen der kleinen Polstersessel. Diese Nacht würde sie ihn nicht aussperren. Er war müde, innerlich aber zu aufgewühlt, um im Sessel einzuschlafen. Leona kam früher, als er erwartet hatte. Schon eine knappe Stunde nach seiner Ankunft hörte er sie das Haus betreten.
Sie erschrak, als sie ihn im Halbdunkel ihres Zimmers bemerkte. »Was hast du hier zu suchen?« fragte sie scharf und machte alle Lichter an.
Er verkniff es sich, darauf zu antworten, daß er dieses Haus an der Fifth Avenue vor drei Jahren gekauft hatte, nachdem ihr ihre Residenz an der 23rd Street nicht mehr standesgemäß genug erschienen war. Und er unterließ es auch, sie daran zu erinnern, daß sie seine Ehefrau war und ihm an ihrem Hochzeitstag Treue und Gehorsam geschworen hatte.
»Wir müssen miteinander reden«, sagte er.
»Ich wüßte nicht, was es nach dem, was du dir heute wieder erlaubt hast, noch zu reden gäbe«, erwiderte sie spitz und zerrte sich das Haremsdamenkostüm vom Leib. »Dein unmögliches Verhalten hat für sich gesprochen.«
Er zwang sich, ruhig zu bleiben. »Du hast mich provoziert, Leona.«
»Und du hast mich gedemütigt. Und das nicht nur heute«, fauchte sie ihn an.
Im seidenen Unterrock, der ihren noch immer erregend schlanken Körper umfloß, stand sie vor ihm. Er war des Streitens müde und sehnte sich nach Frieden, nach Harmonie und Zärtlichkeit. Offen sah er sie an. »Leona, ich möchte dich weder demütigen noch kränken, schon gar nicht absichtlich.«
»Das hast du aber getan«, warf sie ihm vor.
»Dann tut es mir leid«, sagte er. »Doch bewußt getan habe ich es nicht. Denn ich möchte dich glücklich sehen. Du bist meine Frau und ... ich liebe dich, Leona.«

Sie stand ganz still und sah ihn verwundert an. Es war einen Moment ganz ruhig im Raum.
Henry erhob sich und trat zu ihr. »Ich möchte, daß wir aufhören, uns gegenseitig wehzutun, Leona«, sagte er mit leiser, eindringlicher Stimme. »Wir waren doch früher so glücklich.«
Leona biß sich auf die Lippen.
Er legte ihr seine Hand auf die nackte Schulter und ließ sie an ihrem Arm in einer Geste zärtlicher Berührung und Liebkosung hinuntergleiten. »Laß uns die Verstimmungen und den Groll der letzten Zeit vergessen, Leona! Laß uns einander verzeihen und uns auf unsere Ehe, unsere Familie ... und unsere Liebe besinnen!«
Leona schluckte. »Ich werde darüber nachdenken, Henry.« Ihr Blick ging zu seinem Gesicht hoch, zuckte jedoch schnell wieder zurück.
Er wartete noch einen Moment. Dann ließ er ihren Arm los und nickte. »Ja, tu das«, erwiderte er, und das Sprechen fiel ihm schwer. »Eine gute Nacht, Leona!«
»Dir auch, Henry!« sagte sie mit belegter Stimme.
Leise zog er die Tür hinter sich ins Schloß. Als er in seinem Bett lag, ließ ihn die verrückte Hoffnung nicht los, daß Leona zu ihm kommen und sich an ihn schmiegen würde, um ihre Versöhnung mit einem Akt der Leidenschaft zu besiegeln. Doch Leona kam nicht.

Immerhin kehrte nach dieser Nacht wieder mehr Freundlichkeit und gegenseitige Rücksichtnahme in ihre Ehe zurück. Leona gab ihre abweisend kühle Distanz auf und redete wieder mit ihm, ohne die Unterhaltung mit giftigen Pfeilen zu spicken. Sie zeigte sogar zunehmend Wärme und Anteilnahme und lachte auch wieder in seiner Gegenwart. Es war, als habe auch sie sich entschlossen, die häßlichen Szenen und Zerwürfnisse der letzten Zeit zu überwinden und alle Anstrengungen zu unternehmen, ihre Ehe zu retten und sich auf das Schöne und Gemeinsame zu besinnen, das es in ihrem Leben gab.
Henry wartete eine Woche. Dann klopfte er eines Nachts an ihre Schlafzimmertür. Er fand sie unverschlossen und Leona bereit, auch diesen letzten Schritt der Versöhnung zu tun. Stumm schlug sie die Bettdecke zurück. Nackt lag sie vor ihm.
»O Leona, du bist noch genauso wunderschön und begehrenswert

wie in unserer Hochzeitsnacht«, flüsterte er, streifte seinen Pyjama ab und legte sich zu ihr. »Ich werde nie aufhören, dich zu lieben und zu begehren.«

Sie lachte leise auf. »Das will ich dir auch geraten haben«, erwiderte sie. »Und jetzt komm!«

Es war kein Akt wilder, verzehrender Leidenschaft, sondern eine eher sanfte Vereinigung von zwei Menschen, die miteinander vertraut waren und sich lustvolle Befriedigung zu verschaffen wußten, ohne dabei Phantasie und Körper übermäßig anstrengen zu müssen.

Als Leona eingeschlafen und Henry wieder in sein Zimmer zurückgekehrt war, wehrte er sich gegen das Gefühl der Enttäuschung, das wie ein Schatten über seiner Freude lag, daß zwischen seiner Frau und ihm nun wieder alles in Ordnung war.

Aber war es das wirklich?

Entsprach es der Natur der Menschen, daß von ihrem einst so verzehrenden Feuer der Liebe nach sieben Jahren Ehe nur noch eine bescheiden wärmende Glut zurückblieb?

Die Aussöhnung hielt keine zwei Wochen an. Schon Anfang März zerbrach der Frieden in einem erbitterten Streit. Auslöser waren die Vorbereitungen der Feier seines dreißigsten Geburtstags. Leona plante ein großes Fest mit über hundert Gästen, doch Henry wollte den Tag nur im Kreis seiner alten Freunde aus Spindletop begehen.

»Wenn du so versessen darauf bist, ein großes Fest zu veranstalten, dann mach das meinetwegen am Wochenende! Aber an meinem Geburtstag will ich diesen Rummel nicht. Diesen besonderen Tag habe ich dieses Jahr einmal ganz allein für meine alten Freunde reserviert – und das hat seine Gründe.«

»Und die wären?«

Er lächelte. »Du wirst dich schon bis zu meinem Geburtstag gedulden müssen.«

Leona war nicht gerade erfreut darüber, aber die Aussicht auf ein zweites, repräsentatives Fest wenige Tage später besänftigte sie. Und so sagte sie einlenkend: »Also gut, wenn dir so viel daran liegt, auch diesen Tag mit Ted, Lee und Merrill zu verbringen, soll es mir recht sein. Ich bin jetzt schon gespannt, mit welch geistreichen Bemerkungen Janice und Betty die Tischgesellschaft diesmal beglücken werden«, fügte sie sarkastisch hinzu. Sie hatte die beiden Frauen einmal »so anregend wie Baldrian und so gewöhnlich wie Putzlappen« beschrieben und sah mit Verachtung auf deren nicht immer erfolgreiche Bemühungen herab, in der Gesellschaft, in die sie durch ihre Heirat aufgestiegen waren, nicht allzusehr aufzufallen und anzuecken.

Henry wußte, wie Janice und Betty sich auf einer großen Dinnergesellschaft fühlten. Das war mit ein Grund gewesen, warum er seinen dreißigsten Geburtstag nur im Kreis der alten Freundesclique begehen wollte.

»Übrigens habe ich auch Noah und seine Frau Sarah eingeladen«, kam er dann auf den wirklich kritischen Punkt zu sprechen.

»Ausgeschlossen!« wehrte Leona mit scharfer Stimme ab. »Nigger kommen mir nicht ins Haus, höchstens als Personal durch den Dienstboteneingang!«

»Rede nicht solchen Unsinn! Du solltest dich schämen, einen Mann wie Noah Nigger zu nennen!« fuhr er sie erbost an. »Er ist ein Gentleman, an dem sich viele weiße, angebliche feine Herren ein Beispiel nehmen könnten.«

»Ein Nigger ist und bleibt ein Nigger«, beharrte Leona. »Und mit Niggern verkehren wir Blairs nicht.«

»Du bist eine Maynard, Leona. Und es wird allmählich Zeit, daß du deine lächerlichen Vorurteile und deine Arroganz über Bord wirfst. Ich will dieses häßliche Schimpfwort nicht mehr hören. Du disqualifizierst dich damit nur selbst. Nicht die Hautfarbe macht den Menschen, sondern was er im Kopf und vor allem was er im Herzen hat«, wies er sie wütend zurecht.

Sie funkelte ihn zornig an. »Wenn du dich in der Firma oder auf den Ölfeldern mit Schwarzen gemein machst, soll es mir egal sein. Daß du für den Pöbel eine Schwäche hast, ist mir nicht neu. Aber ich lasse nicht zu, daß Nig… daß Schwarze als Gäste in mein Haus kommen«, erwiderte sie mit schriller Stimme. »Und an meiner Dinnertafel nehmen sie schon gar nicht Platz!«

»An meiner schon!« entgegnete Henry nicht weniger heftig. »Noah ist ein genauso guter und alter Freund von mir wie Ted, Merrill und Lee. Außerdem sind wir Geschäftspartner. Noah und seine Frau sind eingeladen, und sie werden zu meinem Geburtstag in meinem Haus willkommen sein.«

»Niemals!« schrie sie ihn an. »Nicht mit mir!«

»O doch, Leona! Du wirst mich bei meinen Freunden nicht bloßstellen, und ich lasse nicht zu, daß du mir vorschreibst, wen ich in unser Haus einladen darf und wen nicht!« herrschte er sie an. »Ich bin es leid, mir ständig anzuhören, wie gewöhnlich und bieder meine Freunde sind, während du deine ach so vornehmen und bewundernswerten Freunde in den Himmel lobst, obwohl du weißt, wie mies es bei vielen von ihnen hinter der glänzenden Fassade zugeht und welche Charakterlumpen sie in Wirklichkeit sind.«
Sie war blaß vor Wut. »Ich habe nicht nötig, mir deine Ausfälle und Verleumdungen noch länger anzuhören, Henry. Und wenn du diese Schwarzen in unser Haus holst, werde ich mich nicht aus meinem Zimmer rühren.«
Henry sah sie scharf an. »Ich bin immer bereit gewesen, deinen Wünschen nachzukommen, wenn ich gewußt habe, daß sie dir viel bedeuten, auch wenn ich das persönlich anders gesehen habe. Ich bin heute noch der Überzeugung, daß wir kein eigenes Sommerhaus in Newport brauchen und Ferncliff eine sündhaft teure Verschwendung ist«, sagte er scheinbar ohne jeden Zusammenhang. »Manchmal, in Augenblicken wie diesem, bin ich sehr geneigt, das Haus wieder zu verkaufen.«
Sie verstand und wurde noch um eine Spur blasser. »Wie kannst du nur so schäbig sein! Das ist Erpressung!« stieß sie voller Abscheu hervor.
»Aber wenn du mir drohst, in deinem Zimmer zu bleiben und mich an meinem Geburtstag vor meinen Freunden bloßzustellen, wenn ich mich nicht deinen Wünschen unterordne, dann ist das keine Erpressung, ja?« hielt er ihr aufgebracht vor, entschlossen, in diesem Fall nicht nachzugeben. »Nein, Leona, so läuft das Spiel nicht. Wenn du nicht allen meinen Freunden ein Minimum an Höflichkeit und Gastfreundschaft entgegenbringst, werde ich Ferncliff verkaufen. Also, überlege dir gut, was du tust!«
Sie hatte Tränen ohnmächtiger Wut in den Augen, und ihre Lippen zitterten. »Also gut, sollen sie kommen! Aber das verzeihe ich dir nie!« stieß sie mit rauher Stimme hervor und stürzte aus dem Zimmer. Sie warf die Tür hinter sich zu, daß der Knall bis unter das Dach zu hören war.
Henrys Zorn wich augenblicklich tiefer Niedergeschlagenheit. Er hatte sich durchgesetzt, doch zu welchem Preis? Er hatte einen

Pyrrhussieg errungen. Seine Verluste waren größer als das, was er durch den Sieg gewann. Dennoch hatte er nicht anders handeln können. Wenn er anfing, seine Freunde zu verraten und zu verleugnen, wie sollte er dann noch in den Spiegel schauen können, ohne sich zu schämen? Es war schon schlimm genug, daß er Sally nicht einladen konnte.
Sally!
In dieser Nacht träumte er von Leona. Es war ein schrecklicher Alptraum. Als er Stunden vor dem Morgengrauen aus diesem aufschreckte und nicht wieder einschlafen konnte, dachte er über seine Träume nach. Er erinnerte sich daran, daß er früher nie von Leona geträumt hatte, nicht einmal in jener Zeit, als er offiziell mit ihr verlobt gewesen war. Wie sehr er Leona begehrt und dem Tag ihrer Hochzeit auch entgegengefiebert hatte, so war sie ihm doch nie in seine Träume gefolgt. Geträumt hatte er immer nur von Sally. Doch seit einigen Jahren hatte sich das geändert: Nun beherrschte Leona seine nächtlichen Träume, während sich Sally tagsüber immer öfter in seine Gedanken schlich.

Leonas eisiger Glückwunsch am Morgen seines Geburtstages hatte es Henry ratsam erscheinen lassen, ihr besser aus dem Weg zu gehen und sich bis zum Nachmittag in seinem Firmenbüro aufzuhalten. An Arbeit mangelte es wahrlich nicht – auch ohne sein geheimes neues Projekt, von dem noch nicht einmal Merrill, Lee und Ted etwas ahnten.
Sallys Anruf war dann eine große Überraschung und eines der schönsten, weil von Herzen kommenden Geschenke des Tages. Ihre Stimme zu hören und mit ihr von alten Zeiten zu reden erfüllte ihn mit Wärme und Freude. Ihre Fröhlichkeit und ihr Witz waren Balsam für seine Seele, und wenn es nach ihm gegangen wäre, hätten sie Stunden miteinander telefoniert. Wie gerne hätte er ihr sein Herz ausgeschüttet, ihr von seinen Eheschwierigkeiten erzählt und sie um Rat gebeten. Aber er wollte sie nicht mit seinen Sorgen, nicht mit seiner unglücklichen Ehe belasten. Was sollte sie auch dazu sagen, wo sie doch offensichtlich mit Ebony so glücklich zusammenlebte. Ihr zu gestehen, daß er viel häufiger niedergeschlagen und verzweifelt war und daß er sie, Sally, schrecklich vermißte und sich nach ihr sehnte, hätte sie doch bloß in eine unangenehme, ja peinliche Lage versetzt.

Nein, es war richtig, sie im Glauben zu lassen, daß er in seiner Ehe so glücklich war wie sie mit ihrem Musiker, der ihren Worten nach wohl endlich den Durchbruch geschafft hatte und nun Plattenkarriere machen würde. Er gönnte es ihr von Herzen, auch wenn sich manchmal eine seltsame Mischung aus Schmerz und Neid in ihm regte, wenn er an Winton Ebony Fitzgerald dachte. Und als Sally ihr Gespräch sehr abrupt beendet hatte, starrte er das Foto vom Penrose Hill lange an und fragte sich wieder einmal, wieso gerade diesem Trompeter das unverschämt große Glück zuteil geworden war, Sally Tag und Nacht an der Seite zu haben? Und warum, zum Teufel noch mal, heiratete er sie nicht endlich?
Er lachte auf einmal spöttisch auf und sagte laut zu sich selbst: »Mach dir doch nichts vor, Latrinenjunge! In Wirklichkeit bist du ganz froh, daß sie noch nicht seine Ehefrau ist.« Und es war die Wahrheit. Der Gedanke an Sally Floyd, die mit einem schwarzen Musiker zusammenlebte, war immer noch leichter zu ertragen als der an eine Mrs. Sally Fitzgerald.

Als Henry am Nachmittag nach Hause kam, konnten Catherine und Alexander es nicht erwarten, ihm zu gratulieren und ihre Geschenke zu überreichen.
»Meins mußt du zuerst auspacken, Daddy!« verlangte Catherine aufgeregt, während Alexander geduldig hinter ihr wartete. »Ich habe alles allein ausgesucht, sogar das Band und das Geschenkpapier.«
Henry lächelte. »Du hast schon jetzt einen fast so exquisiten Geschmack wie deine Mutter«, lobte er sie.
Leona, die in der Tür stand, lächelte. Doch ihr Lächeln galt nicht ihm, sondern ihrer Tochter, die ihr ganzer Stolz und ihr Augapfel war. Und in diesem Augenblick durchzuckte ihn der besänftigende Gedanke, daß aus ihrer Ehe zumindest zwei wunderbare Kinder hervorgegangen waren; wenigstens das war ihnen gelungen.
»Gefällt sie dir, Daddy?«
»Sie ist wunderbar, mein Schatz!«
Catherine strahlte, als Henry sich bei ihr für die wunderbare Seidenkrawatte, die in dem Karton lag und aus einem der teuersten Modegeschäfte kam, mit zwei Küssen bedankte und ihr versicherte, daß dies von nun an seine Lieblingskrawatte sein würde.
»Und das ist von mir, Dad«, sagte nun Alexander und hielt ihm ein

kleines Paket hin, das ebenfalls hübsch eingepackt war. Und mit einer Mischung aus Stolz und Besorgnis fügte er hinzu: »Ich habe es selbst gebastelt, aber Mister Lloyd hat mir dabei geholfen.«
»O Gott!« Catherine verdrehte die Augen und meinte spöttisch: »Was kannst du denn schon basteln, Alex?«
»Du wirst es ja sehen!« antwortete ihr Bruder verunsichert und preßte die Lippen aufeinander.
Henry öffnete das Paket und entnahm ihm einen kleinen Kasten aus poliertem Mahagoniholz, in dessen Deckelmitte zwei Messingbuchstaben eingelassen waren: H M.
»Das hast du zusammen mit Mister Lloyd gebastelt?« fragte Henry erstaunt und gerührt. Denn obwohl man an den Kanten gleich sehen konnte, daß diese Box nicht aus einer professionellen Werkstatt stammte, war sie doch solide gearbeitet. Aber auch wenn sie völlig schief und krumm gewesen wäre, hätte er sich nicht weniger gefreut. Sicherlich kam Catherines Geschenk auch von Herzen, aber es war bezeichnend, daß sie unter Leonas Anleitung in einem teuren Geschäft ein besonders schönes Geschenk für ihn ausgewählt hatte, ohne vermutlich auch nur einen Gedanken an den Preis zu verschwenden, während Alexander vermutlich Stunden in Frank Lloyds Werkstatt zugebracht hatte, um etwas Eigenes als Geburtstagsgeschenk zu basteln. »Das ist ja nicht zu glauben, mein Junge!«
»Ja, das heißt ...« Alexander wurde rot im Gesicht und senkte den Kopf. »Eigentlich habe ich ihm nur geholfen.« Um dann aber schnell wieder eifrig hinzuzufügen: »Aber ich habe ihm gesagt, wie groß sie sein muß und wie sie ausschauen soll.«
»Eine Holzkiste? Wozu soll denn so etwas Primitives gut sein?« fragte Catherine verständnislos und mit einem Anflug von Gehässigkeit.
»Das ist eine Zigarrenschachtel für Daddys Schreibtisch«, erklärte Alexander mit roten Ohren.
Catherine lachte. »Aber was soll Daddy denn damit? Er hat doch schon eine, und das ist ein teures Stück aus der Madison-Collection!« rieb sie ihm unter die Nase. »Dagegen ist dieser primitive Holzkasten ...«
Henry fiel seiner Tochter rasch ins Wort, denn er sah, wie sich die Augen seines Sohnes mit Tränen füllten. »Nein, das stimmt nicht, Catherine. Das ist kein primitiver Holzkasten, sondern eine wunderschöne Handarbeit«, wies er sie mit sanftem Tadel zurecht. »Ich

freue mich genauso über diese Zigarrenschatulle, die dein Bruder mit Mister Lloyd geschreinert hat, wie ich mich über dein wunderschönes Geschenk freue. Keines ist mehr oder weniger wert. Man kann nun mal nicht Birnen mit Äpfeln vergleichen.«
Catherine war beleidigt und zog einen Schmollmund, war jedoch sofort wieder versöhnt, als Henry ihr versprach, ihre Krawatte sofort umzubinden.
Dann nahm Henry die Zigarrenkiste und ging in sein Arbeitszimmer. Alexander folgte ihm. Abwartend blieb er in der Tür stehen. Sein Gesicht trug einen skeptischen Ausdruck, als glaube er plötzlich selbst nicht mehr daran, daß sein Geschenk etwas taugte und gegen die teure Madison-Box bestehen konnte.
Henry setzte sich hinter seinen Schreibtisch und zwinkerte seinem Sohn zu. »Jetzt wollen wir doch mal sehen, wie gut du gemessen hast, Alexander.«
In stummer Anspannung und mit angehaltenem Atem sah sein Sohn zu, wie er den Deckel der edlen Madison-Box aufklappte und eine seiner langen, daumendicken Zigarren herausnahm und in die Holzschatulle legte.
»Paßt wie angegossen!« verkündete Henry.
Alexander atmete laut aus.
Henry leerte die Madison-Box, legte alle Zigarren in den Kasten seines Sohnes und stellte ihn an die Stelle, an der bisher die teure Zigarrenkiste gestanden hatte. Dann sah er seinen Sohn an und sagte: »So, da bleibt sie jetzt für immer stehen. Und ich denke, von nun an werden mir die Zigarren noch mal so gut schmecken.«
Ein seliges Aufleuchten ging über das Gesicht Alexanders, als hätte sein Vater ihm die Welt mit all ihren Schätzen geschenkt, und Henry schwor sich, niemals diesen glücklichen und von Kindesliebe erfüllten Ausdruck zu vergessen, mit dem sein Sohn ihn anstrahlte.

Leona hatte am Morgen und nach seiner Rückkehr am Nachmittag kaum mit ihm gesprochen. Sie ließ ihn deutlich spüren, daß sie sich von ihm zu etwas gezwungen fühlte, was sie aus tiefster Seele verabscheute, und daß sie ihm das nicht verzeihen würde. Als jedoch am Abend seine Freunde mit ihren Frauen eintrafen, verbarg sie ihre wahren Gefühle hinter einer Maske falscher Freundlichkeit und Gastfreundschaft. Henry konnte nicht umhin, ihr Bewunderung zu

zollen, so perfekt spielte sie ihre Rolle. Er allein wußte, wie viel Überwindung es sie kostete, Noah und Sarah zu begrüßen, ihnen die Hand zu reichen und sie willkommen zu heißen. Daß Leona sich danach sofort an Janice wandte und ihr ein Kompliment zu ihrem Abendkleid machte, dessen Schnitt wirklich nicht glücklich gewählt war, wollte Henry ihr großzügig nachsehen, zumal die Arme die gehässige Doppeldeutigkeit der Bemerkung ohnedies nicht bemerkte. Spitze Kommentare dieser Art waren auch in den Kreisen der High-Society gang und gäbe, aber eine dunkle Ahnung sagte Henry, daß Leona ihm und seinen Freunden an diesem Abend noch klarer zu verstehen geben würde, was sie von Schwarzen an ihrer Tafel hielt. Er nahm sich vor, auf der Hut zu sein. Doch dank der fröhlichen Stimmung, die besonders Lee anzuheizen wußte, der mit seinem mitternachtsblauen Frack wieder extravagant aus dem Rahmen fiel, vergaß Henry seinen Vorsatz schnell. Er hatte Ted Wochen nicht gesehen, und auch Merrill war mehrere Tage geschäftlich unterwegs gewesen, und so genoß er es, wieder den ganzen harten Kern seiner Freunde um sich zu haben, zu scherzen, über Geschäfte zu reden und zu wissen, daß dies die Männer waren, auf die er sich in jeder noch so kritischen Situation blind verlassen konnte. Merrill, Ted und Lee waren sein unerschütterliches Bollwerk gegen die Falschheit, Intrigen und Treulosigkeit der Welt.
Die Unterhaltung bei Tisch war so angeregt, daß Leonas Wortkargheit kaum auffiel. Sogar Sarah und Janice legten ihre anfängliche Scheu ab und beteiligten sich lebhaft an den Gesprächen. Zwischen den Gängen des festlichen Dinners gab es humorvolle Tischreden, die Henrys Freunde zu seinem Ehrentag vorbereitet hatten, und während des Essen wurden immer wieder spontane Toasts ausgesprochen, bei denen Lee den größten Einfallsreichtum zeigte – wie er auch derjenige am Tisch war, dessen Glas immer am schnellsten leer war.
Kurz bevor das Dessert gereicht wurde, betrat der Butler das Speisezimmer und begab sich hinter Henrys Stuhl. Er beugte sich zu ihm hinunter und raunte ihm zu: »Die avisierte Sendung von Mister Blandford ist eingetroffen, Sir.«
Henry nickte. Er hatte nicht daran gezweifelt, daß Blandford zu seinem Wort stehen würde. Auf den Mann war Verlaß, auch wenn er ein Künstler war. »Gut, Walter. Halten Sie den Servierwagen, wie besprochen, im Nebenzimmer bereit.«

»Sehr wohl, Sir«, sagte der Butler und zog sich diskret zurück. In dem Moment passierte es. Cecilia, das erfahrenste Serviermädchen im Haus, stolperte leicht neben dem Stuhl von Sarah – und die Himbeersoße ergoß sich aus der silbernen Schale, die Cecilia auf den Tisch hatte stellen wollen, über das honiggelbe Taftkleid von Noahs Ehefrau.

Sarah schrie erschrocken auf, als ihr die Soße über das Dekolleté rann und von dort auf den Schoß tropfte, und sprang vom Stuhl auf. Cecilia wich scheinbar entsetzt zurück. »O mein Gott!« stieß sie hervor. »Was für ein unverzeihliches Malheur! So etwas ist mir noch nie passiert ... Wie ungeschickt von mir!«

Henrys Verdacht, daß es sich bei diesem peinlichen Mißgeschick um keinen Zufall handelte, war augenblicklich geweckt. Cecilias Bestürzung klang in seinen Ohren gekünstelt, als habe sie die Worte vorher einstudiert. Und es war gar nicht ihre Art, sich so ungeschickt anzustellen. Zudem wurde ihm nun bewußt, daß sie schon den ganzen Abend Zeichen von Nervosität gezeigt hatte, was ebenfalls nicht zu ihr paßte. Cecilia war an bedeutend größere und aufwendigere Abendgesellschaften gewöhnt – aber wohl nicht daran, Schwarzen zu servieren. Es gab nicht einmal schwarzes Personal im Haus. Henry hatte darauf bestanden, weil es ihm widerstrebte, sich von Schwarzen bedienen zu lassen und in seinem Haus die gängige Meinung zu demonstrieren, Farbige seien nur für niedere Arbeiten geschaffen. Wenn schon Diener nötig waren, dann sollte weißes Personal diese Arbeiten verrichten.

Henry sah gerade noch rechtzeitig zu seiner Frau hinüber, um in ihren Augen hämische Genugtuung aufblitzen zu sehen und das kaum merkliche Nicken zu bemerken, mit dem sie Cecilia bedachte, als diese zu ihr hinüberschaute, als suchte sie ein Zeichen der Anerkennung für ihren »Ausrutscher«. Und in diesem Moment war Henry klar, daß Leona hinter diesem Vorfall steckte und Cecilia angestiftet hatte, vermutlich mit dem Versprechen einer substantiellen Belohnung.

Henry beherrschte seinen Zorn. Er entschuldigte sich bei Sarah für das Mißgeschick und bestand darauf, ihr als Ersatz vom renommiertesten New Yorker Modehaus ein Abendkleid zum Geschenk zu machen, als »kleine Wiedergutmachung und Zeichen meiner Wertschätzung«, wie er ausdrücklich betonte.

Noah hatte kaum ein Wort gesagt. Aber Henry war sicher, daß er ebensowenig an einen Zufall glaubte, aus Höflichkeit und Freundschaft jedoch schwieg.
Henry dagegen dachte nicht daran, stillschweigend darüber hinwegzugehen. Als sich die Aufregung gelegt hatte und Sarah mit gesäubertem, aber feuchtfleckigem Kleid zu ihnen zurückkehrte, sagte er mit scheinbarer Nachsicht: »Gehen wir nicht zu streng mit Cecilia ins Gericht, Freunde! Sie hat heute nämlich ihren letzten Tag bei uns und wird uns morgen verlassen. Vermutlich ist sie in Gedanken schon bei ihrem neuen Arbeitgeber gewesen.«
Cecilia erstarrte, wurde blaß im Gesicht und warf Leona einen ungläubigen, hilfesuchenden Blick zu.
Henry lächelte seine Frau an, doch in seinen Augen stand eine eisige Warnung: »Trotz dieses überaus peinlichen Zwischenfalls werden wir Cecilia sehr vermissen, wenn wir ab morgen ohne sie auskommen müssen, nicht wahr, meine Liebe?«
Leona brachte ein gequältes Lächeln zustande. »Ja, das werden wir.«
Cecilia stürzte aus dem Speisezimmer.
Für einen Augenblick herrschte betretenes Schweigen. Spätestens jetzt war auch dem letzten Anwesenden klargeworden, daß hinter dem Mißgeschick des Serviermädchens mehr als nur banale Unachtsamkeit steckte.
»Apropos Himbeersoße«, brach Lee das Schweigen, bevor es jegliche Fröhlichkeit des Abends ersticken konnte. »Das erinnert mich an ein Erlebnis, als ich noch in Spindletop im *Hotel Imperial* gearbeitet habe.« Und er erzählte eine haarsträubend komische Geschichte, die alle zum Lachen brachte und dadurch die unangenehme Spannung im Raum vertrieb.
Henry war Lee so dankbar für seine Geistesgegenwart und sein Talent, eine Gesellschaft quasi im Alleingang in Stimmung zu versetzen, daß er ihn am liebsten umarmt hätte. Und wen kümmerte es, daß der Wahrheitsgehalt von Lees Geschichte vermutlich nahe null lag.
Eine halbe Stunde später hielt Henry den richtigen Augenblick für gekommen, um seinen Freunden Mister Blandfords Werk zu präsentieren und sie mit seinen neuen Plänen zu überraschen.
»Eine Überraschung?« rief Lee, der schon leicht beschwipst war, als

Henry den Butler bat, den Servierwagen aus dem Nebenzimmer hereinzurollen. »Hört, hört!«
Henry erhob sich und trat neben den Servierwagen, den Walter aus dem Nebenzimmer hereingerollt hatte und der mit einem königsblauen Samttuch abgedeckt war.
»Dreißig ist noch kein Alter, um schon Bilanz zu ziehen, auch wenn sich in den dreizehn Jahren, die seit jenem Morgen, als ich das Ölfeld von Spindletop zu sehen bekam, so unglaublich viel ereignet hat, daß es mir manchmal wie ein wilder Traum vorkommt«, begann er seine kleine Rede. »Aber wenn das Schicksal so großzügig zu einem gewesen ist wie zu mir und wenn die geschäftliche Entwicklung alle Erwartungen und Zielvorgaben der Vergangenheit in den Schatten stellt, dann ist es Zeit, nach neuen Aufgaben und Herausforderungen Ausschau zu halten ...«
Merrill zog spöttisch die Brauen hoch. »Neue Aufgaben und Herausforderungen? Die neue Pipeline, die Raffinerie in New Jersey und der Erwerb eigener Tankschiffe müssen demnach ja nichts als laufende Geschäftsroutine sein.« Lachend schüttelte er den Kopf. »Du hast wirklich Nerven!«
»Laß ihn reden, Merrill!« rief Lee vergnügt. »Ich bin gespannt, was er da unter dem verdammten Tuch verbirgt.«
Gespannt waren auch alle anderen, sogar Leona.
»Aber mach es kurz, damit wir zu unserem Brandy und unserer Zigarre kommen – und die Damen zu ihrem Likör!« fügte Lee noch hinzu und erzielte zustimmendes Gelächter.
Auch Henry lachte und fuhr dann fort: »Seit meiner ersten Reise zu Arthur nach St. Augustine, die mich dann ja auch bis nach Miami hinuntergeführt hat«, er bemerkte, wie Leona den Mund verzog, »hat mich Florida nicht mehr losgelassen. Vom ersten Tag an haben mich die paradiesischen Küsten mit ihrer subtropischen Vegetation, das wunderbare Klima und die luxuriösen Hotels, die Henry Flagler dort errichtet hatte, fasziniert und in Bann geschlagen.«
»Eine Schwäche, die wir dir gern nachsehen wollen, weil wir sie mit dir teilen«, warf Merrill launig ein. Seit er seine Leidenschaft für die Segelei entdeckt hatte, verbrachte auch er im Winter so viel Zeit wie möglich in Florida, um seinem Hobby zu frönen.
»Zusammen mit einigen zehntausend anderen Gutbetuchten, die im Winter in Florida Zuflucht suchen«, warf Lee ein.

Henry nickte. »Richtig, einige zehntausend Glückliche sind es, die es sich leisten können, in den Luxushotels wie dem *Ponce de Leon*, dem *Royal Poinciana* oder dem *Royal Palm* abzusteigen und dort die Wintersaison zu verbringen.«
»Dem Himmel sei Dank, daß man wenigstens an diesen Orten noch von Krethi und Plethi verschont bleibt«, meldete sich Leona bissig zu Wort.
Schnell ging Henry über die arrogante Bemerkung seiner Frau hinweg, die auf Noah und seine Frau beleidigend wirken mußte. »In den letzten beiden Jahren habe ich immer wieder darüber nachgedacht, was Henry Flagler damals bei der Einweihung der *Overseas Railroad* auf Key West zu mir gesagt hat. ›Eines Tages könnte Floridas Küste die Riviera Amerikas sein.‹ Und als ich meinte, daß er das doch mit seinen luxuriösen Winter-Resort-Hotels schon erreicht hätte, erwiderte er mir: ›Eine Handvoll Luxushotels an der Ostseite von einer mehr als tausend Meilen langen Küste mit traumhaften Stränden, die ihresgleichen in Europa suchen, ist noch keine Riviera. Sie ist eine verschlafene Goldgrube, wo hier und da ein paar Goldmünzen im Sand blinken. Eine Goldküste, die noch immer darauf wartet, geweckt und ihrer Reichtümer beraubt zu werden, die sie bereitwillig hergeben wird.‹ Das waren seine Worte.«
»Und nun hast du dir vorgenommen, auch noch diese Schätze zu heben?« fragte Ted mit gutmütigem Spott.
Henry lächelte. »So ist es.«
Merrill stutzte. »Sag nicht, du willst jetzt auch noch in die Hotelbranche einsteigen!« rief er mit ahnungsvollem Erschrecken. »Tu uns das nicht an!«
»Doch, genau das ist meine Absicht«, erklärte Henry mit strahlender Begeisterung für sein neues großes Zukunftsprojekt. »Ich werde in Florida Häuser bauen, die in nichts hinter den verschwenderischen Luxushotels der High-Society zurückstehen werden, was die Architektur, die erstklassige Strandlage, die Parkanlagen, das Vergnügungsangebot und die Ausstattung der Räume betrifft. Doch die Preise werden nur halb so hoch sein, denn meine Hotels werden als Klientel nicht die dünne Schicht der Reichen im Auge haben. Mein Publikum wird der gutsituierte bis gehobene Mittelstand sein, der zwar nicht auf jeden Dollar zu sehen braucht, aber nicht daran denkt, gleich ein Vermögen in Florida auszugeben, und auch gar

nicht die Zeit hat, die ganze Wintersaison dort zu verbringen, weil er zurück in sein mittelständisches Unternehmen, seinen Handwerksbetrieb oder sein Versicherungsbüro muß. Und das sind nicht ein paar Zehntausende, sondern Millionen!« Er machte eine dramatische Pause. »Und so«, fuhr er dann fort, »soll mein ersten Hotel aussehen!« Gleichzeitig zog er das Samttuch vom Servierwagen.
Zum Vorschein kam das Modell einer aufwendigen Hotelanlage, die im neoklassizistischen Palladio-Stil errichtet war und inmitten einer palmenreichen Parkanlage und direkt an einer blauen Bucht mit einem Traumstrand lag. Das Gebäude mit dem langen Mitteltrakt und zwei Seitenflügeln wies ein hohes Säulenportal auf sowie einen beeindruckenden, ebenfalls von Säulen getragenen Wandelgang, der sich entlang der ganzen Länge der Mittelfront hinzog. Neben jedes Zimmerfenster hatte der Modellkünstler, der ausgezeichnete Arbeit geleistet hatte, apfelgrüne Läden gemalt, die wunderbar mit dem pastellfarbenen Floridagelb harmonierten, der Hauptfarbe des Gebäudes.
»Heiliger Strohsack!« stieß Lee fassungslos hervor, während sich alle bis auf Leona um das Modell drängten und aufgeregt durcheinandersprachen. »Wenn das ein Hotel für die gehobene Mittelklasse sein soll, ist das *Waldorf Astoria* gerade mal ein besserer Landgasthof! Was dir vorschwebt, ist ein Palast, Henry!«
Dieser lächelte. »Richtig, deshalb soll das Hotel der Einfachheit halber auch *Miami Palace* heißen, denn in Miami soll mein erstes Projekt stehen.«
Merrill schüttelte nur den Kopf, als wolle er sagen: »Das rechnet sich niemals. Zu aufwendig. Ein solcher Palast zu Mittelklassepreisen wird sich niemals tragen.«
Henry sah ihm an, was er dachte, legte ihm einen Arm um die Schulter und sagte vergnügt: »Fang nicht jetzt schon mit der Kalkulation an! Darüber reden wir morgen.« Und er winkte seinen Butler heran. »Walter, bringen Sie jetzt den Champagner!« Er wünschte, Sally hätte jetzt bei ihnen sein und mit ihm anstoßen können. Sie hatte seine Träume immer verstanden und sie mit ihm geteilt. Sie hätte sich auch von diesem Traum, der ihn wie ein Fieber gepackt hatte, begeistert anstecken lassen.
Leona zeigte Selbstbeherrschung an diesem Abend. Sie hielt bis in die Nacht an Henrys Seite aus, doch seit dem Vorfall mit Cecilia

beteiligte sie sich überhaupt nicht mehr an den Gesprächen. Mit einem eingefrorenen, maskenhaften Lächeln kam sie bis zur letzten Minute ihren Pflichten als Gastgeberin nach. Als die Eingeladenen schließlich das Haus verlassen hatten, ergab es sich, daß Henry und Leona zusammen die Treppe zum Obergeschoß hinaufgingen, wo ihre getrennten Schlafzimmer lagen. Stumm schritten sie nebeneinander die teppichgepolsterten Stufen hoch.

»Bis auf die Idiotie mit Cecilia hast du dich heute ausgezeichnet gehalten«, sagte er, als sie vor Leonas Zimmer angelangt waren.

»Auch ich wollte dir heute ein besonderes Geschenk machen«, erwiderte sie maliziös.

»Das hast du wirklich. Eine Schande, daß du eine so gute Kraft wie Cecilia wegen einer derart billigen Rache dazu verleitet hast, so etwas Schäbiges zu tun. Das war weit unter deinem Niveau.«

»Der ganze Abend war weit unter meinem Niveau!« zischte sie wütend und stieß die Tür zu ihrem Schlafzimmer auf. Schon halb im Raum, drehte sie sich noch einmal zu ihm um und sagte: »Oh, das hätte ich ja fast vergessen. Herzlichen Glückwunsch zu deinem neuen Vorhaben! Jetzt wirst du ja bald der billige Betten-Henry von Florida sein!« höhnte sie. »Das paßt wirklich ausgezeichnet zu dir – wie die Latrinen von Spindletop!« Damit schlug sie ihm die Tür vor der Nase zu.

Ihr Bedürfnis, ihn zu verletzen, schmerzte ihn mehr als ihre völlige Verständnislosigkeit gegenüber seinen Hotelplänen.

Auf Skepsis und Verständnislosigkeit stieß Henry auch bei seinen Freunden, als er am späten Vormittag des nächsten Tages in der Firmenzentrale eine lange Besprechung mit Lee, Ted und Merrill abhielt, um ihnen seine Vorstellungen detaillierter darzulegen.

»Ich verstehe überhaupt nicht, wieso du dir noch so etwas ans Bein hängen willst«, sagte Ted verständnislos. »Dich halten doch schon die Ölgeschäfte in Atem. Außerdem verstehst du doch gar nichts von der Hotelbranche.«

Henry fand diesen Einwand geradezu lächerlich. »Ich habe auch nichts von Öl verstanden, als mich die Hobos kurz vor Spindletop aus dem Zug geschmissen haben, und du nichts vom Drillen, als du von der Farm deiner Eltern kamst«, hielt er ihm vor. »Das Hotelgewerbe ist keine Geheimwissenschaft. Es ist ein gewinnorientiertes

Busineß, und davon verstehe ich mittlerweile eine ganze Menge. Den Rest kann man lernen – oder sich Experten als Berater holen.«
»Warum kaufst du nicht einfach ein paar gute Hotels auf, die schon gut laufen, wenn du unbedingt in diese Branche einsteigen willst?« fragte Lee.
»Wo ist da der Reiz?« fragte Henry trocken zurück und fügte anzüglich hinzu: »Eine Prostituierte ins Bett zu bekommen, ist nur eine Sache des Geldes. Aber eine attraktive, selbstbewußte Frau zu verführen, ist eine Herausforderung. Richtig?«
Lee lachte. »Da ist was dran!«
»Laßt uns mal über das Konzept reden«, meldete sich nun Merrill zu Wort. Er verstand viel besser als Ted und Lee, daß es längst nicht mehr darum ging, ob Henry seine Hotelpläne verwirklichte, sondern nur noch darum, in welcher Form sie ausgeführt wurden. Wenn Henry sich erst einmal etwas in den Kopf gesetzt hatte, ließ er sich nicht mehr davon abbringen. Diese Unerschütterlichkeit war, je nach Fall, Segen und Fluch. »Die Idee, in Florida zu investieren und attraktive Hotels für die Mittelklasse zu bauen, ist im Prinzip gar nicht übel ...«
»Von wegen nicht übel!« fuhr Henry ihm ins Wort. »Eine solche Hotelkette ist längst überfällig. Schon seit Jahren ist der Bedarf an Betten größer als das vorhandene Angebot. Dabei hat bisher noch keiner Geld und Ideen investiert, um das Interesse der breiten Mittelklasse richtig zu wecken und die Nachfrage professionell anzukurbeln.«
»Schön und gut«, sagte Merrill. »Aber der springende Punkt ist bei deinem Projekt nicht, ob es für solche Hotels, wie du sie dir vorstellst, einen Markt gibt, sondern ob sie sich tragen.«
Lee pflichtete ihm bei. »Wenn du solche Paläste baust, die in den wesentlichen Dingen genauso luxuriös sind wie das *Royal Palm* und das *Royal Poinciana,* wirst du dir ein kostspieliges Minusgeschäft ans Bein binden.«
Henry schüttelte unwillig den Kopf. »Unsinn, das ist alles nur eine Sache der Planung und geschickter, nicht offensichtlicher Einsparung beim Bau und vor allem beim Betrieb der Häuser.«
»So?« fragte Merrill skeptisch.
Henry schlug einen dicken Aktenordner auf, obwohl er alle wichtigen Zahlen im Kopf hatte. Seit über einem halben Jahr beschäftigte

er sich schon mit dem Projekt, hatte Erkundigungen eingezogen, Experten befragt und einen ganzen Stoß nüchterner Geschäftsberichte und Statistiken durchgearbeitet.
»Ich will euch mein Konzept am Beispiel des *Royal Poinciana* erklären«, begann er, »das mit seinen tausendundsechsundsechzig Zimmern das größte Resort-Hotel der Welt und das Winter-Mekka der oberen Zehntausend ist.« Er wandte sich an Lee und fragte: »Weißt du, wann das Hotel jedes Jahr seine Türen öffnet?«
»Sicher, zu Beginn der Wintersaison«, antwortete dieser verdutzt, weil er nicht wußte, was Henry mit dieser Frage wohl bezweckte, die er doch ebensogut selbst hätte beantworten können. »Also irgendwann zwischen Ende Dezember und Anfang Januar.«
Henry nickte. »Richtig, es öffnet am 14. Januar und schließt am 29. März, und fast alle anderen Hotels halten es genauso. Manche öffnen etwas früher und verlängern die Saison noch bis in den April hinein, wie etwa das *Alcazar,* das schon am 10. Dezember Gäste aufnimmt und erst am 17. April dichtmacht.«
»Und was ist daran so bedeutsam?« fragte Ted mit einem Achselzucken.
»Bedeutsam ist, daß sich jedes Jahr tausendzweihundert Angestellte zwei Monate lang abschuften, um das Hotel in Betrieb zu nehmen und für die neue Saison in Schuß zu bringen, noch bevor der erste Gast eintrifft. Und daß dieses Heer der Bediensteten nach der Schließung noch einmal über vier Wochen benötigt, um das Hotel für den Rest des Jahres sozusagen einzumotten«, betonte Henry. »Das heißt also, daß der dreimonatigen Wintersaison, in der Geld verdient werden kann, ein gleich langer Zeitraum gegenübersteht, der einen gigantischen Kostenaufwand erfordert. Dazu kommt ein halbes Jahr, während dem dieser Hotelriese quasi in einen Winterschlaf fällt, obwohl ein Teil der Kosten munter weiterläuft.«
»Aber wie man sieht, rechnet es sich trotzdem«, sagte Merrill. »Denn soviel ich weiß, gehört das *Royal Poinciana* zu den Häusern von Flaglers Hotelkette, die immer ausgebucht sind und Jahr für Jahr Gewinn machen.«
»In der Tat«, bestätigte Henry. »Und zwar liegt der Gewinn pro Gast und pro Tag im Augenblick bei drei Dollar und drei Cent, während das *Ponce de Leon* täglich pro Gast zwei Dollar und zwölf Cent abwirft und das *Royal Palms* immerhin noch zweiundsechzig Cent.

Das *Ormond* macht dagegen Verlust, sieben Cent genau, wie übrigens auch das *Colonial* auf den Bahamas, das mit einem Minus von zweiunddreißig Cent pro Gast das Schlußlicht bildet.«
Lee lachte trocken auf. »Bei rund zweitausend Gästen sind drei Dollar Gewinn pro Tag nicht schlecht. Da läppert sich pro Saison schnell eine halbe Million zusammen.«
»Ja, und das in nur drei Monaten bei derart astronomischen Kosten«, gab Henry zu bedenken. »Unsere Hotels werden fast denselben Luxus bieten, aber weniger als halb so teuer sein – und dennoch mindestens den Profit abwerfen, den das *Poinciana* macht.«
»Das Zauberstück mußt du uns erklären«, spottete Lee. »Oder willst du die Gäste vielleicht nachts ausrauben?«
»Nein, zuerst einmal werden unsere Hotels höchstens während der drei heißen Sommermonate schließen, vielleicht aber auch gar nicht. Denn wie andere, kleinere Hotels beweisen, ist auch ein Markt für Sommergäste vorhanden. Nicht jedem macht die Hitze zu schaffen, und viele Familien mit schulpflichtigen Kindern können nur im Sommer weg. Wenn wir die Preise im Juni, Juli und August spürbar senken, ziehen wir bestimmt genug Kunden an.«
»Mit denen du aber sicher keinen Gewinn machst«, wandte Ted ein, der an diesem Morgen auffällig ernst und zurückhaltend war.
»Es reicht, wenn wir in dieser Zeit mit Plus-Minus-Null über die Runden kommen«, erwiderte Henry. »Denn dann sparen wir fast eine Viertelmillion, die das *Poinciana* und in ähnlicher Höhe auch all die anderen Resort-Hotels aufbringen müssen, um ihren Laden für die Saison in Schwung zu bringen und danach wieder zu schließen.«
»Das allein wird aber kaum reichen, um bei halben *Poinciana*-Preisen ein Palasthotel zu betreiben und Gewinn zu machen«, beharrte Merrill. »Allein die Kosten für ...«
»Langsam!« Henry hob die Hand. »Sagt mir doch mal, für wie viele Tische ein Kellner in einem guten Restaurant der Mittelklasse üblicherweise verantwortlich ist! Für zwei, drei?« Er blickte in die Runde.
»Eher für vier bis fünf«, meinte Ted, der nicht besonders gern die ersten Adressen der Gastronomie aufsuchte und noch immer lieber in Restaurants ging, die der gehobenen Mittelklasse zuzuordnen waren.

Henry nickte. »Vier bis sechs Tische, das ist auch das Ergebnis meiner Erkundigungen. Im *Poinciana* sind jedoch fünfhundert Kellner und zweiunddreißig Assistenten des Chefkellners angestellt. Da der Speisesaal tausendsechshundert Personen Platz bietet, kommt somit jeweils ein Kellner auf drei Gäste. In der Praxis bedeutet das, daß jeder Kellner sich bloß um einen Tisch zu kümmern hat ...«

»Was dazu führt, daß ständig jemand hinter einem herumwieselt«, bemerkte Ted sarkastisch.

»Da nun die meisten Gäste mehr oder weniger gleichzeitig zu den Mahlzeiten erscheinen, arbeiten in den Spitzenzeiten über fünfhundert Kellner im Speisesaal, und in der Küche müssen mehr als hundertfünfzig Köche sowie noch einmal so viele Handlanger wie wild schuften, um dieser Menge von Gästen in relativ kurzer Zeit ein mehrgängiges Essen zu servieren. Doch vor und nach diesen Spitzenzeiten stehen die meisten von ihnen herum, müssen aber doch bezahlt werden. Dieser Luxus, jederzeit für alle Eventualitäten gerüstet zu sein und auch bei größtem Andrang erstklassigen Service bieten zu können, verschlingt Unsummen – und kommt täglich nur ganz kurz zum Tragen. Und genau da setzen wir an«, erklärte Henry. »Das Personal, das in jedem Hotel der größte Kostenfaktor ist, reduzieren wir auf die Hälfte.«

»Was aber einen nur halb so guten oder zumindest nur halb so schnellen Service zur Folge hat«, sagte Lee.

»Nicht unbedingt«, widersprach Henry. »Man kann an hundert Stellen erhebliche Einsparungen vornehmen, ohne daß der Kunde das unbedingt merkt. Müssen die Betten jeden Tag frisch bezogen werden? Nein. Zweimal die Woche reicht. Der Mittelklassehotelgast wird das immer noch als Luxus empfinden – und wir brauchen ein gutes Drittel weniger Zimmermädchen einzustellen als das *Poinciana,* bei gleicher Bettenzahl. Ein anderes Beispiel: Wir bauen einen ebenso großen Speisesaal wie das *Poinciana,* beschränken uns aber auf Tische für nur achthundert Gäste, was wir gleich als größeren Komfort und mehr Großzügigkeit verkaufen, dafür führen wir aber zwei Essenszeiten ein. Abends die erste um etwa sechs Uhr und die zweite um halb neun. Ältere Menschen und Familien mit kleineren Kindern essen gerne früh, jüngere Paare und Nachtschwärmer dagegen eher später. Auf diese Weise hat auch bei uns jeder Tisch seine eigene Bedienung, obwohl wir nur zweihundert Kellner und in der Küche dementsprechend auch nur siebzig Köche beschäftigen müssen, da sich die Arbeit auf zwei Durchgänge verteilt.«

Henry hatte den Kopf voller Ideen, und sie saßen noch bis in den Nachmittag hinein zusammen, um sein Konzept zu diskutieren. Lee ließ sich von seiner Begeisterung rasch anstecken, während Merrill im Laufe der Diskussion zwar viele Bedenken aufgab, aber dennoch bei einer gewissen Skepsis blieb. Er wollte das Projekt erst genau durchkalkuliert wissen und diese Zahlen auf seinem Tisch liegen haben.

Das konnte Henry aber nicht in seinem Drang bremsen, die Sache sofort anzupacken. »Wir haben mehr als genug Kapital, um die ersten zwei, drei Hotels der *Palace*-Kette zu bauen«, verkündete er. »Und wenn wir wirklich zusätzliches Kapital brauchen sollten, können wir mit der *Scallop Oil Company* immer noch an die Börse gehen, womit Merrill mir ja mindestens einmal pro Woche in den Ohren liegt.«

Merrill griente. »Weil es geschäftlich und von der Haftung her nun mal Sinn macht. Denn bei einer Umwandlung in eine Aktiengesellschaft erzielst du nicht nur einen augenblicklichen Kapitalzufluß in Höhe von vielleicht fünfzehn, zwanzig Millionen, ohne die Kontrolle über die Firma aus der Hand geben zu müssen, sondern die Rechtsform der Aktiengesellschaft ...«

»Erspare uns das heute!« fiel Henry ihm lachend ins Wort. »Das hat Zeit bis später. Jetzt will ich, daß ihr einen Stab von Experten zusammenstellt, ein erstklassiges Architekturbüro unter Vertrag nehmt und die Baupläne samt Kalkulation auf die Beine stellt. Ich habe für jeden von euch einen Aktenordner zusammengestellt, der alle meine Vorgaben enthält.« Er reichte jedem von ihnen eine Mappe.

»Warum nicht, wir haben ja auch sonst nichts zu tun«, meinte Lee spöttisch. »Stampfen wir also eine Palasthotel-Kette an Floridas Küste aus dem Boden.«

»Wann willst du die Pläne auf dem Tisch haben?« fragte Merrill, als sie sich schon aus den Ledersesseln erhoben hatten und im Begriff waren zu gehen.

»Nächste Woche möchte ich mit euch und soweit möglich mit Architekten nach Miami fahren, um die Bauplätze zu besichtigen. Ich

habe mir auf mehrere große Landparzellen Kaufoptionen gesichert«, teilte Henry ihnen mit. »Ich möchte, daß spätestens im Juli mit den Arbeiten begonnen wird. Denn bei dem *einen* Hotel soll es ja nicht bleiben. Mittelfristig schweben mir mindestens sechs Hotels an der Atlantikküste und sechs auf der Golfseite vor. Wir haben also keine Zeit zu verlieren. Ach, noch etwas: Es versteht sich ja wohl von selbst, daß das *Miami Palace* als Flaggschiff unserer Kette nicht hinter dem *Royal Poinciana* zurücksteht, was die Zahl der Zimmer betrifft, sondern es im Gegenteil übertreffen wird – um hundert. Aber das steht alles in den Unterlagen.« Seine Freunde sahen ihn ungläubig an.
»Juli? Ja, aber das gibt uns und den Architekten ja gerade mal drei Monate für die Ausarbeitung der Pläne und für all die anderen Vorbereitungen und Vereinbarungen, die zu treffen sind!« wandte Merrill fassungslos ein.
»Und?« fragte Henry ungerührt. »Stellt mehr Leute ein! Laßt sie länger arbeiten, meinetwegen in zwei Schichten Tag und Nacht! Bezahlt ihnen einen saftigen Bonus. An Kapital mangelt es uns doch nicht. Mir ist egal, wie ihr das macht, solange nur im Juli mit den Bauarbeiten begonnen wird.«
Lee schüttelte den Kopf. »Aber du kannst doch nicht einen Marathon im Sprinttempo beginnen!« wandte er ein.
Henry ging gar nicht darauf ein, sondern setzte sich vor das Telefon, das auf seinem Schreibtisch klingelte.
Merrill schlug Lee freundschaftlich und resignierend zugleich auf die Schulter. »Ich fürchte, Henry geht den Marathon nicht nur im Sprinttempo an, sondern er wird das Tempo über die ganze verdammte Strecke beibehalten. Also, laß uns an die Arbeit gehen!«

Henry nahm den Telefonhörer ab und blickte zum Fenster, gegen das der Regen peitschte. Jonathan war am Apparat. Er lag mit einer Erkältung im Bett. Es war nichts Ernstes, doch er sagte ihr Treffen im Club für den nächsten Tag vorsichtshalber ab.
Henry wünschte ihm gute und schnelle Besserung, drehte sich in seinem Stuhl wieder zum Schreibtisch herum und hängte ein. Erst jetzt bemerkte er, daß er nicht allein in seinem Büro war. Ted hatte es nicht mit Lee und Merrill verlassen. Mit ernster Miene stand er noch immer zwischen Tür und Polstergruppe.
»Henry, ich muß mit dir reden.«

»Sicher, Ted. Was hast du auf dem Herzen?«
Ted trat zu ihm an den Schreibtisch und legte den Aktenordner auf die Platte. Es war, als ginge ein Ruck durch seinen massigen Körper, als habe er sich unter großen Mühen zu einem Entschluß durchgerungen. »Ich möchte aussteigen.«
Henry seufzte und verzog das Gesicht. »Mein Gott, ich weiß, daß ich euch eine Menge zumute, und dieses Hotelprojekt liegt vielleicht nicht ganz auf deiner Schiene, aber ...«
»Es ist nicht das Hotelprojekt, Henry. Ich möchte aufhören.« Er schluckte. »Ganz aufhören.«
Henry sah ihn verständnislos an. »Womit?«
»Als Direktor. Ich werde die Firma verlassen.«
Henry war wie vor den Kopf gestoßen. Sein Freund wollte ihn verlassen? »Das kann nicht dein Ernst sein!«
»Doch, es ist mein Ernst. Mein Entschluß steht fest, und nicht erst seit heute oder gestern. Ich habe eigentlich schon vor Jahren aufhören wollen, aber einfach nicht den Mut gefunden, von dir und deiner Firma wegzugehen ...«
»Es ist auch deine Firma!« erwiderte Henry fassungslos und mit aufsteigendem Ärger.
Ted schüttelte den Kopf. »Nein, es ist deine Firma, Henry, besser gesagt, du bist die Firma.«
»Verdammt noch mal, ich zahle jedem von euch dreitausend Dollar die Woche!« fuhr Henry auf. »Das sind tausend Dollar mehr, als Direktoren in vergleichbaren Gesellschaften bekommen. Und dazu kommt noch eure Gewinnbeteiligung. Aber wenn du mehr Geld brauchst, können wir darüber reden. Bisher dachte ich, nur Merrill sei wegen seiner idiotischen Spielleidenschaft ständig in Geldschwierigkeiten, aber zum Teufel, was soll's ...«
»Es ist nicht das Geld, Henry«, unterbrach Ted den erregten Redestrom seines Freundes, der ihn sichtlich peinlich berührte. »Du hast uns immer mehr als nur großzügig bezahlt und an den Gewinnen beteiligt. Ich habe eigentlich immer Gewissensbisse gehabt, daß ich Woche für Woche soviel Geld bekomme. Ich habe es einfach nicht verdient, im wahrsten Sinne des Wortes.«
Henry kam hinter seinem Schreibtisch herum. »Mein Gott, was redest du bloß für einen Unsinn, Ted? Wenn es nicht das Geld ist, was ist es dann?«

»Ich möchte meine Freiheit zurück.«
»Du hast bei mir doch alle Freiheit der Welt!«
»Nein, ich stecke in einem goldenen Käfig, Henry«, widersprach Ted. »Und ich ertrage dieses Leben nicht mehr. Ich bin für das, was du von mir erwartest und was für dich so natürlich ist wie das Fliegen für einen Vogel, einfach nicht geschaffen. Lee und Merrill und du, ihr seid aus einem anderen Holz geschnitzt als ich. Ihr fühlt euch im Big Business wohl wie ein Fisch im Wasser, und ihr pendelt mit Lust zwischen all diesen vornehmen Orten hin und her. Doch ich bin anders, Henry.«
»Du bist mein Freund, Ted!« erwiderte dieser mit beschwörendem Nachdruck. »Du gehörst zu uns, Mann! Wir vier haben es den anderen gezeigt und *Scallop Oil* ganz nach oben gebracht. Und zusammen schaffen wir das auch mit dem Hotelprojekt.«
Ted schüttelte energisch den Kopf. »Nein, ich war immer nur ein Ölmann, der sein Geld allein auf dem Ölfeld wert ist. Ich bin ein Driller aus Leidenschaft. Das ist das einzige, was ich in meinem Leben sein wollte, und das ist es, was ich auch als Pseudodirektor im Grunde meines Herzens all die Jahre geblieben bin.«
Henry tat diese Selbsteinschätzung seines Freundes mit einer unwilligen Handbewegung ab. »Dummes Zeug! Du hast deinen Job ausgezeichnet gemacht und erstklassige Arbeit geleistet«, behauptete er.
Ted bedachte ihn mit einem müden Lächeln. »Mach dir und mir doch nichts vor, Henry! Du weißt genausogut wie ich, daß in Wirklichkeit Edward Thornton, mein studierter Vize, und die Abteilungsleiter den Laden schmeißen.«
»Und wenn schon! Du kannst mich doch jetzt, nach dreizehn Jahren Freundschaft und gemeinsamer Arbeit, nicht im Stich lassen, wenn wir ein neues Kapitel aufschlagen!« beschwor Henry ihn.
»Ich lasse dich nicht im Stich, sondern ich nehme mir die Freiheit, endlich wieder das zu tun, was meinen Fähigkeiten und vor allem meinen und Bettys Vorstellungen von Lebensglück entspricht.«
Henry lachte grimmig auf. »Ach so, Betty steckt dahinter.«
Unmut trat auf Teds Gesicht. »Nein, Betty steckt nicht dahinter, nicht in dem Sinne, wie du es ihr ungerechterweise unterstellst«, erwiderte er gereizt. »Sie hat sich in dieser Stadt und in diesen Kreisen genausowenig wohl gefühlt wie ich, aber sie hat mich nicht

zu diesem Schritt gedrängt. *Ich* will es so. Das Leben hinter dem Schreibtisch ist wie Gefängnis für mich. Henry, ich bin Driller, ein verdammt guter sogar, und ich gehöre auf ein Ölfeld in Oklahoma, Texas oder sonstwo in der Welt. Und genau dorthin werde ich zurückkehren.«

Henry resignierte. »Also gut, dann werde ich dir ein paar gut ausgerüstete Prospektorenteams ...«

Sein Freund ließ ihn nicht ausreden. »Nein, Henry. Ich will auf eigenen Beinen stehen. Wir sind Freunde, und ich habe dir unendlich viel zu verdanken. Aber von nun an möchte ich unabhängig sein – auch von dir und *Scallop Oil*. Ich werde mir mein eigenes Team zusammenstellen und meine eigene kleine Wildcatter-Firma gründen. Ich habe die letzten Jahre genug Geld gespart, um die Sache in Ruhe angehen zu können. Verstehst du, ich möchte in jeder Hinsicht mein eigener Herr sein – so wie du es seit Spindletop bist.«

Henry empfand die Zurückweisung seines Angebotes und das Beharren auf Unabhängigkeit als tiefe Kränkung. Wo war Teds Loyalität geblieben? Wie konnte er bloß aus der Phalanx ausbrechen, die die vier Freunde all die Jahre in blinder Treue zueinander gebildet hatten? »Und das ist dein letztes Wort? Du willst uns, Merrill, Lee und mich, im Stich lassen?«

Ted sah ihm fest in die Augen. »Ich lasse keinen von euch im Stich. Ich tue nur, was ich tun muß, genau wie du. Und ich hoffe, du wünschst mir Glück dabei.« Er streckte ihm die Hand hin.

»Sicher, viel Glück, Ted!« stieß Henry mit rauher Stimme hervor und drückte ihm die Hand, doch es lag keine Herzlichkeit in seinen Worten, sondern bittere Enttäuschung.

Ted ging ohne ein weiteres Wort.

Wenig später stürzte Lee aufgeregt in Henrys Büro. »Ich werde verrückt. Ted steigt aus und geht wieder als Driller auf die Ölfelder zurück. Was sagst du dazu?«

Henry saß mit finsterer Miene hinter seinem Schreibtisch. »Daß er unsere Freundschaft verraten hat«, antwortete er voller Zorn und Bitterkeit.

Sechstes Kapitel

Ted räumte noch am selben Tag sein Büro und verließ New York innerhalb von nur vier Tagen. Es gab keine Abschiedsparty, weder in der Firma noch im Kreis der Freunde. Lee machte zwar den halbherzigen Versuch, noch ein Treffen zu arrangieren, doch Henry gab vor, keine Zeit zu haben. Er fühlte sich von Ted verraten, auch wenn Merrill und Lee das anders sahen und Verständnis für die Entscheidung ihres Freundes zeigten.

Daß Ted nun seine eigenen Wege ging, setzte Henry fast so zu wie die erneut aufgerissene Kluft zwischen Leona und ihm. Nach der Entlassung von Cecilia war der Graben zwischen ihnen tiefer und unüberbrückbarer als je zuvor. Leona strafte ihn diesmal zwar nicht mit unverhohlenem Zorn und Streitsucht, legte ihm gegenüber jedoch eine kühle Gleichgültigkeit an den Tag, die ihm das Gefühl gab, als wäre er in seinem eigenen Haus nur ein zu erduldender Dauergast.

Seine persönlichen Probleme hielten ihn jedoch nicht von der Arbeit ab, ganz im Gegenteil, sie feuerten ihn nur noch mehr an. Er machte Edward Thornton zum Direktor und stürzte sich mit einer Vehemenz und Tatkraft auf das Hotelprojekt, daß es Merrill und Lee angst und bange wurde.

Mit dem Bau des ersten Hotels beauftragte Henry das junge, aufstrebende Architekturbüro *Gallagher & Turner*. Vance Turner und sein Partner Paul Gallagher, beide Anfang der Dreißig, teilten seine Begeisterung für das Projekt.

»Kein Wunder«, meinte Merrill trocken. »Das *Miami Palace* wird sie mit einem Schlag reich und berühmt machen.«

»Du wirst sie für mindestens drei weitere Hotels mit ihren Honoraren auf der Erde halten«, sagte Henry. »Laß sie einen entsprechenden Optionsvertrag mit uns unterschreiben! Ich habe nichts dagegen, daß sie reich und berühmt werden, aber für die nächsten drei, vier Jahre möchte ich von überhöhten Forderungen verschont bleiben. Sollten sie nicht einverstanden sein, sind sie draußen.«

Merrill lächelte. »Kein Sorge, sie werden einverstanden sein.«

Im April ließ Henry seine beiden Pullman-Salonwagen an den *Florida-Special* anhängen, um zusammen mit Merrill, Lee und den

beiden Architekten nach Miami zu fahren und die in Frage kommenden Bauplätze in Augenschein zu nehmen.
Ihre Wahl fiel schließlich auf eine kleine Landzunge, die bei den Einheimischen Cape Coral hieß und südlich der alten Siedlung Lemon City wie eine Nase in das blaugrüne Wasser der Biscayne Bay ragte. Henry kaufte siebzig Acres Land, das von Mangroven und einem kaktusähnlichen Gewächs überwuchert war, das den Namen Spanisch-Bajonett trug, weil seine langen Stacheln mit Leichtigkeit die Hand oder den Fuß eines Menschen durchstechen konnten. Als sie Miami nach knapp einer Woche verließen, begannen die Arbeiter eines örtlichen Bauunternehmers bereits mit der Rodung von Cape Coral.
Merrill, Lee und die beiden Architekten kehrten sofort nach New York zurück. Henry unterbrach die Reise jedoch für eine Nacht in St. Augustine, um Agnes und Frederick Barlow einen Besuch abzustatten, den er schon seit Jahren aufgeschoben hatte.
Noch viel wichtiger war ihm jedoch der Besuch von Arthurs Grab. Er suchte es im Morgengrauen auf, als der Tau noch auf dem frischen Frühlingsgrün lag. Eine ganze Weile stand er in der Stille des jungen Morgens. Seine Gedanken wanderten in die Vergangenheit zurück, als Arthur und er noch Partner gewesen waren und auf den Ölfeldern bei jedem Wind und Wetter Bohrtürme hochgezogen hatten.
»Tausend Meilen sind wirklich ein langes Rennen, Arthur«, murmelte er. »Und streckenweise ist man dabei recht einsam, auch wenn von den Tribünen lauter Beifall kommt. Ich wünschte, du wärst noch immer an meiner Seite, Partner.« Auf einmal hatte er Tränen in den Augen. »Aber vielleicht bist du es ja, und ich merke es nicht.«
Zwei Wochen nach seiner Rückkehr nach New York teilte Leona ihm mit, daß sie dieses Jahr mit den Kindern früher als sonst nach Rhode Island gehen würde, und zwar schon Anfang Mai. »Ich nehme an, mit deinem Erscheinen zur Einweihungsparty im Juli brauche ich nicht zu rechnen, richtig?«
Er vermied eine direkte Absage. »Du weißt, daß der Baubeginn in diese Zeit fällt und ich dann in Miami sein muß.«
»Sind deine Leute so unfähig, daß du sie auch noch beim ersten Spatenstich beaufsichtigen mußt?« fragte sie spitz.
»Es ist ein wichtiger Termin für mich, nicht allein wegen der anwesenden Presse.«

»Die Einweihung von Ferncliff ist ein mindestens genauso wichtiger Termin, jedenfalls für mich und bis auf eine unrühmliche Ausnahme auch für den Rest meiner Familie«, hielt sie ihm kühl entgegen.
»Wenn du den Termin ein paar Wochen verlegst, kann ich es vielleicht einrichten.«
»Ich denke nicht daran.«
»Dann werde ich kaum zugegen sein können.«
»Ich schätze, ich werde darüber hinwegkommen«, erwiderte Leona ungerührt und reiste Anfang Mai mit Catherine und Alexander sowie einem Gefolge von Dienstboten nach Rhode Island ab. Seinen Kindern mußte Henry versprechen, so bald wie möglich nachzukommen und einige Wochen mit ihnen in ihrem neuen Sommerhaus an der Narragansett Bay zu verbringen. Dabei wußte er, daß die Arbeit, die er sich, Merrill und Lee aufgebürdet hatte, höchstens einen Wochenendbesuch ermöglichen würde.
Wenige Tage danach erhielt Henry einen Brief von Sally. Er war bestürzt, als er las, daß sie schwanger gewesen war, ihr Baby aber vor zwei Wochen durch eine Fehlgeburt verloren hatte. Es gehe ihr inzwischen jedoch wieder gut, schrieb sie, und er solle sich bloß keine Sorgen machen. Die Dinge seien wieder im Lot, und die Platten mit Ebonys Ragtime-Kompositionen verkauften sich wie warme Semmeln. Sie hatte auch das Schreiben wiederaufgenommen, ohne jedoch darauf einzugehen, an was sie arbeitete. Die meisten Zeilen verwandte sie darauf, von Pearl zu erzählen. Todd Osborne, nun seit zehn Jahren Geschäftsführer des *Clover Club,* hatte ihrer Freundin einen Heiratsantrag gemacht und wollte mit ihr zusammen einen eigenen Club aufmachen.
Henry antwortete Sally sofort mit ein paar Zeilen und versprach, einen ausführlicheren Brief folgen zu lassen. Doch dazu kam er nicht. Je näher der Baubeginn rückte, desto erdrückender wurde der Berg der zu bewältigenden Arbeit. Es machte ihm jedoch nichts aus. Er war mit Leidenschaft dabei, und mit seiner scheinbar grenzenlosen Energie brachte er seine Freunde und jeden, der mit ihnen an dem Projekt arbeitete, immer wieder zur Verzweiflung und an den Rand physischer Erschöpfung. Die Zeit für eine Reise nach Rhode Island fand er nicht, er versuchte sie auch gar nicht zu finden.
»Wir brauchen ein besonderes Logo für das Hotel, das wir auch in

Broschüren und Anzeigen verwenden können«, sagte Lee eines Tages.

Henry fand die Lösung, als er am selben Tag nach einer nächtlichen Marathonsitzung aus der Dusche trat, sich abtrocknete und dann nach dem ledernen Halsband mit der Elfenbeinmuschel griff, die er vorher abgelegt hatte.

»Die Muschel wird unser Zeichen!« teilte Henry seinen beiden Freunden am nächsten Morgen mit. »Sie ist das perfekte Symbol für Sonne, Sand und Meer. Eine große, stilisierte Kammuschel soll auch jede Hotelfassade über dem Säulenportal zieren!«

Am 28. Juni 1914 fielen in der bosnischen Hauptstadt Sarajevo die tödlichen Schüsse auf den österreich-ungarischen Thronfolger Erzherzog Franz Ferdinand und seine Frau Sophie von Hohenberg. Die Welt war vom Attentat erschüttert, und trotz der erheblichen Spannungen zwischen den europäischen Großmächten schien es wochenlang so, als würde diese Bluttat ohne schwerwiegende weltpolitische Folgen bleiben.

Henry befand sich am Tag des Attentats mit Merrill und einem großen Anhang aus Architekten und Ingenieuren auf dem Weg nach Miami. Obwohl viele, zum Teil sogar wichtige Details noch nicht geklärt waren, hatte er am 1. Juli als Tag des Baubeginns festgehalten.

Lee war schon eine Woche vorher nach Miami gefahren, um dafür zu sorgen, daß es bei der aufwendigen Festveranstaltung zur Grundsteinlegung keine Pannen gab.

Alles lief perfekt. Sogar das Wetter spielte mit und schickte ihnen statt Schwüle und Sommergewitter eine angenehme Meeresbrise, die weiße Wolkenbälle über einen tiefblauen Himmel trieb. Henry lachte in die Blitzlichter der Fotografen, als er den ersten Spatenstich machte und den Grundstein für das *Miami Palace* legte. Die Veranstaltung zog eine große Menschenmenge an und war ein großer Erfolg, die Berichte in den Zeitungen, die in den folgenden Wochen überall im Land erschienen, sorgten für noch größere Resonanz. Einer der beiden Pullman-Salonwagen, den Henry nahe der Baustelle auf ein Abstellgleis rangieren ließ, wurde für die nächsten Monate zu seinem zweiten Zuhause. Merrill kehrte sofort in die Firmenzentrale nach New York zurück, um dort die Kontrolle über

die laufenden Geschäfte von *Scallop Oil, Scallop Refinery* und *Scallop Oil Shipping* zu gewährleisten. Die Aufgabe, zwischen New York und Miami hin- und herzupendeln, übernahm Lee – sogar mit großem Vergnügen.
Die beiden Architekten zogen mit ihrem Mitarbeiterstab in ein altes Farmhaus, das jedoch schon bald aus allen Nähten platzte, so daß die große Scheune zu provisorischen Büros umgebaut wurde. Während Paul Gallagher im Innendienst die meiste Zeit am Zeichenbrett, Telefon und Telegrafen verbrachte, übernahm Vance Turner die Bauaufsicht.
Als im Spätsommer der Erste Weltkrieg ausbrach, kam es aufgrund der komplexen Bündnispolitik der Großmächte zu einer Kettenreaktion von Kriegserklärungen. Europa explodierte wie ein Pulverfaß und stürzte in ein mörderisches Blutbad von fast fünf Jahren Dauer.
»Was für ein Wahnsinn, wegen dieses Attentats einen Krieg vom Zaun zu brechen und ganz Europa zum Schlachtfeld zu machen!« sagte Henry bestürzt zu Lee.
»Nach dem irrwitzigen Wettrüsten der letzten Jahre haben die kriegslüsternen Militärs doch bloß auf einen Vorwand gewartet, um endlich losschlagen und alte Rechnungen begleichen zu können. Gott sei Dank, daß Woodrow Wilson unser Land aus dem Konflikt heraushält und die USA für neutral erklärt hat!«
»Hoffentlich bleibt es auch dabei«, sagte Henry.
»Die Nachfrage nach Öl und Tankschiffen wird jetzt dramatisch steigen«, meinte Lee nach kurzem Zögern, als habe er Skrupel, diese auf der Hand liegende wirtschaftliche Konsequenz auszusprechen. »Wir werden eine Menge Geld verdienen, Henry, ob wir an dem Krieg nun Gefallen finden oder nicht.«
Dieser nickte. »Das wird sich wohl nicht vermeiden lassen«, sagte er mit gemischten Gefühlen. »Und noch etwas ist sicher: Die klassische Grand Tour durch Europa ist erst einmal tot. Und je nachdem, wie lange der Krieg dauert und wie groß die Verwüstungen sein werden, wird Europa noch für viele Jahre als Reiseziel ausfallen. Das ist Floridas große Chance.«
Noch am selben Tag sprach Henry mit Vance Turner und Paul Gallagher. »Stellen Sie sich darauf ein, daß wir mit dem Bau des *Palm Beach Palace* nicht erst beginnen, wenn das *Miami Palace*

einmal steht, sondern noch in diesem Jahr! Können Sie eine solche Doppelaufgabe bewältigen?«

Die beiden Architekten versicherten, daß sie dazu in der Lage seien und entsprechende Pläne ausarbeiten würden. Henry kam mit ihnen überein, im Dezember den Grundstein für das *Palm Beach Palace* zu legen.

Als Merrill das erfuhr, nahm er den nächsten *Florida Special* nach Miami, um Henry ins Gewissen zu reden und ihn von dem Vorhaben abzubringen, zwei Hotels fast gleichzeitig zu errichten.

Da sich auch Lee gerade wieder in Miami aufhielt, fuhr Henry mit den beiden zum Abendessen ins Restaurant des Yachtclubs. »Ich verstehe deine Aufregung nicht«, sagte er amüsiert zu Merrill, als sie bei Kaffee und Brandy angelangt waren. »Wir machen blendende Geschäfte. Wir müssen die Kapazitäten unserer Raffinerien erweitern, sind an zwei neuen Ölfeldern in Kalifornien und Arizona beteiligt, verdienen uns an jeder Meile Pipeline eine goldene Nase und überlegen sogar schon, ob wir unsere Tankerflotte nicht erweitern sollen. Und unser reger James Burke ist zuversichtlich, daß sich unsere Investitionen in Louisiana bald auszahlen werden. Sogar die Midwest-Aktien werfen satte Dividenden ab. Weshalb machst du dir solche Sorgen, Merrill?«

»Weil du das Geld mit vollen Händen ausgibst«, erwiderte sein Freund. »Im Mai lag die Kalkulation für das *Miami Palace* noch bei zweieinhalb Millionen, jetzt ist schon von drei Millionen die Rede. Und zur selben Zeit willst du in Palm Beach ein zweites Millionenprojekt in Auftrag geben, ohne zu wissen, ob dein Konzept überhaupt aufgeht. Zudem kommen ja auch noch andernorts hohe Investitionen auf uns zu, wenn wir unsere Stellung in der Ölbranche behaupten wollen.«

»Ich *weiß*, daß mein Konzept aufgehen wird. Deshalb möchte ich, daß auch das zweite Hotel noch vor Ende nächsten Jahres fertiggestellt wird«, erwiderte Henry unbeugsam. »Und was die Kosten für das *Miami Palace* betrifft, so muß man für ein repräsentatives Flaggschiff nun mal von jeher etwas tiefer in den Beutel greifen als für den Rest der Flotte.«

Merrill tröstete sich damit, daß ihnen ja noch immer der Weg an die Börse blieb.

Henry war von morgens bis abends auf den Beinen, und sein

Interesse für jedes Detail trieb die Architekten, Ingenieure und Bauleute manchmal an den Rand der Verzweiflung. Sie lernten jedoch alle rasch, ihm Respekt zu zollen, nicht, weil er der Geldgeber dieses Millionenprojektes war, sondern weil er sich in die Materie vergrub, nächtelang Fachliteratur, Baupläne und Kostenaufstellungen studierte und wußte, wovon er redete, wenn er Kritik anmeldete oder Änderungen vorschlug.

Die Männer von *Gallagher & Turner*, die ihn in diesen Monaten näher kennenlernten, wunderten sich mehr als einmal über seine Sparsamkeit, aber auch über seine Großzügigkeit. Beim Kauf des Landes hatte er einer angrenzenden Kirchengemeinde versprochen, ihr zu nahe am Hotel gelegenes Gotteshaus an anderer Stelle wieder aufzubauen. Doch in einer spontanen Anwandlung gab er Vance Turner dann den Auftrag, anstelle einer besseren Bretterbaracke eine richtige Kirche zu errichten, aus solidem Backstein und mit einem Glockenturm und angrenzendem Gemeindehaus.

»Aber das kostet keine fünftausend Dollar, wie wir veranschlagt haben, sondern gut und gerne das Zehnfache!«

»Ich weiß, und bestellen Sie gleich ein paar neue Kirchenbänke«, antwortete Henry, wandte aber noch am selben Tag viel Zeit auf, um von einem verschriebenen Briefumschlag die Marke abzulösen, damit er sie nicht mit dem Kuvert wegwerfen mußte.

Er konnte auch hart und skrupellos sein. Da er immer wieder die Pläne für den Hotelpark und die Sportanlagen abänderte, stellte sich schließlich für die geplante Golfanlage die Notwendigkeit, an zwei Stellen noch mehrere Acres Land aufzukaufen. Er machte den beiden Besitzern großzügige Kaufangebote, die den Wert des Landes, das erst durch Henrys Hotelprojekt interessant geworden war, und den ihrer sehr bescheidenen Wohnhäuser um das Dreifache übertraf. William Fairlane, auf dessen Parzelle einmal das Clubhaus stehen sollte, und Daryl Dickinson, dessen vier Acres für ein Par-5-Fairway und ein Teichhindernis benötigt wurden, waren nur zu gern bereit, an ihn zu verkaufen, rochen jedoch das ganz große Geld und glaubten, Henry das Doppelte seines Angebotes abknöpfen zu können. Aber erpressen ließ Henry sich nicht.

»Wir können das Spiel auch anders spielen, Vance«, sagte er wütend zu dem Architekten, nachdem die beiden Männer sein noch einmal um zwanzig Prozent erhöhtes Kaufangebot abgelehnt hatten. »Reißen Sie die Zufahrt zu Fairlanes Grundstück auf und kippen Sie ihm den Schlamm und die Fäkalien von den Arbeiterlatrinen in den Garten.«

»Um Gottes willen, er wird Sie verklagen!«

»Soll er es doch versuchen! Ich treffe Judge Reynolds regelmäßig im Yachtclub und auf dem Golfplatz. Er wird jede Klage zurückweisen, wenn Ihre Leute sich nur etwas geschickt anstellen und die Sauerei wie einen bedauerlichen Unfall aussehen lassen, für den ich mich selbstverständlich schriftlich entschuldigen werde – wie auch für all die anderen Mißgeschicke, die ihm von nun an das Leben auf seinem Grund und Boden schwermachen werden. Und was Daryl Dickinson betrifft, so habe ich in Erinnerung, daß er sehr lärmempfindlich ist. Sein Haus liegt aber nahe an der Grenze zu meinem Land. Beginnen wir bei ihm also damit, daß eine Kolonne Arbeiter auf unserem Gelände Tag und Nacht Bäume fällt und lärmende Maschinen laufen läßt – mit ein paar Pausen zwischendurch, um anfangs die Illusion zu wecken, der Lärm habe endlich aufgehört. Doch der Krach wird erst enden, wenn er den Kaufvertrag unterschrieben hat!«

Daryl Dickinson hielt den Lärmterror keine Woche aus. Er resignierte und verkaufte zu dem von Henry angebotenen Preis. William Fairlane war zäher. Er ertrug immerhin fast einen vollen Monat den durchdringenden Gestank der Fäkalien, die ein angeblich außer Kontrolle geratener und umgestürzter Tankwagen in seinen Vorgarten gekippt hatte, sowie die aufgerissene Straße, dazu den immer wieder neuen Stromausfall wegen zufällig durchtrennter Leitungen, den beißenden Qualm brennender Autoreifen und all die anderen Schikanen. Er zog vor Gericht. Doch als ihm dämmerte, daß Judge Reynolds den Beteuerungen des Beklagten mehr Glauben schenkte als ihm, und als Henry ihm drohte, ihn wegen geschäftsschädigender Verleumdung in kostspielige Schadensersatzprozesse zu verwickeln, da warf auch er das Handtuch. Zähneknirschend unterschrieb er den Kaufvertrag, der ihm jetzt erheblich weniger Profit brachte als bei der Annahme von Henrys früherem Angebot.

Das Geld, das Henry eingespart hatte, verteilte er zum Teil als Prämie unter den Arbeitern, die an der Aktion beteiligt waren. Der Rest ging als anonyme Spende an die St.-Francis-Suppenküche in Miami, die sich insbesondere der Armen unter der farbigen Bevölkerung annahm.

Wichtige geschäftliche Termine machten es Mitte August notwendig, daß Henry sich für einige Tage nach New York begab. Bei dieser Gelegenheit erfuhr er von Bekannten, die schon aus Newport zurückgekehrt waren, welch ein großartiges gesellschaftliches Ereignis das Fest auf Ferncliff gewesen war. Und Larry Dwight, der Textilfabrikant, rühmte zusätzlich Leonas überragendes Talent auf dem Tennisplatz. »Sie hat bei unserem Sommerturnier nicht nur im Einzel der Damen gesiegt, sondern auch noch im gemischten Doppel!« sagte er voller Bewunderung.
»Wer war denn ihr Partner?« fragte Henry.
»Richard Banks.«
Zorn und Eifersucht waren so stark, daß Henry versucht war, seine Termine für die nächsten Tage abzusagen und nach Rhode Island zu fahren. Doch er verbot sich diese Reaktion. Was brachte es, Leona bittere Vorwürfe zu machen und sich zu streiten? Leona war eine zu willensstarke und selbstbewußte Persönlichkeit, als daß sie sich von ihm an die Leine legen und vorschreiben ließ, mit wem sie auf dem Tennisplatz oder sonstwo verkehrte. Er kam nun einmal nicht an dem bitteren Eingeständnis vorbei, daß seine Ehe gescheitert war und es nun wohl nur noch darum ging, eine respektable Fassade zu bewahren, hinter der ein jeder von ihnen beiden sein eigenes Leben lebte. Mit dieser bedrückenden Erkenntnis kehrte er Anfang September, als in Europa die deutsche Offensive zum Stehen gekommen war und der Bewegungskrieg der Armeen sich in einen Stellungskrieg zu verwandeln begann, nach Miami zurück.
Zehn Tage später bestand Lee darauf, daß Henry ihn am Nachmittag zum Bahnhof begleitete, wo kurz vor fünf der *Florida Special* aus New York eintraf. »Frag nicht, du wirst schon sehen, warum. Und jetzt genieß die Fahrt!«
»Du meinst, weil es bei deiner selbstmörderischen Fahrweise gut und gern die letzte meines Lebens sein kann, ja?« rief Henry, als Lee seinen Sportwagen, einen silbrig-glänzenden Chadwick-Runabout, wie ein Rennfahrer über die kurvenreiche Landstraße jagte.
Lee lachte bloß.
Der *Florida Special* lief auf die Minute genau um 4 Uhr 55 unter lautem Geheul seiner Dampfsirenen ein. Der Zug kam zum Stehen, die Türen flogen auf, und die Passagiere stiegen aus.

»Ah, da ist ja unser Überraschungsbesuch!« rief Lee.
Henry wandte den Kopf und konnte nicht glauben, wen er sah: Leona. Von der Hand eines Bahnbeamten gestützt, stieg sie aus einem der Salonwagen. Sie trug ein lavendelfarbenes Sommerkleid aus einem weichfließenden Georgettegewebe sowie einen Strohhut mit Bändern in derselben Farbe. Ihr Anblick zog bewundernde Aufmerksamkeit auf sich.
»Bezaubernd, meine Liebe«, begrüßte Lee sie mit einem Handkuß. »Wie machst du es nur, wie eine eigene jüngere Schwester auszusehen?«
Leona lachte etwas gezwungen. »Alter Schmeichler!« Ihr Blick ging zu Henry.
Dieser hatte sich sich äußerlich wieder unter Kontrolle. »Dich hier zu sehen, ist wirklich eine Überraschung. Ist Ferncliff abgebrannt?« Er bereute die Spitze, kaum daß er sie ausgesprochen hatte.
Leona lächelte kurz. »Nein, Ferncliff strahlt in neuem Glanz. Es wird auch dir gefallen. Aber bevor ich dir davon erzähle, muß ich erst meine Überbringerpflichten erfüllen«, sagte sie und gab ihm zu seinem fassungslosen Erstaunen auf jede Wange einen Kuß. Dann trat sie wieder zurück und sagte mit einem Anflug von Verlegenheit: »Die kommen von den Kindern.«
Henry wußte nicht, was er sagen sollte.
Lee räusperte sich. »Freunde, ich habe noch Besorgungen zu machen. Ihr könnt meinen Wagen nehmen. Einer von Gallaghers Ingenieuren nimmt mich mit zurück. Also dann, bis später! Und einen schönen Aufenthalt, Leona!« Damit warf er Henry seine Wagenschlüssel zu. »Aber fahr ordentlich, okay?« Lachend schlenderte Lee davon.
Henry sorgte dafür, daß Leonas Gepäck gebracht wurde, und führte seine Frau zum Wagen. Ihr unerwartetes Kommen hatte ihn innerlich völlig durcheinandergebracht. Hoffnung und starke Skepsis lagen miteinander im Wettstreit. Und während Leona ihm von den Leuten erzählte, die sie im Zug getroffen hatte, fragte er sich, was es mit ihrem Besuch wohl auf sich hatte.
Als er von der Landstraße abbog und dem sandigen Weg folgte, der gegen den Staub mit Öl getränkt war und am Schienenstrang entlang zu seinem Pullman-Salonwagen führte, vermochte er seine Unruhe und Neugier nicht länger zu bezähmen. »Warum bist du

gekommen, Leona? Und warum hast du Lee und nicht mich von deinem Kommen unterrichtet?« fragte er.
»Ich war mir nicht sicher, ob du so erfreut darüber sein würdest. Du hättest vielleicht versuchen können, mich davon abzuhalten.«
»Das erklärt aber immer noch nicht, warum du überhaupt gekommen bist«, sagte Henry, bremste vor dem Salonwagen ab und schaltete den Motor aus.
»Weil ... weil du mir gefehlt hast«, sagte Leona in die plötzliche Stille. »Weil ich nicht möchte, daß wir uns weiterhin gegenseitig das Leben so schwer machen. Und weil ich die Hoffnung habe, daß es noch nicht zu spät ist, einen neuen Anfang zu machen und unsere Ehe zu retten.«
Henry war unfähig, etwas zu sagen.
»Oder ist es vielleicht doch schon zu spät?« fragte sie beklommen.
»Nein«, antwortete er mit belegter Stimme.
Leona atmete mit hörbarer Erleichterung auf. »Dann ist es gut. Ich hätte sonst auch nicht gewußt, was ich in diesem Fall hätte sagen sollen.« Sie lachte nervös auf. »Was hältst du davon, wenn ich mich ein wenig frisch mache, etwas Nettes anziehe ...«
»Das Kleid steht dir wunderbar«, sagte Henry leise und konnte nicht umhin, daran zu denken, daß sein Salonwagen nur über ein Bett verfügte. Es war lange her, seit er das letzte Mal das Bett mit Leona geteilt hatte.
Sie schenkte ihm ein zaghaft dankbares Lächeln, während sie fortfuhr: »Wir könnten dann irgendwo ein frühes Abendessen zu uns nehmen, um uns ungestört und in aller Ruhe auszusprechen. Was meinst du?«
»Ein guter Vorschlag, Leona«, erwiderte er mit bewegter Stimme. »Es gibt viel zu sagen, mehr, als ich dir jetzt sagen kann.«
Er führte sie ins *White Derby Restaurant*, das eine stimmungsvolle Atmosphäre, gestärkte Tischwäsche und eine exzellente Küche aufzuweisen hatte. Doch Henry hatte den Eindruck, daß Leona an diesem Abend auch mit jeder schmutzigen, lauten Hafenkneipe zufrieden gewesen wäre. Seine Frau war wie verändert. Sie gestand ihm, wie sehr auch sie darunter litt, daß sie sich während der letzten Jahre mehr und mehr auseinandergelebt, über jede Kleinigkeit gestritten und sich so gegenseitig das Leben schwergemacht hatten.
»Auch die Kinder sind unglücklich, aber das ist es nicht allein,

Henry. Ich weiß nicht, wie das alles gekommen ist. Ich weiß nur, daß ich dieses Leben nicht mehr weiterführen möchte. Du ... du bist mein Mann, und ich möchte, daß wir miteinander auskommen, auch wenn wir in vielem verschieden sind. Und vor allem möchte ich, daß wir eine glückliche Familie sind«, sagte sie zum Schluß mit Tränen in den Augen.

»Ja, das ist auch mein sehnlichster Wunsch«, sagte er und hatte Mühe, seinerseits die Tränen zurückzuhalten.

Als sie schließlich zu seinem Salonwagen zurückgekehrt waren, bat Leona ihn, kein Licht zu machen. »Zieh mich aus und liebe mich so wie früher!« flüsterte sie. »Laß mich spüren, daß du mich noch immer begehrst.«

»O Leona«, sagte er, und sein Verlangen nach ihr war so stark, daß er fürchtete, schon zu kommen, wenn er ihre nackte Haut berührte und ihre Brüste küßte.

Als er nach einem Präservativ griff, nahm sie es ihm wieder aus der Hand und warf es hinter sich in die Dunkelheit. »Nicht heute und nicht morgen«, sagte sie erregt. »Ich will dich richtig spüren und so mit dir vereint sein wie zu Beginn unserer Ehe. Soll geschehen, was geschehen soll!«

Sie liebten sich zweimal in dieser Nacht, und es war ein Feuer der Leidenschaft, das Henry verschlang. Am Morgen weckte Leona ihn, indem sie seinen nackten Körper streichelte und sich auf ihn setzte, als er unter ihren Händen und Lippen wieder hart wurde. Er verstand nicht, womit er das Wunder verdient hatte, doch das Glück war in sein Leben zurückgekehrt.

Und es war ein Wunder. Zwei Wochen hatten sie ganz allein für sich, und sie erschienen Henry wie zweite Flitterwochen. Leona zeigte sich anschmiegsam, leidenschaftlich und sogar an seinen Hotelprojekten interessiert. Sie ließ sich über die riesige Baustelle führen und sich alles erklären. Ende September kamen Catherine und Alexander in Begleitung von Eleanor Welsh und Frank Lloyd nach, und gemeinsam verbrachten sie zwei weitere zauberhafte Wochen.

Mitte Oktober nahm die paradiesische Zeit ein Ende. Leona kehrte mit den Kindern nach New York zurück; Catherine hätte eigentlich schon seit Wochen in der Schule sein müssen. Doch Henry war mit

Leona einer Meinung, daß diese gemeinsam verbrachte Zeit für sie alle wichtiger gewesen war als jeder Unterricht.
»Sie ist ein aufgewecktes Kind. Ein Privatlehrer wird ihr helfen, rasch den Anschluß zu finden«, sagte Leona beim Abschied, und Henry versprach, wieder mehr Zeit in New York zu verbringen.
Diesmal hielt er Wort. Als er Anfang November nach Hause kam, um die restlichen Wochen bis zum Baubeginn des *Palm Beach Palace* bei seiner Familie und in der Firmenzentrale zu verbringen, sagte Leona am ersten Morgen, als sie mit bleichem Gesicht aus dem Bad kam: »Henry, ich ... ich fürchte, es ist passiert.«
»Was ist passiert?« fragte er verschlafen.
»Ich bin in anderen Umständen. Ich wollte es die letzten Wochen nicht wahrhaben, aber jetzt gibt es keine Zweifel mehr.« Ihr Gesicht trug einen beklommenen, fast ängstlichen Ausdruck.
»Was? Du bist schwanger?« Henry sprang wie elektrisiert und mit einem Jubelschrei aus dem Bett. »Aber das ist doch wunderbar, mein Liebling!« Er umarmte sie, hob sie in die Luft und wirbelte sie im Kreis. »Wir kriegen ein Kind! O Leona!«
»Aber nicht, wenn du so weitermachst. Ich bin nicht mehr die Jüngste, Henry!«
»Aber die Schönste und Begehrenswerteste!« versicherte er, trug sie zum Bett und liebte sie behutsam und zärtlich.

In Europa tobte der Krieg mit aller Grausamkeit, im Indischen Ozean begann die Jagd auf den deutschen Kreuzer *Emden,* der in wenigen Monaten schon zweiundzwanzig Handels- und Kriegsschiffe versenkt hatte, und im Januar 1915 torpedierte die deutsche Marine mit der *William C. Freye* das erste amerikanische Handelsschiff, weil es Getreide für Großbritannien geladen hatte.
Die Mehrheit der Amerikaner wollte eisern an der Neutralität der USA festhalten, und Präsident Woodrow Wilson beschränkte sich nach außen hin auf eine Protestnote. Doch in Erwartung einer Eskalierung des Krieges, die der amerikanischen Neutralität ein Ende bereiten mußte, stellte Woodrow Wilson die Weichen, um die Wirtschaft des Landes und die Streitkräfte auf einen möglichen Kriegseintritt vorzubereiten.
Für die Mehrzahl der Amerikaner war der Krieg trotz der ausführlichen Berichterstattung in den Zeitungen ein häßliches Geschehen,

das sich in einer Welt abspielte, die in weiter Ferne lag und ihr Leben praktisch kaum berührte, von den wirtschaftlichen Auswirkungen einmal abgesehen. Der Krieg erwies sich als ein Bombengeschäft für alle neutralen Staaten, und in Amerika boomte neben vielen anderen Zweigen der Wirtschaft insbesondere die Öl- und die Schwerindustrie.

Henrys Unternehmen machten phantastische Geschäfte und ermöglichten es ihm, seine ehrgeizigen Hotelprojekte in Florida, die Millionen verschlangen, sorglos und mit voller Kraft voranzutreiben. Schon am 1. Dezember hatte in Palm Beach die Grundsteinlegung für sein Achthundert-Betten-Hotel *Palm Beach Palace* stattgefunden. Mitte April, als deutsche Truppen an der Westfront bei Ypern den ersten Gasangriff auf die französischen Stellungen unternahmen, begab sich Henry auf eine Inspektionsreise zu neuen Ölfeldern im Westen, an denen er beteiligt war. Auf dieser Reise traf er Ted wieder, der schon zwei erfolgreiche Bohrungen niedergebracht hatte, vor Gesundheit und Zufriedenheit strotzte und sich bemühte, die Verstimmung zwischen ihnen aus der Welt zu schaffen. Doch Henry war noch nicht bereit, ihm zu verzeihen, daß er sich von ihnen getrennt hatte, und hielt das Wiedersehen kurz.

Tags darauf erreichte Jonathan ihn in Oklahoma City mit einer erschreckenden Nachricht: Leona lag im Krankenhaus. Nach einem schweren Sturz hatten bei ihr die Wehen eingesetzt, fast sechs Wochen vor der Zeit.

Henry ließ alles liegen und stehen. Zwei Tage später traf er in New York ein, völlig erschöpft, weil er aus quälender Angst um Leona und das Baby kaum ein Auge zugetan hatte. Er stürzte in die exklusive Privatklinik von Professor Harrison Rhodes, und ein junger Assistenzarzt, der sich gerade bei der hübschen Rezeptionistin in der Empfangshalle aufgehalten hatte, nahm sich sofort seiner an und fuhr mit ihm nach oben.

»Nun beruhigen Sie sich doch!« sagte der junge Arzt, als Henry ihn im Fahrstuhl förmlich mit Fragen über den Zustand seiner Frau und seines Babys überschüttete. »Ihrer Frau geht es ausgezeichnet.«

»Und dem Kind?« stieß Henry in banger Erwartung hervor. »Ist ... ist es lebensfähig?«

»Lebensfähig?« Der Arzt lachte belustigt. »Ihr Junge ist so gesund und kräftig, wie ein Baby von siebeneinhalb Pfund nur sein kann.«

Henry sah ihn ungläubig an. »Das Baby wiegt siebeneinhalb Pfund? Unmöglich!«
»Sie können es mir glauben, denn ich habe es selbst gewogen. Es war meine erste Geburt, bei der ich Professor Rhodes assistiert habe; ich bin nämlich erst seit zwei Tagen in dieser Klinik. Ihre Frau«, sagte der Arzt, und der Fahrstuhl kam mit einem Ruck zum Stehen, »hat Ihnen wirklich einen kräftigen Sohn geschenkt.«
»Ja. Aber er ist doch über einen Monat zu früh gekommen.«
»Zu früh? Da müssen Sie sich aber sehr verrechnet haben. Nun, so etwas kann jedem mal passieren. Ihr Sohn ist jedenfalls keinen Tag zu früh auf die Welt gekommen, sondern hat seine vollen neun Monate Zeit gehabt, um sich zu einem prächtigen kleinen Kerlchen zu entwickeln, dessen kann ich Sie beruhigen«, sagte der junge Arzt und hatte keine Ahnung, was er mit seinen Worten anrichtete. »So, und hier ist das Zimmer Ihrer Frau. Herzlichen Glückwunsch, Mister Maynard!«
Henry hatte das entsetzliche Gefühl, als habe ihm jemand den Boden unter den Füßen weggezogen. Ihm war, als bohrte sich ein eisiger Dorn in sein Herz. Siebeneinhalb Pfund! Leona hatte gar keine Frühgeburt gehabt, sie hatte das Kind voll ausgetragen! Und das bedeutete, daß sie schon schwanger gewesen war, als sie nach Miami gekommen war, angeblich um sich mit ihm zu versöhnen. Dabei war offensichtlich jeder Schritt, jedes Wort und jeder Kuß kalte Berechnung gewesen, um ihren Fehltritt mit einem anderen Mann zu vertuschen.
Leona schlief, als er ins Zimmer trat. Er blieb am Bettende stehen und betrachtete sie. Betörend schön wie ein Engel sah sie in ihrem weißen, mit Spitze reich verzierten Nachthemd und dem blonden, offenen Haar aus. Betörend schön war sie – aber auch so falsch und ehrlos, ihn mit einem anderen Mann zu betrügen und ihm dessen Bastard unterzuschieben.
In diesem Moment zerbrach etwas in ihm, und er wußte, daß sich die Scherben ihrer Ehe nie wieder kitten lassen würden. Dies war unwiderruflich das Ende ihrer Liebe, oder was immer davon noch übriggeblieben war. Leona hatte alles verraten, an das er geglaubt hatte, als er ihr vor dem Altar Liebe und Treue in guten wie in schlechten Zeiten geschworen hatte.
Seine Hände umklammerten die Stange des Bettgestells, das sich

dabei bewegte. Leona erwachte aus ihrem leichten Schlaf und schlug die Augen auf. »Henry, du bist schon hier?« Sie setzte sich auf und zauberte ein Lächeln auf ihr Gesicht.
Kalt sah er sie an. »Siebeneinhalb Pfund, wirklich stattlich für eine Frühgeburt. Ein richtiges medizinisches Wunder!«
Ihr Lächeln gefror. »Professor Rhodes wird dir erklären ...«
»Ich bin sicher, daß Professor Rhodes eine höchst gelehrte Erklärung für mich bereithält. Dafür wirst du schon gesorgt haben«, fiel Henry ihr scharf ins Wort. »Aber wenn du glaubst, mir damit Sand in die Augen streuen zu können, dann mußt du mich für schwachsinnig halten. Jetzt verstehe ich, warum du nach Miami gekommen bist und nicht genug von mir bekommen konntest – und ohne Schutz!«
Entsetzen trat in ihre Augen. »Ich weiß überhaupt nicht, wovon du redest. Wir haben einen gesunden Sohn ...«
»Dessen Vater ich nicht bin!« zischte Henry. »Du hast mich betrogen, Leona, und wolltest mich glauben machen, daß der Bastard deines Liebhabers mein Sohn ist.«
»Das ist alles nicht wahr! Das sind lächerliche Unterstellungen, für die es keine Beweise gibt!« erwiderte Leona bestürzt und fügte hastig hinzu: »David ist *dein* Kind, und niemand wird etwas anderes von mir hören.«
»Was bleibt dir auch anderes übrig, wenn du in der dir so wichtigen Gesellschaft nicht zum Paria werden willst, nicht wahr?«
»Lüge, nichts als Lüge!« rief Leona, während ihr leichenblasses Gesicht von blanker Angst gezeichnet war.
Henry brachte ein bitteres Lächeln zustande. »Auch von mir wird niemand etwas anderes zu hören bekommen. Nicht, weil ich Angst vor einem Skandal hätte; einen Dreck würde ich mich darum scheren! Daß du so billig davonkommst, hat einen anderen Grund. Du hast unsere Ehe zerstört, das ist schlimm genug. Aber ich lasse nicht zu, daß dieser Ehebruch nun auch die Kindheit von Catherine und Alexander zerstört. Ich werde David meinen Namen geben und ihn als meinen Sohn anerkennen, weil ich nicht will, daß *meine* Kinder heute schon erfahren, was für ein ehrloses, verkommenes Subjekt ihre Mutter ist. Ich will sie vor der abstoßenden Wahrheit schützen, daß ihre Mutter herumhurt und einen Bastard in die Familie schmuggelt.«
Leonas Züge verzerrten sich. »Du dahergelaufener Latrinenboy hast

kein Recht, über mich zu urteilen!« schrie sie mit kreischender Stimme. »Du hast mich zuerst betrogen und belogen! Von Anfang an hast du mich getäuscht. Du hast mich glauben lassen, daß du ein Gentleman wärst und mir als deine Ehefrau ein Leben bieten würdest, das meiner Herkunft entsprach. In Wirklichkeit hast du meine Welt jedoch abgelehnt, und im Grunde deines Herzens lehnst du sie noch immer ab.«

»Und deshalb hast du mit Richard Banks herumgehurt und mir nun seinen Bastard untergeschoben, ja?« erwiderte Henry voller Abscheu und Bitterkeit.

»David ist *dein* Sohn!« beharrte sie.

»Ich werde nie etwas anderes behaupten, aber ich werde auch nie die Wahrheit vergessen, Leona«, entgegnete er eisig und ging aus dem Zimmer. Auf dem Flur begegnete ihm eine Krankenschwester. Mit freundlichem Lächeln fragte sie, ob er sein Kind sehen wolle. »Nein«, antwortete er schroff. »Und ich wünschte, es wäre erst gar nicht geboren!«

In den wenigen Tagen, die Henry noch in New York blieb, verbrachte er mehr Zeit als sonst mit Catherine und Alexander. Er setzte seinen Fuß jedoch nicht mehr in die Privatklinik, was weder seine Kinder noch seine Schwiegereltern und Eleanor Welsh verstehen konnten. Als Leona mit ihrem vor Gesundheit strotzenden Baby nach Hause kam, hielt sich Henry schon längst wieder in Florida auf. Er kam jedoch zur Taufe, die ihm große Überwindung und eine noch größere Selbstbeherrschung während der Zeremonie und dem anschließenden Fest abverlangte. Doch ihm war keine andere Wahl geblieben, denn Leona hatte hinter seinem Rücken Merrill die Patenschaft für David angetragen, die dieser auch mit großer Freude annahm. Henry war wütend, daß es Leona gelungen war, ausgerechnet Merrill als Paten zu gewinnen. Sie hatte es natürlich, sagte er sich, aus kalter Berechnung getan, quasi als geheime Rückversicherung, um sich dessen Unterstützung bei zukünftigen Auseinandersetzungen um die Gleichstellung der Kinder gewiß zu sein. Henry hätte es zwar verhindern können, doch dann hätte er Merrill reinen Wein einschenken und ihm alles offenlegen müssen, nicht nur Leonas Ehebruch und planmäßige Verführung in Miami, sondern auch seinen Schmerz, und das brachte er nicht über sich.

So sah Henry David zum erstenmal bei der Taufe. Als Merrill ihm das Kind in die Arme drückte, lag es merkwürdig still unter seinem Taufdeckchen und blickte ihn mit klaren blauen Augen ernst an, als spüre es die tiefe innere Ablehnung, die Henry ihm entgegenbrachte.
»Was hast du?« fragte Merrill verwundert, als Henry ihm das Baby schnell wieder anvertraute.
»Ich habe es nicht mit Kleinkindern«, murmelte Henry, »sie kommen mir immer so zerbrechlich vor.«
»Aber doch nicht David!« meinte Merrill lachend. »Ich sage dir, eines Tages wird dieser Sohn hier auch die stärksten Konkurrenten davonjagen. Er wird ein richtiger Maynard.«
»Ich brauche einen Drink«, murmelte Henry und entfernte sich hastig. Er brauchte mehr, als er trinken konnte. Und David würde nie ein »richtiger« Maynard sein! Nie!
Nach Florida zurückgekehrt, stürzte Henry sich mit einer verbissenen Vehemenz auf die Aufgaben, die seine bisherige Arbeitswut weit in den Schatten stellte. Zudem beauftragte er Vance Turner, Entwürfe für eine Villa vorzulegen, die er in Miami auf dem herrlichen Ufergrundstück bauen wollte, das er während seiner ersten Reise nach Florida vor über zehn Jahren gekauft hatte.
»Ich werde die nächsten Jahre mehr Zeit im Süden Floridas als in New York verbringen«, erklärte Henry.
Die grandiose Eröffnung des *Miami Palace* fand Anfang September am Labour Day statt. Ähnlich großartig wurde auch am 1. Dezember das in Rekordzeit errichtete *Palm Beach Palace* eingeweiht. Die Eröffnung der Hotels war schon Monate vorher von einer aufwendigen Werbekampagne begleitet worden, zu der auch zahlreiche Preisausschreiben gehörten. Der Hauptpreis bestand jeweils aus einem dreiwöchigen Hotelaufenthalt für zwei Personen. Um sicherzustellen, daß in den ersten kritischen Monaten beide Häuser nach außen hin eine gute Belegung aufwiesen, bestimmte Henry, daß es im ganzen Land mehrere tausend Gewinner gab.
»Es ist mir egal, ob wir dadurch eine halbe oder anderthalb Millionen Verlust machen!« schmetterte er Merrills Bedenken kategorisch ab. »Ich will, daß von Anfang an Leben in den Hotels ist. Denn nichts ist verhängnisvoller, als wenn sich herumspricht, daß es in den *Palace*-Hotels gähnend leer ist. Ich will, daß wir sogar manche zahlenden Kunden ablehnen müssen. Das ist die beste Propaganda.

Wenn sich die Hotels erst einmal tragen, machen wir die Anfangsverluste schnell wieder wett.«
»Das *Miami Palace* ist so riesig und verschwenderisch, daß es sich nie tragen wird«, grollte Merrill.
»Und wenn schon. Das nehme ich bei meinem Flaggschiff in Kauf«, erwiderte Henry ungerührt. »Aber das *Palm Beach Palace* und das *Tampa Palace*, das nächsten Dezember eröffnen soll, werden eine gute Rendite abwerfen.«
»Die ja leider gleich wieder in neuen gewaltigen Baugruben verschwindet«, seufzte Merrill.
»Das Schmiergeldbudget für die Presse und die Reiseveranstalter ist so gut wie aufgebraucht«, schaltete Lee sich ein.
»Merrill, füll den Schmiergeldtopf wieder auf!« wies Henry diesen an. »Bis die *Palace*-Kette dank Mund-zu-Mund-Propaganda läuft, sind wir auf die Unterstützung dieser Leute angewiesen. Wir können es uns nicht leisten, auf diesem Gebiet kleinlich zu sein.«
Merrill machte ein grimmiges Gesicht. »Warum beläßt du es nicht erst einmal bei den beiden Hotels und wartest ab, bevor du weitere Projekte angehst?«
»Vergiß es!« sagte Henry nur.

Weihnachten und Neujahr verbrachte Henry der Kinder wegen in New York. Leona und er hatten sich nichts mehr zu sagen. Ihre Ehe existierte nur noch auf dem Papier. Was die beiden noch verband, war die Liebe zu ihren Kindern, die nicht die Leidtragenden der endgültigen Entfremdung sein sollten. Stillschweigend kamen sie deshalb zu der Übereinkunft, sich vor Catherine, Alexander und David gehässiger Bemerkungen zu enthalten und sich mit einem gewissen Maß an Respekt zu behandeln. Henry vermied es jedoch, mit David in einem Raum zu sein. Wenn Eleanor mit dem Baby kam, das sie wegen seines stillen, fröhlichen Wesens »mein Sonnenschein« nannte, verließ er das Zimmer. Es war schlimm genug, daß er bleiben mußte, wenn Merrill, Jonathan oder andere Gäste anwesend waren.
Das Jahr 1915 war mit düsteren weltpolitischen Perspektiven zu Ende gegangen. Nach den Gasangriffen und dem rücksichtslosen U-Boot-Krieg der Deutschen und insbesondere nach der Versenkung des Passagierschiffes *Lusitania* – zu den fast zwölfhundert

Todesopfern gehörte auch der Millionärssohn Alfred Vanderbilt – war der Ruf nach einem Kriegseintritt der USA im Land lauter geworden. Die Neutralität Amerikas war längst nur mehr eine diplomatische Lüge und dient allein dazu, Zeit zu gewinnen, also die Streitkräfte auf Kriegsstärke zu bringen, den Ausbau der eigenen Rüstungsindustrien voranzutreiben und gewaltige Profite zu machen. Denn schon längst bezogen die Alliierten Kredite, Waffenlieferungen, Öl und andere kriegswichtige Waren aus den USA.

»Wenn die Russen, Briten und Franzosen die Deutschen zermürbt haben, werden wir einmarschieren und ihnen den Rest geben«, erklärte Lee auf dem Silvesterball der Blairs, an dem Henry, um das Gesicht zu wahren, mit Leona teilnahm.

»Bis dahin hat es schon Millionen Tote und schreckliche Verwüstungen gegeben«, sagte Merrill düster.

»Sicher, aber jeder tote Franzose, Brite oder Russe ist ein toter Amerikaner weniger, und darauf kommt es ja wohl an«, verkündete Lee ungerührt. »Warum sollen wir Amerikaner auch die Kastanien aus einem Feuer holen, das die europäischen Großmächte angezündet haben?«

»Weil wir diejenigen sind, die am besten daran verdienen«, erwiderte Merrill. »Und weil es so etwas wie Moral gibt.«

»Werd nicht sentimental, Merrill! Du wirfst doch auch einem Leichenbestatter nicht vor, daß er am Tod verdient und nicht Arzt geworden ist!« widersprach Lee.

Merrill schüttelte den Kopf. »Manchmal habe ich das starke Verlangen, auf mein Boot zu gehen, die Leinen loszuwerfen und all das hinter mir zu lassen«, murmelte er deprimiert.

Lee lachte vergnügt und legte ihm einen Arm um die Schulter. »Meinst du mit ›all das‹ den guten Whiskey, dem du die letzte Stunde so fleißig zugesprochen hast? Das wäre aber ein arger Verzicht. Komm, alter Knabe, holen wir uns noch einen!« Damit zog er den Freund in Richtung der Bar.

Henry empfand eine ähnliche Niedergeschlagenheit, die auch am nächsten Morgen noch nicht von ihm weichen wollte. Es war still im Haus, als er aufstand, seinen Morgenmantel anzog und über den Flur ging. Er hatte das Verlangen, Sally einen Brief zu schreiben. Schon zu lange hatte er nichts mehr von sich hören lassen.

Er stockte, als er an Davids Zimmer vorbeikam und ein leises

Weinen hörte. Soll sich doch Eleanor um den Kleinen kümmern! sagte er sich. Dafür wird sie ja immerhin bezahlt. Warum hört sie denn nicht, daß der Junge weint?
Doch das Weinen, das nichts mit dem verlangend durchdringenden Schreien gemein hatte, das er von Catherine und Alexanders Babyzeit her kannte, ging ihm unter die Haut. Er vermochte das Wimmern einfach nicht zu ignorieren, stieß die nur angelehnte Tür auf und trat ins Zimmer. Augenblicke später stand er zum erstenmal am Gitterbettchen seines »angenommenen« Sohnes.
»Was hast du?« flüsterte er.
David sah ihn an, und seine Augen wurden groß. Sein Wimmern verstummte augenblicklich, während er seine Ärmchen nach ihm ausstreckte.
Blick und Geste dieses kleinen Geschöpfes erschütterten Henry. Sie durchstießen die Mauer eisiger Abwehr und weckten Scham und Schuldbewußtsein in ihm. Er beugte sich hinunter, nahm David hoch und drückte ihn sanft an sich. Tränen füllten seine Augen, als er die zarte Haut des Kindes an seiner Wange spürte und hörte, wie David ein seliges Glucksen von sich gab.
Mit dem Baby auf dem Arm trat er ans Fenster und blickte in den grauen ersten Morgen des neuen Jahres hinaus. Schneeregen fiel vom tiefhängenden Himmel. Tränen füllten seine Augen. Was hatte er nur getan? Wie gefühlskalt und ungerecht es doch von ihm gewesen war, seine Verbitterung und Unversöhnlichkeit über Leonas schändlichen Betrug auf dieses unschuldige Wesen zu übertragen und ihm jegliche Beachtung zu versagen! Wie hatte er das nur tun können?
War das die Erbsünde, von der in der Bibel die Rede war und von der er den Priester so oft hatte reden hören, als er noch mit seinem Vater regelmäßig zur Kirche gegangen war? Er hatte nie verstanden, daß eine Sünde vererbbar sein solle wie ein Ring oder ein Haus. Doch jetzt ahnte er, was damit gemeint sein konnte. Denn waren es nicht die Sünden der Mütter und Väter, die die Seele ihrer Kinder schon vergifteten, lange bevor deren bewußtes Denken einsetzte? Nahmen diese jungen Menschen denn nicht schon als Babys mit der Muttermilch den Haß und die Bitterkeit, die Vorurteile und die Mißgunst ihres Elternhauses in sich auf, und spürten sie denn nicht ebenso die Kälte, die ihre Eltern umwehte, wie die wortlose Abwehr,

die sie erfuhren? O ja, die Erbsünde, so wie er sie verstand, existierte. Leona und er hatten David schon bei seiner Geburt Lasten auf die kleinen Schultern gelegt, die eigentlich eines Herkules würdig waren. Und es war zweifelhaft, ob er in seinem Leben, wie lang und erfolgreich es auch sein mochte, je genug Kraft aufbringen würde, um sich von ihnen zu befreien.

Henry blickte auf das Baby hinunter, das seine winzige Hand um seinen Zeigefinger gelegt hatte und kraftvoll an ihm zerrte, und er schämte sich zutiefst, daß er dieses unschuldige Wesen all die Monate von sich gestoßen hatte, als trüge es Mitschuld an der Tat seiner Mutter.

»Es wird nicht wieder passieren, David!« flüsterte er und verdrängte für diesen Moment die Befürchtung, daß er trotz bester Vorsätze wohl doch nie in der Lage sein werde, David in seinem Innersten so anzunehmen und ihn so zu lieben, wie dieses Kind es verdient hatte.

Siebtes Kapitel

»Sally! Mein Gott, wie verfroren du aussiehst! Komm schnell ins Warme!« rief Pearl, als ihre hochschwangere Freundin an einem eisigen Novembermorgen des Jahres 1916 unerwartet vor ihrer Tür stand.

Sally legte ihren alten Wollmantel ab und folgte Pearl in die bullig warme Küche. Auf dem Tisch stand noch das Frühstücksgeschirr.

»Wärst du eine halbe Stunde früher gekommen, hättest du mit uns frühstücken können«, sagte Pearl. »Möchtest du noch Toast? Ich kann dir auch gern ein Omelett machen.«

»Danke, mir ist nicht nach Essen zumute. Aber eine Tasse Kaffee nehme ich gerne, wenn du welchen hast«, sagte Sally und nahm auf der gepolsterten Eckbank Platz. Dabei verzog sie das Gesicht und faßte sich an die Seite.

»Hast du wieder Schmerzen?« fragte Pearl besorgt.

»Nein, es ist nur der Rücken.«

Pearl räumte schnell den Tisch ab, holte ein frisches Gedeck für ihre

Freundin und setzte sich zu ihr. »Du mußt dich mehr schonen, wo du nun schon im siebten Monat bist.«
»Der Auffassung ist auch Mister Wilkerson gewesen, und deshalb hat er mir gekündigt«, sagte Sally mit bitterem Spott.
»Du hast deine Stelle in seinem Schreibbüro verloren?« fragte Pearl betroffen. »Aber er war doch immer so zufrieden mit dir?«
Sally lachte freudlos auf, nahm einen Schluck Kaffee und sagte: »Als ich vorhin ins Büro kam, saß auf meinem Platz schon eine andere, ein hübsches junges Ding, und ich konnte mir bei Wilkerson den Lohn für die letzten beiden Tage abholen. Er war wirklich sehr besorgt um mich. In meinem Zustand sei das stundenlange Sitzen an der Schreibmaschine doch nichts Gutes. Und ich solle doch später wieder bei ihm anfragen.«
»Ach, Sally«, seufzte Pearl, wußte sie doch, wie bitter nötig ihre Freundin auf den Lohn angewiesen war, seit Ebony keinen Cent mehr nach Hause brachte. Denn von den Honoraren für Sallys Geschichten, an denen sie in den Abendstunden und oft noch bis spät in die Nacht arbeitete, konnten sie nicht leben. Dazu kamen die Sorgen und Demütigungen, die Ebony ihr zufügte. Wie gut ging es ihr, Mrs. Pearl Osborne, dagegen! Im Frühjahr hatte sie Todd geheiratet und war zu ihm in diese wunderschöne Wohnung gezogen. Sie besaß die Liebe eines hart arbeitenden, treuen Mannes, brauchte sich keine finanziellen Sorgen zu machen und würde mit Todd zu Weihnachten ihren eigenen Club eröffnen. Das Schicksal hatte sie wahrlich reich beschenkt, während die Misere ihrer Freundin einfach kein Ende nehmen wollte. Sie hätte weinen mögen, denn Sally hatte ein bißchen Glück und Luft zum Atemholen so sehr verdient. »Aber mach dir keine Sorgen, wir lassen dich nicht hängen!«
»Danke, Pearl, das ist lieb von dir, aber ich werde schon was Neues finden«, versicherte Sally und gab sich Mühe, ein halbwegs zuversichtliches Lächeln zustande zu bringen. »Bisher habe ich es noch immer geschafft.«
Pearl legte ihre Hand auf die ihrer Freundin. »Sei nicht zu stolz! Tu mir das nicht an! Wenn du Hilfe brauchst, kommst du zu uns, versprochen?«
Sally biß sich auf die Lippen und nickte.
Pearl schüttelte den Kopf. »Du hättest Ebony letztes Jahr nach der

Fehlgeburt verlassen sollen, wie ich es dir geraten habe«, sagte sie bedrückt. »Vor allem hättest du nicht zulassen dürfen, daß er dich noch einmal schwängert.«

»Es ist eben passiert«, sagte Sally mit gesenktem Blick und verdrängte die aufsteigende Erinnerung an jene Nacht vor sieben Monaten, als Ebony spätnachts nach Hause gekommen war, von Alkohol und wohl auch von Drogen aufgeputscht, und sie nicht lange gefragt hatte, ob sie auch mit ihm schlafen wolle. Es war fast eine Vergewaltigung gewesen.

Pearl sah sie voller Sorge an. »Sally, du mußt dich endlich von Ebony trennen! Er zieht dich hinunter und ruiniert dich. Auch ich habe einmal große Stücke auf ihn gehalten, aber die Zeit ist vorbei. Er ist nicht mehr der, der er einmal war. Alkohol und Drogen haben ihn verändert. Er ist aggressiv und unberechenbar geworden. Er kennt kein Verantwortungsgefühl mehr und hat auch jeden Antrieb verloren, sich um einen Job zu bemühen. Und du weißt in deinem Innern ganz genau, daß er mit anderen Frauen herumhurt, wenn er nächtelang nicht nach Hause kommt.«

»Ebony ist krank, und da kann ich ihn doch jetzt nicht im Stich lassen«, antwortete Sally gequält. »Und es ist doch auch sein Kind!«

»Hör auf, dir etwas vorzumachen! Ebony kümmert sich einen Dreck um dich, und er wird sich noch viel weniger um das Kind kümmern, wenn es auf der Welt ist. Und er ist nicht krank, sondern süchtig.«

»Aber das ist eine Krankheit, Pearl!«

»Das mag sein, aber begreif doch endlich, daß Ebony gar nicht gesund werden will!« hielt Pearl ihr vor. »Er hängt an der Nadel und ist rettungslos verloren, weil er von dem Teufelszeug einfach nicht lassen will. Du hast ihm Chancen genug gegeben, von dieser schrecklichen Sucht loszukommen, doch er hat nicht einmal einen auch nur halbwegs ernsthaften Versuch unternommen. Er ist verloren, laß dir das gesagt sein. Das Rauschgift hat den Mann, den du einmal geliebt hast, längst zerstört.«

»Aber wie kann ich denn gerade jetzt die Hoffnung aufgeben, wo ich in zwei Monaten mit seinem Kind niederkommen werde?« wandte Sally verzweifelt ein.

»Gerade weil du bald Mutter wirst, muß du dich von Ebony trennen!« beschwor Pearl sie. »Du mußt dein Kind vor ihm schützen! Oder willst du, daß es in einem Haushalt aufwächst, wo es tagtäglich seinen Vater betrunken herumtorkeln, sich Rauschgift spritzen und seine Mutter demütigen und schlagen sieht? Willst du das deinem Kind antun?«

»Nein«, murmelte Sally ratlos. »Aber vielleicht ...«

»Es gibt kein vielleicht. Du mußt da raus!« sagte Pearl und erinnerte sie noch einmal nachdrücklich daran, daß sie jederzeit bei ihnen unterkommen und später auch in ihrem Club Arbeit finden würde.

Eine Stunde später machte sich Sally niedergeschlagen auf den Heimweg, der nur um ein paar Häuserblocks führte. Dabei dachte sie darüber nach, was Pearl gesagt hatte. Ihre Freundin hatte ja in so vielem recht. Sallys Kraft war aufgebraucht, und immer öfter befiel sie das verzweifelte Verlangen, diese erdrückende Last endlich abzuwerfen, wieder frei zu sein und nur für sich allein und das Baby sorgen zu müssen. Doch zehn Jahre gemeinsames Leben löschte man nicht so einfach aus wie Kreideschrift auf einer Schiefertafel. Jedenfalls sie war dazu nicht fähig. Und wie konnte sie ihn verlassen, wo sie doch wußte, daß nur sie allein noch zwischen ihm und dem endgültigen Abstieg, dem Leben in der Gosse, stand?

Nein, sie mußte ihm zumindest noch eine Chance geben, sagte sie sich, als sie mühsam die Treppe zu ihrem schäbigen Apartment hochstieg und bei jedem Schritt wieder Schmerzen im Rücken spürte. Vielleicht bewirkte die Geburt seines Kindes, was all ihre Bemühungen bisher nicht erreicht hatten: daß er endlich mit dem Rauschgift aufhörte.

Ebony hatte das Grammophon an. Sie hörte die Musik schon, bevor sie den Treppenabsatz erreichte. Es war ihr Lied, das er aufgelegt hatte. *Deep South Sally* würde immer ihr Lied bleiben, auch wenn die Rechte nun *Helios Records* gehörten und die Melodie von einem anderen Hornisten gespielt wurde. Ebony wußte, wie sehr sie das Stück liebte, und er legte die Platte immer auf, wenn er sie versöhnlich stimmen wollte.

Sally lächelte, als sie die Wohnung betrat. Nein, in einem hatte Pearl unrecht gehabt. In seinem Herzen liebte Ebony sie noch immer, und diese Liebe war Grund genug, immer wieder neue Hoffnung ...

Sie führte den Gedanken nicht zu Ende, denn in diesem Moment hörte sie die Stimme einer Frau. Ein helles Lachen kam aus dem Schlafzimmer, gefolgt von einem wollüstigen Stöhnen.

»O ja Baby, so ist es gut. Ja, nimm ihn ganz, Sweetheart. Ich werde es dir besorgen, wie es vorher noch keiner getan hat. O Gott, ja!« Das war Ebonys Stimme.
Sally fuhr wie mit der Peitsche geschlagen zusammen. Mit plötzlich rasendem Herz stand sie da und starrte auf die halboffene Tür des Schlafzimmers, aus der die Stimmen kamen und Geräusche, die nicht eindeutiger hätten sein können. Sie wollte schreien und davonlaufen. Doch irgend etwas in ihr zwang sie, auf das Zimmer zuzugehen, die Tür aufzustoßen und mit eigenen Augen zu sehen, wie Ebony es in ihrem Bett mit einer anderen Frau trieb, während er sie bei der Arbeit wähnte.
Beide waren splitternackt. Und obwohl Sally selbst so oft lustvoll genossen hatte, was Ebony jetzt vor ihren Augen mit dem Mädchen trieb, das kaum älter als achtzehn sein konnte, wirkte der Anblick der beiden unbeschreiblich abstoßend und obszön auf sie.
Sally erinnerte sich später nicht mehr, was sie geschrieen hatte. Ein gewaltiger Strom von Worten brach aus ihr heraus, als wäre in ihr ein Damm gebrochen. Eine Flut von Worten, die voller Vorwurf und Zorn, voll Fluch und Unflat waren, ergoß sich aus ihrem Mund, als müsse sich ihre Seele übergeben und all das Bittere und Saure loswerden, das sich dort angesammelt hatte. Gleichzeitig stürzte sie sich auf ihn, schlug nach ihm, bohrte ihre Fingernägel in seinen nackten Körper und kratzte ihn blutig. Wie eine Furie fiel sie über ihn her.
»Du verdammtes Miststück!« brüllte Ebony und schlug mit aller Kraft zu.
Der Fausthieb schleuderte Sally gegen die Wand, brach ihr die Nase und ließ ihre Oberlippe aufplatzen. Doch sie spürte es gar nicht. Sie war wie im Rausch, und erneut stürzte sie sich auf ihn.
Ebony schlug mit geballter Faust zu. Mehrmals. Er warf sie zu Boden, und während er sie mit obszönen Verwünschungen überschüttete, trat er ihr in den Bauch.
Nun kam der Schmerz. Er war wie ein Meer von Lanzen, deren scharfe und zugleich glühend heiße Spitzen sie von innen zu durchbohren schienen.
Sie schrie, und dann übertönte eine andere gellende Stimme ihre Schreie: »Hör auf! ... Ebony, bist du wahnsinnig geworden? ... Du bringst sie ja um! ... Du bringst sie um!«

Sally konnte nichts mehr sehen. Ihr war, als habe jemand einen dunklen Schleier vor ihre Augen gezogen. Doch sie spürte, wie das Blut warm aus ihrem Schoß floß und ihre Beine näßte, als sie sich unter den Tritten krümmte. Bring mich nur um, Ebony! dachte sie. Dann ist es vorbei, dann ist alles vorbei.
Das Schreien der fremden Stimme ging in ein Wimmern über. »O Gott, das Blut ... das viele Blut!«
Stimmen und Schmerzen verebbten, als Sally in eine abgrundtiefe Schwärze fiel.

Pearl saß an ihrem Bett, als Sally im Krankenhaus zum erstenmal aus der Bewußtlosigkeit erwachte. Sie wußte nicht, wo sie sich befand und was geschehen war. Sie wußte nur, daß sie nicht tot und daß dies irgendwie nicht richtig war. »Nicht tot«, murmelte sie und hatte Mühe, ihre Augen offenzuhalten.
»Nein, du bist nicht tot, Gott sei Dank nicht. Aber fast hätte der Schweinehund es geschafft. Viel gefehlt hat nicht. Er hat dich übel zugerichtet.«
Sally begann sich zu erinnern. »Mein Baby?« Mund und Lippen waren geschwollen, und jedes Wort bereitete ihr Schmerzen.
Pearl schüttelte den Kopf. »Du hast es verloren. Um ein Haar wäre auch für dich jede Rettung zu spät gekommen. Du warst drei Tage ohne Bewußtsein.«
Sally bäumte sich im Bett auf und wollte schreien, doch es kam nur ein verzweifeltes Krächzen und Stöhnen aus ihrer Kehle. Tränen liefen ihr über das Gesicht, während ihr Körper von einem Weinkrampf geschüttelt wurde.
Eine Schwester kam und gab ihr eine Spritze, nach der sie wieder in tiefen Schlaf fiel.
»Sie haben Ebony unten bei den Docks gefunden. Er hatte die Spritze noch im Arm«, teilte ihr Pearl am Tag darauf mit. »Er ist tot. Der Polizeiarzt vermutet, daß er sich eine Überdosis gespritzt hat. Er ist viel zu leicht davongekommen!«
Doch Sally weinte um Ebony, wie sie um ihr Baby weinte, das sie verloren hatte.
Als sie am nächsten Tag aus einem langen Nachmittagsschlaf erwachte, saß Henry an ihrem Bett. Er hielt ihre Hand und hatte tiefe Schatten unter den Augen, als habe er seit Tagen zu wenig Schlaf

bekommen. Sie sahen sich nur an, und ohne daß einer ein Wort sagte, füllten Tränen ihre Augen und liefen ihnen über die Wangen.
»O Sally, o Sally«, sagte Henry mit erstickter Stimme, beugte sich über sie und nahm sie behutsam in seine Arme. Sie preßte ihr tränenfeuchtes Gesicht schluchzend in seine Halsbeuge und klammerte sich an ihn, als wolle sie ihn nie wieder loslassen, während er sein Gesicht in ihrem Haar vergrub.
Nach einer Weile löste sich ihre verkrampfte Umarmung, als wisse sie nun, daß er sie halten würde. Sie weinte noch eine ganze Weile auf eine stille Weise, die schon den größten Schmerz hinter sich wußte, während er sie wie ein Kind in seinen Armen wiegte, und das einzige Wort, das ihm dabei über die Lippen kam, war ihr Name.
Pearl hatte Henry in Tampa erreicht, wo in wenigen Wochen das *Tampa Palace* als drittes Haus der Kette die Tore öffnen sollte. Von den vier Tagen, die er in New York blieb, verbrachte er die meiste Zeit bei Sally im Krankenzimmer. Aber er saß auch lange mit Pearl und Todd beisammen. Henry war betroffen, als er erfuhr, daß Sally nach der schweren Notoperation keine Kinder mehr bekommen konnte, doch noch mehr erschütterte es ihn, als ihm die beiden erzählten, durch welch eine Hölle ihre Freundin die letzten Jahre gegangen war.
»Warum hast du mir nie etwas davon geschrieben?« fragte er Sally vorwurfsvoll, als er sie tags darauf ansprach.
»Was hätte das denn genutzt?« fragte sie traurig zurück. »Ich kenne dich doch, und ich wollte nun mal nicht, daß du dir Sorgen machst.«
»Ach, Sally.« Er seufzte und nahm ihre Hand. »So habe auch ich all die Jahre gedacht.« Und während sich die Dunkelheit naß und kalt über New York legte, schüttete er ihr sein Herz aus, gestand ihr das Scheitern seiner Ehe und erzählte von der Bitterkeit, die ihn erfüllte.
»Ich wünschte, ich könnte dich trösten«, sagte sie.
»Zu wissen, daß du da bist und daß du an mich denkst, ist schon Trost. Wenn nicht die Kinder wären, mein Gott, ich würde versuchen, noch einmal von vorn anzufangen.«
Sally sah ihn mit einem schmerzlichen Blick an, doch auf ihrem Gesicht lag zugleich auch ein nachsichtiges Lächeln, als habe er etwas ebenso Liebenswertes wie Naives gesagt. »Leben ist immer Nichtwissen, Henry. Das ist auch gut so. Denn wenn man zu weit

in die Zukunft schaut, läuft man Gefahr, den Mut zu verlieren«, sagte sie ruhig.
»Du hast nie den Mut verloren.«
»Wir haben nur dieses eine Leben,und das kann man nicht an irgendeiner Stelle noch einmal von vorn probieren wie ein Theaterstück, bei dem einem auf einmal die Dramaturgie und die Mitspieler nicht mehr gefallen. Alles, was in unserer Macht steht, ist, nicht das Vermeidbare, aber doch das Unabänderliche als unser Schicksal anzunehmen, aus Fehlern zu lernen und jeden Tag, der kommt, als neue Chance für einen Neubeginn zu verstehen.«
Er nickte. »Du hast recht, es bringt nichts, mit dem Schicksal zu hadern. Also lassen wir die Dinge, die wir nicht mehr ändern können, im Grab der Vergangenheit ruhen, und nehmen wir die Dinge ins Visier, die wir ändern können!« sagte er mit Nachdruck. »Deine wirtschaftliche Situation zum Beispiel, wenn du hier entlassen wirst. Ich werde dafür sorgen, daß du dir endlich einmal keine finanziellen Sorgen zu machen brauchst.«
Fast erschrocken sah sie ihn an. »Unmöglich! Ich habe bisher immer selbst für mich gesorgt, und dabei wird es auch bleiben.«
»Ich habe nicht vor, dich zum Mündel zu machen, Sally! Ich will dir nur helfen, nach all den schweren Jahren einmal Atem zu holen und Zeit für das zu haben, was du wirklich machen willst, nämlich die Geschichten und Romane schreiben, die aus deiner Seele kommen und darauf warten, zu Papier gebracht zu werden.«
Sie schüttelte mit gequälter Miene den Kopf. »Das sind schöne, große Worte, aber was steckt dahinter? Ich schreibe nun schon seit über zwölf Jahren, und in all den Jahren habe ich nichts zustande gebracht, was es wert wäre, ein zweites Mal gelesen zu werden.«
»Sally, verrat jetzt nicht deine Träume!«
»Ich verrate sie nicht!« rief sie erregt. »Ich habe nur Angst, daß das mein einziges Talent ist – Träume von Erzählungen und Romanen zu haben, die anderen Menschen etwas geben und sie bis ins Innerste bewegen. Vielleicht reicht mein Talent nur für diese billige Massenware.«
»Aber du weißt es nicht, oder?«
»Nein.«
»Dann finde es endlich heraus, verdammt noch mal!« forderte er sie erbost auf. »Oder bist du vielleicht so feige, gar nicht wirklich wissen zu wollen, was in dir steckt?«

Sie funkelte ihn an. »Ich bin nicht feige, und ich werde es eines Tages schon herausfinden.«
»Worauf du dich verlassen kannst, denn dafür werde ich sorgen«, sagte er mit grimmiger Entschlossenheit. »Die nächsten vier Jahre werde ich dir jeden Monat vierhundert Dollar schicken, damit du dich endlich gänzlich auf das Schreiben konzentrieren und dich später nicht hinter dem Selbstbetrug verstecken kannst, du hättest ja nie die Chance gehabt, die Probe aufs Exempel zu machen!«
»Ich weiß, daß du es nur gut meinst, und ich werde es dir nie vergessen, aber ich nehme keinen Cent von dir!«
»Willst du dich vielleicht versündigen?«
Sie sah ihn verständnislos an. »Wieso versündigen?«
»Wir sind Freunde. Freunde und einiges mehr, nicht wahr?« Er lachte selbstironisch auf. »Du bist in Not, und ich kann und will dir helfen. Doch du läßt mich nicht, sondern stößt mich zurück. Ist das Freundschaft? Schämst du dich nicht dafür?«
Sally blieb ihm die Antwort schuldig.
»Wenn du mein Geld nimmst, spende ich dieselbe Summe jeden Monat anonym einer wohltätigen Vereinigung, die sich der Armen und Vergessenen dieser Stadt annimmt. Doch wenn du dich weigerst, werde ich Monat für Monat achthundert Dollar im Aschenbecher auf meinem Schreibtisch verbrennen. Denn es ist Geld, das mir nicht mehr gehört, sondern dir und den Bedürftigen zugestanden hätte.«
Im ersten Moment war Sally sprachlos vor Verblüffung. Dann protestierte sie erregt: »Das ist Erpressung, Henry! Das kannst du nicht mit mir machen!«
»Ja, es ist Erpressung. Und noch einmal: Ja, ich kann es nicht nur machen, sondern ich werde es auch tun. Das schwöre ich dir bei allem, was mir heilig ist.«
Sie wollte noch immer nicht nachgeben. Erst als er mehrere Hundertdollarnoten aus seiner Brieftasche zog, zum Feuerzeug griff und das Geld vor ihren Augen verbrannte, da gab Sally sich geschlagen.
»Gut, ich nehme dein Geld, aber nur hundertfünfzig Dollar im Monat und keinen Cent mehr. Das ist mehr als genug, um über die Runden zu kommen. Den Rest von den achthundert Dollar spendest du Pater Dunbar von der *Presbyterian Liberty Church* für seine Armenhilfe!« verlangte sie.

»Du bist wirklich ein zähes Luder, Sally, das habe ich schon am ersten Tag in Spindletop gewußt«, sagte er und schloß sie in seine Arme. »Ich verstehe bloß nicht, warum du ausgerechnet jetzt heulen mußt.«
»Weil du unausstehlich bist, Henry Maynard!« sagte sie mit tränenerstickter Stimme und drückte ihn fest an sich.

Auch Merrill und Lee besuchten sie mehrmals im Krankenhaus. Ted kam sogar aus Arizona angereist. Er brachte ihr Blumen und Bücher und unterhielt sie mit neuen Anekdoten und Geschichten von den Ölfeldern. Er war der Ausgeglichenste und Glücklichste von ihnen, wie Sally feststellte. Nur in Henrys Gegenwart verlor er seine natürliche Unbekümmertheit und Freude. Dann wurde er still, ja fast verlegen. Henry und Ted redeten zwar miteinander, aber es war stets ein Gespräch, das sich nur auf der Oberfläche bewegte und kaum über Allgemeinplätze hinauskam.
»Habt ihr die alte Geschichte noch immer nicht aus der Welt geräumt und euch wieder versöhnt?« fragte sie, als Henry abgereist und sie mit Ted allein war.
Ted machte ein trauriges Gesicht. »Er hat mir einfach nicht verziehen, daß ich aus der Firma ausgestiegen bin und mein eigenes Leben leben will.«
»Ich verstehe das nicht.«
Ted lachte traurig auf. »Da gibt es nicht viel zu verstehen, Sally. Henry ist für mich wie ein älterer Bruder, den ich bewundere und an dem ich hänge. Doch ich habe es einfach nicht mehr ertragen, daß er mein Leben bestimmt hat. Henry betrachtet sich mit geradezu gedankenloser Überheblichkeit als den Nabel der Welt und erwartet, daß jeder begeistert um ihn und seine immer spektakulärer werdenden Projekte kreist wie ein Satellit um eine alles überstrahlende Sonne.«
»Mir gegenüber hat er sich nie so verhalten«, sagte sie versonnen.
Ted lächelte. »Wie kannst du dich mit uns vergleichen, Sally? Henry hängt an uns, ja vielleicht liebt er uns sogar, wie sich Geschwister oder Freunde nur lieben können. Aber das, was *du* für ihn bedeutest, stellt alles in den Schatten. Du bist in seinem Leben die große ... Ausnahme, und du wirst sie immer sein.«

Zwei Wochen vor Weihnachten wurde sie aus dem Krankenhaus entlassen. Henry hatte sie mehr als einmal gebeten, doch nach Florida zu kommen und einige Wochen in einem seiner Hotels zu verbringen, bis sie wieder vollkommen genesen sei. Doch in diesem Punkt hatte sie sich nicht überreden lassen. Sie wußte, daß es für sie wichtig war, gerade jetzt nicht aus ihrer Welt zu flüchten. Wenn sie überwinden wollte, was geschehen war, konnte sie das nur hier tun, in Harlem, wo sie Ebony geliebt, erlitten und wo sie von ihm fast totgeschlagen worden war.

Pearl bestand darauf, daß sie die Zeit bis Silvester bei ihnen verbrachte, und es war gut so. Als sie am Tag nach Neujahr zum erstenmal wieder ihr Apartment betrat, machte ihr der fröstelnde Schock der Wiederkehr noch genug zu schaffen. Die Zimmer waren blitzblank geputzt, und Pearl hatte auch dafür gesorgt, daß auf den ersten Blick nichts mehr an Ebony erinnerte. Sie hatte sein Bild, seine Trompete, die Schallplatten, seine Kleidung, seine Rasiersachen und was sonst noch ihm gehört hatte, in Kisten gepackt und in eine Kammer gestellt.

Und doch sah Sally auf Schritt und Tritt Ebony – in jedem Zimmer und bei allem, was sie tat. Sie war sicher, nie die Kraft zu haben, sich an ihre Schreibmaschine zu setzen und einen Anfang für eine ihrer Geschichten zu finden. Ihr war, als habe sie sich in einem riesigen Labyrinth verirrt und nicht nur die Hoffnung, sondern auch den Wunsch aufgegeben, jemals wieder den Ausgang zu finden.

Im Februar ging sie zum erstenmal auf den Friedhof, auf dem Ebony begraben war, und legte Blumen auf sein Grab. Statt Abscheu und Haß empfand sie nur Trauer und einen dumpfen, aber dafür allgegenwärtigen Schmerz. Ebony hatte sie einmal geliebt, und sie waren glücklich miteinander gewesen. Und er hatte nicht nur wunderbare, große Träume gehabt, sondern auch die breiten Flügel, um aus Träumen reale Schöpfungen zu machen und sich mit ihnen in die Lüfte der Wirklichkeit zu erheben. Den Sturz in die Hölle der Selbstzerstörung hatte er nie gewollt, er hatte nur nicht die Kraft gefunden, sich aus den Klauen des Rauschgifts zu befreien. Ebony war tot, und was blieb, waren Trauer, Erinnerungen und die Frage, warum es so hatte kommen müssen.

Eine Frage, die sie nicht losließ. Und eines Morgens Mitte März des Jahres 1917, als auf den Weltmeeren der uneingeschränkte U-Boot-

Krieg tobte und die Kriegserklärung der USA an Deutschland nur noch eine parlamentarische Formsache war, setzte sich Sally noch im Morgenrock an ihre Schreibmaschine, spannte ein leeres Blatt ein und begann zu schreiben:

HEARTLAND
by Sally Floyd

Wir alle tragen Schatten in unseren Zügen, und jeder Trost ist uns zuwenig, weil es eben doch nur Trost und nicht Erlösung ist. Stumm bleibt unser inneres Tribunal, verweist die Bank der Richter, denn die Welt ist ein böses Wort geworden und jedes Ding ein Krieg ...

Sie schrieb mit kurzen Pausen bis in den Abend hinein. Als sie dann las, was sie zu Papier gebracht hatte, überfielen sie Ernüchterung und Selbstzweifel. Ärgerlich zerknüllte sie die Seiten und warf sie in den Ofen. Doch das war nicht das Ende der Geschichte, es war vielmehr der Anfang von ungezählten anderen Anfängen. Sally lebte wieder, weil sie schrieb, und das Schreiben wurde Leben.

Achtes Kapitel

1917 sollte als ein Jahr der Wende in die Weltgeschichte eingehen. Wenige Wochen nach der Februarrevolution in Rußland, die zur Abdankung des Zaren führte, traten die USA in den Krieg ein. Lenin kehrte in einem plombierten Eisenbahnwagen nach Petrograd zurück. Ein halbes Jahr später stürmten Rote Garden den Winterpalast, und der Kommunismus begann seinen von Bürgerkriegen begleiteten Siegeszug. Er sollte die Welt verändern und allein unter Lenin und Stalin mehr Tote fordern als der Erste Weltkrieg, der am 11. November 1918 mit der Kapitulation des Deutschen Reiches bei Compiègne sein Ende fand und mit dem Versailler Vertrag die Grundlagen für den zweiten Weltbrand legte. Über acht Millionen Soldaten und Zivilisten waren umgekommen, und Europa war wie ein ausgemergelter Körper von Geschwüren und häßlichen Entstellungen gezeichnet und bitterem, millionenfachen Elend preisgegeben.

Und während in Deutschland Hungersnot herrschte, die Wirren der Weimarer Republik begannen und in München ein Mann namens Adolf Hitler im Hofbräuhaus zum erstenmal sein Programm verkündete, trat in den USA Anfang 1920 der Volstead Act, das Gesetz zur Prohibition, in Kraft. Es verbot die Herstellung, den Verkauf und den Genuß alkoholischer Getränke. Doch statt eine ganze Nation trockenzulegen, kurbelte das Verbot den Verbrauch erst richtig an. Die *speakeasies,* die Flüsterkneipen, schossen überall im Land zu Hunderttausenden aus dem Boden. Der Unterwelt erschloß sich durch den Alkoholschmuggel, der hauptsächlich über die Grenze von Kanada und von den Bahamas über Florida und die amerikanische Ostküste lief, eine Geldquelle von bisher nicht gekanntem Ausmaß. Allein ein Gangster wie Al Capone sollte mit seiner Chicago-Gang mehr als sechzig Millionen Dollar pro Jahr einnehmen. Und im beginnenden Zeitalter von Jazz, Charleston, Big-Band-Musik und Radio war es chic, Flüsterkneipen aufzusuchen, Alkohol aus Kaffeetassen zu trinken, Nächte durchzufeiern und mit den zwielichtigen Gestalten von Halb- und Unterwelt Kontakt zu haben. Es war die bewegte Nachkriegszeit, in der die Devise: Nimm dir heute, was du vom Leben kriegen kannst, und: Scher dich einen Teufel um Moral und morgen! eine ganze Generation beeinflußte und sie in eine unersättliche Gier nach möglichst vielen sinnlichen Genüssen in möglichst kurzer Zeit und ohne jede Verbindlichkeit stürzte. Die Frauen versuchten, sich ein jungenhaftes Aussehen zu geben, trugen Bubikopffrisuren und glatt herabhängende Flapper-Kleider, die kaum mehr das Knie bedeckten; sie rauchten in den Öffentlichkeit, redeten so selbstverständlich über Sex wie über den nächsten Boxkampf oder den neuesten Film mit Rudolph Valentino und lachten über die viktorianischen Moralvorstellungen ihrer Eltern. Und die Männer versuchten so weltmännisch abgeklärt und zugleich von einem Hauch Tragik umweht zu sein wie der Held von F. Scott Fitzgeralds Roman *Der große Gatsby,* der die Desillusionierung einer Generation und das Gefühl des Verlorenseins unter der glitzernden Fassade der Gesellschaft in Worte faßte.

Während die landwirtschaftlichen Regionen des Mittleren Westens in eine Depression stürzten und unzählige Farmer ihre Höfe verloren, brach zu Beginn der zwanziger Jahre in Florida ein Land-Boom

aus. Ein Fieber, das sich zeitweise zum Delirium steigerte, schien die ganze Nation gepackt zu haben. Hunderttausende strömten nach Florida, um sich an den Spekulationen auf dem Grundstücksmarkt zu beteiligen. Die Hotels waren überfüllt, der Dixie Highway, die Küstenstraße von Boca Raton bis Miami, von Automobilen verstopft, und die Städte platzten aus den Nähten. Die Bevölkerung von Miami nahm innerhalb von fünf Jahren um mehr als das Fünffache zu, und ähnlich erging es allen Städten im Süden, sowohl auf der Atlantikküste als auch auf der Golfseite. Überall wurden nackte Inselstreifen, Sumpf- und Mangrovenland vermessen, in Parzellen aufgeteilt und zu neuen Siedlungen und Städten verwandelt, die Namen trugen wie Miami Beach, Coral Gables, Hollywood-by-the-Sea und Davis Island. Die Grundstücke wurden den Maklern gegen eine Anzahlung von nur zehn Prozent lange vor Beginn der Bauarbeiten aus den Händen gerissen. Wie auf den Ölfeldern wechselten die *binder*, die eigentlich nur ein Vorvertrag waren, innerhalb kurzer Zeit mehrmals den Besitzer, wobei die Preise rasant stiegen. Allein in Miami hatten bald zweitausend Grundstücksfirmen Büros eröffnet und an die fünfundzwanzigtausend Verkäufer angestellt. Der Umfang von Parzellenkauf und Wiederverkauf nahm derartig zu, daß die Verwaltung von Miami sich genötigt sah, den Verkauf von Grundstücken auf der Straße, ja sogar schon das Zeigen einer Landkarte oder einer Immobilienblaupause zu verbieten, um den Massenaufläufen einigermaßen Herr zu werden. Florida war nicht nur die Riviera Amerikas geworden, sondern im wahrsten Sinne des Wortes das Land der Goldküsten.
In diesen wilden Nachkriegsjahren eilte Henry von einem grandiosen geschäftlichen Erfolg zum nächsten. Seine Ölfirma, seine Raffinerien und Tanker erwirtschafteten jährliche Profite in zweistelliger Millionenhöhe, und seine Hotelkette wuchs fast jedes Jahr um ein neues *Palace*. In Miami hatte er sich nicht nur, wie geplant, eine Villa gebaut, im Stil eines mediterranen Fürstensitzes mit großem Park und eigener Marina, wofür sich bei den Einheimischen wie auch bei seinen Freunden die Bezeichnung Maynard Estate einbürgerte, sondern er hatte im Stadtzentrum auch noch zwei imposante Bürohäuser errichten lassen. Wie zwei Wachtürme, die durch ein Stück Stadtmauer miteinander verbunden waren, erhoben sich die beiden Gebäude in Ufernähe zwanzig Stockwerke in die Höhe, und obwohl

sie offiziell keinen Namen hatten, waren sie doch jedem als die Maynard Twins bekannt.
Als der Land-Boom einsetzte, gehörte die von Henry gegründete *Florida Land Company* zu den Firmen der ersten Stunde, die von einer Welle des Erfolges zur anderen getragen wurden. Henrys größtes Entwicklungsprojekt waren die Maynard Shores, Entwurf und Bau einer exklusiven Wohnsiedlung für zweitausend Villen, die wie ein künstliches Kleinvenedig an Kanälen lagen.
Henry nahm dieses aufwendige Projekt, das nur die Spitze seiner Investitionen bildete, zum Anlaß, um Merrills Drängen endlich nachzugeben und an die Börse zu gehen. Er gab jedoch nur vierzig Prozent der Aktien an den freien Markt ab, für sich selbst behielt er fünfunddreißig, Lee und Merrill erhielten jeweils fünf Prozent. Und fünf Prozent wollte er für jedes der drei Kinder in einem Vermögensfonds anlegen.
»Sie können, wenn sie volljährig sind, ihr Stimmrecht ausüben und auch über die Dividenden verfügen«, sagte er zu Merrill. »Aber ich möchte nicht, daß sie die Aktien vor ihrem dreißigsten Lebensjahr verkaufen können. Laß dir etwas einfallen, wie man das regeln kann!«
»Am besten über eine Vermögensverwaltungsgesellschaft, an der deine Kinder zu je einem Drittel beteiligt sind«, schlug Merrill sofort vor. »Das Stammkapital in Höhe von fünfzehntausend Aktien wird von dir gestellt. Und da diese Vermögensgesellschaft auf einem Schenkungsvertrag deinerseits gründet, können wir darin alles haarklein festlegen, was deine Kinder mit den Aktien tun dürfen und was nicht. Doch du mußt einen Geschäftsführer und Treuhänder in einer Person bestellen, der bis zu ihrer Volljährigkeit auch das Stimmrecht für sie ausübt.«
»Schau mal in den nächsten Spiegel, dann weißt du, wer Treuhänder und Geschäftsführer sein wird.«
»Ja, das habe ich befürchtet«, seufzte Merrill.
»Gut, das hätten wir also vom Tisch«, sagte Henry und drängte mit der ihm eigenen Rastlosigkeit zum nächsten Punkt der Tagesordnung.
Beruflich bewies er die Hand eines Midas, dem alles zu Gold wurde, was er berührte. Die Felder, die er geschäftlich bestellte, trugen alle reiche Früchte. Doch in seinem Privatleben sah er sich von einer

kargen, steinigen Wüste umgeben, die ohne Leben war, so weit er blicken konnte. Leona und er waren wie zwei Züge, die regelmäßig auf offener Strecke aneinander vorbeifuhren und gelegentlich auch mal auf demselben Bahnhof verweilten. Doch einer kannte den Fahrplan des anderen nicht, und die Mehrzahl der Reisenden, die mit ihnen fuhren, waren einander fremd.

Von Scheidung wollte Leona jedoch nichts wissen. »Eine Scheidung kommt überhaupt nicht in Frage!« erklärte sie kategorisch, als Henry nach einem bösen Wortwechsel unter vier Augen fragte, warum sie nicht endlich einen ehrlichen Schlußstrich unter ihre gescheiterte Ehe zögen. »Ich habe dir nicht die besten Jahre meines Lebens geopfert, um mir nun meinen gesellschaftlichen Status ruinieren zu lassen. Wage es ja nicht, Henry! Du würdest es bitter bereuen. Ich weiß genug über deine Geschäfte und wie du damals die Schmutzkampagne gegen Wiggelton geführt hast, um dich ins Gefängnis zu bringen. Und ich könnte dafür sorgen, daß dich die Kinder verabscheuen und nichts mehr mit dir zu tun haben wollen.«

»Sorgst du denn nicht jetzt schon dafür?« fragte Henry mit ohnmächtiger Wut und ging aus dem Zimmer.

Danach gab er den Gedanken an eine Scheidung auf, denn er wollte seine Kinder nicht verlieren. Ihre Entwicklung bereitete ihm ohnedies genug Sorgen. Catherine wurde mehr und mehr zum Abbild ihrer Mutter. Daß sie schon mit neun Konfektionskleider verächtlich als »unter meinem gesellschaftlichen Stand« ablehnte und sich mit elf nicht mehr mit einer einfachen Korallenkette begnügen, sondern eine echte Perlenkette wollte – und auch bekam –, war bezeichnend für die Werte, die Leona ihrer Tochter vermittelte. Catherine eignete sich die Oberflächlichkeit, Verschwendungssucht und Überheblichkeit an, die Leona und ihresgleichen kennzeichneten. Und das Schlimmste daran war, daß seine Frau darauf auch noch stolz war.

Bei Alexander versagte jedoch ihr Versuch, ihn zu Klassenbewußtsein in ihrem Sinne zu erziehen, auf ganzer Linie. Er weigerte sich beharrlich, sich ihren Werten und ihrem arroganten Standesdünkel unterzuordnen, ohne daraus jedoch eine offene Rebellion zu machen. Er lehnte es ab, ein Snob zu sein, begeisterte sich für Sport, liebte alles, was mit Kunst und Büchern zu tun hatte, und war von einer sehr stark introvertierten Art.

David lag in seinem Wesen irgendwo zwischen Catherine und Alexander. Er verstand sich mit beiden gut, und je älter der Junge wurde, desto deutlicher wurde Henry, daß Davids Hauptwesenszug die Unauffälligkeit war. Er sah weder besonders attraktiv noch unansehnlich aus und besaß keine herausragenden Talente, von dem einen abgesehen, daß es ihm ohne Anstrengung gelang, es sich mit niemandem zu verderben und nirgendwo anzuecken. Er glich einer tiefen Schlucht, die bereitwillig als Echo wiedergab, was man in sie hineinrief, eine Eigenschaft, die Henry unheimlich war und ihn in späteren Jahren immer und immer wieder darüber nachgrübeln ließ, wieviel davon unbekümmerte Leichtherzigkeit und Gedankenlosigkeit und wieviel Heuchelei und raffinierte Berechnung war. Bei allem, was David tat, bewegte er sich in einem unauffälligen Durchschnitt. Als er in die Schule kam, vermuteten jedoch auch seine Lehrer, daß mehr in ihm stecken müsse, als er zeigte.

»David gibt mir wirklich Rätsel auf«, sagte sein Klassenlehrer einmal zu Henry. »Er erscheint mir manchmal wie ein hochbegabter Sprinter, der seine Konkurrenz schon auf halber Strecke hinter sich lassen kann, sich dann aber aus irgendeinem unerfindlichen Grund eines anderen besinnt, auf halbe Leistung abfällt, sich vom Rest der Meute einholen läßt und ohne große Anstrengung mit dem Mittelfeld durchs Ziel geht. Jeden Tag verschenkte Siege – so kommt mir das bei Ihrem Sohn vor, Mister Maynard. Das Dumme ist nur, daß dies nur eine Theorie ist«, fügte er hinzu. »Denn wenn ich nachhaken will und David aus der Reserve zu locken versuche, finde ich keine Angriffsfläche, sonden nur Freundlichkeit und eine Wand, die wie Watte immer weiter nachgibt, je mehr ich nachzustoßen versuche, wenn Sie verstehen, was ich damit sagen will.«

Henry nickte. »Ich verstehe sehr gut, was Sie sagen«, versicherte er und dachte daran, wie schwer es ihm fiel, David in sein Herz zu schließen. Wie sehr er sich auch bemühte, es blieb doch immer noch eine Distanz zwischen ihnen, die er nicht zu überwinden vermochte. Um der Gefahr zu begegnen, sich seinen Kindern zu sehr zu entfremden, machte er es sich zur eisernen Regeln, zu allen wichtigen Feiertagen in New York zu sein. Als Leona darauf bestand, daß ihre Kinder vom zwölften Lebensjahr an exklusive Internate besuchten, bestand er darauf, daß sie in den Ferien mindestens ebensolang bei

ihm in Florida blieben wie in Rhode Island. Er einigte sich mit Leona, daß die Familie Thanksgiving und Weihnachten in New York feierte, in den Osterferien aber kam Leona mit den Kindern zu ihm nach Miami. Umgekehrt verbrachte er zwei Wochen der langen Sommerferien mit ihnen in Ferncliff und nahm sie dann für die letzten beiden Wochen mit nach Miami.
Die Arrangements, die er mit Leona traf, hatten den Charakter verbissen ausgehandelter Waffenstillstandserklärungen. Zu diesen Abmachungen zählte auch, daß keiner von beiden einen Geliebten oder eine Geliebte mit nach Hause brachte, wenn die Kinder anwesend waren.
Für Henry hatte diese Abmachung keine Bedeutung, seiner Frau dagegen folgte Richard Banks wie ein Schatten. Im Geschäftsleben ließ Henry sich nur ganz selten einmal auf ein sexuelles Abenteuer ein, das den nächsten Tag jedoch nie überdauerte. Wenn ihn das Verlangen nach einer Frau zu sehr bedrängte, rief er Helen Anderson an, die in Miami ein Freudenhaus der absoluten Spitzenklasse betrieb. Die Frauen, die sie vermittelte, waren so exklusiv wie ihre Preise. Ernüchterung und Scham, die nach solch einer Nacht so sicher folgten wie die Ebbe auf die Flut, waren ihm dabei nicht unwillkommen, erinnerten sie ihn doch daran, daß er sich mit diesen Frauen nichts weiter als eine gehobene Version der Selbstbefriedigung erkaufte.
Was ihn neben seinem geschäftlichen Höhenflug, der mit der Gewöhnung freilich viel von seiner Faszination verlor, mit Freude und Stolz erfüllte, war Sallys Entwicklung. Anfang 1919 erschien bei einem kleinen, aber renommierten New Yorker Verlag ihr Erzählband *Heartland,* der die Anerkennung der Kritik fand, auch wenn nicht einmal tausend Exemplare verkauft wurden. So bewegend die neun Erzählungen auch waren, ihr durchgängig düsterer Grundton paßte nicht zur Zeitströmung.
Doch Sally war davon weder überrascht noch enttäuscht. »Mit den Geschichten habe ich meine Seele freigeschaufelt«, sagte sie zu Henry am Tag der Vorstellung des Buches. »Ich glaube nicht, daß meine Selbsttherapie den Geschmack des Publikums trifft.«
»Aber dafür weißt du jetzt, was in dir steckt«, antwortete Henry stolz. »Und du hast erst angefangen. Was ist dein nächstes Projekt?«
»Ein Roman über einen schwarzen Reporter in New Orleans, der

seinen Prinzipien treu bleibt und weiß, daß er dafür mit seinem Leben bezahlen muß.«
Henry lächelte. »Die Geschichte deines Ziehvaters Joshua.«
»Ja, ich habe immer noch das Gefühl, sie ihm schuldig zu sein.«
Der Roman *The Newspaper Man* erschien zwei Jahre später. Obwohl auch er kein durchschlagender Kassenerfolg war, zog der Verkauf langsam durch Mund-zu-Mund-Propaganda an, und im Laufe des Jahres 1922 entpuppte sich der Roman als ein recht lukrativer Longseller. Die *Negro World* druckte den Roman in einem Dutzend Folgen ab, was nicht viel Geld, aber Publizität brachte. Sally bekam nun Kontakt zu angesehenen Zeitungen und Zeitschriften, die ihr Aufträge für Artikel und Erzählungen gaben, und sie wurde zu honorierten Lesungen und zu Veranstaltungen schwarzer Bürgerrechtsbewegungen eingeladen. Der Name Sally Floyd erhielt langsam Klang und Gewicht – und stieg im Preis. Ende 1922 feierte Henry mit Sally im *Waldorf Astoria,* daß sie es geschafft hatte, von den Einnahmen als ernsthafte Schriftstellerin leben zu können. Einziger Wermutstropfen dabei war, daß Sally sich verkleiden mußte, um nicht der Tür verwiesen zu werden. Zu einem aufregend schlichten Kleid aus schwarzem Taft mit feinen, flaschengrünen Paspelierungen trug sie lange, schwarze Spitzenhandschuhe, die bis unter die Ärmel reichten, sowie einen Hut mit Schleier.
Jedermann im Saal rätselte, wer wohl die aparte verschleierte Dame an Henrys Tisch sein mochte. Niemand ahnte, daß es eine Mulattin war – und wie sehr es Henry danach verlangte, diese geheimnisvolle Frau in seine Arme zu nehmen, ihre Lippen zu küssen und in ihren Armen die Liebe wiederzufinden, die sein Leben einst so reich und ihn so unbesiegbar gemacht hatte.
Anfang 1924 brachte Sally ihren zweiten Roman *The Blacker The Berry* heraus. Er wurde gleichzeitig auch in Toronto und in London veröffentlicht, wenn auch mit bescheidenen Startauflagen. Der Titel entsprang einem Volkslied der Schwarzen, in dem es heißt: *The blacker the berry, the sweeter the juice.* Der Roman erzählte die Geschichte eines modernen Onkel Tom im New York der zwanziger Jahre. Sally war es dabei gelungen, die Balance zwischen einer bitterbösen Anklage der Diskriminierung der Schwarzen und einer packenden Handlung zu halten, in deren Zentrum ein durchtriebener Lebenskünstler mit einer Begabung für hintersinnigen Humor

stand. Henry war überzeugt, daß Sally mit diesem Roman ihren Durchbruch schaffen würde.
Und dann kam der Sommer, der so viel Glück und Bitterkeit bringen sollte, der Sommer, da die Saat des Guten wie des Bösen in Henrys Lebensacker fiel.

Neuntes Kapitel

Fleckig wie ein angelaufener Silberteller stand der Vollmond über der nächtlichen Küste von Rhode Island und warf sein milchiges Licht wie einen Schleier über die stille See der Narragansett Bay. Leise spülten die Wellen den Strand hoch.
Henry saß im hohen, windgebeugten Gras der Dünen, vom Bootssteg und vom Strandpavillon ein gutes Stück entfernt. Hinter ihm ragte in der Dunkelheit Ferncliff auf. Längst waren im Haus alle Lichter erloschen. Er hatte in dieser Nacht wie so oft keinen Schlaf finden können, und seine innere Unruhe hatte ihn hinunter an den Strand getrieben.
Gerade wollte er sich eine Zigarre anzünden, als er leise Stimmen hörte, die sich vom Garten her den Dünen näherten. Als er sich umdrehte und zum Weg hinüberblickte, erkannte er Alexander und Tim Finegan, mit dem sein Sohn in der *St. Andrew's Academy* ein Zimmer teilte. Tim kam aus sehr bescheidenen Verhältnissen, hatte aber, da er ein exzellenter Footballspieler war, ein Stipendium erhalten, denn die *St. Andrew's Academy* war fast so sportversessen wie die großen Colleges. Tim und sein Sohn waren gute Freunde, und er hatte nichts dagegen gehabt, daß sein Sohn ihn in den Ferien nach Rhode Island mitbrachte.
Henry hielt sich still, als er sah, wie die beiden Fünfzehnjährigen ihre Shorts abstreiften und sich mit leisem Lachen ins warme Wasser stürzten, um ein heimliches nächtliches Nacktbad zu nehmen. Er beobachtete sie, wie sie im Wasser herumtollten, und mußte dabei lächeln. Doch sein Lächeln erstarrte, als Tim und Alexander aus dem Wasser herauskamen und im tiefen Schatten des Bootssteges verharrten, einander zugewandt.

Er bekam einen trockenen Mund. Was machten sie da bloß? Täuschte er sich, oder berührten sie sich wirklich gegenseitig an den Geschlechtsteilen? Einen Augenblick später deutete Tim auf den Strandpavillon, Alexander nickte und sagte etwas, was Henry aus der Entfernung nicht verstehen konnte. Doch als sie den Strand hochkamen, ihre Shorts in der Hand, und zum Pavillon hinüberhuschten, sah er ganz deutlich, daß sie beide sexuell stark erregt waren.

Henry war bestürzt und verwirrt. Konnte es sein, daß sein Sohn und Tim ...? Er führte den Gedanken nicht weiter, so sehr widerstrebte ihm die Vorstellung. Er konnte es nicht glauben, wollte jedoch Gewißheit haben. Deshalb schlich er sich Augenblicke später an den sechseckigen Pavillon heran, der über zwei Umkleidekabinen verfügte und zum Wasser hin über einen halboffenen Raum mit Sitzbänken und einigen Sesseln aus spanischem Rohr.

Durch einen Spalt im weißen Lattengerüst der Seitenwand spähte Henry ins Innere. Was er sah, verschlug ihm den Atem. Die beiden hatten sich aus der Handtuchtruhe zwei große Badetücher geholt und sie auf dem Boden ausgebreitet. Dort knieten sie sich nun gegenüber und streichelten einander wie zwei Liebende. Dann drückte Tim Alexander sanft auf das Badetuch, und der streckte sich bereitwillig aus, während Tim sich über ihn beugte. Er küßte seine Brustwarzen, dann wanderte sein Mund über den Bauch abwärts.

Henry wollte vor Zorn und Abscheu aufschreien, mit der Faust das dünne Lattengerüst zertrümmern und sich auf auf diesen verkommenen Tim Finegan stürzen, der seinen Sohn verführt hatte und ihn nun in wollüstige Verzückung brachte.

Doch die Vernunft hielt ihn zurück. Er mußte Alexander, der in der Pubertät und zweifellos Opfer seines entsprechend veranlagten Stubenkameraden geworden war, die Schande, vom eigenen Vater bei solchen Handlungen ertappt zu werden, ersparen. Sein Sohn würde ihm sonst nie wieder gerade in die Augen sehen können.

Schockiert und aufgewühlt zog Henry sich lautlos vom Pavillon zurück. Daß Jungen in der Pubertät gemeinsam masturbierten, war nichts Alarmierendes. Doch das, was Tim mit seinem Sohn getan hatte, besaß eine ganz andere, erschreckende Dimension. Und dagegen mußte er so schnell wie möglich etwas tun!

Beim Frühstück fiel es Henry schwer, die fröhliche Unbekümmertheit und Kameraderie von Alexander und Tim zu ertragen, ohne sich etwas anmerken zu lassen. Am liebsten hätte er Tim ins Gesicht gespuckt und ihn aus seinem Haus geprügelt. Aber Alexander zuliebe riß er sich zusammen.

Nach dem Frühstück zog er sich in sein Arbeitszimmer zurück und rief Vincent Wallace an, den Direktor der *St. Andrew's Academy.* Nachdem sie ein paar Höflichkeiten ausgetauscht hatten, erkundigte sich Henry, welche Fortschritte der geplante Neubau der Turnhalle und die Erweiterung der Bibliothek machten.

»Es ist traurig, aber leider nur zu wahr, daß diese Projekte über das Stadium der Planung noch nicht hinausgekommen sind«, bedauerte der Direktor. »Uns fehlen immer noch über fünfzigtausend Dollar.« Er schickte einen bedeutsamen Seufzer nach.

»Betrachten Sie Ihre Probleme als gelöst, Mister Wallace. Sie werden in den nächsten Tagen von mir einen Spendenscheck in Höhe von sechzigtausend Dollar in Ihrer Post finden«, teilte Henry ihm mit.

»Mister Maynard, ich weiß gar nicht, was ich dazu sagen soll! Möge Gott Sie für Ihre großherzige Spende segnen!« Vincent Wallace war ganz und gar nicht um die passenden Worte verlegen, und er stand diesem exklusiven Internat lange genug vor, um zu wissen, daß bei derartig großzügigen Gaben meist ein Gefälligkeitsdienst von ihm erwartet wurde. Deshalb sagte er: »Ich hoffe, Sie geben mir Gelegenheit, Ihnen ihre Großzügigkeit eines Tages durch eine Geste meinerseits vergelten zu können, Mister Maynard.«

»Die will ich Ihnen gerne geben, Mister Wallace. Ich möchte, daß Tim Finegan nicht mehr zu den Zöglingen von *St. Andrew's* gehört, wenn im Herbst der Unterricht wieder beginnt.«

»Aber der junge Finegan ist für unser Footballteam fast unersetzlich!«

»Ein Stipendiat ist unersetzlicher als sechzigtausend Dollar und mein Sohn?« fragte Henry scharf.

»Nein, natürlich nicht!« beteuerte der Direktor hastig.

»Kaufen Sie sich einen noch besseren Mann für Ihr Team ein, ich komme dafür auf. Ich will, daß dieser Finegan verschwindet, und zwar möglichst weit weg von *St. Andrew's!* Mir ist egal, wie Sie das machen, Hauptsache, er verschwindet. Loben Sie ihn meinetwegen weg, auch wenn es mit Kosten verbunden ist. Ich werde Ihnen dafür einen zweiten Spendenscheck ausstellen.«

»Sicher wird es einen Weg geben, dieses Problem aus der Welt zu schaffen«, versicherte Vincent Wallace beflissen.
»Und noch etwas: Nehmen Sie Kontakt mit seinen Eltern auf und sorgen Sie dafür, daß Tim noch heute hier in Ferncliff einen dringenden Anruf von ihnen erhält, der ihn zur sofortigen Abreise zwingt; sie sollen eine plötzliche schwere Erkrankung vorschieben oder was weiß ich. Entscheidend ist, daß der Bursche mir noch heute aus dem Haus kommt.«
»Oh, das dürfte schwierig und sehr peinlich ...«
Henry schnitt ihm das Wort ab. »Es interessiert mich nicht, wie Sie das machen, Mister Wallace. Wenn Tim Finegan mein Haus bis heute abend nicht aus freien Stücken verlassen hat, werde ich ihn rauswerfen – und meinen Sohn im September auf ein anderes Internat schicken«, drohte er unumwunden. »Natürlich sehe ich dann auch den Anlaß hinfällig, Ihrem Institut eine Spende zukommen zu lassen.«
Der Direktor rang am anderen Ende der Leitung hörbar um Fassung Henry Maynard war nicht irgendwer. Den Zorn eines solchen Mannes zu erregen, konnte dem Internat sehr abträglich sein.
»Keine Sorge, Mister Maynard«, sagte er deshalb. »Ich werde mich der Sache annehmen und veranlassen, daß die Eltern ihren Jungen noch heute nach Hause holen.«
»Ich wußte, daß ich mich auf Sie verlassen kann. Noch eine letzte Kleinigkeit: Geben Sie meinem Sohn einen neuen Stubenkameraden, von dem Sie wissen, daß er ein Rabauke und hinter allem her ist, was einen Rock trägt.«
»Oh, ich verstehe!«
»Nein, das glaube ich nicht, aber ich möchte Sie nicht länger von der Arbeit abhalten. Sie werden jetzt einiges zu tun haben«, sagte Henry reserviert, wünschte dem Direktor noch einen guten Tag und hängte ein.
Das nächste Gespräch führte er mit Helen Anderson in Miami. »Besorgen Sie mir ein bildhübsches junges Ding ...«
»Tut mir leid, aber Sie wissen, daß ich mit Minderjährigen prinzipiell nicht arbeite«, unterbrach sie ihn und fuhr verwundert fort: »Außerdem sind diese jungen Püppchen doch gar nicht nach Ihrem Geschmack, Henry.«
»Das junge Ding ist auch nicht für mich gedacht, sondern für

meinen ältesten Sohn«, erklärte Henry. »Es wird Zeit, daß er seine ersten Erfahrungen mit dem anderen Geschlecht macht.«
»Oh, das ist natürlich etwas anderes. Dann kann ich Ihnen Sharon empfehlen. Sie ist zwar volljährig, aber sieht nicht viel älter aus als siebzehn. Sie ist die mädchenhafte Unschuld und die Verführung in einer Person.«
»Gut, doch Alexander soll nicht wissen, daß sie es für Geld tut und ich die Sache arrangiert habe. Sie soll ihn scheinbar zufällig bei mir im Hotel treffen, ihn kennenlernen und verführen. Ich schätze mal, daß ich sie für eine Woche brauche.«
»Kein Problem, Henry, für solch ein Spiel hat Sharon ein Händchen«, versicherte ihm Helen Anderson. »Wann wollen Sie Ihren Sohn mit ihr beglücken?«
»In drei Tagen sind wir in Miami. Sharon soll schon morgen im *Palace* einchecken«, sagte er. »Alles weitere werde ich mit ihr absprechen.«
Am frühen Nachmittag erhielt Tim Finegan einen Anruf von seinem Vater. »Ich weiß nicht, was genau mit meiner Mutter ist«, sagte er hinterher verstört. »Sie ist wohl zusammengebrochen, und es sieht so aus, als habe sie eine Herzattacke erlitten. Auf jeden Fall muß ich sofort abreisen.«
Henry überredete Alexander, mit ihm schon am nächsten Tag nach Miami zu reisen. »Wir können uns im Hotel eine Zeitlang verwöhnen lassen und haben mal ein paar Tage ganz für uns. Wenn Leona übernächste Woche mit deinen Geschwistern nachkommt, gehen wir in die Villa, was hältst du davon?«
»Okay, Daddy«, sagte Alexander und wirkte weder groß begeistert noch widerwillig.
Alexander lernte Sharon auf dem Tennisplatz kennen, und von da an verbrachten die beiden von Tag zu Tag mehr Zeit miteinander. Er beklagte sich auch nicht, daß Henry entgegen seinem Versprechen sehr wenig Zeit für ihn hatte. Und Henry fiel ein Stein vom Herzen, als er seinen Sohn mit diesem bildhübschen Mädchen sah, das in Wirklichkeit längst eine junge Frau war.
»Es war ein Vergnügen, mit Ihrem Sohn zusammenzusein«, teilte Sharon ihm am Ende der Woche mit, als Alexander mit Merrill zum Segeln hinausgefahren war.
»Auch im Bett?«

Sharon lächelte. »Ja, auch im Bett. Er stand den Männern, mit denen ich bisher zu tun hatte, in nichts nach. Sie haben einen außergewöhnlichen Sohn, Mister Maynard.«
»Danke«, sagte Henry und gab ihr einen Hunderter als Bonus.
Sharon lächelte ihn verführerisch an. »Auch Sie sind ein attraktiver Mann, und ich würde mich gern auf meine Weise bedanken«, sagte sie. »Ohne Honorar.«
»Es fällt mir sehr schwer, Ihr Angebot abzulehnen, Sharon, aber ich schlafe nicht mit der Frau, mit der mein Sohn ins Bett gegangen ist«, erwiderte Henry.
»Das ehrt Sie, Mister Maynard«, sagte Sharon und ging.
Henry trat ans Fenster seiner Präsidentensuite und blickte hinaus auf die glitzernde Biscayne Bay. Von einer unendlichen Last befreit, schloß er die Augen. Dem Himmel sei Dank, mit seinem Sohn war alles in Ordnung! Die abscheuliche Episode mit Tim Finegan, dessen Veranlagung auf Dauer möglicherweise eine verheerende Wirkung hätte haben können, würde Alexander schnell vergessen, nachdem er nun die wahren Freuden der Lust kennengelernt hatte.
Wenige Tage später rief Sally ihn an. »Ich muß es dir einfach sagen, Henry!« rief sie aufgeregt.
»Was ist denn passiert?«
»Du wirst es nicht glauben, aber mein neuer Roman ist in England ein großer Erfolg. Ich soll eine Lese- und Vortragsreise durch Großbritannien machen. Der Verlag in London trägt alle Kosten und zahlt mir sogar noch ein ansehnliches Honorar. Was sagst du dazu?«
»Erst einmal, daß du das verdient hast, denn der Roman ist wunderbar. Und zweitens: Wann reist du nach England?«
Sally lachte. »Übernächste Woche. Der Verlag hat auf der *Aquitania* eine Kabine für mich gebucht. Mein Gott, es ist wie ein Traum!«
Henry wurde von einer überwältigenden Sehnsucht nach Sally gepackt, die er wie einen stechenden Schmerz in seinem Herzen verspürte, und er wußte plötzlich, was er zu tun hatte.

Zehntes Kapitel

Längst hatte sich die New Yorker Skyline mit ihren kühnen Wolkenkratzern hinter den westlichen Horizont zurückgezogen, und mittlerweile war selbst die Küstenlinie nur noch als Strich zu erahnen.

Versonnen lehnte Sally an der Reling der *Aquitania.* Ihr Blick ging nicht nach Osten, wo jenseits des Meeres England lag und wo man die erfolgreiche Schriftstellerin Sally Floyd erwartete, sondern er folgte dem schäumenden Kielwasser, das der Luxusliner wie einen Schleier im graublauen Atlantik hinter sich herzog. Wie hatte sie dem Tag ihrer Abreise entgegengefiebert! Doch nun fühlte sie sich merkwürdig beklommen. Ob sie den Erwartungen, die man nun an sie stellen würde, auch gerecht werden konnte? Welche Auswirkungen mochte der Erfolg ihres Buches auf ihr zukünftiges Leben haben? Würde er sie verändern?

Sally hatte auf einmal eine Gänsehaut auf den Armen, obwohl eine warme Sommerbrise über das Promenadendeck wehte. Sie öffnete ihre Handtasche und holte eine Schachtel Chesterfields heraus. Sie suchte nach ihrem Feuerzeug. Da trat der bärtige Mann, der die ganze Zeit einige Schritte von ihr entfernt gestanden und wie sie dem Kielwasser zugesehen hatte, zu ihr und hielt ihr im Schutz der Hände sein brennendes Feuerzeug hin.

»Danke«, sagte Sally und warf einen flüchtigen Blick auf das Gesicht des Fremden. Sein kurzer Bart war schon von Grau durchzogen, und mit seinen runden, goldgefaßten Brillengläsern machte er den Eindruck eines Collegeprofessors. Gesichtszüge und Statur des Fremden besaßen etwas merkwürdig Vertrautes.

Sie wollte sich schon wieder abwenden, da sagte der Mann: »Meinen Sie nicht, wir sollten uns miteinander bekanntmachen? Wir werden uns auf der Überfahrt doch gewiß noch häufiger begegnen.«

»Henry?« Sally fiel vor freudiger Überraschung die Zigarette aus der Hand. »Mein Gott, ich habe dich wirklich nicht erkannt!«

Er lachte. »Das ist mir nicht entgangen, und das wirst du gutzumachen haben. Zeit genug bleibt uns ja«, sagte er und trat ihre Zigarette aus.

»O Henry, du fährst mit mir nach England?« Erst jetzt begriff sie, was seine Anwesenheit an Bord der *Aquitania* für eine Bedeutung hatte.

»Ich habe nicht die Absicht, auf halbem Weg über die Reling zu springen und nach New York zurückzuschwimmen. Ich bleibe so lange bei dir, solange du mich haben willst, Sally, und damit meine ich nicht allein die beiden Monate in England.«

Sally fiel ihm um den Hals, denn jetzt war nicht die Zeit für Zweifel und Vernunft. »Halt mich, Henry!« forderte sie ihn mit bebender Stimme auf. »Halt mich ganz fest, damit ich weiß, daß du wirklich bei mir bist und ich dich nicht nur träume!«

»Ich liebe dich, Sally«, sagte er. »Ich habe nie aufgehört, dich zu lieben und mich nach dir zu sehnen.«

»Bring mich in deine Kabine, Henry!« flüsterte sie.

Erschöpft von der Liebe lagen sie auf dem Bett in Henrys Suite. Die schweren Vorhänge waren zugezogen und hielten das helle Sonnenlicht fern.

Henry streichelte Sallys nackten Körper. »Mir ist, als wären seit damals nicht schon fast zwanzig Jahre vergangen. Es kommt mir eher wie gestern vor – nach einer schrecklichen, langen Nacht der Alpträume.«

»Ja, und du bist noch genauso leidenschaftlich und unersättlich wie jener junge Mann damals, der mich für eine Nacht so unendlich glücklich gemacht hat«, antwortete sie mit einem zärtlichen Lächeln.

»Diesmal wird es nicht bei einer Nacht bleiben, auch nicht bei einer Woche oder einem Monat«, antwortete er ernst. »Ich habe mich entschlossen ...«

Sally legte ihm einen Finger auf die Lippen. »Bitte nicht, Henry! Ich bin zu glücklich, um jetzt über ernste Probleme zu reden. Es ist auch nicht vernünftig, in einer Stimmung der Glückseligkeit Entscheidungen für die Zukunft treffen zu wollen. Das kann nur mit Enttäuschungen enden. Es besteht auch gar keine Notwendigkeit.«

»Doch, diese Notwendigkeit besteht«, widersprach Henry. »Ich habe die Überfahrt nicht angetreten, um für kurze Zeit aus meiner Ehe auszubrechen und mir eine zeitlich begrenzte Affäre mit dir zu gönnen. Ich habe nie halbe Sachen gemacht.«

»Das weiß ich nur zu gut.«

»Daß ich Leona geheiratet habe, war der größte Fehler meines Lebens, und ich habe genug Jahre Zeit gehabt, um ihn bitter zu bereuen. Aber ich habe nicht nur mir das Leben schwergemacht, sondern auch Leona um ihr Glück betrogen, denn ich habe nie den Menschen Leona geliebt, begehrt und geheiratet, sondern nur das, was Leona darstellte. Ich habe ihre Schönheit, ihren gesellschaftlichen Status, ihre Eleganz, ihren Snobismus und ihr Leben in Luxus begehrt und besitzen wollen. Sie war ein Preis, den es zu erringen galt, um aller Welt zu beweisen, daß für mich nichts unerreichbar war. Ich habe den glänzenden Rahmen und den Wert eines kostbaren Gemäldes geliebt, während ich mit dem Bild selbst nichts anzufangen wußte.«

»Das habe ich schon damals geahnt, aber du hättest mir nicht geglaubt.«

Henry schüttelte betrübt den Kopf. »Nein, wie ich auch Arthur nicht geglaubt habe.« Er atmete tief durch. »Sally, ich möchte dich nicht noch einmal verlieren. Ich möchte mich scheiden lassen. Leona wird es mir schwermachen, doch irgendwie werde ich einen Weg finden, auch im Hinblick auf die Kinder, damit sie nicht alles glauben werden, was Leona ihnen Häßliches über mich einzuträufeln versuchen wird. Ich sehne mich danach, mit dir einen neuen Anfang zu machen, wenn auch du diesen Wunsch hast. Denn du bist die einzige Frau, die ich je mit Herz und Seele geliebt habe, und daran wird sich nie etwas ändern.«

»Und ich liebe *dich,* Henry.« In ihren Augen schimmerten Tränen, als sie ihn anlächelte und ihm einen Kuß gab. »Aber es wird Schwierigkeiten geben …«

Er lachte glücklich und mit unerschütterlicher Zuversicht. »Es gibt keine Schwierigkeiten, die groß genug wären, um uns noch einmal zu trennen, mein Liebling«, versicherte er, und zog sie in seine Arme. »Unsere Liebe ist unbesiegbar.«

Henrys Ehe mit Leona hatte an Bord des Kreuzfahrtschiffes *Auguste Viktoria* begonnen. Die Überfahrt mit Sally war jedoch keine Wiederholung jener Flitterwochen, auch wenn die Passage für ihn eine ähnliche Zäsur in seinem Lebens darstellte wie damals und ihre Tage und Nächte auf der *Aquitania* in ähnlicher Intensität von beglükkender Leidenschaft erfüllt waren. Ihre tiefe seelische Verbunden-

heit gab ihrer Liebe eine völlig andere Dimension der Erfüllung. Es war das glückselige Gefühl, zueinandergefunden zu haben und nach langer Zeit quälender Unvollständigkeit endlich ganz zu sein. Sie vermieden an Deck und im Speisesaal Kontakte mit anderen Passagieren, häufig ließen sie sich das Essen auch in Henrys Suite bringen. Sie verbrachten viele Stunden damit, in stummer Eintracht auf dem privaten Sonnendeck im Liegestuhl zu liegen, Bücher zu lesen, zu träumen und über tausend Dinge der Vergangenheit zu reden. Und jede Geschichte, die sie erzählten, und jede Erinnerung an gemeinsame Zeiten, die sie wiederbelebten, machte den Strang ihres Zusammengehörigkeitgefühls um einen weiteren Faden stärker.
Am kostbarsten waren ihnen jedoch die nächtlichen Spaziergänge, wenn das Deck wie ausgestorben unter einem klaren Sternenhimmel vor ihnen lag und sie das Gefühl hatten, die einzigen Menschen auf diesem stählernen Riesen zu sein, der unbeirrt durch die schwarzen Fluten des Atlantik pflügte.
»Das Meer schläft, aber es atmet warm und gleichmäßig«, sagte Sally in der letzten Nacht vor ihrer Ankunft in Southampton, als sie an der Reling standen. »Wie klein und vergänglich der Mensch angesichts der Schöpfung doch ist, aber auch wie groß und einzigartig. Aber sind wir für das Wunder unseres Lebens auch wirklich dankbar?«
»Ich bin es jeden Morgen, wenn ich aufwache und dich neben mir spüre«, sagte Henry verliebt.
Sie lachte leise und schmiegte sich an ihn, doch das hatte sie nicht gemeint. Und tief in ihrem Innern regte sich wieder die Furcht vor der Ernüchterung und den Zweifeln, die nicht lange auf sich warten lassen würden, sobald der besondere Zauber dieser Überfahrt erst einmal hinter ihnen lag. Nicht, daß sie an Henrys Liebe zu ihr gezweifelt hätte. Nur hatte der Alltag eine brutale Art, Träume auf den harten Boden der Wirklichkeit herunterzuholen.
Deshalb wollte sie auch keine Pläne für die Zukunft schmieden. »Laß uns über die Zukunft reden, wenn diese Reise hinter uns liegt und wir wieder in Amerika sind!« bat sie Henry, als sie sich wieder einmal geliebt hatten und er laut darüber nachdachte, wie sie ihr gemeinsames Leben in Angriff nehmen sollten. Er versprach, sich in Geduld zu üben.

Geduld ganz anderer Art zu haben, lernte er in den nächsten Wochen in England. Er war mit Sally übereingekommen, weiterhin unter falschem Namen und mit Bart und Brille zu reisen, um einen Skandal zu vermeiden. Denn vor allem in London mußten sie damit rechnen, möglicherweise Bekannten aus Amerika oder Klatschkolumnisten zu begegnen, die Henry kannten. Daß er die farbige Erfolgsautorin Sally Floyd auf ihrer Lese- und Vortragsreise begleitete, würde in beiden Ländern sofort Schlagzeilen machen, und so hielt er sich unter dem falschen Namen Martin Moore bei allen Veranstaltungen und Gesellschaften unauffällig im Hintergrund. Nicht einmal Geoffrey Seymour, ein charmanter weißhaariger Gentleman um die sechzig und Sallys Verleger in Großbritannien, ahnte, wer hinter dem ständigen Begleiter an ihrer Seite in Wirklichkeit steckte.
Henry war seit Jahren daran gewohnt, daß man wußte, wer er war und welche Macht er besaß. Nun buchstäblich ein Niemand zu sein und nicht beachtet zu werden, während Sally überall im Mittelpunkt stand und gefeiert wurde, machte ihm die ersten Tage sehr zu schaffen. Der Grund war jedoch nicht, daß sein Geltungsbewußtsein wegen des völliges Desinteresses von Presse, Buchhändlern und Leserschaft darunter gelitten hätte, sondern daß er verbergen mußte, wie sehr er Sally liebte und wie nahe sie sich standen. Und Henry spielte seine Rolle ausgezeichnet. Der einzige, der dank seines feinen Gespürs die Wahrheit erkannte, war Alvin Baker.
Baker war an die fünfzig, von stattlicher Gestalt und ein Farbiger wie Sally, aber von dunklerer Tönung. Er kam von Bermuda, das seit 1612 zum britischen Empire gehörte, und stammte aus einer alten Familie, die einen der ersten farbigen Abgeordneten für das Parlament der Inselgruppe gestellt hatte. Alvin Baker war von Hauptberuf Kunstmaler, hatte sich aber auch einen Namen als Historiker gemacht. Sein Fachgebiet war die Geschichte der Sklaverei, und sein neues Sachbuch, das sich mit den kulturellen und sozialpolitischen Auswirkungen der Sklaverei auf die Neuzeit beschäftigte, war ebenfalls von Geoffrey Seymour verlegt worden.
»Aber kein großer Erfolg«, gestand er gleich am ersten Abend bei der großen Party, die der Verleger zu Ehren seiner neuen amerikanischen Erfolgsautorin gab. »Deshalb soll ich ja auch mit Mrs. Floyd auf Lesereise gehen, um in ihrem Windschatten vielleicht noch eine

ehrenhafte zweite Auflage zu erreichen. Dabei würde ich um diese Jahreszeit viel lieber zu Hause in Bermuda sein und an meinen Bildern arbeiten. Aber ich bin dem lieben Geoffrey diesen Gefallen schuldig.«

Baker war ohne Neid auf Sallys enormen Erfolg und ganz allgemein eine interessante, schillernde Persönlichkeit, die sich einem aber nicht gleich bei der ersten Begegnung erschloß. Er war zurückhaltend und bescheiden, scheute eigentlich das Rampenlicht und die Presse und bewegte sich bei den Partys am liebsten am äußeren, stillen Rand. Doch wenn man das Glück hatte, ihn näher kennenzulernen und sein Vertrauen zu erringen, dann wurde man reich belohnt.

Sally genoß die Rundreise, so strapaziös sie auch war. Ihre Lesungen waren überdurchschnittlich gut besucht, und die Presse schloß sie ins Herz, sogar ein Großteil der Journalisten aus dem erzkonservativen Lager. Henry freute sich mit ihr, und auch die Hoffnung des Verlegers, daß Alvin Bakers Sachbuch von Sallys Erfolg mitgezogen werde, ging auf.

Drei Wochen, nachdem sie London verlassen hatten, trafen sie in Bristol ein. Dort erhielt Henry noch am Tag ihrer Ankunft ein Telegramm aus Tampa. Es kam von Lee und enthielt beunruhigende Nachrichten: Im *Tampa Palace* war nachts Feuer ausgebrochen. Der Südflügel des Hotels war völlig ausgebrannt. Es hatte vierzehn Verletzte gegeben, aber glücklicherweise keine Toten. Und nun mehrten sich Berichte in der Presse, wonach beim Bau des Hotels angeblich die Brandvorschriften nicht eingehalten worden seien. Es wurde sogar angedeutet, daß Korruption und Bestechung der Baubehörde im Spiel gewesen sein könnten.

Henry nahm sofort Kontakt mit Lee und Merrill auf. Beide teilten ihm mit, daß alle Vorwürfe jeglicher Grundlage entbehrten. Ein paar Neider wollten ihm offensichtlich am Zeug flicken, möglicherweise unterstützt von Wiggelton oder Richard Banks. Seine Freunde gaben Henry den dringenden Rat, umgehend nach Florida zurückzukehren.

»Es tut mir leid, Sally«, bedauerte Henry. »Aber ich muß in der Situation vor Ort sein, wenn ich den Schaden begrenzen will. Es ist wichtig, daß ich jetzt in Tampa persönlich Flagge zeige.«

»Natürlich mußt du zurück, das verstehe ich doch«, sagte Sally mit

einem tapferen Lächeln und bestand darauf, ihn nach Southampton zu begleiten.
Als Henry sich in Bristol von Alvin Baker verabschiedete, bat er ihn: »Und passen Sie mir gut auf Sally auf!«
Der Künstler aus Bermuda erwiderte den herzlichen Händedruck. »Sie haben mein Wort.«
In Southampton gab es einen tränenreichen Abschied voller Versprechen und Liebesbeteuerungen. Ein dichter Regenschleier hing über dem Hafen. Dennoch harrte Sally auf dem Kai aus und winkte, bis die *Cumberland* abgelegt und die breite Fahrrinne erreicht hatte. Es zerschnitt Henry das Herz, sie dort im Regen auf der Anlegestelle zurückzulassen und zu sehen, wie ihre Gestalt immer kleiner und kleiner wurde, bis sie sich schließlich im nassen Grau auflöste. Und er wußte, daß sich auf ihrem Gesicht der Regen genauso mit Tränen vermischte wie auf seinem.

Als er in New York eintraf, war sein kurzer Bart längst dem Rasiermesser zum Opfer gefallen. Er blieb nur eine Nacht, doch diese Zeit genügte Leona, ihn bereuen zu lassen, daß er nicht sofort nach Florida weitergereist war.
Sie kam in sein Arbeitszimmer und knallte ihm ein halbes Dutzend Fotografien auf den Schreibtisch, die ihn zusammen mit Sally auf der *Aquitania* und in London zeigten. »Wie lächerlich du mit diesem Proletenbart und der Brille aussiehst!«
Henry starrte auf die Fotos und sah dann seine Frau an. »Habe ich dich jemals von einem Privatdetektiv beschatten lassen, um Beweise für deine Untreue in die Hand zu bekommen?« fragte er fassungslos.
»Nicht ich bin hier das Thema, sondern du und dein billiges Niggerflittchen!« erwiderte sie triumphierend. »Ich wußte gleich, daß mehr hinter dieser Reise nach England steckte, als du vorgegeben hast.«
Aus Kränkung wurde maßloser Zorn. »Wie kannst du dich so schäbig verhalten, Leona? Habe ich dir in all den Jahren auch nur einmal vorgehalten, daß du mir David untergeschoben hast, obwohl Richard Banks dir das Kind in Rhode Island gemacht hat, als ihr beim Tennisturnier im gemischten Doppel gewonnen habt?« hielt er ihr zornig vor. »Und glaubst du vielleicht, ich hätte nicht auch von dir und und deinem Geliebten Fotos aller Art haben können, wenn

ich es gewollt hätte? Mein Gott, Leona, was ist nur mit dir geschehen? Wie sehr mußt du mich hassen, um so etwas zu tun!«
Ihr Gesicht nahm einen höhnischen Ausdruck an. »Bilde dir bloß nichts ein! Ich dich hassen? Das bist du doch gar nicht wert!« stieß sie hervor. »Und ich habe die Fotos nur machen lassen, damit du nicht glaubst, ich wüßte nicht, was du die ganze Zeit hinter meinem Rücken treibst.«
Jedes weitere Wort war sinnlos, und seine Wut fiel in sich zusammen. Er schämte sich seiner Ehe. »Gar nichts weißt du, Leona, und du hast kein Wort verstanden, aber das ist nicht allein deine Schuld«, sagte er müde. »Wir haben uns gegenseitig ans Kreuz genagelt.«
Er ging aus dem Zimmer und zögerte kurz, als er um die Ecke kam, denn ihm war, als habe er eine Bewegung gesehen, einen Schatten, der in eines der Zimmer huschte. Doch er hörte weder Schritte noch eine sich schließende Tür, und der Flur lag wie ausgestorben vor ihm.
Wenig später verließ Henry das Haus, denn er hatte in diesen Räumen das Gefühl, erdrückt zu werden und keinem Atem mehr zu bekommen.

Henry hielt sich zwei Wochen in Tampa auf, um seine Hotelkette aus der negativen Berichterstattung der Zeitungen herauszuboxen. Vom ersten Tag an nahm er die Zügel fest in die Hand. Er gab eine gut vorbereitete Pressekonferenz, bei der nicht nur der Bürgermeister, der ranghöchste Brandmeister der Feuerwehr und der Leiter der Bauaufsichtsbehörde vor die Mikrophone traten und alle Vorwürfe als unwahr widerlegten, sondern auch der Kandidat, den die Oppositionspartei bei den anstehenden Kommunalwahlen gegen den amtierenden Bürgermeister ins Rennen schickte. Eine kräftige Wahlkampfspende hatte den Coup möglich gemacht, und die Pressekonferenz bereitete den häßlichen, geschäftsschädigenden Verdächtigungen ein jähes Ende.
Henry ließ sofort mit dem Wiederaufbau des Südflügels des Hotels und der Renovierung beginnen. Mitte Oktober kehrte er nach Miami zurück, um sich verstärkt den Projekten seiner *Florida Land Company* und den Plänen für ein neues Hotel zu widmen. In dieser Zeit trafen vier wunderbare Briefe von Sally bei ihm ein, in denen sie ihm ihre Erlebnisse auf ihrer Lesereise durch den industriellen

Norden Englands schilderte und ihm immer wieder mit immer neuen Worten versicherte, wie sehr sie ihn liebe und vermisse. Dann verstrich eine Woche nach der anderen, ohne daß er weitere Post von ihr erhielt. Voller Sorge telegrafierte er nach London und erkundigte sich bei ihrem Verleger nach ihrer Gesundheit und ihrem Verbleib. Zu Beginn der folgenden Woche, es war die zweite im November, erhielt er von Geoffrey Seymour die äußerst knapp und merkwürdig steif formulierte Antwort, daß sich »die Person, die Gegenstand Ihrer Besorgnis ist«, bester Gesundheit erfreue und England schon verlassen habe. Tags darauf traf endlich ein dicker Brief von Sally ein. Doch auf die Erleichterung und Freude folgten, kaum daß er die ersten Zeilen gelesen hatte, Fassungslosigkeit, Bestürzung und maßloser Schmerz.

Mein geliebter Henry!
Dir diesen Brief zu schreiben, ist eine Qual. Nichts in meinem Leben ist mir so schwer gefallen und bereitet mir solche seelische Pein wie diese Aufgabe – und es ist eine Aufgabe.
Wir müssen einander loslassen, und ich habe mich entschlossen, Dich nicht festzuhalten, wie sehr ich mich auch nach einem gemeinsamen Leben mit Dir gesehnt habe. Aber es bleibt mir keine andere Wahl, meine Liebe zu Dir verlangt diesen Verzicht. Denn Dich festzuhalten und die Augen vor der Wirklichkeit zu verschließen würde uns beide ins Unglück stürzen und unsere Liebe vergiften, und das wäre entsetzlicher als der Verzicht aufeinander.
Niemals werde ich die Tage der Überfahrt vergessen. Sie waren das wunderbarste Geschenk meines Lebens, ein Segen, der immer in mir lebendig bleiben wird. Und auch die Zeit in England mit Dir war beglückend und ein unvergeßliches Erlebnis, so reich an Zärtlichkeit und Erfüllung. Aber das war nicht die Wirklichkeit unseres Lebens. Es war eine Ausnahmesituation, ein kurzes Aussteigen aus den Zügen unseres Lebens, ein Sich-vor-der-Welt-Verstecken. Doch unser Glück konnte nicht von Dauer sein. Was wir schon vor zwanzig Jahren richtig erkannt haben, hat auch heute noch Gültigkeit: Es kann für uns keine gemeinsame Zukunft geben, weil wir in zu unterschiedlichen Welten leben. Sogar wenn wir alle Mühe aufwenden und alles richtig machen würden, unsere Umgebung würde unsere Liebe langsam, aber beständig zu Staub zermahlen wie ein Korn zwischen zwei Mühlsteinen.

Dabei können nicht mal wir alles richtig machen. Ich will gar nicht von meiner Arbeit und Deinem Beruf reden. Denk doch nur an Deine Kinder! Ich weiß, wie sehr Du mich liebst, und ich weiß auch, wie ernst es Dir damit gewesen ist, als Du immer und immer wieder davon gesprochen hast, einen Weg zu finden, um Deine Ehe zu beenden, ohne die Liebe Deiner Kinder zu verlieren. Doch sei ehrlich zu Dir und mir: Hast Du einen gefunden? Nein, Du hast nicht und wirst auch keinen finden, weil Leona es nicht zulassen wird. Doch wie können wir zusammen glücklich sein, wenn der Preis für unser Glück die völlige Entfremdung von Deinen Kindern ist? Du würdest zu sehr darunter leiden. Und das ist nur einer von vielen tiefen Gräben, die der von uns so ersehnten Erfüllung unserer Liebe im Wege stehen.
Mein Liebster, ich könnte Dir noch seitenlang schreiben, warum nicht sein darf und kann, was wir uns so sehr gewünscht haben. Doch das alles ist jetzt ohne Bedeutung. Denn wenn Du diesen Brief in den Händen hältst, bin ich schon mit Alvin Baker verheiratet und mit ihm auf dem Weg nach Indien, wo wir eine Rundreise machen werden, bevor ich mit ihm nach Bermuda gehe.
Ich weiß, wie weh es Dir tut, das zu lesen, und ich wünschte, ich könnte Dir den Schmerz ersparen. Aber glaube mir, wenn ich Dir sage, daß ich Alvin Baker heirate, weil *ich Dich liebe. Es mag lächerlich paradox klingen, ist jedoch die Wahrheit. Ich weiß, daß ich Dich aufgeben* muß, *gerade weil ich Dich liebe. Doch ich habe Angst, schwach zu werden, egoistisch zu handeln und nicht durchzuhalten, was ich mir vorgenommen habe und was einzig richtig ist. Doch als Ehefrau von Alvin Baker ist der Schlußstrich endgültig. Dann droht mir nicht die Gefahr eines Rückfalls, denn Alvin zu betrügen wird nie für mich auch nur eine Überlegung wert sein. In wenigen Stunden werde ich ihm Liebe und Treue bis zum Tod schwören, und diesen Schwur werde ich halten. Ja, daß ich Alvin Bakers Heiratsantrag angenommen habe, ist blanke Feigheit. Daran ändert auch die Tatsache nichts, daß ich ihn mag und mich wunderbar mit ihm verstehe. Aber mir fehlen nun mal der Mut und die Stärke, meiner brennenden Liebe zu dir aus freiem Willen Fesseln anzulegen.*
Du wirst wissen wollen, ob Alvin Baker weiß, aus welchen Beweggründen ich seine Ehefrau werde. Ja, ich habe ihm reinen Wein eingeschenkt, als er mich bat, ihn zu heiraten. Ich habe ihm von Dir und mir erzählt, alles, von Anfang an, und ich habe ihm gesagt, daß ich Dich immer

lieben werde und daß nichts und niemand das ändern könne. Er war darüber nicht im mindesten überrascht, sondern vielmehr darauf vorbereitet. Mir fehlen im Augenblick die Worte, um Dir zu schreiben, was für ein außergewöhnlicher, warmherziger und großherziger Mensch Alvin ist und wie glücklich ich mich schätze, ihn zum Mann zu bekommen. Insbesondere weil er weiß, daß er nie Deinen Platz in meinem Herzen und meinen Gedanken einnehmen wird. Andere mögen unsere Ehe geringschätzig als Arrangement bezeichnen, wir sehen sie voller Dankbarkeit und mit gegenseitiger, aufrichtiger Zuneigung als Segen und große Chance, gemeinsam Zufriedenheit und Seelenfrieden zu finden.

Wie schließt man solch einen Brief, der all Deine Träume und vielleicht sogar Deine Liebe zu mir zerstören wird? Aber nein, wenn Du mich wirklich so sehr liebst, und ich weiß, daß es so ist, dann wirst Du mir verzeihen und eines Tages, wenn genug Zeit verstrichen ist, auch verstehen und wissen, daß ich das einzig Richtige getan habe – für uns beide.

In unverbrüchlicher Liebe
Deine Sally

Wilma Patterson, Henrys langjährige Sekretärin und Vorzimmerdame, schüttete sich den lauwarmen Kaffee über ihr Kleid, denn in dem Moment, als sie die Tasse an die Lippe setzte, drang ein Schrei aus dem Büro ihres Chefs, ein Schrei, der ihr durch Mark und Bein ging, gefolgt von einem lauten Krachen und dem Splittern von Glas.

Zu Tode erschrocken ließ sie die Kaffeetasse fallen, sprang hinter ihrem Schreibtisch auf und stürzte in Henrys Büro.

»Um Gottes willen, was ist passiert, Mister Maynard?« rief sie verstört und das Schlimmste befürchtend. Vor der Wand neben der Tür lagen die Reste eines Bohrturms aus Bleikristall, den ihr Chef anläßlich einer Ehrung von der texanischen Regierung erhalten und offensichtlich gerade zerschmettert hatte.

Henry gab ihr keine Antwort. Er nahm sie nicht einmal wahr. Mit kalkweißem Gesicht ging er an ihr vorbei und verließ das Büro. Er blieb fünf Tage und fünf Nächte lang spurlos verschwunden. Es war, als habe die Erde ihn verschluckt.

Als er am Freitag morgen wieder in der Miami-Firmenzentrale erschien, hatte er tiefe Schatten unter den Augen und sah krank aus. Doch er war so makellos wie immer gekleidet, und er tat, als bedürfe sein rätselhaftes Verschwinden keiner Erklärung. Nicht einmal Merrill und Lee hatten mit ihren Fragen Erfolg. Henry ignorierte sie einfach und nahm die Geschäfte wieder auf, als wäre er nur zu einer Lunchpause weggewesen. Verbissener und mit noch mehr Härte gegen sich und seine Mitarbeiter stürzte er sich in die Arbeit.

Der erste Brief aus Bermuda kam zu Anfang des nächsten Jahres. Der aufgedruckte Absender lautete:

Sally Floyd-Baker
4 Hibiscus Lane
Tucker's Town, Bermuda

Er öffnete den Brief nicht, warf ihn jedoch auch nicht weg, sondern legte ihn in eine alte Blechschachtel, in der er schon in Sour Lake Geld und wichtige Papiere aufbewahrt hatte. Unbeirrt davon, daß er ihr nicht antwortete, schrieb Sally ihm alle Vierteljahre einen Brief. Jeder wanderte ungeöffnet in die alte, verbeulte Blechschachtel. Doch manchmal, wenn die Büros in den Maynard Twins längst verwaist waren und Henry spätnachts noch hinter seinem Schreibtisch saß, holte er die Blechschachtel hervor, breitete Sallys ungeöffnete Kuverts vor sich aus und überließ sich den Erinnerungen, dem Schmerz und dem Leid, ihr nicht verzeihen zu können.

Elftes Kapitel

Lee jagte den offenen Sportwagen durch die milde Februarnacht von Miami. »Der Immobilienmarkt läuft aus dem Ruder und ist zur irrwitzigen Spekulation geworden«, sagte Merrill, der hinter Lee und Henry auf dem Notsitz saß. »Das Spiel ist überreizt, und wir sollten aussteigen.«
»Solange der Boom boomt, sollten wir im Spiel bleiben und nicht der Konkurrenz das Feld überlassen«, widersprach Lee.
»Aber diese Heerscharen wilder Spekulanten interessieren sich doch überhaupt nicht mehr für Bauprojekte, sondern nur noch für

schnelle Profite«, äußerte Merrill seine Bedenken, die jetzt, zu Beginn des Jahres 1926, immer größer wurden.
»Richtig«, räumte Henry ein, während der Fahrtwind an seiner Seidenkrawatte zerrte. Sie hatten eine lange Nacht im *Miami Palace* hinter sich. Es war der 22. Februar, George Washington Day und nationaler Feiertag, den das Hotel mit einer aufwendigen Gala begangen hatte. »Aber unsere Investitionen sind gut gewählt und solide ...«
Fast hätte Lee die Abzweigung verpaßt und wäre über die Kreuzung geradeaus weitergejagt. Im letzten Moment trat er auf die Bremse und riß das Steuer herum. »Sorry, Freunde!« rief er, und der fröhliche Klang seiner Stimme strafte seine Worte Lügen. »Kleine Kursänderung!«
»Himmel, das war knapp!« rief Merrill erschrocken. »Irgendwann bringst du uns mit deiner Raserei noch mal ins Grab.«
Auch Henry schimpfte. »Eigentlich dürftest du gar nicht hinter dem Steuer sitzen, bei dem, was du getrunken hast!«
Lee lachte spöttisch, ging aber mit der Geschwindigkeit doch um einiges herunter. »Ihr habt kräftig mitgehalten.«
»Aber wir fahren nicht«, grollte Merrill. »Das nächstemal nehme ich mir ein Taxi.«
Eine nachtschwarze Limousine rollte plötzlich vor ihnen aus einer Toreinfahrt auf die Straße, während auf der Gegenfahrbahn ein Lkw mit Tankaufsatz entgegenkam, gefolgt von zwei Personenwagen.
»Paß auf!« schrie Henry erschrocken.
Lee fluchte und stieg voll in die Bremse, denn es war zu spät, um noch vor dem herankommenden Lastwagen auf die andere Straßenseite auszuweichen. Er brachte den Sportwagen gerade noch rechtzeitig zum Stehen, um einen schweren Unfall zu vermeiden. Doch mit der Stoßstange erwischte er den langheruntergezogenen linken Kotflügel des Studebaker Commander und drückte ihn ein.
»Hast du denn keine Augen im Kopf, du Schlafmütze?« rief Lee dem Chauffeur in der schweren Limousine wütend zu und sprang erzürnt aus dem Wagen.
Ein breitschultriger Bursche stieg aus dem Studebaker. »Was hast du gesagt, Mann?« blaffte er.
»Daß du wohl Tomaten auf den Augen gehabt haben mußt!« erregte sich Lee. »Das hier ist ein Bugatti, und er ist noch keine vier Wochen

alt! Aber vermutlich weißt du gar nicht, was ein Bugatti ist. Mann, bei deinen lausigen Fahrkünsten ...«
Wie hingezaubert hielt der Fremde auf einmal einen Revolver in der Hand. Er stieß Lee die Mündung unter das Kinn. »Jetzt erzähl mir noch einmal, was du auf dem Herzen hast, Großmaul!«
Lee riß die Augen auf und erstarrte mitten in der Bewegung. Merrill klappte der Mund vor sprachloser Bestürzung auf. Am schnellsten erholte sich Henry von dem Schock. »Um Gottes willen, nehmen Sie die Waffe weg, Mister! Mein Freund meint es nicht so. Er hat nur etwas zuviel getrunken, und wenn es um seine Autos geht, dann ist er empfindlicher als eine Mimose. Er hat genauso Schuld an dem Unfall wie Sie. Aber seien wir doch froh, daß alles so glimpflich abgelaufen ist!«
»Mister Maynard hat recht. Also laß den Schwachsinn und steck den Ballerman weg, Bobby!« kam eine scharfe, befehlsgewohnte Stimme aus dem dunklen Fond des Studebakers. Der Fahrer gehorchte mit grimmiger Miene.
Verblüfft blickte Henry den untersetzten, etwas übergewichtigen Mann an, der nun in eleganter Abendgarderobe aus dem Wagen stieg. Dann fiel Licht auf das Gesicht des scheinbar Fremden, das von zahllosen Pockennarben gezeichnet war, und plötzlich wußte Henry, wen er vor sich hatte.
»Bonefish?« stieß er ungläubig hervor. »Mein Gott, ja!«
Bonefish lächelte. »Henry Maynard. Du hast es weit gebracht für einen von Jake Holbrooks Boys.« Er streckte ihm die Hand hin. Die Erinnerung an damals und ganz besonders an die Zeitungsnotiz über den Mord löste Beklommenheit in Henry aus. Doch er schüttelte Bonefish die Hand. »Für jemand, der bei Whitman in der Schlange gestanden hat, scheinst du es auch nicht schlecht getroffen zu haben.«
»Ich kann nicht klagen, Henry«, sagte Bonefish mit breitem Grinsen. »Die Zeiten sind gut. Der Volstead Act ist ein wahrer Segen für meine Geschäfte. Aber du hast uns ja allen vorgemacht, wie weit es unsereins bringen kann; ich habe deinen Aufstieg all die Jahre interessiert verfolgt. Aber daß wir uns eines Tages auf diese Weise wiedersehen würden, hätte ich nicht geglaubt.«
»Ja, was für ein Zufall«, sagte Henry höflich.
»Ich muß leider zu einer wichtigen Verabredung. Aber ich hoffe, wir

sehen uns bald wieder.« Bonefish zog eine Visitenkarte hervor und reichte sie ihm. »Natürlich komme ich für den Schaden am Bugatti deines Freundes auf, und ich verstehe seinen Ärger. Ich habe selbst einen in der Garage stehen. Schick mir die Rechnung! Und wenn es irgend etwas gibt, was ich für dich tun kann, melde dich! Ich habe eine Menge interessante Verbindungen.« Bonefish lächelte Henry und seinen Freunden zu, stieg wieder in den Studebaker und ließ sich davonfahren.

Henry hielt die Visitenkarte in das Licht der Scheinwerfer. Sie trug den Aufdruck TONY MANCINI – MÖBEL AUS ZWEITER HAND, jedoch keine Adresse, sondern nur eine Telefonnummer in Miami. Er lachte trocken auf. Das letzte, womit Tony Bonefish Mancini handelte, waren Möbel aus zweiter Hand! Henry wollte jede Wette eingehen, daß er im Syndikat der Bootlegger eine große Nummer war.

Henrys Vermutung traf ziemlich genau zu. Bonefish hatte es nicht nur zu einer mächtigen Stellung im Alkoholschmuggel gebracht, er war vielmehr der neue Kopf des Syndikates, dem die regionalen Organisationen in Florida unterstanden. Merrill hörte sich diskret in Spielerkreisen um und erfuhr, daß Mancini im Südwesten Karriere gemacht, den Alkoholschmuggel an der amerikanisch-mexikanischen Grenze straff organisiert und das alte Florida-Syndikat, das bis dahin nur ein lockerer Zusammenschluß miteinander konkurrierender Gruppen gewesen war, unter seine Kontrolle gebracht hatte, ohne daß Blut vergossen wurde. Zumindest war darüber nichts bekannt. Er galt als genialer Organisator und Geschäftsmann, der großes Verhandlungsgeschick besaß, bei Polizei und Gericht seine Leute sitzen hatte und im Ruf stand, über den Tellerrand des Alkoholschmuggels hinauszublicken. Längst hatte er sein Betätigungsfeld durch Beteiligungen an Restaurants, Flüsterkneipen, Tanzhallen, Nachtclubs und verbotenen Spielcasinos erweitert.

Schon am nächsten Tag erhielt Henry einen Anruf von ihm. Tony Mancini teilte ihm mit, daß alle *Palace*-Hotels von nun an zu einem Sonderpreis mit Alkohol beliefert würden.

»Danke, aber mir wäre es lieber, es würde alles beim alten bleiben, Bonefish ...«

»Tony, bitte«, korrigierte ihn sein Anrufer. »Den Bonefish habe ich in Sour Lake zurückgelassen.«

»Außerdem gebe ich mich mit diesen Dingen nicht ab, Tony. Das regeln meine Hotelmanager in eigener Regie, und dabei möchte ich es auch belassen«, sagte Henry so freundlich, aber auch so bestimmt wie möglich.

Tony lachte nur. »Ach was, einem alten Kumpel tue ich doch gern einen Gefallen. Außerdem sind das doch bloß Peanuts. Also dann, bis später einmal!« Er legte auf, bevor Henry etwas erwidern konnte.

Tony Mancini begegnete ihm in den nächsten Wochen mehrmals bei Gesellschaften, im *Royal Palm* und an anderen Orten, wo man zusammenkam, um zu sehen und gesehen zu werden. Er war stets elegant gekleidet und hatte fast immer eine junge Schönheit an seiner Seite. Doch er belästigte Henry nicht. Er begnügte sich bei diesen Begegnungen nur mit einem Lächeln und einem Nicken. Unangenehm empfand Henry jedoch, daß sich Tony immer wieder durch ungebetene Gefälligkeiten in Erinnerung brachte, ohne daß er wußte, wie er sich ihrer erwehren sollte. Zu seinem Geburtstag im März schickte er ihm teuersten französischen Champagner ins Haus – gleich mehrere Kisten. Ein andermal rief er an und legte ihm ans Herz, Merrill doch vom Besuch eines gewissen Spielclubs abzuraten, weil dort die Karten gezinkt und Würfel sowie Roulette manipuliert seien. Und als Lee wieder einmal in angetrunkenem Zustand Auto fuhr und einen schweren Unfall verursachte, bei dem er jedoch wundersamerweise mit nur einigen Kratzern und Prellungen davonkam, während der Fahrer des anderen Autos mehrere Wochen mit schweren Verletzungen im Krankenhaus lag, sorgte Tony dafür, daß es zu keinem Prozeß kam. Denn plötzlich meldeten sich Zeugen, die gesehen haben wollten, daß nicht Lee, sondern der andere Autofahrer den Unfall verschuldet hatte. So froh Henry war, daß Lee ein Gerichtsverfahren erspart blieb, so unangenehm war ihm Tonys Einmischung, und er sorgte dafür, daß der verletzte Mann die beste Pflege und ein ansehnliches Schmerzensgeld erhielt.

Was Henry aber wirklich zornig machte, war das aufwendige Hochzeitsgeschenk, das Tony seiner Tochter machte, als Catherine an ihrem neunzehnten Geburtstag Curtis Whiting heiratete.

Catherine hatte ihn im Sommer zuvor in Newport kennengelernt, und die beiden waren in Liebe zueinander entflammt. Henry war von Anfang an gegen diese Verbindung gewesen, weil Curtis, der fast elf Jahre älter als Catherine war, ihn auf fatale Weise an den Herzens-

brecher Lee erinnerte. Curtis kam aus einer sehr vermögenden Familie, der große Ländereien im Süden Kaliforniens gehörten, sah blendend aus und besaß einen Charme, dem scheinbar keine Frau widerstehen konnte.
Catherine tat die Besorgnis ihres Vaters gereizt als Bevormundung ab. Was Henry jedoch am meisten schmerzte, war ihre Unterstellung, daß er ihr das Glück nicht gönne und deshalb versuche, ihr die große Liebe ihres Lebens madig zu machen. Leona bestärkte sie dabei in ihrer Überzeugung und tat alles, um die Verbindung zwischen Catherine und Curtis Whiting zu fördern. Henry stand auf verlorenem Posten und hatte insgeheim auch Angst, den letzten Rest der Zuneigung seiner Tochter zu verlieren, wenn er sich ihren Heiratsplänen widersetzte. Die zwei Millionen Dollar, die er ihr als Mitgift schenkte, versöhnten sie, aber daß ihm das bei der eigenen Tochter nur noch mit Geld gelang, machte ihn traurig. Er hoffte, daß sie sich im fernen Los Angeles, wo sie nicht mehr so stark unter dem Einfluß ihrer Mutter stand, wieder darauf besinnen würde, daß er sie liebte und immer nur das Beste für sie wollte. Vielleicht würde sie im Lauf der Jahre vieles mit anderen Augen sehen.

Tony Mancini hatte Catherine ein teures Silberbesteck für sechsunddreißig Personen zum Geschenk gemacht, als wäre er ein guter Freund der Familie. Henry war entschlossen, ihm deutlich zu verstehen zu geben, daß er das nicht war und daß er ihn und seine Familie gefälligst in Ruhe lassen solle. Doch dazu kam er nicht mehr, da ihn plötzlich viel schwerwiegendere Probleme beschäftigten: In Florida begann der Kollaps des Immobilienbooms. Immer mehr Firmen, die sich mit ihren wilden Spekulationen übernommen hatten, gingen bankrott.
Henry hatte alle Hände voll zu tun, um seine *Florida Land Company* aus dem Strudel zu halten, den das große Sterben der kapitalschwachen Bauunternehmer und der Spekulanten hervorrief. Der Hurrikan, der am Morgen des 18. September die Goldküste auf der Höhe von Miami heimsuchte, quer durch Florida peitschte und dabei einen breiten Korridor der Zerstörung hinter sich ließ sowie über vierhundert Tote forderte, machte auch die letzte Hoffnung auf eine Erholung des Marktes zunichte. Der erste große Florida-Landboom stürzte wie ein Kartenhaus in sich zusammen und begrub viele unter sich.

»Das ist bitter, vor allem für die vielen kleinen Investoren, war aber abzusehen«, sagte Merrill, dem Henry es verdankte, daß seine Firma den Zusammenbruch ohne größeren Verlust überstand.
»Wie auch abzusehen ist, daß Florida seine besten Jahre trotz allem noch vor sich hat«, beharrte Henry, während ein neues Fieber die Nation zu packen begann – nämlich die Spekulation mit Aktien. Die Börse war das neue goldene Kalb, um das alle tanzten und das jeden reich zu machen versprach.

Im Mai 1927 überflog Charles Lindbergh allein den Atlantik, was ihn zum Nationalhelden machte, und im selben Monat erschien der neue Roman *Only Yesterday* von Sally Floyd, der sie nun auch in ihrem Heimatland zu einer Erfolgsautorin machte. Henry kaufte sich das Buch, las es jedoch nicht. Er legte es zu den vielen ungeöffneten Briefen von ihr.
In den Sommerferien nahm Alexander auf Merrills Boot an einer zweiwöchigen Regatta teil und machte sich gedanklich damit vertraut, daß für ihn im Herbst das Studium in Harvard begann, eine Aussicht, die ihn trotz guter schulischer Leistungen nicht begeisterte.
Henry unternahm in diesen Wochen eine Rundreise zu den Ölfeldern. David begleitete ihn. Er hatte ihn schon seit Jahren darum gebeten, so daß er es ihm nun, nachdem David zwölf war, nicht mehr abschlagen konnte. Der Junge war von der Welt der Boomtowns und Ölfelder vom ersten Moment an fasziniert, und er war selig, als Ted ihn für ein paar Tage unter seine Fittiche nahm und ihn mit dem Leben und der Arbeit eines Wildcatters vertraut machte. Henry war insgeheim ganz froh, daß David eine solch »erdverbundene« Neigung zeigte, wie er es nannte, und fortan jedes Jahr einige Ferienwochen bei Onkel Ted verbringen wollte. Denn Leona hatte es sich in den Kopf gesetzt, daß auch David einmal eine führende Position im Konzern einnehmen sollte, und mit Sicherheit steckte hinter diesem ehrgeizigen Bestreben mehr als nur die Fürsorge einer Mutter. Leona, das wußte Henry, haßte ihn und war zu jeder gemeinen Intrige fähig. Deshalb hatte er nicht die Absicht, auch für David einen einflußreichen Posten in seinem Firmenimperium zu schaffen. Alexander würde seine Nachfolge antreten. Für David sollte auf andere, angemessene Weise Sorge getragen werden. Denn

seine Folgsamkeit und sein Bestreben, dem Vater alles recht zu machen, ohne dabei jedoch Aufmerksamkeit zu erregen oder gar Lob herauszufordern, sowie sein Talent, nirgendwo anzuecken und scheinbar ohne Kraftaufwand unauffällig im Strom mitzuschwimmen, bereiteten Henry mit jedem Jahr mehr Unbehagen. David verlangte nichts, war mit allem zufrieden und widersprach nie, auch wenn Henry ihm offensichtlich Unrecht tat. Manchmal war ihm David daher regelrecht unheimlich, und ihn beschlich dann das beklemmende Gefühl, daß dieser Junge ein Meister der Täuschung war, ihm etwas vorspielte und sein wahres Gesicht vor ihm verbarg.

An Silvester gab Henry in seiner Villa in Miami ein großartiges Fest, zu dem alles eingeladen war, was Rang und Namen hatte. Sogar Leona ließ sich diesen Ball nicht entgehen, den viele Prominente aus New York und Boston zum Anlaß nahmen, ihre Wintersaison in Florida schon Ende Dezember zu beginnen. Auch Alexander kam aus Harvard.

Der Ball war ein grandioser Erfolg und hatte noch nichts von seinem Schwung verloren, als der Butler Henry um Viertel nach drei meldete, daß Mister Mancini ihn dringend zu sprechen wünsche.

»Nicht heute!« wehrte Henry ungehalten ab.

»Es sei wegen Ihres Sohnes Alexander, Sir«, fügte der Butler nun diskret hinzu. »Er erwartet Sie hinten beim Dienstboteneingang.«

»Gut, ich werde mit ihm reden«, sagte Henry und hatte auf einmal ein ungutes Gefühl. Wenn Tony Mancini ihn nach drei Uhr in der Silvesternacht dringend zu sprechen wünschte, bedeutete das nichts Gutes. Und jetzt wurde ihm bewußt, daß er Alexander schon seit Stunden nicht mehr gesehen hatte.

Im maßgefertigten Abendanzug aus schwarzem Seidentuch und mit blütenweißer Hemdbrust stand Tony Mancini beim Dienstboten- und Lieferanteneingang an den Kühler eines cremeweißen, geschlossenen Bugatti vom Typ La Royale gelehnt. Er rauchte eine Zigarette, die er im Kies austrat, als Henry aus der Tür kam.

»Ein gutes neues Jahr, Henry!« sagte er zur Begrüßung.

»Ja, dir auch«, erwiderte Henry, tauschte widerstrebend einen Händedruck mit Tony und kam dann sofort zur Sache. »Was ist denn so dringend?«

»Tut mir leid, daß ich dich von deinen Gästen wegholen mußte«, sagte Tony, aber es klang nicht so, als würde er das bedauern. »Ich komme gerade vom Polizeirevier. Mußte einen meiner Leute auslösen, der ein bißchen zuviel getrunken und Radau gemacht hatte.«

»Und was hat das mit meinem Sohn zu tun?« fragte Henry ungeduldig.

»Ich habe wie üblich einen Blick in das Wachbuch geworfen, um zu sehen, ob die Polente in dieser Nacht noch jemanden eingelocht hatte, den ich kenne und dem ich aus der Bredouille helfen kann. Und das war gut so, denn auf der letzten Seite stach mir sofort der Name Alexander Maynard ins Auge.«

»Nein!« stieß Henry bestürzt hervor.

»Leider doch. Die Polizisten haben heute nacht ein paar einschlägige Lokale hochgenommen, unter anderem auch das *Valentino,* und bei der Razzia wurde dein Sohn zusammen mit anderen ... nun ja, Gästen dieses Lokal aufgegriffen und eingebuchtet.«

Henry schluckte schwer und brachte kein Wort heraus.

»Ich weiß nicht, ob dir der Name des Lokals etwas sagt.«

Henry schüttelte den Kopf. »Nein, tut er nicht.«

Tony gab sich verlegen. »Nun ja, da verkehren Männer und Frauen vom anderen Ufer, solche, die mit dem eigenen Geschlecht mehr anzufangen wissen als ...«

»Ich verstehe schon!« fiel Henry ihm schroff ins Wort.

Tony lächelte verständnisvoll. »Ich habe deinen Sohn gleich mitgenommen und auch dafür gesorgt, daß sein Name aus dem Wachbuch getilgt wurde. Er wird auch nirgendwo anders auftauchen. Es wird also keinen Skandal geben.«

»Danke, Tony.« Es fiel Henry schwer, sich bei diesem Menschen zu bedanken und ihm noch einmal die Hand zu drücken. »Ich denke, damit sind wir nun quitt.«

Tony lachte und winkte ab. »Ach, das war doch bloß eine kleine Gefälligkeit unter Freunden!«

Henry wollte widersprechen, doch die Situation ließ es nicht zu. Und so schwieg er.

»Also dann, noch eine gute Party, und geh mit dem Jungen nicht zu hart ins Gericht, Henry! Bestimmt wollte er sich bloß einen großen Spaß machen«, sagte Tony zum Abschied und gab einem seiner Männer im Auto ein Zeichen. Die Fondtür ging auf – und Alexander stieg aus.

Der Anblick seines Sohnes war für Henry ein Schock. Alexander war als Frau verkleidet: Er trug Seidenstrümpfe, ein glitzerndes Charlestonkleid, eine überlange Perlenkette und eine blonde Bubikopfperücke. Sein Gesicht war geschminkt.
Tony grinste und stieg in den Bugatti. Der Wagen wendete vor den Garagen und entfernte sich.
Kochend vor Wut ging Henry auf seinen Sohn zu, der sich nicht von der Stelle rührte und ihm trotzig ins Gesicht blickte.
Er riß ihm die Perücke vom Kopf und gab ihm eine schallende Ohrfeige. »Mein Sohn eine Schwuchtel, eine Tunte!« stieß er voller Abscheu hervor. »Wie widerlich!«
»Ich bin keine Schwuchtel!« erwiderte Alexander. »Es war nichts weiter als ein Spaß, den ich mir mit ein paar Freunden gemacht habe, eine Mutprobe ... Wir hatten gewettet.«
»Welche Freunde?« fragte Henry scharf.
Alexander wich seinem Blick aus. »Du kennst sie nicht.«
»Freunde wie Tim Finegan?«
Alexander zuckte sichtlich zusammen, und das Blut schoß ihm ins Gesicht. »Du hast kein Recht ...«
»Ich habe alles Recht der Welt!« schrie Henry ihn an, und in seiner maßlosen Wut und Enttäuschung, daß sein Sohn ihm so etwas antat, versetzte er ihm eine zweite Ohrfeige. »Mein Gott, wie kannst du nur solche Schande über unsere Familie bringen!«
»Vater, ich schwöre dir bei allem, was mir heilig ist, daß ich keine Tunte bin. Aber ich kann nicht länger ...«
»Halt den Mund!« herrschte Henry ihn an und riß sich mit aller Gewalt zusammen. Er wollte die Wahrheit nicht wissen. »Du wirst nie wieder solche Lokale betreten, und wenn du Probleme mit deiner Sexualität hast, dann wirst du dich in Behandlung begeben und die Sache ins Lot bringen, wie es sich für einen normalen, anständigen Mann gehört, vor allem für meinen Sohn! So etwas wie heute nacht wird sich nicht wiederholen! Und ich will nie wieder ein Wort über dieses Thema hören, in keinem wie auch immer gearteten Zusammenhang. Haben wir uns verstanden?«
»Ja, Vater«, flüsterte Alexander gedemütigt.
»Und jetzt geh mir aus den Augen, und sieh zu, daß du diesen widerlichen Fummel vom Leib kriegst!« Angeekelt wandte Henry sich ab und ging ins Haus.

Alexander reiste noch am Neujahrstag nach Harvard zurück. Als Henry gegen Mittag zum Frühstück auf der Terrasse erschien, hatte sein Sohn die Villa schon verlassen. Henry zeigte sich nicht im mindesten überrascht, sondern nahm die Nachricht scheinbar unberührt auf. »Er wird seine Gründe haben«, war sein einziger Kommentar.

Zwölftes Kapitel

Die Börse hatte erst vor einer Stunde geöffnet, und der Ticker, der die Notierungen der Aktien ausspuckte, hinkte schon jetzt eine halbe Stunde hinter den aktuellen Kursen zurück. Der Börsenkrach der zurückliegenden Tage, der Vermögen in Milliardenhöhe vernichtet hatte, verwandelte sich in eine Panik. Jeder versuchte an diesem 29. Oktober 1929 zu retten, was noch zu retten war, und warf seine Aktien auf den Markt. Doch nach den wilden Jahren unaufhörlicher Kurssteigerungen und maßloser Spekulationswut gab es auf einmal nur noch einen chaotischen Markt der Verkäufer, die um jeden Preis aussteigen wollten. Und damit rasten die Notierungen ins Bodenlose. An der New Yorker Börse fielen die Aktien schneller, als der Telegraf die Kurse aufnehmen und über den Draht schicken konnte. Die Katastrophe nahm unaufhaltsam ihren Lauf.

Einige Häuserblocks von der Wall Street entfernt, verfolgten Henry, Merrill und Lee in der Firmenzentrale der *Maynard Corporation* mit wachsender Anspannung den dramatischen Kursverfall von Aktien, die noch wenige Wochen zuvor als todsichere High-Flyers galten. Doch die drei bekamen ihre Information nicht vom Ticker, sondern durch das Telefon.

»*Midwest* fällt weiter«, meldete Lee. »Sie steht jetzt bei zweiundfünfzig! Himmel, sie hat damit fast drei Viertel ihres Wertes verloren!«

»*Midwest* wird weiter fallen«, sagte Henry mit grimmiger Genugtuung. »Wir warten noch.«

Merrill ging nervös im verräucherten Zimmer auf und ab. »Tu es nicht, Henry!« beschwor er seinen Freund. »Wenn du alle deine

Midwest-Aktien auf den Markt schmeißt, machst du einen Verlust von mindestens zehn, vielleicht sogar fünfzehn Millionen!«

»Das ist gut möglich«, erwiderte Henry unbeeindruckt. »Aber es bedeutet auch Wiggeltons Ruin. Der Bursche steckt nämlich bis über die Ohren in waghalsigen Spekulationen, und ich werde ihm heute das Genick brechen.«

»Henry, nimm um Gottes willen Vernunft an! Wiggelton ist einen Verlust von fünfzehn Millionen nicht wert.«

»O doch, mir ist es das wert!« erwiderte Henry heftig. »Seinen Ruin würde ich mir auch zwanzig Millionen kosten lassen. Und ich kann es mir leisten. Uns kann die Börsenpanik nicht viel anhaben.«

»Ja, dank Merrills Warnungen«, bemerkte Lee, der genau wie Henry dem Rat gefolgt war, beim erneuten Höhenflug der Aktien, der einer ersten schweren Kurskorrektur im September gefolgt war, Aktiengewinne zu realisieren und abzuwarten, wohin der Amoklauf der Börse führte.

»Niemand kann es sich leisten, fünfzehn Millionen Dollar aus dem Fenster zu werfen, nur um eine alte Rechnung zu begleichen«, sagte Merrill ärgerlich.

Henry warf ihm einen zornigen Blick zu. »Ich habe mir geschworen, daß Wiggelton für das, was er mir angetan hat, eines Tages bezahlen wird. Und dieser Tag ist gekommen.«

»Midwest ist auf achtundvierzig abgerutscht«, meldete Lee.

Henry lächelte. »Also dann, fangen wir damit an, Charles Wiggeltons Firma das Grab zu schaufeln!« sagte er, griff zu einer frischen Zigarre und sagte zu Lee: »Sag unserem Broker, er soll jetzt die ersten vierzigtausend Aktien auf den Markt schmeißen, und sowie die Lawine losbricht, soll er ständig Aktien in Zehntausenderbündeln nachschieben, bis es für *Midwest* keinen Markt mehr gibt.«

Lee zögerte. »Vielleicht solltest du es dir wirklich noch einmal überlegen«, sagte er verunsichert und schaute zu Merrill.

»Ich habe es mir überlegt, fünfundzwanzig Jahre lang!« rief Henry erregt, sprang wütend auf und riß Lee das Telefon aus der Hand. »Stuart, sind Sie dran? ... Ja, es geht los. Beginnen Sie wie abgesprochen mit der Treibjagd auf *Midwest!«*

Merrill schüttelte den Kopf. »Was für ein Wahnsinn!« sagte er bedrückt und sank in den nächsten Sessel. »Wir stehen vor dem unabwendbaren Bankrott von unzähligen Banken, Firmen und pri-

vaten Investoren und damit wohl ebenso unausweichlich vor einer Weltwirtschaftskrise, und Henry läßt sich die Genugtuung, Rache zu üben, eine zweistellige Millionensumme kosten.«
»Paßt doch ausgezeichnet in das wahnsinnige Szenario dieser Tage«, bemerkte Lee sarkastisch.
Henry hörte gar nicht hin. Er hing am Telefonhörer und verfolgte, wie der Markt an der Börse außer Kontrolle geriet, weil immer mehr Papiere zu keinem Preis mehr Käufer fanden. Eine halbe Stunde vor Börsenschluß hatte er das letzte Paket seiner *Midwest*-Aktien zum Kurs von elfeinhalb abgestoßen, siebzehn Millionen Dollar verloren – und Wiggelton den Todesstoß versetzt. Endlich hatte er sich für den Betrug von Quien Sabe und Penrose Hill gerächt. Die letzte Rechnung war beglichen.

Der Crash der New Yorker Börse erschütterte das Land wie ein schweres Erdbeben und sollte mit seinen Nachbeben weltweite wirtschaftliche Auswirkungen haben. Eine noch nie dagewesene Welle von Firmenbankrotten, Geschäftskonkursen und Selbstmorden ruinierter Spekulanten folgte dem Aktiensturz, der Mitte November seinen Tiefststand erreichte. Auf den gigantischen Zusammenbruch des Wertpapiermarktes folgte ein Massenansturm auf die Banken. Die Kunden hielten ihre Einlagen nicht mehr für gesichert und versuchten ihre Konten leerzuräumen. Diesem plötzlichen, panikartigen Abzug liquider Mittel in derartiger Größenordnung waren nicht einmal alle soliden Bankhäuser gewachsen, was zum Bankrott von landesweit über siebenhundert Geldinstituten führte. Die trügerischen »goldenen zwanziger Jahre« hatten sich mit diesem letzten, einzigartigen Spektakel der Selbstzerstörung aus manischer Unersättlichkeit einen unvergeßlichen Abgang von der Bühne der Geschichte verschafft. Damit hatte die Ära der Nachkriegsdekade, die mit so vielen Traditionen radikal gebrochen und Wohlstand für jeden verheißen hatte, ihr jähes Ende gefunden.
Henrys Firmenimperium hatte die Katastrophe verhältnismäßig unbeschadet überstanden. Die Tatsache, daß nur vierzig Prozent der Maynard-Aktien auf den freien Markt gelangt waren und daß seine Hausbank davon allein zehn Prozent hielt, hatte einen verheerenden Kursverlust verhindert. Zudem hatten die wenigen Aktienpakete, die zum Verkauf angeboten worden waren, schnell Käufer gefunden.

»Das war bestimmt Leona, die ihr Erbe clever anlegen wollte«, sagte Henry sarkastisch zu Merrill, als sie in der letzten Novemberwoche Bilanz zogen. »Als Jonathan im Frühjahr gestorben ist, hat er ihr immerhin sechs Millionen hinterlassen. Ich werde sie für Ihre kluge Investition loben müssen.«
»Vielleicht war es aber auch Richard Banks. Du weißt, daß er schon mindestens fünfzehn Prozent hält?« fragte Merrill sorgenvoll.
Henry zuckte die Achsel. »Soll er doch.«
»Nur ein Drittel von dem Geld, das du für deinen Feldzug gegen Wiggelton verschleudert hast, hätte ausgereicht, um die Aktien zurückzukaufen. Die Chance war da.«
Henry winkte ab. »Wozu denn? Wir haben die Mehrheit, und die kann keiner knacken. Nein, ich bereue nicht einen Dollar, den mich Wiggeltons Ruin gekostet hat. Und jetzt laß uns zu den wichtigen Dingen kommen! Ich habe keine Lust, noch länger auf Lee zu warten. Womit fangen wir an?«
»Mit der Hotelkette. Ich sehe Schwierigkeiten ...«
Merrill führte den Satz nicht zu Ende, denn in dem Moment meldete sich Henrys Sekretärin über die Sprechanlage und teilte ihm mit, daß ihn ein Mister Charles Wiggelton zu sprechen wünsche.
Henry war im ersten Moment verblüfft.
»Sie soll ihn abwimmeln«, sagte Merrill leise. »Mach Schluß mit der Vergangenheit! Es gibt doch bloß eine häßliche Szene.«
Henry warf ihm ein vergnügtes Lächeln zu. »Gönnst du mir vielleicht den Moment des Triumphes nicht? Wiggelton hat ihn immerhin zweimal gehabt«, sagte er, drückte die Sprechtaste und bat seine Sekretärin, den Besucher in sein Büro zu führen.
Augenblicke später stand Charles Wiggelton im feudalen Büro jenes Mannes, den er einst in seinem Büro in Beaumont verhöhnt und einen ewigen Verlierer genannt hatte und der nun über eine Firmengruppe herrschte, die alles in den Schatten stellte, was Wiggelton jemals erreicht hatte. Sogar zu seinen besten Zeiten hatte *Midwest Oil* mehrere Plätze unter *Scallop Oil* rangiert.
»Was kann ich für Sie tun, mein lieber Wiggelton?« begrüßte Henry ihn höhnisch. »Sie sehen reichlich übermüdet aus, man könnte fast sagen angegriffen. Mir scheint, Sie haben ein paar schwere Tage hinter sich.«
Charles Wiggelton sah mehr als angegriffen aus. Er machte einen

ausgesprochen elenden Eindruck. Sein schütteres Haar war ungekämmt, sein Gesicht grau und hohlwangig und sein Anzug unsauber und zerknittert, als habe er darin geschlafen.
»Sie ... Sie haben mich ruiniert!« stieß er hervor. »Sie haben mir alles genommen!«
»So, habe ich das wirklich?« Henry hob scheinbar überrascht die Augenbrauen, und sein Lächeln verriet, daß er jede Sekunde dieser Begegnung genoß. »Aber wie konnte denn das passieren, mein Bester? Haben Sie denn ganz vergessen, was Sie mir damals in Beaumont über das Gesetz der Beute und die Dummköpfe und Schwächlinge beigebracht haben, denen dabei das Fell über die Ohren gezogen wird?«
Schweiß perlte auf Wiggeltons Stirn. »Das war ... etwas anderes ... nur eine Ölquelle ...« brachte er stockend hervor. »Ich habe nicht Ihre ... ganze Existenz ruiniert ... Ihre Zukunft ... und die Ihrer Kinder.«
»Und was ist mit dem Penrose Hill District gewesen?« hielt Henry ihm entgegen. »Wer weiß, wie meine Zukunft damals ausgesehen hätte, wenn Sie mich nicht um meinen gerechten Anteil betrogen hätten.« Er lachte höhnisch auf. »Aber was soll Ihr Lamentieren, Wiggelton? Haben Sie mich in Sour Lake nicht einen Verlierer genannt, weil ich nicht wachsam genug, nicht schnell genug und nicht hart genug wäre? Ich denke, ich habe Ihnen das Gegenteil bewiesen.«
»Sie haben mir alles genommen, Maynard!« keuchte Wiggelton.
»Das war auch meine Absicht«, antwortete Henry kalt, erhob sich und ging zum Barschrank. »Und jetzt verschwinden Sie, Wiggelton! Mit ihnen bin ich fertig.« Demonstrativ wandte er ihm den Rücken zu.
»Aber ich nicht mit Ihnen!« stieß Wiggelton haßerfüllt hervor. »Fahren Sie zur Hölle, Maynard!«
»Henry, er hat eine Waffe!« schrie Merrill entsetzt und erkannte im Bruchteil einer Sekunde, daß Wiggelton viel zu weit von ihm entfernt stand, als daß er sich auf ihn hätte stürzen können, um ihm die Waffe zu entreißen. Doch bis zu seinem Freund waren es nur zwei Schritte.
Henry fuhr mit dem Ausdruck ungläubigen Erschreckens herum. Wie in Zeitlupe sah er den auf sich gerichteten Revolver, den Blitz

des Mündungsfeuers und Merrill, der sich auf ihn stürzte und ihn zu Boden riß, während sich die erste Kugel in seine linke Schulter bohrte. Die Detonationen von sechs schnell hintereinander abgefeuerten Schüssen vermischten sich mit gellenden Schreien. Ein wahnsinniger Schmerz raste durch Henrys Schulter und verband sich mit einem lodernden Feuer, das plötzlich in seiner Brust ausbrach und ihm den Atem nahm.

Er versuchte sich aufzurichten, doch etwas nagelte ihn am Boden fest. Merrill? Bilder tanzten vor seinen Augen. Er sah ein weit aufgerissenes Fenster und eine Gestalt auf dem Fensterbrett. Im nächsten Augenblick war sie verschwunden. Und gleich darauf erlosch alles Licht.

»Das muß ... genügen ...«

Merrill, sprich zu mir! Schreie. Stimmen. Schemen.

»Er lebt noch!«

Henry öffnete den Mund, um zu rufen: Verdammt, natürlich lebe ich noch! Löscht das Feuer in meiner Brust, und wälzt den verfluchten Mühlstein von mir! Doch seine Stimme gehorchte ihm nicht.

»... nein, hat sich aus dem Fenster gestürzt ...«

Wiggelton?

Nicht wachsam genug, nicht schnell genug, nicht hart genug.

»Leiten Sie die Narkose ein, Doktor ...«

Das Gesetz der Beute. Die Treibjagd. Es war zu Ende.

Die Welt bestand nur aus Schmerz und alptraumhaften Bildfragmenten, die keinen Sinn ergaben. Viel später kehrte die Erinnerung zurück. Erst bruchstückhaft, dann in einem mächtigen Strom. Schließlich setzte auch die bewußte, äußere Wahrnehmung wieder ein, doch lückenhaft und ungenau. Er hörte eine Stimme. Gebete. War er in einer Kirche? Er öffnete die Augen. Doch alles lag im Nebel. Nichts wollte klar Kontur annehmen.

»Wer ist da?«

»Mein Gott, Dad kommt endlich zu sich!«

»Alexander?«

»Ja, Dad.«

»Ich bin noch nicht tot! ... Also hör auf ... zu beten!« Warum kostete nur jedes Wort soviel Kraft? »Ich habe dir ... das nicht beigebracht!«

»Nein, leider.«
Schmerzen und Schreie. Ein lautloses Geschöpf ganz in Weiß beugte sich über ihn.
»... Spritze ...«
Schlaf. Dunkelheit. Stille.

Als er das nächste Mal die Augen aufschlug, war sein Blick klarer, und er erkannte Lee, der an seinem Bett saß. »Wie ... sitzt es sich ... in meinem Chefsessel?«
»Verdammt unbequem, also laß die dummen Scherze! Sieh bloß zu, daß du bald wieder auf die Beine kommst! So einen Riesenladen zu schmeißen ist nicht meine Kragenweite.«
Henry rang nach Atem und schluckte. Er hatte einen schrecklich trockenen Mund. »Merrill? ... Die Wahrheit, Lee!« keuchte er.
»Ihn hat es noch übler erwischt als dich, weil er sich als Kugelfang auf dich geworfen hat. Drei Schüsse hat er abbekommen, aber die Ärzte sagen, daß er durchkommt ... sofern sich keine Komplikationen einstellen. Wiggelton ist übrigens tot. Er hat sich aus dem Fenster gestürzt, dieser verdammte Amokläufer!«
Henry schloß die Augen.

»Nett, daß du mal reinschaust, wie es mir geht, Leona«, sagte Henry und gab sich Mühe, seine Schmerzen vor ihr zu verbergen. Es war der fünfte Tag nach seiner Operation. »Sind die Blumen für mich?«
»Man sagte mir, das wäre so üblich, Henry«, gab sie zynisch zur Antwort.
Er bewunderte ihr elegantes Kostüm. »Du siehst mal wieder umwerfend aus, wie ein Mannequin frisch vom Laufsteg.«
»Bilde dir nichts ein! Ich habe gleich noch eine wichtige Verabredung, mein Lieber.«
»Laß dich nur nicht aufhalten!«
»Wie großzügig von dir, ich hätte es sonst nicht gewagt, zu gehen«, antwortete sie mit beißendem Hohn.
Die Tür ging auf, und David trat ins Zimmer. »O Mom, du bist ja auch hier!« Er freute sich offensichtlich.
»Leider ist meine Stunde schon um, Kind.«
»Ich denke, du bist erst vor zwei Minuten gekommen, Leona«, sagte Henry.

Leona lächelte nachsichtig. »Nimm es dir nicht so zu Herzen, daß du immer wieder einschläfst, das kommt von den starken Schmerzmitteln. Ich muß jetzt leider gehen. David wird dir wieder aus den Zeitungen vorlesen«, sagte sie mit einem verlogenen Lächeln und beugte sich zu ihm hinunter, um einen Kuß neben seine Schläfe zu hauchen. Dann flüsterte sie ihm zu: »Wenn du dich das nächstemal ins Krankenhaus legst, mach mir nicht wieder falsche Hoffnungen! Schwarz steht mir nämlich ganz hervorragend.« Mit einem strahlenden Lächeln ging sie aus dem Zimmer.
»Woraus soll ich dir zuerst vorlesen, Daddy?« fragte David eifrig. »Aus der *Times* oder aus dem *Wall Street Jour...*«
»Ich bin müde. Laß mich schlafen!«

Henry fuhr aus einem quälenden Alptraum hoch. Jemand lachte abfällig. Als er die Augen aufmachte, stellte er fest, daß es hinter den Fenstergardinen schon dunkel war. Aus einem Nachbarzimmer kam leise Weihnachtsmusik.
»Schlechte Träume, Henry? Hast du vielleicht Angst, du gehst zu Weihnachten leer aus?«
Henry wendete den Kopf zur anderen Bettseite herum, und dort stand Richard Banks im eleganten Abendanzug. »Was für ein Stück wird heute gespielt, Richard?«
»Die Ouvertüre vom Schwanengesang des Henry Maynard.«
Henry verzog das Gesicht. »Was kümmert es die Eiche, wenn sich die Sau an ihrem Stamm das dreckige Fell kratzt, und Dreck hast du ja schon immer an deiner weißen Weste kleben gehabt, nicht wahr?«
»Wiggelton war ein Idiot«, sagte Richard Banks. »Ich werde dich nicht so billig davonkommen lassen, Latrinenboy!«
»Dann übe doch schon mal den aufrechten Gang!«
Richard Banks Gesicht wurde hart. »Wo hat dich die Kugel getroffen? War das hier?« Und blitzschnell hämmerte er ihm die Faust auf die Wunde an der Schulter.
Henry schrie und bäumte sich auf, und fiel dann halb bewußtlos in die Kissen zurück.
»Du solltest dir mehr Ruhe gönnen, Henry!«
Die Tür wurde aufgerissen, und David stand in der Tür. Henry hörte, wie Richard Banks doppeldeutig und mit falscher Freundlichkeit zu David sagte: »Schön, dich mal wieder zu sehen, mein Sohn.«

Henry wartete auf Davids Antwort, doch das letzte, was er noch wahrnahm, bevor er wieder bewußtlos wurde, war der stumme Blick, mit dem David seinen leiblichen Vater bedachte.

Catherine saß an seinem Bett, als er nach der zweiten Operation aus der Narkose erwachte. Seit ihrem letzten Besuch im Sommer hatten sich noch mehr bittere Linien in den Mundwinkeln eingegraben, und Henry konnte riechen, daß sie wieder einmal getrunken hatte. Drei Martinis vor dem Essen waren nichts für sie.

»Du hättest dir die Strapaze der langen Reise nicht aufbürden müssen, mein Kind«, sagte er mit schwacher Stimme. »Ein Anruf hätte es auch getan. Aber ich freue mich natürlich ...«

»Ich habe Curtis verlassen.«

Er seufzte. »Schon wieder?«

Catherine machte eine gekränkte Miene. Seit ihre Ehe sich schon nach dem ersten Jahr als jenes Desaster herausstellte, das Henry ihr prophezeit hatte, verstand sie es ausgezeichnet, die Rolle der mißverstandenen Tochter und vom Leben betrogenen Ehefrau zu spielen.

»Diesmal ist es endgültig aus. Mit Curtis bin ich fertig.«

»Du kannst ihm nicht Kinder versagen, Catherine. Nimm Vernunft an! Du versündigst dich ...«

»Kinder ruinieren nur die Figur und bringen alles durcheinander. Außerdem ist es das gar nicht mehr. Ich habe immer gewußt, daß er mich betrügt, von Anfang an. Und jetzt habe ich ihn in flagranti erwischt: mit einer Mexikanerin!« stieß sie angeekelt hervor. »Einer mexikanischen Obstpflückerin!«

»Schon bei Adam und Eva fingen mit dem Obst die Probleme an.«

»Es ist gemein von dir, darüber auch noch geschmacklose Witze zu machen und mich auszulachen!« schluchzte sie beleidigt.

»Ich lache nicht, Catherine, ich weine«, versicherte Henry, und er weinte wirklich.

Er wußte sofort, daß die Hand, die ihn berührte und über seine Wange strich, Sally gehörte. Keine andere Frau hatte ihn jemals so zärtlich berührt. Fünfeinhalb Jahre hatte er ihre Hand nicht mehr gespürt, und doch erkannte er sie sofort wieder. Leise sagte er ihren Namen.

»Hast du mir verziehen, Henry?«

Er schlug die Augen auf. Ihr Anblick löste einen ganz eigenen Schmerz aus, der zu einer wohl nie verheilenden Wunde in seiner Seele gehörte. »Ich habe deine Briefe aufbewahrt, alle dreiundzwanzig, aber ich habe nicht einen geöffnet.«
»Du hast sie gesammelt, das ist ein Anfang.«
»Wovon, Sally? Vom Ende all dessen, was wir uns einmal versprochen haben?« fragte er bitter.
Tränen glitzerten in ihren Augen. »Ich konnte nicht anders. Ich, eine Farbige, und du, ein in der Öffentlichkeit stehender, verheirateter Industriemagnat mit drei Kindern – wie hätte das gehen sollen?«
»Schon gut.« Er hatte keine Kraft, um mit ihr zu streiten. Er wollte auch nicht. »Wie geht es Alvin Baker?«
»Er malt und schreibt. Wir leben sehr zurückgezogen.«
»Und die Bermuda-Inseln?«
»Näher kann man dem Paradies auf Erden nicht kommen, jedenfalls nicht als Farbiger, einmal ganz davon abgesehen, daß die Blumen dort das ganze Jahr über blühen. Eines Tages mußt du uns besuchen kommen!«
»Sicher, warum auch nicht?« sagte er spöttisch.
»Wirst du mir nun wieder auf meine Briefe antworten?«
»Weshalb sollte ich?«
»Du bist es mir schuldig. Weil ich alles stehen- und liegengelassen habe, als ich erfuhr, daß du Wiggelton ruiniert hast und so idiotisch gewesen bist, dich seiner Kugel in den Weg zu stellen. Und allein bei diesem Mistwetter, das hier in New York herrscht, Bermuda zu verlassen, wo jetzt bald der Jasmin blüht, das ist ein Opfer, das dich mindestens alle halbe Jahre zu einer Antwort verpflichtet.«
Er wollte eigentlich nicht, doch er mußte lachen, obwohl es ihm Schmerzen bereitete. »Ach, Sally ...«
»Ja oder nein? Ich reise nämlich sonst sofort wieder ab«, drohte sie und stand auf.
Er streckte die Hand nach ihr aus. »Bleib!« bat er. »Ich schreibe.«
Sally saß noch bei ihm, als drei Stunden später Leona und Catherine ins Krankenzimmer kamen. Catherine kehrte sofort entrüstet um. Leona dagegen blieb. Sie machte Sally eine häßliche Szene, beschimpfte sie mit unflätigen Ausdrücken und rief schließ-

lich die Stationsschwester, damit diese das »Niggerflittchen« vor die Tür setze.
Doch statt dessen ließ Henry seine Frau aus dem Zimmer werfen und verbat sich jeden weiteren Besuch von ihr.

Als Henry zum erstenmal das Bett verlassen konnte, führte ihn sein Weg sogleich zu Merrills Krankenzimmer. Dem Freund ging es noch immer sehr schlecht, und er stand unter dem Einfluß starker Schmerzmittel. Henry konnte nur kurz mit ihm reden. »Du hast mir das Leben gerettet, Merrill.«
»So was Ähnliches hat man mir auch erzählt«, antwortete Merrill mühsam und brachte ein gequältes Grinsen zustande.
»Warum hast du bloß den Helden gespielt! Ich hätte mich schon irgendwie in Deckung gebracht. Lee wird dir das nie verzeihen. Er hat jetzt die ganze Firma am Hals.«
»Tut mir leid, aber mir ist nichts Besseres eingefallen«, flüsterte Merrill. »Außerdem ...«
»Ja?« Henry beugte sich vor, um ihn besser zu verstehen.
»Außerdem hatte ich meine Harvard-Ausbildung ... noch nicht ganz abbezahlt.«
Henry lachte und hatte Tränen in den Augen. »Du Idiot, und du meinst, jetzt sind wir quitt, ja?«
»Ja«, murmelte Merrill, doch in seinen Augen stand nicht der Anflug eines Lächelns. »Es ist alles bezahlt.« Augenblicke später war er wieder eingeschlafen.
Henry sprach ihn nie wieder darauf an.

Mitte Januar wurde Henry aus dem Krankenhaus entlassen. Er fand das Haus an der Fifth Avenue verwaist vor. Niemand von der Familie war da, der ihn willkommen hieß, niemand, der die Leere der Zimmerfluchten mit Leben erfüllte. David war ins Internat und Alexander nach Harvard zurückgekehrt, während Leona mit Catherine in Palm Beach weilte. Auch nach dem Börsenkrach gab es noch genug Reiche, die nicht daran dachten, sich von der heraufdämmernden Weltwirtschaftskrise die Wintersaison an der amerikanischen Riviera verleiden zu lassen.
Am letzten Wochenende im Januar faßte Henry einen spontanen Entschluß und fuhr nach einer schlaflosen Nacht am Sonntag mor-

gen in aller Frühe zu seinem Sohn nach Harvard. Seit jener peinlichen Silvesternacht hatten sie sich nur wenige Male gesehen, dabei jedoch jedes Gespräch unter vier Augen konsequent vermieden. Auch im Krankenhaus hatte Alexander ihn niemals allein, sondern immer nur in Begleitung von David, Catherine oder Lee besucht.
Nun wurde es Zeit, daß sie beide die schwelenden Konflikte ein für allemal beilegten und einen neuen Anfang machten, und zwar einen wirklichen Neubeginn. Henry wollte nicht länger darauf bestehen, daß Alexander sich in Harvard abquälte, nur um später einen akademischen Abschluß vorweisen zu können. Zum Teufel mit Harvard! Auch er hatte nie ein College besucht und dennoch dieses Firmenimperium auf die Beine gestellt. Alexander sollte zu ihm ins Geschäft kommen. So schnell wie möglich. Er konnte gar nicht früh genug damit anfangen, den Sohn darauf vorzubereiten, eines Tages seine Nachfolge anzutreten. Um ein Haar hätte Wiggelton ihn dieser Möglichkeit beraubt. Nein, sie hatten beide keine Zeit mehr zu vergeuden, weder mit einem Studium noch mit Ressentiments über diesen unerfreulichen Ausrutscher in Alexanders spätpubertärer Phase.
Henry rechnete fest damit, seinen Sohn, dem man es nie hatte abgewöhnen können, sonntags bis in den Mittag hinein zu schlafen, auf dem Campus anzutreffen. Er war jedoch überrascht, als er im Wohnheim erfuhr, daß Alexander seine College-Unterkunft zwar immer noch als Postadresse benutzte, aber schon seit Monaten ausgezogen war und in der Stadt wohnte.
Wenig später stand Henry in Cambridge vor der verkratzten Wohnungstür im dritten Stock eines schäbigen Mietshauses. Er mußte die Klingel mehrmals und lange schrillen lassen, ehe sich hinter der Tür etwas regte und er die brummige Stimme seines Sohnes vernahm: »Schon gut, schon gut! Ich komme ja!«
Die Tür ging auf, und Alexander stand vor ihm, mit nackter, muskulöser Brust, verwuschelten Haaren, verschlafenem Gesicht und nur mit einer kurzen, gestreiften Pyjamahose bekleidet.
»Dad?« stieß er bestürzt hervor.
Henry lachte. »Die Überraschung scheint mir gelungen zu sein.« Er wartete und fragte dann: »Läßt du mich hinein?«
»Was? Oh, natürlich, komm rein, Dad!«
Henry folgte ihm von der winzigen Diele in ein Wohnzimmer, das

mit sichtlich abgenutzten Möbeln eingerichtet war. Mit den vielen Bücherregalen, den herumliegenden Zeitungen und Zeitschriften, den Plakaten von Film- und Theaterproduktionen an den Wänden und den abgetretenen alten Berberteppichen auf dem knarrenden Parkett strahlte der Raum trotz der Unordnung, die in ihm herrschte, eine gemütliche Atmosphäre aus. Henry fühlte sich an Sallys Wohnung in Harlem erinnert, die sie mit Pearl, Liza und Flora geteilt hatte.

»So etwas nennt man wohl eine Junggesellenbude«, sagte Henry mit einem nachsichtigen Lächeln und um einen versöhnlichen Tonfall bemüht. »Aber du hättest mir doch sagen können, daß ...«

Er verstummte, denn in diesem Moment ging neben der Küchennische eine Tür auf, und ein schlanker, gutaussehender Mann im Alter Alexanders erschien. Auch er kam frisch aus dem Bett, wie seinem schwarzen Seidenpyjama und seinem Gähnen unschwer zu entnehmen war. »Ist nebenan mal wieder der Kaffee ausgegangen?« fragte er und bemerkte erst dann, daß außer Alexander noch jemand im Zimmer war. »Oh, pardon! Ich habe niemanden reden gehört.«

»Das ist Mike Delany«, sagte Alexander zu seinem Vater, der wie erstarrt dastand, denn hinter der offenstehenden Tür war ein Bett mit zerwühlten Laken zu sehen – ein Doppelbett. »Mike, das ist mein Vater.«

»Mister Maynard«, sagte Mike höflich.

»Was hat er hier in deiner Wohnung zu suchen, Alexander?« fragte Henry mit mühsam beherrschter Stimme und wider alle Vernunft.

Alexander schluckte. »Mike ist mein Freund, Vater, und es ist genauso seine Wohnung wie auch meine.«

Henry wurde blaß vor Zorn und Enttäuschung. »Freund?« stieß er hervor. »Was für eine Art von Freund?«

Alexander wich dem stechenden Blick seines Vaters nicht aus. »Mike ist der Mann, den ich liebe. Wir leben zusammen«, antwortete er mit schonungsloser Offenheit. »Nichts und niemand wird daran etwas ändern, auch du nicht, Dad.«

Henry holte zum Schlag aus.

Alexander wehrte die Ohrfeige ab, indem er den Arm seines Vaters am Handgelenk zu fassen bekam und mit stählernem Griff festhielt. »Du ohrfeigst mich nicht noch einmal, Dad! Die Zeiten sind vorbei. Es wäre für uns alle gut, wenn du das allmählich begreifen würdest.«

»Laß meinen Arm los!« zischte Henry, und Alexander löste seinen Griff.
»Soll ich bleiben, Alex?« fragte Mike und trat demonstrativ an die Seite seines Freundes.
Alexander lächelte ihn dankbar an und berührte ihn kurz am Arm. »Danke, Mike, aber es ist wohl besser, du läßt uns eine Weile allein. Diese Aussprache mit meinem Vater ist schon längst überfällig.«
Mike verstand und nickte. »Wenn du mich brauchst, ich bin drüben bei den Nachbarn«, sagte er, warf sich einen Bademantel über und ging aus der Wohnung.
»Wie kannst du mir noch in die Augen sehen! Schämst du dich denn nicht?« brach Henry nun sein Schweigen.
»Nein, ich schäme mich nicht mehr«, antwortete Alexander mit fester Stimme. »Doch ich habe Jahre gebraucht, um mich von dieser falschen Scham und von der Schuld zu befreien, die du und deinesgleichen Leuten wie uns aufbürden und mit der ihr uns verfolgt wie Verbrecher.«
»Homosexualität ist etwas Anormales, eine Perversion, eine abscheuliche Abartigkeit, die es zu bekämpfen gilt!«
Alexander schüttelte mit einem bitteren Lachen den Kopf. »Die Normen, auf die du dich berufst, sind nichts weiter als sich ständig wandelnde Gesetze, Sitten und Vorurteile der Gesellschaft, die zur Regel erklärt, was die Mehrheit zur Erreichung ihrer Ziele und Lebensvorstellungen für richtig wähnt. Ein Kapitalist wie du ist in Amerika etwas Normales. Doch bei den Kommunisten würdest du aus der Norm fallen und an die Wand gestellt werden. Und daß zur Zeit der Kreuzzüge, der Inquisition und der Eroberung heidnischer Reiche jeder abgeschlachtet wurde, der sich nicht der angeblich christlichen und für jeden verbindlichen Norm unterwarf, hatte Gott sei Dank auch keinen Ewigkeitswert.«
»Komm mir nicht mit Geschwafel und Haarspaltereien!« fiel Henry ihm erregt ins Wort.
»Vater, die einzige Norm, die es in der Natur, in Gottes Schöpfung gibt, ist die Norm der Vielfalt, der Andersartigkeit, und dazu gehört auch die gleichgeschlechtliche Liebe ...«
»Komm mir nicht mit Liebe unter Schwulen!«
»Du meinst, Liebe gibt es nur zwischen Mann und Frau, ja? Diese

Art von Liebe, mit der Mom und du euch bekriegt, seit ich denken kann«, sagte Alexander sarkastisch. »Oder schwebt dir dabei mehr die unersättliche Geilheit von Onkel Lee vor?«
»Werde nicht unverschämt!« donnerte Henry. »Meine Ehe mit deiner Mutter steht hier nicht zur Debatte, und auch nicht Lees Affären, sondern deine ... deine Willenlosigkeit, dich gegen deine abartigen Neigungen zur Wehr zu setzen.«
»Ich will es nicht. Begreifst du das denn nicht?« rief Alexander beschwörend. »Das ist das Leben, das ich leben will und leben werde. Ich liebe Mike, und ich bin glücklich mit ihm. Hör also endlich auf, mir ein Leben aufzwingen zu wollen, das du dir für mich zurechtgelegt hast!«
»Ich dulde keinen Schwulen in meiner Familie!« schrie Henry ihn unbeherrscht an. »Und wenn du eines Tages meine Nachfolge antreten willst ...«
»Will ich nicht, Dad!« unterbrach Alexander ihn vehement. »Ich wollte es niemals, und ich will es heute weniger denn je.«
Henry reagierte mit ungläubigem Zorn. »Bist du noch ganz bei Sinnen?« herrschte er ihn an. »Du bist mein ältester Sohn, ein Maynard ...«
Wieder ließ Alexander seinen Vater nicht ausreden. »Ich habe mir einen neuen Nachnamen zugelegt – Newport, denn dort bin ich ja wohl gezeugt worden. Der Name Maynard ist nämlich nur hinderlich, wenn ich meinen Weg als Schauspieler machen möchte.«
»Schauspieler?« Henry war fassungslos.
Alexander nickte. »Ja, Dad, das ist es, was ich schon immer werden wollte, und was ich jetzt mit aller Kraft verfolge. Ich habe schon seit meinem ersten Semester einer Schauspieltruppe angehört. Seit September habe ich das Studium ganz an den Nagel gehängt. Ich gehöre jetzt dem Ensemble eines kleinen Kellertheaters an und verdiene tagsüber mein Geld als Kellner.«
»Mit fünf Prozent Maynard-Aktien im Rücken, die eine gute Dividende abwerfen und dich mit dreißig zum mehrfachen Millionär machen, hast du dir wirklich ein hartes Los ausgesucht!« höhnte Henry.
»Ich habe mir noch nicht einen Cent Dividende auszahlen lassen und werde es auch nicht tun«, erklärte Alexander stolz. »Und wenn ich dreißig bin und die Aktien verkaufen kann, kannst du sie gern

zurückhaben. Du hast auf deinem Gebiet Großartiges geleistet, aber ich habe meine eigenen Vorstellungen von Glück und von dem, was ich in meinem Leben erreichen will.«
»Lächerlich!«
Alexander atmete tief durch. »Gott, was bin ich froh, daß all das endlich ausgesprochen ist! Es tut mir leid, daß ich dich in so vielen Dingen enttäuschen muß, aber ich kann mein Leben nun mal nicht nach deinen Erwartungen ausrichten, nicht einmal wenn ich es wollte. Ich bin so, wie ich bin, Dad, und so mußt du mich nehmen.«
Henry starrte ihn verstört an. Dann verzerrte sich sein Gesicht zu einer Grimasse grenzenloser Wut und Enttäuschung. »Nein, niemals! Ich denke gar nicht daran, mich damit abzufinden!« stieß er erregt und kurzatmig hervor. »Du wirst deine schwulen Neigungen beherrschen und dich einer Therapie unterziehen! Wenn du das nicht tust ...« Er stockte.
»Was dann, Vater?«
»Dann will ich dich nicht mehr sehen!« brach es aus Henry hervor. »Dann bist du nicht mehr mein Sohn. Wenn du dich zur Therapie entschließt, will ich alles vergessen. Doch bis dahin komme mir nicht mehr unter die Augen!«
Alexander war kalkweiß im Gesicht. »Dann hast du mich damit heute verstoßen, Vater.«
»Nein, den Verrat begehst du!« zischte Henry und stürzte zur Tür.
»Manchmal kommt es mir so vor, das einzig Anständige und Uneigennützige, das du je in deinem Leben getan hast, ist die Sache mit David.«
Henry zuckte zusammen und fuhr noch einmal zu ihm herum. »Was meinst du damit?«
»Daß du David so angenommen und aufgezogen hast, als wenn er wirklich dein Sohn wäre.«
Mit einem Satz war Henry bei ihm und gab ihm eine Ohrfeige, die Alexander auch nicht zu verhindern suchte. »Sag so etwas nie wieder!« herrschte er ihn mit verzerrter Miene an. »David *ist* mein Sohn!«
Mit einem Ausdruck tiefen inneren Schmerzes sah Alexander ihn an. »Dafür könnte ich dich fast wieder lieben, Vater«, sagte er leise.
Ohne ein weiteres Wort verließ Henry die Wohnung. Wie benommen ging er die Straße hinunter. Alle Kraft schien ihn verlassen zu

haben. Sein Herz raste, und ihm war, als würde das Gefühl der Schwäche mit jedem Moment stärker. Als er zu einer Parkbank kam, sackte er auf die Sitzbretter. Es hatte zu schneien begonnen, und wie betäubt starrte er in das Schneetreiben.

Er war zu Macht und Reichtum aufgestiegen, hatte einen schwindelerregenden Gipfel des Erfolges erklommen – nur um sich dort von allen verlassen und verraten vorzufinden. Oh, er hatte das Siegen nicht nur zu seiner Lebensmaxime gemacht, sondern diese auch in die Tat umgesetzt. Rastlos war er von Sieg zu Sieg geeilt, ohne darauf zu achten, wieviel Blut ihn jeder Sieg gekostet hatte. Nun beschlich ihn die Ahnung, daß er im Laufe der Jahre wohl mehr verloren hatte, als ihm sein Siegeszug jemals einbringen konnte. Und er mußte daran denken, daß in Bermuda jetzt der Jasmin blühte.

VIERTES BUCH

Hurrikan

Erstes Kapitel

Es sieht düster aus«, sagte Henry und schaute über die Parkanlagen hinweg zum wolkenverhangenen Himmel. Er stand am Fenster, das er gerade weit aufgerissen hatte, um frische Luft in das tabakverqualmte Arbeitszimmer seiner Villa zu lassen. Die Biscayne Bay, die gewöhnlich wie ein Meer von Smaragden schimmerte, hatte an diesem späten Septembervormittag die schmutziggraue Farbe einer riesigen Drecklache. Und schon fielen die ersten Regentropfen. Es war der 2. September 1935, und es sah ganz so aus, als würde der Labor-Day-Feiertag buchstäblich ins Wasser fallen. Es war sogar mit Sturm zu rechnen. Kein idealer Tag für die Umzüge der Gewerkschaften und die geplanten Picknicks und Gartenfeste, aber mit seiner trüben Atmosphäre genau der richtige Hintergrund für eine Krisensitzung, auf der Merrill bestanden hatte und an der auch Lee teilnahm.

»Es sieht trüber aus, als es auf den ersten Blick den Anschein hat«, sagte Merrill, meinte jedoch nicht das Wetter. »Die Entscheidung des Obersten Gerichtshofes, Roosevelts National Industry Act für verfassungswidrig zu erklären, kann verheerende Auswirkungen für die ganze Ölindustrie haben.«

»Die staatliche Festlegung der monatlichen Förderquote ist erst einmal aufgehoben«, sagte Lee, »und das bedeutet eine neue Ölflut und damit einen neuen, ruinösen Preiskrieg.«

»Den die *Maynard Corporation* nicht überstehen wird«, fügte Merrill schonungslos offen hinzu.

»Nun malt mal nicht gleich den Teufel an die Wand!« sagte Henry leicht ungehalten, wandte sich vom Fenster ab und kehrte zu seinen Freunden zurück, die all die Jahre seine engsten Vertrauten und besten Berater geblieben waren. »Daß wir Ölförderquoten brauchen, um nicht wieder in eine Preiskatastrophe wie vor wenigen Jahren zu geraten, ist mittlerweile Konsens unter allen Ölproduzenten. Das Quotensystem, das einen stabilen, profitablen

Barrelpreis garantiert, wird sich durchsetzen – mit oder ohne Gesetz.«

»Zweifellos«, pflichtete Lee ihm bei. »Aber zuerst einmal werden einige Unverbesserliche auf Teufel komm raus fördern, und damit geht der Rohölpreis wieder in den Keller. Daß die Ölaktien nachgegeben, ist doch ein deutlicher Beweis dafür.«

»Die Aktien werden auch wieder steigen. Das ist doch bloß ein Sturm im Wasserglas«, wehrte Henry ab, dem es an diesem Tag Mühe bereitete, sich auf die Geschäfte zu konzentrieren.

Merrill machte eine ungeduldige Geste. »Diesmal steht mehr auf dem Spiel, Henry. Die *Maynard Corporation* liegt einfach an zu vielen Fronten unter verlustreichem Feuer. Unsere Tankerflotte fährt seit letztem Jahr immer tiefer in die roten Zahlen, ein Großteil der Tankstellen kommt nicht wesentlich über die Kostendeckung hinaus ...«

»Wenn wir die Umstrukturierung abgeschlossen haben, wird uns unser Tankstellennetz satte Profite bringen«, erklärte Henry unbeirrt.

Merrill machte eine verzweifelte Miene. »So viel Zeit haben wir aber nicht, begreif das doch! Du hast Millionen in die Beteiligung an der Eisenbahnlinie nach Key West investiert und darauf bestanden, dort noch ein zwölftes Hotel zu bauen, obwohl wir schon mit dem *Silver Beach Palace,* dem *Daytona Palace* und dem *Pensacola Palace* Verlust machen, vom *Miami Palace* gar nicht zu reden; das ist ja von Anfang an ein teurer Zuschußbetrieb gewesen.«

»Wenn das *Key West Palace* im nächsten Jahr eröffnet, wird es gewiß keinen Verlust machen. Ich werde den Tourismus auf den Keys ankurbeln, und die Fährverbindungen nach Havanna werden ausgebaut«, versicherte Henry.

»Aber das ändert nichts an der Tatsache, daß die *Maynard Corporation* bis über die Ohren verschuldet und der Buchwert, zu dem wir alle Objekte beliehen haben, um die neuen Investitionen zu finanzieren, gefährlich hoch angesetzt ist«, warnte ihn Merrill besorgt. »Allein das *Miami Palace* steht bei uns in den Büchern mit einer Summe, von der wir kaum die Hälfte erzielen würden, wenn wir das Hotel verkaufen müßten.«

»Ich habe auch nicht die Absicht, auch nur irgend etwas zu verkaufen«, erwiderte Henry schroff.

»Henry, unsere Liquiditätsdecke ist gefährlich dünn!« beschwor Merrill ihn. »Und vergiß nicht, daß einer der kurzfristigen Kredite, nämlich der über zwanzig Millionen bei der *First Merchant Bank*, im Dezember fällig wird.«
Henry lachte spöttisch auf. »Na und? Bradford wird den Kredit verlängern, wie er das immer getan hat. Die *First Merchant* ist unsere Hausbank und mit uns erst groß geworden. Vergiß nicht, daß sie zehn Prozent von unseren Aktien hält. Bradford wird sich hüten, uns in Schwierigkeiten zu bringen.«
»Glenn Bradford und seine Partner sind knochenharte Banker, die nur Zahlen und Bilanzen kennen«, warf Lee ein und schielte zum Barschrank hinüber.
»Eben«, sagte Henry fast trotzig.
»Wir sind in den letzten Jahren zu schnell gewachsen und dabei zu hohe Risiken eingegangen. Jetzt haben wir einen kritischen Punkt erreicht. Wenn wir nicht Gefahr laufen wollen, daß uns das Fundament wegbricht, müssen wir uns von überflüssigen Lasten und Risiken befreien«, sagte Merrill eindringlich. »Du weißt, daß Tony Mancini uns schon mehrfach Avancen gemacht hat, die verlustreichen Hotels zu übernehmen. Und es gibt genug Konzerne und Investmentgruppen, die ...«
»Kommt gar nicht in Frage!« fiel Henry ihm ärgerlich ins Wort. »Vergiß die Offerten aus dieser Richtung, besonders die von Tony Mancini, auch wenn er noch soviel Geld bietet! Der Bursche soll sich andere Hotels suchen, die er dazu benutzen kann, um die Millionen aus seinen Unterweltsgeschäften zu waschen. Verwende die Zeit besser darauf, daß dieser Schweinehund von Richard Banks mich bei der nächsten Aufsichtsratssitzung nicht wieder mit Zahlen bloßstellen kann, die ich noch nicht zu Gesicht bekommen habe! Es ist schlimm genug, daß ich mit ihm an einem Tisch sitzen und mir seine impertinenten Fragen und Vorwürfe anhören muß, seit er sich kräftig mit Maynard-Aktien eingedeckt hat.«
Merrill warf ihm einen gekränkten Blick zu. »Die Zahlen lagen auch dir rechtzeitig vor, Henry«, wies er den Vorwurf zurück. »Leider bist du in letzter Zeit nur etwas zu nachlässig, was das Studium solcher Statistiken angeht. Du ziehst die große Linie vor, aber diese Pionierzeiten sind vorbei.«
»Und mit über fünfundzwanzig Prozent ist Richard Banks nun mal

kein Kleinaktionär, dem man einen Sitz im Aufsichtsrat verwehren kann«, lenkte Lee schnell ab, als er die grimmige Miene von Henry sah.

Merrill stand der Sinn an diesem Vormittag nicht nach Schonung. Er wollte und mußte Henry wachrütteln und zu einer dramatischen Kursänderung seiner Geschäftspolitik zwingen. »Und wenn es stimmt, was ich gehört habe, dann wird auch deine Frau nächsten Monat an der Hauptversammlung teilnehmen – als stimmberechtigte Aktionärin. Sie soll ihr Portfolio um fünf Prozent Maynard-Aktien aufgestockt haben. Und das läßt nicht gerade eine friedliche Sitzung erwarten.«

»Woher weißt du das?«

»Von deinem Sohn. Als ich letzte Woche mit David in New York war, habe ich Alexander getroffen. Wir drei waren zusammen essen. Alexander hat übrigens ein vielversprechendes Engagement bei ...«

»Davon will ich nichts wissen, Merrill!« schnitt Henry ihm das Wort ab. Alexander war eine offene Wunde. Seit jenem Januarmorgen vor fast sechs Jahren hatte er kein Wort mehr mit seinem Sohn gewechselt und ihn auch nur wenige Male aus der Entfernung gesehen. Nicht einmal Merrill und Lee war es erlaubt, diese Wunde bei ihm zu berühren.

»Ach, Henry ...«, sagte Merrill bedrückt, als wolle er wieder einmal den Versuch machen, Henry ins Gewissen zu reden und um seines eigenen Seelenfriedens willen zum Einlenken zu bewegen. Doch in dem Moment klingelte das Telefon.

»Das wird Catherine sein«, vermutete Henry. Da Leona mit Richard Banks auf der *Grand Duchess II* irgendwo vor der Küste von Maine kreuzte und unerreichbar für Catherine und deren finanzielle Nöte war, lag seine Tochter ihm nun schon seit Tagen mit der Bitte in den Ohren, eine Bürgschaft über eine halbe Million Dollar zu übernehmen, damit ihr zweiter Ehemann eine einmalige geschäftliche Chance wahrnehmen und Partner bei einem Filmstudio werden konnte. Henry fürchtete jedoch, daß Gordy Willard auch dieses Geld in den Sand unausgegorener Geschäftspläne setzen würde. Wie gut, daß keines von den Kindern die Altersgrenze erreicht hatte, da es sein Aktienpaket verkaufen oder beleihen konnte. Bei Catherine wäre von diesem Vermögen schon jetzt nichts mehr übrig gewesen.

»Sag Jason, ich rufe Catherine später zurück, und er soll keine

Gespräche durchstellen«, rief Henry Lee zu, der sich gerade auf dem Weg zum Barschrank befand, um sich einen Drink zu mixen.
Hätte er nicht wenigstens bis mittags warten können? Alkohol und Frauen waren für seinen Freund zu einer Sucht geworden. Und wenn Catherine schon ein Problem mit dem Alkohol hatte, das auch ihre zweite Ehe mit Gordy Willard nicht hatte aus der Welt schaffen können, dann mußte man angesichts Lees wohl von einem Alkoholiker sprechen.
Lee hob ab und meldete sich. »*Wer* hat angerufen, Jason?« fragte er dann, als habe er sich verhört. »O Gott, ja!« Schnell griff er zu einem Stift und schrieb etwas auf. »Ja, ich werde es ihm ausrichten.« Er hängte ein.
»Was ist?« fragte Henry beunruhigt.
Lee riß den Zettel vom Notizblock und warf Henry einen verstörten Blick zu. »Wußtest du, daß Sally auf Key West ist?«
Henry nickte. Zum erstenmal, seit Alvin Baker vor einem Jahr einer plötzlichen Herzattacke erlegen war, hatte Sally Bermuda verlassen. »Sie soll für *Life* einen Essay über Ernest Hemingway und die Welt seiner Romanfrauen schreiben. Hemingway ist in seinem Haus auf Key West und schreibt wohl an einem neuen Werk. Auf jeden Fall hat er sich bereit erklärt, ihr ein Interview zu geben. Aber warum fragst du?«
Lee schluckte. »Sally ist vor einer Stunde mit einem Blinddarmdurchbruch ins Charity Hospital eingeliefert worden. Es sieht sehr kritisch aus. Sie wird es vielleicht nicht schaffen.«
Henry wurde bleich wie ein Leichentuch.

»Zum Hafen und zur Sky Line Pier! Und geben Sie Gas, Frank!« forderte Henry seinen langjährigen Chauffeur auf, als er zehn Minuten später in den Fond seines neuen, kobaltblauen Duesenberg stieg, der überall Aufmerksamkeit erregte. »Es geht um Leben und Tod, im wahrsten Sinne des Wortes.«
Frank Lloyd warf einen erschrockenen Blick in den Rückspiegel. »Ich werde mein Bestes versuchen, Sir!« sagte er und raste die Auffahrt entlang, daß die Räder eine tiefe Spur im Kiesbett hinterließen. So schnell, wie er es verantworten konnte, jagte er den Wagen über die Küstenstraße ins Zentrum von Miami.
Henry saß mit kalkweißem, schweißüberströmten Gesicht im Fond.

Er hatte das Fenster heruntergekurbelt, und der Fahrtwind zerzauste sein graumeliertes Haar. Regen fiel schräg in den Wagen, doch er merkte es kaum. Er dachte an Sally, die jetzt im Krankenhaus von Key West mit dem Tod rang. Er mußte auf die Insel kommen, koste es, was es wolle.

Es war kurz nach eins, als der Duesenberg mit quietschenden Reifen auf der Sky-Line-Pier vor der Wellblechbaracke von Stuart Merrick zum Stehen kam. Sein zweisitziger Doppeldecker, eine von der US-Navy ausgemusterte Chance Vought Corsair, Baujahr '27, zerrte im kabbeligen Wasser des Hafenbeckens an den Haltetauen.

Henry sprang aus dem Wagen. »Stuart! Ich muß nach Key West!« rief er dem Piloten zu, der auf dem breiten Mittelschwimmer des Flugzeuges balancierte und glücklicherweise schon seine speckige Fliegermontur samt Lederkappe und Brille trug.

Stuart Merrick kam zur Pier zurück. Er war ein stämmiger, ehemaliger Marineflieger, der vor drei Jahren seinen Abschied vom Militär genommen hatte und sich nun mühte, ein privates Flugunternehmen aufzubauen. Henry hatte sich schon oft von ihm nach Key West und auch an die Westküste fliegen lassen.

»Das ist heute leider die falsche Richtung, Mister Maynard«, bedauerte der Pilot und schob sich die Flugbrille auf die Stirn. »Ich bringe meine Maschine nach Norden, bevor es hier ungemütlich wird. Oder haben Sie noch nichts von dem Sturm gehört, der von den Bahamas her auf den Süden Floridas zuhält? Es heißt sogar, die Leute von der *Florida East Coast Railway* denken daran, extra einen Zug nach Islamorada zu schicken, um sicherheitshalber einige hundert Arbeiter von der Insel zu evakuieren.«

»Seit wann lassen Sie sich wegen eines tropischen Sturms, der erst in ein paar Stunden hier sein wird, ein gutes Geschäft entgehen?« fragte Henry. »Ich zahle Ihnen heute jeden Preis.«

Stuart Merrick schüttelte den Kopf. »Haben Sie mal einen Blick auf das Barometer geworfen? Es fällt wie verrückt, und die See wird immer aufgewühlter. Wer weiß, wie das Wetter in zwei Stunden ist, denn die würden wir bei dem starken Gegenwind heute bestimmt bis nach Key West brauchen. Womöglich könnte ich gar nicht mehr landen. Wäre doch verdammt schade, wenn meine Braut die Hochzeit nächsten Monat absagen müßte, bloß weil ich heute in die falsche Richtung abgeflogen bin.«

»Sie könnten notfalls auf der geschützten Lagune zwischen Bahnlinie und Patterson Avenue landen, wo sich der Yachthafen befindet«, beharrte Henry.

Stuart Merrick lachte trocken. »Aber bei den Böen, die wir jetzt schon haben, ist die Wahrscheinlichkeit, eine Bruchlandung zu machen, sogar bei einer spiegelglatten Lagune sehr hoch. Nein, tut mir leid, Mister Maynard, aber das kann ich mir nicht leisten. Entschuldigen Sie, aber ich muß jetzt los, sonst komme ich gleich gar nicht mehr hoch.«

»Warten Sie!« Henry hielt ihn an der Montur fest und kämpfte gegen die aufsteigende Panik an. »Ich *muß* nach Key West, Stuart. Ich muß um jeden Preis auf die Insel, und Sie sind der einzige, der mich schnell genug dorthin bringen kann. Jemand, der mir unendlich viel bedeutet, ringt im Charity Hospital mit dem Tod.«

Stuart zögerte und schüttelte dann gequält den Kopf. »Ich würde Ihnen gern helfen, aber ich kann es nicht verantworten. Diese alte Corsair ist alles, was ich habe ...«

»Ich kaufe Ihnen eine neue, Stuart!« Henry zerrte seine Brieftasche hervor und schrieb auf der Motorhaube des Duesenberg einen Scheck aus. »Verdammt, ich kaufe Ihnen zwei oder auch drei, wenn Sie mich nur nach Key West bringen. Reicht das?« Er hielt ihm den Scheck hin.

Stuart riß die Augen auf. »Zwanzigtausend? Sind Sie verrückt geworden?« stieß er fassungslos hervor. »Dafür können Sie bei Pan American ...«

»Fliegen Sie mich hin oder nicht?« fiel Henry ihm gehetzt ins Wort.

»Ich müßte verrückt sein, wenn ich es nicht täte!« murmelte Stuart. »Genauso verrückt, wie diesen Flug zu wagen, aber ich riskiere es. Geben Sie mir nur fünf Minuten, um einen Brief an meine Braut zu schreiben, den Ihr Fahrer mitnehmen soll. Möchte den Scheck nämlich nicht bei mir haben, wenn wir uns das Genick brechen und die Mühle dabei vielleicht noch ausbrennt.« Zehn Minuten später waren sie in der Luft.

Beim Start waren sie durchgeschüttelt worden, als raste die Corsair über ein riesiges Waschbrett. Der Doppeldecker hatte unter den Stößen geächzt und gezittert, als würde er jeden Moment auseinanderbrechen. Henrys Hoffnung, daß es bestimmt besser würde, wenn sie erst einmal von der unruhigen See abgehoben hatten, erwies sich als Irrtum. Der böige Wind stieß sie hin und her wie ein sadistisches Kind ein Tier, das seinen Stockschlägen nicht zu entkommen weiß. Der Pratt-&-Whitney-Motor, der es mit seinen neun, sternförmig hinter dem Propeller angeordneten Zylindern auf eine Leistung von vierhundertfünfzig Pferdestärken brachte, röhrte wie im Protest gegen den Wind an, der in den Seilen und Verstrebungen des Doppeldeckers heulte. Dazu schienen der bleigraue Himmel und das schmutzig aufgewühlte Meer einen wahnwitzigen Tanz miteinander aufzuführen. Der Horizont sprang aus dem Blick, sowie man ihn fixiert zu haben glaubte.

Henry saß hinter Stuart und war im offenen Sitz wie dieser Wind und Wetter ausgesetzt. Er übergab sich, kaum daß sie die Skyline von Miami überflogen und Kurs auf Key Largo genommen hatten. Nach dem dritten Erbrechen war nichts mehr in seinem Magen, und sein körperliches Elend verschmolz mit der Angst um Sally. Er fühlte sich zu krank, um in diesem Hexenkessel um sein Leben zu fürchten. Nach einer Weile verließ ihn das Gefühl für die Zeit, und ein fatalistischer Gleichmut überkam ihn. Er hatte versucht, was in seiner Macht stand. Mochte nun das Schicksal seinen Lauf nehmen.

Henry klammerte sich an die Gurte, versuchte, dem unablässigen Bocken des Doppeldeckers in den Turbulenzen so wenig Widerstand wie möglich entgegenzusetzen, und starrte wie betäubt in das wirbelnde Grau von Wolken und Meer. Dann und wann registrierte er unter sich die Inseln und dazwischen die Bogenreihen von Flaglers kühnen Brückenkonstruktionen.

»Key West! ... Fangen Sie mit dem Beten an!«

Der Wind riß Stuart die Worte von den Lippen und wehte sie davon. Der Pilot mußte die Sätze mehrmals mit der ganzen Kraft seiner Lungen hinausschreien, damit Henry ihn verstehen konnte. Der erwachte aus seiner Betäubung, und nun packte ihn nackte Todesangst. Die Maschine raste durch die immer heftiger werdenden Regenböen auf die Insel zu, die vor ihnen hin und her zu tanzen schien wie ein Blatt in aufgewühlter See. Eine Landung erschien Henry bei diesem Wetter plötzlich wie purer Selbstmord.

Stuart überflog die Lagune, die südlich des Bahndamms lag. Viermal ging er in den Landeanflug über, zog die Corsair jedoch jedes-

mal wieder in letzter Sekunde hoch, weil heftige Böen die Maschine auf das Wasser zu schleudern drohten.
Stuart wandte sich zu Henry um. »... letzte Versuch ... Wir müssen runter ... Wetter mit jeder Minute mörderischer ...« schrie er ihm zu. Er nahm den Anflug über den Eisenbahndamm und flog die Lagune seitlich aus Nordosten an. Damit reduzierte sich die Wasserfläche, die er als Landebahn benutzen konnte, um fast die Hälfte. Doch dafür kam der Wind nun direkt von vorne.
Eine Bö drückte sie beinahe auf die Bahnschienen. Der Doppeldecker schlingerte gefährlich dicht über den Damm hinweg. Stuart legte die Corsair gerade in den Wind und setzte die Maschine auf das Wasser. Der linke Schwimmer hämmerte auf die Wellen und wollte wieder hochspringen. Doch Stuart drückte den Doppeldecker hinunter, setzte nun auch den breiten Mittelschwimmer auf und riß das Gas ganz heraus. Nun gab es kein Zurück mehr. Das entgegengesetzte Ufer flog förmlich auf sie zu, während die Maschine wie wild bockte. Kurz vor dem Ufer sprang der linke Schwimmer in die Luft. Im selben Augenblick fegte eine Bö aus Südosten heran, griff unter die linken Tragflächen und warf die Maschine in die Luft. Jetzt ist es vorbei! schoß es Henry durch den Kopf, als sich die Corsair überschlug. Sein Schreien vermischte sich mit dem Bersten von Tragflächen und Verstrebungen, dem schrillen Kreischen von Metall, dem pistolenartig scharfen Knall von einreißender Bespannung und dem Heulen des Windes.
Und dann hörte die Welt auf, sich wie eine kreischende Spindel zu drehen, und es war bis auf das Heulen des Windes schlagartig still. Mit zertrümmerten Tragflächen lag die Corsair schräg nach rechts geneigt im Ufersand der Lagune.
»Mister Maynard?«
»Ja, Stuart ... Ich denke, wir haben es geschafft.« Henry löste mühsam seine Gurte und kroch benommen aus dem Wrack. Er konnte nicht glauben, daß sie beide lebend davongekommen waren. Stuart befreite sich aus seinem Sitz, machte zwei, drei unsichere Schritte von dem Flugzeug weg und begann dann lauthals zu fluchen. Doch er lachte dabei.
»Verdammt, wir haben es geschafft!« schrie er außer sich vor Begeisterung und Lebensfreude. »Ich habe die verfluchte Navymühle runtergebracht, ohne daß wir dabei draufgegangen sind. Ich habe

mir die gottverdammten zwanzigtausend Dollar verdient. Verdammt verdammt, ich habe es geschafft. Das ist ein Wunder!« Er tanzte im Regen und jauchzte. »Und es ist ein Wunder, daß wir noch am Leben sind, das können Sie mir glauben, Mister Maynard!«
Henry lächelte gequält. »Ja, das ist es wohl, Stuart. Aber *ein* Wunder ist heute nicht genug.«

Henry gab einem der Helfer und Schaulustigen, die innerhalb weniger Minuten am Unfallort eintrafen, zehn Dollar, damit er ihn sogleich zum Charity Hospital fuhr. Der Regen peitschte mit zunehmender Kraft gegen die Windschutzscheibe und durch die Palmen. Obwohl es erst kurz vor vier Uhr war, hatte sich der Himmel schon verdunkelt wie beim Einbruch der Nacht.
»Sie müssen einen tüchtigen Schutzengel gehabt haben, Sir«, sagte der Mann, der ihn zum Krankenhaus brachte und sich sehr gesprächig zeigte. »Ich komme gerade vom Telegrafenamt. Es heißt, daß aus dem tropischen Sturm ein Hurrikan geworden ist, der direkt auf die Inseln im Gebiet von Islamorada zuhält. Die Leute dort sollen evakuiert werden. Dem Himmel sei Dank, daß wir gute sechzig Meilen weiter im Süden liegen und damit ein gutes Stück vom Zentrum des Hurrikans entfernt sind. Es wird auch so noch genug abgedeckte Dächer und entwurzelte Bäume geben. Die armen Leute auf den nördlicheren Keys! Hoffentlich können sie sich noch rechtzeitig in Sicherheit bringen!«
»Ja, das ist zu hoffen«, sagte Henry, dessen Sorge doch einzig Sally galt. Mochte der Hurrikan ganz Miami, ja halb Florida hinwegfegen, wenn nur Sally lebte.
Er war bis auf die Haut durchnäßt, als er vor dem Hospital aus dem Wagen sprang. Zuerst wollte man ihn nicht auf die Station lassen, so klatschnaß und dreckig wie er war. Doch als er sich ausgewiesen hatte, beeilte man sich, seinen Wünschen nachzukommen. Der Name Henry Maynard hatte längst auch auf Key West Gewicht, besonders seit das *Key West Palace* am South Beach emporwuchs.
»Wie geht es Sally ... ich meine, Mrs. Floyd-Baker?« fragte er mit vor Angst rasendem Herzschlag, als er auf dem Flur der Privatstation von Oberarzt Levine in Empfang genommen wurde.
»Sie lebt«, gab der Arzt nüchtern zur Antwort. »Ich habe sie am

Vormittag operiert, und da sah es nicht so aus, als würde sie es durchstehen.«
»Wird sie ... wird sie überleben?« Henry hatte kaum den Mut gehabt, diese Frage auszusprechen. Doch noch mehr Angst hatte er vor der Antwort.
Dr. Levine sah ihn offen an. »Ich weiß es nicht, Mister Maynard, und ich möchte Ihnen auch keine falschen Hoffnungen machen. Es steht eins zu zehn, daß sie durchkommt. Rechnen Sie also mit dem Schlimmsten, ohne jedoch die Hoffnung aufzugeben.«
Henry hatte einen schweren Kloß im Hals und nickte. »Das werde ich auch nicht. Kann ich zu ihr?«
»Mrs. Floyd-Baker hat hohes Fieber und steht unter starken Schmerzmitteln. Ich glaube nicht, daß sie ansprechbar ist.«
»Dennoch, lassen Sie mich für eine Weile zu ihr, und wenn ich nur an ihrem Bett sitzen kann!« bat Henry.
Dr. Levine nickte. »Gut, aber vorher besorgen wir Ihnen ein paar trockene Sachen. Wie sind Sie überhaupt so schnell nach Key West gekommen?«
»Mit dem Flugzeug.«
Der Arzt sah ihn ungläubig an. »Bei dem Wetter?«
Henry lächelte. »Es sah ein wenig freundlicher aus, als wir in Miami gestartet sind.«
Zehn Minuten später stand Henry neben Sallys Krankenbett. Bis auf ihr bleiches, fieberheißes Gesicht deutete nichts darauf hin, daß sie mit dem Tod rang. Aber sie warf, wie von Alpträumen gequält, den Kopf hin und her, und ihr Atem ging schnell und flach.
Ein wilder, verzweifelter Schmerz trieb Henry die Tränen in die Augen, und er beugte sich zu ihr hinunter, küßte sie auf die heiße Stirn und flüsterte ihr beschwörend zu: »Du darfst jetzt nicht aufgeben! Du mußt kämpfen, mein Liebling! Du kannst es schaffen, ich weiß es! Du bist die mutigste und ausdauerndste Kämpferin, die ich kenne. Du hast dich immer durchgebissen, und du wirst auch diese Krise überwinden, so wie du alle Hindernisse in deinem Leben mit so viel unbeugsamer Tapferkeit überwunden hast. Hörst du mich, Sally? Deine Zeit ist noch nicht gekommen. Sie kann noch nicht gekommen sein. Also kämpfe! Ich flehe dich an, kämpfe!«
Als die Schwester mit einer Schüssel kalten Wassers kam und Sally

das Gesicht abwischen wollte, bat Henry: »Lassen Sie mich das tun!« Er kühlte der Kranken Gesicht, Hals und Arme, hielt ihre Hand, sprach leise zu ihr und wartete auf ein zweites Wunder.

Die Menschen auf Islamorada und den benachbarten Inseln warten an diesem 2. September 1935 vergeblich auf ein Wunder. Der Hurrikan, der dreißig Stunden zuvor die Bahamas noch als ein wenig beängstigendes Unwetter passierte, gewinnt mit jeder Stunde an Kraft und wächst sich zu einem Killer-Hurrikan aus. Wie eine gigantische Zentrifuge von unvorstellbarer Zerstörungskraft wirbelt der namenlose Hurrikan über das Meer und nimmt Kurs auf die mittleren Inseln der Florida Keys. Das Barometer fällt auf die erschreckende Rekordmarke von 26.35; noch nie zuvor hat der amerikanische Wetterdienst einen so tiefen Wert gemessen.
Der Killer-Hurrikan am Labor Day stellt alles bisher Dagewesene in den Schatten. Als er zwischen acht und neun Uhr am Abend über das Gebiet um Islamorada in schwärzester Dunkelheit herfällt, hat er die ungeheure Stundengeschwindigkeit von zweihundertfünfzig Meilen erreicht, weshalb er später den traurigen Ruhm erfahren wird, als einziger Hurrikan der Stufe 5 in die Geschichte der USA einzugehen.
Auf einer Länge von fünfzig Meilen treibt der Hurrikan eine gigantische Flutwelle mit bis zu hundertdreißig Fuß hohen Wellenbergen vor sich her – und auf die Inseln zu, die nur wenige Fuß aus dem Atlantik aufragen.
Der Zug, der die Bewohner evakuieren soll, wird um acht Uhr zwanzig vom Hurrikan von den Schienen gerissen. Passagierwagen und Güterwagen mit fünfzig Tonnen Zement fliegen wie Spielzeug vierhundert Fuß weit durch die Luft. Häuser zersplittern unter der Wucht des Hurrikans wie Bastelarbeiten aus Streichhölzern oder werden mit ihren Bewohnern hinweggeschwemmt und hinaus aufs Meer getrieben. Der Wind packt ganze Gruppen von Menschen und schleudert sie wie Puppen in die Bäume, wo man ihre Leichen später zu Dutzenden zusammengepreßt findet. Mehr als tausend Menschen finden den Tod in diesem Inferno. Der Hurrikan versetzt auch Flaglers *Overseas Railroad,* die dreiundzwanzig Jahre den Kräften der Natur getrotzt und auch einer stattlichen Zahl von Hurrikans widerstanden hat, einen tödlichen Schlag. Die gigantischen

zentrifugalen Kräfte des Hurrikans verbiegen Stahlträger und Eisenbahnschienen wie Spaghetti in kochendem Wasser, und die Flutwelle vernichtet mehr als vierzig Meilen Eisenbahntrasse und Schienenstrang.
Als der 3. September heraufdämmert, bieten Islamorada und die umliegenden Inseln mit den im Wasser treibenden und in den Bäumen hängenden Leichen ein Bild grauenhafter Vernichtung. Als Ernest Hemingway am Ort der Katastrophe eintrifft, um bei den Rettungsmaßnahmen zu helfen, ist er so erschüttert, daß er schwört, darüber nie auch nur ein Wort zu Papier zu bringen. Und der Schriftsteller, der den Kampf zwischen Mensch und Natur oft genug zum Thema seiner Werke gemacht hat, wird seinen Schwur halten.

Henry erfuhr von der Katastrophe erst am Morgen, als er das Krankenzimmer verlassen mußte, weil Sallys Verbände gewechselt wurden. In der Cafeteria, wo er sich eine Schachtel Lucky Strikes kaufte, hörte er zu, was sich Angestellte des Krankenhauses und Besucher über den Hurrikan erzählten. Die Telefon- und Telegrafenleitungen waren irgendwo nördlich von Marathon unterbrochen worden, doch die Nachrichten, die Key West erreichten, das mit milderen Sturmschäden glimpflich davongekommen war, zeichneten schon jetzt das Bild einer fürchterlichen Katastrophe.
Henry rief ein Taxi und fuhr zum *Key West Palace* am South Beach hinaus. Der hufeneisenförmige Komplex mit den Säulen und dem Relief der bekannten Maynard-*Palace*-Muschel über dem Portal war schon ein gutes Stück über den Rohbau hinaus gediehen. Doch Henry wußte, daß die Arbeit nicht nur an diesem Tag ruhen würde. Die Zerstörung von so vielen Meilen Eisenbahnstrecke bedeutete gleichzeitig das Ende des *Key West Palace.* Dieser Hurrikan würde seiner Firma Verluste in zweistelliger Millionenhöhe bringen. Aber merkwürdigerweise berührte ihn das kaum.
Er setzte sich auf einen Stapel Bretter, zündete sich eine Zigarette an und blickte auf das noch immer aufgewühlte Meer hinaus, während er über die vergangenen Jahre nachdachte. Sie hatten im Zuge der weltweiten Wirtschaftskrise in Deutschland diesen fanatischen Nationalisten Adolf Hitler an die Macht gebracht und den Amerikanern Franklin Roosevelt und dessen New Deal beschert, dazu die Aufhebung der Prohibition, Marlene Dietrich und King Kong auf

der Leinwand, die Entführung von Charles Lindberghs Baby, die Jagd auf das Gangsterpaar Bonnie und Clyde sowie die Verelendung der Landbevölkerung im Süden und in der Dust Bowl des Mittleren Westens. Die Entdeckung riesiger Ölfelder hatte zu einer Ölflut geführt, weshalb der Barrelpreis innerhalb von anderthalb Jahren von über einem Dollar auf unter sechs Cent gefallen war. Erst 1933, als unter Roosevelt die Förderquote per Gesetz eingeführt worden war, hatte sich der Ölpreis wieder kräftig erholt. Und seither hatte sich die *Maynard-Corporation* wieder verstärkt auf neue Projekte eingelassen.

Die Jahre waren hektisch gewesen – und doch ohne jede wahre Befriedigung. Seit seiner Genesung von Wiggeltons Mordanschlag schien die echte Freude aus Henrys Leben gewichen zu sein, sogar die an seinen geschäftlichen Erfolgen. Und je älter er wurde, desto mehr litt er unter der Auflösung seiner Familie. Erst hatte er Leona verloren, dann war Catherine ihm immer mehr aus den Händen geglitten, und seit nunmehr fast sechs Jahren hatte er Alexander endgültig verstoßen und kein Wort mehr mit ihm gewechselt. Er wußte, daß er sich damit selber am meisten gestraft hatte, dennoch wehrte er sich gegen jeden Versöhnungsversuch, den David unternehmen wollte.

David! Henry lachte freudlos auf. David hatte auf die Eröffnung, daß sein älterer Bruder Schauspieler werden wolle, homosexuell sei und mit einem Mann zusammenlebe, mit einer Antwort reagiert, die Henry niemals vergessen würde: »Ich habe so etwas schon lange vermutet, und mir wäre es lieber, er wäre nicht so. Aber er ist und bleibt nun mal mein Bruder, im Regen wie im Sonnenschein. Ich verstehe trotzdem, wie bitter das für dich sein muß, Daddy.« Wirklich, David hatte es auch hier verstanden, es sich mit keinem zu verderben.

Henry warf die Zigarettenkippe in eine Regenpfütze und ging zum Krankenhaus zurück. Nur flüchtig dachte er daran, daß Merrill und Lee jetzt vermutlich alle Hände voll zu tun hatten, um den Schaden in Grenzen zu halten, den der Hurrikan indirekt auch der *Maynard Corporation* zugefügt hatte. Nicht, daß ihm dies gleichgültig gewesen wäre, doch es beherrschte nicht sein Denken, und es fehlte das vertraute Gefühl der Herausforderung, es den Leuten zu zeigen, daß ein Henry Maynard auch eine solche Krise zu meistern vermochte.

Am folgenden Tag besserte sich Sallys Zustand deutlich, und Dr. Levine sprach von einem kleinen medizinischen Wunder. Das hohe Fieber sank, und Sally erkannte, wer an ihrem Bett saß.
»Du bist gekommen, Henry. Gott sei Dank, es ist noch nicht zu spät!« flüsterte sie. »Ich hatte so schreckliche Angst, ich könnte sterben, ohne ...«
»Red nicht vom Sterben!« fiel er ihr betont burschikos ins Wort. »Natürlich wirst du gesund. Immerhin habe ich Kopf und Kragen riskiert, um zu dir zu kommen. Also wofür sollte es da zu spät sein?«
Sie hielt seine Hand fest, blickte ihm in die Augen und antwortete mit schwacher, aber fester Stimme: »Um dir zu sagen, daß wir einen Sohn haben.«
Ein Schauer durchlief Henry. »Wir? Ja, aber ...«
»Ich weiß, was die Ärzte seinerzeit gesagt haben, aber die Natur hat es anders gewollt. Wir haben einen Sohn, der nächstes Jahr elf wird.«
Henry war sprachlos vor Erschütterung.
»Verzeih mir, aber ich konnte es dir damals nicht sagen. Ich konnte dir doch deine anderen Kinder nicht wegnehmen!« Tränen liefen ihr über das Gesicht. »Du hättest dich eingekesselt gefühlt, gefangen in einer Falle moralischer Verpflichtungen. Alvin hat mir einen Weg aus meiner Verzweiflung gezeigt. Er ... war ein wunderbarer Freund und Partner für so viele Jahre ... und er hat mich nie angerührt.«
Henry schluckte schwer. »Wie ... wie heißt mein Sohn?«
Sally lächelte schmerzlich. »Welch anderen Namen hätte ich ihm schon geben können? Henry.«

Zweites Kapitel

Am Montag der folgenden Woche trafen Merrill und Lee mit einem gecharterten Curtis-Kabinenflugboot in Key West ein. Sie hatten es eilig, mit Henry umgehend nach Miami zurückzukommen. Nach einem kurzen Besuch bei Sally, deren Genesung große Fortschritte machte, ging es sofort zum Hafen, wo das Wasserflugzeug auf sie wartete.
»Was ist bloß mit dir los, alter Knabe?« fragte Lee, als sie in der

Maschine saßen, und nahm einen kräftigen Schluck aus seinem Flachmann. »Du bist so verdammt wortkarg und in dich gekehrt. Dabei müßtest du doch erleichtert sein, daß Sally dem Sensenmann noch mal von der Schippe gesprungen ist. Also, was ist los?«

»Nichts«, antwortete Henry, und dabei war doch so viel los! Er hatte seit zehneinhalb Jahren ein Kind mit Sally, einen Sohn, von dem er all die Zeit nichts geahnt hatte. Er war voller Vorwürfe und Unverständnis Sally gegenüber, zugleich aber auch von Freude und Selbstzweifeln erfüllt. Noch fühlte er sich nicht in der Lage, mit Merrill und Lee darüber zu reden. Er brauchte noch mehr Zeit, um mit sich selbst ins reine zu kommen. Mehr Zeit – hätte er das damals auch zu Sally gesagt? Ihn quälte die Frage, was er wirklich getan hätte, wenn Sally ihm die Wahrheit gesagt hätte.

»Hör auf, dich schon am Morgen zu betrinken!« sagte Merrill gereizt zu Lee.

»Ich hab' doch wohl allen Grund, oder?«

»So? Was hat er denn für einen?« fragte Henry.

»Los, erzähl es ihm!« forderte Lee Merrill auf und setzte den Flachmann abermals an die Lippen.

»Janice hat seit fast zwanzig Jahren einen Privatdetektiv in Brot und Arbeit gehalten ...«

»Von meinem Geld!« knurrte Lee.

»... um die zahllosen Affären unseres werten Freundes hieb- und stichfest zu dokumentieren. Nun, nachdem eine wahre Bibliothek zusammengekommen sein muß und die Kinder aus dem Haus sind, hat sie die Scheidung eingereicht«, fuhr Merrill fort und fügte sarkastisch hinzu: »Was sie schon vor dreißig Jahren hätte tun sollen.«

»Dieses scheinheilige Biest!« Lee nahm noch einen Schluck. »Die Scheidung wird mich ein Vermögen kosten!«

»Und Janice hat davon jeden Dollar mehr als verdient«, betonte Merrill mitleidlos. »Aber lassen wir das! Nach diesem entsetzlichen Hurrikan gibt es noch ein paar andere Dinge zu besprechen, die ein Vermögen kosten werden.« Er zog einen Brief aus der Jackentasche und gab ihn Henry. »Ein Schreiben von Bradford, in dem er uns mitteilt, daß er den Zwanzig-Millionen-Kredit am Jahresende wirklich nicht verlängern wird.«

»Das kann er nicht machen!« stieß Henry bestürzt hervor. »Wir haben ihn groß gemacht. Die *First Merchant* ist unsere Hausbank!«

Merrill schüttelte den Kopf. »Aber es sieht nicht so aus, als wären Bradford und seine Partner weiterhin an dieser Rolle interessiert.«
»Verräter!« murmelte Lee. »Alles elende Verräter!«
Merrill achtete nicht auf ihn. »Die *Overseas Railroad* wird nie wieder ihren Betrieb aufnehmen, und das ist das Ende des *Key West Palace*, noch bevor es fertiggestellt ist. Henry, der Hurrikan hat uns mit einem Schlag Verluste in Höhe von mindestens zwölf Millionen Dollar gebracht. Die Aufkündigung des Kredits wird uns das Genick brechen«, sagte er düster.
Henry schüttelte zornig den Kopf. »Ich werde mit Bradford reden. Er kann unmöglich wollen, daß die *Maynard Corporation* an der Börse kollabiert.«
»Das will er wohl nicht – aber vielleicht einen Wechsel an der Spitze des Unternehmens«, sagte Merrill. »Deine Frau und Richard Banks sind seit ein paar Tagen in Miami, und ich denke nicht, daß das ein Zufall ist.«
»Sobald wir in Miami sind, fahren wir zu Bradford und klären die Angelegenheit!« beschloß Henry ernstlich beunruhigt.
Lee griff wieder zu seinem Flachmann. »Irgendwann fallen sie einem alle in den Rücken.«

In Miami angekommen, hätten sie sich die Fahrt zur *First Merchant Bank* sparen können. Glenn Bradford hatte keine Zeit für sie. Er kam nicht einmal zu einer kurzen Begrüßung aus seinem Zimmer, sondern ließ durch seine Chefsekretärin ausrichten, daß er beschäftigt sei und erst am Ende der Woche einen Termin für Mister Maynard frei habe.
Nun gab es auch für Henry keinen Zweifel mehr. »Dieser Mistkerl hat die Front gewechselt!«
Drei Tage später bekam er Glenn Bradford zumindest ans Telefon. Der Banker machte zunächst Ausflüchte, ließ zum Schluß des Gespräches jedoch erkennen, daß er bei der nächsten Hauptversammlung mit Richard Banks paktieren werde. »Es tut mir leid, Mister Maynard, aber ich sehe mich nicht blinder Loyalität verpflichtet, sondern allein den Interessen meiner Bank. Und nach der sorgenvollen Entwicklung der letzten Jahre teile ich die Überzeugung anderer Großaktionäre, daß eine andere Geschäftspolitik und radikale Sanierungsmaßnahmen dringend erforderlich sind. Das

aber ist nur mit einer frischen Führungsspitze möglich, die nicht den alten Konzepten nachhängt.«

»Okay, wir stecken in einer Krise und müssen wohl einige saftige Verluste einstecken, aber Sie wissen doch so gut wie ich, daß wir da wieder herauskommen«, beschwor Henry den Banker.

»Tut mir leid, aber das sehe ich anders«, antwortete Bradford kühl und legte einfach auf.

Merrill und Lee hatten in Henrys Büro über Zusatzmuscheln mitgehört. Einen Augenblick herrschte in dem luxuriösen Zimmer im zwanzigsten Stockwerk des Maynard-Wolkenkratzers an der Biscayne Bay betroffenes Schweigen.

»Richard Banks sammelt seine Truppen«, sagte Lee dann. »Und er wird zur nächsten Versammlung eine Streitmacht zusammenbekommen, die sich sehen lassen kann.«

Merrill nickte. »Es gibt nur eine Möglichkeit, um Richard Banks zu stoppen und Bradford wieder auf unsere Seite zu bekommen«, sagte er. »Wir müssen Bradford noch vor der Hauptversammlung ein knallhartes Sanierungskonzept vorlegen.«

»Und wie soll das aussehen?« fragte Henry argwöhnisch.

»Wir haben die Wahl: Entweder wir akzeptieren Tony Mancinis Angebot und verkaufen ihm die Hotelkette ...«

»Ausgeschlossen!« fiel Henry ihm scharf ins Wort. »Mit mir gibt es dieses Geschäft nicht!«

»Dann bleibt dir keine andere Möglichkeit, als dich mit Haut und Haaren von *American Oil* schlucken zu lassen und in deren Konzern aufzugehen«, hielt Merrill ihm ärgerlich entgegen. »Das bedeutet dann aber, daß du in keinem einzigen deiner Unternehmen mehr etwas zu sagen hast und nicht mal einen Aufsichtsratsposten behältst. Du gibst die *Maynard Corporation* dann quasi für die Garantie aus der Hand, daß sie nicht zerschlagen und Stück für Stück verkauft wird, wie Banks das vorhat. Bei diesem Deal wird nicht viel für dich übrigbleiben, denn den Großteil deiner Aktien hast du ja beliehen, um dich an der Eisenbahnlinie zu beteiligen, das Tankstellennetz auszubauen und in Key West dein zwölftes *Palace*-Hotel zu errichten.«

»Die siebzehn Millionen, die du beim Börsen-Crash so fröhlich verpulvert hast, würden jetzt so manche Wogen glätten«, warf Lee sarkastisch ein und begab sich an den Barschrank.

Henry wischte den Einwurf mit einer gereizten Bewegung beiseite.

»Komm mir nicht wieder damit, Lee!« Und zu Merrill gewandt sagte er: »Banks kann die Schlinge gar nicht zuziehen. Er hält fünfundzwanzig Prozent, meine Frau fünf und Bradford zehn. Das sind vierzig Prozent. Und wenn Alexander und Catherine Leonas Partei ergreifen ...«, er machte eine kurze Pause, um verbittert fortzufahren, »... was wohl anzunehmen ist, dann sind das zusammen doch nur fünfzig Prozent. Damit können sie die Palastrevolte nicht gewinnen.«

»Vielleicht nicht bei der nächsten Versammlung, aber bei der übernächsten im Frühjahr '36 bestimmt«, erwiderte Merrill. »Denn erstens übe ich dann nicht mehr das Stimmrecht für David aus, und zweitens wirst du dann nicht mehr über fünfunddreißig Prozent der Aktien verfügen, es sei denn, du schaffst es, irgendwoher mindestens dreißig Millionen Kredit aufzutreiben, ohne Aktien abtreten zu müssen – und das ist mehr als unwahrscheinlich.«

Henry brach der Schweiß aus. Wortlos stand er auf. Er mußte sich bewegen. Nervös ging er vor dem Panoramafenster auf und ab. Dann blieb er stehen und sah Merrill an. »Gibt es eine Möglichkeit, Alexander und Catherine das Stimmrecht zu entziehen?«

Verblüffung trat auf Merrills Gesicht. »Was?«

»Du hast schon richtig verstanden!« rief Henry ärgerlich.

»Nein, ausgeschlossen!« antwortete Merrill.

»Nichts ist ausgeschlossen!« widersprach Henry erregt. »Überleg gefälligst, wie man das hinbiegen kann! Du bist doch Geschäftsführer und Treuhänder! Dir wird schon irgendein Dreh einfallen.«

»Es gibt keinen Dreh«, erwiderte Merrill scharf und sprang nun von seinem Sessel auf. »Und du hast ganz richtig gesagt: Ich bin Treuhänder!«

»Verdammt noch mal, zier dich jetzt bloß nicht wie eine alte Jungfer!« fuhr Henry ihn an. »Du verwahrst doch den Schenkungsvertrag. Nehmen wir einmal an, wir ändern den Text ein wenig ab und fügen eine Klausel hinzu, die mir in dieser Situation das Stimmrecht zufallen läßt, es würde doch keiner ...«

»Nicht mit mir!« schnitt Merrill ihm empört das Wort ab. »Ich bin Treuhänder für deine Kinder! Und ich fälsche grundsätzlich keine Dokumente, Henry! Nicht einmal für dich!«

»Du läßt mich lieber in das Messer laufen, ja?« schrie Henry ihn unbeherrscht an.

»Du solltest dich schämen, Henry!« Merrill nahm seinen Aktenordner vom Tisch und ging aus dem Zimmer, ohne daß Henry ihn zurückzuhalten versuchte.

Henry sank in seinen Lederstuhl hinter dem Schreibtisch. »Jetzt fällt mir auch noch Merrill in den Rücken!« stieß er erbittert hervor.

»Tut er das, ja? Natürlich, der große Meister hat gesprochen, und wenn das Fußvolk nicht sofort springt und Vollzug meldet, dann ist das gleich Verrat!« höhnte Lee, leerte sein Glas und füllte es sofort wieder bis zum Rand mit Brandy.

»Was soll der Blödsinn, Lee?« fauchte Henry ihn an. »Und hör doch endlich mit der Sauferei auf!«

»Den Teufel werde ich tun!« erwiderte er heftig und leerte auch das zweite Glas auf einen Zug. »Ich habe es satt, daß immer du die Regeln vorgibst.«

Henry sah ihn verstört an. »Wovon redest du überhaupt?«

»Ich rede davon, daß du deine Prophezeiung von Sour Lake wahr gemacht hast, und zwar ein gutes Stück zu gründlich für meinen und wohl auch für Teds und Merrills Geschmack. Weißt du nicht mehr, was du damals gesagt hast? Ich schon, Henry. Freunde, hast du gesagt, jeder bestimmt allein, in welcher Liga er spielen will. Männer wie Flagler und Rockefeller haben nicht auf eine Einladung gewartet, sondern sich das Spielrecht in der höchsten Klasse erkämpft und dabei kurzerhand die Regeln neu bestimmt! Das ist fast wortwörtlich, was du damals gesagt hast.«

»Und was gibt es heute daran auszusetzen?«

»Daß daraus bitterer Ernst geworden ist. O ja, du hast auf keine Einladung gewartet, und du hast dir nicht nur das Spielrecht in der höchsten Klasse grandios erkämpft, sondern zugleich auch noch die Spielregeln neu bestimmt.« Hastig kippte Lee einen weiteren Schluck Brandy, den er sich eingeschenkt hatte, hinunter. »Auch uns hast du sie aufgezwungen, ohne darüber nachzudenken, ob wir das auch wollten und ob wir für deine Art von Spiel geschaffen waren. Du hast uns einfach überrollt, in deinen Bann geschlagen und uns die Luft zum Atmen genommen, Henry. Du hast uns *deinen* Marathon und *dein* wahnwitziges Tempo aufgezwungen. Du hast deine Träume kurzerhand auch zu den unsrigen erklärt und nie einen Gedanken daran verschwendet, ob unsere Träume bei deinem Gewaltmarsch nicht irgendwo auf der Strecke blieben. O nein, es steckte bei dir kein böser Wille dahinter, du hast es immer nur gut gemeint und fest daran geglaubt, daß wir diese Hetzjagd genauso aufregend finden wie du. Außerdem hast du dir ja niemals Zeit genommen, um einmal Atem zu holen und darüber nachzudenken. Aber das ändert nichts daran, *daß* wir auf der Strecke geblieben sind. Der einzige, der das früh genug erkannt und die Konsequenzen gezogen hat, ist Ted gewesen.«

Die Vorwürfe trafen Henry wie ein Schock, und er war vor Bestürzung sprachlos und wie gelähmt.

»Aber was rede ich da! Vergiß, was ich gesagt habe! Niemand hat uns Ketten angelegt, richtig? Wir sind bereitwillig auf deinen Zug aufgesprungen«, sagte Lee und lachte trocken auf. »Streckenweise war es ja auch verdammt aufregend und lohnenswert. Schätze, wir haben bekommen, was wir verdient haben. So, und jetzt muß ich los. Wenn ich es jetzt nicht tue, tue ich es nie. Vielleicht kann ich ja noch etwas retten.«

»Retten? Was retten? Lee, wo willst du hin?« rief Henry völlig durcheinander, als sein Freund zur Tür ging.

»Nach New York zu Janice!« Er grinste ihn gequält an. »Und leg nicht auf die Goldwaage, was ich gesagt habe! Du bist nicht der einzige, der Sorgen hat und deshalb mal aus der Rolle fällt. Bis die Tage!« Sanft zog er die Tür hinter sich ins Schloß.

Eine Stunde später ging Henry zu Merrill hinüber und entschuldigte sich für das, was er gesagt und von ihm verlangt hatte. »Du hast recht, ich muß mich dafür schämen«, sagte er und fühlte sich so elend wie selten in seinem Leben. »Und sag den Leuten bei *American Oil*, daß wir miteinander ins Geschäft kommen können!«

Merrill sah ihn skeptisch an. »Bist du dir auch sicher?«

Henry lachte kurz und sagte selbstironisch: »Wenn der tiefe Sturz schon nicht abzuwenden ist, dann doch bitte nicht in den geifernden Rachen von Leona und Richard Banks.« Und damit verließ er die Firmenzentrale.

Am nächsten Morgen riß ihn das Telefon aus dem Schlaf. Es war Merrill. »Henry?«

»Ja, was gibt es so früh?«

»Lee hat diese Nacht einen schweren Autounfall gehabt«, sagte

Merrill mit belegter Stimme. »Er war wohl betrunken. Auf jeden Fall ...« Er stockte. »Henry, diesmal hat es ihn erwischt.«
»Nein!« stieß Henry entsetzt hervor.
»Lee ist tot.«

Eine Woche später wurde Lee auf dem Friedhof von Beaumont beerdigt, so wie er es in seinem letzten Willen verfügt hatte. Sein Testamentsvollstrecker, der Anwalt Nathan Clifford, erklärte Merrill und Henry, als sie ihn verwundert auf diese Verfügung ansprachen, daß Lee in seinem Testament geschrieben habe, in den Boomtowns von Spindletop und Sour Lake die glücklichsten Jahre seines Lebens verbracht zu haben, weshalb er dort seine letzte Ruhe finden wolle.
Henry reiste mit David und Merrill in den beiden Pullman-Salonwagen von Miami nach Texas. Ted kam aus Kalifornien und auch Noah, der sich gerade in Mexiko aufgehalten hatte, traf noch rechtzeitig in Beaumont ein. Janice kam mit ihren drei verheirateten Töchtern und deren Ehemännern von der Ostküste.
Daß Alexander und Catherine zur Beerdigung erschienen, rechnete Henry ihnen hoch an. Doch als auch Leona ausgerechnet in Begleitung von Richard Banks in der Kirche erschien, empfand er dies als Affront und im höchsten Maße verlogen.
Während des kurzen Trauergottesdienstes und später auf dem Weg zum Grab mußte Henry immer wieder an die bitteren Vorwürfe denken, die Lee ihm so kurz vor seinem tödlichen Unfall gemacht hatte. Und daran, daß ihnen keine Gelegenheit für eine Aussprache vergönnt gewesen war. Die quälende Frage, welche Schuld er am Tod seines Freundes trug, ließ ihn nicht zur Ruhe kommen.
Als der Sarg in die Grube hinuntergelassen wurde und der Pastor die letzten Worte sprach, stand Henry mit David und Merrill auf der rechten Seite des Grabes, während der Rest der Familie auf der anderen Seite stand. Alexander und Catherine dort drüben zu sehen, schmerzte Henry; besonders Alexanders Anblick. Aber er wußte, daß er auch an diesem Tag nicht die Selbstüberwindung aufbringen würde, ein Zeichen der Versöhnung zu setzen, indem er zu seinem Sohn hinüberging und mit ihm redete. Nicht in Gegenwart von Leona und Richard Banks. Nichts konnte die Kluft, die zwischen ihnen lag, besser symbolisieren als das Grab mit dem Sarg seines Freundes, auf den nun schwere Klumpen der texanischen Erde polterten.

Der Priester hatte sich schon entfernt, und Henry stand noch unschlüssig am Grab, als eine korpulente, verschleierte Frau auf ihn zutrat.
»Mister Maynard?« sprach sie ihn an.
Henry nickte nur.
Die Frau schlug den schwarzen Schleier zurück. Darunter kam das füllige Gesicht einer Frau Ende der Vierzig zum Vorschein, deren Züge erahnen ließen, daß sie in ihrer Jugend einmal sehr attraktiv, ja vielleicht sogar bildhübsch gewesen sein mußte. »Erinnern Sie sich an mich, Mister Maynard?« fragte sie ruhig.
»Tut mir leid, nein.«
»Aber ich um so besser an Sie«, sagte die Fremde und spuckte ihm ins Gesicht. »Mein Name ist Florences Gates. Ich war Telefonistin in Tulsa, als in Glenn-Pool der Ölboom ausbrach.«
Henry hatte sich den Speichel abwischen wollen, erstarrte nun aber mitten in der Bewegung.
Merrill, der gerade mit David gesprochen hatte, fuhr mit einem erstickten Schrei herum. »Florence?«
Sie beachtete ihn nicht. »Seit ich erfahren habe, wer dafür gesorgt hat, daß ich verhaftet und zu acht Jahren Gefängnis verurteilt wurde, weil ich angeblich eine bekannte Prostituierte war und Merrill ausrauben wollte, seit der Stunde habe ich darauf gewartet, Ihnen ins Gesicht zu spucken«, sagte sie, und doch klang ihre Stimme nicht haßerfüllt. »Jetzt fühle ich mich besser. Ich wünschte, ich hätte den Mut, auch auf den Sarg des Verstorbenen zu spucken, der ja wohl Ihr bereitwilliger Handlanger gewesen ist. Aber das bringe ich nicht über mich, nicht nur wegen der Aktien, die er mir vermacht hat.«
Merrill sah Henry entsetzt an. »Lee und du, ihr ... ihr ...« Er brachte den Satz nicht zu Ende.
Florence Gates wandte sich nun ihm zu. »Du bist nicht viel besser, Merrill. Du hast behauptet, mich zu lieben, doch dann den gekauften Zeugen der Anklage geglaubt, ohne mir auch nur eine Chance zu geben.«
Henry fühlte sich wie betäubt. Ihm war, als löse sich sein ganzes Leben auf. Seine Welt zerbrach in Scherben, zerrann ihm wie Sand zwischen den Fingern: erst seine Familie, dann sein verzweigtes Firmenimperium und zum Schluß auch noch der bisher so unver-

brüchlich scheinende Bund der Freundschaft mit Merrill, der ihm näher als jeder andere seiner Freunde gestanden hatte.

Der Zug mit den beiden angehängten Salonwagen raste durch die Nacht nach Osten. Als Henry den Arbeitsraum in Merrills Pullman-Waggon betrat, brannte dort nur eine kleine Leuchte auf dem Sekretär. Der schwache Schein reichte nicht bis zur Couch, auf der Merrill saß. Vor ihm auf dem Tisch lagen zwei gefaltete Seiten, die nach einem Brief aussahen.

»Merrill, ich ...« Henry brach ab und räusperte sich, um seine Stimme zu klären. Er fühlte sich entsetzlich hilflos und elend. »Ich weiß, es wird keinen großen Unterschied machen, aber ich möchte dir doch zumindest erklären ...«

»Du brauchst mir nichts zu erklären, Henry«, fiel Merrill ihm ins Wort. »Ich habe mit Florence gesprochen, und alles andere steht in Lees Brief, den sie mir überlassen hat. Das Gewissen muß ihn schon sehr geplagt haben, wenn er ihr sein fünfprozentiges Aktienpaket vererbt hat. Er hat wohl nicht damit gerechnet, daß er sich so schnell zu Tode rasen würde. Mit seinem Tod hat der Gute kein gutes Timing bewiesen.«

Henry wäre es lieber gewesen, wenn Merrill ihn angeschrien hätte, statt so ruhig mit ihm zu reden, als wäre nichts geschehen. »Ich hatte damals Angst, du würdest dein Studium aufgeben. Das ist keine Entschuldigung, sondern nur der Versuch einer Erklärung.«

»Ich weiß, Henry. Du hast es nur gut gemeint. Ihr habt es beide nur gut gemeint«, sagte Merrill mehr traurig als höhnisch. »Und Lee hat seine Sache besonders gut machen wollen. Aber offenbar hat er hinterher Gewissensbisse bekommen. Denn er hat dafür gesorgt, daß Florence schon nach drei Jahren auf Bewährung entlassen wurde und Geld für einen neuen Lebensstart erhielt. Er hat ihr auch später anonym viel Geld zukommen lassen, und er hat in all den Jahren stets gewußt, wo sie lebte und wie es ihr ging. Florence ist verheiratet, hat zwei Töchter und einen Sohn und betreibt mit ihrem Mann in Houston eine gutgehende Ford-Niederlassung.«

Henry nickte nur.

»Florence hat mir einmal sehr viel bedeutet, und irgendwie bin ich über die Enttäuschung nie hinweggekommen. Ich will nicht behaupten, daß ich wegen ihr nicht geheiratet habe, aber es hat bestimmt eine Rolle gespielt«, sagte Merrill und schaute Henry nun direkt an. »Weißt du, wie man sich fühlt, wenn einem das, was man für das Kostbarste in seinem Leben hält, genommen wird? Nein, ich glaube, du weißt es nicht.« Und nach einer kurzen Gedankenpause fügte er hinzu: »Aber ich denke, auch du wirst bald wissen, wie man sich dabei fühlt.«

Henry verstand, und er wußte nicht, was er darauf hätte sagen sollen.

»Jetzt laß mich bitte allein!« sagte Merrill, indem er sich wieder abwandte. »Und schließ die Tür hinter dir!«

Wortlos ging Henry aus Merrills Pullman-Waggon und kehrte in den seinen zurück. Er zog die Samtvorhänge vor den Fenstern im Salon weit auf und löschte alle Lichter.

Augenblicke später zeichneten sich Davids Umrisse in der Verbindungstür zum Schlafabteil ab. »Möchtest du darüber reden, Daddy?« fragte er leise.

»Nein«, antwortete Henry mit erstickter Stimme.

David kehrte nicht um, sondern setzte sich zu ihm und leistete ihm stumme Gesellschaft, als wisse er, daß Alleinsein alles nur noch schlimmer macht. Im ersten Moment wollte Henry ihn wieder hinausschicken, doch er unterließ es, und nach einer Weile empfand er Davids geduldige, wortlose Gegenwart sogar als Trost. Es war der einzige Trost, der ihm geblieben war.

Drittes Kapitel

Die Hauptversammlung fand in der letzten Oktoberwoche statt. Es war ein ungewöhnlich klarer Tag, und die Sonne brannte schon am Morgen heiß vom stahlblauen Himmel über Miami herab. Henry saß an seinem Schreibtisch und wartete, bis die kleine Gruppe der Aktionäre im Konferenzraum vollständig war. Er hatte geglaubt, an diesem Vormittag angespannt und voll ohnmächtigen Zorns zu sein, doch zu seinen eigenen Erstaunen empfand er nichts dergleichen. Er fühlte nur eine große Müdigkeit, und es bewegte ihn die Frage, wie es bloß dazu hatte kommen können. Henry nahm das alte Foto in die Hand, das vor drei Jahrzehnten vor dem Penrose Hill aufgenommen worden war. Wo waren nur die Jahre geblieben – und wo die Freunde? Arthur und Lee waren tot, Ted ging seit Jahren seine eigenen Wege, Merrill hatte am Tag ihrer Rückkehr von Beaumont nicht nur alle Ämter in der Gesellschaft niedergelegt, sondern auch jedes Gespräch mit ihm verweigert, und Sally ...

»Daddy?«

Henry fuhr aus seinen Gedanken auf. »Ja?«

David stand in der Tür. »Es ist zehn Uhr. Sie sind alle da und warten.«

»Sollen sie doch warten!« Es war das letzte Mal, daß er sie warten lassen konnte. Sobald er aus dieser Versammlung herauskam, würde er entmachtet sein. »Ist Alexander gekommen?«

»Nein. Er hat einen Anwalt namens Don Sutton mit seiner Vertretung beauftragt.«

»Der Feigling.«

»Daddy, Alexander wäre bestimmt ...«

Henry hob die Hand. »Schon gut, David. Du brauchst ihn nicht zu verteidigen. Es macht sowieso keinen Unterschied«, sagte er und stellte das Foto wieder auf den Schreibtisch. Richard Banks hatte Florence die ihr von Lee vererbten Aktien abgekauft und hielt damit dreißig Prozent. Glenn Bradford von der *First Merchant* konnte zehn Prozent in die Waagschale werfen und Leona, Catherine und Alexander hielten jeweils fünf. Damit hatten seine Gegner eine solide Übermacht. Hinzu kamen noch Merrills fünf Prozent und das Stimmrecht über weitere fünf Prozent, das er für David ausübte. Alles in allem eine satte Mehrheit, die ihn nun entmachten und sein Lebenswerk zerschlagen würde. Dies war die Stunde der größten und bittersten Niederlage seines Lebens. Aber Henry machte sich nichts vor: Nicht Richard Banks und Leona waren mit ihrer Treibjagd auf ihn schuld, auch nicht Bradford, Merrill oder seine Kinder. Er selbst trug die Verantwortung. Nach diesem Hurrikan wäre er so oder so am Ende gewesen, nur hätte es ein etwas freundlicheres, würdigeres Ende sein können als das, das ihn jetzt im Konferenzzimmer erwartete.

»Also dann, bringen wir es hinter uns!«

»Du wirst es schaffen, Daddy«, sagte David. »Was immer du dir vorgenommen hast, du hast es erreicht. Du allein wirst bestimmen, was mit der *Maynard Corporation* geschehen soll.«

Henry sah David an, daß er von seinen Worten felsenfest überzeugt war, und dieses unerschütterliche Vertrauen ging ihm unter die Haut, berührte und beschämte ihn zugleich. »Danke, David«, sagte er.

Das leise Stimmengemurmel verstummte augenblicklich, als Henry forschen Schrittes den Konferenzraum betrat. Sein Blick glitt über die Runde. Jeder der Anwesenden hatte einen Ordner mit den vorbereiteten Unterlagen vor sich liegen. In ähnlicher Form waren diese Papiere jedem Aktionär schon vor Wochen zugeschickt worden. Eine reine Formsache, die Henry sich hätte sparen können, denn sein Antrag würde keine Mehrheit finden.

Leona stach ihm sofort ins Auge. Die Farbe ihres eleganten blutroten Kostüms war trefflich gewählt, hatte sie doch bei ihrem letzten Telefongespräch keinen Hehl daraus gemacht, daß sie bei dieser Versammlung sein Blut fließen sehen wolle. Ihre Miene war spöttisch, während Richard Banks an ihrer Seite Henry mit höhnisch-siegessicherem Lächeln in die Augen sah. Catherine saß links von ihrer Mutter. Sie rauchte nervös und hielt den Kopf gesenkt, wohl um ihm nicht in die Augen schauen zu müssen. Glenn Bradford, ein Mittfünfziger von aristokratischer Erscheinung, blätterte geschäftig in seinen Unterlagen, sah kurz auf und nickte ihm beiläufig zu, als gebe es keinen Grund, einander gram zu sein. Geschäft war nun mal Geschäft. Merrill saß auf der anderen Längsseite des Tisches. Er wich Henrys Blick nicht aus, doch seine Miene war wie versteinert. Neben ihm hatte ein hagerer Mann in den Dreißigern Platz genommen, bei dem es sich wohl um den Anwalt Don Sutton handelte, von dem sich Alexander vertreten ließ.

Henry nahm am Kopfende Platz, während sich David ganz ans Ende des Konferenztisches setzte. Mit ruhiger Stimme eröffnete Henry die Versammlung, und ohne sich anmerken zu lassen, wie er sich fühlte, wickelte er die Formalien ab. Er spürte, wie die Spannung und Ungeduld mit jeder Minute stieg. Die Luft im Konferenzraum schien elektrisch aufgeladen zu sein.

»Kommen wir nun zum Übernahmeangebot der *American Oil*«, kam Henry schließlich zum ersten wirklich wichtigen Tagesordnungspunkt. »*American Oil* ist bereit, am Tag der Übernahme je Aktie zwölf Dollar über dem Tageskurs zu zahlen. Was die in die Vermögensverwaltungsgesellschaft eingebrachten Aktien meiner

Kinder betrifft, so ermöglicht Paragraph dreiundzwanzig bei ›Auflösung, Reprivatisierung, Fusion sowie bei drohendem Konkurs und ...‹«
»Wir haben die Unterlagen lange genug studieren können, Henry«, fiel Richard Banks ihm ungeduldig ins Wort. »Sie können sich also Ihre Ausführungen sparen – zumal sie ja von vornherein vergebliche Liebesmüh sind.«
Henry unterdrückte die Wut, die nun doch in ihm aufflammte. »Es ist ein erstklassiges Angebot!« fuhr er Banks erregt an.
»Es ist nicht gut genug!« erwiderte der und fügte mit bösartiger Schadenfreude hinzu: »Wir werden mehr Profit machen, wenn wir Ihren Konzern zerschlagen und von Kopf bis Fuß ausweiden. Sogar für die faulen Stücke, sprich Ihre verlustreichen Hotels, haben wir noch einen Käufer, der uns diese Pleiteläden vergoldet.«
»Tony Mancini ist ein Gangster in weißer Weste, der die Hotels dazu benutzen will, um die Millionen an Schwarzgeldern seines Syndikates zu waschen«, hielt Henry ihm vor.
»Du wirst es schon uns überlassen müssen, wie wir die Geschäfte führen und mit wem wir verhandeln, wenn du erst einmal zur Seite getreten bist, Liebling«, sagte Leona mit zuckersüßer Gehässigkeit. »Und ich plädiere dafür, daß wir diese sinnlose Diskussion gleich hier beenden und zur Abstimmung über das Übernahmeangebot von *American Oil* kommen.«
»Ein vernünftiger Vorschlag, dem ich nur zustimmen kann«, sagte Bradford geschäftsmäßig.
Henry wußte, daß es unsinnig war, sich gegen den Strom stellen zu wollen und zu glauben, noch jemanden von seinem Vorschlag überzeugen zu können. Die Würfel waren schon lange vor dieser Versammlung gefallen. Sollten die Dinge also ihren Lauf nehmen!
»Da es offenbar alle sehr eilig damit haben, die *Maynard Corporation* den Aasgeiern vorzuwerfen, schreiten wir also gleich zur Abstimmung«, sagte er bissig. »Wer von Ihnen ist für das Übernahmeangebot von *American Oil*?«
Richard Banks lachte hämisch. »Der einsame Rufer in der Wüste!«
Don Sutton meldete sich nun zu Wort. »Mister Maynard, ich bitte Sie, mir mitzuteilen, wie Sie stimmen werden. Es ist zwar nur eine Formalität, doch sie muß erfüllt sein, wenn ich meinem Auftrag juristisch korrekt nachkommen soll.«

»Weshalb?« fragte Henry verwundert.
»Weil mein Mandant mich beauftragt hat, die Anträge zu unterstützen, für die Sie stimmen, und das ist nicht gleichbedeutend mit für eine Sache eintreten«, differenzierte er sehr genau.
Die Spur eines Lächeln huschte über Merrills Gesicht.
Henry traute seinen Ohren nicht, und ein Raunen ging durch den Raum. David am Ende des Tisches strahlte.
»Ich stimme natürlich für den Antrag«, sagte Henry. »Und Alexander gibt mir seine Stimme?« fragte er ungläubig und schämte sich, daß er den Sohn einen Feigling genannt und fest damit gerechnet hatte, daß er ihm wie alle anderen in den Rücken fallen würde.
»Ja, Mister Maynard«, sagte der Anwalt.
Leona machte eine ärgerliche Miene. »Wie kann er bloß!«
»Ich stimme ebenfalls für den Antrag«, sagte Merrill, und seine Stimme war so emotionslos wie sein Gesicht ausdruckslos. »Auch als Treuhänder von Davids Aktien stimme ich dafür.«
Merrills Votum machte Henry sprachlos. Damit hatte er fünfzig Prozent der Stimmen für seinen Antrag, und statt ihn mit überwältigender Mehrheit hinwegzufegen, sahen sich Leona, Richard und Bradford nun einem Patt gegenüber. Vielleicht ...
Catherine sprang auf, bleich im Gesicht. »Auch ich stimme für den Antrag!« stieß sie mit zitternder, tränenerstickter Stimme hervor. »Tut mir leid, Mom, aber ich kann nicht anders.«
»Du mußt!« schrie Leona entsetzt, während sich auf den Gesichtern von Richard Banks und Bradford Bestürzung zeigte. Niemand hatte mit dieser Entwicklung gerechnet.
»Nein, ich bleibe dabei, Mom«, beharrte Catherine erregt. »Wie kannst du verlangen, daß ich gegen Dad stimme? Mir mag vieles nicht passen, was er tut, aber es ist doch seine Firma! Und es ist sein Lebenswerk. Alexander, David und ich haben nicht das Recht, ihm Knüppel in den Weg zu werfen. Deshalb werde ich mein Stimmrecht genauso zurückgeben, wie Alexander es vorhat. Ich will damit nichts mehr zu tun haben.«
»Wie kannst du es wagen ...« begann Leona empört und mit hochrotem Gesicht.
»Und hör endlich auf, mich gegen Dad ausspielen zu wollen!« rief Catherine. »Ich bin es leid, und ich werde in eurem abscheulichen

Ehekrieg für keinen Partei ergreifen!« Damit stürzte sie aus dem Raum, und David lief ihr nach.
Bradford räusperte sich. »Wenn ich es noch einmal überdenke, so hat das Angebot von *American Oil* doch einiges für sich. Deshalb stimme auch ich für den Antrag.« Der Banker wechselte skrupellos und ohne die geringste Verlegenheit die Position.
Leona und Richard Banks saßen wie gelähmt in ihren Stühlen. Auch Henry war ganz benommen. Er hatte gewonnen – und zwar viel mehr als nur diese Abstimmung.

»Das hast du David zu verdanken«, sagte Merrill nach der Versammlung mit kühler Reserviertheit zu Henry.
»David? Wieso ihm?«
»Wenn er nicht Catherine mit Briefen und Anrufen bombardiert, ihr Gewissen geweckt und mich beschworen, nein geradezu erpreßt hätte, für dich zu stimmen, dann hättest du heute statt eines ehrenvollen Abgangs ein vernichtendes Waterloo erlebt.«
Henry war zutiefst verstört und aufgewühlt. »Ich danke dir.«
»Mir hast du nicht zu danken«, wehrte Merrill ab. »Danke David, denn der hat dir die Demütigung erspart, die Leona und Richard für dich geplant hatten. Ich glaube, du hast bist heute noch nicht richtig begriffen, was du an David hast, ja, was du an all deinen Kindern hast. Ich hoffe, daß irgendwann der Tag kommt, an dem du erkennst, daß man die kostbarsten Dinge im Leben weder erkämpfen noch erkaufen kann. Sie werden einem ohne Vorbedingung geschenkt, Henry, so wie die Geburt und all die anderen Wunder der Schöpfung. Dazu gehören vor allem Vertrauen und Liebe, Henry. Nicht einmal du hast es geschafft, die Liebe deiner Kinder zu verlieren.«
»Ich beginne zu begreifen«, antwortete Henry bewegt.
»Ich habe David gefragt, warum es ihm so wichtig ist, dir zu helfen. Und weißt du, was er mir darauf geantwortet hat? ›Weil ich ihn liebe, und weil Dad mich nie hat spüren lassen, daß ich nicht wirklich sein Sohn bin.‹«
Henry sah Merrill betroffen an. »Nein! Er kann unmöglich wissen, daß . . .«
»O ja, er weiß es, Henry, schon seit er acht, neun ist. Du und Leona, ihr habt damals offenbar einen heftigen Streit gehabt, den Catherine

und Alexander zufällig mitbekommen haben und der ihnen enthüllt hat, daß David nur ihr Halbbruder ist. Catherine ist dann später damit herausgeplatzt. Alexander hat zwar das Schlimmste zu verhüten versucht, aber David ist nicht dumm und hat ihn durchschaut.«

»Aber ich habe immer versucht ...« Henry verstummte in hilfloser Bestürzung.

»Sicher, du hast ihn nie benachteiligt, aber der Junge hat dennoch in seinem Innersten gespürt, daß er irgendwie anders war. Von dem Zeitpunkt an wußte er, was es war. Und jetzt weißt du auch, warum er nie auffallen und nie etwas falsch machen wollte. Denn er hatte all die Jahre Angst, er könnte dich verärgern, wenn er für etwas Lob erwartete oder seine Geschwister in irgendeiner Sache in den Schatten stellte. Er himmelte dich an und wollte dein Sohn sein, und deshalb hatte er Angst, deine Liebe zu verlieren.«

Henry war erschüttert. »Vielleicht ist es noch nicht zu spät, einiges wiedergutzumachen«, murmelte er.

»Nein, das ist es bestimmt nicht.«

Henry fuhr sich über die Augen. Er hatte so vieles gutzumachen, bei David, Catherine und bei Alexander. Sobald er von hier wegkonnte, würde er nach New York fahren und sich bemühen zu verstehen, was für Alexander Glück bedeutete und welche Träume er hatte. Er würde lernen müssen zuzuhören. »Und was ist mit dir, Merrill, wirst du mir eines Tages verzeihen?«

Merrill sah ihn einen langen Augenblick an. »Das Verzeihen ist nicht das Problem, Henry, das Vergessen ist es. Aber ich werde auf der Reise um die Welt, zu der ich nächste Woche mit zwei Segelfreunden aufbreche, Zeit genug haben, um darüber nachzudenken.«

»Aber du kommst zurück?« fragte Henry fast beschwörend.

Merrill lächelte. »Die Erde ist rund, oder? Und wir nehmen auf jeder Reise nicht nur alles mit, was uns im Innersten bewegt, sondern es führen auch letztlich all unsere Wege zu uns selbst zurück. Was bliebe auch von mir, wenn ich dich aus meinem Leben auslöschen würde? Womit sollte ich die Lücke von vierunddreißig Jahren füllen?« Er berührte Henry flüchtig am Arm, als könne er ohne eine letzte Geste der Verbundenheit nicht Abschied nehmen. »Mach es gut, und laß es diesmal ruhig angehen, was immer du als neue Karriere ins Visier nimmst!« Damit entfernte er sich hastig.

Henry fand David in dessen kleinem Büro. Er räumte gerade seine Sachen zusammen, denn er hatte beschlossen, Geologie zu studieren und bis zum Beginn des Semesters noch ein paar Monate in der Wildcatter-Firma von Ted zu arbeiten.

»Na, habe ich nicht gesagt, daß du es schaffen würdest, Daddy?« Stolz strahlte er ihn an, als gebühre allein seinem Vater der Verdienst an dem Sieg.

»Ja, dank dir, wie ich gerade erfahren habe.«

»Oh!« Davids Gesicht wurde ernst.

»Merrill hat mir alles erzählt, David«, sagte Henry mit belegter Stimme. »Was du für mich getan hast und was ... was Catherine damals ausgeplaudert hat.« Er schluckte. »Kannst du mir verzeihen, Sohn?«

»Verzeihen?« fragte David verstört. »Was sollte ich dir verzeihen, Daddy?«

Henry konnte die Tränen nicht länger zurückhalten. »Ich habe es dir wohl nicht immer richtig gezeigt, aber du bist immer mein Sohn gewesen, und daran wird sich nie etwas ändern«, sagte er und drückte David an sich. »Doch ich weiß nicht, womit ich deine Liebe verdient habe.«

»O Daddy!« flüsterte David und schämte sich seiner Tränen nicht, als er die Umarmung seines Vaters erwiderte. Es war der glücklichste Moment seines Lebens.

EPILOG

Bermuda

Der Frachter *Sagamore* lief im weichen Licht der Morgensonne in den Hafen von Hamilton ein. Henry war einer der wenigen Passagiere, die vor zwei Tagen in New York an Bord des Schiffes gegangen waren und nun an der Reling standen, um das Anlegemanöver zu verfolgen. Die Insel mit der kleinen Stadt, deren pastellfarbene Häuser im britischen Kolonialstil gebaut waren, leuchtete mit ihren blühenden Gärten und Parks wie ein buntes Juwel in der türkisblauen See.

Eine knappe Stunde später hatte sich ein schwarzer Taxifahrer seines Gepäcks angenommen, das nur aus einem Koffer und einer Reisetasche bestand, und ihn auf den Rücksitz eines altersschwachen Packard komplimentiert.

»Nach Tucker's Town zur Hibiscus Lane 4«, sagte Henry. »Aber lassen Sie sich Zeit!« Zeit zu haben, war eine ganz neue Erfahrung in seinem Leben, wenn auch längst nicht die einzige.

Gemächlich zog die blühende exotische Landschaft am offenen Wagenfenster vorbei, und Henry hatte an diesem Januartag des Jahres 1936 ein Déjà-vu-Gefühl. Der Planzenrausch endloser Baumalleen, Blumenhecken und Gärten sowie das grünblaue Wasser kleiner Buchten weckten in ihm eine ähnliche Verzauberung wie damals, als er das erstemal nach Florida gekommen war. Jetzt verstand er, weshalb Sally Bermuda so sehr liebte und die Insel sogar dem Süden Floridas vorzog.

Die Halbinsel Tucker's Town ragte weit in die Korallenriffe hinaus und hatte zahlreiche kleine Sandbuchten am Fuß felsiger Uferhänge. Der Fahrer hielt vor einem kleinen, pastellgelben Haus, das sich an den Rand eines solch felsigen Ufergrundstücks schmiegte, umschlossen von einem üppigen, halb verwilderten Garten.

Sally stand in der Gartentür. »Ich habe das Schiff einlaufen gesehen und schon auf dich gewartet«, begrüßte sie ihn, und ihr Gesicht war ein einziges glückliches Lächeln. »Ich kann gar nicht glauben, daß du hier bei mir in Bermuda bist.«
Er umarmte sie, hielt sie fest und atmete den Duft ihrer Haut und ihrer Haare ein. »Ich auch nicht, Sally«, sagte er. »Gott, wie ist es schön, dich so zu halten!«
Sie küßte ihn auf die Wange. »Komm ins Haus! Ich habe uns Tee gemacht.«
Er zögerte. »Ich ... ich habe ein wenig Angst, Sally«, gestand er. »Ich weiß bestimmt nicht, was ich zu ihm sagen soll.«
Sally schmunzelte. »Keine Sorge, Henry ist kein scheues Kind. Außerdem ist er gar nicht da. Er ist mit einem Nachbarn zum Fischen hinausgefahren und kommt erst am späten Nachmittag zurück.«
Henry verzog das Gesicht und nahm sein Gepäck. »Dann habe ich ja noch eine Galgenfrist.«
»Hast du mir nicht geschrieben, daß du bei Alexander gewesen bist und dich mit ihm ausgesöhnt hast?«
»Ja, das habe ich, dem Himmel sei Dank! Zumindest befinden wir uns auf dem Weg, einander zu verstehen.«
»Wenn du dazu den Mut gefunden hast, dann wirst du auch das Richtige tun und sagen, wenn dir unser Sohn gegenübersteht.«
Henry folgte ihr ins Haus. Es war rustikal mit Korbmöbeln und der charmanten Nachlässigkeit kreativer Geister eingerichtet, die Wichtigeres beschäftigt, als jedes Teil aufeinander abzustimmen. Und obwohl er sich überall von Alvin Bakers Bildern umgeben sah, fühlte er sich nicht fremd im Haus.
»Laß uns auf die Terrasse gehen!« sagte Sally und lächelte ihn an. »Ich habe dort schon alles gedeckt.«
»Ja«, sagte er, doch statt hinauszugehen, standen sie sich gegenüber und sahen einander an.
»Ich will dich nicht fragen, wie lange du bleiben wirst und wann wir uns das nächstemal wiedersehen«, sagte sie voller Zärtlichkeit. »Ich will dir nur sagen, wie glücklich ich bin, daß du gekommen und jetzt bei mir bist, und daß Henry endlich seinen Vater kennenlernt.«
Er strich ihr über das Gesicht. »Ich habe die Scheidung eingereicht.«
»Henry, du mußt mir nichts versprechen und schon gar nicht ...«

Er verschloß ihr den Mund mit seiner Hand. »Ich verspreche dir auch nichts, Sally. Ich weiß, daß wir es nicht leicht haben werden, wofür wir uns auch entscheiden mögen. Aber ich möchte dir sagen, daß ich dich liebe, daß ich in der Tiefe meines Herzens immer nur dich geliebt und mein Leben an den falschen Traum vergeudet habe.«

»Jeder neue Tag gibt uns die Chance, einen neuen Traum Wirklichkeit werden zu lassen«, sagte Sally leise.

»Ja, und diese Chance werden wir nutzen, Sally«, versprach er. »Ich habe mir in New York deinen neuen Roman gekauft und ihn auf der Überfahrt förmlich verschlungen. Viele Stellen haben mich tief berührt, eine jedoch ganz besonders. Und zwar hast du am Schluß über deine Heldin Emily geschrieben: ›Sie begriff, daß in der Mitte der Nacht doch schon der Tag begann und daß die Sehnsucht die Kraft war, die den Menschen über den Horizont der Gegenwart hinaustrieb. Und diese Sehnsucht war in ihr noch nicht erloschen. Ihr Horizont lag noch immer jenseits der Gegenwart. Ja, ihre Sehnsucht war stark, und sie wußte, eines Tages würde sie zurückkommen.‹« Er machte eine Pause, nahm ihr Gesicht in seine Hände und sagte: »Sally, ich bin zurückgekommen, nicht nur zu dir, sondern auch zu mir selbst.«

Nachwort und Danksagung

Der Sohn des Muschelhändlers, der wirklich gelebt hat, hieß Marcus Samuel und trug damit denselben Namen wie sein Vater, der auf den Docks des Londoner East End seine geschäftliche Karriere begonnen hatte und bei der Volkszählung des Jahres 1851 als »Muschelhändler« eingetragen wurde. Der jüngere Marcus Samuel baute mit seinem Bruder Samuel Samuel ein beachtliches Handelsunternehmen auf, stieg um 1890 in das Ölgeschäft ein und brachte es innerhalb weniger Jahre zu einem Ölimperium, dem 1902 rund 90% des Öls gehörte, das durch den Suezkanal verschifft wurde. Als die Gebrüder Samuel überlegten, wie sie ihre rasant wachsende Firma nennen sollten, erinnerten sie sich daran, daß sie ihren beruflichen Start dem bescheidenen Vermögen aus dem Muschelhandel ihres Vaters verdankten – und sie gaben ihrer Gesellschaft den schon bald weltberühmten Namen *Shell*, Muschel. Und jedes ihrer vielen Tankschiffe trug den Namen einer Muschelart: *Conch, Clam, Elax, Cowrie* usw.

Henry Maynard ist jedoch eine fiktive Gestalt. Männer wie Marcus Samuel, John D. Rockefeller und Henry Flagler haben mir aber mit unterschiedlich starken Teilen ihrer Biographie für meine Romanfigur Pate gestanden.

Aus dramaturgischen Gründen habe ich mir erlaubt, den Ölboom von Sour Lake ein Jahr später ausbrechen zu lassen, als es tatsächlich der Fall gewesen ist, ohne daß dieser Eingriff den Kontext der historischen Ereignisse jedoch verändert hätte.

Einem umfangreichen historischen Roman wie diesem gehen viele Recherchenreisen an die Schauplätze der Handlung sowie wochenlange Studien in Bibliotheken und Archiven voraus, und zahlreiche Menschen haben vor und während der Niederschrift entscheidend dazu beigetragen, daß ich diesen Roman schreiben konnte. Leider verbietet mir der zur Verfügung stehende Platz, alle Personen und Museen zu nennen, die zum Gelingen der Arbeit beigetragen haben.

Einigen bin ich jedoch so zu Dank verpflichtet, daß ich ihre Namen nicht ungenannt lassen möchte. *Spindletop/Gladys Boomtown Museum/Texas:* Kuratorin Christy Marino, Linda Meissner – *Tyrell Historical Library, Beaumont/Texas:* Archivarin Caroline Allen, Elisabeth Mouton, Linda Smith – *Enery Museum, Beaumont/Texas:* Direktor Ryan Smith – *Lamar University Beaumont/Texas:* Geschichtsprofessorin Jane Stiles – *St. Augustine Historical Society, Florida:* Direktor Page L. Edwards, Jr., Sheherzad Navidi – *Historical Society of Palm Beach/Florida:* Direktorin Susan L. Duncan, Ellen L. Donovan – *The Henry M. Flagler Museum, Palm Beach/Florida:* Kuratorin Joan Runkel, Bartholomew Bland.

Für die fachkundige Beratung in Finanzfragen und Geschäftspraktiken an der Börse danke ich recht herzlich Hans Kreß, Direktor der Commerzbank in Wipperfürth. In diesen Dank möchte ich auch seine reizende Frau Annelie einschließen. Sollten sich dennoch Fehler in mein Manuskript eingeschlichen haben, habe allein ich das zu verantworten.

Daß mich wichtige Bücher aus Deutschland dank Telefax und privater Kuriere stets unverzüglich hier in Florida erreichten, ist der Verdienst von Inge Holterhoff und ihrer Buchhandlung *Buch & Kunst Büllesbach* in Wipperfürth. Ihr transatlantischer SOS-Buchdienst hat mir über manch schwierige Phase hinweggeholfen.

Ein ganz besonderer Dank gilt meiner Frau Helga, wie immer und doch immer wieder von neuem aus tiefster Seele, für das große Geschenk ihrer Liebe, Geduld und wertvollen Hilfe als Kritikerin, Schreibhilfe und Hüterin meiner Klausur. Nur wer mit einem Schriftsteller verheiratet ist, kann richtig ermessen, was es bedeutet, den Ehepartner vor und während der Niederschrift in unerschütterlicher Bereitschaft zum Mitleiden zu begleiten, durch scheinbar endlose Monate totaler Zurückgezogenheit, durch das Auf und Ab von Euphorie und tiefster Depression und in ständiger Gesellschaft von einigen Dutzend Romanfiguren, die für niemand anderen Platz lassen. Der Roman ist das Produkt meiner Phantasie und Disziplin. Doch es steckt in ihm auch unendlich viel Liebe und Herzblut meiner Frau Helga.

ASHLEY CARRINGTON
14. November 1994
Palm Coast, Florida